Jardim de Vênus

SUMA
de letras

Eva Stachniak

Jardim de Vênus

Tradução de
Anna Olga de Barros Barreto

SUMA de letras

Todos os direitos desta edição reservados à
EDITORA OBJETIVA LTDA. Rua Cosme Velho, 103
Rio de Janeiro — RJ — CEP: 22241-090
Tel.: (21) 2199-7824 — Fax: (21) 2199-7825
www.objetiva.com.br

Título original
The Garden of Venus

Capa
Fatima Agra

Imagem de Capa
Suza Scalora/Getty Images

Copidesque
Ana Grillo

Revisão
Ana Kronemberger
Mônica Aggio

Editoração Eletrônica
Abreu's System Ltda.

S775j

Stachniak, Eva
O jardim de Vênus / Eva Stachniak; tradução de Anna Olga de Barros Barreto. – Rio de Janeiro : Objetiva, 2006.

420 p. ISBN 85-7302-769-X
Tradução de : *The garden of Venus*

1. Literatura canadense – Romance. I. Título

CDD C823

Para Zbyszek

PARTE UM

*De Mes amours intimes avec la belle Phanariote**

Bursa — onde nossa história tão humildemente começa — uma cidade espraiada aos pés de Moundagnà, ou monte Olimpo, a apenas um dia de viagem de Istambul. Um dia, Marte, Netuno e Vênus foram adorados ali, e ainda poderiam reivindicar essas terras em nome dos valentes guerreiros do império grego e de Bizâncio, dos marujos ali recrutados, e das modernas Laís e Frinéias, cuja presença enfeita os cafés e bordéis de Istambul. Os adoradores da deusa do amor, apresso-me a acrescentar, são de ambos os sexos, uma vez que os rapazes que atendem aos desejos dos bizantinos são, nesse lugar, tão belos quanto as moças.

Contemplando a quantidade de belos rostos nessa região montanhosa e saudável, temos a tentação de dizer que, para haver tanta abundância de frutos assim tão deliciosos, Afrodite, ao singrar em sua concha de Citera a Paphos (Chipre), deve ter deixado nessa terra algo de sua carga preciosa, a sua aphrós, *a essência de prazer e beleza que é a fonte da nossa própria existência. Pois a região sempre supriu o mundo de talentos superiores procedentes do reino de Vênus, talentos naturais que, com pouco esforço, conseguem conquistar os corações de cortesãos e reis. Não é de admirar que, em Istambul, as expressões "uma moça de Moundagnà" e "uma moça viçosa que propicia prazeres extravagantes" tenham se tornado sinônimas.*

* Em francês, Meus amores íntimos com a bela fanariota (habitante de Fanar, bairro grego de Istambul). (N. da T.)

Nessa cidade de Bursa nasceu a bela fanariota no ano de 1760, e o sangue que corre em suas veias é bastante comum, pois ela é filha de um comerciante de gado e entre os seus parentes há muitos barqueiros, artífices, e vendeiros. Sua infância se passou nos campos e pastos que circundam a sua cidade natal onde ela viveu aquela existência livre e ingênua tão louvada por alguns filósofos de outrora.*

---

* Por mais que corram boatos de sua descendência de Pantalis Maurocordato, do seu parentesco com o antigo governante de Bizâncio! (N. da A.)

BERLIM, 1822:

Água

Rosalia

No fim das contas, coube a Rosalia garantir que a partida iminente da condessa Sofia Potocka (com sua filha, a condessa Olga Potocka, e tendo como acompanhante *mademoiselle* Rosalia Romanowicz), via Paris, rumo à cidade de Spa — para um tratamento na estação de águas, conforme lhe fora prescrito — fosse anunciada três vezes na *Gazeta de Petersburgo.* Só então seria possível receber os passaportes e a *padrogna* (a permissão para alugar cavalos no percurso que seria assinada pelo governador-geral).

A condessa saiu de São Petersburgo em 12 de julho de 1822 (1º de julho, no calendário russo).

— Em Paris. Insisto na gravidade da minha afirmação — disse o dr. Horn, falando num tom mais alto, como se estivesse se defendendo e não dando um conselho médico. — Os cirurgiões franceses são muito superiores, até mesmo aos ingleses.

Antes da partida, todos, até os criados, sentaram-se ao redor da mesa de café e rezaram por uma viagem tranqüila. Eles já tinham se confessado, pedido perdão pelos pecados de todos da casa, e trocado presentes de despedida com os que ficariam: faixas com lavanda de cheiro adocicado, fitas, imagens de santos e caixas forradas de casca de bétula.

A manhã estava fria e úmida, mas felizmente a tempestade tinha cessado e não se falava mais de maus presságios, apesar de Marusia ter sonhado que seus dentes caíam e faziam barulho ao se espalhar no chão de mármore do vestíbulo. ("Por que você não interrompeu essa tagarelice boba", disse Olga bruscamente, como se Rosalia conseguisse.)

A carruagem-cozinha partiu primeiro, com as provisões, os utensílios e uma mesa dobrável, pois as estalagens à beira do caminho, com seus tetos enegrecidos e paredes lustrosas pelo contínuo esfregar das costas dos fregueses, não eram confiáveis. Havia outras duas carruagens cheias de bagagem; uma delas levava um baú que, aberto, se convertia numa espécie de almofadão com travesseiros, para que a condessa pudesse descansar durante a viagem.

Rosalia talvez fosse para São Petersburgo como acompanhante da condessa, mas ministrar compressas e ungüentos logo acabou se tornando mais importante que manter a correspondência em dia, receber os convidados ou ler em voz alta depois do jantar. *O que*, como tia Antonia salientara vitoriosamente numa de suas muitas cartas, *não era assim tão difícil de se prever.*

Tia Antonia, que gostava de lembrar a Rosalia ser sua *única* parenta viva, e, conseqüentemente, merecedora de claras demonstrações de preocupação, talvez tivesse perdoado o fato de Jakub Romanowicz ter se casado com uma judia sem eira nem beira e ter largado a mulher e a filha à sua porta, mas não poderia perdoar Maria Romanowicz por ter escrito à condessa Potocka implorando-lhe que tomasse conta da única filha. Em Zierniki, a propriedade da família perto de Poznan, havia um quarto à espera de Rosalia. Um quarto que dava para o pomar, com uma cama de ferro que as criadas lavavam com água escaldante toda primavera. Um quarto onde ainda se via a velha cômoda da mãe de Rosalia, as gavetas cheirando a alecrim e menta seca para afastar os camundongos.

Em muitas ocasiões dessa longa viagem, Rosalia implorou à condessa que parassem um pouco. Os doentes precisavam de tranqüilidade para recobrar forças, e como ela poderia conseguir esses momentos de calma com todo aquele vaivém de fazer e desfazer malas, e de ordens constantes para se conseguir barris de água fervendo (era preciso limpar a sujeira encardida das estalagens antes que se levassem as camas para dentro)? Ela também tinha seus limites. E seus nervos tinham chegado ao extremo da tensão com a constante mudança de arcas, canastras e baús, esses pequenos cortes e machucados, conseqüência do desleixo e da negligência, essas buscas infrutíferas do que deveria estar ali e não estava. (Os lenços bordados e as velas votivas destinadas ao ícone sagrado de São Nicolau foram esquecidos três vezes seguidas, e, assim, tiveram que mandar um criado a cavalo buscá-los.) No decorrer de agosto e setembro, eles não viajavam senão algumas horas por dia, em geral das quatro às dez da manhã, para evitar o calor, e depois, à tarde, talvez mais umas duas horas. Freqüentemente, apesar das compressas de água quente prescritas pelo dr. Horn, a condessa sentia tanta dor que era impossível prosseguir viagem.

Já estavam no início de outubro quando chegaram a Berlim, onde o *graf** Alfred von Haefen pôs um ponto final naquela bobagem de se prosseguir viagem. O *graf* recebeu a condessa nos portões da cidade e nem tentou esconder seu horror ao vê-la.

— Eu a proíbo de passar mais uma hora que seja nisso aí — disse ele, apontando para a carruagem dos Potocki. — Meus ouvidos permanecerão surdos a quaisquer objeções. A senhora precisa se submeter à ponderação de um homem. Esse é o preço da amizade.

E Von Haefen acrescentou que o seu palácio de Berlim estava à disposição deles, assim como o seu médico particular, dr. Inácio Bolecki. Este, um dos melhores médicos de Berlim, era polonês mas havia se especializado em Paris. Depois de se certificar de que os cocheiros tinham compreendido as instruções e não correriam o risco de tomar o caminho errado na primeira encruzilhada — em noites de lua, como não se acendiam os lampiões a gás para economizar combustível, a tabuleta da taberna Sob o Ganso Dourado, que seria a indicação do caminho certo, ficava muito pouco visível — o *graf* disse, sem se dirigir a ninguém especificamente, que, caso uma operação fosse realmente necessária, um cirurgião francês poderia ser imediatamente chamado.

Quando a carruagem entrou no pátio do palácio do *graf* Von Haefen, o grupo estava bastante reduzido. Cinco empregados da carruagem-cozinha foram mandados de volta para o palácio ucraniano da condessa, em Uman, deixando Rosalia com somente duas criadas, Olena e Marusia; Agafia, a cozinheira; e Pietka, o cavalariço. *Mademoiselle* Collard, a camareira francesa, fora embora em Poznan sem nem ao menos avisar

* Conde, em alemão. (N. da E.)

ninguém. "Tenho que cuidar de mim", foi o que ela disse a Rosalia antes de partir. "Se eu não cuido, quem vai cuidar?" Sempre interessada em levantar dúvidas sobre o refinamento da condessa Potocka, não deixou de lembrar a Rosalia que o veludo branco de Utrecht e o couro marroquino verde que cobriam os assentos da carruagem dos Potocki tinham sido escolhidos pela condessa Josefina, ex-mulher do conde.

— Você é minha prisioneira, *mon ange** — disse Von Haefen, abrindo a porta da carruagem para ajudar a condessa a descer e se sentar na cadeira que já a esperava, beijando-lhe a mão duas vezes e a segurando perto do coração —, e não há nada que você possa fazer senão aceitá-lo.

Para alívio de Rosalia, sua ama não protestou. Até aquele momento, enquanto a condessa descansava, no andar de cima, à espera de que o quarto de doente estivesse pronto, Rosalia calculou que a viagem do grupo tinha durado três meses, três dias e cinco horas.

Sofia

O calor diminuiu. Estamos em setembro, o mês da varíola. Agora é a vez dela, disse Mana. Ela já tem idade suficiente e não estará sozinha. Seis dos primos também serão inoculados.

— Ajude a si mesma e Deus a ajudará — disse Mana.

Na mão, Sofia segura a sua *mati,*** uma pedra azul que fora um dos seus presentes de aniversário. Há um olho preto no centro da pedra que — como a fita vermelha no cabelo de Mana — afasta o mau-olhado, a maldade humana e a força do ciúme. Toda vez que Maria Glavani ouve dizer que sua filha está se tornando uma beldade, ela cospe três vezes no chão.

— Minha preciosa Dodô.***

Dodô significa pequeno papagaio. Uma ave simpática e palradora de que todo mundo gosta, que todo mundo quer tocar e acariciar. O nome verdadeiro dela é Sofia, ou Sofitza. E significa sabedoria.

---

* Meu anjo, em francês. (N. da E.)

** Olho, em grego. (N. da E.)

*** No original, Dou-Dou. Papagaio, em grego. (N. da E.)

Mana cozinha há três dias e por isso a comida é suficiente para o grupo: assa fatias de berinjela e as deixa marinar em óleo e suco de limão; prepara o seu melhor ragu de carneiro e o tempera com coentro. A carne ficará tão tenra que vai se desmanchar até em bocas desdentadas, e, no fogo por muito tempo, vai absorver o perfume das especiarias. Há um caldeirão de sopa de lentilha e cardamomo, e pilafe polvilhado de canela. E na panela de cerâmica que se usa raramente, pedaços de queijo *feta* descansam no melhor azeite que Mana pôde comprar. Grandes ânforas de vinho campestre estão a postos no canto, perto da janela, como anões gordos. E, pendendo das vigas, há enfiadas de marmelos e romãs, sálvia, hortelã, alecrim e segurelha. A água no jarro que recebe os visitantes à porta da frente foi tirada do poço e ainda está fresca. As galinhas foram trancadas no galinheiro, e o bode, amarrado à cerca.

— Ainda não somos mendigos — diz Mana. A filha de Maria Glavani não vai passar necessidade. Haverá quatro tipos de doces, e, no prato com um galo amarelo, já está servido um baclavá encharcado de mel.

Só pensar em iguarias como essas já é uma tentação. Dodô tocou só a borda do prato, mas quando vai lamber as pontas dos dedos para saborear ao menos os menores vestígios de doçura, Mana a impede.

— Você não é nenhuma órfã — diz ela. — Você tem uma mãe que lhe ensinou a comer com modos.

A festa da varíola das Glavani vai ser lembrada em Bursa pela comida e pelo riso. E também pela cantoria.

Chove, chove, querida Virgem,
Mande neve e muitas águas,
Para molhar nossas vinhas,
E nossas hortas ...

A velha traz a varíola numa casca de noz. O seu nome é Agalia e ela cheira a sabonete e hortelã seca. Há muito que seus filhos já saíram de casa, mas todas as filhas mandam buscá-la quando os netos chegam à idade adequada.

— A melhor varíola que existe — assegura Agalia às mães e convidados com um aceno grave de cabeça e um sorriso de satisfação. — Fresca como a floração da manhã.

Há um murmúrio de consentimento na sala, acompanhado de suspiros de alívio. Maria Glavani fez uma boa escolha.

Dodô dá um risinho. Diamandi, o predileto de todos os primos, cutucou-lhe as costelas, apontando para o cabelo grisalho de Agalia. Ela é tão magra que sua trança parece um rabo de rato.

— Você é feliz — diz Agalia. — Muito bem. O riso é como o sol. Faz tudo crescer. Faz as pessoas amarem você.

Pedem então que as crianças mostrem suas veias. Um velho costume requer que se façam quatro aberturas: na testa, nos dois braços e no peito, uma indicação do sinal-da-cruz. Aponte para a sua coxa, Dodô, instruiu-lhe Mana, aí, mais para cima. Você não vai querer uma cicatriz na testa. Nada que estrague o seu rosto.

As primas ficarão com o sinal-da-cruz, mas Sofia faz o que a mãe lhe disse. Ela se vira e aponta para a parte interna da coxa esquerda. Agalia hesita por uma fração de segundo. Depois, abre a veia da menina e põe o máximo de veneno possível na extremidade da agulha.

— Não vai doer — a velha murmura, mas dói.

Sofia observa as mãos de Agalia enquanto a velha pega a casca vazia e a emborca na ferida. Mãos ossudas cheias de sardas, a pele fina como papel. Observa enquanto ela ata cuidadosamente uma tira de pano limpa no local.

Uma a uma, as veias das crianças são abertas e o veneno é colocado enquanto as mães e as vizinhas assistem. Sofia viu alguns cenhos franzidos quando ela não ofereceu a testa e os braços para serem picados, mas o riso da mãe e os pratos servidos com o melhor cozido preparado por ela desanuviaram o ambiente. As mulheres comeram com prazer, elogiando a maciez do carneiro, o perfume do molho. Maria Glavani é uma excelente cozinheira.

Vão cantar e dançar, e segredos serão cochichados para que as crianças não ouçam. No pátio, sob a oliveira, as mulheres vão tomar o vinho novo e rir até ficarem roucas. Mana cantará para elas e as mulheres dançarão, os corpos saltando ao ritmo das palmas.

As crianças brincarão juntas o resto do dia, de pique-esconde, de pegar, de correr uma atrás das outras até as mães as mandarem parar. Muita correria pode estragar as ataduras. Vão se passar sete dias sem que nada aconteça. No oitavo dia, todas aparecerão com febre.

* * *

— Diamandi já está doente — sussurra Mana. — E Costa e Attis também.

Sofia passa dois dias de cama, como todas as outras crianças, a febre sobe e desce, a cabeça martela. Mana, cheirando a flor de limoeiro e óleo de louro, enxuga a testa da menina com um pano úmido. A água fresca que ensopa o pano escorre pela testa e entra no travesseiro de Sofia.

Mana canta canções engraçadas para a filha, em que bodes querem se tornar camelos e moscas invejam as águias no céu. A mão fresca de Mana em sua testa é um convite ao sono. Com um pouquinho de bálsamo de Meca na ponta do dedo, ela esfrega ao redor da ferida da varíola. Isso vai ajudar a manter a beleza da sua Dodô, diz ela. A sua *elpida.* *Sua esperança no futuro. Sua única esperança.

Tomás

Berlim, pensou o dr. Tomás Lafleur, era uma cidade soturna, apesar da profusão de lampiões a gás suspensos em correntes, iluminando pequenos círculos nas ruas. A passagem dos exércitos por essas terras poderia ser responsável por esse ar soturno, mas Tomás gostava de refletir sobre a capacidade universal dos homens de gerar sofrimento. Ele não acreditava que a América o livrasse da repugnância que a raça humana provocava nele, mas pelo menos lhe daria uma chance.

"*Por favor, apresse-se*", dizia a carta de Inácio, "*meu caro Tomás. A Arte a serviço do Grande Homem, conforme nos ensinaram, foi usurpada aqui. Preciso enormemente de você, tanto quanto a minha nova paciente. A América pode esperar. Não concordo com a idéia de que venha a ser uma Grande Libertação como você vem tentando me convencer, pois a Natureza Humana é a mesma em toda parte. Para mim, está me parecendo mais uma Grande Fuga. O* graf *Von Haefen está mandando sua carruagem mais veloz, e assim você poderá avaliar o quanto necessitamos de sua presença aqui.*"

A menção da soma que ele cobraria pela operação, 50 *louis d'or* (*ou mais se me parecer o caso*, escreveu Inácio) foi o suficiente para convencer o dr. Tomás Lafleur a submeter seu corpo à tortura da viagem. Como

* Esperança, em grego. (N. da E.)

seus colegas, ele provavelmente salvara milhares de vidas nos campos de batalha da Europa, mas a recompensa que recebeu foi modesta. Uma pequena pensão de 3 mil francos, um lugar no hospital de *la Charité*, algumas demonstrações anatômicas, algumas conferências no *Val de Grâce*.

— Às vezes acho que sonhei tudo isso — disse Tomás a Inácio muitas vezes. — Borodino, Berezina, Kowno, Waterloo.* Como se não fossem senão uma miragem.

Adiantando-se aos desejos de Tomás, Inácio encontrara uma habitação simples na Velha Berlim, na Rosenstrasse, dois cômodos: um quarto e uma saleta, que poderia servir ao recém-chegado de consultório. *Frau* Schmidt ofereceu os serviços de uma empregada, café-da-manhã, e jurou que o cômodo estaria aquecido, caso o médico francês tivesse que se demorar mais com um paciente. "Outro dos seus esconderijos", foi como Inácio, tinha se referido ao lugar, o amigo cuja energia feroz, Tomás invejara nos meses da campanha russa.

Não incomodava Tomás que os cômodos parecessem pobres e nus, com móveis simples de choupo e cama estreita. Depois de ter sido sacudido de um lado para o outro na caixa preta da carruagem do *graf* Von Haefen, ele estava pronto a aceitar com prazer qualquer lugar firme. Além do mais, ele tinha sido cirurgião do exército tempo suficiente para não se importar com isso.

Sofia

A pele de Diamandi é macia como um figo fresco.

— Me pega — Sofia grita para ele e alcança os primeiros galhos do carvalho no limite do prado onde os carneiros pastam. Ele ainda está parado, sem saber o que deve fazer. Afinal, ela é apenas uma menina com cascas de ferida nos joelhos. Cascas grossas que ela gosta de arrancar, impaciente para ver a pele nova e cor-de-rosa por baixo. Ela é apenas uma menina, ainda que possa nadar como um peixe e manobrar um caiaque melhor do que muitos meninos.

---

* Cidades em que ocorreram as batalhas das guerras napoleônicas. (N. da E.)

Ainda que ela possa ultrapassá-lo. Fazê-lo perder o fôlego. Deixá-lo arfando atrás dela como um cachorro.

— Me pega, Diamandi.

Ele dá o primeiro passo cauteloso em direção à árvore, as mãos bronzeadas alcançam os galhos mais baixos. Então há um estalo num dos ramos. Um palavrão. O barulho de um corpo que se eleva e avança por entre as folhas. Ela já subiu até a metade do caminho, e se encontra onde os galhos são mais finos; as mãos agarram-se aos ramos, testam a força destes. "Como um esquilo", disse Mana, com uma voz entre zangada e encorajadora. O esquilo é ágil e insolente. Desenterra bulbos e corta as hastes das flores. O esquilo caçoa do gato malhado e gordo que o persegue na esperança de uma escaramuça.

Vista da copa da árvore, Bursa parece pequena e desamparada. Até mesmo os casarões dos ricos parecem insignificantes, os jardins, apenas manchas de verdura, realmente muito pouco diferentes do pequeno quintal de sua mãe. O quintal em que só há flores nas beiradas, uma vez que o solo é valioso demais para ornamentos.

— Vem, Diamandi.

Ele está bem atrás dela, e vem ganhando velocidade. O corpo do menino é magro e rijo. Mais forte que o corpo dela, embora não tão rápido. O primo de Sofia é barqueiro e pastor. Mais velho que ela sete meses, já tem 14 anos, enquanto ela está só com 13 e ainda não sangrou como mulher.

Ele luta com outros meninos, imobiliza-os no chão, respira na cara deles até se contorcerem. Os olhos brilham com a vitória. Ele não vai deixá-la vencer facilmente. Vai mantê-la presa ali embaixo, se tiver que fazê-lo.

— Dodô!

Há uma súplica na voz dele e uma promessa de ternura.

— Dodô!

Ela pára pouco antes de chegar ao mais fino dos ramos mais altos que ainda poderiam lhe agüentar o peso. Espera até Diamandi chegar bem perto, por trás dela, e mandá-la descer.

— Neste instante — diz o menino, e põe a mão na nádega dela. Só por um momento, uma fração de segundo, mas o suficiente para que

Sofia sinta a pele esquentar e arder. — Você está maluca. Sua mãe me arranca os olhos se alguma coisa acontecer a você.

— Então vamos ver quem chega lá embaixo primeiro — diz ela.

Sofia sente os olhos de Diamandi nela enquanto desce. Uma velha árvore cheia de truques. Mas ela sabe que os galhos estão inteiramente podres e não poderiam agüentá-la. Confia nas suas mãos fortes. As pernas podem se entrelaçar a um galho e sustentá-la. Não se importa com os arranhões na pele. Os finos rastros de sangue, os machucados. "Um pouco de dor sempre adoça o prazer", diz Mana, rindo, os dentes brancos regulares e pequenos. Os olhos de seu pai diminuem nesses momentos. Os dedos dele tamborilam na beira da mesa, um ritmo engraçado, sons num *staccato* que termina tão de repente como começou. Há algo pesado no ar, uma promessa de tempestade. Muitas vezes Sofia ouviu dizer que seu pai é homem ciumento, e que a mãe só tem o que faz por merecer.

— Nunca mais faça isso — diz Diamandi. E que voz esse menino-homem tem. Finge estar zangado e no entanto quer que ela o afronte. Ele a desafia a balançar a cabeça e rir na cara dele. E a desafia a lhe dizer que ele não é senão um menino.

Diamandi pulou do último galho e agora a está prendendo no chão. As mãos do menino estão frescas e secas. Há um cheiro de relva seca e leite fresco ao redor dele. Ela se contorce e foge.

Para esse menino ágil, de pele azeitonada, ela é um mistério, a criatura meio selvagem dos sonhos dele. Agora ela sente o vento fresco contra o rosto.

— Vou ganhar de você — grita Sofia, e corre até que, perto do bosque de oliveiras, ele a derruba na relva macia, lhe beija os lábios e empurra a língua entre os dentes dela. O ar está de novo doce das flores, úmido de mar, e ela se arrepia.

— Eu te amo mais que a minha própria alma — sussurra ele, e por ora ela acredita no que ouve.

Rosalia

Os dois criados altos, alemães, que trouxeram a grande cama império enfeitada de cetim branco perguntaram onde Rosalia queria que a pudessem.

— Perto da parede — disse ela, e apontou para um lugar em que a luz vinda da janela não incomodasse a inválida.

Os criados assentiram com a cabeça e de novo levantaram a cama. Eles já tinham tirado os tapetes persas, e, assim que a cama fosse instalada, pendurariam uma espessa cortina de veludo atravessada de um lado ao outro do quarto.

A condessa Potocka estava descansando, à espera das transformações necessárias no salão nobre. (O cômodo Azul sugerido pelo *graf* era cheio de correntes de ar.) À luz da tarde, a palidez dela tornava-se cinzenta. Os olhos, grandes, líquidos e cheios de dor, seguiam Rosalia enquanto esta colocava uma tigela de figos frescos ao lado da cabeceira improvisada. A mão que a condessa estendeu tocou a de Rosalia.

— *Merci, ma fleur* — murmurou.

O *graf* Von Haefen mandara cestas cheias de iguarias de sua propriedade de Potsdam; figos, abacaxis, laranjas das estufas, peixes dos lagos, caça de suas florestas.

— Que a senhora não vai nem sequer provar — dissera Marusia.

Rosalia tinha de admitir que a senhora gostaria mais de flores; rosas, especialmente, e orquídeas.

Há apenas alguns dias, numa estalagem à beira da estrada, a condessa ainda encontrara forças para tomar algumas decisões muito ansiadas sobre Sofievka, o seu amado jardim pouco além dos limites de Uman. A partir do momento em que o dr. Horn insistiu em dizer que apenas uma operação poderia estancar a hemorragia, não se falou mais em passar o verão no palácio de Uman (outro desapontamento a ser enfrentado). Mas a condessa pediu a Rosalia que copiasse os desenhos do freixo da montanha para que o jardineiro chefe o plantasse na primavera. *Vigorosa e resistente, sei que essa árvore suportará as geadas mais rigorosas*, ditara a condessa. Um canteiro de íris azuis, símbolo de um grande orador e líder, deveria ser plantado à volta do busto de mármore do príncipe Josef Poniatowski. Novos caminhos deviam ser traçados. *E que eles dêem para uma paisagem ou um prédio.* O carvalho gigante à beira do rio não deveria ser tocado. *Não pode os galhos, a mão humana não tem o direito de corrigir tamanha beleza. Um carvalho, quando ferido, perde a força primal e passa a crescer lentamente.*

— A cama não demora a ficar pronta — disse Rosalia, mas a condessa só conseguiu fazer um leve sinal de cabeça.

Fora, no pátio, os cascos dos cavalos faziam um barulho cavo; as carruagens estalavam e guinchavam. Logo, logo, pensou Rosalia, Pietka teria de estender uma esteira de palha nas pedras para abafar aquele barulho todo. E teria de parar de cantar, como estava fazendo naquele momento.

Em Vinnytsia, na fronteira,
Aos pés do monte sombrio, à beira do rio Buh,
Sob os muros da cartuxa de Kalnytsky...

Este palácio no coração de Berlim traria algum alívio. De tudo que já percebera, Rosalia poderia afirmar que o tratamento seria impecável. Desde a chegada do grupo, o piso de mármore do vestíbulo já tinha sido lavado e perfeitamente seco. Depois de mencionar que seria necessário ter gaze à mão e que o cirurgião francês pedira um colchão velho, tranqüilizaram-na dizendo que ambos seriam providenciados sem demora. *Frau* Kohl, a governanta do *graf*, também levou uma pilha de lençóis velhos, muito bem lavados e macios.

Rosalia lavou o rosto de sua ama com uma esponja embebida em água perfumada com lavanda, tirando-lhe o suor rançoso e o pó emplastrado. A roupa de baixo da condessa estava outra vez com manchas escuras de sangue coagulado que pareciam nacos de fígado. *Mademoiselle* Collard queixava-se de que era camareira, e não enfermeira.

— Nem você, tampouco — lembrou *mademoiselle* a Rosalia.

As terras da família dela podiam ter sido seqüestradas pelo czar da Rússia, mas o pai de Rosalia fora um nobre polonês e era dever desta manter sua posição na sociedade. Era muito fácil escorregar, deixar-se levar. Com o que Rosalia concordava, mas, enquanto tirava roupas de baixo limpas de um baú e ajudava a condessa a vestir o vestido lilás com pequenos botões de rosa bordados, a pergunta permanecia: quem o faria? As criadas não tinham mãos a medir de tanta roupa que era preciso tirar das malas, consertar, passar. *Mademoiselle la comtesse* podia vomitar comodamente toda vez que vislumbrasse a bacia. ("Ela saiu ao pai, Rosalia. Não se pode ajudar a natureza", disse a condessa.) Somente nesta manhã — ao ver as roupas sujas de sangue que as criadas estavam levando para serem postas de molho na água fria — ela ficara numa agitação tão grande que Rosalia teve de lhe dar uma dose dupla de láudano para que se acalmasse.

— Não quero ver ninguém a não ser o *graf* Von Haefen — sussurrou a condessa, fechando os olhos. — Que minha filha receba todas as outras visitas.

— O médico francês virá em breve — avisou Rosalia.

Ela estava tentando prever que outras necessidades o cirurgião teria. Se ele vier de Paris, os assistentes não o acompanharão. O dr. Bolecki poderia ajudar, mas essa ajuda talvez não seja suficiente. Ela se perguntou se os dois criados seriam fortes o bastante para carregar a condessa até embaixo. E se esses homens agüentariam tanto sangue e tantos gritos.

— Estou tão cansada, Rosalia — sussurrou a condessa.

A dor nunca sumia, ficava à espreita dentro dela, mas lhe permitia respirar. Talvez a deixasse dormir de novo.

— *Mademoiselle* Rosalia, a senhorita deve afastar da condessa os pensamentos de morte — insistiu em dizer o *graf* Von Haefen com firmeza, antes de sair. — Só lhe fale do que possa lhe trazer alegria.

O jardineiro contou que Sofievka já estava coberto de neve. Ele vira pingentes de gelo pendurados nos pinheiros e nos galhos nodosos do carvalho à beira do lago. Nas estufas, rosas e orquídeas estavam florescendo e ele gostaria de mandar algumas flores à condessa, como costumava mandá-las para São Petersburgo, numa carruagem em que um braseiro as mantinha aquecidas. O olmeiro estava se desenvolvendo bem, assim como a aveleira turca do Cáucaso. Ele a plantara em lugar sombreado, conforme as instruções recebidas.

— O olmeiro, eu tinha certeza — disse a condessa —, não afundaria na água.

Depois de vestir a ama, Rosalia lhe penteou o cabelo, grisalho e muito mais fino por causa da doença. Então, tirou da valise vermelha uma peruca preta, uma auréola bem-feita de cachos pretos, tentando não puxar fios enquanto a prendia ao cabelo.

— Quando o verão chegar, a senhora vai estar bem mais forte. Iremos lá juntas.

A condessa lhe dirigiu o mais belo dos sorrisos.

Talvez, pensou Rosalia, a felicidade venha apenas desses momentos simples. De saber que o toque de suas mãos acalma os doentes e atenua a dor deles. "E é exatamente por isso que ela se aproveita de você", seria a advertência de *mademoiselle* Collard. "Ela já tem duas filhas, como você sabe." Havia em Rosalia essa tendência de tomar deveres para si, de se sentir responsável pelas coisas mais insignificantes. Como os carvões perdidos, uma caixa de cedro do Líbano inteira: Olena, a criada que guardara o aparelho de jantar na última parada, tinha certeza de que a pusera na mesma caixa em que estava a prataria. "Claro", *mademoiselle* Collard ridicularizaria a agitação de Rosalia em torno dessa ninharia como se ela estivesse lá, "*ela* pode perder uma caixa de carvões. Não é *rica* o suficiente?"

A condessa, de olhos fechados, parecia uma figura de cera. Apenas o leve calor de sua pele mostrava a Rosalia que ela ainda vivia.

Sofia

As faces ainda ardem das bofetadas da mãe. Uma, duas, três. Uma tola. Ela é uma tola. Ou uma prostituta. O que está pensando? O que tem na cabeça? Não compreende nada? Nada de nada? Não viu nem ouviu o que as línguas humanas podem fazer?

O gosto salgado do sangue dentro da boca a amedronta. A lembrança da felicidade, da leveza, desapareceu. Em vez disso, tem de enfrentar a fúria da mãe.

— O que foi que ele fez? — Mana grita e a empurra para a cama. Outra bofetada, mais fraca do que a anterior. A saia foi levantada. As pernas, abertas. Ela foi danificada, mordida, cuspida. Usada e abandonada. Quem compraria mercadorias danificadas? Que homem em seu juízo perfeito pagaria por aquilo que pode ter de graça? Quem criaria uma vaca se pode ter leite de graça?

Mana a cutuca por dentro, procurando o estrago. Como os dedos dela podem ser cruéis. Grosseiros.

— Ele foi duro? — pergunta ela. — Enfiou tudo até o fim?

"Dodô, estou falando com você. Me responda, menina.

"Me conte tudo. Sou sua mãe.

"É para o seu próprio bem.

"Há muitas panelas na cozinha que estão precisando de uma boa esfregação. A empregada pode ir embora, relaxada como ela é, e suja. Você quer sujeira? Pode esfregar as panelas com cinzas. Veja como suas mãos ficam depois de escaldá-las. Como aparecem nós nos seus dedos, e rachaduras. Como eles sangram.

"É isso que você quer, menina? Foi para isso que lhe dei a vida? Foi por isso que berrei de dor as doze horas que você levou para nascer? Me rasgando toda, quase me matando?

"E para quê? Uma cutucada desse nanico? Desse vagabundo? Esse cavalheiro cuja língua é mais poderosa que o pau. Que agora anda por aí se vangloriando, dizendo a todo mundo o que você o deixou fazer."

Por fim, as lágrimas de Mana são mais difíceis de agüentar que a raiva dela. Vê-la esconder o rosto com as mãos de tanta vergonha. Ouvir aqueles soluços.

— Agora, tudo o que eu queria para você está perdido.

Dodô quer gritar que isso não é verdade. Ela não é a mesma filha amada que ela era ontem para a sua mãe? Mas Mana apenas a olha com olhos que não vêem.

— Você não sabe o poder da língua dos homens.

O sol foi atraído pelo cabelo, negro como as asas da graúna, de Mana. Se anjos têm rosto, esse é o rosto deles. O formato das sobrancelhas que aumentam os olhos, as faces, cheias e macias. Os lábios como cerejas, que brilham com as lágrimas que escorreram rosto abaixo.

— É isso que você quer, menina? Foi para isso que lhe dei a vida? Foi por isso que berrei de dor as doze horas que você levou para nascer? Me rasgando de tal maneira que eu não poderia ter mais filhos?

"Sempre quis que minha filha tivesse uma vida melhor que a minha. Não que desperdiçasse o que Deus lhe deu. Não que jogasse fora o que recebeu. Será que era esperar muito?"

Constantin Glavani volta da taberna. Até pelos passos que ouve, Dodô percebe que ele já sabe. Pela força com que os saltos dele batem no chão. Pelo punho fechado que ele põe na mesa. Com uma batida surda. Com uma raiva contida. Alguma coisa cai, rola, espatifa-se no chão.

Vem uma bofetada, depois outra, e um grito.

— Tal mãe, tal filha — berra ele. — Foi isso que você lhe ensinou? A abrir as pernas para todo bunda-suja de Bursa? Para ser o assunto das fofocas?

A porta se abre e o corpo de Sofia amolece como um gato que se prepara para cair. Ela está deitada de barriga para baixo, soluçando num travesseiro, e o pai está de pé ao lado da cama. Tudo o que ela ouve é a respiração dele. O ar entra e sai, entra e sai. Na mão grande do pai ela vê o punho do açoite que Constantin Glavani usa para encurralar os carneiros.

Esse silêncio é mais assustador que os gritos de Mana.

Ele levanta a saia de Sofia, a camisa, e expõe as nádegas da menina. Se ela as relaxar, vai doer menos. Ouve-se primeiro o silvo do açoite de couro cortando o ar, antes do espasmo, antes da quentura da urina dissolvendo-se no colchão. E, quando o açoite lhe toca a pele, logo vem um outro espasmo. E mais outro até ela não sentir mais nada senão uma dor ardente.

Ela não grita. O rosto está enterrado no travesseiro. As lágrimas ensopam o tecido bordado. Mana bordara esses passarinhos que cantam nos ramos, os bicos bem abertos. E os altos ciprestes que se balançam ao vento. Ela o fizera em outra época, quando Sofia era apenas uma criança e queria saber tudo. Como fazer esse passarinho parecer de verdade? Como passar o fio pelo buraco da agulha?

O pai pára e a vira de costas.

— Olhe para mim — diz ele. — Veja o homem que não pode olhar os amigos na cara. Que tem que ouvir em silêncio enquanto arrastam o nome de sua filha na lama. O homem cuja filha é uma prostituta.

Ela olha para o pai. Ele está ali em pé, acima dela, o corpo grande se balançando, o hálito cheirando a vinho e a carneiro assado. Manchas vermelhas apareceram no pescoço dele, a boca está contorcida numa careta de nojo. Ela se lembra de que os dedos do pai podem entortar uma ferradura. Não vão fazê-lo de palhaço em Bursa. Ele não vai permitir que a filha desonre o seu nome. Vai matá-la primeiro, e, depois, se matar.

— Uma égua reprodutora.

Ele levanta a mão. Uma mão grande, calosa e avermelhada, a pele rachada nos nós dos dedos. Será que o pescoço dela vai se partir com um estalo, como o de uma galinha?

Ela fixa os olhos nele. Tudo pode acontecer agora. Tudo se encaixa nesses momentos, a malícia, a vingança, a dor. As mãos caem ao longo do corpo, lentamente, bambas. Ele as aperta, punhos cerrados, e depois relaxa, derrotado.

Como se escapa da força das línguas dos homens?

Ela ouviu falar de um homem que cortou o rosto da filha com uma navalha. Queimou-lhe o rosto com carvão em brasa para marcar-lhe a beleza com cicatrizes. O pai continua a olhar para ela, forçando-se a isso, até que, de repente, dá meia-volta e vai-se embora. Sai, batendo a porta, e ela enxuga as lágrimas dos olhos e do rosto. A mãe lhe deixara uma jarra d'água e uma bacia, e ela salpica a água fresca no rosto. Depois se agacha na bacia e lava o lugar entre as pernas, ainda molhado da urina. Onde o chicote a atingiu, ainda dói, e ela sente as agulhas dolorosas de um castigo, a lembrança da sua derrota.

Constantin Glavani anuncia que eles estão saindo de Bursa.

Ela fica atenta aos passos rápidos e determinados do pai, ouve os saltos batendo no assoalho. Lá fora, a terra cheira a camomila, a flor de limoeiro, e a louro. Seus amigos estão nos campos, correndo ou andando a cavalo. Ou fazendo fogueiras à beira do rio. Diamandi também está lá, mas ela não vai vê-lo. Não tem permissão para sair da casa da vergonha.

As histórias correm, mais copiosas e venenosas a cada dia. Histórias que os homens contam em voz baixa, em cochichos libidinosos. Histórias que as mulheres repetem com voz entrecortada e descrente. E que não terão fim; a malícia das línguas afiadas não terá fim. A torrente de mexericos a acompanhará até o dia em que aprouver a Deus chamá-la à Sua presença e ela Lhe prestar contas dos pecados. Um ovo, uma vez quebrado, não tem conserto.

Constantin Glavani está andando de um lado para outro. Ele foi castigado pelos pecados da carne, por se casar sem querer. Por ser um tolo e fechar os ouvidos às palavras sensatas. Corte a garganta dela, diziam-lhe. Faça com que ela ajoelhe no pó e corte-lhe a garganta. Faça com que ela berre como um bezerro quando vir a faca erguida sobre sua cabeça.

Que tolo ele foi ao pensar que Deus o abençoara quando a filha nasceu. De pensar que a pequena Dodô seria a luz de sua alma, a bênção de sua velhice. De pensar que ele, pai de uma filha única, um dia poderia se sentar no jardim dela e embalar os netos no colo.

Não fora isso que Deus, em Sua sabedoria, lhe preparara. Os pecados das mulheres são congênitos, e se desenvolvem silenciosamente desde o dia em que a mulher nasce até o dia em que ela morre. Ele deveria saber que essa filha seria o seu inferno. No dia em que ela nasceu ele deveria ter espalhado cinzas na própria cabeça.

Mulheres são como cadelas no cio, e só trazem confusão, mas Diamandi não é melhor que isso. Diamandi é um traidor. Um homem sem honra alguma, desleal com a própria família. Por ter feito o que fez a uma prima, por ter se gabado disso diante dos amigos, ele deveria ser enforcado numa árvore. Ou exibir na testa o estigma de mentiroso. Mas Constantin Glavani não é um assassino. Não é um turco. É um cristão. Um grego. Um homem de honra. Se fosse um homem inferior, ele também poderia levantar sujeiras. Todo mundo sabe o que o irmão mais velho de Diamandi anda fazendo. Um barbeiro, diz o pai dele. Trabalhando para um turco, um homem de Istambul que se denomina filósofo. Um adorador de Sodoma que carrega o pó sujo dos amantes na caixa que leva ao redor do pescoço.

— Aquele que não tiver pecado que atire a primeira pedra — disse ele.

Ele a perdoara?

Mana também ouve, num silêncio misterioso, furtivo. Há uma nódoa escura em volta do seu olho esquerdo e manchas vermelhas em seu pescoço. Os olhos dela pousam em Sofia, pedem-lhe que fique calada, que espere tudo terminar.

É isso mesmo, essa filha é o fardo dele, mas Constantin Glavani não o recusará.

Ele já vendeu todo o gado que tinha. Por uma ninharia. Por um quarto do que o rebanho vale, mas essa é a crueldade dos que sabem que ele não pode esperar. A casa vai ser alugada a um primo distante. Homem honesto, ainda que meio lento de idéias. Eles vão a Jerusalém, ao Santo Sepulcro. Os três, juntos. Para pedir perdão a Deus Onipotente.

Quando a viagem terminar, não voltarão mais para cá. Irão para Istambul, onde ninguém os conhece. Onde, com o dinheiro que ganhou da venda do gado, Constantin Glavani comprará um cargo na polícia de Istambul. Ficará responsável pelos açougueiros cristãos do distrito de Pera, e ninguém ousará cuspir à passagem dele quando andar pelas ruas.

Rosalia

No quarto que *frau* Kohl reservou para ela, devido à proximidade com o salão, Rosalia tirou seus vestidos do baú de viagem, sacudiu bem cada um deles, e os guardou no armário que cheirava a verniz. E apesar de também ter guardado aí o sobretudo cinza-escuro, o armário continuava meio vazio. Os três chapéus e duas boinas foram postos na prateleira de cima. As anáguas e combinações ocuparam apenas uma das cinco gavetas.

— Não se pode fazer uma operação numa terça-feira — dissera a condessa.

— *Se* houver operação — dissera o dr. Bolecki. O exame fora breve, o sorriso no rosto dele, forçado.

Do fundo do baú, Rosalia tirou as miniaturas de seus pais, Jakub e Maria Romanowicz, e as pôs na mesinha ao lado da cama. As miniaturas, cercadas de molduras de prata, tinham sido pintadas pouco antes da insurreição de Kościuszko,* em 1794, e da derrota final, antes que a palavra *Polônia* tivesse sido apagada do mapa da Europa. O pintor não era bom. A expressão dos dois pares de olhos era idêntica, como se um fosse mera cópia do outro. Os pais estavam olhando para a frente, com olhos melancólicos, como se já pudessem ver o futuro.

— É que terça-feira não é um bom dia — dissera a condessa.

— Vai doer muito? — perguntara Olga. O jeito de morder o lábio inferior comoveu Rosalia mais do que os soluços que ela às vezes ouvia à noite; sinal de que Olga também esperava o pior. Talvez porque o soluçar *fosse* invisível.

* General herói polonês. (N. da E.)

Na miniatura, o pai de Rosalia vestia um uniforme como o de Kościuszko, uma *sukmana* camponesa, uma gravata com um laço atado debaixo do queixo, símbolo da Igualdade e Liberdade para todos os poloneses. O rosto liso e, como Kościuszko, sem peruca na cabeça. A mãe usava o cabelo preto partido ao meio. O cabelo emoldurava um rosto branco, de porcelana, e se dissolvia no fundo. Havia um fio de pérolas entrançado nos cabelos e ela segurava um leque que lhe cobria o peito. Rosalia lembrava-se desse leque. Quando ele se abria, Ártemis aparecia. Dos ombros da deusa pendia uma pele de leopardo, cujas patas caíam-lhe às costas como se fosse uma cauda. Onde estaria esse leque agora? Perdido nas muitas mudanças deles, esquecido talvez numa das grandes malas que tia Antonia estava guardando para ela no porão empoeirado em Zierniki.

Você já tem 26 anos, Rosalia, e nunca poderei acreditar que você seja tão tola a ponto de confiar nas esperanças vãs de sua mãe. Ela realmente pensou que o fato de ser afilhada do conde Potocki lhe traria direitos especiais? Que isso faria com que a esposa do conde cuidasse de sua filha órfã? Às vezes acho que foi melhor o seu querido pai não ter vivido o suficiente para ver isso.

Dois anos antes, numa noite de outubro como essa, Rosalia ouvira sua mãe andando de um lado para outro em seu quarto. Eram gavetas que se abriam e se fechavam, tábuas de assoalho que rangiam. Vindo por baixo das portas, ela sentiu o cheiro de papel queimado. Por um instante pareceu-lhe ouvir soluços, mas, quando se levantou para escutar, o que achou ser choro era apenas o barulho do vento na chaminé.

— O assunto tem de ser tratado com muita seriedade, *madame* Romanowicz — dissera o cirurgião. Ele estava pálido no seu terno preto e tinham surgido gotas de suor em sua testa. Ele as enxugou com um lenço axadrezado. — Com muita seriedade, *madame* — repetira o médico.

Rosalia percebeu em sua mãe um olhar vazio que a desagradava. O exame foi rápido. O peito estava inchado, o tumor tinha aumentado e estava do tamanho de uma ameixa. Já se perdera muito tempo, tempo demais. O cirurgião falou de mulheres que se afastavam do sofrimento do mundo apenas para que uma enfermeira de confiança chegasse e lavasse as feridas supuradas enquanto os seios se corroíam, em meio à sujeira.

Ele não revelaria a data da operação. Nunca revelava. A única coisa que poderia fazer era avisar com duas horas de antecedência, no máximo, já que qualquer espera mais longa seria fonte de um nervosismo excessivo. Ele precisaria de panos velhos, gaze, roupas de baixo velhas que tivessem sido recém-lavadas. Macias. Uma cadeira de balanço velha. Nada de tapetes. Nada que pudesse ser manchado de sangue e fosse difícil de lavar.

— Mas, primeiro, *madame* Romanowicz terá de assinar uma autorização. O que é extremamente importante. Sem essa autorização, não poderei prosseguir.

O bilhete do cirurgião chegou quando estavam se sentando para tomar o café-da-manhã. *Hoje às dez horas.* A criada o trouxe numa bandeja, apoiado na cafeteira.

— Fiz as pazes com Deus. Não há mais nada que você possa fazer — disse a mãe. Ela tinha se confessado, comungado e pedido a extrema-unção. Vendo o medo nos olhos de Rosalia, procurou tranqüilizar a filha, informando-lhe que se dizia que os últimos sacramentos curavam os doentes.

Ela não vai morrer, repetia Rosalia para si, registrando o avanço do medo. Em Zierniki, no inverno, ela vira patos presos no gelo do lago. De início, eles ainda conseguiam se mexer, até o gelo ficar mais espesso e rígido. Então, para libertá-los, os criados tinham de usar um machado para quebrar o gelo e depois levar as aves para se descongelar no calor da cozinha.

Não vou deixá-la, Rosalia repetia sem parar. Não vou.

Quando o médico chegou com três assistentes, todos de preto, a mãe saiu do quarto usando uma leve camisola de batista. Se ela estava com medo, não deu para Rosalia perceber. A voz da mãe estava firme, e os olhos, secos.

— Quero que todas as mulheres saiam — disse o cirurgião.

A criada disparou para a cozinha e fechou a porta. Ouviram-se os soluços abafados da moça pouco depois.

— Sou filha de soldado — disse Rosalia. — Deixe-me ficar.

O cirurgião olhou-a espantado, como se Rosalia estivesse criando dificuldades, mas ela enfrentou os olhos dele sem piscar.

— Se você desmaiar, ninguém terá tempo para atendê-la — disse ele rispidamente.

— Não vou desmaiar — retrucou a moça.

A mãe olhou para ela com alívio.

Sem móveis, tendo apenas uma poltrona coberta com três lençóis brancos, então recém-lavados, no centro, a sala parecia maior e muito iluminada. O papel de parede estava mais escuro no lugar em que o quadro e o espelho oval tinham estado pendurados. O teto, Rosalia viu, precisava de uma nova pintura. A mão que sua mãe estendeu estava fria e seca, mas naquele momento, de repente, o suor irrompeu.

— *Madame*, ao dar à luz — perguntou o cirurgião — a senhora gritou?

— Gritei.

— Muito bem. Então quero que a senhora grite, grite o mais que puder.

A operação foi feita num silêncio absoluto. O médico fez a mãe se sentar na poltrona, deu-lhe um cálice de vinho estimulante, e cobriu-lhe o rosto com um lenço de cambraia. Depois, fez um gesto para que o assistente mais alto pusesse um travesseiro sob a cabeça dela, e postou-se atrás. Os outros dois assistentes puseram-se, em silêncio, um de cada lado da poltrona, e seguraram os braços da paciente. A mãe mostrou com um gesto que não seria necessário segurá-la, mas quando, através da trama fina do lenço, viu o brilho do aço, tentou se levantar. Os homens prenderam-na tão rapidamente que ela recuou.

Nada, nenhuma lembrança de amor jamais iria se igualar ao momento em que Rosalia pôde sentir a mão da mãe apertar a sua como se fosse uma garra e viu os nós dos dedos dela tornarem-se brancos. Não lhe pareceu estranho que seu próprio corpo registrasse a dor da mãe. Que essa dor as unisse, as grudasse uma na outra. Que, juntas, ela com o olho nu e a mãe através da trama do lenço, observassem enquanto o cirurgião fazia a incisão no ar, bem na direção da parte de baixo do seio dela, uma cruz e um círculo. Que elas tremessem juntas quando a lâmina cortou horizontalmente, quase na direção da costela, um pouco abaixo do mamilo. Que o grito que saiu, saísse das duas.

Os dois assistentes, um de cada lado, apertaram os dedos nas artérias, e o cirurgião começou a limpeza, a mão ocupada em separar o tumor da pele e dos músculos, cortando fora o tecido canceroso. O sangue esguichava nas mãos e nos braços dele. Havia algumas gotas no rosto do médico. Quando Rosalia ouviu a lâmina empunhada pelo cirurgião raspar o osso do peito, ela sentiu o aperto da mão de sua mãe se afrouxar. A mãe desmaiara e por um instante uma espécie de pânico a dominou até conseguir se lembrar de que, inconsciente, sua mãe estava livre da dor.

A função durou vinte minutos. Havia operações que podiam ser realizadas bem e rápido, mas não era esse o caso. Toda a estrutura doente tinha de ser removida, disse o cirurgião mais tarde, e ele não podia se permitir nenhuma falha.

— Posso amputar em dois minutos. Mas, nesse caso, não se pode ter meias medidas. Se devemos evitar a recorrência do mal...

Rosalia estava tão esperançosa naquela ocasião. O cirurgião assegurou-lhe que a operação fora bem-sucedida e mostrou-lhe como deveria fazer o curativo, aplicando uma compressa grande e espessa de gaze sobre as suturas e atando-a com uma tira de flanela. Mas não tardou para que o sangue surgisse apesar de todas as bandagens. O rosto de sua mãe perdera toda a cor e os membros estavam sem vida. Os assistentes carregaram-na para a cama, e disseram a Rosalia que o curativo devia ser mudado de duas em duas horas e que ela prestasse atenção a qualquer sinal de infecção, e ao enfraquecimento do corpo.

À meia-noite, a mãe abriu os olhos, mas parecia não saber onde estava.

— Ele está parado perto da janela — dizia ela sem parar.

— Quem? — perguntou Rosalia. Só o que ela queria era se jogar nos braços da mãe, esconder o rosto nos seios dela como fazia quando era criança. Em vez disso, ela continuava a ouvir a faca raspando os ossos.

— Ele está apontando para o próprio coração!

Os lábios estavam secos e ela tomou alguns goles d'água.

— Vou com ele — disse a mãe. — Tenho de ir.

Rosalia tentou acalmá-la. O cirurgião lhe garantira que a operação tinha sido um sucesso. O câncer fora extirpado, todo.

— Você precisa ser forte, mamãe — implorou ela. — Você não pode me deixar sozinha. Não pode deixar sua única filha.

— Tenho de ir — sussurrou a mãe e fechou os olhos. — Ele está me esperando. Vai me levar embora.

Vendo que o sangue permeara o curativo de novo, Rosalia o substituiu por um novo. A mãe não abriu os olhos, mas parecia não estar mais sentindo dor. Talvez, pensou Rosalia, a crise tenha passado. Ela se prometeu não cair no sono, mas o silêncio e a respiração calma e constante da mãe foram invencíveis. Quando acordou, espantada, ainda estava escuro. As vidraças estavam cobertas daquelas formas brancas e intrincadas que ela gostava de observar em Zierniki, onde as vidraças se congelam durante quase todo o inverno. Belas samambaias brancas, galhos de árvores com folhas pontiagudas, flores de pétalas minúsculas que lhe lembravam as figuras que seu pai desenhava para distraí-la: pentágonos, hexágonos, octógonos.

A sala estava silenciosa e parada. Ela achava que a morte seria assim. Um momento de uma perda tão profunda que seria impossível de compreender. Um momento em que o amor se funde à dor. Um momento em que não há agora nem futuro. Nada a não ser lembranças do passado, que desmoronam e desaparecem com o tempo.

Ela não precisou tocar o rosto da mãe para saber que ela estava morta.

Exatamente como fazia nos dias de inverno em Zierniki, Rosalia soprou na vidraça. Quando as pétalas de gelo se derreteram, ela espiou pelo buraco e viu um menino passando. Ele estava levando uma lanterna entalhada num nabo, com aberturas que lhe davam luz suficiente para ver aonde estava indo.

Havia alguns outros objetos na mala de viagem de Rosalia, mas esses não seriam tirados dali, um testemunho do caráter temporário de sua estada nesse palácio de Berlim: uma estrelinha de madeira que ela encontrara entre as coisas de sua mãe; a caixa de rapé de seu pai com os Direitos do Homem gravados na tampa; uma silhueta negra do perfil de Kościuszko e três esboços de Napoleão com uma coroa de folhas de carvalho — os heróis de seu pai.

Rosalia manteve esses tesouros fechados numa caixa de mogno, debaixo das roupas que ficaram no baú. Era um esconderijo precário. Qualquer uma das jovens criadas poderia querer mexer nas suas coisas, experimentar vestidos ou anáguas. Sentir o cheiro da água de rosas ou do óleo de jasmim e pôr algumas gotas na testa. Em São Petersburgo, era comum desaparecerem lenços e folhas de papel. O papel servia para a cozinheira enrolar o cabelo. "Se não era para ser levado, não devia andar rolando por ali", foi o que Rosalia ouviu Marusia resmungar.

As costas lhe doíam de levantar sacos de roupas, de ajudar a condessa a se erguer. Tendo tirado os sapatos e as meias, andou pelo quarto, até os pés doloridos receberem o conforto da maciez do tapete. Se ao menos Olga se importasse em ajudar um pouco mais, mas há pessoas que nasceram para o luxo, enquanto outras, não. "É sua própria mãe", Rosalia teve vontade de dizer, muitas vezes, mas nunca disse.

A cama de excepcional qualidade, como *frau* Kohl — a governanta do *graf* — a descreveu, não ajudava. Era grande demais, fria demais. Rosalia virava-se de um lado para outro, tentando esquentar os lençóis frios, e se perguntava se não deveria pedir outro edredom. Ouviu barulhos que vinham de fora do quarto; palavras em alemão trocadas pelos criados; ruídos de portas que se abriam e fechavam — a vida desse palácio, temporariamente interrompida pela chegada deles. Lembrou-se de Marusia contar ter ouvido barulhos estranhos no quarto das criadas, como se houvesse alguém batendo na vidraça, e queixando-se de que o quarto cheirava a rato.

— Talvez o conde tenha vindo buscar a senhora — dissera a cozinheira.

Sofia

Ela abre o portão. A cerca da casa deles em Istambul é feita de paus amarrados com arame. O vento a empurra para trás, e as primeiras gotas de chuva caem em seu rosto. Ela pensa no toque macio do veludo na pele.

— Depressa — grita Mana. — Já para cima. Para o seu quarto.

A porta da frente continua aberta. Há um médico no quarto de seus pais, inclinado sobre o pai. Ou alguém que se parece com seu pai, apesar do rosto vermelho e inchado, um rosto sem olhos amarrado numa carranca.

— Vá — grita Mana.

Lá em cima, em seu quartinho, Sofia se joga na cama e escuta. A voz do médico é ríspida e autoritária. Ele pede água, e bate em algo. Bate mais forte e grita para Mana, que sai correndo e depois volta.

Ela sente o cheiro do próprio corpo. É um cheiro ligeiramente azedo que ela aspira e expira. Por um momento, sente que está aumentando muito de tamanho, os pés parecem se tornar intermináveis e imensos, como se chegassem ao fim do mundo, mas então ela se mexe e a sensação desaparece.

Ela se lembra de quando o pai tinha orgulho dela. Quando o pai pediu que Mana a vestisse com o melhor vestido e lhe trançasse o cabelo com fitas para que ele a levasse ao jardim, onde, sob a sombra escura das amendoeiras em flor, os amigos dele se reuniam para o café e os doces do anoitecer.

O pai a pôs de pé sobre o tapete e bateu palmas. Ela fez uma reverência e sorriu, os olhos furtivos passando rapidamente pelos rostos dos homens e de novo voltados para o pai. Do lago cheio de vegetação, bem atrás deles, vinha o cheiro de podre dos juncos.

O pai então pegou uma guirlanda de flores e a pôs ao redor do pescoço dela. Uma bela guirlanda de vermelhos e amarelos, feita de rosas e narcisos selvagens. Ela cheirou as flores e o perfume a fez espirrar.

— Um sinal — disse o pai.

Havia alguém falando dela naquele momento. Naquele instante, alguém estava dizendo o seu nome.

Esse pensamento lhe agradou. As ondas de murmúrios, os olhos dos estranhos a acompanhando.

— Graças ao Senhor — disse o pai —, o que eles dizem é sempre bom. Uma vez sujo, um bom nome está perdido para sempre.

Os homens riram e bateram palmas.

É disso que ela quer se lembrar: dos copos de vinho levantados para o céu, desejando-lhe saúde e sorte. Fazendo um brinde à bela voz de menina se soltando numa canção de amor. Uma canção triste e doce. Uma canção que ela ouvira os pastores cantar nos campos.

Uma criança três vezes abençoada. Uma criança beijada por um anjo.

Naquela noite, o pai levou-a para casa no colo, e ela ainda se lembra do hálito dele, em que vinho e café se misturavam. Ele a carregou nos braços como uma princesa para que os chinelos bordados — os céus nos livrem! — não se sujassem. Os chinelos macios que Mana fizera de um vestido velho que ela não usava mais.

Lá embaixo, as batidas cessaram e só há silêncio. Ela faz o sinal-da-cruz três vezes. E se arrepende de todas as vezes que se zangou com ele.

Em Jerusalém, no Templo, Sofia chorou quando os frades ergueram a cruz e levaram os peregrinos para o lugar em que Nosso Senhor sofreu e morreu. Sofia estava segurando uma vela, e a cera, ao derreter, queimou-lhe a pele, mas ela não sentiu dor. Quando eles chegaram ao monte Calvário, a menina caiu de joelhos, lembrando-se do sofrimento de Nosso Senhor e dos que estavam com ele naqueles momentos terríveis de dor e desespero. Lembrou-se de Maria Madalena, que, tendo recebido o perdão dos pecados, foi de novo levada ao coração do Senhor. E então o coração de Sofia se encheu de amor e compaixão por todo o sofrimento humano, e ela não teve vontade de mais nada a não ser de se deitar ali, no chão sagrado, e deixar que suas lágrimas ensopassem a terra.

Mana está parada à porta, as mãos pendendo, ao lado do corpo, os lábios se mexendo. Há uma gota de suor que lhe cai pela testa.

— É terça-feira — Sofia ouve.

A terça-feira é um dia ruim, azarado. Numa terça-feira, Constantinopla, o coração do Império Bizantino, caíra nas mãos dos turcos e dali em diante passara a se chamar Istambul. Numa terça-feira, o imperador Constantino transformara-se em mármore. Pouco antes de ser derrubado pelos turcos, o último imperador de Bizâncio fora agarrado por um anjo. Esse anjo, de asas douradas que brilhavam ao sol, levara-o para uma caverna perto do Portão Dourado e transformara-o em estátua. "Vós esperareis aqui", disse ele, "até que Deus Nosso Senhor esteja pronto a dar aos gregos a liberdade perdida."

— Chore, Dodô — diz ela —, chore por seu pai. Agora estamos completamente sozinhas no mundo.

Mas seus olhos estão secos.

* * *

No porto de Istambul, onde o estreito se mistura com o mar, formas opacas deslizam sobre as águas e bandos de fura-buxos voam baixo quase tocando a superfície, sem descansar nunca. Os turcos dizem que os fura-buxos são as almas dos condenados.

Mana diz que esses pássaros minúsculos são as almas das odaliscas que o sultão mandou matar. Afogadas no Bósforo, em sacos de aniagem parda, com as mãos amarradas e a boca tapada. Nesse mundo é melhor ser cachorro do que ser mulher, diz Mana, que viu carruagens parar por causa de um cão deitado ao sol. E viu criados saírem do carro, e levantar o cão para tirá-lo do caminho.

Os pescadores voltam do mar trazendo peixes-espada, tainhas vermelhas e cinzentas, percas-do-mar, lagostas e mexilhões. Pegam-se arenques com lanterna. A luz refletida na água cega os peixes, ela ouviu dizer, que então não vêem a rede.

— Cante para nós, beleza — pedem os marinheiros.

No mercado, a mãe mostrou-lhe como tomar cuidado com o peixe estragado. O cheiro de podridão pode ser disfarçado com alcatrão de pinheiro; e a pele baça pode brilhar se for bem esfregada com um trapo. Podem soprar ar na barriga do peixe para que ele pareça maior e mais suculento.

— Tome cuidado — diz Mana. — Você já sangrou como mulher. Os homens sentem o cheiro. Os homens sabem.

Ela gosta de vê-los. Os rapazes de pele cor de oliva, as camisas sujas de graxa, abertas no peito. Os músculos tensos quando puxam as cordas.

— Eu, não — ela ri e foge correndo.

Para uma mulher cristã, as ruas de Istambul estão repletas de perigos. Mesmo que ela abaixe os olhos e acompanhe a mãe, rapidamente, sem olhar para os lados. Ainda que prometa a si mesma não fixar os olhos nos cavalheiros ricos e belos que vêm do bairro de Fanar, onde as esposas dos mercadores descansam em suas varandas, servidas por jovens criadas. Homens cujos passos são leves e lépidos. Cujos cinturões bordados fecham-se com grandes fivelas douradas. Cujos cavalos empinam-se e relincham, impacientes com o freio que as mãos dos cavaleiros lhes impõem. Homens cujos olhos estão à espreita.

Ela viu os janízaros com penas brancas nas cabeças, e os jardineiros reais vestidos com trajes de cores diferentes para que de longe se parecessem com flores. E viu o agá dos janízaros vestido com uma túnica de veludo púrpura debruada de prateado. Dois escravos conduziam o cavalo dele. E, ao lado do chefe dos janízaros, vinha o agá Kilar, o chefe eunuco do harém com um traje de tecido amarelo-escuro debruado de zibelina. O sultão montava um cavalo cuja sela estava crivada de jóias.

Ela muitas vezes pensa no destino. O destino que pode levá-la para qualquer lado, torná-la escrava ou rainha, dama ou prostituta. A Senhora do Destino cujo hálito ela sente logo atrás de si, fazendo-lhe cócegas na pele da nuca. A Senhora do Destino, cega, volúvel e cheia de hostilidade.

Ou talvez seja benevolência.

Ajude a si mesma e Deus a ajudará, diz Mana.

— Olhe para você, Dodô.

Esta é a tia que diz que poderia ser sua irmã. Cujos vestidos são feitos de seda e damasco genovês. Cujos anéis captam os raios do sol e os refletem num arco-íris de cores.

— Estes aqui, minha pequena Dodô, são diamantes de verdade.

A tia Helena, irmã mais moça de Mana, mal consegue disfarçar a contrariedade que sente com os olhos famintos que perseguem suas roupas, a comida sobre a mesa, as quinquilharias com que ela se enfeita. A tia Helena de voz doce e com o perfume de rosas ao redor dela, de mãos macias e brancas.

— Olhe para você — Sofia ouve e observa como o vestido barato, grosseiro, cai, como os dedos da tia delicadamente soltam os ganchos de suas anáguas, as dobras de sua combinação. Como nada obstrui a visão de seu corpo. Os seios bem-feitos, o umbigo, o monte de cachos pretos embaixo. — Mexa as cadeiras, Dodô — sussurra Helena no ouvido da moça, o hálito quente da tia lhe fazendo cócegas. — Devagar, devagar. Não balance demais.

Ela balança as cadeiras, a princípio tímida, cautelosa. Mas gosta do que vê, gosta dessa ninfa, dessa moça esbelta emoldurada pelo espelho dourado. Em pé, ao lado dessa irmã de sua mãe que agora entrelaça um fio de pérolas em seus cabelos longos. Foi assim que Eva se sentiu no Jardim do Éden quando se viu refletida no espelho das águas tranqüilas?

— Você é tão bela, Dodô, que pode ter tudo o que quiser. Não deixe ninguém lhe dizer o contrário, menina.

Ela se volta de costas para o espelho e olha por cima do ombro. As costas são macias e flexíveis. E ela pode se inclinar com a mesma facilidade com que galgou os galhos do carvalho em Bursa. Pode se ajoelhar no chão e deixar o corpo cair para trás, numa curva graciosa, e depois voltar, lentamente, os olhos presos à própria imagem.

— Você é digna do leito de um rei.

A ânsia que há nela é como um vento maligno que torna o ar pesado de calor, cheio de pó, insuportável. Tem de haver uma saída para todo esse desejo que se acumulou nela. No espelho, seus próprios olhos lhe devolvem o olhar. Dois tições negros de desejo.

Sofia baixa os olhos, como se estivesse envergonhada da própria beleza, e a tia bate palmas e ri.

— Talvez eu não devesse ter lhe ensinado tanta coisa — diz Helena.

Da cômoda de mogno, tia Helena tira o melhor dos seus xales de *cashmere*, no qual há uma flor numa haste, com as raízes soltas ao vento. De gavinhas compridas, limpas, não mais escondidas na terra. E é ao gosto das verdadeiras senhoras, diz a tia. Elas gostam da farmácia botânica. *Botânica*, a própria palavra soa diferente, mais terrena que meras *plantas* ou *flores*.

Macio e acetinado ao toque, o xale envolve a moça numa quentura misteriosa, traz uma promessa de carícias.

— Para uma mulher, minha pequena Dodô, não há nada melhor que um pouco de mistério.

Um pedaço de gaze substitui o xale de *cashmere*. A tia enrola a gaze no cabelo, ao redor da cintura. Agora há algo de flor na moça vista no espelho. Uma promessa de leveza e fragrância de pétalas.

Sofia ri. E se alisa e arrulha, e se ajoelha diante do espelho. Ela baixa a cabeça num doce gesto de submissão que os olhos negam. Pois a menina no espelho não é mais uma menina; é uma mulher, jovem e bela. Uma mulher que aprecia a própria ousadia. Uma mulher que gosta do que vê: do brilho nos olhos; do lampejo dos dentes brancos; das covinhas no rosto e do bico do seio que espreita sob a gaze branca.

— Vou ensiná-la a dançar — sussurra a tia no ouvido da moça. — A dança oriental.

Tomás

Logo depois de chegar a Berlim, Tomás deu uma caminhada estimulante, passou por uma velha igreja com duas torres e um telhado vermelho. A Rosenstrasse era uma rua estreita, iluminada apenas pela luz que vinha das janelas. Um vigia noturno com uma corneta sob o cinturão lançou-lhe um olhar rápido e precavido, e o sabre brilhou ao refletir a luz. O interior das casas escondia-se atrás de cortinas, rendas, musselinas ou biombos de seda que guardavam bem os segredos. Às vezes, Tomás vislumbrava alguém se mexendo lá dentro, como uma silhueta num jogo de sombras ou num efeito de lanterna mágica.

Na carta, Inácio mencionara que a paciente era uma condessa polonesa, rica, que acabara de chegar de São Petersburgo. *A condessa Potocka, um dia a beldade mais formosa da Europa, em busca de quem a cure. Como não pode ir a Paris, Paris terá que vir a ela. Afinal, meu amigo, você também aproveitará de uma mudança de ares e de uma boa dose de esquecimento.*

— Por favor, meu melhor amigo — resmungou Tomás como resposta. — Não me peça isso.

Apesar do casacão forrado de pele e das botas de cano longo, cujas solas guinchavam enquanto ele andava, Tomás não conseguia se esquentar. O ar estava frio e úmido. O bafo que saía dos esgotos fazia com que ele se encolhesse. Quando estava quase pisando em nacos de excremento de cavalos, ele ouviu, detrás de uma das janelas impenetráveis, um homem e uma mulher brigando. A voz da mulher era chorosa, e afogava as queixas do homem numa sucessão de reprimendas. Então as portas da casa se abriram e o homem saiu. Alto, magro, com um maltratado casaco de couro às costas. Ouviu-se a porta bater.

— *Du blöde Hure** — gritou o homem para as janelas fechadas, e se afastou.

Tomás o seguiu a uma certa distância, esperando que o sujeito o levasse a uma taberna do bairro onde ele tomaria uma cerveja e afogaria o matraquear constante das rodas da carruagem na cabeça, mas quando o homem entrou num beco escuro, Tomás resolveu voltar. Dessa vez, ele tomou a direção oposta e viu numa das janelas, através das cortinas

* Sua puta sem-vergonha [em alemão]. (N. da E.)

abertas que permitiam vislumbrar o que havia lá dentro, o brilho de lanternas vermelhas e azuis, borlas douradas, otomanas escarlates. Duas jovens, de vestidos decotados, estavam sentadas a uma mesinha, olhando espantadas para algumas cartas, dispostas em cruz. Ao lado delas, dois copos com um licor amarelo-claro.

O sexo era uma necessidade física. Uma necessidade fundamental, enfatizava Tomás quando falava aos seus alunos em Val de Grâce, que refreava a desintegração da vida. Não estava totalmente convencido da teoria do dr. Brown de que o fluxo da vida precisava ser controlado, impulsionado ou abrandado conforme a necessidade.

— A palavra necessidade — Tomás gostava de prevenir os alunos — é o problema. Como a pessoa saberia quais eram as suas verdadeiras necessidades?

Essas dúvidas, naturalmente, não perturbaram o dr. Brown. Sabia-se que, em Londres, ele dava aulas com um copo de uísque na mão e um vidro de láudano na outra, tomando goles ora de um ora de outro.

Para Tomás, a visão do cadáver estendido na mesa de metal era suficiente para repelir discussões e hipóteses vãs. A vida e a morte, dizia aos alunos, deveriam ser observadas e examinadas sem noções preconcebidas. *Ars medica tota in observationibus,** como Laennec repetira *ad nauseam.* Havia sempre algo teatral naquela primeira incisão. Um momento repleto de revelação, cuja abordagem deveria se fazer num silêncio ansioso.

— Senhores, prestem atenção e tomem nota. Afastem-se, se puderem, de especulações inúteis.

Sem tomar conhecimento da chama de impaciência em alguns dos olhos sobre ele, Tomás faria a sua mágica. O braço ligeiramente levantado, consciente do brilho do aço, ele, sem palavras, iria se curvar sobre o cadáver e cortar a pele sem outras declarações, derrotado pela ansiedade da juventude.

Uma das mulheres do outro lado da janela deve tê-lo notado, uma vez que a mão dela escorregou colo abaixo num gesto ensaiado, e desceu pelo decote com babados, revelando seios fartos. Foi somente naquele momento que Tomás se deu conta, envergonhado, de que ela o estava

* A arte médica está toda na observação. (N. da E.)

olhando fixamente, a causa muda de seu gesto naquele momento acompanhado de um sorriso, e passava a língua lentamente pelo lábio inferior. Ele rapidamente se enrolou na capa, virou-se, e se afastou, seguindo pelo beco escuro como se estivesse sendo perseguido, embora não ouvisse coisa alguma senão o bater dos próprios tacos no calçamento.

Em Paris, na *rue* de Clairmont, Minou o esperava às sextas-feiras. Vestida de renda negra, com os seios macios levantados pelo espartilho, sorria gentilmente e lhe servia uma taça de vinho tinto assim que Tomás entrava. Havia um agradável perfume de lavanda e ele gostava do quarto dela, apesar da combinação vulgar de vermelhos e pretos, das cortinas descidas e do lampião esfumaçado. Minou não procurava conversar nem fingia que ele fosse algo além de um cliente pagante. Ela se lavava na frente dele e fazia amor com uma eficiência satisfeita que tanto o excitava como o libertava do desejo. Ele lhe pagava bem, e exigia coisas simples. E, quando a relação sexual terminava, gostava de vê-la pentear o cabelo, comprido e avermelhado. Tomás suspeitava que ela o tingia com hena. Ruivas ganham mais dinheiro, ele ouvira dizer. Minou era natural de St. Malo; o pai e os dois irmãos dela eram marinheiros.

— Marinheiro — Inácio um dia lhe dissera a propósito de uma frase há muito esquecida. — Sabe o que dizem das mulheres de marinheiros? *Femme de Marin — femme de chagrin.**

Eram dez horas quando Tomás voltou para casa. A dona da pensão estava na sala com o seu bastidor. Com um vestido pesado, e o cabelo trançado, preso num coque apertado, a mulher era a personificação da domesticidade. Ela lhe ofereceu chá, mas ele deu uma desculpa esfarrapada e correu escada acima para seus aposentos.

Lá em cima, derramou a água fria da jarra numa bacia de porcelana, tirou o casaco e arregaçou as mangas da camisa. Não se via como homem bonito ou forte, apesar dos protestos de Minou em contrário. Ela gostava da pele corada e dos olhos castanhos de Tomás, e, com um ar de falsa autoconfiança, afirmava que o nariz dele era "aquilino". E ele se perguntou onde ela teria aprendido essa palavra. Olhando-se no espelho, ele via que o cabelo já estava escasseando. Não era alto como Inácio,

* Mulher de marinheiro, mulher da tristeza [em francês]. (N. da E.)

e era muito mais magro, mas seu corpo tinha a robustez de gerações de camponeses, e podia mantê-lo no comando por horas.

Deitou-se na cama dura, estreita, e fechou os olhos. Pensou numa mulher jovem, numa menina que um dia ele havia curado, no La Charité. Ela, que não havia passado dos 15 anos de idade, tinha cachos ruivos e brilhantes e o rosto coberto de pequenas sardas. Estava se contorcendo de dor, e os lábios estavam lívidos e ensangüentados pela pressão com que os dentes tortos mordiam a carne. Ele fora informado de que a paciente tinha sido levada por um rapaz que fora embora assim que pôde, sem deixar nome nem endereço. Quando a examinou, encontrou um rabo de porco enfiado em seu ânus. A freira que o ajudara a despir a jovem desviou os olhos. Alguém tentara tirar aquilo dali, mas os pêlos do rabo ficaram presos na carne. A menina estava sangrando e o ânus estava cheio de pus.

Tomás inseriu um pequeno tubo em volta do rabo e o extraiu. Ele não aceitou o dinheiro da menina. Não a preveniu do perigo de continuar naquela profissão. Não lhe contou da freqüência com que via mulheres com as partes íntimas dilaceradas, com vidro picado grudado em suas vaginas. Imaginou que ela sabia de tudo isso. Ela chorou e, falando com um sotaque bretão carregado, lhe agradeceu. Ele a manteve no La Charité por alguns dias até a ferida dar sinais de melhora. Então a deixou ir embora.

Sofia

A peste alastra-se pelas ruas de Istambul, a cidade de torres douradas, de mesquitas e minaretes, de crescentes, quiosques, palácios e bazares. Nas esquinas, vêem-se corpos de doentes sendo queimados, junto com tudo o que possuem. A fumaça já encheu o ar, derramou-se por todas as ruas, alojou-se nas fibras das roupas de todos. Quarteirões inteiros foram isolados, embora se diga que uma propina bem dada faça maravilhas. Avisos em turco e grego proíbem qualquer contato com estrangeiros, principalmente visitas às missões estrangeiras. Toda mulher grega surpreendida com um estrangeiro deve ser castigada em público. Com quarenta açoites nos calcanhares.

Maria Glavani leva, ao redor do pescoço, uma fita com dentes de alho e contas azuis para afastar o mau-olhado. E nunca sai de casa sem a imagem de São Nicolau, a quem ela reza até os joelhos ficarem vermelhos e feridos. De manhã, quando volta para casa cheirando a bebida e a homem, Maria lava as mãos e o rosto com água à qual acrescentou algumas colheradas de vinagre.

— Fique dentro de casa!

A voz de Mana é áspera, impaciente. As linhas em seu rosto estão mais vincadas, não importa o vigor com que as massageie todo dia. Sofia não gosta desses preparativos frenéticos, de vestidos sendo passados a ferro, de cabelos presos com grampos. Das palmadas que recebe quando se mostra lenta demais ou desajeitada; quando uma bainha se desfaz, quando aparece com um grampo fora do lugar, um traço feito com *kohl*,* borrado. Mas depois que Mana sai, o silêncio da casinha onde moram sufoca Sofia. Na cama vazia, ela se abraça. O que lhe chega é o cheiro de fumaça e vinagre misturado ao do próprio suor. Tudo o que lhe aconteceu na vida até agora parece ter se entrelaçado nela, e estar ali suspenso, pronto a ser libertado.

A morte não a assusta. Na rua, ela não desvia os olhos dos cadáveres que ardem. Não é assim que ela vai morrer. Sofia sabe disso. Uma cigana lhe disse um dia que ela morreria depois de uma vida longa, sem dor. Longe de casa, mas entre os que a amaram.

O vestido de crepe preto, do luto de Mana, está dobrado no fundo da arca. Em Bursa, Maria Glavani seria o assunto preferido de toda a cidade. Ali, ninguém se lembra de Constantin, o grego infeliz de cabelos grisalhos, ou de sua viúva. Se Maria, quando olhou nos olhos pretos dele aquela primeira vez, ao menos soubesse o que a vida lhe reservava. Se ao menos tivesse ouvido a própria mãe, que lhe chamava a atenção para as roupas andrajosas e os sapatos gastos daquele homem que falava o tempo todo de diamantes grandes como nozes, de manadas de bois, de sedas e rendas douradas. Tão grande é a imperfeição do amor. O amor que humilha a mulher e a deixa à mercê de estranhos.

Mana não fala mais dos deveres cristãos, do pecado, da honra e do bom nome. Elas voltaram a comer carne e frutas frescas que a própria

* Pó preto usado para escurecer os olhos. (N. da E.)

Mana compra no mercado. Os dias ainda estão frios. Para aquecer, põem brasas no *tandir** e se sentam com os pés em cima dele. O calor permanece em seus corpos por muito tempo. Precisam ser fortes e ter os quadris arredondados. Quando um homem gordo emagrece, um magro morre.

— Quero o melhor para você — diz Mana, e Sofia acredita. Os pensamentos giram e tornam a girar em torno do que o futuro promete. A filha sabe que a mãe tem feito investigações. Algum dos diplomatas estrangeiros em Istambul tem se mostrado entediado em relação às amantes do momento? Algum europeu ocidental, rico e poderoso, e refinado. Um homem que não bateria na filha na frente dos outros e não a deixaria sem os meios necessários para que ela levasse uma vida honesta. A menina, é o que Sofia ouve a mãe murmurar, é uma virgem intocada, digna do leito de um rei.

Quando ouve essas palavras, Sofia pensa na mão de Diamandi em seus seios, no corpo do primo que a esmaga contra o chão, na língua quente que lhe afasta os dentes e se demora ali, com aquele gosto de terra. Pensa nas pernas fortes, macias, no cabelo de homem no peito de menino. A dor aguda do amor dele, e o sangue nas pernas dela.

Uma menina inocente, diz a mãe, de bom coração, que poderia ser tão grata por ter uma casa bonita, uma carruagem, belos vestidos que a ajudariam a exibir a pele e os cabelos. Vestidos que acrescentariam brilho a esses belos olhos negros em que alguns já tinham visto a lua e as estrelas.

Dodô. Uma virgem. Intocada. Inocente. Extremamente ingênua, e de bom coração.

Sim, Dodô pode ser grata, engraçada e sedutora. E hábil, também, na arte da massagem. Seu toque é leve, a pele, cálida e seca. Dodô não tem nada de fraca, ela é capaz de apertar o que precisa ser apertado, massagear o que precisa ser massageado.

Um diplomata estrangeiro, a mãe sussurra, partiria um dia. Mas, como qualquer homem honesto faria numa situação dessas, deixaria um dote para a sua garota. Adoçaria a mercadoria já provada para o sucessor dele, um mercador ou comerciante. Alguém em boa situação financeira,

* Forno turco redondo. (N. da E.)

honesto. Alguém que gostaria de ter filhos e uma linda esposa com um belo dote, mesmo que tivesse de fechar os olhos e obter uma jóia de segunda mão.

Por que Mana esconde todas essas maquinações de mim?, Sofia se pergunta. Por que essas charadas, fingimento, jogos? Não sou mais uma criança. Sei que ninguém vai se casar comigo se eu não tiver um dote. À noite, na cama, ela deixa os dedos lhe descerem pelo pescoço, passar pelos seios, chegar à barriga. Há um momento em que o toque transforma-se em carícia. Um doce momento de prazer. É bom pensar num homem do mundo, rico, que lhe contaria sobre o que existe além de Istambul e Bursa. Um homem que lhe ensinaria as danças das cortes européias, e lhe diria o que as mulheres fazem para conservar os cabelos em penteados tão altos. Um homem que lhe ensinaria a falar francês. Ela tem facilidade para aprender línguas, sempre teve. O grego, o turco e o armênio surgem nela naturalmente, como a respiração. Sofia já aprendeu um bom número de palavras francesas com sua tia, além de algumas russas: *Bonjour mon chéri.** *Spassiba. Slichnotka.***

Tia Helena, freqüentemente convidada para os bailes e *soirées* na missão diplomática russa, prometeu ficar atenta. Ela sempre gostou dos russos, a quem se refere como "raça branca do Norte" e "povo que conhece o significado do prazer". Sempre gostou do caviar de Astracã, da vodca clara que nos chega direto às veias. Ela gostava também das danças russas até de madrugada, como se não houvesse amanhã, como se o mundo fosse terminar exatamente naquele dia. Espatifam-se copos contra a parede, conta ela à sobrinha, para que estes não contenham nenhuma outra bebida num momento menos importante. Há mais outro detalhe que dá grande prazer a tia Helena: as vitórias que os russos obtiveram contra os turcos.

— O camelo preto da morte não vai demorar a se ajoelhar às portas dele — diz ela, apontando na direção do palácio do sultão.

Sim, um diplomata russo seria o melhor para Dodô.

Tudo conversa fiada, diz Mana com amargura. Neste país, não se estigmatizam mentirosos sem motivo. Sua irmã, que o Senhor perdoe a

---

* Bom-dia, meu querido [em francês]. (N. da E.)

** Obrigado, Mulher bonita [foneticamente, em russo]. (N. da E.)

amargura de uma viúva, sempre foi volúvel e dada a ciúmes. Só por morar no bairro de Fanar não quer dizer que seja rica e poderosa. E todas essas histórias com que ela se apresenta não são nada além de relatos de sua própria bondade. Relatos imaginosos dados a elas como restos de sua própria mesa. Maria Glavani conhece bem esse papo quando o ouve. E ela não teve um bom professor? Constantin também nunca deixou de tecer os seus enredos até o dia em que morreu.

Por isso, ouvem-se as palavras de tia Helena, mas não se acredita nelas. Porque há sempre um pequeno contratempo nas suas histórias, um pequeno obstáculo a ser atravessado, passado a limpo, removido. O subsecretário que continuou pedindo para conhecer Dodô antes de recomendá-la aos seus superiores era um libertino conhecido e foi preciso negar a solicitação que ele fazia para encontrar Sofia. Maria, não queremos barateá-la, disse a tia. Nada de tocar se não vão comprar.

Foi a peste que piorou a situação para Sofia. A peste esfria muitos corações. Na presença da morte, *l'amour* fenece e estremece. Além disso, até mesmo um diplomata estrangeiro pego com uma mulher grega teria que enfrentar a justiça otomana. Nem todo mundo quer arriscar tanto. Nem mesmo por um par de olhos tão belos.

Na missão russa, a esposa de *monsieur* Stachiev tem tanto pavor da peste que chegou a se trancar, com os filhos, num quarto do andar de cima, e se recusa a ver ou receber qualquer pessoa. O que, em si, não é nada mau, pois deixa *monsieur* Stachiev livre para prosseguir em suas alegres ocupações. Mas não é bom ter gente dizendo que ela mandou o médico embora por ele querer sangrá-la. Ou dizendo que ela gritou em altos brados: "Todos nós vamos morrer aqui nesta terra infiel. Vamos todos ser castigados." Ela já amaldiçoou o marido. "Teus filhos pagarão por tua fornicação", disse a mulher. "Tu irás te ajoelhar ao lado dos caixões deles e onde estarão as tuas prostitutas?" Ela chamará os janízaros se por acaso vislumbrar alguma mulher grega entrando no prédio da missão.

— Dodô, você está fazendo com que eu me atrase — diz Mana.

Elas estão voltando do mercado, as cestas pesadas de carnes e frutas. Como sempre, as pessoas olham-nas atentamente quando as vêem passar.

Os homens olham para elas com desejo e muitas vezes fazem com que parem, perguntam como chegar a algum lugar ou fingem terem-nas confundido com alguma outra pessoa. Os olhos das mulheres são curiosos, avaliam a beleza das duas como se fosse uma ameaça, um desafio.

— Vamos lá, menina, não podemos perder o dia todo.

O homem negro que as faz parar é um eunuco. Não é um eunuco qualquer, mas um eunuco da corte do sultão. Ele usa vestes em que se vê ouro e prata e azul *mazanne**. O rosto sob o fez cor de vinho é liso, com dobras de gordura que comprovam a riqueza de sua mesa. A voz é suave e quente. Tendo passado a vida entre mulheres, sabe bem como lhes acalmar os medos.

— Belas damas — diz ele e sorri, exibindo dentes reluzentes. Brancos como os dela, avalia Sofia.

A princesa otomana, filha do sultão, mandou que ele as abordasse. Foi chamado à presença de sua ama, que lhe disse para deixar imediatamente o que estivesse fazendo e ir atrás delas. Vá procurar as duas mulheres cristãs que chamaram a atenção da princesa.

Sofia levanta os olhos e olha na direção das janelas do palácio. Não vê ninguém lá. Talvez seja o próprio sultão que a tenha visto. Talvez, com um único olhar Dele, sua vida tenha mudado para sempre.

— Sigam-me. Não devemos fazer a princesa esperar.

— Você tem certeza de que não está nos levando para alguma outra pessoa? — Mana pergunta ao eunuco, mas o homem negro ri. Para ele, sua ama é um livro aberto. Elas não devem duvidar da própria sorte. As cestas pesadas podem ser deixadas com os criados que depois as levarão para a casa delas. — É só me dizerem onde moram — diz ele.

— Nós as levaremos ao voltar — diz Mana abruptamente. — Nós mesmas!

Será que há uma pontinha de medo na voz de Mana? De apreensão? De raiva, enquanto Mana aperta a mão da filha com firmeza como se quisesse que dessem meia-volta e corressem? Mas como é possível uma mulher cristã recusar o chamado de uma princesa otomana? Como é possível um grego dizer *não* a um senhor turco?

---

* Azul profundo, cujo nome deriva do cardeal Mazzarine, que usava essa cor em suas vestes. O mesmo que azul real. (N. da E.)

Dodô não quer prestar atenção aos temores de Mana. Seus pensamentos flutuam, acompanhados de visões deliciosas de jóias faiscantes, vestidos transparentes e atalhos num jardim banhado de manchas de uma sombra agradável. Ela sente a dura impaciência da mão de Mana, e a relutância dos passos desta. Dodô quer rir e tranqüilizá-la de que não há motivo para preocupações. Dodô está pronta. Quando a oportunidade chegar, ela saberá o que fazer.

As duas acompanham o eunuco negro e passaram pelos portões do palácio, o primeiro pátio inundado de sombras frescas, perfumado de jasmins e madressilvas que se enroscam nos troncos das árvores, os gigantescos vasos de barro cheios de rosas viçosas. O pátio principal fervilha de vida. Dois criados altos seguram cavalos árabes, brancos como a neve e de pernas de bailarina. Um homem gordo e baixo, de avental de couro, passa, rolando um grande barril de madeira no chão. Um rapaz assovia uma melodia alegre, e acompanha Dodô com os olhos até ser interrompido pelo olhar do eunuco.

Dentro do serralho, o perfume doce dos jasmins penetra facilmente as vidraças douradas. Uma fonte de mármore branco despeja um regato d'água que cai em quatro bacias mais abaixo. O som é agradável. Junto a essa fonte, o eunuco deixa as duas.

— A princesa mandará buscá-las — diz ele, levantando a cabeça de Dodô com o dedo indicador e olhando-a bem nos olhos. — Bela — murmura o homem. — Esses olhos irão cobrir de vergonha a luz da lua.

Quando ficam a sós, Sofia olha ao redor. Os ladrilhos do chão são frescos ao toque. Ela gostaria de tirar os sapatos e pisar neles, descalça, mas os olhos de Mana a impedem. Azulejos de diferentes desenhos cobrem as paredes. A maioria mostra tons azuis e dourados, e as cores misturam-se nos olhos de Sofia e cintilam. Os vitrais espessos das janelas filtram os raios do sol, e os fazem dançar numa poeira prateada e cor de âmbar. Não há cadeiras, mas, sim, algumas almofadas grandes num sofá coberto de tapetes persas. O perfume da madressilva mistura-se ao do jasmim, e é um perfume que penetra o cabelo, o vestido, e se gruda na pele de Sofia.

Será esse o cheiro do sultão? Sofia se pergunta. Será que a pele dele é tão macia quanto ela imagina? Tão fresca quanto os ladrilhos?

— Não diga nada sem que lhe perguntem — Mana lhe sussurra. O rosto dela está pálido e os olhos penetrantes percorrem o aposento. O que será que ela quer encontrar? — Não olhe para a princesa. Mantenha os olhos baixos.

Mana se desembaraçou do próprio lenço e cobriu os cabelos da filha com mais um véu.

E se o sultão não gostar dela? E se bastar uma olhada nela para ele a mandar de volta?

Mas esses pensamentos não resistem a uma risada. No fundo do coração, ela confia na sua alegria. Uma mulher convidada pelo sultão torna-se uma *quadin*, uma escolhida.

— Acho que alguém a viu — Mana sibila, a voz rouca de raiva. — Já não lhe disse para não andar sozinha por aí?

A criada que entra na antecâmara está vestindo um *kaftan* sobre calças azuis, e faz uma saudação com um toque da mão no coração e nos lábios. Em silêncio, ela acena com a mão direita e as duas a acompanham, os saltos fazendo barulho ao bater nos ladrilhos. Atravessam corredores compridos e sinuosos ladeados de portas fechadas, e passam por um grande cômodo no qual mulheres, sentadas em grandes almofadas de cetim, fumam narguilé e se dedicam a bordar. Uma delas, com diamantes no turbante, joga-se nos braços da negra em cujo colo está sentada, como se quisesse esconder-se neles. Num outro cômodo, vêem uma mulher de vestido vermelho curvada sobre um grande tear, absorvida em executar desenhos invisíveis. Para Sofia, essas imagens parecem peças de um quebra-cabeça, um mistério que somente ela poderia solucionar. O que a deixa surda aos suspiros de Mana.

A princesa usa uma veste de tecido arroxeado, enfeitada de pérolas que descem até os pés, de cada lado, e rodeiam as mangas. Apertando a cintura, há duas faixas bordadas de diamantes. Uma esmeralda do tamanho de um ovo de peru prende a camisa de baixo. No meio do turbante, brilham duas rosas, cada uma delas feita de um grande rubi cercado de diamantes. Ela está sentada numa grande almofada coberta de seda, como se fosse um animal de barriga cheia em descanso, mas de olhos à espreita da próxima refeição. Os braços da princesa são fortes e musculosos, e a pele, macia. Os olhos pretos, cercados de *kohl*, parecem míopes pois ela se inclina para a frente quando fala.

— Vocês vieram — diz a princesa, como se a obediência delas a surpreendesse. — Bem-vindas à minha casa.

Talvez, acha Sofia, a princesa ali estivesse para a avaliar, para ver se ela é digna do tempo do sultão. A princesa otomana abençoada pelas riquezas do pai, aquela cujo corpo recebe os cuidados de um exército de escravos, que o esfregam, massageiam e perfumam com os aromas mais preciosos. Entretanto, as mãos são grandes demais, apesar de todos os belos anéis. Só na mão direita, cinco. Em dois, há diamantes maiores que avelãs.

— Vossa Alteza — diz ela, com o sorriso mais encantador. — Sois bondosa demais.

A um sinal da princesa, entram criados com bandejas de madeira, que trazem doces e um forte café turco cujo aroma inunda o ambiente. Há damascos secos, figos, uvas-passas e tâmaras de Basra, as mais doces que existem. E nozes numa tigela dourada. E também figos frescos, escuros e verdes. Uma jarra de sorvete de fruta. Um sorvete que, para fabricá-lo, disseram a Sofia, foram apanhar neve muito longe, nas montanhas mais altas da Índia.

— Adoro figos — diz Sofia alegremente, e bate palmas de tanta satisfação.

É tarde demais para o olhar de advertência de Mana. A princesa também ri e promete que uma menina tão doce como essa, uma menina tão bela, pode ter todos os figos do reino otomano. E damascos, e passas. E ainda, pistache e o café preto e doce que corre nas veias e faz lampejos de cor surgirem no rosto.

— Esta criança merece o melhor — diz ela, os olhos abandonando Sofia por um instante e pousando em Mana, como se ela fosse responsável pela pobreza da filha. — Não os trapos com que está vestida agora.

Mana se contorce na almofada em que se senta.

— Vós, a mais ilustre das princesas — começa ela a falar. — Vossa Alteza imperial. Luz dos meus olhos.

E implora que a princesa pense nela. Uma pobre mãe viúva de uma filha única. Uma filha amada de quem ela não pode nem pensar em se separar.

— Mas ela moraria comigo, no palácio, sua tola. Teria tudo o que precisasse, fosse o que fosse. Não vês isso? Será que todo grego tem que ser tão obtuso, tão horrivelmente estúpido?

Ao ver uma ruga na testa de Sofia, a princesa muda o tom rapidamente. Rapidamente demais.

Claro que uma mãe não pode negar o destino da filha. Lutar contra a sorte que Deus lhe oferece. A boa vida de opulência e conforto. Olhe as mãos dela, diz a princesa, ainda como acusadora. Rachadas e avermelhadas como as de uma lavadora de pratos. É o que queres para esse anjo? Ela deve ser tua criada? Esfregar panelas? Desonrar os dons que Deus lhe propiciou?

— Meu Deus — diz Mana — proíbe que uma mãe deixe a filha entre estranhos. — Meu Deus — diz ela, olhando diretamente nos olhos da princesa — não permite alguns tipos de amor.

A princesa ri.

— Conheço o teu Deus, mulher. Tudo o que o teu Deus quer é um bom preço por ela. Aqui está. Toma isto!

Uma bolsa cheia de cequins cai pesadamente no colo de Mana. Um butim, um tesouro. Dinheiro que as sustentaria por alguns meses. Para pagar as dívidas, comprar vestidos novos, boa carne de carneiro e frutas frescas. Para comprar os brincos pendentes que adornariam os lobos bem-feitos de Dodô, o movimento gracioso do pescoço da menina.

Uma bolsa cheia de ouro.

É um preço justo por uma menina grega pobre, não é? Isso e mais a promessa de uma boa vida, barriga cheia, e mãos que nunca mais terão de lidar com sujeira.

— Comigo ela não precisará de nada.

Sofia olha para a mãe. Não há nada que eu possa fazer, o corpo de Mana lhe diz. Posso recusar o ouro ou pegá-lo, não vai fazer nenhuma diferença. Mas não posso lhe dizer que não dou permissão para você ficar aqui.

— Ela vai ser como uma filha para mim — arrulha a princesa. Ela se aproxima e o calor que irradia dela toca os braços de Sofia. — Ela vai dormir no meu leito. Irá a todo lugar comigo. E eu comprarei tudo o que ela quiser.

O medo começa a surgir com um espasmo no estômago, depois outro, mais perto do coração de Sofia. As solas dos pés vão se tornando frias, as mãos começam a tremer. Em Bursa, ela viu homens mostrarem uma perna de raposa ensangüentada, tudo o que restara na armadilha que haviam armado. O animal arrancara a própria perna com os dentes e fugira.

— Nem cheguei a perguntar o teu nome — diz a princesa.

Sofia hesita. Ela realmente não gosta da otomana. Não gosta de sentir aquela mão forte pousando em seu joelho e o apertando, como se as duas tivessem de se juntar contra Mana. Não gosta do que percebe de podre na boca da princesa. O dente da frente está preto de tão estragado. As visões dos favores do sultão sumiram e de repente Sofia se vê como uma criada nesse palácio, levando bandejas com passas e nozes, fazendo café em algum canto da cozinha. Talvez raspando os pêlos das pernas e braços da princesa, no *hammam*,* e segurando uma toalha enquanto o suor cobre o corpo avantajado da otomana.

Como se diz não a uma princesa otomana cujos caprichos são considerados ordens? Que poderia, com uma palavra apenas, condená-las à morte — como dizem que o sultão faz com as concubinas infiéis? Enroladas num saco de aniagem, e jogadas nas águas do Bósforo; ou abandonadas, nuas, nas ruas de Istambul, desconhecidas de todos. Ela, um cadáver de cabelo vermelho e pele branca como o leite, o peito perfurado por uma adaga.

— Não se acanhe, minha jóia preciosa — diz a princesa.

Sofia levanta os olhos. Neles, há um brilho desafiador, embora a jovem tente disfarçá-lo.

— Meu nome é Sofia — diz ela. — Significa sabedoria.

Ela observa como, mediante um gesto que indica dispensa, a mãe é mandada embora do aposento, com a bolsa de moedas de ouro nas mãos. Ao perceber o olhar cheio de dor e desespero que Mana lhe lança, Sofia tem vontade de correr para ela e abraçá-la.

"Eu lhe faltei, no final das contas", dizem os olhos de Mana. "Não a protegi do perigo. Perdoe-me."

---

* Banho turco. (N. da T.)

As portas se fecham atrás de Mana, silenciosamente, como as portas de um túmulo.

Rosalia

Passara-se apenas uma semana, ainda que a lembrança da viagem parecesse estranhamente remota e já meio apagada, como se houvesse semanas inteiras separando-os das estalagens encardidas e da carruagem que sacolejava.

Nos primeiros dias de outubro, a manhã demorava muito a chegar. Com as cortinas cerradas, a única luz que havia no salão nobre era a de uma lâmpada votiva sob o ícone de São Nicolau. No lusco-fusco, os reflexos avermelhados do rosto barbudo do santo faziam a imagem oscilar e flutuar.

A condessa já estava acordada. Ela tentou se levantar, mas, como o esforço mostrou-se demasiado, tornou a cair no travesseiro.

— Não olhe para mim, Rosalia. Não quero que você se lembre de mim desse jeito.

O sangue manchara suas roupas, vazara nos lençóis, sujara os cobertores. Tudo precisava ser posto de molho na água fria imediatamente. O colchão teria de ser queimado. As criadas têm de parar de ficar de mexerico na cozinha e limpar tudo com mais cuidado. Rosalia via as manchas que escaparam ao espanador, os vestígios do desleixo. *Não há por que se regozijar com essa queda constante da sua posição social*, escrevera tia Antonia, insinuando as *conseqüências desastrosas mas talvez previsíveis* dos sonhos jacobinos do pai da moça, a verdadeira causa de todos os infortúnios de Rosalia. A própria Antonia estava muito longe de concordar com a tirania ou a injustiça, mas toda essa conversa de libertar os servos ou de fazer da Polônia uma república a apavorava. Como tudo na vida, a igualdade também tinha seus limites. *Seu lugar é aqui*, era como as cartas da tia a Rosalia invariavelmente terminavam, *ao meu lado*.

Uma operação aconteceria exatamente ali, naquele aposento. Um colchão poderia ser posto sobre uma mesa. Ela avisou a *frau* Kohl que poderiam precisar de alguém a qualquer momento. Alguém bastante grande, de pernas firmes.

Desde que chegaram a Berlim, o café-da-manhã consistia em alguns pedaços de pão embebidos em vinho tinto para fortalecer o sangue e, em manhãs melhores, em alguns goles de um consomê que a cozinheira tinha preparado naquele dia. O dr. Bolecki sempre aparecia por volta das dez horas, e, depois de um exame rápido na condessa, insistia com Rosalia para que o acompanhasse até embaixo. Era o único momento, dizia ele, em que podiam trocar impressões sobre a paciente, embora nunca o fizessem.

No primeiro dia, o dr. Bolecki contou a Rosalia que o pai combatera na insurreição de Kościuszko; que ele, Bolecki, se especializara em Paris, graças à insaciável necessidade de Napoleão de cirurgiões militares; e que o médico francês que estava vindo de Paris podia amputar um membro em menos de dois minutos. No dia seguinte, ela soube que a amada esposa do dr. Bolecki morrera tísica e que a única filha dele era freira carmelita, e estava em Roma. Ele próprio tivera de levá-la até lá, em janeiro do ano anterior. O dia estava tão frio que ele não pôde deixar de pensar na campanha da Rússia, empreendida por Napoleão.

— Foi realmente horrível? — perguntou Rosalia, gentilmente. — Quero dizer, a campanha — acrescentou ela rapidamente, para o médico não pensar que ela quisesse se intrometer na vida dele.

Bolecki hesitou um instante, e disse que o mais fantasmagórico era o silêncio que precedeu o incêndio de Moscou.

— Um vazio — disse ele — à espera de gritos humanos. — Da retirada, ele se negou a falar: — É melhor que a senhorita não saiba.

Mas depois, embora Rosalia não insistisse em voltar ao assunto, o médico acrescentou que a morte causada pelo frio era bondosa.

— A pior — disse ele — sempre vem de mãos humanas.

— Ele me parece muito agradável — disse Rosalia quando a condessa perguntou o que a moça achava do dr. Bolecki. Ela gostaria de dizer "confiável", mas usar a palavra "agradável" lhe pareceu mais seguro. Olga havia se queixado, duas vezes, de que Rosalia estava se tornando arrogante. "Como se *ela* fosse a médica aqui", foram as palavras de Olga.

Hoje, enquanto o exame seguia a rotina habitual — pulso, sinal de febre, as perguntas de sempre sobre apetite, sangramento, intensidade da dor —, via-se que uma mecha de cabelo grisalho insistia em cair sobre o olho esquerdo do dr. Bolecki. Isso, pensou Rosalia, poderia explicar o ar de inquietação do médico. A condessa passou por essas inspeções sem nenhum sinal de impaciência, mas deixou Rosalia responder a todas as perguntas. Apenas as palavras do dr. Bolecki assegurando a vinda do cirurgião francês no dia seguinte restituíram alguma vivacidade ao rosto dela.

— O mais cedo possível — disse mais de uma vez o médico polonês. E ele também continuava a observá-la, notou Rosalia, como se algo houvesse mudado nela desde a véspera. A sua habilidade como enfermeira, disse ele à moça, era impressionante. Nem todo paciente tinha essa sorte. — *Mademoiselle*, confio inteiramente na senhorita. — E, após repetir a frase três vezes seguidas, acrescentou que, sem dúvida, o dr. Lafleur partilharia dessa opinião.

Ouviram-se passos do lado de fora do salão, depois, silêncio. A porta se abriu e Marusia surgiu, equilibrando uma bandeja com cartas e um bule de café com uma certa dificuldade. Era um dos caprichos da condessa, um bule de café recém-coado à cabeceira. O cheiro do café, disse ela, bastava. Ela não podia tomá-lo, mas isso não impedia que Rosalia tomasse. A criada pôs a bandeja na mesa. Os olhos de Marusia estavam fixos na bandeja e na sua tarefa, como se qualquer distração pudesse fazê-la perder o controle. A bandeja oscilou e Rosalia achou que ouviria o barulho de louça se espatifando no chão, mas isso não aconteceu.

— O seu filho escreveu, exatamente como prometeu — disse ela, percebendo a letra de Bobiche numa das cartas. O filho mais moço da condessa conseguira escrever duas páginas inteiras em vez da única, como era habitual. O *abbé* Chalenton estava progredindo.

> Quando a senhora volta, *maman*? Temos tido problemas com os cachorros. Fidelle mordeu Postillion e Basilkien disse que ela devia estar com raiva. Mas ela continuou a beber água e veio quando foi chamada, então achamos que ela devia estar bem. Depois ela mordeu o dedo de Basilkien e saiu correndo alucinadamente pelo quintal e mordeu um porco. Uma semana depois, Basilkien apareceu com sintomas de raiva e o médico fez um corte no dedo dele para tirar umas gotas de sangue. Então o doutor misturou o

sangue com leite e deu para Basilkien beber. Agora, enquanto escrevo esta carta, ele já está muito melhor e parou de se queixar! Postillion também já está bom, mas o médico disse que teríamos que sacrificar Fidelle, porque não se sabia o que aconteceria com ela, e por isso ela já não está mais aqui.

Todo mundo sente saudades da senhora. Diga a Olena que vou levá-la para um passeio na minha carruagem nova quando ela voltar para casa.

Nada, ainda, de Odessa, da filha mais velha da condessa, *madame* Kisielev. Assim que a notícia do parto bem-sucedido chegara, Rosalia insistiu na importância de dizer a verdade à *madame* Kisielev. O bebê não seria afetado pelo nervosismo da mãe. Além disso, que filha gostaria de estar longe da mãe numa hora de necessidade como aquela?

E, por isso, em sua última carta, a condessa pedira que a filha viesse a Berlim. *Por favor, venha rápido, minha querida Sofia*, escreveu ela, *se ainda quer ver sua mãe viva.* Anexada à carta, havia uma ordem bancária de 50 mil rublos. *Madame* Kisiliev poderia viajar bem.

Sofia

Naquela noite, a criada silenciosa e séria leva Sofia para o banho. E esfrega e limpa inteiramente o corpo da moça com a borda afiada de uma concha embebida em gotas de um perfume precioso. A roupa que toca a pele da moça é leve como uma teia, macia como a pele de um bebê recém-nascido.

Quando a unha de Sofia puxa um fio do tecido macio, a criada estala a língua e balança a cabeça, com a boca torcida numa careta. Sem o véu, a mulher não tem mais mistérios. Com seus dentes tortos e um nariz grande demais para o rosto, a criada belisca Sofia com a impaciência reservada àqueles cuja posição social ainda não está bem definida. Reservada a uma jovem escrava grega de futuro incerto que poderia muito bem não agradar à princesa.

— Sua Alteza está esperando — sussurra a criada. — Depressa, menina.

A princesa tem seus próprios aposentos no harém. Há uma lareira ladrilhada no quarto para noites mais frias do que essa. As paredes, forradas de madrepérola, marfim, e pau-de-oliveira, são mais bonitas do que a tampa da melhor caixa de jóias da casa de tia Helena. Há um tapete macio e espesso estendido no chão. Na cama, um reflexo dourado brilha no castiçal.

— Venha, minha doce sabedoria — diz a princesa, batendo com a mão num lugar ao seu lado. Ela não está de pantalonas, mas com um vestido largo. Através da fenda no vestido, Sofia vê a perna da mulher. Uma pele branca e macia que a moça não quer tocar.

A princesa tira o menor dos anéis.

— Tome — diz ela —, quero que você o use.

O anel é grande demais. Terá de ser diminuído. A primeira providência será chamar o joalheiro na manhã seguinte. Por ora, Sofia pode usar o anel pendurado num fio ao redor do pescoço.

Sofia baixa os olhos. Os pensamentos a abandonam. O corpo se arrepia, cada movimento é um esforço.

— Encoste-se em mim. Quero sentiu o seu calor.

Não faz frio, ela quer dizer isso, mas nada diz. No caminho até ali a criada silenciosa a fez entrar num cômodo com treliças e abriu uma grande arca. Dentro não havia nada senão um cinto de seda. A criada lhe lançou um olhar curioso e fez a mímica de que estava sendo estrangulada.

Sofia fecha os olhos enquanto a mão da princesa lhe acaricia o rosto, o pescoço, os seios. Mão quente e pesada que investiga o corpo da moça. Será que era isso que Mana sabia que lhe aconteceria?

Como ela foi tola de sonhar com o amor do sultão!

Alguém passa pelo quarto da princesa, algo farfalha, algo cai no chão com um baque. A mão que a toca fica congelada, mas só por um instante.

Nesse instante, Sofia fecha os olhos e tenta imaginar que essa é a mão de um diplomata estrangeiro rico, o homem do mundo que vai ensiná-la a dançar e lhe contar histórias de terras estrangeiras. Histórias em que as mulheres têm carruagens e belas jóias. Em que o cabelo delas é penteado para cima e enfeitado de flores, de pássaros e de fios de pérolas. Em que os homens sussurram palavras doces nos ouvidos das mulheres.

— Como a sua pele é macia, minha doce sabedoria.

"Chegue mais perto. Você não está com medo de mim, está?"

É isso o que o medo faz? Congela o coração? Impede a cabeça de sonhar?

Ela deixa a princesa segurar-lhe a mão. Mana lhe ensinou como propiciar prazer. Todo corpo tem os seus desejos. Ela sabe pressionar um músculo; primeiro, delicadamente, depois, cada vez com mais força, até a pressão interna se soltar. Sabe como desmanchar os nós de tensão, como proporcionar alívio.

Há um sorriso colado nos lábios de Sofia, uma contorção da carne faz a boca tremer. A princesa a chama de anjo, de menina doce, bela. De mulher sedutora. Nada faltará a Sofia. Nunca. Sofia será como uma rainha.

— Me beija — a princesa diz, apontando para os lábios. — Assim, não. Mais forte.

Nas coxas e braços de Sofia há machucados, mas ela não sente dor. É como se o seu corpo pertencesse a outra pessoa, a outra mulher a quem ela vê de cima. Uma mulher cujo rosto está coberto de beijos, cujo corpo parece preso à cama. Cujas roupas lhe foram tiradas e cujas mãos se agarram aos próprios seios nus. Essa outra mulher parou de lutar contra o próprio destino. Está deitada, imóvel, na cama macia, de olhos fechados. E tenta mergulhar o mais fundo que pode para que ninguém a encontre. Tenta se fechar ao toque que a arranca daquele estado de sonho. Não há nada acontecendo, a moça repete para si. Isso não é nada. Nada.

— O que foi feito uma vez — sussurra a princesa — não pode ser desfeito. O que foi feito uma vez nunca será esquecido. Agora, você é minha — continua a sussurrar. — Minha própria sabedoriazinha.

No escuro, Sofia reza para que o tempo voe, passe mais rápido. Os lábios estão doídos no lugar em que a princesa mordeu.

— Estou fazendo você feliz. Você não pode esconder de mim o seu prazer. Diga isso!

— A senhora está me fazendo feliz. Não posso esconder da senhora o meu prazer.

— Sou sua amante. Não há ninguém mais além de mim.

— A senhora é minha amante. Não há ninguém mais senão a senhora.

— Nem haverá.

— Nem haverá.

A cama está desfeita e úmida de suor; os travesseiros, caídos no chão. A princesa ainda lhe segura o braço, fazendo-a deitar ali. Existem outros tipos de sabedoria, diz ela. Muitos anseiam por ela, mas poucos são escolhidos. Ela só será revelada a alguns. A sabedoria que fala das verdadeiras delícias do amor, dos segredos que as mulheres comuns não estão destinadas a saber.

— Ouça, minha pequena sabedoria. Comigo, você vai saber de tudo isso.

Essas histórias falavam de viagens misteriosas através de desertos esturricados; de estalagens abandonadas, onde, apesar dos medos terríveis, refeições suntuosas aguardam o viajante exausto; de encruzilhadas onde enforcados anseiam pela piedade de um sepultamento; de velhos eremitas que conhecem o caminho. Basta ela fechar os olhos para ver os porões profundos onde o ódio e a inveja governam e os jardins perfumados onde a beleza e o amor encontram-se em segredo. Em busca do seu destino, os viajantes dessas histórias combatem a fome e a sede, lutam contra falsos desejos — os fantasmas que afastam a alma do seu sonho.

— Essas são as histórias da noite — murmura a sultana —, são todas para você, minha pequena sabedoria.

E há mais histórias. Histórias extraídas dos possuídos. Histórias de livros proibidos, de mulheres que sabem tanto quanto os homens, mas que protegem o seu conhecimento secreto com suas vidas.

— Sei todas elas, minha pequena sabedoria — diz a sultana. — E logo, logo você também vai conhecê-las.

Mas, um minuto depois, ela está roncando, o braço pesado no ombro de Sofia. Por algum tempo, Sofia tenta sair desse abraço. Levantar-se, respirar. A barriga se revolta e o café que bebeu lhe sobe à garganta. Por um breve momento de desespero ela considera ficar de pé no parapeito da janela e se atirar lá embaixo, no pátio pavimentado, mas ela não quer morrer.

E deixa as lágrimas correrem, silenciosamente, até o sono chegar. De manhã, terá alguma idéia. A sorte não vai abandoná-la assim de repente. Sem lhe prevenir, sem lhe dar mais uma chance. A sorte talvez tenha lhe pregado uma peça malvada, mas Sofia não perdeu a fé.

"Sou digna do leito de um rei", pensa Sofia, pouco antes que o sono chegue para consolá-la, pouco antes de se lembrar do perfume dos jasmins e da madressilva; pouco antes de se esquecer do cinto de seda no baú de ébano negro e da raiva gelada na voz da criada.

Os gregos não são nada além de nossos escravos, Sofia ouve dizer, a raça deles não é senão um perfeito exemplo do que acontece quando não se separam os homens das mulheres. Nenhum trabalho se concretiza, porque, com todas essas mulheres correndo pelas ruas, os homens querem apenas se divertir. A preguiça e as mentiras os governam. E os iludem.

Mas os russos, diz ela, protestando, não separam as mulheres dos homens. Nem os franceses. Nem os ingleses. Ninguém dá atenção a suas palavras. O que ela — um brinquedo que a fantasia da princesa criou — sabe? Fazendo tinir os sininhos nos braços para que sua chegada não passe despercebida.

O harém, Sofia ouve dizer, é uma bênção para a mulher. Sem ele, a mulher estaria exposta a olhares curiosos nas ruas. Aos olhos perscrutadores, à zombaria dos passantes. Ali, uma mulher encontra tudo o que possa querer. Por que ela gostaria de se aventurar do lado de fora? O que lhe falta ali?

Quando ela ri, as mulheres dizem: "Não ria demais senão você vai logo chorar."

É ali, no pequeno pátio junto da fonte, que as mulheres se reúnem: odaliscas, criadas e escravas. Nas mesas baixas, as escravas puseram argilas, casca de romã seca, casca de nozes, açafrão, rosas secas, murta, flores de laranjeira. Há ovos frescos cujas claras misturadas a *shebba* farão a massa espessa e granulosa que servirá para limpar a pele. Pois é com a pele, dizem, que fazemos contato com o mundo.

As mulheres, os rostos cobertos de máscaras pegajosas, permanecem sentadas, pacientemente, e conversam. As coisas têm de ser feitas direito, como sempre foram. Somente os presunçosos acreditam que se possa descobrir um jeito melhor de fazer do que o das gerações anteriores. Um jeito melhor de bordar ou de preparar uma máscara para o rosto. Um jeito melhor de dançar ou fazer café. Um jeito melhor de viver.

Mas também falam de outro assunto. De escravas cuja beleza chama a atenção do senhor, desses momentos para os quais a pessoa se prepara a vida inteira. Um momento em que a atenção de um homem pode mudar o destino da mulher; quando uma escrava pode se tornar odalisca; e depois, se for da vontade de Alá, talvez até a mãe de um filho do sultão. A menos que, um dia, no *hammam*, essa mulher encontre as portas trancadas, e o calor e o vapor lhe sufoquem a respiração.

Por quê?

As mulheres dão de ombros. Ela não sabe como é fácil causar inveja? Dar um passo em falso, dizer uma palavra que não deveria ser dita. Será que ela não sabe nada?

Toda noite Sofia tem impressão de ouvir muitas portas sendo trancadas. Há uma inquietação nela. Há uma força que se instala em seu interior assim que ela abre os olhos e não a abandona a não ser quando adormece sob o braço pesado da amante. A mesma inquietação que faz uma raposa presa numa armadilha arrancar a própria perna com os dentes.

Para afastar essa sensação, Sofia pensa no eunuco negro. A pele negra do homem tem um tom quente, e ele cheira a sândalo. *Hadim Effendi*, homem sábio, a princesa às vezes o chama, rindo. Ele era apenas um menino quando o levaram ao palácio pela primeira vez. Um menino que chorava a mais não poder até que uma das escravas tivesse a presença de espírito de cantar para ele. Agora ele é *kislar aghasi*, o senhor das donzelas. Ao contrário dos eunucos que guardam os portões do serralho, ele tem permissão para entrar no aposento das mulheres. E o eunuco negro gosta dos desenhos bordados de cores vivas, das jaquetas debruadas de ouro.

Hadim Effendi gosta dela. Foi o que Sofia descobriu numa das noites insones em que a senhora mandou-a apanhar um colar de pérolas, e ela se perdeu nos corredores do serralho. Para silenciar o barulho dos sininhos, parou junto à janela com treliças e olhou para fora. Uma bela lua, de um branco leitoso, iluminava a cidade que dormia. Era difícil de acreditar que pessoas viviam ali, naquelas ruas mal iluminadas. E que elas amavam, trabalhavam, dormiam e morriam ali. E que não havia ninguém ali além de Bekjih, o vigia noturno, cujos passos, quando ele percorria as ruas de pedras, soavam como se ele tivesse vindo do reino dos mortos.

— Você conhece as normas? — Hadim lhe perguntou, assustando-a com sua presença.

— Conheço — disse ela, encorajada pela lua. — Pelas normas, não se pode prender nenhuma mulher no palácio contra a vontade dela.

— Pelas regras, também se tem permissão para matar qualquer pessoa que saia. Você deve se lembrar disso.

Ele estava olhando para ela. Havia muita doçura nos olhos do homem, além da tristeza que Sofia já notara. Ela sorriu.

— Os segredos do palácio não devem ser partilhados entre os vivos.

Lentamente, como se estivesse adormecida, ela abriu a camisa e desnudou os seios. Ele não a impediu. E também não a tocou, mas ficou ali olhando-a por muito tempo. Ela não se mexeu.

Sofia tira os sinos barulhentos dos braços e bate à porta do quarto do eunuco.

— Entre — diz o senhor das donzelas, levantando os olhos de um livro grosso encadernado de couro.

— Vou morrer aqui se você não me ajudar — diz ela e suspende a respiração. Se dissesse mais uma palavra, ele poderia açoitá-la. Se dissesse mais uma palavra, ele poderia fazer com que ela implorasse para não ser morta.

O homem fecha o livro e faz um gesto para que ela se aproxime.

— Você não vai morrer — diz ele. — Em seus olhos não há nada senão vida.

Ele lhe estende uma xícara de café e, com um gesto, lhe pede que beba. Ela dá um gole, depois, outro, mas ele balança a cabeça e lhe diz:

— Beba tudo de uma vez.

Na borra do café, no fundo da xícara, ele lê o futuro dela. Ele não fala de uma morte sem dor. O que o eunuco vê são cinco cães que levam presentes. E vê também três camelos, carregados de mais presentes, e a luz iluminando o caminho e uma grande porta se abrindo. Além disso, há também uma árvore, com galhos que tocam o céu. Uma árvore de folhagem espessa e galhos cheios de frutos.

— Por favor — murmura Sofia. — Diga-me o que fazer.

O senhor das donzelas fixa o olhar na borra do café da xícara dela.

— Você vai viajar muito — diz ele, sorrindo. — Não há gaiola neste mundo que possa mantê-la presa.

— Vou ser uma mulher rica? — pergunta a moça, satisfeita de ouvir o que lhe parece ser a promessa de um marido mercador que possa levá-la nas viagens que ele fizer.

— Vai — diz o eunuco. — Mais rica do que você pode imaginar.

— Feliz?

Ele baixa a mão e balança a cabeça.

— Isso — diz ele — a borra do seu café não revela.

Há um longo momento de silêncio. Ela mexe com os dedos levando-os à blusa, pretendendo abri-la como já o fizera, mas ele estende a mão e a impede de continuar. É uma cor quente, de chocolate contra a brancura da mão dela. Quando os dedos dele lhe tocam os lábios, Sofia os beija.

— Me diga o que fazer, por favor — pede a moça.

— Nunca terei filhos, mas isso não me impede de sentir prazer — retruca o eunuco.

Ela fecha os olhos e sente a mão do homem lhe acariciando o colo.

Sofia deve esperar pelo momento da grande comoção. Quando ela vir os camelos no pátio, terá de estar pronta. E então, enrolada no *yashmak** de uma criada, terá de descer pela trepadeira que vai dar no pátio. A essa altura a princesa já deve ter notado a mudança em Sofia. Ela anda desatenta, impaciente. Outro dia, virou-se tão abruptamente que uma das escravas deixou cair a bandeja de café e todas as xícaras se espatifaram.

— Você vai estar lá? — perguntou a moça, mas o senhor das donzelas balançou a cabeça. Ninguém os pode ver juntos. Mas debaixo do jasmineiro, ela vai encontrar um cesto que deverá levar ao sair portões afora.

* Véu que algumas mulheres muçulmanas usam para cobrir parte do rosto em público. (N. da T.)

No quarto dia, de madrugada, ela ouve uma batida suave na porta. A princesa já adormeceu, e Sofia se veste rapidamente, no escuro. Põe pantalonas, e um *kaftan*. E o *yashmak* mais simples que encontra. Quanto aos sininhos, ela os enfia debaixo da grande almofada pousada no canto do cômodo.

Não há ninguém no corredor quando ela abre a janela. Lá fora, Sofia agarra-se à trepadeira e não olha para baixo. Por um instante, ela é de novo a criança, em Bursa, a Dodô que pode ultrapassar qualquer menino e subir nas árvores mais altas. As mãos lhe dizem que a trepadeira é velha e firme.

No chão, debaixo do jasmineiro, ela encontra o cesto. Dentro dele, um presente, *Nazar Bonjuk*, um olho de vidro azul, para protegê-la do mau-olhado. Ela o prende no *kaftan* e espera, por muito tempo, segundo lhe parece, até que os portões se abrem e surge uma caravana. Assim que o primeiro camelo entra no pátio, ela sai do esconderijo e se dirige ao portão. Uma criada que sai a serviço de sua ama. Quando chegar a hora, disse o senhor das donzelas, os olhares serão desviados, os punhais permanecerão nas bainhas, e ninguém receberá ordens para persegui-la.

O guarda dá uma olhada no cesto da moça e lhe acena para que cruze o portão.

Tomás

No palácio do *graf* Von Haefen, a chegada deles era esperada com impaciência visível. Enquanto a carruagem de Inácio aproximava-se do pátio da frente, Tomás viu que um dos guardas suíços do *graf* se pusera na ponta dos pés, e gritava em direção ao abrigo das carruagens, chamando um cavalariço para conter os cavalos que chegavam. Um criado alto que estivera a postos, junto às portas abertas, desapareceu assim que viu a carruagem surgir.

— Do que ouvi, não me parece improvável ser câncer — disse Inácio, indiferente aos sinais de impaciência de que pareciam ser alvo, concluindo o monólogo dos últimos dez minutos. — Insidioso. Vindo à tona quando nos parece já vencido.

Ele não mudou absolutamente nada, pensou Tomás, a menos que se levasse em conta seus cabelos brancos.

Tomás não estava prestando tanta atenção quanto deveria. Mas, na realidade, por que prestaria? Já que a condessa, como a maioria das mulheres de sua classe, tivera muitos amantes, teria realmente importância se esse *graf* alemão tivesse sido uma dessas *liaisons amoureuses*? Ele podia ver por que Inácio estava tão interessado na extraordinária influência da condessa em São Petersburgo. ("Afinal, Tomás, o czar, é seu amigo íntimo, e, imagino, pronto a ouvir.") Por que seria "extraordinária", Tomás não saberia dizer, mas tinha de ter algo a ver com a posição do finado conde Potocki na corte russa. Ou com as eternas esperanças dos poloneses, as lutas malogradas pela independência perdida. Sim, aos poloneses só couberam cartas de má sorte. Nenhum outro país fora devorado vivo em plena Europa das Luzes e ouvira dizer que aquilo era para o seu próprio bem. Mas a Polônia não era parte do que a velha Europa sempre fora? Uma prostituta que toma o partido dos fortes e poderosos, que se enfeita para obter os favores dos ricos?

— Só que ninguém morre por ser malfalada, Inácio — disse ele.

O palácio do *graf* Von Haefen era uma construção de dois andares, cor de areia, no estilo da renascença. No portão de entrada, de ferro batido, havia dois anjos rechonchudos presos aos seus pilares. O criado, ainda ofegante devido à correria escada acima e abaixo, com o debrum dourado do seu libré púrpura ligeiramente desbotado, conduziu-os a um pequeno vestíbulo cuja tapeçaria, adornada de ninfas, macacos e flores, refletia-se em espelhos dourados gigantescos. Pouco depois apareceu uma jovem mulher, magra, com o cabelo preto enrolado ao redor da cabeça. O diamante que ela trazia no colo, pensou Tomás, daria para comprar uma boa parelha de cavalos. Ela estendeu a mão para ser beijada. Inácio tomou-a primeiro, entre as dele. Em seguida, Tomás, com uma mesura desajeitada por cima da mão estendida, apenas roçou os lábios nela.

— *Mademoiselle la comtesse!* Como está a sua querida mamãe? Ela dormiu bem? A dor diminuiu?

— Afinal o senhor chegou, doutor — disse *mademoiselle la comtesse*, sem dar atenção às perguntas de Inácio. Os olhos da moça estavam injetados, as mãos tremiam ligeiramente, mas a voz era calma, serena.

— Mamãe passou a manhã toda esperando.

A filha da condessa estava usando um vestido simples, matinal, e, Tomás notou com algum espanto, o punho direito estava manchado de marrom. A juventude a tornava atraente, meio arisca, talvez, mas ela ganharia com um pouco mais de ar fresco e menos café. O aspecto macilento do rosto da moça não agradou ao médico.

— O dr. Lafleur, de quem falei ao *graf* von Haefen — disse Inácio, apontando para Tomás que se curvou ligeiramente —, vindo diretamente de Paris. Calorosamente recomendado pelo barão Larrey.

O nome de Larrey não causou nenhuma impressão visível na jovem condessa Potocka, que os conduziu escada acima e os fez entrar no salão majestoso que fora transformado em quarto de doente. Via-se uma cama estilo império, enorme, perto da parede, coberta por uma manta dourada. E, ao lado da cama, tinham posto um sofá-cama e uma poltrona. Um biombo oriental escondia a parafernália da doença, os frascos de remédio, o urinol. O ar estava pesado dos cheiros de leite de amêndoas, camomila e hortelã. E, subjacente, havia um leve cheiro de amônia que fez Tomás pigarrear.

A condessa, inteiramente vestida, estava reclinada na cama, de olhos fechados, e, em seu rosto, viam-se cílios negros uniformemente colocados nas pálpebras brancas. Ela respirava pausadamente, como se dormisse. Bastou uma olhada para Tomás perceber que a doença misturara a pele nos ossos. Estava mortalmente pálida.

Ela não precisa de médico, pensou ele, precisa de um milagre.

Os olhos do médico pousaram nas duas mulheres de pé ao lado da ama delas. Uma era obviamente uma criada, roliça e rosada, de tranças cor de palha presas ao redor da cabeça, como uma coroa. A outra, com um vestido amarelo pálido, um broche de camafeu preso a uma gola de renda que circundava o pescoço, concluiu ele, era a enfermeira. *Mademoiselle* Rosalia Romanowicz. Talvez ele devesse prestar mais atenção às palavras de Inácio. Lembrou-se vagamente dos elogios à habilidade de enfermeira da moça e à devoção desta à ama. *Filha de um herói polonês e de uma judia de Uman.* Ou essa seria alguma outra pessoa? Ele notou o cabelo castanho avermelhado, espesso, bem puxado para trás, e preso com uma fivela no formato de mãos entrelaçadas.

— Bom-dia, dr. Bolecki — disse a condessa, virando-se para Inácio, e pousando o dorso da cabeça no sofá-cama. — Esperei pelo senhor esse tempo todo.

Era uma reprimenda.

— *Madame*, vim assim que pude — respondeu Inácio, num tom que pareceu a Tomás muito semelhante ao de um colegial ansioso.

Tomás deu um passo na direção da cama, mas parou, sem saber se deveria começar o exame de modo tão abrupto. Os olhos eram claramente o que havia de mais admirável na condessa. Grandes, pretos e luminosos, eles lhe iluminavam o rosto. Fixos nele, nesse momento, perscrutavam-no. De repente, o médico se deu conta de que as calças que usava tinham se tornado folgadas demais e de que gostaria de ter encomendado umas novas.

— *Madame la comtesse*, dr. Lafleur, grande cirurgião — continuou Inácio no tom que parecia a Tomás o de um charlatão apregoando óleo de serpente e elixir da juventude. — O único, Alteza, a quem eu confiaria a minha própria vida. — E mencionou os anos passados no hospital de La Charité, e as conferências no Val de Grâce, e mais uma vez alardeou as recomendações pessoais do barão Larrey.

— Por favor, meu caro doutor — disse a condessa, levando a mão aos próprios lábios, o que fez Inácio fazer uma pausa. Os olhos da mulher não se afastaram de Tomás por um segundo, assimilando o nariz aquilino, as mãos avermelhadas e as calças largas que estavam lustrosas na altura dos joelhos.

Para se equilibrar, Tomás pensou no pai que tinha levado uma surra da ama por ter, inadvertidamente, atrapalhado a passagem dela. Lembrou-se das feridas que os senhores tinham infligido a outros criados: queimaduras nas mãos e nas pernas, cortes, açoites. Na Rússia, procurou se lembrar, não era à toa que se chamavam os servos de "escravos". Uma vez, em Vilna, pediram-lhe que tratasse de um homem cujas costas tinham sido quebradas pelos açoites que lhe foram infligidos por ordem do senhor para quem trabalhava. Quando o homem morreu, algumas horas depois, o senhor imediatamente mandou que outro servo se casasse com a viúva.

— O que o senhor está pensando, doutor Lafleur? — perguntou a condessa numa voz baixa e rouca, na qual havia uma nota de ironia, como se ela tivesse adivinhado os pensamentos do médico e já desmerecesse o raciocínio dele.

— A senhora não deve se esforçar, *madame la comtesse* — respondeu Tomás, aproximando-se da cama. Ele tentou não encará-la, mas apenas observar. O tom da pele, as manchas no travesseiro, eram indícios do que se abrigava no interior daquele corpo.

— Pois bem, doutor — disse ela, inclinando ligeiramente a cabeça. — De agora em diante, suas palavras serão ordens para mim.

O sorriso que ela lhe dirigiu iluminou o belo rosto fazendo-o pensar numa criança diante de um agrado raro, uma recompensa muito ansiada, uma esperança há muito perdida, mas nunca esquecida. À luz matinal que a inundava, Tomás imaginou ter visto o segredo da atração dela, tê-la percebido como ela se mostrara para todos aqueles homens de que Inácio falava. Homens que a amaram mais do que a quaisquer outras mulheres. Isso mesmo, ele a vira através daquela pele pálida e luminosa em que não havia mais frescor nem elasticidade; através dos lábios ressecados que se franziam como se estivessem prontos a lhe conceder segredos que não tinham sido revelados a mais ninguém. Você será o meu salvador, diziam os olhos da condessa. Não haverá ninguém mais, só eu e você. Toda a minha atenção, toda a minha lealdade serão suas. Nada e ninguém mais importam.

— Dispensei o dr. Horn, meu médico russo. Ele não estava me ajudando.

— A senhora sente muita dor? — perguntou Tomás, provocado pela referência fortuita a um homem infeliz, que, sem dúvida, tinha tentado tudo o que podia.

A condessa parou de sorrir. Os belos olhos estavam secos.

— Dizem que o meu ventre está apodrecendo, doutor, e como me dói. É esse tipo de descrição que o senhor quer de mim?

— Mas, *madame la comtesse* — protestou Inácio. — Coragem! A senhora não podia estar em melhores mãos.

— Deixe que o dr. Lafleur decida — acrescentou a condessa.

A enfermeira deu um passo à frente, pondo a mão no braço da paciente num gesto de apropriação. Um gesto firme, equilibrado, destinado a ser um aviso.

— Madame dormiu bem ontem à noite — disse ela. Era uma voz agradável, falava um francês com um sotaque apenas ligeiramente estrangeiro. Estrangeiro, refletiria Tomás mais tarde, apenas porque, apesar da ausência de erros, não podia ser atribuído a nenhuma região ou cidade específicas. — Mas hoje ela se queixou de dor nas costas. Dos dois lados.

Um pouco além dos vinte, foi a idéia que lhe atravessou a mente, ainda considerando a possibilidade (embora remota) de uma operação. Boa constituição, sólida. Não havia nenhuma fragilidade nela, nenhuma ameaça de desmaios. Ela não seria um empecilho.

— Rosalia, minha querida — disse a condessa. — Mande todos embora. Deixe o doutor me examinar. — E acrescentou, vendo que a filha hesitava: — Todo mundo. Apenas Rosalia e o dr. Lafleur ficarão aqui. Mais ninguém.

A condessa estava, na realidade, nos últimos estágios da doença que a vinha devorando há anos: o rosto era uma máscara de cera sobre a caveira; os braços e as mãos, transparentes. Tomás quase podia ver os tendões agarrados aos ossos. Ela se preparara cuidadosamente para essa visita. Vestia uma roupa de veludo bordado, daquelas que requeriam uma advertência às criadas, uma vez que os salários delas jamais poderiam pagar qualquer dano que o descuido pudesse causar à fazenda. Ele percebera que o vestido tinha sido apressadamente modificado para se adequar a um corpo cada vez mais magro. O persistente cheiro de almíscar e rosas selvagens era sinal de que ela se banhara e untara o corpo de óleo para esse encontro.

Ao se levantar, a condessa tentou se manter ereta, mas era óbvio que essa posição lhe exigia muito esforço. Mesmo de chinelos, baixos e macios, ela apoiou o braço no sofá, para manter o equilíbrio. A enfermeira se precipitou para segurá-la, mas a condessa balançou a cabeça.

Naquele momento, os olhos dela estavam acompanhando cada movimento de Tomás. Ela o estava observando, concluiu ele, com muito cuidado: como ele ficava de pé, como se sentava, abria a maleta, montava o estetoscópio.

O médico começou então a levantar o histórico médico da condessa, como ele havia procedido ao examinar seus pacientes no La Charité. Ela disse ter 50 anos, mas embora ainda fossem visíveis os traços de uma beleza incontestável, ele percebia que ela não estava dizendo a verdade. Mais perto dos 60, diria ele.

— Madame, quantos filhos a senhora teve?

— Dez.

— Quantos ainda vivos?

— Seis.

— Que idade a senhora tinha quando seu primeiro filho nasceu?

— Isso é importante?

— É — disse ele. — A sua história médica é importante.

— Eu tinha 17 anos.

— Houve alguma complicação?

— Não, meus filhos chegaram ao mundo com facilidade. Eles não me causaram, naqueles momentos, nenhum problema.

Ele perguntou se ela se lembrava das doenças que tivera quando criança, e ela então riu.

— Na minha infância, doutor, havia doenças de dois tipos: aquelas a que se sobrevivia e aquelas a que não se sobrevivia.

— A quantas a senhora sobreviveu?

— Minha mãe me falou de duas ocasiões. Eu estive à morte por causa da febre. Ela rezou por mim e a febre foi embora. E também tive sarampo.

O médico prosseguiu, perguntando-lhe sobre sua dieta alimentar, hábitos de sono, facilidade das funções corporais. Ela foi franca nas respostas, não demonstrando nenhum constrangimento, um fato que ele observou com alguma satisfação, uma vez que muitas pacientes mulheres esquivavam-se de lhe falar de movimentos dos intestinos ou de gases. Muitas vezes eram os parentes da paciente que lhe davam as informações necessárias para o diagnóstico. A condessa Potocka disse que comia muito pouco, tendo perdido o apetite já há muito tempo. Ela sentia sede constantemente, mas não podia beber mais do que alguns goles d'água. Qualquer tarefa, por mais simples que fosse, a deixava exausta. A enfermeira alisava as dobras do vestido da paciente, e assentia com a cabeça como se estivesse confirmando o que a senhora dizia.

— Quando a senhora começou a sentir os primeiros sintomas?

— Há cinco anos — disse ela —, eu estava emagrecendo, mas não me preocupava com isso. E perdia sangue.

As roupas de baixo ficavam manchadas de sangue, mas, afirmava o médico russo, isso era normal para uma mulher da idade dela, e, portanto, não havia nenhum motivo de preocupação. E ela continuou: era como se a menstruação tivesse voltado e ela sentisse uma ligeira dor na barriga. Naquela ocasião, era mais uma impressão do que um sentimento.

Mas essa dor começou a incomodá-la. O mal-estar, que, de início, era uma mera impressão, logo se tornou companheiro constante. Ela acordava ciente de uma dor que a acompanhava até que adormecesse. A dor começou a interferir no seu dia-a-dia, forçando-a a voltar para casa mais cedo, de um baile ou uma *soirée*, ou fazendo-a passar o dia na cama.

— Estou tão cansada, doutor! — disse ela. — Não posso me manter de pé sem que tenha a sensação de que vou desmaiar.

Tomás certificou-se de que a primeira hemorragia ocorrera há quase cinco anos. Os tratamentos não funcionaram. O médico russo, depois dispensado, sangrara-a por cinco dias consecutivos, dissera-lhe que havia calor demais nela e lhe recomendara banhos frios. E também a aconselhara a fazer uma estação de águas em Carlsbad, o que ela fez. A hemorragia não estancou.

Tomás virou-se e se afastou enquanto a enfermeira ajudava a condessa a tirar o pesado vestido de veludo.

— Pronto — disse a condessa, e quando ele tornou a se virar, ela estava usando apenas uma camisola de batista. O médico então pediu que ela deitasse na cama.

Tudo o que se precisava saber, as evidências da vida que ela levara, estava ali, escrito em seu corpo. Ele via as estrias das gestações, traços de pele seca nas coxas e nos seios. Quando jovem, ela devia ter sido ágil; os músculos, ainda que estivessem se deteriorando, ainda preservavam vestígios da sua força.

Os seios da condessa ainda eram cheios e macios. Obviamente, ela não amamentara os seus dez filhos. Nas coxas magras, havia cicatrizes. Uma série de cortes em uma, três marcas de queimadura na outra. Duas cicatrizes na parte interna dos joelhos eram, claramente, marcas de vacina de varíola — cicatrizes redondas e côncavas, mais esbranquiçadas que a pele ao redor delas. Ele também viu cicatrizes nas costas, traços compridos e esbranquiçados de algo cortante que tivesse castigado a pele.

Muitas vezes, enquanto o médico a examinava, ela fechava os olhos e respirava com dificuldade.

A barriga estava desfigurada, aquecida e dura devido à massa que crescia acima do útero. Fixa. Essa descoberta era por si só uma condenação à morte. Se a massa fosse móvel, ele teria tentado uma operação, mas jamais operaria um tumor que estivesse fixo. Ele concordava com a opinião de Le Dran de que, inicialmente localizado, o câncer tinha se espalhado pelos vasos linfáticos até chegar aos nódulos linfáticos, e, daí, à circulação. Era por isso que, quando Tomás fazia mastectomias, ele não deixava de dissecar os nódulos linfáticos relacionados, encontrados na axila.

Ele era inteiramente descrente dos diversos remédios que prometiam a dissolução do tumor. E também fora testemunha dos efeitos desastrosos de pomadas cáusticas. No que se referia à pesquisa do câncer ele não vira nada que fosse muito útil. Bernard Peyrilhe extraíra líquido de um câncer do seio e o injetara num cão. Mas tudo o que conseguiu foi fazer o animal uivar de tal maneira que a governanta protestou e o cão teve de ser afogado.

— A dor... — murmurou a condessa — está me fazendo acordar à noite.

O médico pôs o estetoscópio no peito dela. Ele podia afirmar que os pulmões estavam limpos. A dificuldade de respirar era sinal da fraqueza geral do corpo. O pulso da condessa estava rápido e fraco.

— O sangramento — interrompeu a enfermeira — nunca parou.

O absorvente que ela tirou rapidamente dentre as pernas da condessa estava manchado de sangue escuro. O médico pediu para vê-lo e notou que o sangue espesso estava empastado e coagulado.

Não havia anormalidades nos filhos que morreram pequenos, certificou-se Tomás. A condessa havia sido tratada com mercúrio algumas vezes, mas ele não percebeu nenhum indício de sífilis além de um coração fraco. Quando o médico calcou uma unha no indicador dela, detectou uma veia pulsante, sinal de uma aorta dilatada. Entretanto, não era isso que a estava matando.

— A dor — repetia a condessa.

Foi essa dor que tornara a continuação da viagem impossível e os obrigara a parar ali, naquele palácio berlinense tão generosamente oferecido por um velho amigo da família. Essa dor ocupava todos os seus pensamentos, e, assim, viajar se tornava impossível.

— Está nos meus ossos, doutor. Está no meu ventre. Não consigo me mexer sem chorar.

Com cuidado, ele desmontou o estetoscópio e tornou a guardá-lo no estojo de couro. Ele desejava que Inácio não tivesse sido mandado embora do aposento com os outros, deixando-o ali sozinho para pronunciar o diagnóstico. A enfermeira, por mais capaz que fosse, não seria de grande valia no momento da verdade. Ele esperava um desmaio, um ataque de nervos. Era hora de se falar de Deus, da vida depois da morte, da graça e do arrependimento. De destino e resignação. Não era conversa para ele.

— Por favor, doutor — disse a condessa. — Eu quero saber.

Inácio não concordaria comigo, refletiu Tomás. Ele perguntaria: que direito temos nós de afastar qualquer esperança? Por que interromper o fluxo da força vital? Privar o corpo de sua única defesa. Mas, quanto a Tomás, a esperança era uma noção instável. Ele aprendera a valorizar mais os fatos do que os sentimentos, e, até aquele momento, não via motivo para duvidar da sensatez desse modo de ver.

— Não posso lhe oferecer nenhuma esperança, *madame la comtesse* — disse ele, por fim, imaginando desafiar a voz de Inácio. — O tumor procede do ventre. Ele se alimenta do seu próprio corpo. É um tumor fixo. Não posso operar.

Ela permaneceu em silêncio, com os olhos acompanhando o movimento dos lábios dele. A enfermeira, o médico tinha reparado, tomara a mão da condessa na dela. Duas mãos, uma forte e macia, a outra, como a garra de algum pássaro faminto.

— O câncer se assemelha a uma invasão — continuou o médico. — O seu corpo lutou bravamente, mas perdeu a batalha.

Estimulado pela calma da mulher, ele lhe disse que, antes que a morte chegasse, ela podia esperar alguns dias melhores. Ela teria mais energia, não o bastante para andar, mas o suficiente para se dar conta da sua vida e se preparar para o fim. Tomás não evitou os olhos da condessa enquanto dizia tudo isso. A beleza deles espicaçava-o a continuar.

— Obrigada, dr. Lafleur — disse ela quando ele terminou de guardar os instrumentos no estojo de couro —, por me dizer a verdade.

— Sinto muito, realmente. Tudo o que posso fazer é tentar diminuir a dor.

A condessa fechou os olhos.

— Agora quero ficar sozinha — disse ela.

Sofia

Ela está de pé atrás de Mana, à espera de *monsieur* Charles Boscamp, o internúncio da missão diplomática polonesa em Istambul. No prédio da missão, o gabinete é um cômodo espaçoso e claro, com uma enorme mesa dourada no centro. Há um retrato do rei polonês pendurado na parede, acima da mesa. No retrato, o rei está segurando um mapa e olhando para uma ampulheta. O rosto do rei está triste e distante, como se ele tivesse pouco tempo para fazer tudo o que desejaria. Há rugas de tristeza em sua testa. A incerteza que a moça vê nos olhos dele faz com que ela se pergunte o que o rei teria visto na vida para deixá-lo com tantas dúvidas.

Não toque em nada, foi a recomendação de Carlo. Foi por causa dele que Mana realçou o vermelho dos lábios com carmim, e lhes deu mais brilho com folhas de nogueira. É difícil dizer se Carlo é guarda, criado ou mordomo nessa casa, pois ele foi bastante ambíguo ao descrever o que fazia ali. Mas às vezes, ao ouvi-lo, era como se o internúncio não desse um passo sequer sem consultá-lo. Há semanas, Carlo ia freqüentemente à casa delas, e a presença de Sofia parecia deixá-lo cada vez mais perturbado. A sultana andava fazendo investigações, mandando espiões procurar onde a sua pequena sabedoria morava. Nenhuma casa em Istambul estaria a salvo da busca por muito tempo.

— Não mostre seu rosto a ninguém — Carlo lhe dizia a toda hora, trazendo comidas e vinhos de presente. Diretamente da copa do meu amo, dizia ele, sempre, chamando-lhes a atenção para o gosto fino do internúncio. O que *ele* não vê, não *lhe* faz falta, Carlo também dizia. É esse amo que vai ser a salvação de Sofia, o refúgio dela. Foi a ele que Carlo contou a história de uma bela moça de Fanar que precisa ser salva do ardor de um jovem e pobre paxá. Quem mora em Fanar é tia Helena, e não elas, mas um pequeno desvio na verdade nunca fez mal a ninguém. A moça é filha de uma amiga dele, uma viúva grega, e honesta, que só deseja o bem-estar da jovem. — Uma moça — disse ele — digna do leito de um rei.

O internúncio ainda não está pronto para recebê-las, mesmo que já tenha passado muito do meio-dia. A festa anual da missão para comemorar o dia dedicado ao rei terminou de madrugada. Todo mundo esteve lá. Russos, franceses, ingleses. Diplomatas e homens de valor e importância. A casa toda ainda cheira a carne assada e cera derretida. Mais de uma centena de velas, disse Carlo, e todas se consumiram completamente.

Mana pôs um xale sobre a cabeça de Sofia.

— Não vamos vê-lo logo — sussurrou a mulher no ouvido da filha. — Fique ereta, mas sem olhar para ele. Mantenha os olhos baixos.

Mas Sofia não podia deixar de olhar. Depois do harém, esse é o aposento mais belo que ela jamais viu. As paredes estão pintadas de um azul que é da cor do mar e tem o brilho luminoso deste. As vidraças cintilam. Nas prateleiras, há fileiras de livros encadernados de couro. Será que o internúncio leu todos eles? Os mapas que se vêem sobre a mesa estão bem abertos, porque duas pedras brancas, crivadas de cristais brancos, impedem que as extremidades deles se enrolem.

Ela não sabe nem sequer os nomes das terras tão lindamente desenhadas nesses mapas. Sua ignorância a irrita, porque ela imagina uma outra mulher, uma mulher que pode andar por esses cômodos inteiramente à vontade, que fala dos livros que leu e das viagens que fez.

— Olhe para baixo — sussurra Mana, dando-lhe uma beliscada no cotovelo.

O internúncio não é como Sofia o imaginara. Ela achou que ele fosse alto, de mãos fortes, empinado. Ao contrário, ele é baixo e rijo, e o rosto, avermelhado e enrugado. Como uma maçã que se guarda para o inverno. E ela também não gosta dos dentes manchados e tortos do homem.

O nome dele pode ser Charles Boscamp, mas, mesmo que só em pensamento, ela não consegue chamá-lo senão de *internúncio*.

— Melhor ter certeza — diz o internúncio a Carlo, que domina o patrão em altura. Mas não há raiva na voz dele. Nem nenhuma tensão. Não, ele não é exatamente como ela o imaginara, mas as roupas que usa são ricas. Um robe de veludo verde bordado a ouro, meias brancas, e fivelas de prata nos sapatos. O robe estava salpicado do pó da peruca. Deveriam ter ensinado o camareiro a ter mais cuidado. Ela está tentando manter os olhos baixos, como a mãe lhe dissera, mas não pode deixar de observá-lo.

Há um ar de importância na figura do internúncio, na força das pisadas, na espinha arqueada para o alto. No jeito como ele torce as mãos, brancas e perfumadas como as mãos de um nobre. Ela o imagina montado a cavalo, as pernas fazendo as esporas incitar o animal a render mais. Ela o imagina tocando-a.

E gosta dessa idéia.

Mana está falando rápido, tranqüilizando o internúncio quanto à natureza mansa e ao bom humor de sua amada filha. Dodô nunca será um fardo para um cavalheiro. Não há nenhum traço de rabugice nela, nem de raiva. A filha é a própria doçura. Ela é toda dedicação, amor e pureza, tão diferente dessas moças francesas de quem ela ouve tanto falar, educadas para dizer o que pensam e achar seus anseios mais importantes que os de quaisquer outros. No coração de Dodô não há nada além do desejo de agradar. Ela sabe como ser grata.

— Ela é minha filha — diz Mana. — Minha amada Sofia. O senhor não se arrependerá.

O internúncio lançou um olhar penetrante à moça, como se duvidasse de todas aquelas palavras. Ela continua de olhos baixos, olhando fixamente para as fivelas dos sapatos de couro marrom do cavalheiro. E, então, cruza os braços no peito e treme.

— É isso mesmo que você quer, menina? — pergunta o internúncio, levantando-lhe o queixo. O dedo do homem é macio e quente. Seco como um punhado de areia. Os olhos são azuis, como o céu de Bursa, e o branco dos olhos, avermelhados da excitação da noite anterior. Será que Sofia vai conseguir que esses olhos não vejam nada senão ela?

Ela não diz nada. E deixa o peso do queixo descansar no dedo dele. As mãos de Sofia agarram o xale que lhe cobre o peito.

Os lábios da moça são finos e pálidos, mas há um sorriso neles. Um sorriso de prazer.

Ele lhe toca os lábios, devagar, desenhando-lhes o formato. E os afasta delicadamente com o dedo, tocando nos dentes de Sofia. Ela sente o gosto da pele dele, um gosto amargo, pungente, mas nada desagradável.

— Deixe-a, então — suspira o internúncio. Eles estão tão próximos que ela recebe o sopro azedo que atravessou a armadura de almíscar e rapé dele.

— Agora, não, meu ilustre senhor. Ainda não — diz Mana. — A moça está nos seus dias de menstruação e o nosso Senhor proíbe que uma mulher se deite com um homem nesses dias. Espere alguns dias e eu lhe trarei minha filha de novo, limpa e reluzente.

Mana está se resguardando de qualquer risco. Haverá um depósito de 1.500 piastras, com Kosta Lemoni, em Fanar. Lemoni é o negociante de especiarias que guardará o dinheiro para Sofia, ou seja, o dote que sua filha receberá no dia em que subir ao altar ao lado do noivo. Haverá garantias para gastos com passeios de carruagem, vestidos novos, e com os xales que Dodô aprecia tanto. Ela pode ficar com todos os presentes que ele venha a lhe dar: vestidos, anéis, pingentes.

— Mulher, você também quer a minha alma? — ri o internúncio, mas Sofia sabe que ele não se aborreceu com a esperteza da mãe. Ele é homem de honra, assegura o senhor a Mana. Fará o que se deve fazer. — Mas se ela me agradar — diz ele, de dedo em riste como se a estivesse prevenindo de que nem tudo estava acertado.

— Uma virgem — retruca Mana com ousadia — precisa de um bom professor. Aí então ela vai saber como agradar.

Ele gosta do que ouve. E ri, sacudindo a barriga para cima e para baixo, o que lhe deixa os olhos úmidos.

O senhor tira então um anelzinho do dedo e o põe furtivamente na mão de Mana. Elas poderão examiná-lo depois, com cuidado. Repare no peso do ouro, no brilho da pequena safira. Da cor, Mana diria mais tarde a Sofia, como se a filha não tivesse notado, dos olhos dele.

Ele usava a túnica cor de carmim bem amarrada na cintura. O carmim, ele lhe diria depois, é a cor dos nobres poloneses.

O internúncio está sentado numa poltrona dourada, com um copo de vinho na mão, as pernas abertas.

— Venha — diz ele, e a moça anda em passos lentos, olhando para baixo. Devagar, mantendo as pernas juntas, como Mana lhe mostrou que fizesse. Os dedos da mãe lhe enfiaram no corpo um pessário feito de bexiga de carneiro. Ela não deve fazer movimentos bruscos demais para não tirar o aparelho do lugar. Há um frasco com sangue de pomba escondido num bolso secreto na prega da camisa dela. Quando ele estiver dormindo ao seu lado, Sofia, sem fazer barulho, deverá espargir o sangue nos lençóis. Ela anda com passos miúdos, os quadris se balançando delicadamente.

— Mais perto — diz ele.

Ela está descalça, e a maciez e a riqueza do tapete lhe fazem sentir cócegas nos pés.

As palavras da mãe rodopiam em sua cabeça. Não o olhe nos olhos. Mantenha a cabeça baixa. Sorria, não ria. Mais tarde, haverá tempo para risos. Haverá tempo para dançar e se regozijar quando o seu futuro estiver garantido. Agora não, ainda não.

— Ele é um libertino — disse tia Helena. — Para um homem como ele não há nada mais doce do que corromper a inocência.

Agora a camisa dela está no chão. O corpo nu está coberto com um lençol, que brilha de tão branco. O cabelo foi muito bem trançado e preso no alto da cabeça, revelando-lhe a nuca. Os olhos foram pintados com *kohl*, os lábios, coloridos com carmim. No *hammam*, a mãe ajudou-a a raspar os pêlos das pernas e a fazer uma máscara nutritiva para o rosto, usando gema e mel. Ela sente a pele macia, quando a toca.

— Mais perto. Você não está com medo, está? — pergunta o senhor, levantando-se da cadeira, pondo a taça de lado. Na mesa lateral, há outra taça de vinho, cheia até a borda. É para ela, que deve acompanhá-lo na bebida. Ao prazer. Ao amor. Aos bons momentos. — A vida é tão curta, Dodô, tão fugaz. Não devemos extrair prazer de cada momento?

Assentindo com a cabeça, Sofia dá mais um passo na direção dele. Toma o cálice da mão dele e bebe o vinho lentamente, evitando olhá-lo nos olhos. Um pequeno gole atrás do outro. O vinho recende a carvalho e frutas vermelhas. É pesado, mas guarda um toque de doçura.

— Está bom? — pergunta ele.

Sofia confirma. É difícil para ela não lançar olhares para os lados. A cama do internúncio é grande. As quatro colunas quase chegam ao teto. Ela vê que debaixo do leito há um urinol branco, tampado.

O vinho a entontece. Ela ri e põe o cálice na mesa. Faz calor nesse cômodo e ela sente que gotas de suor se acumulam em suas costas e descem devagar. O internúncio torna a encher o cálice, mas, como ele não a convida a beber, ela não estende a mão.

Sofia então fecha os olhos, exatamente como Mana lhe disse que fizesse, quando ele afasta o lençol e a contempla atentamente por muito, muito tempo. Ele murmura algo numa língua que ela não compreende. Ele a cheira como um cachorro faria, o nariz bem perto da pele de Sofia, fazendo-lhe cócegas. E ele faz uma careta de desagrado.

— O seu cheiro — diz o senhor. — Forte demais para o meu gosto.

Ela estende a mão para pegar o segundo cálice de vinho e o toma rapidamente. Depois, sentada, ereta, deixa o lençol cair desnudando-lhe o corpo. É a sua beleza que precisa falar agora. O brilho nos olhos, a luminosidade deles. A pureza da pele. Ela toma a mão dele nas suas e a beija. Beija-a muitas vezes.

A mão do senhor lhe acaricia os seios, a barriga. Depois, desce, toca o monte de Vênus. Ela estremece.

O internúncio chama isso de *Mon Plaisir.**

A túnica tinha se desamarrado. Ele está nu, a barriga sobressai, saliente, acima de uma mancha de pêlo grisalho. O homem se vira de costas para ela e tenta se deitar na cama. Ela vê as nádegas penduradas. "Olhe para o outro lado", disse Mana. "Diga-lhe que você tem medo. Diga-lhe que ele é grande demais para você. Que ele vai arrebentar você por dentro e fazê-la gritar."

Mas ela não tem tempo para dizer nada porque ele se senta na beira da cama e faz gestos para que ela se aproxime. Ele está sorrindo, com os olhos apertados, como dobras de um tecido. A veia na têmpora aumentou de tamanho e está mais escura.

Ela se senta ao lado dele na cama e espera.

— Venha, menina — diz ele. — Sua mãe não lhe ensinou o que fazer? Será que eu deveria tê-la tomado em vez de você?

Ela balança a cabeça e cruza os braços, como se sua intenção fosse cobrir os seios. Parece-lhe que há uma nota de raiva na voz dele, mas talvez seja apenas impressão dela.

---

* Meu prazer, em francês. (N. da E.)

— Então faça o que eu lhe disser para fazer — diz ele.

Ela está pensando no pessário ali dentro. E se o aparelho sai? E se ele põe a mão ali e o descobre, e a chama de mentirosa? E a manda de volta para a mãe? As ordens são um alívio, pois então pelo menos ela sabe o que fazer para agradar a ele.

— Deite-se.

Ele é um viajante na terra de Vênus, ele lhe diz, um Explorador de verdade, para quem a visão de uma Terra Estrangeira é sempre bem-vinda. Uma Terra com todos os seus Portos, Baías, Pedras, Faróis e Cavernas. Principalmente, uma Terra ainda não Cultivada. Uma Terra para a qual deve-se estabelecer uma Orientação. Um Porto que tem de ser cuidadosamente avaliado para que a segurança da carga preciosa dele esteja garantida. E as Águas desse porto, exploradas com os Instrumentos Adequados para medir o tamanho e a profundidade dele.

Faça apenas o que ele quer que você faça, disse Mana. Faça-o feliz.

As velas fazem as sombras dançar no teto no aposento. Ela tenta não olhar para a pele flácida. Ele a tranqüiliza, dizendo-lhe que seu "Instrumento" e suas "Pedras preciosas" são de excelente qualidade. Ela deveria agradecer à boa estrela que a acompanha.

Ela pensa na pele macia e azeitonada de Diamandi e na força dos braços juvenis do rapaz. Pensa na corrida deles pelos campos, naquela corrida louca de desejo.

E sente o cheiro de vinho no hálito do senhor, ou será o cheiro dela? Em algum canto de sua memória há perguntas martelando. E se ela não lhe agradar? E se ela não for o que ele espera? E se ela não souber o que um homem quer?

Ele está resmungando, e a esmagando com o peso do corpo. Ele entrou nela com força, como se estivesse introduzindo algo macio e sem vida ali. As mãos descansam nos seios da moça, e lhe beliscam os bicos.

Ele se deleita com o grito dela.

Mas somente quando o senhor acorda de manhã, e lhe dá palmadas nas nádegas e lhe diz que as Fortificações, afinal de contas, não eram assim tão fortes, nem eram páreo para o Ataque Vigoroso dele, e quando ele vê o sangue nos lençóis, é que ela tem certeza de não tê-lo desapontado. Ele não vai devolvê-la à mãe.

Do lado de fora, no pequeno vestíbulo decorado com painéis de mármore verde-claro e urnas brancas gregas, *mademoiselle* Rosalia o deteve.

— Por favor — disse ela. — Apenas algumas palavras.

Os olhos castanho-claros da moça estavam injetados e as olheiras falavam de noites insones. *Filha de um herói polonês e de uma judia de Uman.* Ele sabia o que ela iria perguntar antes de ouvir qualquer palavra.

— Doutor, não há mesmo nenhuma esperança?

— Não, nenhuma.

— Eu também achava que não — disse ela, o que aniquilou o travo de irritação que havia na voz dele. — Mas tanto o dr. Bolecki como o dr. Horn antes dele pareciam tão seguros de que uma operação poderia salvá-la!

Rosalia, pois era assim que Tomás passou a pensar nela daquele momento em diante, insistiu em relatar os detalhes dos últimos tratamentos do dr. Horn. Era importante que ele soubesse, não era? Ela anotara tudo detalhadamente, se ele quisesse dar uma olhada: uso de laxante à base de sena e sais; trinta sanguessugas, de duas em duas horas, para restabelecer a harmonia interna do corpo; nenhum alimento sólido.

— O dr. Horn disse que o câncer sempre começa no estômago — disse ela, engolindo em seco. — O senhor também acredita nisso?

— Não encontrei muitas evidências que comprovassem essa teoria.

— Então, em que o senhor acredita?

— Não acredito em nada que eu não possa provar. Em muito pouca coisa, infelizmente.

Ela lhe lançou um olhar perplexo, mas não perguntou mais nada.

O dr. Horn, por quem Tomás tinha cada vez menos simpatia, era claramente um seguidor ardoroso dos métodos de Brossais. Foram os ungüentos cáusticos prescritos por ele que haviam irritado a região do estômago. Ele rabiscou uma receita para que o farmacêutico preparasse uma loção calmante para a pele.

— Por ora — disse ele —, eu dobraria a dose de láudano. Depois, mudaria para ópio puro para mitigar a dor.

Ela tomou a receita das mãos dele.

— Mandarei a criada providenciá-la imediatamente.

— Sinto muito — disse ele. — A senhorita deve estar me achando cruel.

— Não — protestou Rosalia balançando a cabeça. — *Madame la comtesse* queria a verdade. O senhor fez bem em não mentir para ela.

— Sinto muito — repetiu Tomás. — Não sei mais o que possa dizer.

Olga Potocka, *mademoiselle la comtesse*, o considerou um rematado tolo. Ela mordeu o lábio e disse que insistia em ouvir uma segunda opinião.

— O dr. Bolecki me assegurou que um cirurgião hábil seria capaz de tirar o tumor — disse ela.

— Claro, a senhora deve consultar outro médico, sem dúvida — disse Tomás. — Eu não sou Deus.

— Mas, Tomás — o rosto de Inácio estava rubro, ou de um grande esforço ou de vergonha, ele não saberia dizer. — Você tem certeza?

— Claro — respondeu Tomás. — Tenho absoluta certeza.

Ele teve de repetir as mesmas palavras alguns minutos depois quando o cocheiro das Potocki levou-os pelas ruas de Berlim, rogando pragas aos cavalos em russo ou em ucraniano, ele não saberia dizer.

— Não estou dizendo que você devesse operar, Tomás, mas acho que você deveria ter lhe dado esperanças — disse Inácio com um gesto de impaciência.

— Não acho que ela quisesse ter falsas esperanças. E não aceito mentir.

— O que é apenas uma das maneiras de se ver as coisas, meu amigo, amante da verdade — disse Inácio, obviamente constrangido, e respirando com dificuldade. — Agora, ela vai deixar que um charlatão se aproveite dela.

— Mas isso eu não posso impedir — disse Tomás, preparando-se para uma longa tirada, mas nada mais foi dito.

Os dois permaneceram calados até a carruagem chegar à casa de Inácio. Este apeou, mas não prosseguiu com as reprimendas. Tampouco desejou bom-dia a Tomás. O médico francês ficou olhando atento até a figura avantajada do amigo desaparecer atrás da porta da frente. Desapontado. Ele agora não teria mais nenhum prestígio na corte russa, Tomás pensou, não sem uma certa malícia.

Enquanto a carruagem rolava pelas pedras arredondadas na direção da Rosenstrasse, Tomás tentou conversar com o cocheiro e descobrir de onde ele era, uma tarefa difícil pelo fato de que eles tinham apenas algumas palavras em francês e alemão em comum. O homem se chamava Pietka e era cossaco.

— *Zaporoziano** — disse o cocheiro com orgulho. A pele ao redor dos olhos do homem tinha uma cor doentia. — Aqui — disse ele, apontando para a rua. — Nada bom. Nenhuma vida.

Tomás gostaria de saber o que um cossaco considerava vida, mas o francês de Pietka terminava ali. Enquanto o homem cuspia no chão, Tomás notou-lhe os dentes pretos de tão estragados.

— Umam — acrescentou Pietka. — Bela. Doutor sabe onde?

— Na Polônia? — perguntou Tomás. — Na Rússia? — Estava tentando se lembrar do que Inácio explicara tantas vezes. As mudanças de mãos, de alianças, as trajetórias de esperança e desespero. A Ucrânia, outrora a província polonesa mais oriental, naquele momento, fazia parte do império russo. A Polônia não participava mais do mapa da Europa, estava dividida entre seus vizinhos. De que lado esse cossaco estaria? — Na Ucrânia? — Tomás então perguntou. O nome provocou um aceno de cabeça vigoroso em Pietka, e uma torrente de palavras, velozes, como uma melodia. Ele devia ter tocado em algo de que ele próprio não se dava conta. E não sabia mais o que dizer depois.

Quando Tomás deu o primeiro passo em direção à pensão de *frau* Schmidt, o cossaco virou-se para ele e disse:

— A gente daqui. Nenhum coração! — Estalou o chicote e foi embora.

Sofia

Você tem de provocar ciúmes nele, disse Mana. É isso que faz um homem querer ficar com você; impedir que outros a possuam.

Sofia conta ao internúncio de um homem que mora do outro lado da rua e que a olha todo dia. Um banqueiro armênio, milionário, e

* Cossacos da região de Zaporizhzhia, na Ucrânia, que tiveram grande importância militar e política nos séculos XVII e XVIII. (N. da T.)

diretor da casa de cunho de Padishah. Ele estala a língua ao vê-la. E já mandou o criado chamá-la três vezes. Se ela concordasse em acompanhá-lo, o armênio lhe daria uma bolsa cheia de cequins.

— O que você respondeu? — pergunta o internúncio.

— Eu disse que meu senhor cuida bem de mim.

Mas o homem é insistente. Toda vez que a vê, ele mostra algo novo a fim de atraí-la. Um rubi do tamanho de uma noz. Um diamante que brilha ao sol como as estrelas no céu.

— E você não o aceitou? — pergunta o internúncio de novo.

A moça balança a cabeça e diz que não há nada nesta terra, nenhum diamante, nem rubi, nem safira que possa fazê-la se afastar de seu amado senhor.

— Sua mentirosa sem-vergonha — diz o internúncio, beliscando-lhe o rosto. — Confesse logo. Você está esperando que eu me afaste.

— Ontem — diz Sofia — ele abriu as dobras do *anteri* e puxou a jóia dele para fora.

— E de que tamanho era? — pergunta o internúncio, e ela lhe diz, ao ouvido, que é grande o suficiente para fazer santa Maria Madalena cair em tentação outra vez.

As roupas dele são bordadas com fios de prata e de ouro. Ela gosta da textura do veludo, da cambraia fina de suas camisas. O senhor deseja que ela ande descalça pelo cômodo. Às vezes, ele lhe pede que ponha os pés numa almofada porque ele gosta de lhe acariciar os dedos dos pés.

O senhor lhe conta coisas estranhas e maravilhosas. Conta daquela outra Grécia, de uma Grécia que ele chama de terra da sabedoria e da verdadeira cultura. Nessa outra Grécia, os homens possuíam a verdadeira nobreza de espírito. Eram heróis e guerreiros valentes, tinham corpos tão perfeitos quanto suas mentes e seus corações. E também lhe conta de mulheres que eram heteras,* mulheres tão sábias que famosos filósofos aglomeravam-se para vê-las.

— É a arte da conversa íntima, minha Dodô, que distingue as almas comuns das pessoas de qualidade. Toda mulher sabe como abrir as pernas, mas nem todo mundo aprendeu a não entediar os outros.

---

* Na Grécia antiga, cortesãs elegantes e requintadas ou, ainda, membros de uma heteria [espécie de sociedade política aristocrática]. (N. da T.)

Ela escuta cada palavra dele.

As mulheres gregas de hoje em dia, continua o senhor, não são senão réplicas daquelas outras, Laís e Frinéia, mulheres de inteligência rápida e de grande beleza temperadas de sabedoria e refinamento. Ele lhe diz que sente o coração sangrar quando pensa nos gregos modernos; gente escrava, e de coração covarde e inteiramente indigno da glória de seus ancestrais.

Como, ele lhe pergunta, é possível um punhado de turcos preguiçosos subjugar, armados de pistolas e punhais, os descendentes da antiga raça que produziu Homero e Scio?

Como podem os descendentes de uma raça tão nobre terem decaído ao nível de ladrões e prostitutas? Ele esteve nas aldeias gregas miseráveis cheias de fragmentos de antigas colunas que um dia ornamentaram um templo antigo. Os camponeses, envergonhados, escondiam esses vestígios da glória passada, como se fossem relíquias de ritos pagãos de que eles não desejavam participar. Numa dessas aldeias, o senhor lhe conta, ele um dia viu um pedaço de mármore branco onde se lia esta inscrição: C. MARCIVS. MARSVS/V. F. SIBI. ET. SVIS. Coberto de lama e esterco, o mármore cobria o chão do celeiro de um pastor ignorante.

Caso não tivessem lhe ensinado a admirar a coragem, a sabedoria e os talentos dos gregos, ele talvez considerasse a insignificância da raça dela com menos emoção. Os vitoriosos de Maratona, Salamis, Platea,* diz ele, com voz acusadora, enquanto dá palmadinhas nas nádegas de Sofia, aviltam-se aos pés de seus senhores turcos. Ele lhe conta como, nos jogos do Istmo, Tito Quinto anunciou aos gregos que eles estavam livres, o que não era senão um ardil — uma armadilha na qual todos caíram ao começarem a gritar de alegria. Pois o homem verdadeiramente livre não precisa alardear que está livre. Sua própria aparência e sua expressão são os arautos da sua independência.

— A sua cabecinha compreende alguma coisa do que estou dizendo, Dodô?

Ele então lhe conta a história da bela Laís, que, tendo saído da sua Sicília natal para a Grécia, atraía príncipes, senhores, oradores e filósofos

* Batalhas entre cidades-Estado gregas e os persas, no século V a.C. (N. da T.)

que corriam para vê-la e admirá-la. E que algumas mulheres do povo, ciumentas da beleza dela, assassinaram-na no templo de Afrodite, quarenta anos antes do nascimento do Cristo.

Ela pensou no assunto por alguns momentos. Pensou nos ciúmes que podem matar. Numa faca enfiada no coração de uma mulher.

— A arte da conversa — diz ele — é a mais poderosa das artes. Só ela pode abrir as portas dos palácios.

— E sobre que assuntos essas antigas heteras conversavam?

— Filosofia, arte, literatura. Elas gostavam de argumentar, de manter uma disputa civilizada. Coisas, minha pequena Dodô, de que você não tem, nem terá, a mínima idéia. Coisas complicadas demais para você.

— Me diga — pede Sofia.

— Dizer-lhe o quê? — ele ri da ansiedade dela, mas está satisfeito com isso. Pigarreando, diz: — La Mettrie afirma que tudo o que imaginamos procede dos nossos sentidos: nenhum sentido, nenhum pensamento; algumas sensações no corpo — algumas idéias na cabeça. Compreende?

Ela acha que sim, mas balança a cabeça. O senhor torna a rir.

— Se não existe alma, e se a essência da vida só pode ser encontrada em partes separadas do corpo, onde estaria situada a sua maior parte, Dodô?

Ela sorri e espera o que está por vir, mas ele se cansa do próprio jogo.

— Você precisa aprender francês — declara ele. — Não se pode ter nenhuma conversa inteligente em nenhuma outra língua. O francês é a língua da sociedade educada, a língua das cortes e dos salões.

— Então me ensine — pede Sofia.

— *La chambre, la cocotte, mes beaux yeux.**

Ele gosta quando a moça derrama óleo em sua pele e a massageia como Mana lhe ensinou. De início, delicadamente, depois, cada vez mais forte até chegar aos nós e dissolvê-los com os dedos. Ela se sente orgulhosa quando ele geme de prazer.

*Sans Vous je ne peux pas vivre.***

*Je suis Votre esclave.****

---

* O quarto, a panela, meus belos olhos. (N. da E.)

** Sem você não posso viver. (N. da E.)

*** Sou seu escravo. (N. da E.)

No palácio do sultão, ela lhe conta, há belas escravas que, ajoelhadas, servem à princesa. Elas têm o hálito doce e os olhos profundos e delicados. Toda ordem do sultão é obedecida imediatamente, pois o castigo chega rápido. Ela viu um quarto cheio de açoites dependurados na parede. Uma fileira de açoites, nos quais havia nós e pequenos ganchos atados nas pontas. Ela também viu sacos de aniagem cheios de pedras, prontos para serem usados na morte por afogamento.

Ele escuta.

— No serralho, os jantares são demorados. Podem durar horas. Trazem um prato de cada vez.

— Todo mundo sabe disso — diz ele, entre bocejos.

— Será que todo mundo sabe que os eunucos fazem questão de que os pepinos sejam servidos em fatias?

A barriga do senhor se sacode quando ele ri. Um dos dentes da frente é mais comprido do que o outro, o que lhe dá um ar ligeiramente torto. As sobrancelhas são grossas, espessas, e formam uma linha reta acima do nariz. Num homem, essas sobrancelhas, disse Mana, são um bom sinal. Isso e um peito peludo.

Ele quer saber sobre a princesa. Ela é realmente tão feia quanto Dodô jura que é? Ela tem uma pele espinhenta e um chumaço de pêlos pretos no lábio superior? Ou talvez isso seja só mais uma mentira? Talvez *houvesse* alguma coisa na força da sultana que não fosse de todo desagradável, não é mesmo? Ela é realmente o que os turcos chamam de *čibukli*, alguém devidamente equipado a desempenhar o papel dos dois sexos? As mulheres no *hammam*, no serralho, realmente não podem se tocar mutuamente?

Mas, mais do que tudo, ele queria saber das histórias de castigos. De açoites e cintos de cetim. De cadafalsos profundos dos quais se ouviam apenas os gemidos. De machucados roxos na pele branca leitosa. Histórias que se alongavam quando ela as contava, desviando-as, tomando novos atalhos, influenciada pela intensidade da atenção dele. Histórias que até a ela espantavam.

— Esses — murmura Sofia — são os segredos do palácio pelos quais eu deveria pagar com a vida, caso não tivesse conseguido fugir. O senhor talvez seja o único europeu ocidental a conhecê-los.

* * *

A garota de Gálata, que a antecedera, mandou palavras venenosas. *Sua víbora, sua puta imunda*, ela rabiscara numa folha de papel. *Vou lhe arrancar os olhos. Você vai ter que lamber o chão do quarto que era meu.*

— Eu nem sequer me dei conta de que a criatura desleixada sabia escrever — diz o internúncio, lendo o bilhete, amassando-o e jogando-o no fogo. — Agora, já sei o que fazer se você não me satisfizer como eu quero.

Ela não gosta quando ele diz coisas desse tipo. A garota de Gálata é mais moça do que ela e foi devolvida à mãe sem nenhuma advertência, só porque Carlo a distraiu com um brinquedo novo, uma diversão nova.

Há dias em que o internúncio não goza de jeito nenhum. As paredes do apartamento que ele alugou para ela parecem encerrá-la. Ela põe roupas novas; penteia o cabelo para cima; manda a empregada limpar o quarto de novo; arruma flores frescas ao lado do espelho, para que os botões se reflitam nele. Mexe e remexe na manta sobre a cama, nos travesseiros, até tudo ficar perfeito. Então espera, e continua a esperar, e, olhando pela janela, vê as outras pessoas, livres, andar pelas ruas. Às vezes, ela as inveja. Até os criados que carregam grandes cestos com peixes, ou conduzem burros. Inveja os cães que vagam pelas ruas em matilhas, ou se deitam e ficam torrando ao sol, certos de que ninguém vai incomodá-los.

Ele leva uma vida muito ocupada na missão diplomática polonesa, o internúncio lhe diz. Ele tem deveres importantes a cumprir. Uma posição delicada a manter.

— A arte da observação, minha pequena Dodô — acrescenta ele. — De saber o que não deveríamos saber.

Uma arte muito útil. Indispensável na política, uma vez que a política é a arte de se saber das coisas. De predizer. De jogar os seus inimigos uns contra os outros e se assegurar de que seus amigos permaneçam fiéis aos interesses pessoais. Uma arte em que o cavalheiro Charles Boscamp se supera.

Assim que ele chega, Sofia o ajuda a tirar o casaco e os sapatos. Na companhia dela, Boscamp se esvazia, clareia as idéias, se adoça para o prazer. Ela deve ser como o rumor de uma cascata, uma distração apaziguadora. Como um jardim onde ele encontra descanso.

— Eu gostaria de me inteirar da política — diz a moça.

— Tenho certeza de que você gostaria. — E ri quando diz isso, e lhe belisca as bochechas.

Ele gosta quando percebe a carência dela, o desejo pelo mundo dele. Às vezes Sofia acha que ele não tem mais desejo de nada, que a doçura em sua boca não é tão viva quanto a que ela sente. Que só depois de ver o prazer que ela sente é que o dele surge.

— *Divide et impera* — diz ele, enxugando as mãos numa toalha que ela lhe estende. — As deliberações do sultão disputam o poder. Não há nenhuma estabilidade na Porta.*

Os carinhos do senhor são breves, fugazes; as mãos tocam na moça como se ela fosse um travesseiro ou um cobertor espesso destinado a propiciar conforto. Ele gosta quando ela se ajoelha na frente dele. E não pára de falar enquanto empurra a cabeça de Sofia entre suas pernas. "Minha jóia", ele a ensinou a dizer. Ela logo aprende que a libertação chega rápido, e é grata por isso. Às vezes Sofia acha que ele prefere uma massagem ao próprio ato, porque assim ele pode fechar os olhos e, ao mesmo tempo, esquecer-se dela. A presença dele a deixa faminta, cheia de anseios. Quando ele sai, ela passa a ter prazer em se tocar, e, ao fazê-lo, imagina a mão dele esfregando suavemente o ponto doce entre suas pernas.

O internúncio gosta de falar. Ele conheceu o imperador da Prússia e o rei da Polônia. E lhe conta que o rei polonês só se tornou rei porque a imperatriz russa assim o quis. Ela mandou suas tropas para Varsóvia, o local em que ocorreria a eleição do rei. Alguns dizem que a imperatriz ordenou o assassinato do próprio marido, que morreu sufocado com o travesseiro dele.

Os homens tremem ao vê-la, diz ele. Belos rapazes russos se preparam para chamar a atenção da imperatriz, instruídos por suas mães na arte de agradar uma mulher. E toda a família deles faz planos para gozar de um futuro ilustre. O conde Vronsky, sábio amigo do internúncio, sempre se curva diante de todos os belos *valets de chambre* e chama qualquer um deles de *irmão*. Pois o conde sabe que pode chegar um dia em que um desses rapazes alcance uma posição superior à dele por um capricho da imperatriz.

---

* Era costume referir-se ao Império Otomano, pela posição de "portão" entre Europa e Ásia, como "a Porta", "Porta Sublime", "a Grande Porta" etc. (N. da T.)

— O que não é natural — diz o internúncio. — Não está certo. Subverte a ordem das coisas.

Sofia fecha os olhos e vê a imperatriz da Rússia apontando para um belo rapaz. E ela se imagina mandando tropas para a Polônia com o propósito de fazer do seu amante rei. Curvando-se sobre a mesa dourada e assinando papéis importantes. E batendo os pés no chão para que seus cortesãos se apressem.

— A Porta Otomana — diz o internúncio — é crucial para a imperatriz russa, conseqüentemente, minha situação aqui é delicada. Os russos detestam que os poloneses busquem o apoio do sultão.

Preveniram-no algumas vezes; fizeram-lhe perguntas na missão russa. Ele sorri para mostrar a Sofia que não está preocupado.

Ela derrama óleo nas mãos e as aquece com o seu sopro. Lentamente, começa a massagear os ombros do senhor, afastando a tensão que há neles. Ela adora quando ele fala desses assuntos importantes. De gente rica e poderosa e no entanto tão parecida com as *signoras* e *signores* de Fanar.

Uma vez ela comenta isso com ele. E então lhe diz que as pessoas parecem as mesmas em toda parte, que os poderosos não são tão diferentes dos que estão abaixo deles. E diz também que os homens não são assim tão diferentes das mulheres.

— Fanar — diz o internúncio — é o reino dos bisbilhoteiros, dos linguarudos que se alimentam de qualquer insinuação de escândalo, o reino da calúnia e da hipocrisia.

Na voz do senhor há raiva, impaciência.

— O mundo — diz ele — não é o que você imagina.

Rosalia

Ela nasceu no exílio, o pai sempre dizia. Melhor do que nascer no cativeiro, pois 1796, o ano do seu nascimento, era o primeiro ano em que a Polônia não aparecia no mapa da Europa.

— Você salvou a vida de seu pai — dizia-lhe a mãe. — Antes de você nascer ele não falava em mais nada a não ser na morte.

No gabinete do pai, havia uma gravura da Polônia sendo levada para o túmulo. A Polônia era uma jovem mulher de branco, de mãos acorrentadas. O túmulo era um buraco quadrado no chão, e havia três homens, a Rússia, a Prússia e a Áustria, que seguravam a pedra que cobriria a sepultura onde ela ficaria confinada.

— Mas não para sempre — o pai não se cansava de dizer.

Em 1795, em Maciejowice, derrotado pelos russos na última batalha da insurreição, Tadeusz Kościuszko, pensando estar morrendo, disse: "*Finis Poloniae.*"

— Era o que todos nós temíamos então, Rosalia — continuou o pai. — Mas estávamos enganados.

Os soldados da Legião Polonesa de Napoleão tinham uma resposta àquelas palavras ditas naquela hora tenebrosa da derrota:

Jeszcze Polska nie umarta póki my żyjemy
Co nam obca moc wydarta szablą odbierzemy
A Polônia não está morta enquanto estivermos vivos
O que nos foi tirado pelas potências estrangeiras
nós recuperaremos pela espada

Foi Napoleão Bonaparte, um homem de vontade férrea e um deus da guerra, quem ensinara os poloneses a vencer. Um deus da guerra que reunira os soldados poloneses derrotados sob sua proteção e lhes dera uma chance de combater os inimigos do país deles. Bonaparte, aquele que não tardaria a esmagar o poderio dos russos e tiraria a Polônia do túmulo. Então não haveria mais exílio, nem quartos alugados, nem o arrumar e desarrumar de baús e canastras. Eles voltariam para a Polônia, para o solar da família, que o czar da Rússia confiscara porque Jakub Romanowicz se recusara a parar de lutar pela liberdade da Polônia, se recusara a viver na escravidão.

Rosalia amava ouvir o pai falando assim. Amava o cheiro de rapé que havia nele, como o rosto espinhento dele roçava nos lábios dela.

— E agora, onde está a Polônia, papai? — Rosalia gostava de perguntar, preparando-se para cumprir um ritual familiar. Onde quer que estivessem — Paris, Roma, Livorno — a resposta do pai era sempre a mesma. Ele tomaria a mão da filha e a pousaria no peito dela.

— Consegue senti-la? — ele perguntaria, enquanto a mão da filha registrava o ritmo das batidas do próprio coração.

— Sinto — diria ela, na sua voz solene, séria, à espera do que viria.

— Essa, Rosalia, é a Polônia.

Ela acreditava no pai. Acreditava que a Polônia, essa bela donzela enterrada viva pela Rússia, pela Prússia e pela Áustria, um dia ressuscitaria. Como Jesus Cristo, o Salvador, ela surgiria dos mortos e conduziria as nações da Europa a uma nova ordem mundial. Um mundo justo e maravilhoso, sem guerras, nem ódios e nem escravos. Um mundo em que, para a Polônia, não importaria se o indivíduo fosse polonês, judeu ou cossaco, nobre ou camponês, negociante ou mendigo, pois ela, como uma boa mãe, abrigaria todos eles.

— Eu talvez não veja isso acontecer, Rosalia. Você talvez tampouco veja. Mas os seus filhos, ou os filhos dos seus filhos verão.

A voz do pai soava como pedregulhos num riacho. Ela as imaginava, imaginava essas gerações esmaecidas ainda por nascer. Sombras à espera do vir-a-ser. À espera do tempo delas.

Sofia

A garota de Gálata devia ter subornado o janízaro que o internúncio pusera à entrada do prédio, já que três fúrias gregas — a garota e duas primas — entram no quarto em que ela está sozinha. Jogam-se em cima dela. Arrancam-lhe chumaços de cabelo e lhe arranham o rosto. Ela ia tentar se defender, mas as três são maiores e mais fortes. A uma certa altura, ela quase consegue escapar, mas tropeça no próprio sapato e se esparrama no chão. Com esse mesmo sapato, as inimigas lhe dão uma surra, deixando o seu corpo todo machucado.

— Ele vai abandoná-la como me abandonou — grita a garota de Gálata. — Vai ver o quanto você é bonita com esse olho roxo e esses arranhões na cara.

E cortam os vestidos dela com navalhas. E também despedaçam o cálice que ela conserva perto da cama. Cospem nela, na cama, nos lençóis cuidadosamente dobrados no armário e lambuzam algo podre ali dentro. Então, saem tão de repente quanto chegaram. Ela ouve os passos das fúrias na escada. E se refaz, limpa o sangue do rosto, enrola-se num cobertor e sai correndo à procura da mãe.

O internúncio ficou chocado e muito pesaroso. É o que diz o bilhete que ele mandou. E ele também manda o seu médico particular sangrá-la e limpar-lhe as feridas. Ela está com febre e os calafrios fazem seu corpo tremer.

— Diga ao meu senhor — diz ela num murmúrio quase inaudível — que morrerei pensando nele.

O médico diz que ela não vai morrer.

— Ninguém jamais morreu de alguns arranhões. Os seus ossos estão intactos. Foi apenas um grande susto. Nada de mais.

Mana soluça num canto, amaldiçoando o próprio destino e a infelicidade da filha. Ela não quer acusar ninguém, mas sua filha correria menos riscos nos prédios da missão diplomática. Onde ela está agora, qualquer pessoa a encontra. Outro dia mesmo chegou alguém perguntando por uma moça grega chamada Sofia. Um homem de barba ruiva e olhos matreiros. Sinal de que a sultana não tinha esquecido.

Quando o internúncio chegou para visitá-la, já estava escuro. A inválida está limpa, cheia de curativos, com a respiração irregular, e a testa, quente.

— Se ela morrer — diz Mana —, nunca me perdoarei.

O internúncio parece inquieto. Toca a testa da moça como um pai o faria, procurando saber como a filha estava se sentindo.

— Pensei que poderia confiar minha única filha ao senhor.

— Pobre Dodô — diz ele. Na voz do homem há algo que poderia ser preocupação. Quando ele levanta as cobertas para examinar os machucados no corpo da moça, ele na verdade a está olhando.

Ele chama o médico e o conduz a outro quarto. Os dois homens falam alto e ela ouve uma sucessão de perguntas seguida de longas explicações. Quando os dois homens saem do quarto, o internúncio sorri. E diz para Mana que ele faz questão de que Sofia tenha o melhor tratamento. E acrescenta que dois dos seus empregados estarão à disposição da moça, dia e noite. As refeições dela serão levadas da cozinha dele.

— Eu sou assim como Laís? — pergunta ela.

— Só que você não vai morrer — ele responde, segurando-lhe a mão. — O médico me disse que você é uma pessoa de constituição forte. E que seria preciso muito mais do que o ocorrido para *matá-la*.

* * *

Ela pede que ele lhe fale da Polônia.

O senhor lhe conta de palácios com gramados verdes e centenas de criados, que correm de um lado para o outro. De carruagens velozes atravessando as ruas, de bailes em que mulheres da alta sociedade dançam *polonaises* e mazurcas. De quadros vivos em que as damas mais belas da corte aparecem fantasiadas de ninfas ou musas.

E o que fazem?

Nada. Posam como se um pintor as pintasse. Deixam todos admirar sua beleza. Os temas desses quadros muitas vezes ilustram um ditado ou provérbio. Ou uma velha história. Cupido, com seus cachos louros, debruçando-se sobre Psique adormecida, Dânae banhada pela chuva de ouro.

Ela pergunta sobre o rei. Os homens tremem quando o vêem?

Ele ri. Na Polônia, os reis são eleitos e, conseqüentemente, fracos. Os seus poderes são limitados pela liberdade dourada dos nobres. *Liberum veto*,* ele lhe diz. Lembre-se disso. E isso significa dizer que um nobre polonês pode vetar uma lei, um nobre polonês pode dissolver a *Sejm*** por razões pessoais. Um nobre polonês pode se opor ao desejo do rei.

— Coma, beba e desaperte o cinto — diz ele — é o que importa aos poloneses.

Ela escuta.

Ele não é polonês de nascença. A história dele é complicada, ele a previne como se ela não fosse capaz de compreender nada que tivesse importância. Ele nasceu na Holanda, mas os pais eram franceses calvinistas. O que, naturalmente, não significaria nada para ela, mas que, como qualquer pessoa inteligente saberia, significava que tiveram de fugir da França para salvar a própria pele. Os pais, uma vez que perderam suas propriedades, pouco puderam lhe dar além da educação. De que ele fez bom uso, servindo ao rei prussiano por sete anos, e, depois, mudando-se para a Polônia, onde o rei polonês, então recém-eleito, reconheceu qualidades extraordinárias nele.

— Foi por isso que me tornei polonês, minha pequena Dodô. O que para mim era muito melhor do que me tornar prussiano.

---

* Expressão latina: direito de veto inerente a todo membro da assembléia legislativa (Dieta) do antigo Estado polonês. (N. da T.)

** Dieta, em polonês, a assembléia de nobres. (N. da T.)

Ela não sabe dizer quando ele brinca e quando diz a verdade. A corte prussiana, ele gosta de dizer, está tão enamorada da frugalidade que os convidados levantam-se da mesa com fome e se pode ver o estofo cinza saindo das almofadas das cadeiras douradas.

— Não se pode simplesmente se tornar polonês?

Ele ri. "Simplesmente", não. Nem todo mundo. Um estrangeiro tem de provar o que vale, tem de mostrar com documentos que pertence à classe dos fidalgos. São anos de solicitações pacientes, de favores implorados aos que têm influência. Mas ele fez tudo isso. E agora até tem um nome novo, Lasopolski, que significa "procedente de uma floresta polonesa".

Ela olha para ele com orgulho.

— Já uma mulher estrangeira — diz ele, lendo a pergunta nos olhos dela — tem um caminho mais fácil diante de si. Tudo o que precisa fazer é se casar com um nobre polonês.

Ele lhe belisca a bochecha ao dizer isso, rindo da idéia.

— Que isso não vire a sua linda cabecinha — ele a adverte. — Seu pai era um negociante de gado. Você devia estar feliz com o que tem.

Ela lhe lança um olhar malicioso e faz que sim com a cabeça.

Em seus sonhos, a Polônia está sempre perto, um lugar em que ela tropeça quase que por acaso. Sabe que é a Polônia porque todos falam uma língua estranha que ela não compreende, e então faz uma reverência e pede para ser levada ao rei. "Ele saberá quem eu sou", repete. "O rei", diz ela devagar, fazendo o sinal da coroa sobre a cabeça. As pessoas a encaram, pasmas, por muito tempo, assentindo com a cabeça, mas não se mexem.

O sonho sempre termina antes que ela veja o rei, pois quando começa a correr na direção dele, a distância entre os dois nunca diminui, como se ela estivesse correndo com pernas bambas que afundam no chão.

Quando está sozinha na missão polonesa, ela vai ao gabinete do internúncio ver o retrato do rei. Na presença do rei, ela pratica reverências e delicados cumprimentos com a cabeça. Olha nos olhos azuis dele e diz coisas como "Minha alma está sedenta de vós, Senhor". Ou "A luz de vossos olhos é brilhante demais para a vossa humilde serva, meu Senhor". E ela fala na sua nova voz, que é doce e cadenciada, espessa como o mel que goteja de uma colher.

Um dia, quando ela está praticando o que lhe parecem ser boas maneiras, o internúncio a surpreende. Tendo se escondido atrás da porta, ele desata a rir e lhe diz que ela está sendo ridícula, ao servir de espetáculo.

E ele a belisca no traseiro, enquanto fala.

— Você não está se excedendo, Dodô? Não está esquecendo o seu lugar? A posição que Deus lhe deu na vida?

— O rei — diz o internúncio — está precisando de uma auxiliar de banho *à la Turque.*

Quando ela entra no gabinete, ele está espalhando areia numa carta que acabou de escrever. Faz um gesto para que ela se sente e começa a ler alto.

> *Massagens feitas por homens são como tortura, por isso a pessoa precisa ser turca ou um verdadeiro demônio para gostar delas. Os que já experimentaram esses banhos aqui dizem coisas semelhantes ao que se ouve em Varsóvia sobre cozinheiros e cozinheiras, ou seja, estas são mais limpas e, para nós, é muito melhor sermos servidos por elas quando se trata do primeiro prato. É apenas na companhia de uma mulher agradável que saiba dar banho, massagear e secar o corpo de quem a acompanha, de muitas maneiras, que podemos imaginar as delícias prometidas por Maomé aos seus fiéis muçulmanos. Conheço uma garota de Fanar, de 16 anos de idade, que agradaria enormemente Vossa Majestade. Eu poderia providenciar para que ela parta para Varsóvia assim que receber uma palavra de Vossa Majestade.*

Sem pensar, ela se levanta e atira os braços ao redor do pescoço dele. E lhe cobre o rosto de beijos. E pula, sem parar, de alegria.

O internúncio gosta de falar francês com ela. A verdadeira língua dos salões, diz ele, das conversas inteligentes. Agora, ela tomará aulas de francês. Todo dia, por três horas. Se não progredir, ele a açoitará.

— Aceito qualquer castigo — diz ela, olhando-o de frente — que venha do meu senhor.

— Que garota ávida você é! — murmura ele, mas ela percebe pela voz dele que sua exuberância lhe agrada. — Talvez eu devesse ter uma ponta de ciúme?

O ciúme, diz Mana, é um bom sinal.

Aquele dia — quando ela se prepara para lhe dar o alívio diário — ele a puxa para si e a beija nos lábios. Um beijo longo e demorado de que ela vai se lembrar por muito tempo porque lhe mostra que ela — talvez — não seja tão dispensável quanto ele quer fazê-la acreditar.

Nas semanas que se seguem, Sofia não consegue esconder sua excitação. Quando está sozinha, gosta de se imaginar em Varsóvia, uma cidade cheia de palácios e gramados verdes. No sonho, o rei é levado ao *hammam* por seus auxiliares, mas os manda embora e entra no recinto sozinho. Está nu, a não ser por uma toalha enrolada no corpo, uma toalha que ela irá tirar. A pele do rei é macia e perfumada, as mãos, delgadas. Ela imagina um pavilhão de banhos coberto de azulejos. No qual há músicos que, astuciosamente escondidos em túneis, enchem a sala de banhos de uma música deliciosa. Aquecidas pelo fogo, as mãos dela são tranqüilizadoras e fortes. Em volta, Sofia imagina jarros que contêm perfumes de jasmim e almíscar. O rei está cansado depois de um longo dia de governo. Ele conversa com ela, sua única amiga de verdade. E lhe fala de todos os que querem algo dele, e lhe tornam a vida um tormento. A cada movimento de suas mãos, ela dissolve as tensões e suaviza a tristeza dele. Só ela é diferente, diz o Rei. Só ela o compreende, o faz rir. Só ela devolve a vida ao coração real.

Há muitos outros sonhos como esse. Em alguns, ela não está mais no *hammam*, mas tem o seu próprio palacete em Varsóvia, com uma carruagem de seis cavalos brancos, um mordomo e um exército de empregados. Ela é amante do rei, e dama de honra. *Monsieur* Boscamp tem de esperar na antecâmara antes que ela se disponha a recebê-lo. Quando o admite em seu *boudoir*, ele se ajoelha e lhe diz que uma palavra dela, sussurrada no momento certo, pode mudar o destino dele.

— Verei o que posso fazer — diz ela, abanando-se. O leque está enfeitado de penas púrpura. Depois, ela se afasta dele, e se vê no espelho, um rosto perdido e indefinido.

Ele talvez queira lhe fazer lembrar de Istambul, mas é arriscado demais desagradar ao rei. Não se desbarata algo tão precioso como a graça do rei.

* * *

Há uma nota de triunfo na voz do internúncio quando ele lhe diz que o rei mudou de idéia e não precisa mais de uma auxiliar de banhos. Ele lhe dá a notícia casualmente, quando está saindo do quarto dela de manhã, pouco antes de fechar a porta. Como se não fosse nada de muito importante. E não lhe diz os motivos da decisão do rei. Simplesmente o convite não vai mais acontecer, só isso.

— Talvez haja outras oportunidades — diz ele, enfatizando a palavra *talvez.* — O conde Humeniecki está pedindo uma jovem grega para ser *frauzimmer** de sua irmã. Uma bela garota de bons peitos.

Ela é bastante bonita, ele lhe diz, mas os seios dela são murchos, sem forma e bastante inflexíveis. São como pêras penduradas na barriga dela e desapontariam qualquer homem de gosto exigente.

Rosalia

A equipe alemã do palácio de Von Haefen — uma equipe bastante reduzida como disse *Frau* Kohl, mas, nessas circunstâncias, mais do que adequada — guardou segredo. As criadas alemãs podiam ser vistas espanando os retratos, polindo a prata. Os ajudantes, sem fazer barulho, fizeram mudanças nos móveis da ala leste. Um decorador muito admirado em Berlim, e chamado para dar um novo aspecto aos cômodos da frente, já tinha sido avisado de que as reformas teriam de ser adiadas. Rosalia viu o projeto da nova decoração: grandes placas de mármore bege nas paredes, cortinas azuis e estreitas, vasos brancos nas duas extremidades do salão. Linhas despojadas e esparsas, quase constrangedoras em sua simplicidade, iriam substituir os cupidos rechonchudos e as paredes cobertas de seda carmesim.

— A senhora tem uma enfermeira excepcional — ela ouviu o dr. Bolecki dizer à condessa. — Um tesouro raro nos dias de hoje, em que a cobiça e o egoísmo governam o mundo.

— Sempre tive sorte, meu querido doutor.

— Cabe-me protestar. Essa sorte sempre ocorre por merecimento, *madame la comtesse.*

* Camareira, em alemão. (N. da E.)

Livre dos grampos, o cabelo de Rosalia espalhava-se pelos ombros. Ela estava se dando conta da pressão cada vez mais forte nas têmporas, uma pressão que, se não fosse contida pelo láudano, logo se transformaria em dor de cabeça. O dr. Bolecki tinha razão de ter insistido para que ela tivesse o próprio estoque, ali guardado no seu quarto. Derramou então cinco gotas num pouco d'água e engoliu a mistura antes que o gosto amargo se espalhasse na boca.

— O desânimo é uma espécie de traição — o dr. Bolecki também lhe dissera. — O que se aplica à política, e também se aplica à vida.

A pressa com que ele falou, agitando as mãos, tinha algo de pueril, algo que a tranqüilizava.

— Por favor, não me entenda mal, não tenho a intenção de questionar o diagnóstico do dr. Lafleur. Nem as decisões dele. Mas como seria possível continuar a viver? O destino das nações ou dos indivíduos é bastante parecido, no final das contas. A morte tem de ser combatida até o último suspiro, e mais além. Combatida com a esperança, que é mais forte do que o desespero.

— Meu pai teria concordado com o senhor — dissera Rosalia.

— Como me sentiria honrado.

Ela se dava conta do fogo que assobiava, das ondas de calor que chegavam aos seus pés, dos cascos dos cavalos percorrendo as ruas, e da pressão nas têmporas que então cedia. Além desse palácio meio vazio havia uma cidade, abundante de vida. O mundo todo repleto de vida e morte, esperança e desespero.

A cadeira rangeu quando ela se sentou à escrivaninha e tirou o diário da gaveta. Cada anotação era cuidadosamente separada da outra por uma linha grossa e firme. O tinteiro era de rara beleza, cor de âmbar, com tampa de prata. Uma das criadas alemãs trouxera o dispositivo para espalhar areia, que ela pedira, numa bandeja de prata, e o pousara silenciosamente na escrivaninha.

Desde sua chegada a São Petersburgo, em outubro do ano anterior, Rosalia havia feito anotações na tentativa de registrar detalhes do que sua ama chamava de "pequenas indisposições". Ela não gostava da palavra "pequenas". Depois do enterro de sua mãe, Rosalia deparou-se com o cirurgião desta na rua.

— Doenças graves, *mademoiselle* Romanowicz — disse ele naquela ocasião —, originam-se de pequenos sintomas que menosprezamos. O descaso por aquilo que, no início, nos parece sem importância é o que nos mata.

Estava tudo ali, no caderno encadernado de couro marrom de Rosalia. Mesmo na primeira semana, em meio a todas as suas obrigações em relação às acomodações, aos vestidos, aos horários de visita, aos procedimentos a serem seguidos com os cartões de visita, a condessa queixara-se cinco vezes de exaustão e de falta de energia. De ter chegado em casa mais cedo de *soirées* e de ter perdido o baile de outono da condessa Naryshkin.

> Depois do desmaio no palácio de inverno, o czar escreveu para saber da saúde de *madame* e mandou um buquê de orquídeas brancas. A carta do czar deve ser posta na mesinha à entrada do salão. E não se deve pôr nenhuma outra carta em cima dela. "Fique atenta para que a condessa Naryshkin a veja, quando vier visitar", disse *madame la comtesse* e sorriu como se esse tivesse sido o melhor dos logros. De noite, havia sangue na roupa de baixo, mas não era a volta da "*dame* Thérèse".

> "O destino de nossas famílias já não esteve ligado anteriormente?", perguntou-me a condessa quando tentei lhe agradecer por ter me acolhido em sua casa depois da morte de *maman*. A condessa me garantiu com veemência que não estava fazendo nada que o seu finado marido não esperasse dela, ao cuidar de uma criança que era uma das órfãs de Uman. O falecido conde não tinha sido padrinho de minha querida mãe quando ela se batizou e se casou com meu pai? A única retribuição que a condessa queria era que eu rezasse por ela nos seus momentos de aflição. O que prometi fazer, naturalmente.

> Presentes: broches com pérolas negras para os filhos da condessa. O ornamento de cada broche deve ser uma coroa dourada de folhas de carvalho minúsculas. (E também

duas dúzias de luvas brancas). As filhas receberão um pingente de diamante. Em sua última carta, *madame* Kisielev descreveu um pesadelo que tivera. Do mar Negro, surgiu uma onda que varreu sua casa. A única coisa que restou foram algumas madeiras, que se batiam umas nas outras e flutuavam nas ondas. A condessa ficou muito perturbada por causa da gravidez de sua filha. Mandou a *madame* Kisielev um ícone da Virgem Maria e uma oração especial para ser recitada toda manhã e toda noite. "Vai lhe proteger", pediu-me que escrevesse. "Como me protegeu quando você estava no meu ventre, esperando para vir ao mundo."

Providenciar: edredons de plumas, um para cada um dos filhos da condessa.

O conde Jeroslav está em São Petersburgo, tentando atrair a atenção do czar para a causa de seus irmãos e irmãs. "Acredito que ele não desistirá nunca", disse a condessa. Vi que as mãos dela tremiam e que teve de se segurar numa cadeira para se equilibrar. "Meus enteados afogar-me-iam numa colherada d'água se pudessem fazê-lo." Falava-se de algumas cartas malévolas que tinham sido copiadas e circulavam por São Petersburgo. Eu não quis fazer perguntas, mas a própria condessa me contou: "Meus enteados me acusam de matar o pai deles e de roubar a fortuna dos Potocki. Por sorte, como os motivos deles são óbvios demais para Sua Majestade, eles não conseguirão nada."

Hoje o czar mandou outro buquê de orquídeas e *madame la comtesse* sentiu-se forte o suficiente para passar o dia em Tsarskoye Selo. Esperei que ela voltasse por volta das nove horas, mas ela ficou até bem depois da meia-noite e chegou de bom humor. "Mostrar-se em bailes", disse ela, "é garantir que o mundo não vai se esquecer de nós. Assim que o seu luto terminar, espero que você possa me acompanhar a essas festas." Nessa noite, ela abriu uma gaveta secreta de sua escrivaninha e me mostrou três miniaturas de dois meninos e uma menina pequena. Kotula, Nicolai e Helena — os três morreram com dias de diferença um do outro e foram enterrados nos jardins de Sofievka. Em terra consagrada, disse. Toda primavera o jardineiro lhe manda as primeiras flores nascidas nos túmulos.

Uma cigana veio ler as cartas para a condessa. "A senhora verá seus netos crescerem", disse ela. "A grande dor ficará indo e voltando. Haverá uma longa jornada." A condessa me deu o seu vestido verde de cetim, para que eu o use quando tirar o luto. Ela disse que o verde vai bem com a cor do meu cabelo. O vestido está grande demais para ela, pois ela emagreceu de novo.

Lavei a pele da barriga da condessa com água e sabão, e depois só com água. Usei sanguessugas de alta qualidade, de Bordeaux. Primeiro, o dr. Horn deixou-as rastejar num pano seco, para deixá-las com sede. Começou o tratamento com duas sanguessugas, mas elas não se agarraram, então ele pediu um pouco de creme adocicado e o espalhou pela pele. Como isso não deu certo, o médico lancetou a pele da condessa.

O dr. Horn me deu uma loção (uma onça e meia de tintura de muriato de ferro, em muitas onças de água destilada) para aliviar a pele. E me disse ser muito melhor do que a pasta de cenouras cozidas que eu vinha usando. Alimentos permitidos: chá de camomila e uma taça de caldo acompanhada de um copo de vinho tinto forte.

Para as dores reumáticas: purgações à base de sena e sais, massagem acompanhada de pasta de urtiga para as juntas e ingestão de chá de urtiga. A dor no ventre vem aumentando, assim como as hemorragias. O dr. Horn continua a sangrá-la diariamente, para restabelecer a harmonia interna do corpo. A lanceta deixou equimoses e feridas nos braços e nas pernas dela. A condessa é muito forte, mas vejo que está ficando cansada. "Ele acha que é pago por cada quarto de sangue que tira de mim?", ela me perguntou uma manhã.

O dr. Horn quer estimular as funções vitais do corpo, e depois dissolver o tumor com medicamentos. A explicação dele: as doenças são conseqüência direta do excesso de estímulo dos órgãos que causa lesões. Os estímulos irritantes são: o ar frio, os alimentos, as drogas, os miasmas no ar, e as percepções — as influências morais no sistema nervoso. Todos os estímulos produzem contrações nos diferentes órgãos. A doença começa como uma mudança de função no órgão irritado, que, por simpatia, logo se espalha para outras partes do corpo. O câncer é conseqüência de uma inflamação. No caso da condessa, o ventre é um sintoma secundário. O estômago é a sede da doença, pois é aí que o excesso de estimulação sempre aparece primeiro. O único modo de curar o mal do ventre é reduzir essa irritação. Então, o tumor vai se dissolver, e a doença, retroceder.

A condessa chamou-me à sua cabeceira e me deu um anel e um colar de turquesas; a disposição das pedras fazia com que lembrassem miosótis.

As anotações feitas no diário eram curtas. A relação das estalagens e das distâncias percorridas, dos objetos perdidos ou postos em lugar desconhecido. Os momentos em que a força e a esperança aos poucos se dissipavam.

Hoje percorremos apenas três verstas antes do calor matinal.

Perdidos: uma echarpe vermelha, duas camisas de cambraia, uma caixa nova de pó para os dentes que tinha acabado de chegar de Freiberg, um vidro de óleo Schweizer, uma caixa de botões de barbatana de baleia. A perda mais sentida: uma aquarela do palácio de Uman feita pelo filho mais velho da condessa. Olga insistiu em dizer que o sumiço devia-se a negligência minha; palavras que me fizeram sofrer e chorar.

Sob o Ganso Dourado — a terceira estalagem com esse nome nos últimos cinco dias! A Águia Branca. Sob a Ferradura Dourada. A Garça Solitária. Sob o Javali.

Quebrados: a xícara chinesa com uma vista de São Petersburgo e o segundo pente de marfim esta semana.

Antes de partirmos de São Petersburgo, a condessa passou duas noites com o seu advogado, e depois escreveu cartas de despedida a todos os seus filhos, exceto o conde Mieczyslaw, com quem se desentendeu. "Por causa dele, meus pés nunca mais cruzarão o umbral do palácio de Tulchin", disse ela. As cartas estão aos meus cuidados, seladas, e foram endereçadas com a caligrafia dela. Devo me certificar de que sejam enviadas aos seus filhos, caso ela não sobreviva à operação.

Berlim: "Vi pacientes se recuperar de tumores maiores", o dr. Bolecki assegurou à condessa. "Pacientes que não tinham a sua força nem a sua coragem, *madame la comtesse.*" De manhã, o padre veio e a condessa recebeu a extrema-unção. "Para dar saúde e força à alma", disse o padre. A condessa chamou-nos, a Olga e a mim, ao seu lado e pediu que ajoelhássemos diante de São Nicolau e lhe agradecêssemos por esse dia de esperança.

A condessa pediu os figos frescos que o *graf* Von Haefen lhe mandara, mas pegou apenas um e o cheirou. Depois me pediu que o pusesse em sua mesa-de-cabeceira. E contou que quando era pequena, ela subia em árvores para apanhá-los. "Algum dia você subiu em árvore, Rosalia?", perguntou-me. Quando eu disse que já tinha subido, ela sorriu. "Sozinha?", perguntou. "Não, com um primo meu. Era uma árvore bem grande", respondi. "E você não caiu", ela comentou. "Não", acrescentei. Até uma conversa curta como essa a deixa cansada.

Ponho compressas de chá de camomila em suas pálpebras, porque ela se queixa constantemente de olhos vermelhos e vista cansada. Também experimentei usar eufrásia, com resultados excelentes.

O médico francês, tão bem recomendado pelo dr. Bolecki, chegou. Encontrei nele a total ausência de subserviência que meu pai sempre percebia e louvava. Ele é alto e um tanto magro e há nele um jeito meio descuidado, um toque de negligência distraída, um botão de punho desabotoado, uma gravata desatada, mas eu o considerei muito capaz. Ele concordou que o dr. Horn se excedeu na quantidade de sangrias e afirmou que estas foram responsáveis por uma enorme fraqueza. E não confia na hidroterapia.

Não haverá operação. O médico francês disse que é tarde demais.

Sofia

— A natureza produz redundâncias — o internúncio lhe diz. Eles estão dando um pequeno passeio no jardim da missão, um jardim malcuidado no qual se vêem algumas árvores e moitas agrestes. Ele chama a atenção para as pequenas árvores primaveris que brotam, esperançosas, da terra, ao redor de um velho carvalho.

— Veja quantas têm esperanças — observa ele. — A seu ver, quantas vão chegar a crescer?

— Uma — diz ela. — Talvez.

Alguns dos brotos já foram pisoteados, outros, estão crescendo perto demais da árvore. O jardineiro irá dizimar os que restam com a foice.

Agora, ela só ouve o retinir do metal na pedra de amolar e o silvo da lâmina.

— Talvez. Se ela for útil.

— A beleza é barata — ele lhe diz, e ela sabe que ele tem razão. Mana também repete isso, constantemente. — Ser útil, não.

Com Mana ela ainda pode discutir. Pode dizer que o internúncio gosta mais dela do que ele revela. Que a companhia dela o agrada e que agradar é bom. Ela é capaz de fazê-lo rir, e ele também gosta disso. Quando comem juntos, ele lhe ensina a usar o garfo e a colher. A erguer uma xícara de café sem que as pessoas a olhem, espantadas, num ambiente de gente educada. E isso não quer dizer que o internúncio tem planos com relação a ela?

Ele é um homem curioso e impenetrável. Quando ela lhe pergunta sobre o passado, ele dá de ombros e muda de assunto. Ele a pediu para se vestir de pajem tantas vezes que ela está começando a pensar que o internúncio talvez esteja cansado de mulheres. Quando, estimulada pela mãe, Sofia propôs lhe levar um rapaz, o senhor concordou. Mas depois, mandou o rapaz embora sem tê-lo tocado e disse à moça que só a estava testando. "Estava testando a sua disposição para se sacrificar", foi o que disse.

Mana costuma lembrar-lhe que o internúncio estará partindo dentro de poucos meses, e que ela não o verá mais. Sim, ela diz, mas... e há um mundo inteiro nesse *mas.* Um mundo inteiro de promessas. Vou sentir saudades suas, disse ele. Em Varsóvia, bem que eu gostaria de uma companhia alegre.

Ele vai me mandar buscar, Sofia diz à mãe. Só se for no dia de São Nunca, retruca Mana. Os homens são todos iguais, Dodô. Não confie neles. Cuide de você, porque ninguém mais vai fazê-lo.

— Está me ouvindo, Dodô? — o internúncio lhe pergunta, rispidamente.

— Estou.

— A beleza é barata — o senhor repete como se ela não tivesse escutado o que ele já dissera.

Ela faz que sim com a cabeça.

Ele lhe diz que o universo é feito de dois tipos de matéria, a ativa e a passiva, e que esses dois tipos se atraem. A dança do universo, ele descreve, a essência da própria vida, a única força capaz de desafiar a decadência e a podridão. No universo, tudo, toda a matéria que existe, é ou masculina ou feminina, e a função da essência masculina é penetrar na feminina, e infundir-lhe vida. O Sol é como um homem, enquanto os planetas que circulam à volta dele são mulheres. Os raios do sol fertilizam a terra que contém as matrizes de uma variedade infinita de formas de vida. Sem ele, não há nada senão morte.

Somente Deus, continua ele, está acima da luta universal. Somente Deus, que abrange todas as coisas, não é nem Ele nem Ela.

— Ouça-me, Dodô — diz o internúncio.

Uma bela mulher foi posta na terra com a missão de realizar deveres especiais. Nela, como em ninguém mais, vigora o princípio passivo. Extrair o melhor do espírito masculino, estimular a essência da humanidade é o dever, o destino dela. Usar o poder que ela recebeu para dar força à vida.

— Hoje você vai fazer algo para mim — diz ele. Ele a levará a uma festa particular dada por *monsieur* Stachiev, diplomata da missão russa. Ele acredita que ela saberá o lado certo de passar a manteiga no pão. Diferentemente de outras ocasiões, ela não vai estar vestida de pajem.

O seu vestido acabou de chegar. De um azul límpido como o do céu, enfeitado de tule, e com três laços amarrando o corpete.

— Vai deixá-la apetitosa — diz o internúncio, fazendo um gesto no ar como se ele a estivesse abrindo tal qual ela fosse uma caixa de bombons.

Seja esperta e fique de olhos bem abertos, disse Mana. Já houve benfeitores que desapareceram, e não deixaram nada senão dívidas a pagar.

— Vou deixá-los, todos, roxos de inveja — diz o internúncio.

Monsieur Stachiev chamou-a três vezes, o senhor lhe informa, na voz petulante que ele adota quando fala francês. Ela já compreende o suficiente para que ele abandone inteiramente o grego. Se ela tenta responder em grego, ele lhe diz: *Français, s'il te plaît.* No francês, os pensamentos dela saem inseguros, hesitantes. As palavras a iludem, pregam-lhe peças ao serem usadas, só para provar algo diferente do que ela pretendia. Em francês ela pede muitas desculpas, e fica muito mais quieta. Cada vez que Sofia comete um erro, ele a corrige com um ar de indiscutível superioridade.

Será a língua, também, parte da essência masculina?, ela se pergunta. Ou algumas línguas são masculinas e outras femininas?

Esta noite ele quer que ela seja especialmente agradável para *monsieur* Stachiev.

— Alguém está pressionando o sultão para que ele não me receba. Preciso saber por quê.

Até que ponto eu tenho que ser *agradável*, é o que ela quer perguntar, mas não o faz.

— E se ele me disser, e eu não compreender o que o homem está falando? — é o que ela pergunta.

Ele pára no meio do caminho, olha para ela e ri.

— É essencial — diz ele — mostrar mais e mais que você se tem em alta conta.

O internúncio não espera que *monsieur* Stachiev, o embaixador russo junto à Porta Sublime, diga a Sofia nada importante. Por que o faria? Mas se ela for agradável para ele e *monsieur* Stachiev perder a cabeça, sendo o tolo que é, então ele talvez tenha de abrir mão de algo pelo privilégio de uma doce visitinha a *Mon Plaisir*.

— O senhor quer que eu me entregue a ele? — pergunta Sofia. A garganta está seca, mas a voz da moça soa firme. Sua mãe ficaria orgulhosa de sua compostura.

— Se ele cooperar — diz o internúncio. — Mas só depois, antes não. Só quando eu lhe disser que prossiga. Hoje à noite, pode lhe dar uma prova, mas não o deixe saborear muito. Não tenho de lhe ensinar como fazer, não é mesmo?

Ela está pensando nos brotos que crescem ao redor do carvalho; no cinto de seda guardado num baú no serralho; nas noites em que o corpo de sua mãe arde em febre e em que a pele dela se abre em feridas. Feridas em que ela esfrega ungüentos malcheirosos sabendo que não irão curá-la.

Rosalia

— Fale-me dos seus pais — a condessa lhe pede.

A história deles começou naquele dia decisivo de junho, em 1768, em que a Ucrânia ainda era a mais oriental das províncias polonesas.

Um dia de junho, escaldante, em Uman, a cidade dos Potocki, jóia das estepes ucranianas, com seus porões cheios de ouro e vinho, e seu único poço totalmente desprovido de água. Os pais de Rosalia se lembravam bem daquele poço vazio, assim como se lembravam dos ossos secos nas estepes, esqueletos de homens e animais inteiramente descarnados pelos corvos, branqueados pelo sol. Como também se lembravam das moitas, suficientemente altas para que marginais a cavalo, os *haidamaks*,* pudessem se esconder ali tão bem que um viajante só os avistaria quando as lâminas frias de suas facas lhe tocassem a garganta.

Ucrânia, a província dos senhores poloneses, dos negociantes judeus e dos camponeses ucranianos. A terra das vastas propriedades em que o senhor governava como um rei e dos campos agrestes em que o único dono era um homem com uma faca afiada e um cavalo veloz. O camponês era um escravo, obrigado a lavrar a terra do seu senhor e a obedecer ao seu dono. Mas quem o encontraria se ele se negasse a aparecer? Quem o encontraria se ele fosse para as estepes e se tornasse um *haidamak*? Ou um cossaco zaporoziano livre, caso uma unidade cossaca o acolhesse e o deixasse viver no *Sich* (o refúgio cossaco nas terras à margem direita do rio Dnieper) onde nem o poder do rei polonês nem o do czar russo significavam grande coisa, onde os guerreiros cossacos podiam sonhar com uma Ucrânia livre, sem poloneses, nem russos, nem judeus.

A história deles começou com fogueiras na orla da floresta, rumores de enforcamentos e saques. Rumores de homens de sapatos grosseiros, de fibra, transformando árvores de vilarejos em forcas. De gargantas cortadas, presentes, recusados. De senhores poloneses e seus lacaios judeus. *Lach, Zyd i sobaka, vse vira odnaka*: Um polonês, um judeu e um sabujo, todos unidos pela mesma fé.

A história do ódio e da vingança.

A história do medo.

A história de uma menina judia e de um menino polonês que ficaram órfãos no mesmo dia em que as igrejas e as sinagogas de Uman foram destruídas pelas chamas.

---

* Membros de bandos paramilitares, formados de cossacos e camponeses locais, que atuaram na Ucrânia no século XVIII. (N. da T.)

— Por quê?

Rosalia tinha feito essa pergunta ao pai, muitas vezes. Por que os *haidamaks* saíam de suas casas e campos, e atravessavam as estepes ucranianas a cavalo para matar e incendiar?

— Quando os homens vivem na escravidão, seus corações alimentam o ódio e o pecado. Quando os homens se afastam da natureza, Rosalia, eles se afastam da razão.

— Então seu pai era um jacobino?

O pai dela acreditava que todos os homens nasceram iguais, e que nenhum deles deveria ser privado de liberdade. Isso o tornava um jacobino?

Do seu solar ucraniano, Helena Romanowicz, avó de Rosalia, pediu que lhe mandassem de Paris um exemplar do *Emílio*, de Jean-Jacques Rousseau, assim como outras mulheres de sua posição social encomendavam vestidos de baile ou *lingerie*. Ela amamentou o próprio filho, e lhe dava banhos frios, quer no verão, quer no inverno. Como ela proibiu que o enfaixassem, ele, em seu quarto de criança, usando roupas de flanela folgadas, podia explorar e perambular livremente. O filho se alimentava quando tinha fome, e ficava sozinho no escuro para acostumar-se a não temê-lo. Jean Jacques. Jan Jakub.

— Nada na natureza, Jakub, é ruim. O mal e a vergonha são crias da servidão e da repressão. Somente quando o homem se afasta da natureza é que o mundo se desconcerta.

Ele pensava sobre isso nas noites em que ouvia os queixumes do pai, as imprecações contra o mundo inteiro: o rei posto no trono polonês por sua prostituta russa, eleito no lugar de um príncipe de sangue azul da Saxônia; padres de barrigas avantajadas e caixas de coleta até maiores; judeus imundos sugando o sangue da nação cristã; servos estúpidos que o estavam arruinando com sua indolência ardilosa.

Sua mãe foi realmente a sua professora. *Pan** Jankowski, o preceptor contratado pelo pai, preferia passar os dias atirando em andorinhas e se contentava em ouvir Jakub recitar a lição diária, que se constituía de páginas do Alvarez, o livro de gramática. Sua mãe lhe ensinava francês e

---

* Senhor, em polonês. (N. da E.)

geografia, e lhe contava histórias do passado. Ela era entusiasmada pela história, mas, ao contrário do pai, não se importava muito com as glórias militares. O herói dela era Kasimierz Wielki, que, dizia ela, encontrara uma Polônia "feita de madeira" e a deixou "feita de pedra". Ela contava a Jakub sobre a rainha Jadwiga, que fundara a universidade Jagiellonian; sobre Copérnico, cuja teoria provava que a Terra se movia ao redor do Sol. Mas a maioria das histórias que ela contava alertava para as oportunidades perdidas, a dissipação e a traição. Ela falava dos magnatas, mais ricos do que o rei, cada vez mais poderosos, e que acreditavam apenas na liberdade dourada de que gozavam; das viagens do príncipe Radziwill a Paris, de seus cavalos usando ferraduras douradas, o que, para a turba parisiense, era um esbanjamento de poloneses num momento em que os cofres públicos estavam vazios na terra natal; dos poderosos Potocki, insatisfeitos com as suas vastas propriedades ucranianas, sonhando com a coroa polonesa; do *liberum veto*, a lei que um dia pretendeu proteger as vozes dissidentes e fomentar o debate, e que então era como ferrugem corroendo o ferro, ao permitir que um homem dissolvesse a *Sejm* por algum motivo pessoal. Ela lastimava o longo reinado da dinastia Sas, eleitores da Saxônia e reis da Polônia, a quem ela culpava pela dissolução das virtudes polonesas. O rei Augusto III, disse ela, fizera-se invisível. Em Varsóvia, os russos faziam o que queriam. A indiferença e a cobiça estavam matando de asfixia o país outrora poderoso, alimentando o ódio nos corações dos camponeses. "Coma, beba e desaperte o cinto", dizia ela, "é só o que importa aos poloneses."

— E sua mãe, Rosalia?

Uma dor aguda, ainda tão recente, tão viva.

O nome de sua mãe era Miriam, como o da irmã mais velha de Moisés que se escondera nos juncos e vira o irmão flutuar e se salvar; que se regozijara ao ver a filha do faraó, beijando a cabeça da criança, pedindo que ele fosse protegido de todo o mal; que perguntara: *Devo chamar uma aia entre as mulheres hebraicas, para que ela alimente a criança para vós?*

Miriam era filha de Abraão Davidowich, negociante de vinhos de Uman, e de sua mulher Raquel, que sempre guardava uma lasca da porta de Uman escondida no baú que o marido levava em suas longas viagens para que ele não se esquecesse do seu lar nem do seu povo. Quando viu as primeiras chamas do outro lado das portas de Uman, Raquel correu para o cemitério da cidade para preparar as velas para os vivos e os mortos, para acordar os antepassados de Israel, as matriarcas e os patriarcas, Adão e Eva. E para lhes pedir a pureza de sua alma, a ressurreição dos mortos, a libertação do exílio e a reconstrução do Templo. E lhes implorar o afastamento dos inimigos das portas de Uman. Suplicar aos mortos que a ajudassem a salvar a vida do filho.

Mas nem a razão nem a fé lhe serviram muito naquele dia de sangue e ódio.

— Fale-me de amor, Rosalia.

O amor estava à sua espera na moita de lilases, fechada e coberta de cachos de flores brancas e perfumadas. A moita de lilases para onde Raquel empurrara sua pequena Miriam e lhe pedira que ficasse escondida.

Miriam teve de fechar os olhos porque os brotos dos lilases estavam lhe beijando o rosto. A voz de Raquel lhe pedia com insistência que não se virasse, mas ela teria virado se Jakub não a impedisse. Jakub Romanowicz, um menino de calças curtas marrons, de cabelo louro, encaracolado, e olhos da cor do céu. Um menino gói, que a fitava em silêncio, e que naquele momento, lentamente, tomou a mão dela na dele.

"Como te chamam?" — sussurrou ele, e ela respondeu, "Miriam", já sentindo confiança nele. Ela deixou que ele a puxasse para si, fizesse um lugar para ela, fora da terra úmida que poderia lhe sujar o vestido. Deixou que ele lhe dissesse a melhor maneira de ficar ali, naquele esconderijo, por algum tempo.

Foi assim, em meio ao sangue e aos gritos dos assassinados, que as duas crianças que um dia iriam se tornar pais dela se apaixonaram, e tudo o que aconteceu depois não foi senão conseqüência daquele mergulho na moita de lilases em Uman. Naquele dia, Jakub protegeu os ouvidos de Miriam para abafar os gritos dos assassinados, sussurrando-lhe histórias. Histórias de fadas e de demônios tolos enganados por meninas espertas que mantinham sua presença de espírito. De um rei polonês a quem sua mãe chamara de polonês legítimo, pois ao contrário dos outros reis ele não viera de terras estrangeiras e não tinha outros reinos com que se preocupar a não ser a Polônia, e que iria a Uman salvá-los, todos.

"Dos cossacos?", perguntara Miriam.

"Dos cossacos e dos *haidamaks*", ele prometera.

Nas horas que se seguiram, vários homens passaram perto do esconderijo sem vê-los, e um pequeno cão também se aproximou, farejando, mas logo depois se afastou, mancando. Esse tempo todo Jakub ficou abraçado a Miriam, enxugando-lhe as lágrimas dos olhos e do rosto. Ele tapou os ouvidos da menina e ficou de vigia enquanto ela dormia um sono leve, no qual os olhos se mexiam sob as pálpebras. Ele desejava ver o que ela via naquele momento, e não pôde impedir que seus lábios roçassem os cabelos dela. Jakub também deve ter dormido, mas um sono febril no qual olhos de raposas mortas o fitavam e ele ouvira os gritos de sua própria mãe.

A moita de lilases que os protegera afinal denunciou o que escondia. Os ramos caíram sob o poder do sabre, revelando o rosto de um cossaco que pusera a moita abaixo, o *zupan* amarelo manchado de sangue.

Eram seis pares de olhos fitando uns aos outros. Um momento em que tudo se decide por razões nunca reveladas. A mão de Miriam agarrou-se à de Jakub, as unhas cravadas na pele do menino. Para Jakub, foi como se o coração parasse. Ele viu cada linha do rosto do cossaco, cada mancha de sangue e sujeira. Cada fio de cabelo do bigode comprido e de pontas enroladas, da cor da palha suja.

"*Ne lekayte se. Boh z vami*", disse o cossaco. Não tenha medo. O Senhor está convosco.

"*Budes zyty*", o homem acrescentou, quando o seguiram. Vocês vão continuar vivos. Os olhos dos dois estavam piscando à luz do dia. Miriam não soltava a mão de Jakub. Por ter molhado a saia, o tecido colava-se às pernas quando ela andava. Jakub tentava não olhar para os membros mutilados dos corpos, que se espalhavam na terra, tentava não ouvir o gemido dos feridos, implorando que os matassem.

Eles acompanharam o cossaco pelas ruas coalhadas de pedaços de madeira calcinada. Em Uman, antes daquele dia de junho, Jakub não vira nenhuma casa ser destruída pelo fogo. Tampouco vira a barreira de fogo, as grandes pedras ardentes que desmoronavam, a fumaça que então se acumulava formando nuvens negras, e, pairando no ar acompanhada do cintilar das fagulhas, tomava conta das ruas. Ele nunca imaginou que as chamas pudessem ser tão vivas ao lamber a madeira seca, nem que o ar pudesse ser tão quente quando penetrasse em seus pulmões.

Andando rapidamente, atrás do cossaco que os capturara, passaram por pilhas de escombros, livros com as páginas arrancadas, edredons vazios de penas. As penas cobriam as ruas como se fossem neve, flocos levados pelo vento. Havia tábuas de assoalho que tinham sido arrancadas na busca de tesouros escondidos. Um sapato, um sapato de cetim amarelo com um laço, esmagado e sujo de sangue.

"Quero ir para casa", Miriam lhe sussurrou.

Sim, seu pai fora um jacobino. O que para ele significava haver um motivo para tudo, haver explicações para a traição e para a vingança. Não acontecia nada a um ser humano que não afetasse as vidas de outros, que seriam então atingidos da maneira mais inesperada. O progresso da raça humana talvez estivesse deformado pela dor, mas ele tinha de ocorrer.

As tropas polonesas não chegaram a tempo de salvar ninguém. Quem chegou primeiro foram as unidades russas que, então, persuadiram os rebeldes ucranianos a depor as armas. "Somos vossos irmãos", disseram os russos, "unidos pela mesma fé. Podem confiar em nós. Celebremos a vossa vitória sobre os poloneses. Celebremos a vossa liberdade recém-conquistada". E assim os chefes ucranianos participaram de uma festa preparada por seus irmãos russos, uma festa da qual acordaram prisioneiros, e acabaram entregues aos seus senhores poloneses.

Essa era a hora da vingança, foi o que eles ouviram.

Miriam e Jakub. Era assim que Rosalia os via, duas crianças atravessando as ruas calcinadas de Uman. Ela sabia que o pai cobrira os olhos da mãe para que ela não visse os cadáveres de mãos espalmadas e olhos famintos. Que ele lhe sussurrara no ouvido: "Não vou a lugar nenhum sem você." Ela sabia que, antes que o tio de Miriam chegasse para levá-la dali e para que ela, como órfã judia, pudesse ser criada em meio à sua própria gente, eles permaneceram juntos nos escombros calcinados da casa ancestral do pai dela e sabia também que Miriam não deixava ninguém fazê-la dormir senão Jakub.

Um amor de verdade, o pai lhe dizia, nunca morre. Uma vez juntas, algumas almas nunca se separariam, não importava quão severa tivesse sido essa separação.

* * *

Dez anos se passaram antes que Miriam visse Jakub de novo. Dez longos anos em que apenas as lembranças os sustentavam, em que o amor podia apenas ser imaginado. Dez longos anos de saudades e sonhos.

Jakub, então capitão do exército polonês, acabara de chegar de Varsóvia, e estava à espera de Miriam, no escuro, como um ladrão. Ele a esperava do lado de fora da taberna de Uman em que ela trabalhava desde que completara 14 anos. Logo haveria um casamento, pois a mão dela estava prometida ao filho mais moço de um rabino. "Um bom menino judeu", ela ouvira. "Que deixaria todos nós orgulhosos."

Miriam não queria que existisse nada parecido com casamento. Ela queria ser velha, de cabelos grisalhos, e feia, ou poder fugir e se esconder na floresta. Esconder-se num buraco, numa toca, numa cova em que ninguém pudesse encontrá-la. Onde todos a deixassem em paz. Para uma moça judia, um rapaz polonês era um perigo, um problema. Ele era um sonho que seria melhor esquecer.

Iluminado pelo luar, o rosto de Jakub lhe pareceu pálido, abatido, e no entanto tão belo e tão estranhamente familiar. O nariz dele era pequeno, e o cabelo, desalinhado e farto, estava amarrado na nuca com uma fita preta. A luz se interrompia ali, como se partida ao meio. As roupas dele eram tão elegantes — pensou ela, com uma ponta de vergonha devido ao seu vestido singelo — uma camisa de cambraia, calças meio curtas de couro, fivelas prateadas nos sapatos.

"Miriam", ela ouviu. "A pequena e doce Miriam."

Ela queria chorar de vergonha. Vergonha dos cheiros da estalagem, do chucrute e dos picles que ela pusera de volta nos barris havia apenas alguns minutos. Vergonha da aspereza de suas mãos.

Ela fugiu naquela primeira noite do retorno de Jakub.

Mas Miriam não se afastou suficientemente rápido. Na noite seguinte, ela parou para ouvir quando Jakub falou dos anos de saudades. Da imaginação dele, que, onde quer que ele estivesse, sempre o levava às ruas de Uman à procura dela. De saber que ela também pensava nele, de ouvir a voz dela chamando-o através das estepes. Um polonês e uma criança judia unidos por um destino comum, unidos por um amor mais forte do que qualquer coisa que os tentasse separar.

"Você deixará esse amor ser o nosso mestre", perguntou ele, "nos tornar melhores e mais sábios?"

Pois o capitão Jakub Romanowicz já pedira permissão ao conde Potocki para se casar com uma judia de sua pequena cidade, e o conde prometera ser o padrinho de batismo da moça.

Ainda estava escuro naquele dia em que Miriam fugira da casa do tio, e subira na carruagem de Jakub, sem levar nada consigo a não ser a pequena estrela de madeira que seu tio carpinteiro um dia fabricara para ela. A capa de viagem que ela usava cobria o vestido cinzento, sem graça, mas não cobria os sapatos, gastos dos lados.

Era assim que Rosalia sempre veria a história. A carruagem partindo veloz em direção a Varsóvia, deixando para trás os campos em que a colheita amadurecia e os vilarejos acordavam. As casinholas de madeira, de paredes caiadas, e fileiras de paus cruzados rematadas com colmo. Celeiros, galinheiros, igrejas com cúpulas em forma de cebola, e telhas escuras de cedro como escamas de algum peixe gigante. Os pequenos pomares, cercados de ramos de salgueiro, nos quais maçãs e cerejas amadureciam. As hortas, onde se viam vagens, pepinos e abóboras crescendo. Onde crianças descalças esfregavam os olhos espantando o sono, e pastoreavam vacas e gansos. Onde as mulheres saíam dos alpendres de madeira e esticavam os corpos para terem um breve momento de arroubo antes de mergulhar novamente no interior da casa.

Miriam e Jakub.

*Ego, Andrzej Jankowski, baptisavi judeum, conversum ex infedilitate judaica cui imposui nomen Maria.**

Esse amor, seu pai sempre dizia, era muito maior do que o ódio e a dor, muito maior do que a morte.

Sua mãe se calava. "Não há nada a contar", repetia ela quando Rosalia perguntava sobre seus avós maternos, o tio e a tia que haviam criado a mãe. Daqueles anos em Uman em que ela apenas imaginava Jakub, em algum lugar além das estepes. "Não me lembro", repetia ela, chamando a atenção para algo que precisava ser feito: um botão pendurado pelo último fio, uma tarefa inacabada. Ela sabia como se tornar invisível toda vez que o componente judaico aparecia na mansão de Zierniki, ou que homens vestidos de preto com cachos de cabelo ao lado da cabeça passavam por eles.

---

* Eu, Andrzej Jankowski, batizo a judia, convertida e ex-infiel judia, a quem imponho o nome de Maria [em latim]. (N. da E.)

*Przechrzta.**

Uma judia que se tornar católica será sempre judia.

Era esse silêncio que sobreviveria às palavras de seu pai.

Sofia

A festa particular acontece numa casa alugada. É uma casa turca. Ela sabe disso porque viu o pompom de cores vivas pendurado no portal, girando ao vento, cuja finalidade é atrair o mau-olhado, e, afastando-o da casa, devolvê-lo aos olhos cristãos que o trazem.

Na sala aonde o internúncio a leva, há homens sentados no chão à moda turca. Sobre o tapete, há uma toalha estendida, e, em cima desta, tigelas e pratos. Ela vê as perdizes de que gosta tanto, e fatias de carneiro assado, rosadas por dentro; berinjelas assadas e pedaços de pimentão vermelho; travessas com caviar vermelho e fatias de abacaxi; vê também ostras — uma travessa inteira de ostras, brilhando à luz das velas.

Ela aperta mais o braço dele.

— Odalisca — alguém diz. Um dos homens inclina-se para a frente como se quisesse vê-la, mas, quando Sofia sorri para ele, o homem faz uma careta engraçada e com a mão fechada na altura do coração faz como se uma seta o tivesse atingido. A hora dela chegará, não há motivo para apressar o prazer. Ela não vai embora, ou será que vai? Por ora, a conversa pode se voltar para assuntos muito mais interessantes.

Os cavalos turcos são muito elogiados por sua natureza gentil, e pelo respeito com que tratam seus donos. O método otomano de ensinar disciplina e obediência. Se o dono deles deixa um cajado cair na estrada, o cavalo turco apanha o cajado com os dentes e o suspende, levando-o ao homem.

O internúncio ri ao ouvir essa história, embora Sofia não perceba o que pode haver de tão engraçado num cavalo obediente.

Os cavalos turcos também são belos, com suas crinas negras e compridas, e os imensos olhos flamejantes. Doces e inteligentes. Na escuridão e solidão das cocheiras européias, a beleza e a doçura desses animais estariam perdidas para sempre.

---

* Designação que os poloneses davam aos judeus convertidos. (N. da E.)

Ela os observa, homens aquecidos pelo vinho, os corpos estendidos no tapete, recostados nas almofadas: europeus, visitantes, viajantes à procura do que imaginavam pudesse atraí-los.

A conversa gira em torno de outros assuntos: os turcos que recebem ordens do sultão para espionar os estrangeiros; os amigos que, de seus países de origem, lhes fazem muitas encomendas. O que estes mais cobiçam é o bálsamo de Meca, como se este fosse obtido de graça em Istambul. As mulheres francesas são consideradas ousadas e arrogantes demais. Até mesmo a viagem mais rápida a Paris lhes mostra que as mulheres dominam a França, e todos sabem o que acontece com os países governados pelo sexo mais fraco.

— *Monsieur* Stachiev — cochichou o internúncio no ouvido de Sofia, apontando para o homem que acabava de entrar, um sujeito atarracado, com uma peruca torta. O embaixador russo. Os olhos do russo perscrutam a sala até descobri-la. Sofia percebe a mão do internúncio empurrando-a para Stachiev. — Ele gosta de mulheres de cabeça baixa. Bem calminhas.

No rosto vermelho do embaixador russo há marcas de varíola. Ela se senta ao lado dele e pousa as mãos no colo, como o internúncio ensinou. *Monsieur* Stachiev a encara abertamente, com os olhos piscando, como se ela não fosse uma mulher, mas uma aparição.

— Aqui está quente demais, não acha?

— Acho, sim. Seria ótimo se pudéssemos passear a cavalo — responde Sofia. — Apenas para sentir a frescura da brisa no rosto.

Encorajado pela atenção da moça, ele lhe pinta imagens, de São Petersburgo, da imperatriz Catarina, da beleza da poderosa Rússia, sua terra natal, de que ele sente enorme saudade, e até do frio mortal do inverno. O coração russo não se sente feliz entre estranhos, ele lhe diz.

— Amigos, *monsieur* — diz ela, inclinando-se para ele. — Amigos que façam tudo para lhe propiciar felicidade.

Os criados trazem copos de vodca. Ela só toma pequenos goles, mas *monsieur* Stachiev não perde nenhuma rodada. Logo, ele descansa a cabeça no ombro dela, e o rosto de Sofia recebe o cheiro acre do hálito dele. A mão do embaixador, no colo de Sofia, enfia-se nas dobras do vestido dela. A moça tira a mão dele dali e a põe sobre a mesa.

— *Monsieur* Boscamp está olhando — diz ela. — Por favor, senhor, não me traga problemas.

— *Monsieur* Boscamp é homem de sorte. Ele é capaz de encontrar jóias onde outro homem sequer procuraria.

Ela mal escuta o que ele diz, ciente de que os homens lhe lançam olhares furtivos o tempo todo. Eles desviam o olhar quando a moça se vira na direção deles, mas estão todos claramente atentos a ela. Como se ela fosse um grilo numa gaiola dourada. Ou um pássaro.

Eles mandam as velhas para as encruzilhadas,
E trazem homens para os haréns,
E o eunuco subornado dorme.

É a voz do internúncio. Num barítono agradável, de timbre rico e vibrante. Ela lhe ensinara essa canção turca que fala de Istambul, lugar onde a virtude foi há muito esquecida. Há palmas e ela, de soslaio, vê que o seu internúncio lhe dirige uma mesura com a cabeça.

A voz de *monsieur* Stachiev está cada vez mais alterada. Ele lhe conta que a imperatriz russa jamais perde uma noite com homem algum que possa ser considerado inexperiente. Uma das damas de companhia da imperatriz tem de atestar a capacidade do sujeito antes que ela o leve para a cama. Não é uma má estratégia e ele pretende segui-la — quem poderia ser mais bem recomendado do que *monsieur* Boscamp?

O internúncio está completamente entretido na conversa com o embaixador francês. De cabeça baixa, ele faz um gesto para que os criados lhe tragam mais vinho. Deve estar dizendo algo engraçado para o francês, uma vez que este ri e bate palmas. Então o internúncio olha para Sofia, que está do outro lado da sala, e, ainda rindo, balança a cabeça, num sinal de incredulidade.

— Preciso de ar — diz a moça, que então se levanta da almofada. O cabelo dela está despenteado no lugar em que *monsieur* Stachiev o puxou. Mas, seja como for, o russo está bêbado demais para se lembrar do que faz ou ouve. Ao se levantar, ela desloca o queixo do homem, com brusquidão suficiente para que ele estremeça. No dia seguinte, ele aparece com uma marca que o faz se perguntar onde a adquiriu.

— Uma bela égua — diz ele. E tenta se levantar para acompanhá-la, mas, como as pernas estão muito bambas, volta a se sentar. Antes de sair da sala, ela vê que a cabeça do internúncio reclinava-se sobre o ombro do companheiro sentado à esquerda dele.

O internúncio vai atrás dela, a mão lhe dando palmadinhas no traseiro.

— Você é sensacional, Dodô — sussurra ele. — Exatamente como imaginei.

— Como eu iria saber — diz ela, dando de ombros.

Uma lágrima rola no rosto da moça. Ele a vê e a enxuga com o polegar.

Será esse um de seus "humores", o aparecimento recente de alguma falha no controle em geral tão notável dela? Um sinal de que ela precisa de mais rédea, de uma disciplina de alma mais severa? Será que ela está para ficar menstruada? Alguém a tratou mal? Foi cruel com ela? Injusto? Será que *ele* fez algo que a enfurecesse? Será que ela não está se sentindo bem alimentada, bem vestida?

Ele gastou uma fortuna naqueles sapatos dela, então por que ela está torcendo as pernas desse jeito? Assim, ela vai desgastar o flanco e estragar a forma.

— O que está acontecendo agora, Dodô?

— Nada — responde ela.

Mas ele insiste, e há raiva na voz dela. Raiva diante dessas expectativas injustas, que ele por certo nunca estimulou. Há apenas um modo de desarmá-lo.

— Em quatro meses — sussurra ela, derrotada —, o senhor terá ido embora, e não o verei nunca mais.

Ele então ri e a beija. A língua dele cheira a ostras e a vinho branco.

— Minha querida criança — diz ele, satisfeito. — Você vai me esquecer assim que eu for embora.

— Nunca. Não vou esquecê-lo nunca.

Ele lhe entrega uma bolsa de seda.

— Use isto — diz ele. — Eu prometi que você dançaria para eles.

— Agora?

— Eles estão esperando.

Ela ouve o som de uma cítara, o resto de um riso, um arroto em voz alta.

— Eles acham que eu a comprei do harém, em troca de uma bolsa de ouro. Querem ver uma dança de odalisca.

Ele aponta para uma saleta separada por uma cortina pesada. Dentro, numa penteadeira, há um espelho e uma vela. Há duas almofadas empilhadas num canto, mas não se vê nenhuma cadeira. O cômodo cheira a mofo; não foi usado há muito tempo.

Ele a ajuda a tirar o vestido azul, e trata de dobrá-lo cuidadosamente e colocá-lo sobre uma das almofadas.

— Não demore demais — ele diz, dando-lhe um beliscão na bochecha antes de sair dali. — Não me desaponte. Quero que eles me invejem.

Na bolsa de seda, ela encontra uma camisa de gaze e pantalonas, um corpete bordado de lantejoulas, um xale de tule, comprido, e um pequeno pandeiro com guizos. A camisa e as pantalonas são quase transparentes.

No pequeno espelho, pintados com *kohl*, os olhos parecem até maiores, mais luminosos. Faiscantes.

Tomás

Aos 40 anos, Tomás já presenciara tantas mortes, que a morte do próprio pai se misturava numa grande sucessão de agonias, palavras derradeiras e estertores. Camareiro do marquês de Londe, um libertino parisiense de péssima reputação, o pai era um homem desprovido de bens. Ele considerava Tomás, seu único filho, a justificativa para todos os golpes que recebera, todas as humilhações inerentes ao serviço dele. Tomás ainda se lembrava do pai chegando ao quartinho de porão, que os dois compartilhavam, onde havia ratos que se perseguiam atrás do lambri de madeira. Antes de deitar, ele piscava os olhos e balançava a cabeça e os ombros como um cão que sacudisse a água após um mergulho.

Ele protegia o filho com seus próprios braços, com o próprio corpo. Apenas no momento da última provação é que Tomás se deu conta de que o pai talvez o estivesse protegendo de algo mais do que apenas golpes, pois o Tribunal Revolucionário acusou o marquês de orgias sexuais durante as quais meninas e meninos pequenos tinham sido torturados e sodomizados. O marquês, naturalmente, negou todas as acusações, e o pai não estava mais ali para dar seu depoimento.

O marquês foi condenado à morte no 13 Brumário. Sua esposa e sua filha foram guilhotinadas na semana seguinte.

Gilles Lafleur era um homem de apenas 50 anos quando seu corpo foi perfurado por um varal de carruagem, que o pregou na porta da cocheira. Um cirurgião, chamado à sua cabeceira, declarou ser um milagre ele ainda estar vivo. Quando era estudante de medicina, Tomás se deparou com a descrição do caso de seu pai. *Dilaceramento total das estruturas musculares e cartilaginosas, com inclusão das cartilagens das costelas, da quarta à nona, tendo sido atingidos a pleura e o pulmão.*

Seu pai viveu mais cinco semanas, para grande espanto dos médicos parisienses que foram vê-lo e examinaram os pedaços do pulmão que saíram por um dos lados do corpo. Orgulhoso da fama repentina, Gilles Lafleur cumprimentou todos eles com seriedade e cerimônia. Àquela altura ele era considerado a curiosidade parisiense número um. O pai de Tomás acolheu com prazer a atenção recebida e teria orgulhosamente concordado em doar seus restos mortais para a pesquisa e o estudo dos médicos caso alguém lhe tivesse feito esse pedido.

Pouco antes de sua morte, no quarto maior do primeiro andar que o marquês reservara ao seu camareiro predileto nas últimas semanas da vida deste, com os dedos alisando os finos lençóis de linho destinados a impressionar os médicos, Gilles Lafleur disse ao seu filho único que desejava que ele fosse um homem que não tivesse que se curvar diante de ninguém.

Naquela tarde, ao voltar de uma caminhada estimulante por Berlim, ele encontrou dois bilhetes à sua espera na pensão. No primeiro, como Tomás esperava, Inácio mais uma vez o chamava de tolo por ele continuar inflexível na sua maneira de ver o que era certo. *Mas, seja como for, venha jantar*, terminava o bilhete. *Preciso perdoá-lo.*

No segundo bilhete, havia um leve perfume de camomila e sabonete.

> Doutor Lafleur, a condessa Potocka insiste em dizer que não chamará outro médico e quer que o senhor cuide dela até Nosso Senhor decidir chamá-la à Sua presença. Os seus esforços serão bem recompensados. Venha assim que puder. A carruagem encontra-se à sua disposição.

O bilhete (a letra *era* linda) era assinado por Rosalia Romanowicz, e Tomás não pôde evitar um arrepio de satisfação quando o leu.

PARTE DOIS

... Como é do conhecimento de Vossa Alteza, os dardos do destino já me feriram mais de uma vez, e eu, lembrando-me de como o rei da Pôncia, Mitrídato, acostumou seu corpo ao veneno, adapto-me aos desafios do futuro e acredito que uma pequena dose de dor todo dia tornar-me-á imune ao que o destino me reserva. Todavia, para me contrapor às calúnias dos meus inimigos, e cortar pela raiz o disse-me-disse vil dos que alegam que enriqueci no serviço de Vossa Alteza, estou anexando esta prova irrefutável da vida parca que levo. Alteza, creio que basta passar os olhos por esta lamentável prestação de contas para que fique provado o meu desprendimento e a minha dedicação ao Meu Misericordioso Soberano.

Despesas:

D..., meu senhorio (por um apartamento muito modesto em que os camundongos se sentem muito mais à vontade do que eu)	*39 ducados*
Despesas da mesa (6 florins diários)	*120 ducados*
Bebida matinal diária (1 florim)	*20 ducados*
K..., meu barbeiro	*125 ducados*
Lavadeira, por um ano	*24 ducados*
Meias de seda, 1 dúzia, por um ano	*24 ducados*
Meias de algodão, idem	*5 ducados*

Lenha por um ano	*24 ducados*
Velas de cera	*20 ducados*
Velas de sebo	*4 ducados*
Fumo (muito inferior)	*24 ducados*
Roupa de cama (a velha estava muito gasta)	*50 ducados*
Casaco de pele para o inverno	*50 ducados*
Gazeta, porque precisamos saber o que se está passando nesta terra	*4 ducados*
Periódico, porque Vossa Alteza não negará que um homem do mundo necessita conhecer o gosto literário do seu tempo	*8 ducados*
Livros, papel, cera para selos, penas de escrever, correio	*12 ducados*
Médico e farmácia	*24 ducados*
Aluguel de carruagem, seis vezes ao mês	*72 ducados*
Peruqueiro	*6 ducados*
Relógio de ouro (afinal de contas, um sinal da minha posição social)	*24 ducados*
Sapateiro para sapatos de qualidade muito inferior	*2 ducados*

Ciente de que Vossa Alteza não deixará de aliviar a aflição deste Vosso fiel servidor, apresso-me a apresentar outro capítulo da história que tanto distraiu Vossa Majestade.

Vosso humilde servidor.

Charles Boscamp

Mes amours intimes avec la belle Phanariote:

Por algumas semanas o internúncio deleitou-se com sua nova amante, mas assim como uma vez o demônio do ciúme ameaçara interromper o curso das brincadeiras dele, dessa vez era o demônio da discórdia — sacudindo a cabeleira infestada de serpentes e ateando o fogo com sua mão desalmada — que inventava maneiras de destruir os laços entre eles, e ao mesmo tempo, inadvertidamente, urdia o fio do destino que trouxera nossa heroína à situação atual em que ela se encontrava.

Psaro, um rapaz grego do arquipélago, mais precisamente, de Míconos, pobre, mas com excelentes panturrilhas, e muito exuberante, o chevalier *Psaro, que estava muito familiarizado com as artes e os serviços da* hadja *Maria, sorrateiramente começou a ir à casa onde Dodô residia com a mãe, lá permanecendo, de acordo com os relatos dos informantes fiéis do internúncio, até tarde da noite. Esses relatos causaram uma certa agitação ao nosso internúncio, que, então, decidiu fazer uma visita inesperada à jovem amante para ver o que ele realmente não desejava ver. Psaro, tendo ouvido o barulho na porta da frente, escapou tão rapidamente que se viu apenas a sua sombra, saltando de uma janela aberta e desaparecendo na rua lateral.*

O acusador da conduta de Dodô, aquele que vira o homem entrar na casa com um punhal de prata e fugir sem este, afirmou, não sem razão, que seria suficiente descobrir onde o punhal estava escondido para provar a infidelidade da moça. Enquanto tudo isso acontecia, Dodô, com olhos lacrimejantes, encarava sua mãe com lampejos acusadores nos olhos, como se tentasse dizer: "Eu não tinha razão, mamãe? Eu não a avisei?" Imediata-

mente, o internúncio e o criado começaram a procurar o punhal no próprio quarto em que, em camas separadas, tanto a mãe como a filha dormiam, e a arma foi de fato encontrada na cabeceira da cama da mãe — ou pelo menos na cama que esta disse ser sua — debaixo dos travesseiros. Essa descoberta teria inocentado Dodô das acusações e provado sua inocência, mas o criado do internúncio revelou ter ouvido Psaro se gabar de ter se aproveitado dos encantos tanto da mãe quanto da filha (uma após a outra ou as duas ao mesmo tempo) e dizer que a mãe (tendo de fato tempo suficiente para fazê-lo) podia ter posto o punhal debaixo dos travesseiros dela para atrair as acusações para si.

Então ocorreu outro incidente que piorou a situação de Dodô, pois um menino que morava lá e dormia junto à porta do quarto dela, disse, sem que lhe perguntassem, que a kokona* *dele recebia as atenções do* chevalier *Psaro e que ele via e ouvia as indiscrições que se passavam entre eles. Tudo isso — junto com o silêncio soturno de Dodô e o desaparecimento rápido da mãe dela (a querida mamãe, sem dúvida, estava aterrorizada diante da perspectiva de uma tempestade sobre sua cabeça) — era motivo para que surgisse um açoite e que Dodô fosse "instada" a fornecer explicações mais plausíveis. Suportando o castigo sem nenhum murmúrio de protesto, Sofia repetiu inúmeras vezes estar disposta a receber qualquer castigo proposto por seu amado senhor, caso ela pudesse voltar a merecer os sentimentos dele por ela, mas essa declaração, embora agradável ao internúncio, não trazia muito esclarecimento ao caso. Conseqüentemente, tomou-se a decisão de que Sofia deixaria a sede da missão diplomática no dia seguinte, levando a mãe consigo; de que dali em diante Dodô moraria em Fanar, de onde fora levada conforme o capricho e o desejo de seu amante e senhor; de que ela ficaria com tudo o que lhe fora dado, com exceção de algumas lembranças íntimas, como anéis e um medalhão com monograma (que foram imediatamente levados embora, com a promessa de que lhe seria dado o valor equivalente em dinheiro); e de que ela receberia um pequeno salário até encontrar um marido. Então ocorreu uma separação brusca, sem nem uma palavra de despedida sequer, o que, reparou nosso internúncio,*

---

* Nome dado a mulheres solteiras a quem se queira homenagear; corresponde à palavra alemã "Fraulein". (N. da A.)

deixou Sofia abatida, embora, para ele, aquela cena parecesse ter sido tirada de uma comédia de Molière.

Tendo voltado aos seus aposentos, e sentindo um certo peso no coração, o internúncio chamou o criado grego que — ele o notara na ocasião — estivera chorando durante a cena descrita acima.

— Por que você chorou? — perguntou o internúncio. — Essa moça é sua parenta? Ou você está com pena de mim por eu ter tido de mandá-la embora?

— Não, senhor — o rapaz disse —, nem uma coisa nem outra. O senhor me perdoe, mas eu chorei pela vítima de todas essas mentiras e pela desonestidade de Yanaka. * *Já faz muito tempo que esse ingrato vinha tentando destruir a garota inocente e agora ele está se jactando do esforço que fez. Há menos de três dias, ele andava se gabando de que, logo, logo, a senhora Sofia voltaria à sua antiga ocupação de esfregar panelas e lavar pratos na casa da mãe dela.*

Diante dessa resposta do seu servidor e defensor, o internúncio ordenou-lhe que fosse à casa de Dodô para ver o que estava acontecendo lá, sem, no entanto, revelar o motivo da visita. Nicolau, pois era esse o nome do rapaz (e São Nicolau, devemos lembrar, é o protetor das moças desgarradas), voltou dizendo que Dodô estava acusando a mãe — que naquele meio-tempo tinha retornado — de ter, pelo fraco que esta tinha por Psaro, levado a desgraça à própria filha. A mãe estava tentando consolar Dodô com a esperança de que o amante voltasse e de que, caso isso acontecesse, a moça pedisse para ser ouvida e explicasse tudo.

— Jure por Deus Todo-poderoso — dizia ela sem parar — e por nossa fé sagrada que você é inocente. Diga-lhe que, como filha, não poderia trair a própria mãe, mas que agora, caso o internúncio peça, você deixaria alegremente sua mãe partir.

— Ah, não — chorava Sofia. — Eu o conheço muito bem. Não há nada que possa aplacar a raiva dele, e, assim, nunca mais verei o meu amado senhor.

---

* Este é o nome do acusador, o mesmo criado que depois serviria em Varsóvia, vestido de marinheiro turco, como camareiro do ex-marechal Rzewuski, e que devia ponderar, no seu âmago, sobre as vicissitudes do destino, ao ver aquela que era ex-vítima dele vivendo então dias de glória inconteste. (N. da A.)

— Você não o conhece suficientemente bem — disse a mãe. — Ele ama você. É claro que, a esta altura, já deve estar abatido de tanta tristeza, por estar pensando no que aconteceu. Vá procurá-lo imediatamente, com esse tal criado grego dele. Eu garanto que você não vai se desapontar. E quando voltar, não me encontrará nesta casa, onde, por minha própria indiscrição e fraqueza, você sofreu tanto. É justo que eu seja punida por meus pecados.

Ao que Sofia respondeu:

— Eu correria para ele, eu me jogaria aos seus pés, que ficariam molhados das minhas lágrimas. Eu receberia qualquer açoite, qualquer castigo que ele quisesse me infligir, se ao menos eu soubesse que o meu amado senhor escutaria o seu escravo.

Assim que o criado relatou tudo isso, o internúncio lhe deu ordens para que fosse buscar a moça, e foi isso de fato o que aconteceu. Cumpriu-se a profecia da mãe experiente, e os dois amantes se reconciliaram intimamente em menos de 15 minutos.

BERLIM, 1822:

Láudano

Tomás

Trêmulo de frio, Tomás acordou na manhã seguinte, a última que passava na pensão de *frau* Schmidt. Ele já providenciara para que Pietka levasse seus parcos pertences para o palácio de Von Haefen. Tentou não pensar na conversa desagradável que tivera com *frau* Schmidt, que lhe lembrara numa voz gelada que ele fizera reservas para, no mínimo, três semanas, e que ela esperava que ele lhe pagasse o correspondente ao período reservado.

Frau Schmidt contou o dinheiro na frente dele, e, satisfeita por não ter sido enganada, foi andando pesadamente em direção à cozinha, resmungando, dizendo que os franceses sempre vinham com o seu nariz em pé e seus caprichos, sem dar a mínima para os outros, enquanto ela, viúva de um oficial prussiano, tinha de ganhar a própria vida. Talvez para castigá-lo naquela sua última noite ali, deixaram que o fogo se extinguisse. Ele tremia de frio.

Na Grande Marcha de Moscou, Tomás vira homens esquentar as mãos congeladas sob as ventas dos cavalos. A morte pelo frio, pensou, não era o pior. Afinal, ela chegava com um amortecimento dos sentidos, e assim as vítimas lentamente paravam de se importar com qualquer coisa. Podia-se gritar com elas e lhes bater, mas elas não se mexiam. A pele e a carne desapareceriam, até só restar o osso, como se o corpo humano não fosse nada além de um molde de cera de camadas removíveis.

Os que congelavam até a morte muitas vezes mostravam sorrisos delicados nos rostos como se, nos últimos momentos, as lembranças de seus entes queridos, do calor e do conforto se tornassem tão reais que eles acreditassem nelas.

Em Berezina, onde ele teve ulcerações produzidas pelo frio que lhe avermelharam a pele das mãos permanentemente, Tomás viu uma mulher de vestido de musselina branca abrir o corpo de um cavalo moribundo e mergulhar dentro dele, um sabre à mão, em busca do fígado. Um fiapo de mulher que ele nunca imaginaria ter força suficiente para matar uma mosca.

Austerlitz, Borodino, Moscou, Berezina. Milhares de feridos, muitos em estado tão avançado de necrose e gangrena, que a amputação de nada lhes adiantaria. Não importava se a situação fosse de vitória ou derrota, tudo estava mergulhado no pus, no vômito e no sangue congelado. Ele estava cercado de gangrena que devorava o tecido saudável na sua fome incansável, de ratos que roíam membros recém-arrancados, de vermes rastejando em feridas recém-abertas. Havia gemidos de feridos por toda parte, mãos que se agarravam a ele, implorando ajuda. Ele aprendera a ser rápido, incrivelmente rápido.

Larrey continuava a lhes dizer que a amputação era a única forma de salvar vidas. Nada a não ser um corte preciso poderia impedir que ossos esmagados e sujeira fizessem o seu trabalho mortal. "Mais rápido, mais rápido", ele os pressionava. "Temos que atingi-los nas primeiras quatro horas. Não há tempo para ponderações." Os alunos parisienses de Tomás escutavam com espanto o relato que o professor fazia dos milagres de Larrey: um oficial polonês que estava com um enfisema generalizado causado por um golpe de lança de um cossaco e foi curado com ventosas e embrocações com vinho; um coronel russo, em cujo rosto Larrey recolocara o nariz partido. Apesar dos pulmões, estômagos e intestinos perfurados, dos ossos esmagados, dilacerados e lascados, apesar da gangrena, das tumefações, das febres, a vida se apegava a este mundo.

— Você reparou — Tomás lembrara a Inácio, durante aquelas longas conversas noturnas em Paris — como paramos de chamá-lo Sua Majestade ou Imperador? Como voltamos a dizer Napoleão ou simplesmente Bonaparte?

Inácio, pensou Tomás, como a maioria dos poloneses que ele conhecera, era um homem de pouca sorte. Quando, aos 21 anos, ele achou ter encontrado a felicidade ao lado de Alicia, o pai dele foi morto na última batalha da fracassada insurreição contra os russos, que resultara na dissolução da Polônia. Temerosa de perseguições e ansiosa para garantir o futuro de seu filho depois da divisão final da Polônia, a mãe de Inácio partiu para Paris, onde se casou de novo, com um oficial da Legião Polonesa de Napoleão. Quando Tomás expressou suas dúvidas de que, em 1795, Paris fosse um lugar muito melhor do que Varsóvia, Inácio fora inflexível. Mesmo manchada do sangue do Terror, as ruas parisienses ofereciam mais esperança, dissera ele. Fora em Paris que nascera a única filha de Inácio e Alicia, Constance.

Apesar dos protestos de Inácio, Tomás percebeu que aqueles não foram tempos tranqüilos. As duas mulheres não se davam bem. Havia constantes acusações de cobiça e desconsideração, cheias de lágrimas, e dias silenciosos, difíceis de Inácio agüentar. Ele costumava andar pelas ruas de Paris por horas, gastando até o fim as solas dos sapatos. Foi apenas depois da morte de Alicia, de tuberculose, que a mãe de Inácio declarou a nora santa.

— Ou um mero anjo, nos piores dias — disse Inácio com um meio sorriso malicioso. — Uma santa de quem eu nunca cuidei o suficiente!

Há um ano, em janeiro, Constance pedira para ser levada a Roma, onde entrou para a ordem das carmelitas. Uma vez tomados os votos, ela não poderia levantar o véu na frente de homem nenhum, nem mesmo seu pai. Tudo o que restara a Inácio era o último retrato dela pintado por um amigo, a última imagem da filha que lhe era permitido ver.

Inácio tivera esperanças de que Constance ficasse noiva de Tomás, que o sangue das linhagens deles se unisse na geração seguinte, mas Constance não queria de modo algum saber disso.

— Não era por você — disse Inácio, cheio de explicações. — Era a idéia de casamento que a revoltava. Ela não queria nada senão servir a Deus. Compreende?

— Sim, compreendo — disse Tomás.

Ele compreendia o desejo de não ter nada a ver com este mundo. Essa talvez fosse a única coisa a respeito dela que ele realmente compreendia.

Olhando atentamente a cicatriz no pulso esquerdo, um lembrete permanente do golpe de um sabre cossaco, Tomás desejou ter visto Napoleão em Santa Helena, sozinho, sem as dragonas, o uniforme, sem o seu colete de casimira. Nu. Apenas um homem. Despido como os homens e as mulheres que, durante os dias do Terror, eram atados uns aos outros e jogados no rio. A turba, urrando obscenidades contra eles, dava um nome a esse abraço mortal: *mariage révolutionnaire.**

Rosalia estava de pé junto à janela, olhando a chuva. Estava à espera dele, disse a moça, para lhe mostrar o quarto que *frau* Kohl preparara.

— Insisti na necessidade de um quarto próximo do salão — disse ela. — Creio que você concorda com isso.

Naquele momento, apesar do vestido amarelo-claro, ela lhe pareceu quase funérea. Quando se virou para ele, Tomás viu que não havia nenhum sinal de ruge ou pó-de-arroz em sua pele. A palidez translúcida era conseqüência de longos dias passados em quartos escurecidos. Algumas senhoras tomavam pequenas doses de arsênico ou eram constantemente sangradas para que a pele passasse a se assemelhar ao alabastro. Ele não se cansava de denunciar essas práticas.

— Em São Petersburgo deve estar nevando.

— É — disse ele. E sentiu um arrepio de mal-estar por ela ter lhe dirigido um rápido olhar de soslaio, sem vê-lo.

— O dr. Bolecki me disse que você está de partida para a América. Quando vai?

— Assim que estiver livre — disse ele, mudando de posição para aliviar a pressão no joelho. A dor transformara-se em dormência. A chuva estava parando.

— Você não está livre agora? — perguntou ela, com a voz gentilmente zombeteira.

— Quero dizer, quando não precisarem mais de mim aqui.

— Tão cedo?

— É.

— Para onde?

— Primeiro, para a Filadélfia.

---

* Casamento revolucionário, em francês. (N. da E.)

— E depois?

— Ainda não sei. Vou ver.

O novo quarto, ele a tranqüilizou, era mais do que satisfatório. Luxuoso seria uma palavra melhor. Ele tinha esquecido que existiam camas tão grandes. E como havia espaço nas gavetas!

— As gavetas podem ficar trancadas — disse ela. — A governanta concordou em me dar a chave.

Ele a observava enquanto ela abria e fechava as gavetas, uma por uma.

— É melhor não tentar os criados — disse ela com um sorriso.

Ele a olhava, ciente de uma sensação de prazer cada vez mais intensa. Olhava o cabelo macio, castanho avermelhado, bem puxado para trás, descobrindo-lhe o rosto, olhava o nariz delicado e fino. As linhas minúsculas ao redor dos olhos, a pele cansada que esmaece. Ela cheirava a camomila e sabonete.

Era disso que ele gostava, de observá-la, simplesmente. Observá-la enquanto ela atravessava o quarto com o seu vestido amarelo, o cabelo escuro contra a nuca do pescoço branco. Gostava de lhe observar as mãos quando ela alisava a cama da condessa, quando ela a alimentava, levando-lhe o caldo à boca numa colher de prata. O rosto da moça não mostrava nojo do sangue e do pus, o que era realmente extraordinário numa mulher ainda jovem que — como disse Inácio — tinha sido jogada naquele seu papel muito recentemente, pelas circunstâncias. Ela aceitava tudo como se não houvesse nenhuma diferença entre um buquê de flores e o conteúdo do urinol. Sim, ela era realmente extraordinária.

Não demoraria muito para que a condessa morresse, mais algumas semanas, talvez nem isso. Havia pacientes que já o tinham surpreendido antes, por conseguinte, Tomás não insistiria em fazer previsões. Alguns se agarravam à vida por mais tempo, mas mesmo esses tinham de largar de mão. Quando esse dia chegasse, ele estaria livre para tomar o navio para a América. E se imaginava sozinho no convés, aberto para o novo mundo, para a nova vida, desobrigado do que ficara para trás.

Levaremos suas sedas e cetins
E com elas faremos capachos para nós!

Era a voz do criado, vindo do pátio. A melodia chorosa e os sons doces da pandora eram pungentes.

— O que é que ele está cantando? — perguntou ele.

Pietka estava cantando as mesmas *dumy*, cantigas que os *dziady* cegos, os velhos mendigos, cantavam na Ucrânia, contou-lhe Rosalia. As cantigas deles falavam da carne de cossacos cortada até a brancura do osso; de escravos que passavam anos definhando nos porões turcos; de pernas cortadas por sabres, braços perfurados por setas; da perdida liberdade das estepes; da destruição do *Sich*.* E prometiam morte aos turcos, aos poloneses e aos judeus, descrevendo o sofrimento que lhes seria infligido, o doce sabor da vingança.

— Pagamento em espécie — ela baixou a voz — pelo que lhes tinha sido feito.

Pareceu-lhe que ela tivera um arrepio.

— Você não poderia imaginar — disse ela.

— Estive em Moscou. — O médico procurou fazer com que sua voz parecesse desprovida de sentimentos. — Com Napoleão. Posso imaginar muita coisa.

No último correio, disse ela, havia uma carta do czar para a condessa, agradecendo-lhe as mudas de choupo dos jardins de Uman que ela lhe havia mandado. Elas haviam brotado das árvores que o falecido marido dela, o conde Felix Potocki, trouxera da Itália e plantara em sua propriedade ucraniana.

— Agora — disse ela — você está servindo à amiga particular do czar russo.

A voz da moça lhe fazia lembrar uma flauta — suave e acolhedora, pairando no ar, tranqüilizadora.

— Há uma Bourbon de volta ao trono francês — disse ela. — A vida às vezes é curiosa.

Ela sorriu, e num instante o sorriso sumiu, como uma vela que apaga.

— Tenho que ir agora — ela disse.

Ele se levantou e a acompanhou ao corredor. Suas saias farfalhavam suavemente, e ela continuava a amarrotar o lenço que trazia na mão. Se o deixasse cair no chão, pensou o médico, pelo menos ele poderia apanhá-lo e devolvê-lo.

* O Eu (si-próprio). (N. da E.)

— Bom dia, doutor — disse ela, parada entre dois vasos gregos pousados em duas colunas de mármore iguais, e depois desapareceu numa volta do corredor.

— Bom dia — disse ele para o vazio.

Sofia

Ela não vai viajar sozinha. Carlo, o mesmo Carlo que um dia a trouxera — uma menina de Fanar que era digna do leito de um rei — para o seu patrão, vai acompanhá-la. É um desejo do internúncio. *Um criado*, escreveu ele, *em quem deposito total confiança.* Carlo e *monsieur* Karwoski, engenheiro de Danzig, homem de rosto marcado pela varíola que cora facilmente e tem as mãos frias e suarentas. Há um toque nervoso na voz dele como se qualquer coisa que ela fizesse lhe causasse um grande mal. O engenheiro de Danzig é quem escreve.

Eles são espiões do senhor, são os acompanhantes, os fiadores da boa conduta dela. Já se passaram nove meses desde a partida do internúncio e durante esses longos meses ela tem sido a própria castidade. Como o senhor exigiu, ela não voltou a morar com a mãe, mas passou a ser pensionista do tradutor de *monsieur* Boscamp e sua família, alugando um quartinho onde jamais se recebiam visitas, e assim garantindo que a tristeza e a saudade dela pelo senhor fossem notadas. Essa viagem era também uma provação, um teste. Tudo o que ela fizer será registrado, toda palavra que pronunciar estará incluída nos despachos enviados a Varsóvia. *Monsieur* Boscamp — de luto pela morte de sua amada esposa e mãe de seus três filhos — pode tê-la mandado buscar, mas não quer saber de problemas.

> *Vossa escrava logo chegará nas asas do vento, para ajudar o seu Senhor e Amo em seu luto. As lágrimas dela unir-se-ão às vossas junto ao túmulo da mulher a quem ela gostaria de substituir em seu descanso final, mas a quem ela só pode substituir no amor.*

— Não vá — diz Mana. Carlo não continua a receber os agrados dela: arrogante demais, ciumento demais e dado à bebida. Quanto a ele, ela não se importa a mínima de vê-lo partir para a longínqua Polônia.

— Será que você não vê como os homens a olham? Pode escolher entre os melhores comerciantes de Pera. O que mais você quer? Por que ir para onde ninguém vai ajudá-la? O que vai fazer quando ele se cansar de você e mandá-la para as ruas?

Mas não há nada que possa ser dito para impedi-la de ir. Ela viu tão pouco. Sente-se tão ávida do mundo. É um mundo que cresce com tanta exuberância, tão vivo e tão inacreditavelmente belo. O sol é mais brilhante do que ela jamais viu, o vento é mais cálido. Sob a casca dos pinheiros, a seiva se acumula. Cada botão é uma promessa de um novo broto, uma flor, um fruto. Pássaros descem do céu em vôos arrebatadores. A velha amendoeira que cresce do lado de fora da casa de Mana está coberta de flores. Sofia respira o cheiro picante da árvore e aperta as palmas das mãos contra o rosto, só para lhes sentir o calor.

— Não se preocupe comigo. Sei o que estou fazendo.

Ela sabe do segredo de Laís e Frinéia. O prazer imaginado é maior que o prazer satisfeito. Ela não depende apenas da própria beleza, mas de promessas sutis. Um tornozelo apenas vislumbrado, um dedo pousado nos lábios, um farfalhar da saia, um arrepio de submissão. Como você mudou, disse o internúncio, pouco antes de sair.

Mana resmunga, mas assente com a cabeça.

— Então vá — diz ela. — Mas não seja boba, menina. Tome cuidado. Em qualquer lugar deste mundo, ou se é uma mulher casada ou uma prostituta.

Mana tem medo. Naquele mesmo dia a carruagem em que estavam parou tão abruptamente que os corpos das duas foram jogados para a frente, como sacos. O cavalo tinha estacado diante do cadáver de um jovem turco, de menos de 18 anos, com um rosto pálido de menina. O turbante estava ali ao lado, na poeira do chão. A morte lhe chegara pelo pescoço imberbe, pois era aí que se via o buraco da bala. Parecia um sinal, um mau presságio; mas para quem?

— Ele agora é viúvo — diz Sofia, sorrindo. — Não é mesmo?

Meu amado senhor e Amo, luz dos meus dias, anseio do meu coração. Não há nada que eu deseje mais do que estar ao seu lado, e com beijos afastar sua dor e preocupações. O único objetivo da minha vida é levar felicidade aos seus dias, e fazer tudo o que estiver em meu poder para apaziguar o coração do seu amado rei para que Ele reconheça as virtudes do Seu amigo fiel e o recompense como este merece ser recompensado.

A viagem é longa e tediosa. Depois de duas semanas — e serão pelo menos duas semanas mais antes de chegar a Varsóvia — a vista dela já não se detém nos (18) bois esquálidos que puxam uma carruagem vienense desmantelada; ou numa tropa de mulas amarradas umas às outras e enfeitadas com pequenos sinos; ou num grupo de tártaros em viagem, as mulheres enroladas em *yashmaks* que deixam apenas os olhos e os calcanhares visíveis. Ela já não ouve mais o uivo e o latido de cães ou chacais. A carruagem, aos trancos, sacoleja seu corpo até ela se sentir doída e nauseada ao chegar o fim do dia. Toda vez que os cavalos relincham de tanto incômodo, o som desagradável lhe causa arrepios.

Carlo e *monsieur* Karwoski não permitem que ela saia do quarto quando eles dão uma parada para passar a noite. Trancam a porta toda noite depois de lhe levarem o jantar. Os homens jogam cartas, tomam vinho e conversam com os outros viajantes. Ela ouve a voz de Carlo vinda lá de baixo, e o riso forte dele. Nos quartos infestados de pulgas, apesar da quantidade de perfume que ela derrama sobre si, ela ainda sente o cheiro do urinol. Ela não esteve no *hammam* desde que saiu de Istambul, e seu corpo coça à lembrança do sabonete, da pele sendo esfregada até o sangue correr mais rápido. Será que existe algum *hammam* em Varsóvia? O rei tem um, disso ela já sabe, mas será que o rei deixa qualquer pessoa entrar lá?

Nas minhas casas você terá a mesma situação que tinha em Istambul. Você não deve esperar nada além disso.

Por que se preocupar com o futuro, murmura uma voz na sua cabeça. Diante dela ainda há muitos dias de viagem, percursos de carruagem que sacolejam os ossos, eixos quebrados, lama entrando não importa quão bem fechadas estejam as portas da carruagem. Mais estalagens encardidas, mais noites solitárias, trancafiada num quarto, vigiada por dois homens que deveriam ser seus criados. A menos que...

— O senhor — diz ela com o mais tênue dos sorrisos — pretenda se casar comigo.

Carlo a está ouvindo, e se inquieta com a convicção que percebe na voz dela. Essa inquietação mostra a Sofia que as instruções recebidas por ele devem ser vagas, e que ele também se pergunta sobre o futuro deles em Varsóvia.

— O meu noivo — continua ela — me escuta. O amor dele por mim é tanto que ele fará tudo o que eu desejar. Eu *poderia* desejar o seu progresso, mas por que eu *deveria* desejar tal coisa? Por que eu deveria pensar no seu futuro, se você me trata como prisioneira?

Ela leva uma ponta do lenço ao próprio olho, e enxuga uma lágrima imaginária. Carlo não diz nada, mas as palavras dela produzem algum efeito. Os olhares de soslaio que ele lhe dirige o confirmam. E se essa garota tem razão? — ele deve estar pensando. Claro que a beleza e o charme dela são difíceis de negar. Por que o internúncio não desejaria passar o resto da vida com ela? O que há de tão raro no fato de um homem idoso desejar o calor da juventude para adoçar os seus últimos anos?

Naquela noite, a porta do quarto de Sofia não foi trancada e uma jarra de vinho tinto apareceu na bandeja acompanhando sua refeição. Depois do jantar, ela se aventura a sair da prisão, dando alguns passos no corredor. Lá embaixo, o grupo joga cartas. Os homens têm um aspecto grosseiro e falam alto. Ela abre a pequena janela no fim do corredor e olha o céu. As estrelas brilham. A luz da lua cheia dá um tom plúmbeo às nuvens. Uma delas lhe parece uma coroa.

Você me faz rir, o internúncio costumava lhe dizer.

Engraçado como ela se lembra pouco dele: do toque das suas mãos; do cheiro do seu corpo; dos seus quadris lhe pressionando o ventre; da secura empoada da pele que envelhece. Se nunca mais o visse, ela não sofreria. E no entanto ela realmente sente saudades dele; saudades de como ela se sente quando está na companhia dele; saudades da voz dele que o faz senhor de tudo aquilo de que ele fala.

Quando o príncipe Ypsilanti, o hospodar, governador da Valáquia, manda criados investigar a identidade dos viajantes, ela ensina Carlo a dizer que *lady* Sofia Glavani, de Istambul, está a caminho de Varsóvia, aonde irá se reunir ao viúvo *monsieur* Charles Boscamp. Não se pronuncia a palavra noivo, em nenhum momento, mas as dúvidas que existem na cabeça do hospodar são suficientes para fazê-lo agir com cautela.

— O caro *monsieur* internúncio é nosso amigo — diz o príncipe Ypsilanti ao receber *lady* Sofia de Istambul em sua corte de Bucareste. — Um benfeitor cujas graças a Valáquia não há de esquecer.

Ela vira um pouco a cabeça para que ele tenha uma boa visão do seu perfil. Os olhos do príncipe não se desprendem do nariz delicado, dos lábios cheios e nem do pequeno queixo arredondado. Ele lhe diz que basta a sua beleza para que o querido amigo internúncio lhe queira como companhia no período da viuvez.

— Para a eternidade, se é que posso prometer tal coisa — cochicha ela, corando. O seu melhor vestido de cetim com gola de renda rasgou-se na manga, e ela o consertou rápido demais. O rasgão ainda aparece, mas só se a pessoa souber para onde olhar.

O príncipe Ypsilanti não vai admitir que *lady* Sofia se hospede na estalagem. Ele considera as acomodações deploráveis, e o estalajadeiro, um ladrão que junta cobre à água em que cozinha pepinos para que estes pareçam verdes ainda que estejam passados. E insiste que ela aceite tanto a hospitalidade dele, como as honras que ele reserva a seus convidados mais ilustres.

— Espero que a minha cara *lady* Sofia não tenha comido nada que lhe tenha sido oferecido naquele lugar.

— Nenhum pepino, eu lhe asseguro — ela sorri para o príncipe com toda a doçura de que é capaz, pensando num colchão de penas e numa ceia com ostras e faisões assados; uma dádiva perfeita da Senhora Fortuna. Uma onda de felicidade a inunda. Se fosse possível, ela gritaria de alegria o mais alto que pudesse.

Quando, alguns dias mais tarde, parte para a Moldávia, mais um dos estados vassalos otomanos, os guardas do príncipe Ypsilanti a acompanham — uma dama que viaja com dois criados com a intenção de se reunir ao noivo. Ao chegar a Fokshany, uma onda de mexericos e suposições a acolheu. *Monsieur* Charles Boscamp é muito conhecido ali. Os que chegam para lhe fazer visitas de cortesia vão também espioná-la. Ela recebe todos com muita graça, de olhos baixos. E hesita ao responder às perguntas deles.

— Por favor, não me deixe dizer coisas que não deveriam passar por meus lábios — pede Sofia. — Como seria lamentável que algo que deveria ficar em segredo viesse a público antes da hora adequada. O período de luto deve ser guardado. *Madame* Boscamp era um anjo.

Como você ousa, escreve o internúncio numa carta que chega a Sofia no decorrer da viagem, *espalhar mentiras tão descaradas sobre as minhas intenções a seu respeito. Diariamente, vejo-me exposto a pessoas que querem saber por que eu, um homem da minha linhagem e posição, um dia pensei em unir minha vida à de uma mulher de relações tão infames, filha de uma mãe dessa laia e sobrinha de uma tia da mesma laia? O que fiz para despertar tantas expectativas em você? Não terei sido sempre suficientemente claro e direto quanto às minhas intenções?*

Eh bien, pensa ela quando a raiva do senhor passa a irritá-la. Ele não vai me fazer chorar. Ele tem os próprios pecados a examinar. Em Fokshany, ser a noiva de *monsieur* Boscamp provoca reclamações raivosas de dívidas não pagas, de um negócio mal explicado — um carregamento de tapetes persas dado como perdido mas depois visto em Varsóvia por três testemunhas independentes dispostas a declarar o que viram. Além disso, há em Fokshany uma outra pessoa em quem ela preferiria pensar.

Essa pessoa é o príncipe Lisandro bej Zadi. Sofia estava brincando com cachorrinhos, ajoelhada nas pedras do chão do pátio de uma estalagem onde encontrara acomodações passáveis, e estava com dois dos bichinhos no colo, as línguas rosadas deles lhe fazendo cócegas no queixo. Ele estancou o cavalo, e ficou ali parado, observando-a durante muito tempo. Ao vê-lo, ela pôs os cachorrinhos no chão e se levantou.

— Estarei vendo uma deusa? — perguntou ele, os olhos piscando de espanto.

— Uma mulher em apuros — disse ela —, uma viajante desamparada no atoleiro da burocracia.

— Desamparada?

— O hospodar de Fokshany está sendo inflexível. Ele afirma que a noiva de *monsieur* Boscamp não pode prosseguir viagem.

— Como é possível uma coisa dessas?

Em Istambul, ela recebeu um passaporte errado, um *yolferman*, inútil para os que querem sair dos limites do império otomano. Na ocasião, ela não sabia disso, por não ter quem a aconselhasse. Fora enganada. Ela sabe quem foi o responsável. Pangali, um tradutor da missão polonesa, muito influente na corte otomana, um bobo gorducho que vivia atrás dela e cujas propostas amorosas ela rejeitou. Um bobo gordo, grande e de mau hálito. Castigando-a sorrateiramente porque ela o ridicularizara em público, ao mandá-lo voltar para os garotos dele que, afinal, eram o que ele preferia.

O príncipe Lisandro riu.

— Você sempre despacha os seus admiradores?

— Com muita freqüência.

— O que vai fazer agora?

Os criados, disse Sofia ao príncipe Lisandro, já avisaram a Istambul, e o passaporte adequado está a caminho. Nesse meio-tempo, a enrascada em que estava metida vinha atraindo a atenção da vizinhança. Ela compra o pão três vezes mais caro do que ele custa no mercado. O estalajadeiro cobra um ducado por dia pela espelunca infestada de pulgas, ou seja, três vezes o preço habitual.

— Fokshany é um lugar atrasado — disse o príncipe Lisandro. — A gente daqui não sabe como tratar uma mulher de qualidade.

Ela o conhece há apenas alguns dias, e já está impregnada de lembranças dele. Os olhos dos dois se buscam pela sala. E mesmo quando têm de olhar para outro lugar, cada um está constantemente ciente da presença do outro. Ele a faz pensar afetuosamente em coisas corriqueiras — numa jarra d'água; num marmelo num prato de cerâmica; no balido de uma cabra a distância; em ser acordada antes do amanhecer pelas orações que vêm dos minaretes; no cheiro de cânhamo e carvão. Ela acorda com a lembrança do rosto dele, os olhos talvez grandes demais (mas só talvez), o nariz longo e afilado que ela acha delicioso (a palavra evoca um sabor, acre e penetrante), o emaranhado escuro do cabelo. Ela dorme lembrando o som da voz dele. Nos sonhos, ela corre com ele através dos campos e ele a puxa para si e aperta os lábios dele nos dela.

Ele lhe traz presentes e flores. Uma caixa de jóias de madeira incrustada com madrepérola. Um ramo partido de uma amendoeira em flor (a primavera chega tarde aqui, ele lhe diz quando ela se maravilha ao recebê-lo). Os olhos dele se derretem ao vê-la; as mãos procuram tocá-la. Mais do que pela beleza, ele lhe diz, ele é tocado pela alegria que há nela. Ele se delicia com a presença dela, e caminha rapidamente, impaciente com o tempo. Às vezes ela parece uma criança, outras vezes, uma mulher. Um milagre que ele parou de esperar.

— Com mulheres como você — o príncipe lhe diz —, os gregos não têm por que prantear.

Ela se deslumbra com a pele azeitonada dele. A maciez dessa pele. O jeito que ele tem de acenar com a mão, agitado, como se estivesse afastando uma mosca. Por que ela não deveria acreditar num amor tão repentino? Quando estão juntos, tudo parece cintilar de possibilidades, tornando mais fácil ignorar as caras rabugentas de Carlo e do engenheiro de Danzig. Seus sussurros venenosos, suas advertências. Aquela tentativa deles de fechar a porta do quarto dela e esconder a chave.

O seu príncipe tem outra chave, conseguida do estalajadeiro.

— O poder da *bakshish** — diz ele, rindo.

Ele lhe pergunta do que é que ela mais gosta no mundo. De junquilhos, da pele tostada do carneiro, ainda fumegante. De cantar bem alto, a voz no auge. De correr pelo jardim, de manhã, quando ainda há orvalho nas folhas. Do sentimento que habita nela, da convicção de que a vida não pára, de que milagres acontecem.

O que ele mais gosta é de cavalos. Árabes, com o pescoço ondulante. Os dançarinos do deserto, capazes de durar mais que quaisquer outras raças.

Ele vem vê-la todos os dias. As próprias circunstâncias do encontro deles conspiram para uni-los. A estada forçada de Sofia em Fokshany não foi senão uma dádiva do destino, uma dádiva que ele não vai recusar.

— Que o mensageiro com o seu novo passaporte demore o tempo que for preciso — reza ele em voz alta, ajoelhando-se diante dela. — Que ele encontre águas profundas em seu caminho e fendas profundas façam-no rastejar lentamente.

Mesmo assim, seria rápido demais.

* Em persa antigo, quer dizer gorjeta, esmola. (N. da T.)

— Pobre mensageiro — diz ela. — Como pode o meu príncipe ser tão cruel.

— É o amor que é cruel, não o seu príncipe. O amor que não conhece piedade, mas apenas a sua própria força.

Ele a enfeitiçou. E não precisou fazer nada para isso, somente ficar com ela, olhar nos seus olhos. Dizer-lhe que o preto nos olhos dela suaviza-se com a languidez do azul. Ela não resistiu. Não quer resistir. Ela se abandona ao amor como se abandona ao destino.

Cuidado, menina, Mana diria. Não seja tola.

Mas ela é tola. Tola e muito sábia ao mesmo tempo, porque sabe que o fascínio que ela sente gera a paixão que ele tem por ela. São como gêmeos, acha Sofia. O que ela quer, ele quer. O que ela deseja ser, ele também deseja.

— Como você é linda — diz ele, ofegante.

Ele lhe promete o mundo. Ela será sua esposa, amada até a morte lhe fechar os olhos. Se pudesse, ele perfuraria o coração do homem que se diz noivo dela. Aquele bode velho que pensa ter comprado esta bela moça com o ouro que tem, como se compra uma escrava. De quem se diz ter perdido toda a influência que um dia teve sobre o rei e estar agora desesperado à cata de qualquer posição, implorando alguns ducados em troca de serviços um dia prestados. Como pode um homem desses fazê-la feliz como ela merece?

Palavras como essas fazem-na ousada. Palavras como essas apagam a amargura das lembranças que ela manteve trancadas por tantos meses.

> *À vista disto, dê ao Portador acesso aos doces prazeres de Mon Plaisir, assim como à exploração de outros Territórios, além de Colinas, Florestas e Fortes, principalmente na parte inferior do Continente. Quanto aos Canais, que ele tenha Ingresso, Saída e Regresso, da maneira que Lhe aprouver, pelo período de duas Horas, e não por mais tempo, e o ponha na Conta de Teu Guarda Bondoso e Constante.*

Como posso pensar em voltar para esse homem, pensa ela. O que foi que ele me deu?

Sofia Kisielev

Pela janela da carruagem vêem-se dois corvos pousados no campo recém-arado e aplainado. A distância, os olmos escondidos pela névoa matinal parecem imóveis. Depois de quatro dias, eles só tinham percorrido a metade do caminho.

Sofia, minha filha mais querida, por favor, apresse-se. Quero abençoá-la, e a meu primeiro neto, antes de morrer. Há meses as cartas de sua mãe vinham lhe parecendo cada vez mais alarmantes, mas nenhuma tinha sido tão assustadora. Por que essa incumbência estava nas mãos de Rosalia? Olga não deveria escrever à própria irmã? Estaria talvez zangada com ela? Teria achado que Sofia deveria adivinhar a verdade? Teria se negado a ser consolada pelas mentiras da mãe? Deveria saber mais? Deveria sentir a verdade em seu próprio sangue, no próprio coração?

Sua própria irmã teria se tornado assim tão amarga?

Monsieur Talski vai lhe dar mais informações quando levar esta carta para Odessa. Mas *monsieur* Talski — o mordomo de sua mãe — evitou olhá-la nos olhos, e disse que *madame la comtesse* sofria enormemente.

— Está tudo nas mãos de Deus — disse ele.

Eu queria lhe mandar suas pérolas, mas M. Talski negou-se a assinar um recibo referente a elas dizendo que somos todos mortais. Não posso confiá-las a ninguém sem que haja um recibo. Com a carta, vinha uma ordem bancária de 50 mil rublos para a viagem. Além de garantias, para Pavel.

> *Diga a seu marido para não esperar a permissão de Sua Majestade, pois esta talvez chegue tarde demais. Ele sempre poderá explicar as circunstâncias que o forçaram a partir. Assegure-lhe que Sua Majestade Imperial, cuja amizade e benevolência me foram comprovadas muitas vezes, compreenderá a posição dele e não a tomará como insubordinação, mas, sim, como uma delicada mostra de afeição filial. O imperador não está pensando em guerra, e, portanto, seu marido não tem motivos para temer ser impedido de deixar Berlim.*

— Ora, vá logo, só isso — disse Pavel, afinal, batendo a porta do quarto ao sair. Ela não deixara que ele a tocasse desde o nascimento de Volodia, alegando que ainda estava doída, mas depois que ele saiu, pegou-se soluçando horas e horas em seu quarto. Ele iria para Berlim assim que recebesse a permissão para partir, "na hora em que eu a receber", prometeu ele, "mas não vou desobedecer às ordens me escondendo atrás das saias de sua mãe". Isso foi dito enquanto ela estava subindo os degraus da carruagem, minutos antes que o ajudante os recolhesse.

As duas carruagens dispararam em direção a Berlim. A criada francesa de *madame* Kisielev, Colette, estava na outra carruagem, dividindo o espaço com as roupas e as provisões para a viagem. Volodia e Kátia, a ama-de-leite dele, viajavam com ela. Ainda que as estradas prussianas fossem melhores, o sacolejo da carruagem a estava incomodando. Eram ânsias de vômito e dores nas pernas. O bebê também chorava, pobrezinho. Sufocado de tanta lágrima, e com o rostinho arroxeado de tanto esforço. Se ela não chegasse a tempo de ver a mãe viva, ela nunca se perdoaria, nem a Pavel pela insistência dele de que não havia pressa.

— Você não está mais à disposição dela — lembrou-se de tê-lo ouvido falar. — Agora, antes de mais nada, você é esposa e mãe. — Pensar que um dia ela considerou Pavel como um sujeito engraçado e meio esquisito, carente do amor dela.

A carruagem balançou e por um instante lhe pareceu que ouvia uma batida na porta. "Mamãe morreu", pensou, o coração encolhendo-se de medo. "Nunca mais a verei."

— É a corda, *madame* — disse Kátia, alegremente. — Os criados nunca sabem amarrá-la direito.

Era a corda. Ela podia vê-la, pouco acima da janela. O nascimento de Volodia, ocorrido há cinco meses, a deixara medrosa. Ela não agüentava ouvir pessoas falando de bebês morrendo ou natimortos. Ainda se torturava por não saber se vacinava o filho contra varíola, uma medida que a mãe lhe recomendava com veemência. Mas a filha da condessa Sokolov morrera logo depois de ter recebido a vacina. Seria porque já estava doente e teria morrido de qualquer maneira?

Você agora é mãe. Tentei esconder de você a verdade durante esse tempo todo, porque eu queria que seu coração estivesse leve enquanto a criança estivesse crescendo dentro do seu corpo.

É, ela era mãe, e tinha medo. Seus irmãos e uma irmã mais velha estavam enterrados em Sofievka, entre flores e pedras. Quando era pequena, ela ficava parada junto aos seus túmulos e pedia-lhes que viessem brincar com ela. E até os invejava porque mamãe dizia que eles eram anjos, então. Adejando sobre o jardim, escondendo-se entre as flores, invisíveis, mas vendo tudo. Ela se perguntava se eles gostavam de observá-la lá de cima das nuvens. Agora ela se perguntava como fora possível a mãe ter suportado tanta dor.

Volodia, seu lindo filhinho, nascera de rosto para baixo. A parteira não quis lhe dizer, mas Sofia acabou descobrindo. De rosto para baixo, virado para a terra, para o túmulo.

— Por favor, *madame* — a ama disse, com um sorriso que revelava a falta de um dente. Volodia estava encolhido nos braços dela, e Sofia sofreu com o que via. Quando insistiu com Kátia para que ela pusesse o bebê no berço de vime, ele chorou. E também chorou quando ela própria, sua mãe, pegou-o no colo.

— Vamos parar daqui a pouco — disse Sofia Kisielev. — Na primeira posta.

Essa luta constante pelo filho era algo que Sofia não previra, embora muitas amigas lhe tivessem prevenido.

— Você começa a lutar pelo seu filho com elas — disseram as amigas a respeito das amas. — Como se o leite nos seios delas lhes dessem todos os direitos.

Kátia era inflexível nas suas exigências: cerveja, de manhã; mel; colheradas enormes de geléia no pão branco e amanteigado. Tudo o que Kátia comia ou bebia alimentava a criança e nunca na vida ela tinha sido tão bem tratada. Sofia muitas vezes flagrou a ama-de-leite tocando, com prazer, nas dobras de gordura que lhe cobriam os quadris.

— Quero fazer xixi — disse Kátia, ainda sorrindo.

Havia uma sombra de desprezo nos olhos de Kátia, um desprezo encoberto com demonstrações de afeição e subserviência. Se pudesse, Sofia teria mandado Kátia embora há muito tempo, mas o leite da moça era bom para Volodia, e ambas sabiam que ele vomitara leite talhado quando amamentado pelas três primeiras amas.

— Ele tem os olhos e o sorriso do general — cantarolava Kátia, balançando-se para a frente e para trás. — Meu pequeno gavião.

A carruagem estava se aproximando do posto de parada, e Volodia, percebendo a mudança de ritmo, acordara. Sofia insistiu em tomá-lo nos braços, e Kátia cedeu o bebê, contente por ele começar a chorar assim que ela o entregou à mãe.

— Estou com fome — disse Kátia. Havia duas manchas úmidas no vestido dela, na altura dos seios, devido ao leite que vazara. — A senhora também deveria comer, *madame* generala. Está magra demais. Até mesmo Sua Alteza Pavel Dimitrievich repara.

Uma hora mais tarde, depois de todo o séquito estar devidamente instalado, Sofia Kisielev desceu para a sala de jantar da estalagem. Precisava parar de pensar em morte.

O proprietário saudou-a com uma reverência e apontou para a sala de jantar privada que ele reservava — o que lhe informou fazendo outra reverência — para os hóspedes seletos. Já havia dois hóspedes lá, um velho general prussiano com a esposa, que, concluiu Sofia, não parecia ter mais de 16 anos.

— General Kolwitz — ele se apresentou. — E *frau* Kolwitz — disse ele, com o rosto enrugado, empoado e corado de ruge, brilhando de orgulho.

A jovem esposa fez uma reverência e sorriu delicadamente. Com a mão logo posta na beira da mesa, *frau* Kolwitz não podia esconder o prazer diante do dedo com o anel, da renda belga em volta dos punhos, e do colar de pérolas ao redor do pescoço branco. O que vocês sabem de mim para me julgar, os olhos da moça perguntavam.

— Querida, diga à condessa Kisielev o que vimos em Berlim — disse o general, depois de feitas as apresentações.

A esposa do general acedeu ao pedido do marido com o maior prazer. A voz aguda da moça trouxe a lembrança da carruagem e da insolência da ama. Sofia procurou não estremecer de susto ao ouvir as exclamações que pretendiam descrever uma parada militar em Berlim.

— Tamanha força, tamanha coragem, tamanha presença. Ah! A disciplina dos soldados que marchavam unidos! Uma gigantesca máquina de guerra tão bem azeitada.

Frau Kolwitz inclinou-se para Sofia e perguntou-lhe, sussurrando:

— É menina ou menino?

Por um segundo Sofia ficou sem saber do que a moça estava falando. Apenas quando ouviu, "o bebê", é que ela compreendeu que a chegada deles à estalagem tinha sido observada e comentada.

— Menino — disse ela, sorrindo. — O meu primeiro.

— Que maravilha — disse *frau* Kolwitz, com um enlevo tão evidente que a irritação de Sofia desapareceu. Foi por isso que, depois de terminada a refeição simples que consistiu num consomê e num rosbife, ela aceitou jogar faraó.

— Se eu ganhar — resolveu —, tudo estará às mil maravilhas. Mamãe vai se recuperar. Volodia vai crescer. Pavel vai me amar de novo, e eu estarei feliz.

O general Kolwitz era o *tailleur*, o banqueiro. Outros cinco jogadores juntaram-se a eles ao redor da mesa oval coberta de feltro verde, e um deles consentiu em ser o *croupier*. Ela apostou no ás de espadas. Dobrou a aposta. Triplicou-a. E ganhou. Depois, ganhou outra vez. Ela iria se lembrar desse momento durante anos, quando, como Kis (para os amigos), estivesse jogando nos cassinos de Monte Carlo, Paris e Viena. Separada do marido, bela mulher de turbante de lamê, recolhendo seus ganhos com mãos enluvadas. E, do seu *boudoir* parisiense, escrevendo à irmã mais moça, ciente de que a condessa Olga Naryshkin iria considerá-la uma tola sentimental: *Nós duas nos casamos com generais russos e agora temos que expiar os pecados cometidos contra o nosso amado país.*

Sofia

Todos os dias ela surge com um novo motivo para permanecer em Fokshany: estradas lamacentas; sua própria saúde delicada; rumores de bandoleiros à espreita.

O cavalo em que está montada muda de direção bruscamente e ruma para uma clareira no bosque. Os dois acompanhantes vão adiante e se perdem na caçada-fantasma em que estão empenhados. Lisandro a espera na clareira, com a fisionomia radiante de alegria ao ver como um estratagema simples podia funcionar tão bem. Há um belo tapete estendido na relva, e um cesto com as iguarias pelas quais ela ansiava. ("Você está sempre assim tão faminta?" — ele pergunta.) Patê de perdiz com mirtilo, carneiro assado, berinjelas fritas. Ela bate palmas e salta do cavalo, diretamente para os braços dele, nesse dia de primavera tão belo.

E o príncipe a alimenta com nacos de carneiro, figos frescos e tâmaras suculentas, que ele pesca do cesto. A mão dele lhe roça a face. O dia está quente e a saia de Sofia, ligeiramente úmida. Ele sorri e lhe abre a blusa, tão branca contra a pele dela.

Algo brotou em Sofia. Algo livre, sublime, mais precioso que a vida. Tudo o que passou levou-a a esse momento perfeito, e, portanto, tudo o que passou pode agora ser esquecido. O amor não conhece passado, não se importa com nada que já foi. O amor lava tudo que não seja alegria.

Os braços de Sofia tocam a nuca do homem. Os lábios dela se abrem para recebê-lo. Se algum dia houve deuses naquela outra Grécia, naquela Grécia antiga, esses deuses não teriam sido muito diferentes deles.

— Eu te amo — sussurra ela.

Ele está tão faminto dela que as mãos tremem de impaciência ao tocá-la. Ele se atrapalha com presilhas e rendas. Arranca-lhe as ligas. Ela tem de ajudá-lo a se livrar das roupas que procuram lhe esconder o corpo.

— Espere — diz ela, rindo. — Eu não vou a lugar nenhum.

Ela está estonteada pelo sol, pelo vinho, pela comida. O seu príncipe grego é um amante em busca de sua alma.

Naquele prado, a impaciência vence a contenção. O prazer cai sobre ela, lavando-a, como uma chuvarada primaveril. Nos braços dele, ela é alguém sem vontade. Há uma força que os une, uma força mais poderosa que os desejos dela. Com ele, o mundo está diante dela. Um mundo sem mentiras.

Ela sempre teve sorte, não é mesmo?

Ela ainda está zonza de amor quando, na manhã seguinte, acorda na estalagem de Fokshany, a pele ardendo, os lábios inchados das mordidas dele. Carlo lhe lança olhares fuzilantes. Ela não liga.

— Por que essa cara tão triste? — pergunta ela, alegremente. — Não se preocupe, Carlo, não é sua culpa.

— Não — retruca ele com veneno. — Não é minha culpa você ter se transformado numa prostituta.

Há algo na voz dele que a surpreende, fazendo-a sentar-se na cama. Toda a cidade de Fokshany não fala de outra coisa a não ser que o príncipe bej Zadi seduziu a noiva do internúncio, tendo assim se vingado, e vingado o seu melhor amigo, o hospodar da Moldávia. Vingou-se de uma transação — um carregamento de cavalos árabes cujo sangue estava longe de ser puro — em que ambos tinham sido perdedores. Agora, o querido internúncio pode se servir à vontade dos despojos do Território que o príncipe reivindicara com muito mais vigor.

E isso não é tudo.

O internúncio não deixou muitas marcas de suas proezas, diz o príncipe a qualquer um que queira ouvir. Na verdade, continua o príncipe, ele não passa de um reles amador nesse departamento, uma vez que a *lady* em questão continua ávida por prazeres que há muito lhe foram negados.

— Quer ouvir o que mais ele anda dizendo? — Carlo tira um papel dobrado do bolso da camisa. A voz dele sibila, de amargor e medo. Carlo foi trapaceado e o senhor não vai esquecer dessa humilhação.

— Não — diz ela, mas não pode impedi-lo.

> *O cavaleiro deve ser muito cuidadoso ao lidar com ela, enquanto a voluntária no campo de Vênus, ansiosa, começa a toda com ares lânguidos, respiração entrecortada e olhos ávidos. Requer ser usada com delicadeza, pois se excita com muita facilidade, principalmente nesses últimos tempos, tendo recebido instruções recentes na arte de executar novas Manobras no combate amoroso que podem precipitar a ocorrência do prazer.*

— Você está mentindo — grita ela, atirando o sapato em Carlo, que se esquiva e tapa as orelhas. Ela sente o gosto amargo das lágrimas e percebe que o rosto enrubesceu. Ela devia ter sido mais esperta, mas não fora. Mana tinha razão.

Mas será que tinha mesmo?

E se isso fosse apenas uma brincadeira cruel? Ou obra de inimigos que a invejavam? Tantos motivos eram possíveis! Um príncipe se apaixona por uma plebéia. Um príncipe anda pensando em se casar.

— Não acredito em uma palavra sequer dessa história! — grita Sofia.

Na sua imaginação, ela o vê arrasado de tristeza. Repreendido pelo amor que sentiu, castigado pela escolha feita por seu coração. E ainda lhe disseram que ele não a merecia. Será que ele está chorando agora, achando que ela acreditou nessas mentiras malévolas?

Ela se senta à escrivaninha:

> *As palavras cruéis que chegaram aos meus ouvidos encheram-me de preocupação. Quem anda espalhando esses horríveis boatos, quem quer que esteja tentando me fazer duvidar da sinceridade do seu coração, deveria saber que meu amor por você é mais forte do que isso.*

Ela deposita três beijos no espaço vazio embaixo e aí põe seu nome. Mas Carlo não quer entregar o bilhete. Da janela, ela avista um menino pequeno que está ajudando o criado. Como a porta do quarto dela foi trancada de novo, ela joga o bilhete enrolado no lenço lá embaixo e pede ao menino que o entregue.

— Está bem, *kokona* — diz o menino, mas não sem antes apanhar e examinar a moeda jogada por Sofia pela janela depois do bilhete.

Ela pretende descer, esgueirar-se até embaixo agarrada a uma corda feita de lençóis atados, correr para o amado, ouvir dos lábios dele o que aconteceu. Mas ela terá de esperar. Ele virá logo, diz para si mesma. Ele virá para lhe dizer o quanto teme que ela possa acreditar naquelas palavras cruéis.

Se você os deixa mamar nas tetas, diz Mana muitas vezes, por que comprariam a vaca?

De noite, Sofia está rouca, com a garganta inchada, e o rosto ardendo de febre. Ela tem que proteger os olhos da luz da vela e sente arrepios. Há alguma coisa na nuca lhe coçando, na base do couro cabeludo. Olha-se no espelho e vê manchas vermelhas. Quando observa mais de perto nota que a vermelhidão se espalha pelo pescoço e pelo rosto.

Ela grita.

— A moça está com sarampo. — O médico fala com voz trivial, resignada. O prognóstico é simples. A doença toma conta do corpo, espalha-se rapidamente, e enfraquece as defesas. Na boca, há três manchinhas brancas rodeadas de círculos vermelhos. Ela precisa reunir toda a força para lutar contra a morte que pretende levá-la.

Durante três longas semanas ela vê rostos em seus sonhos. Mana vem mitigar a dor que ela sente mas se afasta ao ver o corpo da filha coberto de pus. É assim que você quer que sua vida termine?, Mana lhe pergunta. Ela balança a cabeça e espera que a onda de calor passe. Nos sonhos que se sucedem ela atravessa o deserto sem nem uma gota sequer de água. Ela pega o cantil e o põe nos lábios, mas não sai nada dali de dentro. Faz tanto calor que o ar queima-lhe os pés e as mãos. Alguém, Lisandro, joga areia no rosto e nos olhos de Sofia. Ela grita mais e mais e Carlo torna a vir e a molhar-lhe os lábios.

— O passaporte chegou de Istambul — diz ele. — Podemos partir quando você melhorar. Sua mãe lhe mandou isto.

Carlo coloca algo na mão dela. Uma imagem de metal (que a mão quente da moça rapidamente aquece): São Nicolau, o protetor dos viajantes e das moças desgarradas.

— Ele veio saber de mim?

Carlo balança a cabeça. Que outra prova Sofia quer?

— Não pense nesse salafrário — diz Carlo. Agora, há compaixão na voz dele. Talvez isso queira dizer que ela está realmente à morte.

— Eu quero viver — sussurra ela, apertando o santinho na mão. — Quero tanto viver!

O graf

No salão nobre, estavam quatro deles: Sofia, Olga, Rosalia e o *graf*.

O *graf* Von Haefen, que estava sentado no sofá-cama, recostado, com o braço esquerdo descansando no braço do sofá, imaginava que quando os quartos da frente da ala leste estivessem terminados, pediria a *herr* Schinkel que também desse um jeito na arrumação desse salão. Nada drástico demais, mas algo que tornasse o ambiente mais simples, mais elegante. Sua esposa tinha razão ao dizer que o gosto do pai dele era floreado demais, pomposo demais.

Uma criada polonesa, a mais rechonchuda das duas, entrou trazendo uma travessa com tortinhas de limão. Os doces eram presente da governanta do *graf*, e vinham de Potsdam.

— Essas tortinhas — disse Olga enquanto se levantava para servi-lo de chá — são as melhores que já provei. Mamãe também acha o mesmo.

O samovar, observou o *graf*, estava exatamente onde seu pai costumava guardar o conhaque preferido dele.

As tortas eram, de fato, deliciosas. A massa era leve e quebradiça, o creme, perfumado de baunilha e com um leve gosto de limão. Cada uma tinha uma pequena lasca de limão cristalizado como enfeite.

— Elas são enviadas por uma amiga queridíssima — Sofia repetiu, e o *graf* Von Haefen mais uma vez observou consigo mesmo que os traços de Olga não tinham a beleza dos de sua mãe. Eram escassos demais para o rosto dela, faziam lembrar um molde perfeito, mas inalcançável. Devia ser difícil para ela, mas quem poderia chegar aos pés da divina Sofia que um dia havia enfeitiçado Berlim e Paris com os seus *beaux yeux** e trajes gregos?

— Minha esposa — disse o *graf* Von Haefen — sempre me diz que eu deveria parar de montar como se fosse um rapazinho. Está certa de que qualquer dia desses vou quebrar o pescoço.

— Como está a senhora? — Sofia pergunta.

— Bem. Muito bem. Ela perguntou de novo se poderia visitá-la.

— Eu não estou querendo visitas — disse Sofia. — Peço que me conceda esse favor.

— O seu desejo é uma ordem, minha querida amiga. Foi o que eu disse a Frederica. Não é hora de se fazer visitas. A sua doença...

— Prefiro não falar da minha doença. Conceda-me mais esse favor.

As calças novas do *graf* Von Haefen estavam lhe parecendo justas demais. Ele achava que essas calças-culote, com uma tira que passava de um lado ao outro do pé, poderiam se enfiar entre as nádegas. Eram uma concessão à moda, ou melhor, um sinal de sua imbecilidade, pensou o *graf*, e prova dos poderes de persuasão do seu criado. Tão incômodas

* Belos olhos, em francês. (N. da E.)

quanto o colarinho alto e engomado da camisa, cujas pontas viradas para cima lhe roçavam o rosto.

— Berlim mudou, *ma chère amie*, desde o tempo, tão precioso à minha memória, em que você assombrava todos nós aqui. Mais bela do que a Vênus de Rafael, posso jurar. Levando todos nós à loucura. Eu, por exemplo, ainda lembro da minha imbecilidade inacreditável, mas não se preocupe. Não tocarei nesse assunto na presença de sua jovem filha.

O sorriso da condessa foi frágil, mas visível.

— Naquela época — o *graf* continuou, depois de piscar para Olga —, eu ainda achava que a nação germânica tinha um papel a cumprir. Um papel sagrado. Agora fomos dominados pelos *parvenus*, pela plebe. Judeus e filistinos entraram furtivamente no nosso mundo, e portanto ele não é mais nosso. Essa mulherzinha Levin, sobre quem eu tenho escrito, conseguindo se casar com um dos nossos diplomatas! É isso que me aterroriza. Eles se batizam, as mulheres entram nas melhores famílias pelo casamento. Eles mudam de nome, mas não podem erradicar a própria natureza.

— Meu caro amigo — disse Sofia. — Você é sensível demais.

— Deveríamos simplesmente nos desesperar e desistir?

— Talvez seja hora, meu amigo, de esquecer os interesses da nação e pensar mais em si.

O *graf* levantou-se de onde estava como se fosse aproximar-se dela, mas sentou-se de novo, amaldiçoando as calças novas. Ele obrigaria o criado a vesti-las. E se serviu de mais uma tortinha. Algumas migalhas lhe caíram dentro do colete. Olga também deve ter visto, pois teve um acesso de riso que procurou esconder, tossindo.

— Você está bem, minha querida? — o *graf* perguntou. Ele se movimentou para ajudá-la, mas Rosalia foi mais rápida. Ela também acreditava numa boa batida nas costas para limpar a garganta. A torta, ele viu com certa tristeza, caiu, e o chão lhe pareceu estranhamente nu sem o tapete.

— Você está bem? — Sofia repetiu. Olga ainda tossia, com a mão ao peito.

— Levante as mãos — disse Rosalia.

— Tomou o caminho errado — disse o *graf*. — Um pedaço da torta tomou o caminho errado. Não foi nada.

A comoção foi boa para Olga, ele reparou, trouxe-lhe calor ao rosto, que se tornou menos severo. Definitivamente, mais peso lhe faria bem. Ele gostaria de saber se haveria alguma verdade nas histórias de que Sofia maquinava para que as filhas tivessem um namoro com o czar Alexandre, amigo dela, em Tulchin, o que equivaleria a um pequeno investimento no futuro delas. O czar era, naturalmente, um bobo. Sempre de uniforme, com os pés enormes adornados de esporas todas de ouro, quando todo mundo sabia que ele jamais saíra de sua propriedade enquanto Napoleão marchava sobre Moscou.

— Ela precisa tomar alguma coisa — disse Sofia. A preocupação na voz dela o aborreceu. Ele gostaria de ficar a sós com ela, receber a atenção dela.

Rosalia foi até o samovar e serviu uma xícara de chá a Olga, que tomou alguns goles. Quando ela afinal parou de tossir, ele retomou o seu monólogo.

— Ah, como é fácil conversar com você, minha querida amiga — disse ele a Sofia, comendo mais um pedacinho de torta, dessa vez tomando cuidado para não deixar cair nenhuma migalha. — Saber que você compreende tudo, participa de tudo. Sinto-me perdido neste mundo novo. Não há lugar para mim.

— Talvez não haja nada neste mundo que seja puro, sem misturas. Talvez o nosso esclarecimento tenha sempre que ocorrer às custas dos nossos prazeres.

— Você sempre diz isso.

— Sempre acredito nisso — ela diz, com um riso delicado. — Posso lhe pedir mais um favor?

— Claro, minha querida amiga. Qualquer coisa.

— Música — diz ela. — Está tão quieto aqui, que chego a ouvir meus próprios pensamentos. Anseio por ouvir um pouco de música.

Depois de ter se despedido de Sofia — recusando-se a aceitar qualquer agradecimento por ter tomado todas as providências para a estada delas, entre as quais o pagamento das despesas diárias — e depois de ter fechado a porta ao sair do salão, o *graf* Von Haefen virou-se para Olga, que o acompanhara, e disse:

— Não me parece que o láudano esteja fazendo efeito, minha cara Olga — e essas palavras extinguiram os últimos vestígios do brilho infantil que ainda havia nela. — Estou enxergando bem. Ela está com muita dor. A sua querida mamãe estava cerrando os dentes o tempo todo.

Sofia

A carta que estava nas mãos dela era curta. Tinha por objetivo afastar quaisquer esperanças que ela ainda nutrisse.

> *Como estou prestes a me unir em matrimônio novamente, tendo obtido o consentimento da prima da minha falecida esposa, uma mulher de excelentes relações e de natureza angelical, a sua vinda para Varsóvia não será mais possível. Sofri muito com as mentiras que você espalhou de modo tão relapso sobre os meus projetos a seu respeito. Elas já me causaram muito constrangimento, e, o que considero ainda mais imperdoável, mancharam a memória de minha amada esposa, principalmente aos olhos da minha verdadeira noiva.*
> *Charles Boscamp*

O mensageiro que lhe entregou a carta em mãos cheira a cebola frita e à secura da velhice. Ele está a caminho de Istambul e disse que as ordens de *monsieur* Boscamp são de levá-la imediata e diretamente de volta para a mãe dela. Uma gota de saliva que pende do lábio superior do homem chega ao limite e cai.

Ela ainda está fraca do sarampo, mas a coceira já foi embora. A pele agora está mais translúcida, e ela está mais esbelta e mais leve do que antes. Até mesmo o velho mensageiro não pode deixar de fitá-la, assombrado.

— As ordens dadas por *monsieur* Boscamp — repetiu o homem — foram claras.

Ela se nega a pensar em Lisandro. Carlo está proibido de pronunciar o nome dele. Ela não está interessada. Não há muito mais que o seu coração possa agüentar, não há muito mais a ser desentranhado, sangrado, destruído.

Ela rasgou a blusa branca que estava usando naquele dia. Com uma navalha, reduziu-a a frangalhos.

— Fui traída — ela diz ao velho mensageiro.

A voz está calma e firme, mas os belos olhos estão afogados em lágrimas. Ela deixa as lágrimas correrem, até o velho, comovido pela passividade dela, procurar o próprio lenço e passá-lo às mãos dela.

— Um homem cujas propostas amorosas rejeitei está fazendo tudo para me destruir. Meu coração, eu lhe disse, pertence ao meu senhor muito amado. Não há nenhuma promessa, nenhuma força que possa fazê-lo balançar. Exatamente nesse cômodo em que estamos agora, eu revelei a esse sujeito malévolo o segredo do meu coração e ele foi embora furioso. Antes de adoecer, fui avisada de que ele tinha prometido se vingar. Para minha infelicidade, não dei importância às bravatas dele. Acreditei, de todo o meu coração, que nada neste mundo faria o meu senhor se virar contra mim.

O velho está escutando, atento.

— Será que errei? — ela abaixa os olhos. — A inocência está sempre à mercê da malícia?

O velho pigarreia. A flacidez da pele do pescoço é visível. Balança quando ele engole. Ela pergunta se ele tem filhos.

Ele é pai orgulhoso de cinco filhos, e a mais moça tem a idade dela. Ela já está casada e tem um filho. Uma filha doce e encantadora que nunca lhe deu nenhuma preocupação, ao contrário do filho mais velho.

— Irresponsável?

— Irreverente — diz ele. — Na despreocupação tola da juventude, ele acha que o mundo é de uso exclusivo dele.

O velho de repente franze a testa e pára de falar. A questão é, ela ouviu, que o advertiram. Ela é uma mulher sedutora, *monsieur* Boscamp disse, e uma atriz consumada que pode atormentar o coração de um homem como ela quiser.

— Olhe para mim — diz ela. — É uma surpresa para o senhor que um rapaz arrogante que sempre teve tudo o que quis na vida não possa suportar que eu o rejeite? Que ele queira a minha destruição?

Ela se senta e junta as mãos, levando-as ao peito.

— Ah, se eu apenas pudesse ficar diante dele e lhe dizer o que realmente aconteceu. A única coisa que peço é a oportunidade de lhe expor a verdade. Depois que ele ouvir o que tenho a dizer, pode me mandar embora. Se for esse o seu verdadeiro desejo, não farei objeções.

— Faça o que precisar fazer, minha filha — diz ele, dando-lhe o dinheiro que *monsieur* Boscamp lhe confiara. O dinheiro destinava-se a pagar a viagem de Sofia de volta a Istambul. — Que Deus esteja com você — diz ele e lhe dá uma bênção de pai, fazendo o sinal-da-cruz na testa de Sofia.

Ela lhe beija a mão, como uma filha beijaria. Fokshany e Moldávia já foram mais que suficientes na vida dela. Amanhã, Sofia parte para Kamieniec Podolski. Para a Polônia.

Toda manhã ela se obriga a levantar da cama e a dançar de um lado a outro do quarto, balançando-se ao ritmo de palmas. E se obriga a imaginar o próprio corpo reunindo forças, o sangue correndo mais rápido em suas veias. Quando se pega repetindo o nome de Lisandro, ou se lembrando do toque da mão dele, o coração se confrange, mas então ela afasta esses pensamentos, obriga-os a sumir.

A luz dos meus olhos, foi como ele a chamou. Mentiras são tão difíceis de ver?

Kamieniec Podolski é um vilarejo da fronteira. Até agora Sofia foi a toda parte. Foi à paróquia, às fortificações. Chegou até a tocar na pedra branca onde foi construída a fortaleza. Tocou-a e depois cheirou o próprio dedo como se a pedra fosse uma flor que exalasse perfume.

Isso é a Polônia, ela disse para si mesma.

Uma cidadela, posto avançado da *commonwealth* polonesa, uma fortaleza erigida para vigiar as terras agrestes a oeste, o reino das hordas tártaras e do *haidamaky* ucraniano. Uma turba, ela fica sabendo quando pergunta sobre estes, armada de forcados e porretes. Um bando que corta a garganta de seus chefes, exatamente como fizeram em Uman, terra dos Potocki, a três dias de distância rumo ao leste. Os órfãos da matança de Uman ainda acordam à noite gritando de medo, ao se lembrar dos corpos estripados e dos gritos das mulheres. Em seu palácio Krystynopol, não muito longe de onde ela se encontra agora, o velho conde Potocki abrigou pelo menos quarenta desses órfãos, antes que as famílias os encontrassem e os levassem.

Os Potocki, ela ouve dizer, são magnatas poloneses, donos de muitos palácios, de vastas propriedades ucranianas que se estendem até o limite da comunidade polonesa de nações. Mais ricos do que o rei, mais poderosos.

Kamieniec Podolski. Ela aprende a pronunciar o nome sem nenhuma hesitação. *Urbs antemurale christianitatis.* O posto avançado da cristandade, a porta de entrada da Europa.

Os mendigos são chamados *dziady.* Muitos são coxos, caminham apoiados numa perna só, sacudindo os cotos. Alguns cantam canções melancólicas, compridas, alguns apontam para os olhos vazios ou para a pele que a gangrena devorou. O cabelo é comprido e emaranhado, e os pés estão enrolados em trapos sanguinolentos. São os assassinos de Uman, cochichavam as pessoas, que carregam o seu castigo, os corpos marcados com os sinais da vingança, até o dia de sua morte.

Talvez, Sofia pensa, afinal de contas, ela devesse voltar a Istambul. Por que lutar contra o que começa a brotar dentro de si com tanta força? E daí que todos os gregos de Istambul já tenham ouvido falar da sua humilhação? Istambul não é Bursa. Logo, logo vai acontecer outro escândalo e as pessoas terão mais do que falar. Mas ela não quer voltar. As viagens são assim mesmo. Elas nos deixam incapazes de pensar na volta. Fazem-nos ansiar por mais.

Madame Czerkies, a senhoria dela em Kamieniec, está encantada de ter alguém com quem conversar. Os dias são compridos e vazios desde que seu marido partiu deste mundo. Deste vale de lágrimas, disse ela, deste território de dor e tristeza.

O general de Witt é o comandante de Kamieniec.

— Nobre, mas um tanto recluso. E também pão-duro — *madame* Czerkies lhe conta. — Na fortaleza — sussurra a senhoria com um sorriso — não há nenhum criado. Os prisioneiros servem as refeições, e as correntes chocalham quando eles andam.

Ela bate com um garfo no bule de estanho ao falar. Ambas riem. Riem tanto que chega a doer.

— É tão bom rir assim — diz *madame* Czerkies. — Uma bênção. Dizem que se Deus fecha uma porta, em algum lugar Ele abre uma janela. Isso é tão verdadeiro, não é mesmo?

— Sua Alteza, o general, tem que idade? — pergunta Sofia.

— Ele é um velho, e tem uma mulher muito, muito doente.

— Solitário?

— Sim, mas não inteiramente só. Tem um filho. Um major do exército, ainda solteiro.

José de Witt. Ele tem 40 anos, e uma amante que ele mantém num apartamento na cidade. Uma mulher casada, esposa de um dos oficiais dele. Ela também não é muito bonita, mas é alegre e gosta de cantar.

— As pessoas falam muito.

— O quê?

— Dizem que houve um bebê, natimorto. Filho dele, dizem, embora a amante jure que não. Um duelo que terminou numa noite de bebedeira e tiro aos pombos na praça do mercado. Homens se divertindo entre si. O de sempre.

— Por que será que só os homens têm direito aos seus prazeres?

— Foi assim — suspira *madame* Czerkies — que se criou o mundo. Essa é a sina da mulher, o destino dela. Foi nos nossos ombros que puseram o fardo da vida.

— Uma festa, uma *soirée* — implora Sofia. — O que é a vida sem uma boa companhia que nos ajude a afastar esses pensamentos sombrios?

— *Monsieur* Boscamp — diz *madame* Czerkies — foi muito insistente nas instruções que deu. Não pode haver visitas. Principalmente, nenhum oficial. E balança a cabeça ao dizê-lo. — Sou uma viúva respeitável. Tenho que zelar pela minha reputação.

— Que mal faria se recebêssemos alguns oficiais para um café nesta sua bela sala de estar? — implora Sofia.

Monsieur Boscamp escreveu cartas. Especificou o que *lady* Sofia estaria autorizada a gastar caso ela fosse a Kamieniec, contra a vontade expressa dele. Seis *zlotys* por dia para as despesas, incluindo comida. Mas não o suficiente para substituir o xale rasgado na Moldávia. Nem o suficiente para comprar um par de sapatos, de que tanto necessitava.

— Receio, minha querida — diz *madame* Czerkies —, que *monsieur* Boscamp também seja um pão-duro.

Madame Czerkies anuncia que o major de Witt pediu licença para fazer uma visita de cortesia a *lady* Sofia, de Istambul. *Monsieur* Boscamp ficará muito zangado, mas como é possível uma pobre viúva dizer não ao filho de um general, a um nobre? Quando ela diz isso, há como que um risinho abafado em sua voz. Um tom desafiador. Afinal, elas são duas mulheres. Se não se ajudam mutuamente, quem o fará?

Sofia dá um pulo e se atira ao pescoço de *madame* Czerkies para abraçá-la. A alegria lhe extravasa dos olhos e derrete todo constrangimento.

— Abençoado seja o homem que a chamar de esposa. Seja lá o que você tocar, minha querida — sussurra *madame* Czerkies —, vai se transformar em alegria.

José de Witt, filho do comandante da fortaleza, é um homem baixo e careca. O rosto, porém, é agradável, e os olhos, escuros, parecem mansos.

Lady Sofia baixa os olhos quando fala. Ela sorri e cora com facilidade.

— Meu noivo — diz ela. — O homem que minha querida mamãe escolheu para mim. O homem que eu mal conheço, mas cujas intenções são louváveis. Além disso, não posso me dar ao luxo de ouvir meu próprio coração.

— Uma indigente como eu, criada por uma mãe severa cuja vida é uma triste história de decadência. Com que rapidez uma família ilustre pode se ver na rua! E como gira a roda da fortuna!

E ela lhe conta uma história:

— Tudo começou com uma bela mulher.

— Tão bela quanto você, *mademoiselle* Sofia?

— Mais bela — sussurra ela. — Não sou senão uma sombra do que ela é. Seu nome era Loxandra. Ela era minha avó e seu pai a obrigou a se casar com um bei muito rico.

— Então acaba sendo uma história triste, *mademoiselle* — suspira José de Witt. — O amor negado, trocado simplesmente por ouro.

— Mas esse não é o fim — diz ela delicadamente, tocando-lhe a mão, mas logo a retirando como se tivesse sido pega numa transgressão. — Esse é apenas um começo. Uma prova de que o verdadeiro amor vale a espera.

Pouco antes do casamento, Loxandra adoeceu com varíola e o seu belo rosto ficou desfigurado. O pai da jovem, sabendo que o noivo não poderia levantar-lhe o véu antes do término da cerimônia, proibiu que se mencionasse o infortúnio dela. Quando o rico bei viu o rosto da noiva, recuou. Nada lhe restava senão mandá-la de volta para o pai com ouro suficiente para lhe pagar pela traição. Essas bolsas de ouro, esse resgate, permitiram que Loxandra se casasse com um homem que aprendera a amá-la pela beleza de sua alma.

— O príncipe Lisandro Maurocordato — disse ela com voz branda e arrastada. — Mas essa história feliz não pôde durar para sempre. Havia filhos demais.

Ela dá um suspiro logo sufocado ao se lembrar da magnificência perdida da família. *Lady* Maria, sua mãe, sofreu muito com o empobrecimento da família, e quis que a filha única aprendesse os modos dignos da origem dela. Quis encontrar para sua filha um marido que a amasse e a reverenciasse como ela merecia.

A visita de *monsieur* Boscamp foi uma dádiva do destino. Homem do mundo, carente de relações, Boscamp procurou *lady* Maria para pedir que ela o ajudasse a encontrar alguns dos primos ilustres dela, os Maurocordato. "Ah! Meu caro senhor", *lady* Maria não pôde deixar de dizer, "o coração de minha família se fechou tanto para mim como para minha filha única". O fato de *monsieur* Boscamp não lhes ter virado as costas, mas, comovido pela difícil situação econômica da família, ter permanecido freqüentador assíduo da casa da mãe dela, era um traço louvável no caráter dele.

— Foi como aprendi a conhecê-lo — diz ela, exibindo para o major de Witt o mais belo dos sorrisos. Uma moça tímida, educada por uma mãe severa, incapaz de conhecer o próprio coração.

— Naquela ocasião, *monsieur* Boscamp era homem casado, portanto, nunca pensamos em viver juntos. Apenas quando ele voltou a Varsóvia, e quando a esposa dele sucumbiu à doença que a acometera e o deixou viúvo, é que a verdadeira natureza do interesse dele se revelou. Ele mandou me buscar, para me unir a ele como esposa, em Varsóvia, e ser a mãe de seus filhos órfãos.

O major de Witt escuta. Prende a respiração e escuta cada palavra. A história não é longa, mas ela a torna sinuosa, lenta, e o seduz com muitas possibilidades. Um aristocrata empobrecido, uma virgem tímida. Tentada, a caminho de Varsóvia, tentada pelo amor puro e pelos ecos solenes dos votos do casamento. Uma chance que ele não deveria estar preparado para deixar passar.

— E assim — diz Sofia, um rubor forte lhe cobrindo o rosto — estou prestes a me tornar esposa de um homem com quem nunca troquei uma palavra sequer em particular. Um homem que poderia ser meu pai, cujos filhos têm a minha idade. Mas Santa Maria, Mãe de Deus, não há de me abandonar. Ela me dará forças para ser uma boa esposa desse cavalheiro bom e honrado cujo nome será meu daqui a algumas semanas. A Santa Mãe de Deus dar-me-á forças para carregar o fardo que a minha mãe terrena quer que eu carregue.

Há lágrimas nos olhos de José de Witt. Lágrimas de compaixão. *Monsieur* Boscamp, o major lhe diz, não é, infelizmente, o homem por quem ela o toma. Muitas portas em Varsóvia se fecharam para ele. Muitas vezes acontece que, uma vez no estrangeiro, um homem se passa por alguém muito mais importante do que ele realmente é. Ela não poderia saber disso, é claro, mas ...

— Não quero ouvir mais — diz ela. — Por favor, não me faça sofrer mais. Não torne as coisas mais difíceis do que já são.

— Há algo que possa impedi-la de continuar?

— Não, nada — diz ela. — Por toda a minha vida me ensinaram obediência e respeito. Como posso deixar meus sentimentos irem de encontro aos desejos de minha mãe?

— Mas é claro que sua mãe não faria objeção a outra proposta de casamento — vinda de um homem de idade mais próxima da sua, sem o encargo de filhos, de um homem cujo coração está cheio de amor por você, não é?

— De amor? Já?

Ela ri e se afasta antes que ele lhe toque a mão.

— O amor pode surgir assim tão rápido?

— O amor é rápido — responde o major. Ele não é poeta, mas é soldado. Homem de modos simples e diretos. Fala o que pensa e o que se passa no seu coração.

— Eu a amo. Quero me casar com você.

— *Monsieur* Boscamp não vai suportar uma afronta dessas — diz ela, ofegante. — Será que ele não vai fazer de tudo para nos impedir de ficarmos juntos? O seu pai, que é amigo dele, também não vai permitir uma coisa dessas.

— Não vamos contar ao meu pai — diz ele. — Não vamos deixar que *monsieur* Boscamp saiba dos nossos planos. Vamos nos casar em segredo. Ninguém nos impedirá.

E lhe descreve o que planejou: uma igrejinha de madeira em Zienkowice, vilarejo próximo de Kamieniec; uma carruagem aberta com seis cavalos brancos; dois dos seus oficiais como testemunhas.

Em 14 de junho de 1779, ela está sentada numa carruagem aberta forrada de veludo branco, puxada por seis cavalos. Mas cavalos cinzentos, não brancos. Sofia de Witt, *madame* Sofia de Witt. *Lady* Sofia de Witt. Esposa de um nobre polonês.

O poder dos anseios, pensa Sofia. A força do desejo.

A força da vida.

Rosalia

A condessa estava acordada, observando-a. Olhando para o vestido de algodão azul da moça, o cabelo bem puxado para trás. Puxado demais, talvez, não como a patroa dela preferia, com alguns cachos soltos. Você parece um pássaro molhado encolhendo-se debaixo de uma balsa, disse a condessa naquele primeiro dia em São Petersburgo.

Como ela se sentira perdida então, inquieta. Quando o navio entrou no Neva ela percebeu um ligeiro espessamento na linha do horizonte. Logo, logo surgiram irregularidades que lhe lembraram um desenho feito pela mão trêmula de uma criança. Um desenho de domos como cebolas, cúpulas douradas, claustros, colunas esbranquiçadas de escolas e prédios públicos. Essa cidade, ela ouviu um homem dizer em polonês, bem atrás dela, surgira do descampado graças ao comando de um único homem. Mas ela não sabia ao certo se o tom da voz dele era de desdém, respeito ou medo.

— O último desejo de sua mãe moribunda — disse a condessa naquele primeiro dia — era vê-la aqui ao meu lado.

Um sorriso aqueceu o belo rosto oval e os grandes olhos pretos dela. O quarto estava cheio de flores: rosas amarelas e escarlates, inteiramente abertas, com os miolos dourados expostos; e lírios, com os seus funis cor de creme, aglomerados em vasos de cristal.

— Chegue mais perto, minha criança — disse a condessa. — Mais. — Rosalia deu alguns passos à frente e sentiu aquela mão, quente e leve como uma pena, lhe percorrer o rosto como se a condessa estivesse aprendendo a reconhecê-la no escuro. A mão percorreu a testa, desceu pela face, alisando-a, enquanto se dirigia para os lábios da moça.

— Um pássaro molhado esperando que o sol o aqueça.

— O azul não lhe cai bem, Rosalia. Você deve se livrar desse vestido.

O dr. Lafleur, informou Rosalia à condessa, receberia 25 luíses de ouro por dia. O que seria apenas justo, na opinião do dr. Bolecki. Indagou-se de pacientes de Berlim. Era importante ter certeza de que o dr. Lafleur não aceitaria outras ofertas.

Doutor Tomás Lafleur. Ela sentia prazer em dizer o nome dele.

Quando Rosalia lhe mostrou o novo quarto, ela notou que a pele das mãos de Lafleur estava vermelha e rachada. O quarto era muito agradável, o rapaz a tranqüilizou, muito mais confortável do que seus antigos aposentos. Ele agradeceu o trabalho que a moça tinha tido para que tudo estivesse em ordem. E se mostrou especialmente grato por haver chaves nas gavetas onde ele trancaria o láudano, o papel de carta, o dispositivo para espalhar areia, as penas. Porque ele sempre anotava a reação de seus pacientes ao tratamento: os cochilos, a duração destes, e as reações imediatas.

— Sobre esses assuntos, confio no seu bom senso — disse a condessa.

Rosalia passou o dedo na madeira do consolo da lareira para verificar se não estava empoeirado. Levantou o edredom para ver se haviam trocado os lençóis sujos. E se a troca fora feita adequadamente, uma vez que as criadas aprendiam que os lençóis limpos a serem postos na cama eram os velhos, amaciados por lavagens freqüentes. Ao contrário da morte, Rosalia dissera a Marusia, escaras podiam ser evitadas.

— Quero ser útil — disse Rosalia, reparando que a mesa-de-cabeceira precisava de uma limpeza. Havia uma mancha amarelada no paninho sobre a mesa e migalhas no chão ao lado do divã.

O láudano, diria Rosalia ao dr. Lafleur assim que o visse de novo, estava sendo tão eficaz quanto se esperava que fosse. Hoje de manhã, a condessa dormiu até as oito e meia, e, quando acordou, conseguiu engolir algumas colheradas de um consomê forte. Sacos de aveia quente, outra das recomendações do dr. Lafleur, também surtiram muito mais efeito do que o saco de água quente.

Às vezes Rosalia achava que o médico francês a seguia com os olhos quando ela não estava olhando.

— A memória é tão traiçoeira, não é mesmo? — perguntou o médico ao lhe explicar que sempre anotava o que acontecia com seus pacientes. — Gosta de pregar peças na gente.

— O dr. Lafleur disse que a senhora precisa beber mais água.

— Não estou com sede.

A condessa teve um sobressalto. Arrumados há apenas uma hora, os travesseiros já tinham começado a escorregar. Um deles estava torto, pendurado de um lado da cama, quase caindo no chão. Grandes e macios demais, os travesseiros não serviam muito de esteio. Talvez, pensou Rosalia enquanto se levantava para arrumá-los, se ela enrolasse um deles e o envolvesse numa fronha, ele ficaria mais firme por mais tempo.

— Não fique de um lado para o outro, Rosalia. Por favor.

— A dor passou?

— Se eu não pensar nela...

— Quer que eu abra as cortinas? O dia está lindo.

— Não.

— Quer que eu leia mais um pouco?

— Não. Em vez disso, conte-me alguma coisa.

— A respeito de quê?

— De qualquer coisa. Do que você quiser.

De manhã, Rosalia viu dois corvos pousados nos galhos nus do carvalho. O pai sempre lhe dizia que os corvos têm memória longa. Seu próprio pai costumava envenená-los, botando arsênico nas carcaças que ele deixava como isca, mas um dia os corvos pararam de comer a carne envenenada. Por anos a fio os corvos não tocavam na carniça enquanto outro pássaro não a experimentasse. Gerações e mais gerações se lembravam daquilo.

— Meu pai me deu uma pipa uma vez — disse ela. — Era vermelha, amarela e azul. Como um grande papagaio. Eu adorava soltá-la no ar, mas alguém estragou minha pipa.

— Um menino?

— É.

— Você gostava desse menino?

— Não. Ele punha a língua para fora e dizia que eu não sabia nada de pipa. Mas eu sabia.

A condessa sorriu e fechou os olhos. Havia um novo tom em sua pele, uma brancura diferente. A voz lhe saía embaçada, trêmula.

— Acho que eu talvez esteja morta. Às vezes, o tempo pára e parece que vou ficar aqui para sempre. Deitada na cama, à espera de algo que já passou.

— É o láudano. O dr. Lafleur disse que isso deve acontecer.

— O dr. Lafleur não sabe de tudo.

Depois, houve um longo momento de silêncio. A distância, Rosalia ouvia a voz do dr. Lafleur, perguntando se os sacos de aveia tinham sido postos ao pé do fogão da cozinha como ele havia pedido.

— Precisam estar prontos assim que eu mandar apanhá-los — disse ele. — Prontos a qualquer hora, do dia ou da noite.

A estranha geringonça que parecia uma máquina de espremer roupa feita de latão, explicara ela ao dr. Lafleur poucos dias atrás, era a máquina de Tula que sua presença de espírito a fizera trazer de São Petersburgo. Ela lhe mostrou onde se punha o carvão e como se introduzia o perfume para que os vapores perfumassem os cômodos que fossem espanados pela máquina. O óleo essencial de rosas era o favorito da condessa.

O dr. Lafleur disse que a máquina era muito original. O rosto dele estava corado, pois tinha acabado de dar uma volta no jardim, o mais rápido possível. No seu andar havia a falta de jeito de um rapaz em fase de crescimento, e a ânsia da esperança temperada pela contenção. Só que, no caso dele, era a experiência a causadora disso e não a inocência.

— Mas o ar está bastante quente lá fora — disse ele. — Seria bom arejar o quarto. O ar fresco limpará o sangue. — E acrescentou: — *Mademoiselle* há de concordar comigo. O dr. Bolecki me disse que a senhorita gosta muito de caminhar.

Ele não estava olhando para ela quando disse isso, percebeu Rosalia, com um desapontamento que a deixou encabulada.

* * *

Deve ter sido o farfalhar das anáguas que acordou a condessa dessa vez.

— Você está se empenhando tanto em cuidar de mim, Rosalia — disse a condessa. — Como vai ser quando eu tiver partido? O que você vai fazer quando tiver que cuidar de si própria?

Rosalia ouviu, vinda do outro lado da porta fechada, a voz de *frau* Kohl, ralhando com alguém. Uma criada, pois logo se ouviu uma segunda voz, aguda, à beira das lágrimas. As especificações dadas por ela não tinham sido seguidas. Uma obrigação não fora cumprida, uma tarefa fora malfeita. A criada subiu a escada correndo, aos soluços, e *frau* Kohl deu um longo suspiro de exasperação.

Sofia

O seu novo sogro chama José de tolo. O general de Witt, comandante de Kamieniec, sofreu três sangrias, para dar alívio à pressão demasiada no seu coração. Por dois dias, ele se negou a sair do quarto, gritando com quem quer que se aproximasse dele. Ele não está comendo, e não bebe nada senão água.

No terceiro dia, Sofia abre a porta do quarto do general. Ele está sentado com as costas viradas para a porta, os olhos fixos nos campos, e se nega a fazer qualquer movimento.

— Há alguma coisa que eu possa fazer? — ela pergunta com voz suave.

Os olhos dele são de um azul esmaecido. Eles a acompanham quando ela se aproxima e se ajoelha.

— José deveria ter pedido o consentimento do pai — diz ela. — É tudo culpa minha. Eu não devia ter permitido que ele me levasse ao altar sem a bênção do pai. Sinto muito, meu senhor, ter lhe causado tanta dor.

— Dodô. Filha de um comerciante de gado e de uma prostituta.

Ele aponta para a carta em cima da escrivaninha. Uma carta de Charles Boscamp prevenindo-o de que uma ex-*amante grega* dele poderia, contra seus desejos expressos, e suas tentativas de mandá-la de volta para Istambul, aparecer em Kamieniec e fazer estranhas reivindicações. *Uma vadia, uma rameira e uma mentirosa*, lê o general. *Ela conta suas histórias com tamanha convicção que o mais sábio dos homens não sabe onde ela se desviou da verdade.* Essa carta aconselha a não se acreditar nas palavras doces e nos suspiros de inocência dela.

— Minha nora — diz o general, cuspindo no chão. A cusparada é amarela e espessa. Boscamp deve estar rindo agora, contando a história a quem quer que queira ouvi-la lá em Varsóvia. A quem quer que tenha meio cérebro. A ascensão rápida da prostituta grega que foi dele. A história dessas relações aristocráticas que José repete para qualquer um que a ouça sem rir na cara dele.

Ela está arfando e parece prestes a falar, mas ele a impede.

— Poupe o seu fôlego, sua miserável. Estou velho demais para ser enganado.

Ela se levanta e olha para ele. O general de Witt se parece pouco com o seu marido. O marido que insistiu em pendurar os lençóis manchados de sangue do lado de fora depois da noite de núpcias deles, que se gaba diante dos seus oficiais do tamanho dos seios e da maciez das nádegas da mulher.

Os olhos do sogro estão lhe furando a pele como se ele quisesse penetrar no mistério do corpo dela. No fluxo do seu sangue. Olhos de águia, ela pensa. E levanta a cabeça e olha bem dentro deles, sem desviar os dela. Ela tem um negócio a propor, um negócio limpo que ele, homem do mundo, deveria valorizar.

O que está feito não se desfaz. De que serviria revelar as advertências de *monsieur* Boscamp? *Madame* de Witt pode ser o assunto dos mexericos da cidade, mas é isso que o general de Witt realmente deseja? Não seria melhor que ela, dada a posição que tem agora, assegurasse a ascensão dos de Witt no mundo? Garantisse que o filho sucedesse ao pai, ou ascendesse a um posto até mais alto que isso?

General José de Witt.

Sozinho, o marido não vai conseguir mudar. Com ela ao seu lado, tudo é possível.

Sofia vai deixar o sogro refletir. Que ele pense bem e tome uma decisão. Ela vai se retirar para o quarto e aguardar a sua sorte.

O vestido de seda farfalha enquanto ela se afasta; os saltos dos sapatos novos tilintam no piso de mármore. Ao passar, ela deixa um rastro de perfume de rosas.

À tarde, José sobe correndo para o *boudoir* da mulher. Deposita-lhe um beijo nos lábios e ri. Um riso cavalar por uma vitória que ele atribui a si próprio. A cegueira dele nunca deixará de assombrá-la. Ela sente um cheiro de vodca em seu hálito e arregala os olhos.

O pai do major os chamou. Ao gabinete oficial. Estão perdoados.

Eles andam de mãos dadas. E se ajoelham. Duas crianças pedindo a bênção do pai.

— Não tenho escolha — diz o general. — Meu filho terá de beber a cerveja que ele próprio fez. Não se semeiam tolos, eles brotam por si. O que se partiu não volta a ser inteiro.

Sua nora é agora uma nobre polonesa.

— Não envergonhe o nome de Witt — diz ele.

Ela se inclina diante dele, certificando-se de que o sogro possa ter uma boa visão dos seios dela.

— O futuro do seu filho é o meu futuro — diz ela. — As perspectivas dele são as minhas perspectivas.

Por um momento, ela também acreditou.

Rosalia

O dr. Inácio Bolecki surgiu assim que ela começou o seu passeio pelo jardim do palácio. O ar estava frio mas claro. Ela jogara um sobretudo azul-escuro sobre o vestido amarelo-claro e calçara sapatos próprios para caminhar.

— Eu estava esperando que a senhorita desse um passeio matinal. É o que eu teria prescrito — disse ele. — Você se importa se a acompanho? Há um assunto delicado sobre o qual eu gostaria de conversar com *mademoiselle.*

Havia em torno dele uma tranqüilidade suave, o ar de confiança de um homem que se sente bem-amado, e um cheiro de tabaco, leve mas persistente. As roupas estavam impecavelmente passadas, o rosto bem barbeado. E havia uma sombra de tristeza bem escondida nas dobras das rugas. Tia Antonia teria gostado tanto da promessa de solidez quanto da tristeza. Viúvo, ela acentuaria, viúvo com uma filha crescida, mas não tão velho que não possa ter outros filhos. O que ela poderia esperar de melhor?

Ela lhe estendeu a mão, que ele beijou, demorando-se uma fração de segundo mais do que deveria. Sinal de que talvez houvesse algo mais nesse passeio, nas expressões de preocupação pela saúde dela. A idéia lhe fez apressar o passo na direção dos carvalhos gêmeos. Ela enfiou as mãos no seu regalo de pele. "Como lhe vai bem", a condessa lhe dissera quando lhe dera o regalo para o inverno de São Petersburgo.

— *Madame la comtesse* — disse o dr. Bolecki, levantando a cartola —, tem a senhorita em alta conta.

— A condessa é muito bondosa — disse ela.

Ela gostou de ver que o dr. Bolecki tinha de se esforçar para acompanhá-la.

Bolecki pediu desculpas pelo jeito abrupto do médico francês, pelo que equivalia a uma condenação à morte. O amigo dele era um ótimo cirurgião e um homem notável, mas não devia ter deixado a condessa sem esperanças.

— Às vezes é difícil compreendê-lo, *mademoiselle* Rosalia. Talvez por ele ser francês.

— *Madame la comtesse* queria saber a verdade.

O dr. Bolecki hesitou, como se estivesse refletindo sobre as palavras ditas. Os olhos cinza metálico continuavam roçando nela enquanto caminhavam. Ela tentou manter o seu passo treinado no caminho de pedregulhos.

— Talvez. Talvez seja por isso que o dr. Lafleur esteja indo para a América, e eu fique. Não sou tão moderno. Entretanto, o meu ilustre amigo merece algum crédito. Ele diz que você é a melhor enfermeira que ele jamais viu.

— O dr. Lafleur também é muito bondoso — disse ela —, mas estou longe de ser uma enfermeira adequada. Ele também deve tê-lo notado.

— Ele é um homem bom, concordo, mas o que ele diz da senhorita não tem nada a ver com bondade. Ele apenas observa os fatos. Ele é um homem da razão. Ele afirma que você é dotada de um talento natural para curar. Um talento raro mas fácil de identificar quando o vemos.

— Muito obrigada — disse ela. Uma leve idéia começou a piscar na sua cabeça, louca, improvável, mas estranhamente agradável. Uma idéia boba que ela deveria ter afastado imediatamente, mas não o fez. E se o dr. Bolecki estivesse sondando os sentimentos dela em nome do amigo dele?

— Seu rosto está ficando corado, *mademoiselle*. Uma caminhada rápida é o que há de melhor para se prevenir a doença.

Ele agora andava na cadência dela, e falava incessantemente. A condessa a chamara de "a flor que desabrocha no seu quarto de doente", mas flores precisam de sol e de ar fresco. *Mademoiselle* Rosalia não deveria esquecer de cuidar da própria saúde, de alimentar o próprio espírito, para que possa, por sua vez, cuidar dos doentes.

— Para mim, é difícil deixá-la.

— Essa sua noção do dever é um legado do seu querido pai, *mademoiselle*. E seria logo notada por qualquer um que o conhecesse.

Ela observou que os dentes do médico brilhavam quando ele falava, os da frente se sobressaindo ligeiramente. Ele estava contente, disse ele, de poder lhe oferecer o presente dessa lembrança do pai, ainda que uma recordação breve.

Em Paris, o padrasto dele recebia muitas visitas ilustres, e o capitão Romanowicz fora uma delas. Lembrava-se dele muito bem, uma vez que o capitão Romanowicz fora particularmente gentil com sua filha, Constance. Um incidente de que ele se lembrava bem. O capitão Romanowicz disse a Constance que se ela pegasse uma grande esfera de metal e tirasse o ar desta, nem 16 parelhas de cavalos atados às duas extremidades da esfera poderiam separá-la. Tamanha é a força do vácuo, disse ele. Ele até lhe levou um desenho que mostrava os cavalos e a esfera. O capitão disse que sua própria filha, Rosalia, também gostava de experiências.

— Então, veja só, eu já tinha ouvido falar da senhorita anteriormente — disse ele.

— Meu pai morreu em Santo Domingo.

Rosalia não mencionou que a mãe nunca perdoou a Napoleão o envio da legião polonesa, tão ávida por combater os inimigos da Polônia, a Santo Domingo, com a finalidade de abafar a rebelião de escravos. Para sufocar justamente a liberdade, disse ela, que eles tanto queriam para si. Ela nunca perdoou o caráter secreto dessas ordens, o fato de que eles, até chegarem à baía Manzilla, desconheciam o que o seu deus da Guerra lhes reservava. A amargura dela nunca arrefeceu. "Se seu pai soubesse para onde estavam indo", ela dizia continuamente, "ele teria pedido dispensa. Teria ficado conosco. Ele ainda estaria vivo".

Ela nunca mencionara o quanto havia se sentido próxima da mãe em momentos como aquele, em que, juntas por uma perda que ninguém mais no mundo poderia partilhar com elas, fundiam-se na dor.

— Seu pai — disse o dr. Bolecki — se sacrificou pelas gerações posteriores. Pagou o preço mais alto pelo bem comum. *Mademoiselle*, querida *Mademoiselle* Rosalia. Essa é a nossa sina de poloneses.

Ela ouvia.

Que eles tivessem se encontrado em Berlim, continuou o médico, talvez não fosse uma mera coincidência. Tudo neste mundo acontece por uma razão. Todas as vidas estão entrelaçadas, ligadas uma a outra dos modos mais misteriosos. Sim, a vida era uma cadeia de acontecimentos em que um ecoava o outro, e o significado deles permanecia oculto até que algo inócuo, um encontro casual, talvez, um lampejo de percepção, o revelava.

Ela ouvia.

Seria um enorme prazer se ele pudesse visitá-la mais freqüentemente. Eles tinham tanto em comum. Ela estava de acordo?

— Sim, claro — disse ela, corando. — Só que eu acho difícil deixar a condessa.

— Como eu disse antes, essa noção do dever é o legado do seu querido pai, *mademoiselle.*

— É difícil comparar os deveres dele aos meus — disse Rosalia.

Mais uma volta no jardim e eles estariam se dirigindo para o palácio.

— O que você acha de morar em Berlim? — perguntou ela, rapidamente.

Ele gostava de morar em Berlim. Não tanto quanto de morar em Paris, mas gostava bastante. Estava mais perto da Polônia, e tinha a oportunidade de observar, sem intermediários, como a Prússia governava a si própria. Esse conhecimento seria um dia inestimável para que a Polônia se libertasse do jugo da escravidão. Conhecer o seu inimigo era meio caminho andado para a vitória, ele acreditava. Ele também acreditava que devíamos aprender nossas lições onde quer que isso fosse possível. Havia muitos outros com a mesma opinião, mas menos afortunados que ele. Ela já devia ter ouvido falar das recentes retaliações infligidas aos estudantes poloneses, em Berlim: a lista negra, as prisões, as expulsões da universidade. Esse pobre sujeito, Köhler, cujas malfadadas anotações sobre uma reunião clandestina deram início à história toda. Não seria esse o exemplo mais assustador do nacionalismo prussiano?

— Não sei o suficiente, infelizmente, para julgar por mim mesma.

— Está certo. Está certo.

Essa declaração, Bolecki acrescentou, era mais um sinal da qualidade superior do caráter dela. Notável e digno de admiração, como tudo o mais que lhe dizia respeito. Havia uma agradável nota de acanhamento na voz dele, e ela a saboreou por alguns instantes. Eles estavam agora se aproximando dos portões do palácio.

— Doutor, esse é o assunto delicado de que gostaria de tratar comigo? — perguntou Rosalia, ciente do tom jocoso de sua voz.

— Não... não... — gaguejou Bolecki. — Não... de jeito nenhum.

O que ele queria lhe dizer era muito mais fútil. *Frau* Kohl e o mordomo do *graf* Von Haefen notaram fatos estranhos se sucedendo na cozinha. Uma situação muito delicada. Os criados russos estavam botando as manguinhas de fora. A copa vinha sendo atacada de surpresa, como se toda noite uma tropa de cossacos passasse por ali. Há dois dias, desapareceram sete potes de geléia, ontem, sumira uma torta de perdiz inteirinha, sem deixar vestígios.

— O porão também — continuou o médico. — O uísque também anda sumindo. Sentiram falta de pelo menos três garrafas.

Ela gostaria de saber por que *frau* Kohl não falara com ela diretamente.

— Talvez, *mademoiselle* Rosalia, a única coisa a fazer seja uma boa investigação. Deixe claro para a cozinheira russa que nada será deixado de lado. *Frau* Kohl disse que a condessa Olga é ainda moça demais e inexperiente demais para lidar com os criados.

Ele abriu a porta do palácio para ela. E Rosalia logo sentiu um aroma de caldo de galinha vindo da cozinha. Em seguida, o riso das criadas. O de Marusia era o mais espalhafatoso, vindo diretamente de sua barriga.

— Sim — disse Rosalia. — Vou cuidar disso, é claro.

Mais tarde naquela noite, em seu quarto, de camisola, ela tentou se ver como outra pessoa poderia vê-la.

A luz refletida no seu cabelo castanho avermelhado acentuava a palidez da pele cansada, as mãos rachadas por causa das lavagens constantes. (Por que você não usa luvas à noite, Rosalia? A gordura de ganso não vai funcionar a menos que você use luvas). As faces encovadas, os olhos cansados da falta de sono.

Admita-o, ela desafiou o próprio reflexo. Você nunca vai conseguir a leveza, a sedução do charme. A leveza que vem de se considerar invencível.

Nunca.

O frio do quarto foi se esgueirando nela, vindo do chão e transmitido pelos pés descalços. Ela continuava a observar o seu reflexo, a inclinação delicada dos ombros, a decepcionante falta de peito. A pele era branca e macia, mas essa descoberta não a consolava. E então sentiu os pés frios demais e voltou para a cama, para se esquentar.

Sofia

— Esta é Varsóvia — diz José com um sorriso condescendente.

Duas milhas antes de Varsóvia há uma colina da qual podem ter uma boa visão da cidade. Ele aponta os muros da cidade, as Torres de Santa Cruz e o castelo real. Aponta Praga, o distrito movimentado à margem direita do rio Vístula, onde teriam de passar aquela noite, à espera do barco que, atravessando o rio, os levaria para Varsóvia na manhã seguinte.

Ela passara 15 meses esperando por esse momento. Quinze meses numa fortaleza onde prisioneiros acorrentados serviam à mesa, onde no inverno os ossos lhe doíam de frio, até a medula, onde ela tentava afugentar o tédio com a ajuda de professores de dança, preceptores de francês e instrutores de equitação. Quinze meses de súplicas feitas a José, de lhe mostrar o quanto seria sensato se fazer conhecido na corte e garantir as boas graças das pessoas certas. Não que ele tivesse relutado em exibi-la. Ele dizia que tinha ficado muito satisfeito quando o príncipe Czartoryski, depois de visita oficial a Kamieniec, proclamara aos quatro ventos que a deliciosa e encantadora *madame* de Witt era a única atração que valia a pena milhas à volta. Mas de Witt continuava a adiar a saída deles. A hora não era boa, as estradas estavam lamacentas demais, o pai dele tinha afazeres demais para ser deixado sozinho.

— Você não está feliz aqui, comigo? — ele perguntava muitas vezes.

A felicidade, ela tentava fazê-lo ver, era uma planta tenra. Precisava de espaço para crescer, ou definharia e secaria.

— Você não vai querer passar a vida toda como major de Witt, vai?

Pelo sorriso constrangido dele Sofia percebeu que estava no caminho certo. Quem, ela lhe perguntou, ficaria com o comando de Kamieniec quando o pai dele morresse? Como o rei poderia saber se o filho tinha condições de substituir o pai? Como alguém poderia progredir neste mundo sem a ajuda de amigos poderosos?

— Você não está com ciúme, está?

Por fim, o que fez José aceder foi um bilhete do rei anexado a uma carta enviada ao pai dele:

> *Major de Witt, como seu Soberano, proíbo-o de manter sua bela esposa longe de Varsóvia por mais tempo. Procedentes de fontes as mais confiáveis, chegaram aos meus ouvidos rumores do charme e beleza dela, e estou ansioso para compará-los com o original.*

Com o bilhete, vinha uma oferta. Um dos apartamentos do rei estava à espera do jovem casal, que, tanto o general de Witt quanto o filho concordariam, deveria desfrutar *a sua viagem de lua-de-mel há muito devida.*

O rei da Polônia convidou-a para ir a Varsóvia. Isso é felicidade, ela tem vontade de dizer a José, mas se cala. José tem prazer em lhe dizer que o rei está desesperado à procura de aliados. Nos 17 anos de reinado, ele a adverte, as desgraças se sucederam, uma atrás da outra. As províncias polonesas, uma por uma, se rebelaram, chamando-o de fantoche russo incapaz de conduzir o país a qualquer rumo que fosse. Os amigos que ele tem não ouvem outra coisa senão longas listas de advertências feitas por ele. Os russos são fortes demais para que sejam enfrentados diretamente, é preciso usar de diplomacia, conseguir aliados a qualquer preço. Tudo conversa, nenhuma ação. E aonde isso nos levou, é o que ele gosta de perguntar. Que outro país da Europa se permitiu ser retalhado e devorado por seus vizinhos? Uma vez ele lhe mostrou o mapa da

Polônia, onde, com tinta vermelha, o pai assinalara os territórios perdidos em 1772, três lascas de terra, uma no oeste; uma, maior, no leste; e uma no sul. "Roubada pela Rússia. Roubada pela Prússia. Roubada pela Áustria." As letras com que o general de Witt escreveu eram grandes e firmes. E não é verdade, continua José nesse tom de "prestem atenção ao que eu digo", que o apetite, uma vez despertado, cresce?

Sofia continua se contendo, mas acha que o rei talvez não estivesse tão equivocado quanto José acredita. O que mais se pode fazer, quando se é fraco? De que valem gestos grandiosos e mortes heróicas? Ela vê bons motivos para a presença de amigos poderosos, para que haja uma pressão paciente, para que o país se fortaleça com tranqüilidade. Mas esses meios não são vistos com bons olhos pelos homens com quem ela conversa. Ação, José não cansa de repetir. Qualquer ação é melhor que a humilhação. Não que ele próprio esteja assim tão a fim de lutar. Dar ordens aos soldados dele, sim, ela pode vê-lo empenhado nisso. Ficar tomado de fúria diante de algumas transgressões, sim. Mas sentir o cheiro da pólvora, dormir no chão?

Fevereiro não é o melhor mês para se viajar, resmunga José. Sente-se um frio terrível apesar da pilha de peles e de um aquecedor para os pés cheio de carvão em brasa. Mas viajar no inverno tem suas vantagens. As estradas congeladas estão livres da lama pegajosa, e um trenó torna o percurso muito mais suave.

As histórias sobre ela a precedem. Cochichos deliciosamente divertidos sobre a sua beleza exótica, o seu passado misterioso. Alguns juram que ela foi odalisca de um sultão. Outros, que ela é uma princesa grega, a quem os infortúnios sofridos pela família empobreceram. O príncipe Adão a cobriu de elogios pelos modos requintados e agradáveis. Com ela, o tempo passa como um sonho. Também se menciona o nome de Boscamp. Um pretendente idoso, que perdeu a parada para o major de Witt, e continua tomado de uma raiva impotente.

Boas histórias, ela acha.

Sofia tem saudade de Mana e de tia Helena. Gostaria que elas a vissem agora. Vissem como José baba por ela, como ele é inseguro. Ela também pensa em Lisandro, quando esses pensamentos não podem ser evitados. Às vezes, ela vê uma sombra do sorriso dele nos lábios de um estranho, o brilho do cabelo dele no de algum outro. Não lhe tenho ódio, diz para si mesma. Ele não tem nenhuma importância. De certo modo, ela tem razão. Ele não importa mais. Mas há pensamentos que ela não pode evitar. Pensamentos relacionados à traição, ao ridículo, à rejeição. Pensamentos que a fazem procurar o que existe além das palavras e dos sorrisos, esquadrinhá-los, fuçar embaixo deles, farejar o mais leve sinal de hesitação que haja neles. De perigo. De fraqueza. Ela sempre aprendeu rápido. Duas vezes na vida os homens a traíram, não haveria uma terceira vez. É o juramento que ela faz agora.

— Você vai se sentir tão orgulhoso de mim — sussurra ela para José no dia seguinte, depois que se instalam em seu apartamento de Varsóvia, ainda frio apesar da pele de urso estendida no chão, apesar das palavras dos criados lhes assegurando ter mantido o fogo aceso a semana passada inteira à espera da chegada deles. Ainda frio mesmo depois do trago de vodca, por insistência de José, uma vodca que lhe ruborizou o rosto. — Eu prometo — ela sussurra e observa como ele estica o pescoço, encantado.

Ele está orgulhoso. Orgulhoso dos vestidos dela, de seda esmeralda e gaze rosa. Das flores que chegam todos os dias para o deleite dos criados que correm para contar a *madame* as boas novas. Da expectativa nervosa de que é cercada a chegada deles nas festas e *soirées*, das relações há muito perdidas que o descobrem e lhe lembram dos vínculos entre eles e insistem em convidar o casal encantador para mais uma festa. Dos cartões de visita que chegam diariamente, de carruagens que param para deixar outro convidado. De convites de todas as procedências, sendo que o mais importante, o que veio do rei, pode ser visto sobre o console da lareira.

Ele se sente orgulhoso quando Estanislau Augusto, rei da Polônia, os recebe, uma semana depois de terem chegado à capital, em 3 de março, Anno Domini 1781, enquanto muitos outros ficam à espera de convite por muito mais tempo. Quando o rei faz um leve movimento de aprovação com a cabeça diante da beleza dela, quando ele a guia na *polonaise*, segurando-lhe a mão perfumada como se esta fosse feita de fina porcelana.

Ela também se sente orgulhosa?

A pergunta fica girando em sua cabeça. E hesita. Dê-lhe esse prazer, a voz de Mana diz. É tão fácil. Deixe o seu marido acreditar que ele também é responsável por todo esse sucesso. É a isso que os novos amigos dela se referem quando falam de *savoir-vivre* e gentileza de maneiras?

O orgulho, ela diz, os lábios roçando o rosto do marido, não causa esse prazer à *madame* major de Witt assim tão facilmente. Você reparou, ela pergunta, que nos convites que recebemos até agora, entre todos os cartões de visita que ela guarda numa caixa em seu *boudoir*, há sempre um nome faltando?

Ele não tinha reparado. E que nome é esse?

— Potocki — diz ela, torcendo os lábios num meio-sorriso desinteressado. — Os Potocki não são os mais poderosos dentre os magnatas poloneses?

O conde Felix e a condessa Josefina, do ramo Pilawa.

— Os mais poderosos? — José está à beira de perguntar o motivo da mágoa no tom de voz dela. Os Czartoryski, ele esclarece, são tão poderosos quanto os Potocki, e já houve dois convites do Palácio Azul.

Mas Sofia não quer saber de consolos como esse. Os Potocki são os verdadeiros reis da Polônia do leste, donos de palácios muito mais nobres que o castelo real.

— Um limiar alto demais para os pés de um de Witt.

— Eles disseram isso?

— Não — responde ela impaciente e bruscamente. Não está interessada no que disseram ou não disseram. Não está interessada nos Potocki nem nos seus filhos de olhos esbugalhados, nem no orgulho deles. Ela tem outras coisas a fazer. Outros assuntos a tratar. Mais importantes.

— Foi justamente o que eu lhe disse — diz José com ar triunfante. Pegou-a, exatamente, ele parece estar dizendo, em mais uma demonstração daquela sua inconsistência feminina. Aquela sua falta de lógica, tão encantadoramente feminina. — Ouve o seu marido — diz ele, dando-lhe uma palmadinha no traseiro, agora afastado do toque dele pelas camadas de tecido e por uma anquinha acolchoada.

Em março de 1781, o rei polonês, Estanislau Augusto Poniatowski, não se parece com o retrato que ela se lembra de ter visto no gabinete do internúncio. O rei está mais velho, agora, beirando os 50, a testa mais vincada, o traje menos imponente. Mas os grandes olhos negros lhe parecem mais afetuosos, mais suaves e ainda se formam duas covinhas nos cantos dos lábios dele.

Além disso, agora ela sabe que aquela era apenas uma cópia. O original está aqui, em Varsóvia.

Os três magníficos aposentos no pavimento térreo do castelo real foram transformados em ateliê. Pintores, escultores e artífices fabricantes de móveis trabalham juntos ali. Os aprendizes e alunos que freqüentam o ateliê têm permissão para copiar os quadros de Lampi, Baciarelli, Grassi, Norblin, da coleção pessoal do rei.

— Às vezes sinto como se os caminhos de nossas vidas já tivessem se cruzado mais de uma vez — diz Sua Alteza Real a *madame* Sofia de Witt. — Teria sido numa vida anterior?

A idéia de que as almas possam voltar à terra lhe intriga. Na cabala hebraica ele tem aprendido que as almas voltam à terra para reparar seus pecados, ou para acompanhar outras almas em suas jornadas. *Gilgul*, explica ele, a passagem das almas de um corpo para outro. Os *hassidim* também acreditam nisso, embora os estudiosos do Talmude lhe garantam que essa é uma crença sem fundamento.

— Se nossas vidas se cruzaram anteriormente, eu poderia ter sido tua escrava.

— Ou eu, o teu — diz o rei.

Ela ri e abre o leque. Há de fato faíscas de ouro em seu vestido novo. Depois da calma tediosa de Kamieniec, Varsóvia a encanta. As ruas movimentadas, as carruagens, os cavalos. O seu apartamento em Krakowskie Przedmieście, pelo qual o rei paga 12 táleres por mês. José não gosta de Varsóvia.

— Olhe aquela prostituta — ele lhe diz, apontando uma mulher, cujo rosto está escondido por um xale grosseiro. Ela estava carregando o que parecia uma trouxa de trapos. Ao parar ao lado da igreja, ela mete a trouxa no alçapão que há ali, e toca a campainha. — Outro bastardo — diz José — entregue à misericórdia da Igreja. — A mulher se afasta rapidamente, sem olhar para trás.

Melhor do que deixá-los à beira do Vístula, afogados de lama. Melhor do que estrangular a criança com as próprias mãos, ou sufocá-la com um travesseiro. A vida é sempre a melhor opção, ainda que não seja senão uma possibilidade.

— Ah! A alegria no seu rosto — diz o rei. — Eu poderia bebê-la. — Ele lhe toma a mão, tira-lhe a luva branca e os lábios quentes lhe tocam a pele. Ela não saberia nomear o prazer que sente, mas gostaria de estender esse momento ao máximo. A pele de Sofia preservou o toque dos lábios do rei e ela ainda pode senti-lo quando ele a conduz a um dos estudantes que copia uma paisagem. Há tubos de tinta empilhados numa caixa de madeira, as cores estão ali sangrando, manchando a madeira. As mãos do pintor estão salpicadas de cores, e borrões vermelhos e amarelos lhe sujam o rosto. — É assim que eu gostaria de ver um jardim — diz o rei, apontando para a paisagem luminosa que o estudante copia. — O céu, a terra, o mar, as forças eternas da natureza. Mas é sempre o fogo que predomina.

Sofia pergunta quem é o pintor.

— Lorraine — o rei responde. — O adorador do sol.

Num belo jardim, o sol deveria iluminar a beleza, conduzir os visitantes à perfeição. Num jardim como esse não deveríamos temer a morte nunca mais. Ela não seria nada além de um momento de passagem, levando-nos para longe dos prazeres passageiros do corpo e nos fazendo entrar no mundo da Razão.

— Do que é que *ele* lhe fala o tempo todo? — José está sempre perguntando.

Ela está usando um vestido de musselina rosa-claro. A fartura da saia afasta os olhos da cintura mais grossa. De manhã, ela vomita. É um menino, cochicha José com orgulho. Não se fica enjoada assim quando é uma menina que nasce. Ela o manda comprar picles de pepinos e arenque no óleo. Ela exige ostras ou um quartilho de cerveja. Quando acorda com o rosto inchado, Sofia esfrega uma pedra de gelo na pele até o inchaço sumir e o brilho rosado voltar ao seu rosto. Ela prefere ser vista à luz suave das velas.

— Deus — diz o rei — conhece não só as leis da geometria que regem a construção do mundo, mas Ele também é um artista que cria conforme as leis da beleza. A Beleza, assim como a Sabedoria, e a Força constituem a base de todo o conhecimento.

Ontem, José lhe trouxe uma tigela de lagostins. Ainda quentes, uma vez que ele os enrolou num cobertor. Do Jezierski, disse ele, os melhores da Polônia. E também lhe trouxe um abacaxi, que lhe fizeram lembrar os de Istambul, de tão doces e sumarentos eles eram.

A notícia de seu estado abençoado trouxe-me lágrimas aos olhos, escreveu Mana. *Que o Senhor e Todos os Santos a tomem sob Sua proteção.*

— Deus — diz o rei — é o maior dos jardineiros, pois Ele criou o Jardim do Éden do qual Adão, apesar do pecado original, salvou os últimos fragmentos de luz da Árvore do Conhecimento. Esses fragmentos de luz divina, essa verdade primeira, só pode ser recuperada se o homem voltar à natureza e começar a refletir sobre os mistérios dela. Se fielmente acompanhada, a Natureza desafia a morte com o nascimento; a decomposição, com um novo crescimento. Não faz concessões ao status ou à classe social, não faz distinção entre reis ou pobres. Nus, somos todos iguais. Somos todos humanos. Temos todos o direito à felicidade.

O rei pega um livro e lê para Sofia:

> *O Jardim da Melancolia deve propiciar uma atmosfera um tanto sombria, provocar uma reflexão doce e levar nossas mentes à contemplação do que é eterno. Florestas densas, sombrias, um cemitério abandonado, ruínas cobertas de musgo, uma esplêndida e isolada capela-sepultura, um caminho iluminado pelo luar à beira de um lago onde sombras se banham nas trevas aveludadas da água, todos esses são adornos adequados ali. Num cenário como esse os pensamentos naturalmente vagueiam em direção à morte e à separação, em direção à doçura da amizade e às dores do amor. O melhor para completar um jardim assim são árvores revestidas de casca escura, com troncos nodosos e ramos pendentes.*

— Num jardim como esse — diz o rei — a natureza é cultivada pelo trabalho do homem, domada pela sabedoria e pela amizade terna. Os que amam jardins amam a própria humanidade. Mas não os jardins formais dos franceses. Uma linha reta não torna o caminho mais curto. A vida humana está repleta de mistérios e segredos. Os que amam jardins acolhem essa melancolia que os invade no labirinto de caminhos e ruínas, pois sabem que é através dessa melancolia que podem libertar-se dos grilhões do corpo.

Ela pensa quanto de menino ainda há nele, apesar de toda essa conversa de melancolia e morte. De um menino ansioso por mais um dia, um menino curioso cuja mente não pode parar. A voz é quente e suave. Ela fica imaginando como será o rosto dele sem a peruca empoada. Será que ele percebe que sua presença faz os jovens se inclinarem sobre as pinturas, enquanto lançam a eles olhares furtivos? Ela ouviu dizer que ele gosta de lhes ensinar os pontos que lhe parecem mais preciosos na pintura. Ele aprecia o colorido de Rubens, os contornos de Veronese e os trajes de Rembrandt. Ele gosta da mistura do monumental e do sensual.

— Como a Verdade conduz através do labirinto.

— Como a Amizade conduz através da linguagem do coração.

— Como as profundezas da alma de uma pessoa conduzem-na através da solidão.

Não era por culpa dele, ela ouvira, que, em 1772, a Rússia, a Prússia e a Áustria se serviram de fatias da Polônia? Um preço pela coroa que a amante dele pôs em sua cabeça?

Tudo o que ele toca, ela também ouvira, transforma-se em pó.

Um construtor de ruínas.

Ele lhe toma o braço e a leva para fora do ateliê, para o visível alívio dos estudantes, cujos ombros caem e cujos olhos vagueiam, afastando-se das telas pintadas. Ela sente o cheiro do próprio corpo quente, as emanações do perfume de rosas com que besuntara os próprios pulsos naquela manhã. Na mão direita do rei, manchada de pontos amarronzados, um lenço branco tremula.

— Senhor, esse é um sinal de vossa capitulação?

— De rendição absoluta — diz ele. — Minha vida está em suas belas mãos.

— Estais perdoado então. — Ela lhe toca o braço com o leque. Levemente, como numa brincadeira de pegar.

O mistério não será revelado com precipitação. No quarto do rei ela se mantém tranqüila. O toque da mão macia dele a faz tremer.

No quarto dele, sobre a escrivaninha, ela vê que há papéis com os resumos que o bibliotecário do rei prepara diariamente: sumários de descobertas e teorias, resumos de livros grandes, documentos que tratam de assuntos como servidão ou lei constitucional pelos quais ela tem pouco interesse. Já um condutor de raios, que transmite faíscas elétricas das nuvens, é uma outra história.

— Isso eu gostaria de ver — murmura ela.

— Então vou lhe mostrar um. Em Ujazdów. Amanhã, se quiseres.

Ouviram então os sons de uma harpa, vindos da pequena antecâmara ao lado do quarto do rei. As cortinas estão fechadas. Os criados receberam ordens de não os incomodar. Às vezes, eles ouvem os passos dos criados se perderem ao longe.

Em cima da mesa há um retrato, e nele, o rosto de uma mulher olha fixamente para ela. *Se apenas um rei pode lhe pedir a mão, então tornar-me-ei rei.* Foi o que ele escreveu a essa sua *senhora do destino* que lhe dera a coroa polonesa.

— O seu verdadeiro nome também era Sofia — disse ele com uma tristeza difusa.

A imperatriz Catarina, ela ouviu dizer, tem pouca paciência com amantes sentimentais.

— Já está tudo esquecido — o rei mente. — Até a dor mais aguda se apaga com o tempo.

Ela fecha os olhos e deixa os lábios dele lhe acariciar a nuca, e escorregar seios abaixo. Agora, os dedos dele estão escrevendo algo na barriga dela.

— Nada — ele responde quando ela pergunta o que é. Ele é um amante delicado que fica à espera dela.

Os beijos dele são suaves e fugazes, como as asas das borboletas, como flocos de neve que se derretem no corpo dela.

— Tua pele parece fogo — ele sussurra.

Ele cheira a brilhantina e a bons perfumes. Não toca em vinho nem em qualquer outra bebida. Nem mesmo para brindar o fascínio, o prazer e os momentos de doce esquecimento que ele está vivendo.

Quantas vezes ela sonhou com ele. Uma vez, em Istambul, ela jurou tornar-se sua escrava. Ela teria ficado segurando a toalha para ele nos banhos turcos, se ele lhe permitisse. Agora, ela dá uma gargalhada ao pensar nisso. Ele fez sexo com ela e agora lhe cobre o seio com a mão e fala dos seus fardos. O reino é como uma pedra à volta do pescoço, cujo peso parece arrasá-lo. A Polônia é um país fraco entre vizinhos fortes, implacáveis. Devemos nos aliar à Rússia, à Prússia ou à Áustria? Jogar uns contra os outros? Não deixar que se metam nos nossos negócios? Ganhar tempo e fortalecer o reino com reformas? Ganhar tempo e não fazer nada, para não perturbar um equilíbrio tão delicado?

Ela não pára de olhar para ele. Este é um homem, pensa ela, que gosta de mulheres.

— O príncipe Potemkin — diz o rei — me garante que uma união forte com a Rússia não afetará a soberania polonesa. Às vezes acredito nele. Outras vezes, temo que a força da Rússia seja grande demais para que possamos enfrentá-la. E que esse país nos esmagará para sempre. E que seja lá o que fizermos, será em vão.

"O príncipe Potemkin", diz ele, vendo o assombro nos olhos dela, "foi por algum tempo o favorito mais amado da imperatriz russa. Um general brilhante. Catarina gostaria de vê-lo recompensado com um reino. Se Potemkin fosse eleito para o trono polonês, quando este vagar, seria do interesse dele fortalecer a Polônia, não é mesmo? E Catarina poderia escutá-lo."

O suspiro que se seguiu ao que ele disse significa que a imperatriz russa não está mais disposta a escutar Estanislau Augusto. E também significa que essas medidas temerárias *têm* de ser consideradas, caso a Polônia sobreviva — nada de gestos grandiosos, guerras civis, rixas —, mas como fazê-lo num país onde os magnatas são mais ricos e mais poderosos que o rei?

À noite, cercado de velas que se consomem, o rei da Polônia lhe faz confissões.

— Um dia, em tudo o que eu fazia parecia haver uma intenção quase divina. Agora, não penso em nada mais senão na previsibilidade das emoções humanas, na cobiça e na intriga.

Ela se recorda do que ele lhe disse a respeito de almas que passavam de um corpo para outro. Ela matutou sobre isso muito tempo. O mundo é dividido em camadas, das quais só conhecemos a mais externa. Somos como cegos que tocam num elefante, e perguntam se ele é comprido e flexível. Ou corpulento e inteiriço? É um mundo de relações invisíveis, de vidas que se tocam.

— Estou cansado dessa natureza humana que sempre comete os mesmos erros — continua ele. — Que sempre se movimenta em círculos, percorre os mesmos caminhos. Que se destrói sempre do mesmo modo, insistindo exatamente naquilo que lhe causa dor. Estou cansado da vida.

Ela lhe toca a mão e diz que é a bondade da natureza e o afeto do coração dele que o fazem sofrer assim, os sacrifícios que ele faz pela nação, pela melhoria de condições do seu povo. Essa é a sina dos reis.

— Istambul — diz ela —, de onde eu venho, é a cidade dos incêndios. O fogo pode começar numa casa de madeira e no final da noite o quarteirão inteiro estará arrasado. É o vento que leva o fogo de uma casa à outra, até que este se extinga na beira do Bósforo, ou no alto de alguma colina, ou até que não haja mais casas a serem queimadas. Mas então a vida retorna. Sempre se constroem novas casas sobre as cinzas das antigas, sempre há novos jardins florescendo.

Ele reflete sobre isso alguns minutos. Uma lição que vem de um mundo mais simples, ele define, um mundo onde cada momento tem de ser medido proporcionalmente à vida ou à morte.

Os músicos alemães

Os músicos alemães reuniram-se na antecâmara como o *graf* mandara. Tiraram a flauta, os violinos e o violoncelo das caixas. O piano de cauda já estava no salão onde iriam tocar.

Atrás da cortina, uma condessa polonesa moribunda que queria ouvir música. Às vezes, ela se faria ouvir, mas eles não deveriam lhe dar atenção. Quando ela quiser que parem, um criado ou uma criada viria e lhes diria algo. Se ninguém aparecer, que continuassem a tocar. A condessa era uma grande dama, uma beldade extraordinária cujo nome costumava ser mencionado junto com o de reis e rainhas. A música que tocavam fazia com que a dama não pensasse na dor nem na morte.

— Marais? — perguntou o primeiro violino, concluindo de imediato que essa não seria uma boa escolha.

— Komm, talvez — sugeriu o segundo violino.

— Hoffnung talvez seja melhor.

— Beethoven?

— Mozart — disse o pianista, com a anuência de todos.

A cantora compareceria algumas vezes, informou-lhes o criado do *graf*. A escolha de Sua Senhoria recaiu sobre uma bela soprano. *Frau* Hellmann. Ela cantaria "*Wie Nahte Mir Der Schlummer*",* de *Der Freischutz.***

— Ela canta o que a senhora desejar — disse o pianista. — Somos profissionais.

As portas que davam para o quarto da condessa se abriram, e o criado os fez entrar, pedindo-lhes silêncio com um dedo nos lábios. Eles tiveram de aprender a andar como gatos, tenteando, porque havia uma cortina que ia de um lado a outro do quarto, impedindo a entrada da luz do dia. Eles se acomodaram, e puseram as partituras nas estantes. O criado acendeu velas grossas que lhes davam luz suficiente para a leitura das partituras. O piano de cauda estava em excelentes condições: lustrado, bem conservado, sem nenhum martelo defeituoso. Agora, deveriam afinar seus instrumentos pelo tom do piano, o mais silenciosamente possível. Esse seria, disseram-lhes, o mais agradável dos compromissos.

Começaram a tocar. Mozart tinha sido uma boa escolha. Depois, prosseguiram com Beethoven — o Quarteto de cordas em fá menor.

Durante o primeiro intervalo, conversaram sobre Berlim, onde, uma vez que a autoridade real não permitia discussões sobre política ou questões sociais, os homens brigavam por causa de música. Naquele momento, Spontini competia com Von Weber. Spontini, que recebia 4 mil táleres como *Kappelmeister*,*** tinha sido chamado de tolo simplista, e seu salário, criticado como excessivo.

— O preço por ter caído nas graças do rei — disse o violinista.

— Mas toda Berlim, da Porta Hellish ao castelo real canta o *Jungfernkranz***** — disse o flautista. — O que você preferiria?

---

* "Como o sono poderia se aproximar de mim antes que eu o visse?" (N. da E.)

** *O caçador furtivo*, ópera de Carl Maria von Weber (1786-1826). (N. da T.)

*** Em alemão, mestre-de-capela. (N. da T.)

**** Ária da ópera *O caçador furtivo*. (N. da T.)

— O dinheiro — riu o violinista.

Quando a conversa se voltou para o compromisso atual, todos chegaram à conclusão de que a pior parte dessa apresentação seria a incerteza. Haveria dias em que tocariam apenas uma hora; e dias em que seis horas poderiam se passar sem que houvesse nem sinal do criado.

— Como manter nossa energia — perguntou o violinista — se não pudermos ter a menor idéia, nem sequer uma idéia aproximada, da duração do concerto?

Mas ele teve de confessar que lhe agradava a idéia de tocar para desafiar a morte.

Sofia

Varsóvia está a seus pés. *Madame* de Witt é a favorita dos salões. *Madame* de Witt, uma bela mulher grega, com um passado envolto em deliciosas contradições. Será que ela fora realmente escrava de um sultão, uma odalisca, cuja liberdade teria sido comprada por um príncipe europeu? Ela era realmente aparentada dos príncipes Maurocordato? Como fora se casar com aquele horrível de Witt? Era verdade que o próprio rei tivera de intervir, já que os de Witt queriam mantê-la enclausurada em Kamieniec?

Monsieur Charles Boscamp deseja apresentar seus respeitos a *madame* de Witt.

Ele é um alcoviteiro, ela ouviu dizer, e um traidor que tira dinheiro dos russos. Um covarde, que se fingiu de doente para se safar de duelos, e que inventaria qualquer calúnia que pudesse lhe propiciar alguns ducados. Até o rei, de cuja opinião sobre as pessoas devemos desconfiar, perdeu a paciência, e se afastou.

— Ah, nem me fale nessa criatura desprezível, minha cara Sofia! — exclamou a princesa Lubomirska, prendendo o nariz.

Ela o faz esperar na antecâmara e o espia pelo buraco da fechadura antes de mandá-lo entrar. Ele está mais magro e com o andar mais curvado do que o Boscamp de que ela se lembrava. Sem peruca, a cabeça dele parece menor. É um homem de pele terrosa, andando de um lado para o outro do cômodo como um lobo numa jaula. Não, um lobo, não, como um cachorro velho e sarnento que espera ser acolhido. A sua *Jóia*, sua *Pedra preciosa*. Como tinha sido fácil impressioná-la então!

Não cuspa nos que estão abaixo de você, lhe diria Mana. Pense no que podem fazer quando você estiver por baixo. Ela pega uma garrafa de cristal e se serve de um gole de clarete. Bebe direto da garrafa, sem se preocupar em usar um copo. O clarete a aquece.

— *Monsieur* Boscamp — o criado anuncia e o internúncio entra.

Ela goza a insegurança dele, o olhar de soslaio que ele dirige à penteadeira dela, aos vasos de cristal com orquídeas e tulipas, à escova e ao espelho de prata, ao colar de pérolas.

Nada mau para a pequena Dodô, filha de um comerciante de gado e de uma prostituta.

— Será um encontro breve — anuncia ela —, não tenho muito tempo. A vida é curiosa, não acha?

— Minha preciosa Dodô — diz ele, rindo. — Eu conheço você.

Debaixo da camada de pó, vê-se que o rosto dele está coberto de manchas. Os dentes eram assim tão manchados ou é a luz da manhã sempre tão dura, pouco lisonjeira? Ela sente um arrepio ao pensar na sua velhice. E se pergunta como foi possível ter algum dia se confundido, ter achado que ele era poderoso ou atraente.

Ele se senta numa cadeira, sem pedir licença, sem esperar que ela se sente primeiro.

— Você não é tão ingênua quanto parece, não é mesmo? — diz ele. — Você, mais do que qualquer pessoa, devia saber que reis e príncipes se importam muito pouco com os que estão abaixo dele.

Boscamp espicha as pernas. As botas são velhas, ela repara. Os punhos estão puídos.

— *Alguns* príncipes — acrescenta ela. — *Alguns* reis.

Ele balança a cabeça exatamente como ela se lembrava de vê-lo fazer, como se ela fosse uma criança a ser repreendida. Do outro lado da porta, ouvem-se os movimentos do criado. Uma palavra, um grito e *monsieur* Boscamp pode ser atirado na rua a mando dela. A idéia a faz rir abertamente.

— Você sabe tão pouco! — suspira ele, levantando os olhos para o teto.

*O bálsamo, quando acrescido ao alcatrão, deixa de ser bálsamo e torna a ser alcatrão; e o joio, mesmo que semeado no melhor dos campos, não se tornará trigo. Assim, se uma mulher nobre se casa com um camponês, ela vai dar à luz um filho plebeu. Pois que pureza pode vir dessa impureza, que perfume sair de tamanho fedor? Há um provérbio sensato que diz: rouxinóis não nascem de corujas.**

Piekarski, de Przeworsk, filho de camponês e bastardo, agora se passa por nobre, de Podolia.

Dobrzecki, de Kaleniów, negociante de Toruń que pagou à família Karwowski para adotá-lo.

Nowacki, judeu. Sua filha casou-se na família Wierzycki.

A memória de Boscamp continuava excelente, como sempre, ele podia continuar horas e horas, se ela o quisesse. Há um livro inteiro de revelações desse tipo, um livro que ela vai descobrir ser muito popular entre seus novos amigos. Ninguém que tivesse entrado furtivamente na fidalguia polonesa fora poupado. Estava tudo lá, devidamente comprovado. Ele gosta muito de consultar esse livro grosso quando lhe sobra tempo. A consulta lhe propicia novas lições sobre a sinuosidade da natureza humana. Talvez um dia pudesse se ler nele um novo verbete:

De Witt: sua mãe, Sofia Glavani, prostituta grega versada no conhecimento da escola de Cítera e nos mistérios de Paphos, entrou na família de Witt ao se casar. Sua avó é uma adoradora de Vênus, em Istambul, pronta a servir a todo passante, circuncidado ou não, sendo também uma famosa alcoviteira.

— Parece-me correto. Eu gostaria de saber se vai ser menino ou menina? — diz ele, olhando para o ventre de Sofia. — Você nunca pensou que quando essa criança nascesse o passado poderia estar esquecido, pensou?

---

* Provérbio polonês antigo que fala de uma diferença de pureza de sangue entre nobres e camponeses. (N. da T.)

Ela sabe que ele tem razão.

— A sorte, minha querida Dodô — diz ele naquela sua velha voz —, é inconstante e pode muito bem se ocultar. Os homens gostam de acreditar no pior. O rei talvez goste de ouvir uma história ou outra, uma história como as que um homem do mundo conta a outro. A de *Mes amours intimes avec la belle Phanariote*? Uma história que fala de conivências, de fingimentos, de uma virgindade tantas vezes negociada?

Lá fora, na rua, alguém grita com uma voz estridente, o que faz Sofia ficar de cabelo em pé. *Pense*, diz a si própria. O que lhe dar como resposta senão o silêncio?

E ela sente a criança mexendo dentro dela.

— O que você quer que eu seja? Sua inimiga ou amiga? — ela pergunta com voz leve e alegre. — Ainda lhe resta uma opção, *mon ami*.

Ele pigarreia. Para dar uma demonstração de sua força, ele toma um gole de vinho da mesma garrafa de onde ela bebeu alguns minutos antes. Esse é o melhor clarete que ela tem; foi presente das adegas do rei.

— Veja, *mon ami* — diz ela, sorrindo —, há muitos cavalheiros valentes nesta cidade que gostariam de desafiá-lo para um duelo e já me disseram que essa perspectiva não lhe seria lá muito agradável.

O que não era blefe. Bastaria uma palavra dita a José. Ele é rápido nas pistolas e no sabre. E tem um bom olho. O corpo inerte de *monsieur* Boscamp em breve estaria estirado nos campos de Blonie. Ele sabe disso.

— Você tem dois filhos, não é isso, Charles? — É a primeira vez que ela o chama pelo primeiro nome. Um momento que fora apenas imaginado, e era, agora, insignificante. E uma filha que você deve querer casar logo. E, suponho, casar bem, o que não me parece ser lá muito fácil devido à reputação do pai. Talvez algumas pessoas precisem ouvir uma palavra que recomende a moça.

Ele ergue o copo contra a luz, admirando o tom carmesim. Depois, ergue-o na direção dela. Os olhos pequenos, os lábios torcidos numa careta. Ela pode tomá-la por um meio sorriso, se assim lhe aprouver.

— À sua saúde — diz ele, fazendo uma mesura para ela. — *Madame* de Wit. Divina *madame* de Wit.

Seus olhos são negros e belos,
Mas ariscos e desdenhosos como os de um garanhão.

* * *

Quando ele sai, ela pega a garrafa e joga-a contra a parede. O cristal se espatifa numa cascata de fragmentos de vidro e o vinho mancha a parede de vermelho e escorre até o chão. A criada que chega esbaforida olha para ela com olhos indagadores.

— Limpe tudo, e me ajude a me aprontar — diz ela, experimentando um novo par de luvas de um branco adamascado. — Esta noite é a *soirée* da princesa Lubomirska. Não posso desapontar uma amiga querida.

Olga

Dentre as cartas que tinham chegado naquele dia havia uma de Jeroslav, seu meio-irmão, endereçada pessoalmente a Olga. A carta havia sido despachada três meses antes, de Odessa. Tinha sido enviada a São Petersburgo, e, tendo chegado ali alguns dias após a partida deles, fora enviada a Berlim.

Olga levou a carta para seu quarto e fechou a porta. Ela rompeu o selo dos Potocki. *Minha querida irmã*, começava Jeroslav. Mesmo nessa introdução, ela ouvia a voz dele, a ferroada irônica, a arrogância de um Potocki. Um Potocki melhor, filho de Josefina, *née* Mnishek. Uma diferença sutil, mas significativa, que deixava entrever a delicada questão da proveniência e da linhagem e da conversa de filhotes de cuco.

> *Rezo, minha querida irmã, para que essas palavras a encontrem com boa saúde. Nesses tempos difíceis, temos de nos lembrar da nossa disposição delicada e de como é fácil abusarmos da nossa saúde.*

Ela passou os olhos na longa exposição das idéias de Jeroslav sobre as vicissitudes da vida. Ela não tinha a menor idéia do que seu meio-irmão queria dizer com a importância de manter valores supremos e seguir a trilha da tradição dourada.

> *Como filhos do mesmo pai, minha cara irmã, precisamos nos ajudar mutuamente em tempos como esses, e preservar o que quer que ainda reste do nosso patrimônio. Foi-me dado compreender que essa judiazinha inteligente está exercendo cada vez mais influência sobre sua mãe. Disseram-me que sua*

mãe fez um dote imensamente generoso em nome dela, e que ela lhe está propiciando não só um enxoval bastante caro como presentes inteiramente inadequados. Você poderia conseguir que se fizesse uma busca nas coisas da moça antes de sua partida para Paris? Ouvimos contar histórias de ingratidão que são de nos gelar o sangue. Devo preveni-la, minha cara irmã, que no momento da doença, a cabeça muitas vezes fraqueja.

Seria realmente injustificável pedir a relação de despesas de sua mãe, não dos bens dela, naturalmente, mas dos que, por lei, pertencem aos seus filhos?

Olga continuou a ler rapidamente: sobre as pérolas que deveriam ser dela mas que, sem dúvida, iriam para sua irmã mais velha; sobre outra doação a Jan de Witt, filho daquele *horrível* de Witt a quem sua mãe insistira em receber em Tulchin depois da morte do pai deles como se já não fosse suficiente ele ter sido regiamente pago para abrir mão dos direitos dele a *madame* de Witt. *Eu não gostaria de insinuar que tudo isso esteja acontecendo às nossas custas, tanto suas quanto minhas, mas os lamentáveis fatos falam por si.*

Ela rasgou a carta em pedacinhos e os jogou no fogo. Os papéis fizeram fumaça e enegreceram antes de desaparecer nas chamas. No palácio de Tulchin, onde ela havia crescido, o palácio agora reivindicado por seu irmão Mieczyslaw, apesar dos protestos de mamãe sempre havia um coro de moradores agradecidos. *Madame* Czerkies, desdentada, resmungando continuamente sobre a necessidade da gratidão e as recompensas que estavam guardadas para os corações caridosos. *Monsieur* Trembecki explicando sem parar que somente feijões e água faziam bem à saúde e que não se devia jamais comer carne animal. Eles nunca deixariam mamãe sozinha, não era mesmo? Como se ela de fato não tivesse seus próprios filhos que poderiam cuidar dela?

Porque doía se lembrar de que quando Olga propôs escrever para a irmã e lhe pedir que se apressasse, mamãe disse que já tinha pedido a Rosalia que o fizesse.

Ela sentiu calafrios, e foi tomada por uma torrente de pensamentos raivosos há muito represados. A visão de Rosalia em São Petersburgo no dia em que ela chegou, desajeitada naquele vestido preto, com aquele seu sorriso constrangido que tão rapidamente se transformara em confiante e aquela história dos livros que lhe tinham sido tirados na alfândega. O grande alívio de Olga ao pensar que estaria livre daquelas tarefas tediosas que a ajuda à mãe implicava. Os momentos que ela devia ter perdido, ou ignorado, momentos de imensa importância, e agora tão simples de serem vistos por todo mundo.

Não é preciso se preocupar. Madame la comtesse *está muito bem acomodada.*

Madame *está descansando agora e não devemos perturbá-la.*

Madame *teve um horrível pesadelo ontem à noite, mas agora isso é apenas uma lembrança.*

Quem essa *mademoiselle* Romanowicz pensa que é? Quem lhe deu o direito de me dar ordens assim? Ela acha que mamãe gosta mais dela do que das próprias filhas?

Com que rapidez os que foram tirados da sarjeta esquecem o seu lugar. Reclamam o que nunca lhes pertenceu.

Mas também passam outros pensamentos pela cabeça de Olga, e um deles lhe traz um sorriso aos lábios. Rosalia, recém-saída do luto, mirando-se no espelho; deixando que cachos lhe caiam na testa; de manhã, pedindo que Marusia lhe trouxesse gelo para passar no rosto; olhando fixamente para o médico francês. Olhando para ele como... como um bezerro para uma porta pintada.

Rosalia experimentando seus encantos murchos.

Sim, *senhor doutor.* Não, *senhor doutor.*

Rosalia desmanchando-se em esperanças.

Às suas custas, minha cara irmã, tanto quanto às minhas.

Sofia

O itinerário deles é: de Varsóvia a Berlim, de Berlim à pequena cidade de Spa onde todos os elegantes tomam suas águas minerais, de Spa a Paris. De Paris a Viena, e, de Viena, voltar para casa, para Kamieniec.

Assim que saíram da Polônia, na primeira hospedaria em que pararam para pernoitar, Sofia viu que José escrevera conde e condessa de Witt ao registrá-los. Ele lhe assegurou que essa era a única tradução precisa da real posição de ambos na sociedade.

— Nossa verdadeira viagem de lua-de-mel — ele a definiu. Com um atraso de um ano e meio, mas tão mais doce exatamente por isso. A mesada generosa do general de Witt mostrou-se um bom investimento na carreira do filho, embora Sofia goste de lembrar ao marido que o dinheiro dos De Witt possa durar muito mais porque, no decorrer da viagem, os novos amigos deles estão ansiosos em lhes oferecer hospedagem e carruagens.

No Lustgarten, em Berlim, explodem fogos de artifício com estrépito. Ao contrário do que Charles Boscamp lhe disse uma vez, no palácio de Berlim não se vê nenhum estofo cinza saindo das almofadas das cadeiras douradas, nem os convidados do rei prussiano saem da mesa com fome, ainda que muitos se queixem de que os alimentos sejam mal cozidos. Frederico Guilherme da Prússia é homem parcimonioso, ele acredita na simplicidade.

Ela está usando um quíton grego — um grande retângulo de seda vermelha em cuja trama há fios de prata e ouro. Prendendo as pontas da túnica, vêem-se, nos ombros, fechos de ouro. O cabelo preso, num penteado alto, está enfeitado de pérolas. O riso dela adquiriu um novo tom, impetuoso e confiante. No dia em que Sofia chegou à corte, o rei da Prússia lhe perguntou se ela gostava de dançar.

— Sempre — respondeu ela. — Principalmente com reis.

Mas o rei da Prússia não queria dançar. Ele queria vê-la dançar com um de seus principais auxiliares, o *graf* Von Haefen.

— A senhora me concederá esse prazer? — o rei perguntou.

Ela dançaria o tempo que ele quisesse, disse ela, e deixou que o *graf* a conduzisse de um lado a outro do assoalho encerado, ao som abafado dos cochichos dos convidados. Ela soube que tinham feito apostas para se escolher a mais bela: se a condessa de Witt ou uma certa *fraulein* alemã cuja posição na sociedade de Berlim não havia sido contestada até então.

O veredicto, seu novo amigo Alfred von Haefen lhe informara, lhe era favorável. Ele não saía do lado dela há quatro dias. E está ao lado dela agora, no Lustgarten, aonde o rei e seus convidados chegaram para assistir ao espetáculo.

Há um jovem malabarista com uma fantasia em que se vêem triângulos azuis, vermelhos e verdes ligados uns com os outros por um galão amarelo. Nos olhos do rapaz, ela vê o reflexo das tochas acesas que ele joga no ar e pega com mãos hábeis.

Em Bursa, os primos de Sofia lhe ensinaram a fazer malabarismo com bolas de madeira e participar de competições ao redor da fogueira. Diamandi sempre a derrotava, as mãos dele eram mais rápidas, os olhos, mais vivos. Ele era um rapaz tolo, que ainda pastoreava ovelhas para o pai. Foi o que Mana escreveu com indisfarçável satisfação, e acrescentou: com uma mulher desdentada e cinco filhos ranhentos. Mana não acredita no perdão, mas Sofia prefere pensar que se não fosse por Diamandi, ela talvez ainda estivesse em Bursa.

O malabarista é o primeiro de uma longa sucessão de artistas que o rei da Prússia contratou para a noite. Haverá pugilistas, lutadores, boxeadores e esgrimistas. Entre duas janelas do palácio, estendeu-se uma corda bamba. Pode-se ver um urso amordaçado, equilibrando-se nas pernas traseiras, à espera de sua vez. Ela bate palmas, encantada. Nunca viu um urso dançante.

O *graf* Von Haefen já tem um rival, o jovem príncipe Naryshkin, de São Petersburgo, outro que está de visita à capital prussiana, e que também se postou firmemente ao lado dela. Ambos parecem se ombrear no interesse por Sofia.Tudo o que fazem é repetir o que ela disse ou fez, ou o que foi dito sobre ela. O rei da Prússia a considera encantadora. "Se há mais desses rostos bonitos por lá", os dois repetem as palavras do rei, "talvez eu devesse ir à Polônia com mais freqüência".

O rei da Prússia talvez prefira o amor dos homens, mas, mesmo assim, a condessa de Witt o encantou. Ela cantou uma canção sobre a murta da vinha de Vênus e Baco para ele.

— Uma vez — sussurrou Sofia no ouvido do rei — cantei essa canção vestida de pajem.

O malabarista terminou o seu número e se pôs de lado. Agora está sentado num barril de carvalho, olhando os fogos, com um meio sorriso nos lábios. As tochas, apagadas, estão empilhadas aos pés dele.

Para escapar dos companheiros enamorados, Sofia vai até o malabarista. Ele é um homem jovem e musculoso, exatamente como o rei gosta. Quando ela se aproxima, ele sorri, constrangido, e se levanta. Ela é uma dama e uma convidada do rei da Prússia. O quíton de seda que ela usa cintila com lampejos de ouro. Ele é muito alto. Mesmo que fique na ponta dos pés ela só chegaria à altura do peito dele.

— Posso? — ela pergunta, apontando para as tochas.

O malabarista acena com a cabeça, em silêncio, e apanha duas tochas. Ele observa enquanto ela tenta jogá-las para o alto. A princípio, ela se atrapalha, mas logo se lembra do segredo do malabarismo. Ela tem que jogá-las corretamente — não muito alto, não acima do nível dos olhos, e sempre a intervalos regulares. O malabarista lhe dá mais uma tocha. "É mais fácil com três do que com duas", é o que ele parece estar dizendo. Apesar de não saber alemão, ela compreende o aceno vigoroso da cabeça e o amplo sorriso.

O corpo se lembra. As mãos, os olhos seguem um padrão que ela imaginava ter esquecido. Um ritmo que ela percebe dentro de si. Tudo o que lhe resta é ceder ao ritmo e prosseguir.

— *Gut* — diz o malabarista. — *Sehr gut.**

Ao redor dela, juntou-se um pequeno grupo, e ela pode ouvir um sussurro abafado, alguém arfando, o farfalhar de um vestido. Atrás dela, algo pega fogo. O malabarista está esperando que ela pare de jogar. Tão logo isso acontece, ele, pegando as tochas da mão dela, as acende com um trapo encharcado de óleo, e faz um gesto para que ela recomece o número.

A chama é uma distração, pois ela já sabe o segredo do sucesso. Concentração absoluta. Não olhar para lugar algum senão para o que é essencial, o que está à sua frente, até que o malabarista se aproxime e assuma o comando. Só então, os seios arfando de excitação, as narinas palpitando, ela fecha os olhos e mergulha num mar de aplausos.

Antes que chegue a hora da partida dos de Witt para Spa, corre uma história pelos salões de Berlim. O *graf* Alfred von Haefen vestiu um casaco azul e um colete amarelo e roubou a pistola de José de Witt. Ele se certificou de que os de Witt não estavam em casa e disse aos criados que o major de Witt lhe pedira para apanhar algo no quarto deste. De pistola em punho, o *graf* foi à casa do seu melhor amigo, e, lá, na sala de visitas, declarou que se mataria porque amava a condessa de Witt, e

* Bom, muito bom [em alemão]. (N. da E.)

continuar a viver sem ela seria impossível. Então, mirou a pistola para o próprio coração com grande alarde, bateu a cabeça contra a parede, e derrubou um busto de César feito de mármore. Seu amigo, Von Rutenberg, com a ajuda do criado, segurou o *graf* e tentou acalmá-lo. No dia seguinte, foi ele quem levou à condessa de Witt o bilhete que seu pretendente tencionara lhe deixar, manchado com o sangue dele:

> *Amada Sofia, não hesito de modo algum em arcar com o fardo da minha morte. Não estremeço, pois toda esperança se esvaiu da minha vida. Com mão fria e inflexível, bato às portas de bronze da Morte.*

A condessa De Witt colou o bilhete em seu *sztambuch.**

No *sztambuch* encadernado de couro, com páginas douradas do melhor papel-pergaminho, há poemas, esboços e confissões. Palavras em caligrafia cuidadosa, enfeitadas de flores secas:

Ao teu lado, minha doce condessa, a própria Vênus perde o brilho;
Vim, vi e venci;
Para te agradar, todos buscam ansiosamente...

Os homens, concluiu ela, nem sempre gostam de vencer. Eles também sabem que há uma doçura na rendição, uma doçura espessa e pegajosa, de uma força surpreendente. O mel, como alguém lhe disse, pode ajudar a remover afrescos. Uma boa camada grossa é o suficiente para arrancar uma camada de gesso de uma parede.

O magnetismo animal, essa propriedade dos corpos celestiais, da Terra, e de todas as criaturas vivas, nos torna suscetíveis a nossas ações recíprocas. A senhora, madame, possui essa força num grau de concentração mais alto que o de qualquer outra pessoa.

Como a luz refletida nos espelhos, e multiplicada por eles.

A luz que o som propaga e intensifica.

Um ímã?

Uma deusa?

Spa não é diferente de Berlim ou Varsóvia. Os homens a seguem como que enfeitiçados. Chovem convites. Não se passa um dia sequer

* Álbum, em polonês. (N. da E.)

sem mais um tributo ao seu encanto e beleza. Não se passa um dia sequer sem que se dance, ria e corra de um salão para o outro.

Em Spa, o seu admirador mais ardente é o imperador José II da Áustria. O imperador não pede outra coisa senão a presença de Sofia ao seu lado e a atenção exclusiva dela nos monólogos em que ele fala da qualidade dos esturjões que lhe foram enviados por Catarina da Rússia, ou das diferenças entre as antigas e as modernas monarquias romana e grega. Deve-se atribuir o progresso da civilização, ele gosta de afirmar, à estabilidade. E gosta também de fazê-la rir dos pretendentes que a cercam, do ardor que estes não conseguem disfarçar, dos rivais se acotovelando pela atenção dela.

— Olhe, olhe esse cavalheiro alto que está embasbacado diante de você — ele cochicha no ouvido dela. — Será um bobo ou um bárbaro?

A condessa de Witt, insiste o imperador da Áustria, não pode prosseguir viagem sem as devidas apresentações. Em Paris, principalmente, ela será sua protegida e, por esse motivo, ele confiará *la belle comtesse* aos cuidados de sua amada irmã, a rainha da França. *Uma amiga tão especial e querida*, escreve o imperador a Maria Antonieta, numa carta que ele mandou copiar para Sofia, *que aquece o meu coração. A palavra tédio está para sempre banida do lugar em que a condessa de Witt põe os pés.*

Por que isso lhe agrada tanto?

José gosta de ler essa carta para ela, erguendo a taça do outro lado da mesa, na expectativa de outras conquistas. Essas, e outras, são loucuras que os homens costumam cometer em nome dela, levados pela admiração, pela luxúria ou por mera esperança.

Há orgulho na voz de José. Não se mede o valor de uma mulher com os troféus relacionados ao coração, com jogos de conquista e rendição? Não se mede o valor de um homem com a importância das conquistas feitas pela esposa dele?

Mas então, uma noite, ele toca no ventre dela delicadamente, põe a mão ali em cima, e fica à espera. A mão do imperador é quente e macia, e por um breve momento ela pensa no beijo de Lisandro, naquele belo prado. Se ele a tivesse amado de verdade, ela ainda estaria ali?

Ele tem uma cicatriz na face direita cujo contorno os dedos dela conhecem de cor.

— Um dos vossos futuros soldados, senhor — ela murmura no ouvido dele —, comporta-se muito mal e me dá chutes na barriga!

Do sonho que teve aquela noite ela se lembra de estar singrando as águas de um belo lago, de superfície lisa e brilhante. E de mergulhar a mão na água fria e a levar aos lábios. O barco em que ela está range e balança como um berço de madeira.

Ao chegarem a Paris ela já vira o suficiente para saber que José de Witt tinha seus méritos. Ele podia ser apenas um major do exército polonês sem nenhuma perspectiva clara, um homem estranhamente cego aos desejos humanos mais simples, e surdo aos temas mais requintados de uma conversa elegante, mas — ao contrário de maridos que ela conhece — nada ciumento das ousadias de sua mulher.

Sofia, condessa de Witt. Suas malas de viagem atulhadas de quítons gregos e vestidos de musselina cor de creme e de chintz da cor do céu primaveril. As meias são escarlate ou da cor de cerejas maduras. Às vezes ela não pode se impedir de tocar no veludo macio do assento da carruagem, na seda do acabamento de seus sapatos, ou de cheirar a base de sândalo do leque.

Todo dia seu cabelo se transforma numa massa espessa e frisada de cachos negros, estufados e recheados, que lhe emolduram o rosto e os ombros. Ela precisa de cinco canastras só para os chapéus.

Numa carta dirigida à mãe ela descreve uma dama parisiense enfiando a cabeça pela janela da carruagem, porque a altura do seu penteado não lhe dava outra alternativa para viajar. Paris, escreve Sofia, não é diferente do bairro de Fanar, em Istambul, onde Maria Glavani mora agora, graças à generosidade de sua filha. Mora confortavelmente, embora sem luxos, vizinha a um rico comerciante de especiarias cuja mulher espera impaciente os desenhos de Sofia da moda parisiense e suas descrições da cidade. Sofia quase ouve essa mulher que ela nunca viu, a renda negra revelando uma pele branca, com anéis de ouro cintilando, conversando com as amigas.

— A condessa de Witt, filha da minha vizinha, diz que Paris é exatamente como Fanar. As melhores famílias moram lá, ou seja, a sociedade mais seleta. Ela agora está casada com um conde polonês, amigo de reis e rainhas.

— Uma das fanariotas, uma de nós.

A condessa de Witt viu a multidão de mendigos e mercadores nos corredores de Versailles, de tal modo *que a rainha não pode sair de seus aposentos privados sem respirar os eflúvios das mercadorias e tropeçar nos vendedores que esperam seduzir a fantasia dela.* (Ela tem especial predileção por colecionar palavras elegantes. Alguém em Berlim lhe assegurou que ela estava "espalhando eflúvios sedutores".)

A condessa de Witt também faz questão de que todo mundo saiba que ela não é excessivamente abençoada pela sorte e que também há sombras em sua vida. Queixa-se de que seguir a moda é imensamente caro, e que, com os recursos limitados do marido, ela só pode se permitir uma imitação de laca chinesa e um *chiné** muito ordinário para seus vestidos (o azul-lavanda e alguns tons de lilás são *de rigueur* — o branco também, mas com padrões semelhantes ao mármore ou a folhagens). *Se não fossem os amáveis presentes que recebemos dos benfeitores mais ilustres, minha querida mamãe, eu coraria de vergonha do estado em que se encontra o meu guarda-roupa.*

Mana respondia com palavras de advertência. *Querer demais*, escreve ela, *pode lhe derrubar. Talvez, agora que o Senhor a abençoou e você carrega um filho no ventre, deveria se devotar mais à sua família.* Ao convite reiterado da filha para que ela fosse morar em Kamieniec, Mana manda sempre as mesmas palavras de recusa. *Sua felicidade e seu bem-estar são mais importantes que o meu conforto. Com o dinheiro que você manda, nada me falta aqui. Que o Senhor e São Nicolau a abençoem, minha filha amada, como eu a abençôo.*

Então ela não conta a Mana que o conde d'Artois mandou mais um buquê de flores, rosas brancas como a neve do jardim dele, e a presenteou com uma pena de avestruz para o cabelo. Ou que a condessa de Polignac, sua nova melhor amiga, lhe garantiu que a própria rainha deseja recebê-la no Trianon, onde até mesmo o rei da França nem sempre é bem-vindo, e onde, caso ele se mostre enfadonho demais, os sinos começam a tocar para fazê-lo sair antes mesmo do que ele teria planejado.

— Ah, *la belle Phanariote* — disse Maria Antonieta —, meu irmão diz que ela conhece os mistérios do serralho.

---

* Tecido de trama e cores variadas. (N. da T.)

Com Diana de Polignac, Sofia se enrosca como um gato diante da lareira. Os ataques de riso descontrolado das duas aborrecem José, e ele faz questão de deixá-las sozinhas, exatamente como qualquer marido parisiense faria. Elas poderiam ser irmãs, de tão bem que conhecem o humor uma da outra, e sabem quando falar e quando se calar.

Diana gosta de listas. O que tem de ser visto: *l'Opéra*, *les Tuileries*, o palácio de *madame* de la Reynière. Quem deveria pintar o seu retrato: *madame* Vigée-Lebrun. O que não se pode deixar de ter: uma pena de avestruz para ser usada no chapéu.

Elas planejam montar *tableaux vivants*.* Anquises, um pastor que apascentava seu rebanho nas escarpas do monte Ida; Afrodite, que surge com uma veste mais brilhante que o fogo, como uma donzela, e o deixa cheio de desejo. Ou Afrodite redimida: uma cena que mostra o momento em que Hefesto, ajudado por Hermes, depois de jogar uma rede invisível para prender a esposa inconstante, chama todos os deuses para testemunhar a vergonha dela, mas estes, tomados de desejo, anseiam por Afrodite e exigem a sua liberdade.

Em Paris, os dias começam bem depois do meio-dia. Só os negociantes vêem a luz da manhã. A vida real prefere as horas sombrias do crepúsculo, os passeios ao luar, os bailes de máscaras da noite. Sofia precisa aprender tanto, desprender-se de seu jeito provinciano. Esquecer Kamieniec, Varsóvia.

Sofia é boa aluna.

— Não tenho que lhe ensinar mais nada — diz uma assombrada Diana de Polignac à amiga, depois que Sofia, de cabeça erguida, conseguiu driblar os credores, algo que teria sido impossível alguns dias antes.

Elas falam de homens. De amantes. De como o amor gosta do drama e de um perpétuo estado de crise: uma ameaça de morte, um desmaio, uma torrente de elogios e recriminações, um toque de ciúme. Um amante não deve nunca estar confiante; nem livre de ameaças, nem entediado.

Um escravo? Não. Não queremos que eles tenham essa impressão.

Para essa amiga, Sofia confessa a sua inquietação. Mesmo nos aposentos mais suntuosos, algo a impele a se levantar e andar da janela

---

* Cenas estáticas em que pessoas reproduzem certas cenas históricas; quadro vivo. (N. da T.)

acortinada à porta, da estante ao relógio dourado. Como se todo cômodo fosse uma jaula, toda porta uma possibilidade de fuga, uma promessa de algo melhor. Enquanto José se queixa dos tediosos passeios de carruagem, ela acolhe com prazer qualquer movimento. Não pretende perder nenhum baile nem caçada, não até que a criança a impeça de pular da cama de manhã. Ela sabe o que é melhor para si. Sabe que o que lhe faria mal é a tranqüilidade.

— José! — diz Diana, arfando. — Você pode conseguir coisa melhor do que de Witt. Você deveria conseguir. Espero que consiga.

Diana não acredita que os maridos tenham muito a dizer quanto às ocupações cotidianas das esposas. Um casamento não é senão um contrato entre dois patrimônios, entre duas pessoas independentes que dirigem suas próprias vidas. Se um marido ousar protestar...

José não ousa protestar. Às vezes, instigada pela raiva que ele provoca nela, Sofia lhe atira coisas, um chinelo, um livro, um pote com creme, uma caixinha de prata de onde caem cartões de visita, e lhe diz que vá embora e não volte mais. Diz-lhe que ela merece mais do que um major de pernas arqueadas de uma fortaleza da província, com uma cara marcada de varíola. Ele toma essas palavras como se fossem brincadeira. E se esquiva dos ataques, e ela não insiste. Por um certo tempo ela se satisfaz com a rendição dele, com o fato de que ele optou por agradá-la e aplacar-lhe a fúria em vez de lhe fazer exigências. Talvez ele saiba que essa é a única maneira de mantê-la.

Pelo tempo que puder.

Diana diz que ela está deslumbrante. E o faz depositando um beijo no rosto perfumado da amiga.

— Você também está deslumbrante — retruca Sofia, arfando. Ambas riem. Diana de Polignac não tem ciúme das conquistas de Sofia, nem elas lhe provocam ressentimento. Como se ela vivesse para os momentos em que as duas, afrouxando seus espartilhos e tirando os sapatos, se deitassem num divã e passassem a recordar os doces momentos de seus sucessos. Você viu como o conde d'Artois olhou para você? Viu os olhos dele?

— Não — mente Sofia. Na caçada real, outro dia, quando ela o ultrapassou, montada na égua cinza, e pôs a mão no pescoço sanguinolento de um garanhão morto, o irmão do rei agarrou-lhe a mão e tirou o sangue dos dedos dela, lambendo-os.

— Venha — diz ela à amiga. — Esqueça tudo isso. Tenho uma idéia.

— O que é? — Diana pergunta, os olhos faiscando.

Elas tiram as roupas e as jóias. Soltam os cabelos. As criadas ficam estupefatas quando as damas vestem as roupas simples delas. O lacaio de Diana recebe ordens de acompanhá-las e de não revelar de modo algum o disfarce delas sob pena de ser demitido instantaneamente.

— Você — diz Sofia, usando o dedo para levantar o queixo do rapaz — está me parecendo ser um sujeito que sabe onde duas belas camponesas poderiam dançar até não agüentarem mais.

O jovem lacaio está bastante elegante naquele libré azul e branco dos Polignac, um libré que ele terá de trocar por algo que ajude o disfarce delas a funcionar. Se o rapaz está surpreso, ele não deixa que percebam. Mas ele não está. Senhoras e senhores têm lá seus caprichos, é melhor ceder, e não pensar muito no assunto. Faz parte do papel dele ficar de boca calada e fazer o que as damas querem.

Elas dariam umas belas criadas, o rapaz diz, fazendo-as rir, deliciadas. Mas é Sofia que chama a atenção para os detalhes reveladores mais óbvios: o pó no rosto, o perfume, o enchimento no cabelo. Espadanando água como se fossem meninas, elas se lavam e vestem vestidos de fazenda fina e grosseira, e amarrados na frente. Sofia insiste em dizer que precisam aprender a andar na rua, uma vez que, livres das armações que sustentam os vestidos que usam, o andar será mais leve e mais rápido.

— Como o de um gato — diz ela, e dá alguns passos.

— Como o de um gato — Diana repete e acompanha Sofia, sacudindo as mãos abertas, como se precisasse se equilibrar.

— Assim, não — insiste Sofia. — Você estraga tudo. Olhe para mim.

Ela tirou os sapatos e calçou os chinelos de uma criada. As cadeiras se mexem quando ela anda. Uma gata num telhado, quente do sol.

— Agora é a sua vez — ordena Sofia. — Faça o que estou fazendo. Exatamente o que estou fazendo.

— Mas você anda tão bem — diz Diana, espantada, imitando o melhor que pode o novo andar de Sofia. — Como se você tivesse nascido com essas coisas. E ela aponta para o vestido que Sofia está usando, para um rasgão que fora consertado rápido demais, e deixara um fio de linha pendurado.

— Vamos — diz Sofia, cortando a linha com os dentes. Ela está satisfeita com o resultado do ensaio, com a nova aparência das duas. — Estamos prontas.

O lacaio, que agora está usando calças curtas marrons e uma camisa branca aberta no pescoço, diz que sabe de um lugar onde se dança ali perto, numa taberna algumas ruas à frente. Eles podem ir andando até lá, se *madame* quiser.

De agora em diante, *madame* é Flora — diz Sofia. — Criada de *madame* de Reniere, se alguém perguntar.

— E o seu nome é Lulu — diz Diana.

— Aprendiz de chapeleira da *rue* St-Jacques.

Uma caminhada cheia de encantos, um mergulho numa multidão de passantes: pedintes, vendedores, empregados, artífices, soldados. Eles estão cercados de mulheres com crianças ao peito, crianças mais velhas penduradas às saias delas, pedindo alguma coisa ou exigindo atenção; cachorros farejando-os ao passarem; mendigos de mãos estendidas, exibindo feridas purulentas; um vendedor de fitas que dá uma fita a cada uma e não aceita as moedas que Sofia lhe oferece.

— Fique com elas para lhe dar sorte — insiste o homem, dandolhe um beliscão no rosto. — A você e a mim.

Um rapaz de libré avista as duas criadas; tenta pegá-las pelo braço e lhes roubar um beijo. Sofia é mais rápida do que ele, e escapa. Mas ela é rápida demais para todos eles: um guarda suíço usando uma jaqueta vermelha; um peixeiro tentando assustá-las com uma lagosta viva; um padeiro de avental branco que estende as mãos para impedi-las de continuar a caminhada e fazer com que parem na banca dele. Foi Diana que recebeu um beijo de um soldado bêbado e com mau hálito; e foi o vestido dela que ficou manchado de algo branco e pegajoso. Foi Diana que teve de ser salva pelo seu lacaio, que, então, teve de representar o papel de pretendente ofendido, pronto a lutar pela garota *dele*.

No salão de danças dos empregados, como em todos os salões de dança dos palácios em que Sofia esteve, os homens notam a sua presença, percebem cada movimento que ela faz. Ela os atrai não só por sua aparência, não só pelo cabelo preto retinto e lustroso, pela pele branca do pescoço, pelo brilho dos olhos, pelos seios fartos sob o vestido fino. O que faz os homens dirigirem os olhos para elas — pois Diana procura estar sempre ao lado da amiga — é algo mais importante. A vitalidade crua que irradia de Sofia, do jeito de Sofia dançar, a cabeça jogada para trás, o corpo rodopiando: é isso que faz os homens disputarem um lugar ao seu lado.

Por algum tempo não há nada mais no mundo senão a música, os corpos quentes, girando, o canto, o riso que vem bem lá do fundo, peles que se esfregam, coxas que se tocam. As duas batem palmas, aceitam provas de carne de porco frita e copos de vinho diluído. Ouvem promessas de passeios e fitas, e evitam perguntas que tentam imprensá-las contra a parede, fazê-las revelar coisas demais. Um açougueiro insistente que atira dinheiro ao seu redor oferecendo bebida a todo mundo, ouviu alguém dizer que Lulu é uma garota cigana, uma fugitiva, e Flora, a amiga, é a amante polonesa de um rico mercador de especiarias.

— Polonesa? — diz o açougueiro com uma piscadela, e puxando a pele sob o olho direito com o indicador. — E como é que ela fala francês tão bem?

E há mais danças e brincadeiras com os pretendentes. E mais pele de porco frita e pão, mais bolinhos e vinho. Mas Sofia já está ficando inquieta. Ela lança olhares furtivos para a porta, e se impacienta cada vez mais com as piadas do açougueiro.

— Vamos embora — ela cochicha no ouvido da amiga.

Diana protesta, diz que ainda não se divertiram o suficiente; que os músicos ainda estão tocando; que ainda falta muito para o dia amanhecer, e que ela perdeu de vista o lacaio que deveria escoltá-las na volta para casa. Mas Sofia sacode a cabeça.

— É a melhor hora para sair daqui.

Enquanto tomam o caminho de volta, sozinhas, andando pelas ruas parisienses vazias, tendo fugido dos pretendentes ávidos após um excesso de promessas, Sofia tira os sapatos. Passando o braço ao redor da cintura de Diana, ela não se sente mais impaciente, nem ansiosa para pôr um ponto final na noitada. Em meio a risadas, ela recorda os grandes momentos daquela escapulida. O açougueiro, meio bêbado e suarento, de joelhos diante dela, implorando-lhe que se casasse com ele. Nunca lhe faltaria carne fresca, dissera ele. Ela teria uma empregada.

— Fiquei tentada — diz Sofia, rindo. — Mas gostei mais do seu namorado.

Diana abre a boca, horrorizada, lembrando-se do rapaz alto, magro e dentuço, que, ao tentar levantá-la no alto, cambaleou com o peso dela. Ele era da Provence, foi o que disse, filho de um vinhateiro.

— Você tem classe — disse ele. Diana tinha classe e estava perdendo o seu tempo com um negociante de especiarias. — Venha comigo para as vinhas do meu pai — disse o rapaz.

— Seria isso uma proposta de casamento? — Diana se pergunta em voz alta. — Ou era só um convite para umas safadezas num monte de feno?

— Safadezas num monte de feno — declara Sofia com convicção. — Mas então, depois que você lhe permitisse provar das suas delícias, vocês se casariam, minha cara. De joelhos, numa capelinha de madeira, e ele, de olhos cegos para tudo que não fosse você.

— Você deve ter sido francesa em sua vida anterior — o conde d'Artois lhe sopra no ouvido. Onde mais você teria aprendido com tal esmero a arte da conversa?

A princesa de Lamballe os conduz à rainha.

— Uma chata — cochicha o conde d'Artois, com os lábios apertados como os da guia deles. — Vossa Majestade possivelmente não pode fazer isso... possivelmente não pode fazer aquilo... É meu dever, Vossa Majestade... minha obrigação...

— Por favor, meu caro conde. Vão nos ouvir.

— E depois seremos banidos? Juntos para sempre: que perspectiva deliciosa!

O conde d'Artois não se importa a mínima com o que a princesa de Lamballe possa pensar dele.

— É isso que temos de agüentar — diz ele —, na nossa própria corte. — As algemas da etiqueta o atormentam. A tradição e o dever o sufocam. — Jantar em público — continua ele — para que algum cavalheiro das províncias possa, numa conversa com sua *maman*, se gabar de ter visto o príncipe Fulano de Tal ou o conde Sicrano de Tal tomar um consomê, e, depois de ter corrido para outro aposento, ainda ter bispado a princesa fulana de tal traçar uma sobremesa.

A criança se mexe com tanto vigor que ela precisa tomar fôlego: um chute na barriga, pezinhos minúsculos fazendo um estardalhaço.

— Ele vai ser forte — prometeu a parteira. — É menino. Sei disso, pela maneira de chutar.

Tomaram-se providências para esconder cuidadosamente o *estado interessante* dela sob os panos do seu melhor vestido. Ele é branco, com desenhos marmorizados, e faz ressaltar o cabelo preto e a pele luminosa. E faz os olhos parecerem até mesmo maiores, e o olhar, mais profundo.

— É o seu primeiro? — pergunta a princesa de Lamballe, gentil, mas talvez melancolicamente. Uma viúva sem filhos, mas ainda jovem, que, tendo conseguido ver através das dobras do vestido, faz um ar de aprovação que não inclui o irmão do rei.

Sofia assente com a cabeça.

— Ouvi dizer que a senhora não aprova jogos de cartas — diz a princesa. — É isso, condessa de Witt?

— Isso mesmo — diz Sofia. — São tediosos demais. E eu ouvi dizer que há senhoras que estragam seus vestidos porque o ouro lhes escurece o colo, e, assim, elas são obrigadas a mudar de roupa duas vezes numa só noite.

A rainha está jogando com a filha, *madame royale*,* quando eles se aproximam. A menina não tem a graça da mãe, e a seriedade que se vê no pequeno rosto parece excessiva.

— Uma alma velha — sussurra o conde d'Artois no ouvido de Sofia. — É o que dizem, mas me interesso muito pouco pela velhice, mesmo a que possa haver nas crianças reais.

Será que ela está apaixonada por ele? Apaixonada o suficiente para que esses momentos lhe causem arrepios de prazer? O suficiente para antecipar todos os estágios de um caso de amor: a sedução, a consumação e a separação inevitável.

Sofia recompensa o irmão do rei com um sorriso e um toque do seu leque. Há nele uma leveza que lhe parece irresistível: uma impaciência com tudo o que seja tedioso ou simplesmente aborrecido, como, por

* A princesa real. (N. da T.)

exemplo, um comerciante que lhe pede dinheiro pelo vinho tomado há muito e depois esquecido. É como se ele fosse uma criança mimada, ciente dos seus encantos. Ele quer a admiração dela. O que não é difícil.

Ma belle Phanariote, ele a chama, *ma plus belle Comtesse*. As mãos dele lhe tocam o pescoço, lhe levantam o queixo. À mesa, nos jantares, a perna de D'Artois encontra a dela e sobe, rasgando-lhe as meias escarlate. Mas ele não tem pressa, o que a condessa de Polignac lhe diz ser bom sinal. O conde está disposto a esperar pelo próprio prazer.

As mãos do conde são macias e lindamente manicuradas. Todas as unhas são lisas e perfeitamente arredondadas. Ele tem um andar ligeiramente hesitante, como se estivesse prestes a saltar a qualquer momento, caso surja uma alternativa mais atraente. Ela correu com ele uma vez, fugindo de alguém "extremamente chato" — ficou sem fôlego, e a criança se encolheu dentro dela, apavorada.

— Minha irmã bem-amada — diz o conde d'Artois à rainha da França. — Vire a vossa cabeça para a vossa convidada.

Sofia faz uma reverência. A rainha sorri ao vê-la cambalear, quase perder o equilíbrio. E ambas desatam a rir por estarem as duas grávidas, com seus corpos tendo que vencer os mesmos obstáculos para não perder a graça.

— Condessa de Witt, a senhora já seduziu um dos meus irmãos — diz a rainha, examinando-a mais de perto. Uma nuvem de perfume paira ao redor dela. Um *eflúvio* de rosas selvagens. — Está agora reivindicando a atenção de mais um?

O conde franze a testa com um espanto fingido.

— Mas, minha queridíssima irmã — começa ele a falar.

— Majestade — Sofia o interrompe. — A minha total atenção já é reivindicada por uma criatura, dona de todo o meu coração, e a quem ainda não conheço. Mas somente outra mulher que compartilhe comigo do mesmo estado delicado pode compreender o que sinto.

A princesa de Lamballe dá um sorriso de aprovação.

Rosalia

Ela acabou por gostar dos músicos: o violinista alto e magricela que fez uma mesura quando a encontrou naquela manhã; o pianista que gostava de torcer o bigode avermelhado; o flautista, um francês cujos dentes tortos eram grandes demais para o rosto, mas que tinha um sorriso dos mais gentis.

Na véspera Rosalia tinha ouvido o flautista contar da sua viagem à Itália. Ele passara o verão inteiro lá com apenas uma meia dúzia de piastras no bolso. Todos os dias ele saía sem se preocupar onde os pés o levariam, em busca de nada além do ressoar dos sinos de uma igreja ou de um bando de abibes, os deleites da liberdade. Sempre era possível encontrar abrigo em cavernas ou capelas na beira da estrada onde o santo cuidaria dele com uma compreensão afetuosa. Quando ele sacava a flauta, a música brotava dentro de si misturada à poesia, a lembranças e ao que via diante dele.

Hoje era o dia em que a cantora vinha. O *graf* a trouxera em sua carruagem. Uma mulher de pele translúcida, e uma instabilidade que sugeria traições. Ela exigiu uma *chaise-longue* na qual se sentaria quando não estivesse cantando, uma jarra de água da fonte para a garganta, um copo em que não houvesse impressões digitais e outra mesa pequena para as partituras. "Hortênsia" — Rosalia ouviu o *graf* chamá-la e o viu apertar o braço da cantora.

Os músicos pareciam impávidos diante das exigências dela e a tratavam com uma reverência bastante óbvia. O flautista, que a chamava de *frau* Hellmann, dispôs-se a mudar de lugar caso ela precisasse de mais espaço.

A porta para o salão nobre abriu-se com um rangido que fez a condessa se sobressaltar. Teriam de mandar Pietka azeitar as dobradiças, pensou Rosalia.

— Boa-noite — disse o dr. Lafleur.

Ela podia sentir a presença dele ou até mesmo pressenti-la. Já conhecia o ritmo dos passos do médico, sempre meio apressado como se quisesse alcançar alguém à frente dele. Havia algo ponderado em seus movimentos, e algo resignado. Às vezes, ele parecia hesitante. A maneira que lhe era própria de segurar o pulso da condessa (como se ela fosse um pássaro de porcelana), a provocação gentil das perguntas que ele propunha (Só um copo d'água? A senhora não escuta o seu médico, *madame*, mas talvez a senhora tenha razão).

Uma vez ele lhe disse que a arte da cura exigia observação e ausência de obstruções, dispensava hipóteses e julgamentos.

A condessa tentou se levantar, mas o médico a impediu. Ele só queria ficar ali por um tempo.

— Se a senhora me permitir, claro.

— Para me observar? — perguntou a condessa.

— Pode-se dizer que sim.

— E o que o senhor espera ver? Como a minha doença progride? Estou morrendo de puro progresso, *monsieur le docteur*. Eu mesma posso lhe assegurar isso.

— Nunca duvidei de que a senhora pudesse. E mesmo se eu ousasse duvidar, *mademoiselle* Rosalia teria me posto no meu lugar, imediatamente. Não teria, *mademoiselle*?

— Teria — disse Rosalia.

Lafleur se sentou na poltrona de couro ao lado da cama, e cruzou as pernas. De vez em quando ele sacudia uma perna como se quisesse acordá-la. Rosalia se comoveu ao notar que o tecido da calça brilhava na altura dos joelhos, gasta de tanto uso. Austeridade, pensou ela. Recusa a ceder. Em algum lugar, ela já estava começando a acumular momentos, coletá-los, arquivá-los na memória para o futuro. Ela observou que ele raramente sorria, mas que, quando o fazia, o rosto todo se iluminava e nele havia um vislumbre do menino que ele um dia fora, um menino esperto e curioso, de mãos hábeis e olhos vivos. Ela observou que o fogo o atraía, que ele virava o rosto na direção das chamas. Dando uma espiada no quarto dele, quando este estava sendo limpo, viu o casaco preto dele pendurado na cadeira, imaginou-o o pendurando ali, e a própria simplicidade rotineira desse gesto a assombrou. Sentiu um arrepio de prazer ao pensar nisso, um prazer que durou muito tempo.

A verdade, pensou Rosalia, estava na ordem. Essa base de autocontrole que havia nela, e de que ela se orgulhava, agora exigia um relato dos próprios sentimentos. A ausência temporária sempre registrada, sempre medida. Momentos que ela tomaria por insignificantes mas que se enchiam de significado simplesmente porque o tocavam. Ela os coletava, como uma pega ou um ladrão. A visão das mãos avermelhadas dele, com os pêlos pretos encaracolados, tão rudemente másculos contra a pele de cera da condessa. A cara fechada quando ela lhe perguntou sobre a América. A visão das botas dele sendo engraxadas, disformes pelo uso, a forma do pé que se fundia no couro marrom. O momento surpreendente, na escuridão do corredor sombrio, quando ela viu, ou pareceu ver, um lampejo de prazer inusitado no rosto dele.

A condessa estava respirando com dificuldade mas não gemia, sinal de que a dor devia ter diminuído. O quarto se encheu dos sons da flauta.

Apontando com o queixo para a cortina cor de vinho, a condessa disse:

— Diga-lhes que toquem alguma coisa alegre, Rosalia. Diga-lhes que eu ainda não morri.

Sofia

No seu apartamento parisiense, o sono se recusa a consolá-la. De início ela se distrai tentando adivinhar o tipo de carruagem que passa na rua ali embaixo. À noite, os cabriolés são mais numerosos, rápidos e leves, puxados por um cavalo. Já à meia-noite, predominam carros mais pesados, quando a nata da sociedade volta do teatro e da ópera. A madrugada ainda está para chegar quando as carroças pesadas dos comerciantes começam o seu dia.

José insiste que ela decline os convites mais recentes.

— Vão sentir mais ainda a sua falta — diz ele. Agora, ela mal pode andar. Em seus sonhos, às vezes a criança já nasceu e os pequenos lábios pálidos a procuram. Quando ela se debruça sobre o berço, sente o cheiro de leite doce e de lavanda, e depois de alguma outra coisa, algo que ainda não sabe como descrever, mas de que nunca vai se esquecer.

As primeiras dores agudas a agarram de madrugada.

Se ao menos Mana pudesse estar aqui com ela. Mana, que mandou um fio vermelho para ser amarrado no pulso do bebê assim que ele abrir os olhos. Mana, que prometeu rezar por um bom parto para a filha, rezar todo dia à Santíssima Virgem, que sabe muito bem das aflições das mulheres, até que cheguem as boas notícias.

Que essa doce criança possa lhe trazer tanta felicidade quanto você me trouxe.

A parteira tem mãos delicadas. Ela já perdeu a conta das crianças que ajudou a trazer ao mundo.

— *Madame* Sue é muito limpa — assegurou-lhe a princesa de Lamballe, apertando-lhe os dedos como se quisesse aquecê-los. A princesa também elogiou a sensatez de se aplicar a vacina de varíola — um velho costume dos circassianos, famosos por suas belas filhas. O povo que se dedica ao comércio, disse ela, está sempre mais vigilante quando se trata dos seus interesses. Ela também fora vacinada, por um médico parisiense, quando tinha apenas 3 anos de idade.

Madame Sue pede que se ponha no quarto uma cuba de água fervente e exige que todo mundo saia. E põe um sachê com pétalas secas de jacinto debaixo do travesseiro de Sofia para lhe propiciar um parto fácil.

— Não é nenhum espetáculo para olhos desocupados — declara ela, ao atravessar o quarto, mancando, para fechar a porta na cara de José e das criadas que tentavam dar uma espiada no que acontecia lá dentro. — Precisamos de tranqüilidade.

A própria *madame* Sue não é lá muito tranqüila. Ela anda pelo quarto de um lado para o outro, falando sem cessar, o tom de voz subindo e descendo. Ela não precisa de conversa. Não espera receber respostas e nem espera que a escutem. Mas não pára.

Sofia escuta. O tempo anda mais devagar, as dores vão e vêm com longas pausas entre elas. O que mais há a fazer?

— A hora da rainha deve estar para chegar, qualquer dia desses. Dessa vez deve ser menino. A França precisa de um delfim, precisa da prosperidade e da tranqüilidade que um nascimento destes garante.

"Quando *madame royale* nasceu, tanta gente entrou para assistir à cena que o aposento ficou inteiramente sem ar, e, se não fosse o rei, a rainha teria partido deste mundo. Sua Majestade, que Deus o abençoe, abriu totalmente a janela e deixou entrar o ar fresco. Apesar de tanta gente ao redor dela, ninguém teve a presença de espírito de providenciar uma cuba de água quente. Gentinha imprestável, que ficou ali só mexericando e maquinando o dia inteiro. Ninguém disposto a enfrentar um dia de trabalho honesto.

"Quando a princesa nasceu, toda Paris se regozijou. Ah, a iluminação e os *feux de joie*!* Havia fontes que cuspiam vinho de verdade, e, nas

* Fogueiras em sinal de regozijo. (N. da T.)

ruas, distribuíam-se pão e salsichas. E os teatros de Paris estavam liberados para todos os que quisessem entrar. A pessoa tinha que chegar ao meio-dia, para garantir o lugar: os vendedores de carvão receberam o camarote do rei, as vendedoras do mercado, o da rainha."

A satisfação de *madame* Sue com a fecundidade da rainha não tem fim. Um período de tantos anos estéreis não foi bom para a França nem para a rainha. Uma mulher sem filhos pode se perder com facilidade. Era de cortar o coração ver como a rainha olhava para os filhos de suas amigas, como ela ansiava ser mãe.

Madame Sue faz Sofia se deitar. Ela quer verificar como vai indo o trabalho de parto.

— Não vai demorar muito — declara a parteira. — A senhora é uma mulher de sorte.

Quando Sofia retoma a caminhada pelo quarto, ela se apóia no braço de *madame* Sue. Ela deve continuar andando. É bom para a criança. É bom para afastar os maus pensamentos que muitas vezes pairam sobre a cabeça da mulher em momentos assim. Deixe a terra puxar a criança, diz *madame* Sue. Deixe a terra chamar. Lá fora, nas ruas, o dia está em plena glória. Um dia ensolarado de outubro, 12 de outubro de 1781. Uma sexta-feira. O que já é uma bênção. Ela não precisa se apressar. Ela não precisa temer que o seu primogênito venha ao mundo numa terça-feira.

Ela tem 21 anos, o que faz com que não seja assim tão jovem para ter o seu primeiro filho, mas ela é forte e a criança é rápida. Já à tarde, *madame* Sue lhe pede que se sente na cama, e se apóie nos travesseiros. Ela abriu as pernas o suficiente para empurrar.

— Essa criança — diz *madame* Sue — não é nenhum moleirão. Essa criança quer nascer.

Quando ela estava nascendo, Mana sofreu dores durante dois dias e quase morreu.

Empurre. Faça força. Mais força.

Venha, anjo do ar. Não tema o frio da noite. Os meus braços estão prontos para você, o meu quarto está enfeitado de flores. Estou à sua espera.

* * *

Ela empurra. Faz força. O sangue lhe inunda o rosto, os olhos. Não há mais nada nela a não ser aquela força. Não há lugar nela para a dor nem para o medo.

Empurre.

Faça força.

Mais força. Mais força.

A criança sai dela, tão rapidamente que *madame* Sue estala os lábios de satisfação.

— As primeiras dificilmente são assim tão boas para as suas mamães.

Venha, meu inominado, venha para os meus braços. Você não fala língua nenhuma, mas eu o compreendo. Venha logo, meu tesouro. Venha me consolar e encher de alegria o meu coração.

Madame Sue pára de falar. Agora, toda a sua atenção se concentra na criança. Sofia tenta se inclinar para a frente, mas a dor interna a obriga a cair para trás. Ela só consegue ouvir a criança chorar, e dar um grito pelo qual ela estava esperando, um grito de que ela nunca mais esquecerá.

— Um menino. O pequeno cavalheiro de Witt — diz *madame* Sue, pondo o bebê nos braços da mãe. — Dez dedos nas mãos, dez dedos nos pés, e pulmões de ferro. Agora podemos deixar o pai entrar.

Sofia está tremendo. As pernas tremem como se ela tivesse atravessado os Alpes e chegado a um vale, e essas mesmas pernas a tivessem carregado, o percurso todo. Não treme de frio, mas de alívio.

Os olhos do bebê estão fechados. Ele não está mais chorando. Quando Sofia lhe toca os lábios minúsculos, ele chupa o dedo dela. Esse é um momento em que o tempo pára, em que não há mais nada senão alegria. É a essência do amor, puro, simples, inalterável. O amor que nunca vai minguar, nunca vai trair.

— Você é meu — ela sussurra no ouvido minúsculo, toca os dedos minúsculos. — De mais ninguém, só meu.

Cinco dias depois, Maria Antonieta dá à luz um menino. Os artífices e os comerciantes de Paris vão a Versailles com suas insígnias e sua música.

Os limpadores de chaminé levam uma chaminé ornamentada, no topo da qual se empoleira um menininho. Os carregadores de cadeirinhas carregam uma liteira dourada que leva em seu assento uma bela enfermeira e um pequeno delfim. Os açougueiros levam fatias de uma bela carne. Os sapateiros fazem pequenos pares de botas, e os alfaiates, um pequeno uniforme do futuro regimento dele.

Muito tempo possa o querido delfim esperar,
E então a esse trono ascender;
E com glória duradoura o estado governar,
Antes que seu reinado venha a perecer.

Na grande sala da ópera, em Versailles, os guarda-costas — tendo obtido a permissão do rei — oferecem à rainha um baile à fantasia para o qual *madame la comtesse* de Witt foi cordialmente convidada. Sua Majestade abre o baile dançando um minueto com um praça selecionado pelo corpo da guarda, a quem o rei concede o bastão de uma isenção. *Madame la comtesse* de Witt concede sua primeira dança ao conde d'Artois.

Tomás

Uma lembrança que ele pensou já ter esquecido. A turba parisiense irrompendo violentamente em La Petite Force* e derrubando todas as portas até encontrar a princesa de Lamballe. Aos gritos, ela foi arrastada pela multidão da cela até o pátio onde então seria estuprada, torturada e morta a golpes de machado.

Tomás poderia falar sobre isso, de certo modo. Ele poderia dizer que a cabeça e os seios decepados da princesa foram espetados em pedaços de pau e exibidos por toda Paris.

— Venham ver — a multidão urrava até a rainha chegar à janela e ver a cabeça da amiga. A turba, sedenta de sangue, cega de ódio e sem limite algum.

* Prisão feminina durante a Revolução Francesa. (N. da E.)

O que ele não poderia dizer era que tinha estado lá, no pátio de La Petite Force. Imprensado contra a parede, vendo a mão branca da princesa se agarrando aos tijolos, tentando desesperadamente parar o tempo. A boca abrindo e fechando, a garganta em carne viva, as narinas fremindo ao sentir o cheiro de sangue.

— O que estás escondendo de nós, princesa? De nós, teus fiéis servidores?

Ele era magricelo e alto, mas tinha apenas 11 anos. Depois que seu pai morrera, o marquês de Londe deixara Tomás morar na casa dele. Mas Tomás, ao contrário do pai, não tinha paciência para se tornar camareiro, e logo, logo a irritação e a língua irreverente depositaram-no na estrebaria. Então, quando ocorreram os primeiros tumultos nas ruas de Paris, e se ouvia a multidão gritando por liberdade e fraternidade, ele não podia ficar de fora. Um desgarrado entre a turba de revolucionários, ele vivia ao deus-dará, roubando, se fosse preciso.

Ele não poderia falar da sensação de um buraco no estômago, do sangue que ele sentia pulsar nas têmporas, nas pernas e braços. Ou das mãos que tremiam quando agarravam algum farrapo ensangüentado. Um farrapo no qual, com as pontas dos dedos, ele ainda podia perceber as formas de flores bordadas.

Não bastava chegar à conclusão de que ele nunca estivera perto dela; de que ele era então jovem demais e fraco demais para ter conseguido chegar onde ela estava estirada, coberta de sangue e vômito. Não era suficiente saber que possivelmente ele tinha imaginado essas visões que tantas vezes lhe ocorreram, noites a fio. Visões tão vívidas que ele acordava inteiramente paralisado, como se tivesse pisado em algo fofo, em algo que se despedaçava sob seus pés.

Mais tarde, fortalecido pela experiência, ele mostrava aos alunos que a morte violenta era muitas vezes mais indulgente com as vítimas do que pareceria aos que a assistiam. Ele então lembrava dos olhos de uma menina pequena mutilada por um cão. Partes da garganta tinham sido arrancadas, o sangue lhe saía em torrentes. E no entanto ela não sentia nenhuma dor, disso ele tinha certeza. Ela o olhava com olhos esgazeados, e neles havia assombro, mas não sofrimento. Ela estava até sorrindo, e lhe dissera que os ferimentos não eram importantes, que ela estava partindo e que não precisava do corpo que as mãos dele seguravam.

De que modo voltou ao lugar onde dormia, já que não poderia chamá-lo de lar, ele nunca soube. E quando se jogou na cama úmida, percebeu que estava ardendo em febre. E teve esperanças de que o sangue que lhe cobria todo fosse de si próprio. Então sentiu que a febre alta e os suores constantes o estavam limpando. Lembrou-se dos mártires que vira, assombrado, nos quadros das igrejas: apedrejados, esmagados, decapitados, flechados. Estou me sentindo como São Sebastião, pensou ele, mas então a voz dentro de sua cabeça sussurrou: "Seus corpos foram mutilados porque resistiram ao pecado. Você não é digno de lhes limpar os pés."

Naquela ocasião, ele estava certo de que iria morrer como um rato num buraco, sozinho, mas isso não ocorreu. E nem ele estava sozinho. No quinto dia, logo depois de ter conseguido ficar de pé, caiu, e só então percebeu que afinal havia alguém cuidando dele, uma vez que, ao lado da cama, havia uma jarra d'água e um prato com pedacinhos de pão.

Passou-se mais um dia até ele poder mergulhar o pão na água e pôr os pedacinhos na boca, um a um; até poder abrir os olhos e ver a moça sorridente de cabelos ruivos que lhe contava que ele havia gritado e chorado e que todos pensaram que ele morreria.

— Mas agora você não vai morrer — disse ela, esfregando, com sua mão pequena e delicada, uma gota de óleo perfumado na testa dele.

— Me deixa em paz. Eu *quero* morrer.

Ela lhe disse que fizesse como preferisse, mas não antes que ela saísse do quarto porque ela não queria de jeito nenhum presenciar mais uma alma saindo de um corpo. E então ela saiu, mas hesitou por um momento no vão da porta, virando-se um pouco, como se soubesse que a luz brincaria nos seus cabelos, que se tornariam belos.

A casa do dr. Inácio Bolecki em Berlim não se parecia com sua antiga morada em Paris, na *rue* St. Jacques. Os tapetes e os móveis tinham sido substituídos por outros bem mais baratos e menos luxuosos, apesar da prosperidade evidente de Inácio. ("Há coisas mais importantes na vida, Tomás. Causas mais valiosas do que mais uma otomana.") Não havia clavicórdio algum no canto da sala de estar. Apenas a coleção de sabres na parede do gabinete de Inácio permanecia intacta.

Inácio o abraçou entusiasticamente e o levou ao salão. Os braços se sacudiam como asas gigantes. O bigode ruivo e o cavanhaque dos dias parisienses tinham sumido. O rosto de Inácio era agora glabro, e ele tinha engordado bastante. Assentava-lhe bem. Acentuava-lhe a presença.

— Tomás, Tomás, meu amigo, vamos entrar — insistiu Inácio, tocando a campainha. Quando uma criada surgiu, *mignonne*, usando um vestido que revelava tornozelos bem-feitos e sapatos pretos e baixos, ele pediu café e alguma coisa doce.

Numa mesa lateral, via-se uma pequena miniatura da filha de Inácio, Constance. Com um penteado cuidadosamente elaborado, em que o cabelo se juntava em cachos que caíam sobre as orelhas, ela parecia uma mulher da moda. O empenho do pintor fizera com que ele entrelaçasse um colar de pérolas nos fios de cabelo da moça, o que ela sem dúvida não teria aceitado, Tomás pensou. Mas os olhos cinza e amendoados eram exatamente fiéis à lembrança que o jovem médico tinha deles, o que não era uma proeza artística qualquer.

— *Mademoiselle* Rosalia — ele ouviu Inácio dizer, acentuando as palavras com arquejos e espasmos. — Ela e eu saímos para dar uma caminhada e ela me disse que a condessa demonstra grande simpatia por você. Eu já lhe disse que eu conhecia o pai de *mademoiselle* Rosalia? O capitão Romanowicz da Legião Polonesa. Ele morreu em Santo Domingo, como tantos.

— Disse.

— Devo dizer que me surpreendeu o rumo que os acontecimentos tomaram, Tomás. *Mademoiselle* Rosalia disse que a condessa ficou grata a você por lhe dizer a verdade.

Ele gosta de lhe pronunciar o nome, pensou Tomás, dando-se conta de que essa idéia o incomodava.

O rumo dos acontecimentos era imensamente importante. A condessa Potocka, continuou Inácio, era pessoa de excepcional influência nos mais altos círculos de São Petersburgo. O czar Alexandre estava entre seus amigos íntimos. A gratidão dela seria inestimável, e sua influência servia para mostrar em que pé estavam as coisas com relação a algumas pessoas e que outras tinham que se vigiar. O fermento revolucionário estava no ar, e estava chegando à Rússia. Alguns diziam que chegava até os oficiais do exército do czar.

— Espero que você não me julgue com muita severidade, Tomás. Não estou pensando apenas em mim...

Tomás conhecia Inácio há tempo suficiente para saber disso. Nunca pensando apenas nele.

Em seguida, Tomás esticou as pernas, percebeu a volta da dor surda no seu joelho direito. Uma antiga queda de cavalo, inócua na ocasião, mas agora insistente em cobrar o seu preço. Se não interrompesse o amigo agora, ele seria obsequiado com especulações sobre a possível sublevação polonesa, as chances que a causa polonesa tinha de obter o apoio dos russos iluminados que, como o mundo todo, não dava a menor bola para ninguém a não ser para eles próprios. Teria de responder o que pensava sobre esse ou aquele discurso feito na duma russa, alguma outra proposta para acabar com a servidão. O mais leve incentivo à democracia na Rússia, diria Inácio, era uma nova chance para a Polônia. Especulações que Tomas já ouvira tantas vezes! Ele tinha de interrompê-lo imediatamente.

— As mulheres elegantes de Berlim ainda passeiam às cinco da manhã ao longo do grande canal ladeado de álamos e plátanos?

Isso era algo que ele observara há 15 anos. Parecera-lhe tão estranho naquela ocasião. Em Paris, as damas da sociedade ainda estariam dormindo profundamente. Mas aqui elas faziam seus passeios, tomavam café às oito e depois dormiam durante as horas mais quentes do dia. Tomás fizera essa observação aos seus alunos como um exemplo da capacidade de adaptação dos hábitos humanos (um hábito sensato, aliás) que contribuía muito para o estado de frescura e a boa saúde de muitas mulheres alemãs.

— Apenas nos meses de verão, Tomás — disse Inácio. — Apenas nos meses de verão.

Sofia

Viena se situa no meio do caminho de volta para Kamieniec, de onde o general de Witt despacha cartas impacientes, queixando-se de que só sabe do neto pela descrição de outras pessoas. Essa viagem deles, o general escreve, está sendo demorada demais. Ela lê essas cartas, e nelas encontra as queixas veladas, a solidão disfarçada de um homem velho, a ânsia de um avô por ver o primogênito de seu único filho. *Sofia concordará comigo*, diz ele na carta, *que uma criança precisa de tranqüilidade e paz.*

"Meu bebê", ela pensa, "não precisa de nada a não ser da minha presença". Com o nascimento do filho, alguma coisa mudara nela, endurecendo-a. Só em pensar em Kamieniec ela se arrepia. Como pode aquela fortaleza sombria ser um bom lugar para o seu filho? Aquela sociedade de oficiais grosseiros e suas mulheres? Os Potocki são a única família de alguma importância num raio de quilômetros.

— Minha irmã predileta me escreveu dizendo que Paris já sente saudades suas — conta-lhe o imperador da Áustria. — *Saudades dos belos olhos da condessa de Witt*, escreveu ela. Ficará em Viena algum tempo, não é mesmo?

Por sorte Jan acostumou-se com a nova ama-de-leite, e ela pode deixá-lo sem se preocupar.

— Uma criança tão boazinha — a ama adula-a descaradamente, sabendo como lhe tocar o coração.

A sua menstruação voltou.

— Uma visita da *dame Thérèse* — é a expressão que ela usa agora. Uma noite, em Paris, o conde d'Artois lhe confessara sua fraqueza pelos "eflúvios sedutores, pelos vapores transmitidos pela essência da vida". Sorrindo, ela acrescentou que se recebesse do amigo a ordem de sangrar até morrer por ele, ela o faria. — Viena já está no meu coração, Majestade.

— Vejo que não a agrada usar ruge neste rosto adorável — diz José, o imperador da Áustria, pondo a mão no ombro de Sofia e levando-a para longe dos ouvidos curiosos de seus cortesãos. — Algumas damas, mesmo aqui em Viena, exageram na arte da pintura. Põem mais cor em uma das faces do que Rubens necessitaria para todas as figuras em suas obras. Imagino que elas me vejam como alguém que se assemelhe à cabeça de um morto sobre a lápide de um túmulo.

"Não me interrompa. Sei do que estou falando. Como você é adorável. É realmente verdade o que dizem quando afirmam que a maternidade revela o encanto do corpo feminino. Esse seu marido ficaria muito contrariado se eu a mantivesse aqui? Ele está nas suas pequenas mãos, não é verdade?"

— Vossa Majestade me lisonjeia.

— Quando o rei de Nápoles ofende sua rainha, ela o deixa quase a pão e água, só com uma *soupe maigre*, até que ele, devido à humilhação que ela lhe impôs, expie a ofensa feita. Só então ela lhe dá permissão para partilhar do seu leito.

"Você acha graça. Mas essa é uma história muito triste, minha querida condessa. Essa minha irmã, além de rainha, é exímia na arte de adestrar os homens. Minha outra irmã, a duquesa de Parma, é igualmente perita em adestrar cavalos. Ela está constantemente nas estrebarias com os seus cavalariços enquanto o simplório do marido dela está ajudando os frades de Colorno a tocar os sinos, chamando os bons súditos dele para a missa."

A arte da conversa é algo que lhe ocorre como a respiração, ela a pratica sem pensar. Em geral, consiste em deixar os homens falar e lembrar-se do que pode vir a ser útil. Ela nunca pintava as faces, uma vez que seu rosto nunca fora prejudicado pelas marcas da varíola. Não, a sorte não tem nada a ver com isso, ela conta ao imperador da Áustria.

— Foi a previdência da minha querida tia. Quando eu tinha 3 anos, ela me levou até Paris para que eu fosse vacinada. Vossa Majestade pode avaliar os resultados.

— Como você ficou fria! — José lhe diz. Será que a idéia de Kamieniec, lugar cada vez mais próximo a cada dia que passa, deixara-o mais ousado? A esperança de que em casa ele possa ser o seu amo?

A irritação na voz dele a exaspera. Toda manhã, quando ela ainda mal acordou, e anseia por tomar a primeira xícara de café, ele começa com suas acusações. Ela nunca lhe dá ouvidos; ele é sempre o último a saber dos planos deles. O camareiro dele sabe mais do paradeiro dela do que ele.

— Você quer saber exatamente o quê? — Sofia pergunta. A voz é gelada, e tensa. Enquanto ele gagueja à procura de uma resposta, ela percebe o medo em seu rosto, não importa o quanto José se empenhe em escondê-lo.

Não é que ele faça objeções, ela ouve, mas está preocupado. Afinal de contas, ele é seu marido. Ela não dorme o suficiente; só faz um mês que ela pariu, o seu corpo ainda está fraco, vulnerável. As dores de cabeça que ela sente de manhã não devem ser menosprezadas.

— Nunca me senti tão bem na minha vida — diz ela, mas a voz já perdeu a frieza. Ela recorda os momentos em que se sentavam juntos no quarto da criança e ficavam ali observando o filho; observando o milagre do primeiro sorriso dele ao ver os rostos dos pais; respirando o mesmo ar.

— Sou o pai do seu filho — ele lhe diz. Por enquanto, ele sabe, isso ainda basta.

— Essa é a quarta cereja que provas, minha cara condessa — diz o imperador da Áustria. — Devo deduzir que você adora cerejas? Cultivo cerejas nos meus pomares. O melhor adubo é o de esterco de ovelhas, em volta das raízes, na primavera.

Ele a diverte com o passeio pela galeria dos seus parentes, refletidos nos espelhos de um parque de diversões. Um irmão, gordo demais para poder andar. Uma irmã que foge dos homens por ser feia demais para merecer o olhar de algum deles. Outro irmão que vende trigo aos inimigos em tempos de guerra, e aos amigos em tempos de paz.

Ela ri com ele, admite o que ela chama de exageros dele. Inventados para distrair as damas da corte. Diverti-la.

Dar-lhe prazer.

— E o que você pensa de Versailles, minha cara condessa? Concorda comigo que a escadaria e a antecâmara da rainha parecem mais bazares turcos de Constantinopla do que partes de um palácio real? Minha irmã não ousa desaprovar esse costume bárbaro. Ela me diz que é mais fácil matar um francês que subjugá-lo.

Talvez ela devesse ter ficado em Paris. Diana suplicara que esquecesse José, que não partisse. Como você vai viver lá, perguntou a amiga, sem nem sequer tentar esconder as lágrimas. Com quem você vai conversar? Os retornos, disse ela, são sempre impossíveis, como o reacender de uma velha paixão.

— Tenho pouca experiência de bazares turcos, Majestade — diz Sofia, abanando o rosto com o leque. — Entretanto, acho a sua comparação particularmente adequada.

A condessa não precisava deles por enquanto, disse o dr. Lafleur.

Depois de ter sido arejado (o dr. Lafleur insistira nessa medida), o salão nobre cheirava a um jardim outonal, a folhas úmidas, fumaça e terra recém-cavada. A inválida dormiria pelo menos até o início da manhã.

— E a enfermeira também deveria fazê-lo — acrescentou o médico.

Ele abriu a porta para Rosalia e ela passou por ele. Ela se lembraria desse momento, a proximidade momentânea dos seus corpos, a barba negra por fazer no queixo dele.

Ao se dirigirem para o quarto, Rosalia lhe falou da receita do bálsamo de Santa Genoveva que a mãe lhe ensinara: azeite francês, água de rosas, cera, vinho tinto e sândalo. Tudo fervido e misturado a terebintina de Veneza, e depois, quando frio, a cânfora em pó.

— O resultado — disse ela — é um bálsamo que cura velhas feridas, cortes e pústulas. Excelente para recuperar a circulação em membros anestesiados. Ou, caso seja passado na barriga, ótimo para aliviar dores no estômago.

Ele repetiu os ingredientes quando ela terminou. E Rosalia o observava enquanto ele repetia: a cabeça do médico acenava, as mãos se mexiam ao ritmo das palavras.

— Tenho ótima memória — disse ele, sorrindo. — Vou me lembrar disso.

Mais tarde, em seu quarto, ela ficou matutando sobre a memória. Lembrou-se de um longo dia de verão em Zierniki, em 1803, quando se sentira inteiramente feliz. Havia maçãs e pêras amadurecendo no pomar. Ela estava com 9 anos, não era mais uma criança, a mãe lhe lembrava todas as vezes que ela se queixava das lições ou das horas passadas na cozinha aprendendo o que tia Antonia chamava de "dirigir uma casa". A relva tinha sido recentemente aparada naquela manhã e ela amava o cheiro estonteante, ensolarado, do feno que secava.

Estavam brincando de cabra-cega. Seus primos, Andrzej, Krysia e Anusia, a rodeavam. Eram três figuras sombrias cujas formas a venda de linho em seus olhos não a deixava distinguir. As meninas usavam vestidos leves de verão. Andrzej, vindo da escola de Varsóvia, quase, mas não exatamente, um estranho, de calças curtas e uma camisa branca solta, sem gola. Era a presença dele que, naquele tempo, lhe ocupava o pensamento tão completamente: a visão dos braços musculosos; os olhares de soslaio, e curiosos, com que ele a surpreendia; o constrangimento que a dominava na presença do primo. Na véspera, enquanto ela entrava, furtivamente, no jardim, ele fora atrás dela. E lhe falou de Varsóvia, da escola. Os professores eram um tédio, disse ele, mas os camaradas eram boa gente. Ela gostou da palavra "camaradas". Um morcego passou, voando, por cima deles. As luzes do salão chegavam até onde estavam, mas ela olhava a lua surgir acima da tília. Eles eram primos em segundo grau, disse ele, acentuando a palavra *segundo*, e lhe apertou a mão.

Quando voltaram para a casa, tia Antonia lhes lançou um olhar sombrio e comprido.

— Andrzej tem diante de si perspectivas brilhantes — disse ela. — Não permitirei que as desperdice.

Nos longos meses desde a partida do pai do porto de Livorno, de onde as ordens de Napoleão o tiraram, chamando-o para o desconhecido, aquele tinha sido o único momento em que Rosalia se permitiu não pensar nele. Naquele dia, o que ficou ecoando em seus ouvidos foi o riso de Andrzej, acompanhado das palavras de Anusia "foi roubo". Ele estava trapaceando de novo, deixando Rosalia pegá-lo.

Então os cachorros começaram a latir ferozmente, denunciando a presença de um estranho. Tirando a venda, ela viu de relance um homem saltar de uma égua castanha, dirigir-se para a casa, e pedir para falar com *madame* Romanowicz.

— Sobre um assunto grave — disse ele, de olhos baixos.

A mãe fechou a porta que dava para a sala de estar. De detrás da porta, Rosalia ouviu a voz calma do mensageiro, depois a voz ofegante e ansiosa da mãe, o seu grito, e o baque de um corpo no chão. Antes que o homem tivesse tempo de pedir sais, ela correu escada acima para o *boudoir* de tia Antonia para buscá-los. Segurou então o vidro azul sob as narinas da mãe até o cheiro forte da amônia recuperá-la.

No chão, havia um documento com o selo rompido.

> Com base no depoimento de duas testemunhas independentes, conclui-se que o capitão Jan Jakub Romanowicz da Legião Polonesa morreu em Santo Domingo. Herói até o último momento, Romanowicz deu a vida pela liberdade da Polônia. Com profundo pesar, general Dabrowski.

Foi tia Antonia que o apanhou do chão e o leu alto. Foi tia Antonia que abraçou Rosalia e a deixou esconder o rosto em seu peito. O rosto de uma filha que ainda não conseguia chorar pelo pai.

Mais tarde, naquele mesmo dia, ainda incapaz de chorar, Rosalia largou a mão de Andrzej, empurrando-a, como se fosse ele o culpado. Como se fosse por culpa dele que ela tinha parado de pensar no pai. Naquele dia ela se culpou por tudo. Ela deveria ter pressentido o momento da morte do pai. Deveria ter ouvido o próprio coração. Não deveria nunca ter deixado que seus próprios pensamentos traíssem o pai.

O mensageiro, tendo comido e tomado uma dose de vodca acompanhado de tio Clemente, saiu murmurando as suas condolências. Duas testemunhas confirmaram que o capitão Jakub Romanowicz fora levado para o hospital Les Pères, e que lá morrera de febre amarela.

Rosalia teve a impressão de que o saco disforme que o homem deixara continha a pele de alguém, jogada fora rapidamente.

A mãe agarrou o saco de couro junto ao peito e pediu que a deixassem só. Sozinha, ela repetiu, fechando a porta com estrondo. De vez em quando, Rosalia se aproximava sorrateiramente da porta fechada.

— Mamãe — a menina implorava. — Mamãe, por favor. — Mas tudo o que ouvia eram soluços, gemidos e o que lhe pareciam ser preces.

No dia seguinte, quando a bandeja do café-da-manhã foi recusada e voltou, intacta, para a cozinha, tia Antonia chamou o dr. Farens.

— Faça alguma coisa — implorou Antonia. — Não está certo. Ela pode se machucar.

Como as batidas à porta não tiveram resposta, o médico forçou a porta, abrindo-a. Ela cedeu e se ouviu o barulho da madeira sendo arrebentada. A mãe estava sentada no banquinho, de pés descalços. O espelho na parede estava coberto com a fronha que a mãe tinha tirado do travesseiro. O vestido estava com a gola rasgada e havia pedaços pendurados nos lugares em que o tecido tinha sido rasgado. O rosto da mãe estava arranhado. Havia restos das tranças negras da mãe espalhados pelo chão, e a cabeça raspada revelava a geografia do crânio. *Maman* passava a mão pela cabeça e depois olhava assombrada a palma da mão como se esta pudesse lhe dizer algo que ainda não sabia. O rosto, sem o cabelo, parecia pequeno e nu. Paralisado de apreensão, como um pássaro capturado. Via-se uma navalha no chão, ao lado da cama. Ela resmungava algo que Rosalia não podia compreender.

Por muitos anos foi assim que ela se lembrou de tudo isso. O médico tomando Rosalia gentilmente pelos ombros e a levando até a mãe. As mãos dele tomando as de *maman* e verificando os pulsos para ver se a navalha os tocara. Ele, pegando a navalha e entregando-a a tia Antonia que a passou para a criada, dizendo-lhe que sumisse com ela. E a frase dele: "Sua filha precisa da senhora, *madame* Romanowicz." E então, a lembrança de *maman* olhando para os lábios do médico e depois para a filha, com o sangue dos arranhões começando a secar e formando traços coagulados em seu rosto. Em seguida, a lembrança de *maman* se levantando devagar, como se cada movimento lhe causasse dor, esticando os braços para abraçar a filha.

E agora?

Agora ela se lembra de mais coisas. Lembra-se dos olhares piedosos de tia Antonia e das palavras que ela não deveria ter ouvido. *A criança terá de pagar por isso, imagino que o povo Dela, naturalmente, não terá nada a ver com eles agora. Para eles, o povo dela poderia morrer à míngua.*

Essa pobre menina, ela se lembra de ter ouvido, o rosto queimando de rubor, o coração batendo.

Mas principalmente ela se lembra da vergonha da própria traição. A idéia de que se fosse sua mãe que tivesse morrido, talvez não houvesse ninguém para chorar por ela assim.

Sofia

Depois da volta, Kamieniec não lhe parece tão desagradável, pelo menos ao chegar. O sogro de Sofia proclama Jan o mais belo e esperto de todos os recém-nascidos que ele jamais viu em sua longa vida. E, ao mesmo tempo que continua a deixar José de lado, ele entrega à nora a solução de todos os assuntos. Ele admite que a fortaleza esteja necessitando de mudanças, e precise de novos criados e novos móveis. Nos últimos meses, os De Witt ascenderam na sociedade, viram suas perspectivas e obrigações mudar. Os novos amigos não esqueceram de *madame* de Witt. O rei está planejando uma visita a Kamieniec, assim como a princesa Czartoryska.

Como lhe agrada o ruído da porcelana de boa qualidade, o brilho dos tecidos caros e o frio do mármore; o riso ao redor da mesa, os olhares furtivos de desejo. Às vezes ela acorda sentindo que não há limites para o que ainda pode acontecer.

Se ao menos Lisandro pudesse vê-la agora, pensa Sofia, e até mesmo essa lembrança lhe parece uma vitória. Fazia muito tempo que ela não pensava nele.

Ela está usando o seu vestido parisiense de gaze branca, com botões de rosa cor de malva, que combina com os sapatos de veludo. O vestido que a deixava deslumbrante, conforme Diana de Polignac lhe disse um dia. E usa o cabelo preso no alto da cabeça. Uma pena de avestruz branca ressalta o negrume dos seus cachos. Chegou um mensageiro de Viena com um presente: uma cesta cheia de cerejas vermelhas e maduras. Acompanhada de um bilhete do imperador José II escrito por seu próprio punho: "Para *la Belle Phanariote* cuja falta é imensamente sentida em Viena."

Ninguém é profeta em sua terra, José lhe diz. O que não é um consolo. Ele gostaria que ela se dedicasse às lembranças, às doces recordações de suas vitórias. Ele teme que o sucesso da mulher provoque o pior nos que foram menos favorecidos pela sorte, que o ressentimento aumente ao redor deles. E fala do poder da inveja, da sabedoria de aparentar não se cobiçar coisas demais. Alguém já mandou imprimir um panfleto que a chama de prostituta do rei e de mulher de coração de pedra. "Uma arrivista" — contaram ter ouvido a condessa Josefina Potocka dizer, "que deveria ser posta no seu devido lugar."

— Não acredito nisso de jeito nenhum — diz Sofia. Ela acredita realmente no ciúme de um lugarejo atrasado, na vingança da fidalguia mesquinha que encontra dificuldades para propiciar dotes para suas filhas. O melhor a fazer é ignorar essa gente, é tratá-la com indiferença. Mas ela não pode acreditar que os Potocki considerem os De Witt indignos da companhia deles.

Em Varsóvia, em Paris, em Viena, ela visitou as melhores famílias francesas e foi recebida com grande deferência. Será que os Potocki são melhores que os Polignac ou o imperador da Áustria? O palácio Krystynopol, propriedade dos Potocki, não fica longe de Kamieniec.

Por que *madame* de Witt, tendo voltado de sua viagem às cortes da Europa, não toma a carruagem e faz uma visita aos seus vizinhos?

Terça-feira é o dia em que a condessa Josefina Potocka recebe e, exatamente nessa terça-feira, ela entrará no salão nobre do palácio dos Potocki. Ela pode garantir que seus olhos expressarão uma admiração silenciosa. Sofia sabe como não desmerecer os objetos que ela precisa elogiar. É importante notar as tapeçarias caras, mas também é importante compará-las com as do palácio imperial de Viena, chamando a atenção para talvez o maior requinte nos detalhes daquelas; admirar um quadro, e enfatizar que ele ficaria bem nos aposentos *privados* da rainha em Versailles.

Quando lhe pedirem que tome o seu lugar no salão de Krystynopol, ela contará à condessa Potocka como Maria Antonieta estava no batizado do delfim. Ela mencionará a tristeza do sorriso dela e as enxaquecas de que a rainha da França sofre, toda manhã. Ela descreverá a beleza dos fogos de artifício ao iluminarem o céu de Paris, as brilhantes explosões de luzes. Também poderia mencionar as mangas curiosamente amplas dos vestidos das damas vienenses, a música de *monsieur* Mozart que a emociona mais do que qualquer outra que ela jamais tenha ouvido. E, além disso, há lembranças a serem transmitidas. Do príncipe de Ligne, que se lembra afetuosamente da condessa Josefina Potocka de um certo baile de máscaras em Versailles.

Ela está grávida de novo. Mana lhe mandou outra pulseira vermelha. O pequeno Jan usou a dele até ela ficar em frangalhos. Só então Sofia permitiu que a ama a tirasse e queimasse os restos no fogo. *Estou mandando esta para você mesma usar*, Mana escreveu. *Para evitar o mau-olhado dos que possam invejá-la.*

Aqui, em Istambul, a mãe continua na sua letra trêmula, *eu poderia ajudar, partilhar das suas alegrias. Meu neto está esticando as queridas mãozinhas, e não posso tê-lo em meus braços.*

Em Krystynopol, a porta de entrada do palácio está sendo guardada por quatro cossacos vestindo jaquetas amarelas. De pé, a postos, os homens direcionam seus olhos para algo a distância, algo que parece estar muito atrás dela.

Ela ouviu histórias sobre os Potocki. Histórias assustadoras, histórias que falam de um orgulho cruel. Ela decidiu não prestar muita atenção a elas, decidiu vê-los com bons olhos. Os ricos e poderosos sempre atraem a inveja e as más línguas. Quem dentre nós está livre do pecado e pode atirar a primeira pedra?

Quando o veículo de Sofia se aproxima do palácio Krystynopol, ela vê que as cinco carruagens com o escudo dos Potocki estão atreladas e quase prontas para partir. A condessa Josefina está debruçada na janela de uma delas e acena para o marido, que, um pouco adiante, fala com o mordomo. Os filhos estão nas outras carruagens, ansiosos e atentos como se lhes tivessem prometido uma surpresa especial.

Que estranho!, Sofia matuta. A condessa *está* recebendo hoje. Hoje *é* terça-feira.

Sua humilhação foi minuciosamente planejada. Assim que a carruagem de Sofia entra no pátio, as dos Potocki saem. *Madame* de Witt não deve ser poupada da visão da retaguarda daquelas carruagens luxuosamente guarnecidas. Alguém deve tê-los avisado das intenções dela. Talvez um dos próprios empregados de Sofia. Teria sido uma tola que confiara em demasia?

O lacaio que se aproxima a encara com uma insolência que não faz nenhuma questão de esconder.

— O conde e a condessa acabaram de sair. Pediram-me que dissesse a *madame* de Witt que jamais esperariam a chegada de uma visita tão ilustre!

Ela não desvia o olhar. A pele do rosto não a denuncia. As mãos se mantêm firmes e ela consegue esboçar um sorriso doce. Orgulho, ela remói a palavra muda, repetindo-a na boca, sem falar. O orgulho dos Potocki. Ela fora tola, a facilidade de suas conquistas deixara-a deslumbrada. Considerara-se vitoriosa. Como era frágil o escudo com que se cobrira, com que cobrira o seu filho. O nome de Witt nunca seria suficiente. Era um nome ou o ruído?

> *O bálsamo, quando acrescido ao alcatrão, deixa de ser bálsamo e torna a ser alcatrão; e o joio, mesmo que semeado no melhor dos campos, não se tornará trigo.*

— Entretanto, em nome dos criados, terei o maior prazer em oferecer uma leve merenda a *madame* de Witt.

— Obrigada — diz Sofia, mostrando um sorriso gracioso. — Não me passaria pela cabeça lhe dar esse trabalho. Por favor, diga a sua ama que voltarei numa ocasião mais adequada.

Em casa, ela corre para o quarto. Quer trancar a porta, mas José, mais rápido do que ela, força a entrada e fica observando enquanto ela se atira na cama, soluçando de raiva. A cama afunda um pouco quando ele se senta ao lado da mulher, solta-lhe os cabelos e lhe desata os cordões do espartilho. Não há nenhuma cobrança na voz de José quando ele lhe diz que jamais gostou dos Potocki. Jamais.

Lembre-se do que as pessoas dizem deles, José lhe diz. E lhe lembra o episódio da velha condessa Potocka que mandou prender um guarda cossaco porque este, sem querer, tocou na mão enluvada dela quando a ajudava a descer da carruagem. E conta como ela açoitava suas próprias damas de companhia caso elas ousassem trocar uma palavra ou simplesmente olhares com um homem. Ela própria as açoitava, cochichou o marido no ouvido de Sofia, depois de tê-las mandado ficar nuas.

Ele realmente a faz rir.

Os mexericos que um dia ela desprezou. Há uma outra história de que ele a faz lembrar, a história da primeira condessa Potocka. A história da bela Gertrudes, que agora deveria ser a dona do palácio Krystynopol, uma história a que só um tolo não daria atenção.

Eram tempos difíceis. A *Szlachta** se revoltara contra o novo rei, elevado ao trono polonês pelos sabres de Catarina. Irmãos combatiam irmãos, camponeses sublevavam-se contra seus senhores.

A peste grassava nas terras que rodeavam Krystynopol, onde o conde Félix vivia com os pais. As pessoas acendiam fogueiras para limpar o ar, esfregavam os corpos com alho, levavam mercúrio nos bolsos, derramavam vinagre num ferro quente e, com o vapor, purificavam suas casas. Se alguém mostrava sintomas da peste, todos os da cidade ou vila eram obrigados a abandonar suas casas e bens, que eram então destruídos pelo fogo. Havia multidões de pobres vagando pelo interior. As pessoas das vilas e das cidades ainda não afetadas pela peste deixavam comida para eles fora dos portões, mas muitos ainda morriam de fome e de doença e os corpos cobriam os campos.

---

* Nobreza, em polonês. (N. da E.)

O pecado se espalhava como rastilho de pólvora porque as pessoas, diante da morte, deixavam para trás todos os freios. A única coisa que queriam desta terra antes de morrer era um último e doce momento de prazer. Houve fornicação, estupros e pilhagem. Houve assassinatos. Faziam-se ameaças contra os *pany*, os senhores, sem medo. Os velhos *dziady* cegos da Ucrânia cantavam canções triunfantes sobre a matança de Uman, e ninguém ousava impedi-los.

O conde Félix era jovem nessa ocasião, estava nos primeiros anos da idade adulta. Um rapaz estranho para ser herdeiro de uma grande fortuna. Era tímido e envergonhado, gaguejava ao falar, a voz hesitava, a pele ficava vermelha de medo. No palácio Krystynopol, os pais estavam ocupados com o casamento da irmã de Félix com o príncipe Lumomirski.

— Um ótimo casamento — disse Ana Elizabeth, sua mãe —, mas não tão importante quanto eu tenho em mente para o meu único filho.

As noites eram quentes, e o ar, no palácio, abafado e poluído devido à fumaça das lareiras. Félix era inquieto e solitário. Ele pediu licença para cavalgar pelos arredores, e prometeu evitar a cidade e os vagabundos. Só queria sentir o ar fresco, e o vento nos cabelos.

Depois, ele passou a andar a cavalo todo dia. Suas faces recuperaram a cor, os passos tornaram-se animados e rápidos. A mãe orgulhosa ficou muito satisfeita. Ela não suspeitava do verdadeiro motivo da transformação do filho.

Ele vira Gertrudes alguns meses antes, no palácio Krystynopol onde ela fora apresentada à corte dos pais dele. Filha mais moça da família Komorowski, ela acabara de voltar de Viena. Uma família ilustre, o pai salientou, talvez não mais tão rica, mas de linhagem impecável. Uma família de senadores, primazes e poetas. Bela como uma gazela, de cabelo castanho e farto e olhos cor de avelã, a moça tinha lábios semelhantes a framboesas maduras, doces e cheios de afeto.

— Não é digna sequer de beijar um pé dos Potocki — disse Ana Elizabeth.

As pessoas diziam que a primeira visita do jovem conde à mansão dos Komorowski era auspiciosa. Ele estava com sede, queria tomar um copo d'água. Como filho de um vizinho poderoso, o rapaz foi recebido com grande apreço, talvez até com esperança. Gertrudes era uma moça adorável, de jeito doce, e com uma voz divina. Se o destino quisesse fazê-la ascender nesse mundo, quem eram os Komorowski para impedir as manobras da sorte?

Naquela noite, o conde Félix teve um sonho. Gertrudes estava segurando um balde de metal cheio de água até a borda, e o ofereceu a Félix. Ela acabara de tirar água de um poço. Os olhos dela perfuravam-no, fazendo-o arder de calor, e ele não parava de olhar assombrado para a pele branca como a neve do pescoço da moça. Ele acordou murmurando o nome dela e viu que os lençóis da cama estavam molhados. Naquele dia, ele deu um ducado à criada para que ela lavasse os lençóis antes que a mãe dele os descobrisse.

Três meses depois, Jakub Komorowski chamou o conde Félix de lado. Jakub tinha um assunto muito sério a tratar. Sua filha estava esperando criança, acontecimento que ele tinha de aceitar por ser da vontade de Deus. A carne humana era fraca, mas ele vinha observando o jovem hóspede há algum tempo. E a opinião dele sobre o caráter e a sinceridade dos sentimentos do rapaz era a melhor possível. Além disso, não havia como se enganar com a felicidade que, como pai, via nos olhos da filha.

— Alteza, meu caro vizinho, estou errado?

— Não — respondeu o jovem conde. — O senhor não está errado.

— A criança será um Potocki — o pai de Gertrudes disse. Vendo que os nós dos dedos das mãos apertadas do rapaz embranqueciam, acrescentou: — Tenho certeza de que a honra da minha filha está a salvo em suas mãos.

O casamento secreto aconteceu logo depois do Natal. A noiva estava linda com seu vestido branco, as pregas fartas cuidadosamente reunidas sobre a barriga que crescia. Os olhos castanhos brilhavam sem nenhuma beladona, e o cabelo preso no alto da cabeça, cascateava em cachos que iam até os ombros. Às poucas testemunhas, pediu-se discrição por causa dos pais do noivo que esperavam um casamento grandioso para o único filho. Era melhor esperar, disseram-lhes: dar ao jovem tempo para apresentar os argumentos que os favoreceriam; dar ao jovem conde tempo para confessar o seu amor e o compromisso assumido. Afinal de contas, ele fizera o que era louvável, e estava feliz.

Pobre Gertrudes. Ela não podia prever a força do orgulho. Estava preparada não só para ser menosprezada por alguns meses, como também para se atirar aos pés dos Potocki e implorar o perdão destes. Confiava na força da juventude — e no sorriso do seu bebê. Um menino, era o que ela esperava. O conde Potocki, seu filho, a criança cujas mãozinhas, ao se estenderem, derreteriam a fúria nos corações dos avós.

O que ela pensou quando os homens dos Potocki, os rostos sujos de fuligem, invadiram a casa dos pais dela? Diziam que eles estavam vestidos como cossacos, e fingiam estar procurando confederados. O que pensou quando a arrastaram pela neve. De camisola, de pés descalços, com o seu bebê, cujos primeiros e tímidos chutes ela talvez já tivesse sentido, quieto ali dentro dela. O que pensou quando a sufocaram com as peles que havia no trenó que a transportava naquela noite fria de fevereiro?

Sim, só um tolo esqueceria o medo de Gertrudes. Só um tolo esqueceria que o corpo de Gertrudes fora jogado no rio Rana, e que, quando o rio o devolvera, na primavera, o *ekonom** dos Potocki o enterrara no campo. Ou esqueceria a rapidez com que o amor dos poderosos chega ao fim: nas cartas que o conde Félix mandara de Paris, de Roma e de Viena, ele implorava o perdão dos seus amados pais, pelo momento desprezível de fraqueza que ele tivera e oferecia toda a ajuda possível para que aquele casamento idiota, que lhes causara tanta tristeza e tantas tribulações, fosse anulado.

— O próprio Deus não desejava a desgraça dos Potocki — diria a condessa Ana Elizabeth quando lhe contaram da morte de Gertrudes.

Mas eles tinham que pagar por seus pecados. Diziam que os velhos Potocki morreram, um a poucas semanas do outro, apavorados ao ouvir qualquer barulho, qualquer tropel de cavalo de algum cavaleiro que atravessasse o pátio de Krystynopol. Que o fantasma de Ana Elizabeth apareceu a uma noviça da ordem dos beneditinos, em Przemysl, pedindo-lhe que rezasse pela salvação de sua alma e solicitando licença para que o filho ajudasse na construção da igreja. O fantasma deixou a marca, feita a fogo, de sua mão direita, numa tábua de madeira, como prova de suas palavras.

---

* Administrador, em polonês. (N. da E.)

Mas, mesmo quando a morte dos pais deixou-o livre para se permitir lembrar da primeira esposa, o conde Félix recusou-se a mencionar o nome de Gertrudes, e pagou aos Komorowski uma grande soma de dinheiro para que desistissem do processo e, assim, nada pudesse impedi-lo de levar Josefina Mnishek ao altar.

— Os De Witt, pelo menos, nunca mataram ninguém — diz José. — O nosso nome não foi maculado.

Ela deixa José lhe tirar o vestido. Ele levanta a anágua, e lhe faz cócegas na pele com o bigode. Os lábios dele são quentes e secos. Ele sente o perfume da mulher, e fica radiante de orgulho quando as cócegas fazem-na rir alto.

Tomás

No salão nobre ele observa a condessa mexer a cabeça. Os braços, reparou Tomás, estavam enrolados num xale de caxemira. O dela, é claro, o pai teria lhe soprado no ouvido, era o verdadeiro, e não a imitação inglesa que ele comprara por 20 libras em Londres. Veja, Tomás, preste atenção, ele teria dito, os dedos apertando-lhe os ombros, como se não confiasse na atenção do filho. Veja como é leve, como é macio. Veja o brilho. É feito de pêlo de cabra, não é seda nem lã, é um tecido feito do pêlo mais macio de cabras selvagens da Ásia.

— Estou acordada? — perguntou a condessa.

— Está — o médico respondeu, e lhe passou uma xícara com um pouco de chá doce. Ela tomou alguns goles.

— Que horas são?

— A manhã está quase terminando — disse ele. — O ar fresco a fez dormir. O grande relógio que havia no corredor acabara de bater as onze horas. As narinas dela vibraram por causa da fumaça que saía da lareira.

Os olhos da condessa, embora ele já estivesse mais do que preparado para a luminosidade que havia neles, o assombravam todas as vezes. *Então o senhor acha que me conhece, doutor?* — pareciam dizer, provocando-o. Era a fascinação do homem pela simetria da perfeição, ele teria dito a seus alunos. Uma vontade de fazer vista grossa a todo tipo de transgressão como se a beleza extrema estivesse livre de todas as restrições dos que eram menos perfeitos e chegasse a uma vida de alturas inatingíveis.

— Meu caro dr. Lafleur — ela sussurrou. — Eu pedi um banho quente.

— No seu estado, eu não aconselharia banhos quentes, *madame.*

— Foi o que a querida Rosalia também me disse. Mas não acredito que seja bom para ninguém se privar de um prazer. Alguém um dia me disse que são as pessoas tristes que cometem os piores crimes.

A condessa olhou através dele, como se ele não estivesse totalmente ali. O láudano ainda estava fazendo efeito, pensou Tomás, satisfeito. E tomou-lhe o pulso. O fedor purulento do ventre dela lhe disse que o tumor tinha ulcerado. Toda doença tem um cheiro, e cada estágio tem um aroma diferente: o sarampo cheirava a penas recém-arrancadas; a escrófula, a cerveja choca; o tifo, a pão sendo assado; a febre amarela, a um açougue. Essa tinha o cheiro da podridão. *Karkinoma,** pensou o médico, a "morte fedorenta".

— Doutor, o senhor se incomoda de estar sempre vendo pessoas nas piores condições?

— Não — respondeu ele. O láudano deixava-a mais lenta, fazia com que sua fala ficasse pouco clara. Havia longas pausas entre as palavras que pronunciava.

— Pois bem. Eu queria que o senhor guardasse na memória o que tenho de melhor. E quero muito conhecê-lo.

O pulso dela estava fraco e rápido. O coração devia estar dando o máximo da sua potência, mas o sangue que chegava aos órgãos famintos não era suficiente.

O magnetismo animal — na cabeça dele, mesmo nesse momento, ele ainda explicava tudo àqueles rostos ansiosos ainda esperançosos de ouvi-lo decifrar o mistério da vida — é uma força da vida concentrada numa bola de fogo que nos atrai a todos, um milagre da vida, nunca parada, nunca a mesma. Ele teria chamado a atenção para um detalhe, o da constante surpresa, aquele ímpeto no coração de que nunca nos cansamos, porque nunca é o mesmo. É por causa disso que ela o fez se sentir melhor do que ele era? Mais importante? Mais forte do que ele imaginaria

* Câncer. (N. da E.)

ser? E também, um tanto tolamente, mais esperançoso? Uma força que traz promessas de veredas inesperadas onde ele vira, até agora, apenas muros.

— Estou divertindo o senhor. Ótimo. Quero vê-lo sorrir. Chega de caras soturnas à minha volta. Eu estava certa na minha avaliação sobre o senhor, desde o início.

Ele via que ela estava satisfeita consigo mesma. Estava muito satisfeita e não se preocupava a mínima em esconder esse prazer que fazia brilhar aqueles seus olhos negros. "Para quê?", ela parecia estar dizendo. "Nós dois sabemos, não é mesmo?"

— Não vá.

Ele não estava pretendendo sair, mas ela deve ter visto uma leve torção no corpo dele.

— Tive um sonho — disse ela, com um sussurro. — Um sonho comprido. — E mergulhou no sonho como gostava de mergulhar no banho, lenta e delicadamente. Flutuou acima de picos de névoa, que iam sumindo abaixo dela, formando túneis e cavernas, e se coagulavam formando rostos de pessoas que ela conhecera. Todas falavam línguas estranhas que ela não compreendia. Então através de um desses túneis enevoados ela foi levada a uma câmara mortuária onde havia homens vestidos com vestes sacerdotais, compridas. Os rostos pareciam obstinados e tristes. Os braços e as pernas dela estavam pesados como chumbo e não se mexiam, nem que ela quisesse. Ela não era senão um cadáver, à espera do enterro.

O mais velho dos homens, de cabelos brancos e com uma medalha brilhante pendurada ao redor do pescoço, derramava óleos perfumados em seu corpo. Ela sentia o óleo escorrer, encher os poros de sua pele, mas continuava sem conseguir se mexer. O homem cortou-lhe a carne e lhe tirou as entranhas. Estava vazia, como uma casca de si mesma. E então outro homem, mais moço, com a pele coberta de manchas vermelhas, passou a enrolá-la em bandagens. Quando já estava toda enrolada, como um casulo, puseram-na num caixão e depois num túmulo. Ela ficou ali uns mil anos, esperando.

— O senhor me salvou, doutor — disse ela a Tomás. — O senhor me tirou do túmulo.

Fora a dose maior de láudano que a fizera sonhar assim. Sinais reveladores disso: a consciência de cada segundo que passava estendia-se ao infinito e as imagens eram perfeitamente nítidas. Ele perguntou como ela se sentia no túmulo, e ela respondeu que se sentia inteiramente parada, como a água de um lago tranqüilo, e que tudo ao seu redor estava suspenso. Não havia nela nenhuma sensação de impaciência, nem desejo de fazer nada que forçasse a passagem do tempo.

— É assim a morte?

— Isso eu não sei.

— O senhor acha que eles estão nos esperando? — a voz era tão baixa que ele teve de se esforçar para ouvi-la.

— Não — disse ele. — Não me parece.

— O senhor tem sempre que dizer o que pensa? — perguntou ela, forçando um sorriso. — O senhor estragaria as melhores festas com esses modos abomináveis.

A cortina que dividia o salão se mexeu. Tomás ouvia os movimentos atrás dela, gargantas pigarreando, ruídos abafados de objetos que batiam no chão. Os músicos estavam chegando.

— Deveriam ter lhe avisado, doutor. Eu gosto de me meter nas vidas das outras pessoas.

— Na minha também? — perguntou ele, rindo. Ela o estava testando, pensou Lafleur, com ilusões de sua própria importância.

— Principalmente na sua. Porque o senhor é o homem que gosta de dizer o que pensa.

— Às vezes. E sobre alguns assuntos. — Ele estava tentando ser prudente, quando achou que deveria sair antes que os músicos se instalassem, e assim evitar o constrangimento de ter que contornar caixas de instrumentos espalhadas. A cantora o perturbava, principalmente pela palidez de sua pele.

— Diga-me, então, meu querido amigo amante da verdade, o que o senhor acha de Rosalia?

— *Mademoiselle* é uma enfermeira excelente. Eu não teria encontrado nenhuma melhor.

— O senhor não está apaixonado por outra, está?

Afinal de contas, ela o surpreendera. Ele estava esperando um jogo, um embate de opiniões, uma conversa de salão cheia de meios-sorrisos e meias-verdades. A rudeza da pergunta dela o perturbou e o rosto dele se ruborizou imediatamente. O médico também se ressentiu disso e do repentino tremor em seu rosto. Então começou a se afastar.

— Não acho que eu possa responder a sua pergunta.

— Que pena! O tempo é tão curto — disse ela com um suspiro. — Eu gostaria de ouvir sua resposta. Eu saberia o que fazer.

Tomás resistiu à tentação de lhe perguntar o que ela faria.

— A senhora deve tomar mais — disse ele. — Muito mais.

— O senhor não está sendo gentil comigo, doutor — suspirou a condessa. — O senhor não está escutando.

— Ah! A senhora está enganada, *madame*. Eu presto a maior atenção a toda palavra que a senhora pronuncia.

— Então por que está escondendo os seus desejos?

— Talvez porque seja a melhor estratégia.

— Agora, *mon ami*, o senhor está falando como um soldado, mas não dou muita importância a isso. Estou falando da simples felicidade. O senhor não está pensando em abrir mão do amor por causa de sua amiga, não é mesmo?

— *Madame la comtesse* — disse ele, levantando-se e dobrando o seu estetoscópio, o rosto ruborizado. — Os meus sentimentos são assuntos meus, exclusivamente, e é assim que eu gostaria que continuassem.

Ela não tentou impedi-lo de se levantar.

Os músicos estavam afinando seus instrumentos. Tomás abriu a cortina e os viu de pé, em seus devidos lugares. Havia um perfume de outono à volta deles, de folhas sendo queimadas e de vento frio. Os músicos nem notaram quando ele passou. Apesar de todos os esforços para se movimentar lentamente, ele acabou derrubando uma caixa de violino que estava encostada à parede.

A velocidade aumentava à medida que ele percorria o corredor, e agora ele dava passadas largas. Nas paredes, gerações de *grafs* prussianos riam dele. As caras redondas de epilépticos, cujos dias deviam ter terminado num acesso de paixão, que empurrou todo o sangue para as cabeças que agora o ridicularizavam. Os idiotas sifilíticos que montavam em suas criadas e soltavam o freio dos seus pecados. Tomás andava cada vez mais rápido até que o próprio vigor o encantou e ele sorriu.

PARTE TRÊS

Majestade, é assim que nós, viajantes atormentados que atravessamos o tempo, chegamos à próxima etapa da vida da nossa deliciosa heroína — ou como quer que Vossa Alteza Real prefira — ao próximo ato representado por ela no theatrum mundi, *onde todos nós, seja lá como for, representamos nossos papéis terrenos. Mas antes que eu me estenda sobre as evidências instigantes dos poderes de sedução cada vez mais intensos de Dodô, vamos dar uma espiada mais de perto no objeto da nossa investigação nesse momento crucial da vida dela:*

Sua cabeça faz lembrar a da famosa Frinéia, grega como ela, e é digna do cinzel de Praxíteles. Essa cabeça destinada a conquistar os corações de tantos — jovens e velhos, e até alguns coroados — está adornada dos olhos mais belos do mundo, negros e luminosos, e lábios vermelhos entre os quais cintilam dentes brancos e pequenos. O queixo é digno da mais elevada admiração. O cabelo, negro e lustroso, que ela prende num coque que lhe revela a nuca, é como o de Dafne, e a testa e as orelhas assombram o admirador com suas proporções perfeitas. Essa cabeça magnífica assenta-se num pescoço e em ombros, infelizmente num outro grau de perfeição. Os ombros de Dodô são bastante bem-feitos, mas as mãos são grandes demais, como as das esculturas antigas de seu país. O mesmo pode-se dizer dos pés, bem maiores do que os que admiramos nas mulheres, também parecidos com os retratados pelos escultores antigos.

Após o pescoço e os ombros, vêm os seios. Eu gostaria de compará-los aos seios de Frinéia, que, na descrição de Quintiliano, quando se postou diante do tribunal por ter sido acusada de blasfêmia contra Afrodite (tendo personi-

ficado a deusa durante algumas festividades), e quando — em seu discurso de defesa — Hipérides os desnuda perguntando se uma beleza divina como aquela poderia ofender os deuses, ela imediatamente recebe uma sentença em seu favor. Infelizmente, se Dodô alguma vez fosse obrigada a fazer o mesmo, ela por certo perderia o processo. Seus seios são murchos, disformes e imutáveis (talvez por causa dos banhos quentes tão valorizados nessa parte do mundo). Os seios são como pêras que se penduram sobre o ventre, o que, devo dizer, resulta em algo de rara beleza, como se eles estivessem apontando para algo mais perfeito e dizendo "desçam mais, e esqueçam de nós".

A área do monte de Vênus é impecável. O seu centro também seria perfeito, não fosse por uma certa protrusão, visível na fortaleza ao redor do ninho de prazer, uma protrusão que talvez possa inibir homens mais astutos. Sofia, entretanto, disfarça esse defeito com a beleza de outras partes. As suas pequenas nádegas deliciosas, macias como seda, as coxas brancas como o leite, os joelhos e as barrigas da perna receberiam a aprovação dos melhores escultores do mundo. E, animando esse corpo, repleto daquele encanto natural, tanto de formas como de movimentos, que os gregos modernos, seguindo o exemplo dos turcos, chamam* nouri, *a luz do corpo, há uma alma, muito superior a muitas.*

A alma de Dodô é uma máquina bem azeitada que lhe permite movimentar-se com espantosa agilidade. Ela se caracteriza por uma coerência de opinião, rapidez de raciocínio e finesse, *muito acima da média. Ela argumenta com uma lógica natural, mesmo quando mente, a ponto de poder ser tomada por uma discípula de Aristóteles. A sua sofística permitiu-lhe chegar a uma tal perfeição que ela pode encurralar um oponente num piscar de olhos. Sua inteligência penetrante é visível nos gestos, palavras e pensamentos. Nenhum homem escapa à sua inspeção, uma vez que ela o investiga tão a fundo que é capaz de predizer os sonhos e desejos dele. Sua memória é angelical; sua criatividade, sua perseverança em ir atrás do que deseja, me assombram.*

---

* Na Turquia, alguns médicos afirmam que meninas, durante o banho (momento em que tudo é permitido, principalmente sem a guardiã idosa que teria vigiado essas meninas no harém de Padishah), causam elas próprias essas protrusões, ao puxar seus próprios clitóris, tornando-os muito maiores do que os das mulheres de outras etnias. (N. da A.)

Ela não se preocupa com o futuro, mas vive o momento, extraindo felicidade de cada segundo fugidio. Ela não mostra nenhum sinal de capricho, nenhum sentimentalismo, nenhum artifício e não é nunca entediante. Com a mesma autoconfiança e coragem ela diz a verdade e mente. Ela pode contar histórias, com todas as pequenas mentiras que as acompanham, de tal modo que o mais esperto de nós não saberia dizer exatamente onde ela se desviou da verdade.

Nunca surpreendida pelas reviravoltas da sorte, ela não mostra nem alegria nem tristeza excessiva. Nada, nenhum laço de sangue ou amizade, a impedirá de ter o que quer. Alegre e flexível, ela sabe como manter as melhores relações com amigos e amantes, e, assim sendo, ninguém se afasta dela infeliz. Uma verdadeira coquete, ela sabe aproveitar qualquer circunstância.

BERLIM, 1822:

Ópio

Rosalia

No salão nobre, a condessa estava tentando se levantar, lutando com os travesseiros como se estivesse prestes a se afogar. A boca, ao se abrir, era como um talho em seu rosto. O medo, quando chega com tamanha força, pensou Rosalia, mutila todos nós.

— Eu não quero morrer.

Em momentos como esse, as palavras não traziam consolo.

— Psssiu... — sussurrou Rosalia. Ela passara os braços em volta da sua ama e a ninava delicadamente, para a frente e para trás, protegendo-a com o calor apaziguador de seu próprio corpo, vivo e forte contra o corpo moribundo. A cabeça da condessa escorregou do ombro para o seio direito de Rosalia, achatando-o até fazê-lo doer.

— Psssiu...

— Não tenho mais pernas. Não tenho mais braços.

As mãos da ama estavam realmente frias, os dedos se mexiam com dificuldade. Esfregá-los de nada adiantava. Ela precisava de ajuda.

— Não vá — disse a condessa, tremendo. — Ele está esperando que você saia.

Rosalia tocou a campainha para chamar Marusia e lhe pediu que fosse buscar o dr. Lafleur. A criada se persignou antes de sair apressada do quarto. Rosalia ouviu os passos da mulher afastando-se ao longo do corredor, e as batidas à porta do médico.

— Ele não vai me fazer chorar — disse a condessa. — Não vou deixar.

Momentos como esse estavam se tornando cada vez mais freqüentes. Os saltos no tempo, as declarações incompreensíveis. Só na noite anterior, a condessa tinha implorado a alguém que não fosse embora. "Agora não" — murmurava. "Agora não." Depois, ela queria saber por que a criança estava chorando tanto. "A ama tem leite suficiente?", foi o que perguntou. Quando Rosalia disse que não havia ali nenhuma criança, a condessa insistiu em dizer que a filha tinha trazido o neto com ela. "Eu o vi, faz um minuto" — disse ela. "Você também estava lá, Rosalia. Eu a vi tomá-lo em seus braços e sorrir."

O dr. Lafleur pediu a Marusia que fosse buscar os sacos de aveia que estavam ao pé do fogão da cozinha. As primeiras providências em qualquer crise eram recuperar os sinais vitais e fortalecer o corpo enfraquecido pelas sangrias.

— O láudano não está mais fazendo efeito — o médico declarou. Chegara a hora de se administrar ópio puro. *Papaver somniferum.* Ele o tinha guardado em seu quarto. Iria apanhá-lo imediatamente.

Com a ajuda de Pietka, Marusia conseguiu trazer cinco sacos. Um por um, os sacos quentes foram postos debaixo da colcha, e à volta do corpo trêmulo da condessa. A criada estava agora soluçando ruidosamente, perturbando a ama ainda mais. Era o sonho que a criada sempre contava, aquele mesmo sonho antigo, sonhado em São Petersburgo. O sonho dos dentes que caíam, um monte deles, o presságio da morte.

— De que é que ela está falando? — perguntou o dr. Lafleur, a testa franzida diante da agitação à volta. Marusia estava tremendo como se estivesse possuída, as mãos cobrindo os olhos, enxugando as lágrimas que desciam pelo rosto.

— Foi um sonho tolo que ela teve.

Ainda bem, o calor estava fazendo efeito. A condessa se acalmou e fechou os olhos. O cabelo emaranhado lhe rodeava a cabeça e fazia o rosto parecer menor. Ela estava mordendo o lábio inferior. Quando Rosalia conseguiu mandar Marusia voltar para a cozinha, os tremores tinham cessado.

— Onde estou? — perguntou a condessa.

— Em Berlim.
— Como cheguei aqui?
— Chegamos aqui numa carruagem.
— Ah, sim... a carruagem. Eu me lembro.

— Deveria ser castanho avermelhado — disse o dr. Lafleur, mostrando a Rosalia o bolinho embrulhado em folhas de papoula que ele acabara de trazer de seu quarto. Ele explicou à moça que, na Turquia, muitas vezes disfarçam o amargor dele com noz-moscada, cardamomo, canela ou macis, mas que ele o misturava com mel e o dissolvia no vinho tinto.

A condessa estava agora inteiramente consciente, os olhos parecendo vagar pelo quarto até pousar na lâmpada votiva aos pés de São Nicolau. Nesse momento, ela perguntou se poderiam trocar a água. As flores, disse, não estão mais frescas.

— Vou trazer novas — disse Rosalia.

— Com isso — disse o dr. Lafleur, entregando à condessa um copo cujo conteúdo ele acabara de mexer —, a senhora terá um bom descanso, bem tranqüilo.

— Espero que seja como o senhor diz, doutor — disse a condessa. Ela parecia sentir o gosto amargo, apesar do mel, porque os lábios se torceram, com desagrado.

— Feche os olhos e pense em algo agradável. Num bom momento, caro ao seu coração. A senhora vai sentir que o seu corpo vai aos poucos ficar mais pesado, e que a dor vai, lentamente, sumir. Descanse, sorria, durma.

A condessa fechou os olhos e bocejou, mas logo depois já estava dormindo, as mãos agarradas à colcha. Mãos tão magras, pensou Rosalia, que, ao segurá-las, tinha-se a impressão de estar segurando um punhado de gravetos.

— O ópio puro — disse o dr. Lafleur a Rosalia num sussurro, enquanto se preparava para sair — talvez nos faça ganhar mais uma semana. Talvez duas. Contudo, a condessa talvez passe a ficar mais mole, até mais ausente.

Ele não estava olhando para ela ao dizer isso, e Rosalia se sentiu ligeiramente decepcionada.

Havia algo acontecendo com ela nesse palácio de Berlim. Algo inesperado, assustador. Violento. Ela não saberia nomeá-lo. Não ousava nomeá-lo. Havia uma imagem que ela levava consigo. No alto de uma colina, um raio atinge uma torre. Alta e poderosa, um dia imune a qualquer perigo, mas agora, partida ao meio por raios de luz.

Era para desarmar esse algo que ela se jogou nas tarefas do dia-a-dia. Mãos ociosas, pensou Rosalia, significam tentação de demônios. Ela corria de um lado para o outro, do quarto da doente para a cozinha, ralhando, advertindo, lembrando o remédio, os lençóis limpos, a loção para as escaras. Se havia momentos de hesitação, ela se lembrava do que aconteceria se ela se deixasse levar. As criadas ficariam mexericando na cozinha, deixando o pó se acumular, o café esfriaria antes de ser trazido para cima, o fogo se extinguiria ou ficaria sufocado pelas cinzas. A tranqüilidade dos dias desapareceria, devorada por desgraças imprevisíveis. A vida exigia labuta, vigilância, vontade de supervisionar e controlar as minúcias do cotidiano. Ela era exatamente isso, uma supervisora, e não podia de modo algum se deixar levar.

Afinal, o que mais havia? Léguas e léguas de solidão?

O dr. Lafleur se levantou, desejou-lhe um bom descanso, e saiu. Ela podia ouvir o som dos passos diminuindo no corredor. De repente, percebeu que havia sangue em um dos seus pulsos. Ela chupou o sangue que saía e esperou um pouco. O lugar não voltou a sangrar.

Sofia

— Aqui em Kamieniec não há nada para mim — Sofia diz a José. — Para nós — acrescenta, vendo que os lábios dele se torcem, mas na realidade ela estava pensando no filho. Ainda o seu único filho, porque o segundo não sobrevivera a um único e curto dia.

Não seja tola, escreve Mana. *O mau-olhado nunca tem preguiça.*

"Se há uma porta, abra-a." A velha inquietação voltara, aquela necessidade de se movimentar. Ela tentou saciá-la com idas a Varsóvia, a Lvov, a Viena. A qualquer lugar, menos ficar aqui, nesse lugar atrasado. Nessa cloaca de mexericos, ciúmes e despeito.

Quantas vezes se pode atravessar o mesmo campo, encontrar as mesmas pessoas, dar esmola ao mesmo mendigo cego?, Sofia pergunta.

— Nem mesmo a minha própria mãe quer morar aqui — ela grita. Uma mentira, na realidade, porque Mana recusa o convite por outro motivo bem diferente.

Por favor, venha, ela escreveu, mas a mãe está sempre dando desculpas que deviam ser, no mínimo, esfarrapadas. Uma onda de calor que faz com que só a idéia de uma carruagem seja uma tortura, algumas dívidas que ela precisa cobrar, a constante indisposição de tia Helena que exige a presença dela. *Duas viúvas, uma cuidando da outra,* escreve Mana. *Foi isso que nos tornamos. Pensar no tempo em que você esteve aqui conosco. Sempre rindo, como um raio de sol, minha querida Dodô.*

A mãe de Sofia tem medo de que possa estragar a felicidade da filha.

José assente com a cabeça. Ele aprendeu a tapar os ouvidos ao disse-me-disse. Os amantes dela são amigos queridos dele. Tudo o que ele quer deles é transitoriedade. Tudo o que ele quer dela é uma repentina impaciência com todo amante. Tudo o que ele quer dela é um coração que seja frio para todo mundo menos para o filho deles. Quando ela sai de Kamieniec, ele lhe escreve diariamente, pedindo-lhe que não os esqueça. E relata cada palavra, cada brincadeira de Jan, implorando-lhe que volte: sem ela, ele não é nada.

— Jan também precisa de um futuro — ela diz a José. — Você não quer que o seu único filho comande isso aqui. — E faz um gesto amplo com a mão. Desdenhosa, impaciente. Zangada.

— Sem você — diz José — não posso viver.

Em parte, ela lhe diz, isso é verdade. Sem as relações dela, ele nunca teria se tornado comandante de Kamieniec. Cargo contra o qual ele agora pragueja, uma vez que, estando os russos e turcos em guerra, o comandante de uma fortaleza da fronteira polonesa não pode acompanhar a esposa em suas viagens. Se ela deixasse, ele teria renunciado ao posto, mas ela nunca lhe permitiria isso.

Kamieniec está acompanhando o desenrolar da guerra russo-turca que pretende subjugar Istambul e recuperar a Bizâncio antiga submetendo-a ao domínio russo. Já em dezembro de 1788, após um longo cerco, a fortaleza turca de Ochakov rende-se aos russos, e as damas podem fazer passeios de trenó e ver as pirâmides de corpos turcos congelados, negros de sangue.

A cada vitória, o quartel-general russo desloca-se para Ochakov, Bender, Jassy, e *madame* de Witt aceita os convites para as festas e bailes que ali se realizam. Afinal de contas, como a guerra se arrasta, há uma grande necessidade de divertimento. De bailes e concertos, de conversas espirituosas, e de companhia agradável para distrair a cabeça das adversidades da guerra. De uma bela grega que compreende o que os prisioneiros dizem um ao outro, e que deseja uma vitória dos russos.

— Um exército triste não pode nunca travar o combate mais duro — o príncipe Potemkin gosta de repetir.

O general Potemkin, o príncipe russo de Taurida, principal comandante das tropas russas, tem paixão pelo que chama de "magia asiática": caixas aromáticas cheias de perfumes, tapetes entremeados de ouro, um divã sob um baldaquim, e belas mulheres vestidas com trajes orientais, recostadas nos sofás que o rodeiam. A princesa Dolgoruka usa uma fantasia de odalisca para agradá-lo. A condessa Branicka anuncia a sua chegada iminente. *Madame* Lvov chegará em breve com uma jovem de quinze anos, bela como Psique.

É em Ochakov que *madame* de Witt exibe os seus quítons gregos. O de seda vermelha com fios dourados, e o roxo, entremeado de prata. Ela prendeu o cabelo preto no alto da cabeça para mostrar a nuca. E não aceita o convite do príncipe de Taurida para participar do seleto grupo de sultanas que o rodeia. Ela prefere ser a portadora dos segredos.

— A senhora é uma Vênus e é grega — ele lhe diz. — Há algo mais que eu devesse saber a seu respeito?

Ela balança a cabeça. Nesse momento, é na precaução que ela acredita: pequenos passos para a frente, seguidos de uma rápida retirada. Na sala vizinha, há uma orquestra de tambores tocando. São os melhores da Rússia. Enquanto o príncipe saltita com a princesa Dolgoruka, alguém pede que os músicos toquem quase até o momento supremo. Então, os granadeiros dele, com os seus cem canhões, e quarenta cartuchos de festim cada um, recebem ordens de disparar.

— Diga-me, qual a melhor maneira de se conquistar o coração de uma mulher?

— Por quê?

— Para me agradar.

— O mistério agradar-lhe-á mais.

Ele gosta de conversar com ela, mas gosta ainda mais do modo como ela atrai os olhares de desejo e as expectativas. Ele propõe tornar José governador de Kherson. A imperatriz, ele diz a Sofia, faz qualquer coisa que ele queira, então não há nada impossível.

— Se eu fosse sua amante — diz ela —, o senhor já teria me esquecido.

Ela finge adivinhar o futuro dele. Diz que pode ver mudanças. O coração de alguém que está próximo dele agora não tem mais amor para dar.

Ele dá de ombros, e ri.

— Mais alguma coisa?

— O senhor tomará Ismail dentro de três semanas — diz ela, dando outra olhada nas cartas.

— Tenho outros meios mais infalíveis do que a adivinhação — o príncipe responde. Quando ela lhe pergunta que meios são esses, ele diz: — o general Suvórov.

Quando, em dezembro de 1790, Ismail se rende, ele lhe mostra a carta que o general Suvorov escreveu: *As nações e os muros se renderam diante do trono de Sua Majestade Imperial. O ataque foi cruel e longo. Ismail foi tomada, motivo pelo qual felicito Vossa Alteza.*

— Eu não tinha razão? — pergunta o príncipe.

Ela veste uma túnica turca bordada de rosas e pedras preciosas, feita por Cortet et fils, em Lyon, e não por algum imitador russo barato. E está posando para o retrato que o príncipe de Taurida encomendou.

É melhor não olhar muito de perto o coração dela.

Grigori Alexandrovich Potemkin, o comandante vitorioso da campanha turca, convidou-a para vir com ele a São Petersburgo. Ele disse como ela deveria posar: as mãos entrelaçadas sobre os seios, um xale envolvendo-lhe o cabelo e os ombros.

— Minha última sultana — declara Potemkin, mas ela vê o jeito como ele olha para a própria sobrinha. O pintor, prevenido de que bastaria um único olhar mais ousado para o modelo para que o príncipe lhe cortasse fora os colhões e ele tivesse que correr dos mastins furiosos, nu, neve afora, lança-lhe olhares furtivos, rápidos e nervosos.

— A semelhança será espantosa, *madame la comtesse*, senhor meu príncipe — diz o pintor. A voz treme, as mãos são pálidas e cheiram a tinta. Ele é italiano, de Turim, e recém-chegado à Rússia.

— Deixe-nos a sós — Sofia diz ao príncipe, que, para surpresa dela, obedece.

O pintor, obviamente aliviado com a partida do príncipe, mistura cores na paleta e lhe fala da Rússia. Ele assistiu a um casamento judaico. Os judeus da Rússia, afirmaram-lhe, estão sempre dispostos a se casar com alguém. Três horas depois da ordem dada pelo príncipe Razumov, toda a sinagoga encaminhou-se para o solar com os seus coros, bufões e os noivos. Ele viu dois órfãos se casando na frente dos espectadores, debaixo de um baldaquino. Havia violinistas, dançarinos, e os bufões. O noivo foi carregado de um lado para outro numa cadeira e os homens dançaram lindamente.

— Achei maravilhoso — disse ele.

Ela examina a obra e conclui que um dos olhos está vesgo. Além de estar grande demais. E pede ao pintor que o modifique.

— São os seus olhos, *madame*, eles me paralisam — diz o homem. A camisa está aberta no colarinho, e o pescoço, sujo de pingos de tinta.

Ele diz que a Rússia é um país para artistas e amantes. As mulheres daqui têm o encanto das ninfas.

Ela lembra a ele que o príncipe Potemkin não faz ameaças vãs e que os mastins de sua guarda são conhecidos pela ferocidade. Ninguém jamais investigaria o que teria acontecido a um pintor italiano que aprecia os bordéis e a vodca russos. Saber disso o faz parar de repente de falar e dar o retrato por terminado. Ela continua a não achar muito bom o olho direito.

Sofia também sente um arrepio. Alguém deve ter aberto a porta e deixado entrar o ar gelado.

O retrato se intitula "Sofia, condessa de Witt".

— Venha — ela ouve a voz rude, na escuridão do aposento enorme. Príncipe Potemkin. Um amante que manda Sofia se despir e lhe cobre o corpo nu com jóias como se fossem grãos de areia, e cujas mãos deixam marcas arroxeadas em seus braços brancos. Um amante que lhe beija os pés nus, e pede que os ponha numa almofada de veludo negro como se fossem jóias, e observa quando as criadas os polvilham com pó. Um amante que a dispensaria assim que visse outra, mais jovem ou mais bonita ou, simplesmente, nova.

Seu uniforme, ele um dia lhe disse, custara novecentos mil rublos. À mesa dele, ela provou o caviar do Cáspio, melões de Astracã e da China, figos frescos da Provence. Hoje, ela é sua amada, sua sultana favorita.

Ela se arrepia ao som da voz do príncipe.

Um dos olhos dele é cego. Uma cicatriz causada pelo sabre de Orlov, diz ele, a cicatriz do ciúme. Mas, outro dia mesmo, ela o ouviu dizer que uma bola de tênis lhe atingira o olho, e que, logo depois, um charlatão, com os seus remédios, o fizera perder a vista. Contudo, o olho que sobrou é suficiente para penetrar nela como se o seu corpo não lhe servisse de defesa alguma.

Ele agora está parado diante dela, metido nesse uniforme de gala, coberto de condecorações e diamantes, bordados e rendas. A cabeleira foi penteada, frisada e empoada, mas ela ainda se lembra dele com a camisola matinal, o pescoço nu, as pernas meio nuas nos chinelos grandes, o cabelo achatado e precisando de um bom pente. Aquele único olho tem o poder de separá-la do mundo, de encerrá-la numa redoma de vidro invisível. É o que ela pensa quando está com ele. Em algum conto de fadas onde ela foi pega em alguma transgressão, em celas de uma prisão onde ela não pode se esconder das inúmeras caras que a olham, embasbacadas, através de um vidro. Cuidado, o coração lhe previne, com ele você pode perder tudo o que conseguiu na vida.

Essa é a hora de se lembrar de Lisandro, a hora da amargura que sente ao acordar, da dor, penetrante e sufocante, da traição. A hora de salvar o que ainda pode ser salvo. E ela então se lembra do campo ensolarado e das ondas de alegria. Lembra-se de como ele derramou o vinho doce e encorpado em seu pescoço, como o vinho passou sobre os seus seios, e escorreu, atravessando o rego entre eles, até chegar ao umbigo, deixando o rastro dele em sua pele.

Chorarei amanhã, pensa Sofia.

A impressão de indolência e tédio que ele causa é apenas um disfarce. O príncipe Potemkin guardará na memória cada palavra de que ele precisar se lembrar. Cada nome, cada incidente que ela alguma vez tenha mencionado, cada confissão que extraiu dos lábios de Sofia.

— *Ma belle Phanariote*. Venha para o seu príncipe.

Um dia ele a levou para um passeio a cavalo no campo. Seus cavalos, novos e inquietos, lutaram para se afastar, deram puxões e relincharam, impacientes, quando o príncipe forçou o seu garanhão a trotar ao lado dela. Não para falar de amor ou desejo, mas para lhe contar que a imperatriz quando entrava numa sala sempre fazia três reverências *à la Russe*, inclinando-se para a direita, para a esquerda e para o centro. As aparências importam, disse ele, com um sorriso. Catarina, a imperatriz de todas as Rússias tem sempre razão.

— Como você a ama — disse ela, com o ciúme sufocando-lhe a garganta. Ela tentou fazer com que as palavras parecessem calmas e indiferentes, mas não conseguiu.

— Venha cá — diz ele. — *Ma belle Phanariote*. Me faça esquecer. Me faça rir.

Os mexericos o divertem. Histórias do conde Barecki, que encomendou um quadro de batalha no qual ele aparecia como um dos generais, muito embora ele nunca tivesse tido nem sequer um uniforme. Do príncipe d'Artaud, que lhe oferecera a chave de seus aposentos privados, em Versailles, e que, quando ela recusou a oferta, disse: "Condessa de Witt, a senhora não tem nenhuma ambição. A senhora não ama os príncipes franceses."

Ele se deita, e mastiga uma folha de relva, devagar, olhando fixo para o céu.

— Fale comigo — diz ele. — Gosto quando você fala.

Ela está tentando não pensar nas notícias vindas de Istambul. Sua Mana morreu em paz, abençoando-a em seu leito de morte. *O único desgosto que teve foi não poder ver você nem seu filho*, escreveu sua tia. Mas *você não deve ficar triste, querida Dodô. Ela não queria nada mais senão a sua felicidade.*

A princesa Dolgoruka, ela lhe conta, tem uma escrava que fica debaixo da cama dela à noite. Se ela não consegue dormir, a escrava está sempre ali para lhe contar histórias de fadas. Uma história atrás da outra, até a ama lhe dizer que chega.

— Eu tenho tudo o que quis na vida — diz ele, o rosto vermelho de tanto sangue.

Eles estão sentados à mesa de jantar, no palácio de Potemkin, em São Petersburgo. A toalha é branca, bordada de fios de ouro. Os diamantes brilham entre as frutas, fazendo as tigelas cintilar.

— Eu queria um alto posto, e eu o tenho; eu queria medalhas, e as tenho; eu amava o jogo, e ganhei e perdi enormes somas de dinheiro. Tenho casas, palácios, diamantes. Todas as minhas paixões foram saciadas. Sou completamente feliz!

Engraçado, ela pensa. Como será não se ter mais nada a desejar? Ela não pode imaginar uma coisa dessas.

Então, de repente, o som da porcelana espatifando-se no chão, espalhando-se no piso de mármore, faz com que ela estremeça.

O príncipe Potemkin derrubou os inestimáveis pratos de porcelana da mesa. E retira-se violentamente da sala de jantar, esmagando os pedaços de louça com os pés, chutando o que encontra pelo caminho. Ela ouve um cão ganir. Os convidados ao jantar no palácio Taurida ficam sentados, imóveis, sem saber o que fazer. Ela se levanta e o segue.

— Você é a única mulher que me intriga — diz ele quando ela o encontra em seu quarto, os punhos socando o travesseiro, o rosto manchado de sangue. Sofia sente a mão dele quente quando ele a puxa para si, esmagando-lhe o seio. O coração dela bate forte. O cabelo dele roça-lhe o rosto, e agora ela sente o calor do hálito dele. Os lábios do homem se enterram na pele de Sofia. Ela treme de alegria. De desejo. De medo.

De amor?

De tudo isso, pensa ela, tudo isso ao mesmo tempo.

Tomás

Depois da primeira dose de ópio puro, Rosalia registrou, a condessa dormiu cinco horas seguidas, e o corpo permaneceu aquecido sem haver necessidade de mais sacos quentes. Ao acordar, ela tomou cinco colheres de caldo de carne, e uma fatia de pão branco molhado no vinho tinto. Os calafrios cessaram. Assim como a confusão. A condessa está inteiramente desperta agora, perguntando por ele.

Havia um novo tom na voz de Rosalia, Tomás pensou, procurando, escrupulosamente, evitar-lhe o olhar: um tom hesitante, um vestígio de confusão, e, talvez, de medo. Inácio lhe dissera que ela havia perdido a mãe não havia muito tempo, e agora ela teria de enfrentar outra morte. Tomás lutou contra o desejo de tocar nela, de deixá-la descansar em seus braços, de lhe ser útil.

— Por favor — ele achou melhor lhe dizer —, vá dormir. Você precisa mais de descanso do que de qualquer outra coisa.

Uma mosca passou zumbindo e bateu contra a vidraça.

— Sim — disse ela, num tom monótono de tanto cansaço.

O médico abriu a porta para ela e recebeu uma baforada do seu perfume: óleo essencial de rosas, daquela máquina que ela lhe mostrara um dia, misturado a cânfora e sabonete.

Tendo fechado a porta depois de Rosalia passar, Tomás tirou o estetoscópio do estojo, montou-o e começou a auscultar os pulmões da paciente. O câncer tende a se espalhar, ele se fez lembrar. Poderia atingir os pulmões, os rins, a bexiga. Como um espião experiente, ele sobrevoa os lugares mais inesperados até tomar um novo território.

— É isso que o senhor nos apresenta para não ter que tocar nos seios das mulheres, doutor? — a condessa perguntou.

— Eu, não — riu-se o médico. — Laennec. Embora ele, provavelmente, tivesse tido outros motivos.

O estetoscópio, Lafleur lhe disse, não era senão um tubo comprido que transmitia sons. Permitia que ele ouvisse o som das doenças: os ruídos e sussurros do corpo. Ela sorriu.

— O que é que o senhor ouve? Os ruídos da morte?

— Sim — disse ele. — Às vezes.

— E como é o ruído da minha morte, doutor?

— Não é muito claro. Não o ouvi nos seus pulmões. Se houvesse ruídos da morte ali, eu ouviria.

Ele desmontou o estetoscópio e tornou a guardá-lo no estojo.

— O senhor acha que Deus está me castigando?

— Não. Não acho que Deus esteja preocupado conosco, *madame*.

— É essa a sua crença? — perguntou a condessa, com um travo de ironia na voz. Ele notara o ícone, num canto do quarto, com um genuflexório diante dele, embora ele duvidasse que ela pudesse se ajoelhar no estado em que estava. Ali havia uma vela votiva permanentemente acesa, e flores, sempre frescas.

— Sim — disse ele. — Essa é a minha crença.

O ópio estava fazendo efeito. Ela lhe lançou um olhar fugaz, coquete, mas não tocou mais no assunto. O corpo parecia estar mais flácido, e as mãos, mais vacilantes.

— Quero muito ver meu primeiro neto — disse ela, lentamente. — Minha filha mais velha está vindo de Odessa para cá. Vamos fazer um trato. O senhor me mantém viva até lá.

A filha dela, Tomás foi informado, casara-se com um general russo. Um homem brilhante de futuro brilhante. O czar tinha sido extremamente gentil com eles. O neto dela era considerado uma criança encantadora. Tanto pelo czar como pela condessa Razumov.

Todas as frases eram curtas, Tomás reparou, desprovidas de palavras desnecessárias. Ela estava guardando suas energias. Ele achava que era seu dever olhá-la de frente quando ela olhasse para ele, e se odiava por desejar que isso acontecesse. O que há nessa mulher, ele se perguntou, que me faz ter vontade de lhe agradar? A opulência ou a ocorrência de um nascimento nobre que fazia com que um aleijado sifilítico fosse um sujeito "mais bem-nascido" que um camponês saudável eram circunstâncias que nunca o impressionaram. Ele era, afinal de contas, um filho da Revolução. Então por que será que continuava ali, aos pés da cama dela, esperando que ela reparasse no zelo dele?

— Um trato, *madame* — disse o médico. — O que vou ganhar com isso?

— Isso o senhor vai saber quando me parecer que está pronto.

— Não sei se eu deveria confiar na senhora.

— Talvez o senhor não devesse, mas vai ter de confiar.

A condessa estava quieta agora, respirando com dificuldade. Falar, ainda que pouco, era um esforço grande demais.

— Tente comer mais um pouco, *madame* — ele disse. — Atrás da cortina cor de vinho os músicos estavam tomando seus lugares. — *Mademoiselle* Rosalia me disse que hoje a senhora tomou um pouco de caldo de carne. É muito recomendável.

— Doutor, o senhor não pensa em nada a não ser em comida? — disse a condessa, com o reflexo da chama da vela votiva dançando em seus belos olhos. Ela os fixou nele, estreitando-os como os de um gato, como se soubesse exatamente no que ele tinha estado pensando, como se soubesse do seu próprio poder sobre ele. — Talvez porque o senhor seja francês?

A condessa e seu séquito ocuparam apenas uma parte do palácio de Berlim, de Von Haefen. O resto do edifício era um labirinto de apartamentos para hóspedes, galerias, corredores, escadarias. O palácio, Rosalia dissera, estava para ser restaurado, e os sinais das mudanças podiam ser vistos por toda parte. Num dos aposentos, tinham tirado os troféus de caça que estavam pendurados e os puseram no chão encostados contra a parede. Num outro, o velho papel tinha sido tirado e as paredes estavam sendo rebocadas.

Enquanto o ópio estivesse surtindo efeito, foi o que Tomás refletiu, ele poderia seguir a rotina que tanto almejava. De manhã cedo: checar as ocorrências da noite. Depois, café-da-manhã, seguido do monitoramento das hemorragias e do nível de dor. À noite, o mesmo, acrescido de uma repetição dos remédios possíveis: aplicação de loções calmantes na área do ventre ainda irritada pelas bolhas deixadas pelo dr. Horn e compressas de camomila nas pálpebras. Tomar cuidado com os primeiros sinais de escaras. Mas isso, ele tinha de admitir, Rosalia faria melhor por conta própria. Enquanto o ópio fizesse efeito, ele teria tempo para ir à biblioteca do *graf* e ler um pouco. Procurar alguns relatos sobre a América, talvez.

Passando pelo vestíbulo a caminho da biblioteca, ele viu que estava chovendo forte, que as vidraças estavam sendo açoitadas pelo aguaceiro. A umidade do ar contribuiria para inflamar as juntas castigadas pelo reumatismo e as velhas feridas abertas. O seu próprio joelho já se fazia notar.

A fada donzela
Passou pela floresta
O mal, murmurou
Raízes extraiu
A lua roubou
O sol comeu...

Ele ouviu a voz de Pietka vinda lá de baixo. Tinha sido Rosalia quem traduzira a canção para ele já há alguns dias, mas as palavras lhe ficaram na memória. O criado estava tocando a sua bandurra de novo para o prazer da cozinheira gorda a quem Tomás surpreendera adicionando pérolas e moedas de ouro ao caldo que ela estava preparando para a condessa.

— É um velho remédio — disse, olhando-o com um olhar que o desafiava a proibir aquilo.

Tomás gostava da biblioteca. Gostava daquele cômodo grande, retangular, forrado de cima a baixo com uma estante de mogno, adornada de retratos de homens corados que deviam preferir os prazeres da carne aos volumes empoeirados que agora eram obrigados a olhar. Havia muitas prateleiras vazias; o *graf* devia ter levado seus livros prediletos para o palácio de Potsdam. Tomás tirou os livros grossos, encadernados de couro, das prateleiras, tocou nas lombadas, correu os dedos pelas páginas de bordas douradas, com letras gravadas em ouro pálido. Rousseau, Diderot, Voltaire. Bem ao lado deles estava o *Ensaio sobre o entendimento humano*, de Locke. Cervantes, Racine, Molière; ele os lera todos em seus dias de estudante, na mansarda gelada cheirando a rato e fezes. Depois, os velhos mapas do mundo com suas rosas-dos-ventos, a santa cruz indicando o leste.

Na prateleira de cima, encontrou os livros *Justine, Juliette* e *Os 120 dias de Sodoma*, do marquês de Sade. Ao lado deles, *A Vênus no claustro, ou A freira de camisola, O bordello, ou João, o libertino devasso.* Publicado, ele notou com um sorriso torto, "Em Incunt, a/c Viúva do Grande Monte".

Tomás não se surpreendeu. Por que gerações de *grafs* prussianos seriam diferentes de aristocratas franceses? O dr. Brown tinha razão. O vício, afinal, era o resultado direto de um excesso de estimulação, causando o enfraquecimento do efeito desejado e a necessidade de mais estímulos. Ele vira homens vomitar uma substância preta por causa de uma dose excessiva de *pastilles à la Richelieu*, balas que continham cantaridina, substância que os tornaria potentes.

A chuva tinha parado. Pela janela da biblioteca, ele via os jardineiros recolhendo as folhas molhadas com ancinhos e podando arbustos. Tomás, então, retomou a busca pelas prateleiras. *Die Leiden des junger Werthers*,* de Goethe, que ele lera há algum tempo, em inglês, e que contava a história de um artista que se mata por estar apaixonado por

* *Os sofrimentos do jovem Werther.* (N. da E.)

uma mulher, noiva de um outro. Na época em que foi escrito, lembrou-se, o livro causara sensação. Um pequeno exército de homens de casacos azuis e calças amarelas tinha mergulhado em profunda melancolia, e a culpa desse sentimento fora então atribuída ao livro. Ele se perguntava por quê.

Sentindo uma corrente de ar que parecia vir de debaixo de uma das prateleiras, Tomás ficou curioso para saber se a estante esconderia alguma porta secreta, como a que seu pai lhe mostrara no palácio do marquês de Londe. Tirando alguns livros, ele descobriu uma alavanca, e, depois de alguns rangidos, a estante cedeu, revelando uma pequena câmara octogonal, com um chão de mármore que se inclinava ligeiramente até uma sarjeta, que circundava o cômodo.

Na semi-escuridão, ele viu que a maioria das janelas estava fechada com pregos, mas conseguiu abrir uma delas, e a luz que entrou foi suficiente para que ele visse as pinturas nas paredes. *O rapto das sabinas, Susana e os velhos, Leda e o cisne.* Ao lado das pinturas, havia grandes espelhos dourados, que iam do teto ao chão de mármore, com ricas molduras rococós, do século anterior. Fazia frio ali e o cômodo cheirava a rato. A porta que levava a esse cômodo, o dorso da estante da biblioteca, era acolchoada e coberta de couro negro. Havia duas otomanas escarlate no centro do cômodo, e, ao lado, uma prateleira com açoites. Tomás viu varas e açoites de nove tiras, semelhantes aos que se lembrava de ter visto na coleção do marquês de Londe. Os dele eram feitos de cânhamos, os dali, eram de ferro e latão.

Num tribunal parisiense, sua descoberta teria causado um grande alarde. No julgamento do marquês de Londe, apresentou-se uma cadeira de metal como prova. "Uma cadeira própria para estupro" — disse o promotor. Pediram a um dos homens que a tinham levado até lá, um sujeito alto e muito magro, que demonstrasse como a coisa funcionava. Ao se sentar nela, o corpo do homem acionou um mecanismo que o prendeu ali com umas garras, deixou-o em posição horizontal e lhe abriu as pernas.

Tomás deu uma última espiada na câmara secreta do palácio Von Haefen, nos açoites, nas otomanas vermelhas, nas pinturas cobertas de uma camada espessa de pó. E saiu dali, fechando a porta acolchoada, assegurando-se de que a alavanca estivesse protegida e cobrindo tudo com os livros.

Ela vê novos machucados em seus pulsos, onde ele a agarrou. Na Rússia, ela ouviu muitas vezes histórias de homens que eram capazes de lutar com ursos: o príncipe Potemkin é um deles. Sofia repara que o olho bom dele adquiriu um brilho estranho como se ele tivesse bebido, mas não sente cheiro de vinho nem de outra bebida qualquer em seu hálito.

— Ele está louco — alguém sopra atrás dela. — Se alguém atravessar o caminho dele, o príncipe de Taurida o estrangula com as próprias mãos.

Um dia ele lhe disse que a mataria, se ela o enganasse. Que aquele corno do marido dela não a tocaria, isso ele podia lhe assegurar.

— Eu trouxe aquele miserável do De Witt aqui — ele lhe disse. — Abri uma gaveta cheia de jóias, e disse: "Escolha aí, *batushka*!* Você pode ter o que me pedir, ou pode ter Sofia. Você escolhe."

Ele é um amigo da minha mulher, José insiste em dizer a todo mundo — o mais generoso, um grande benfeitor. Ele evita os olhos dela, tentando se fazer de invisível. Se ele não se mexer, talvez nada mude.

Ela perdeu o equilíbrio. Mesmo de olhos fechados, ela vê o príncipe. Todo o seu corpo pode pressentir o momento em que ele está para entrar no quarto e o momento que antecede a decisão dele de sair.

Uma vez ele pegou uma faca e fez um corte na coxa dela, e depois outro, como marcas num mosquete por inimigos assassinados. Ele lambuzava o sangue nas coxas de Sofia, e depois, com os dedos ensangüentados, lambuzava os próprios lábios.

— Jure — disse ele. Ela jurava pela Virgem Maria que nunca o trairia. Ajoelhou-se diante do ícone e rezou alto, implorando à Santíssima Virgem que Ela fosse testemunha do seu amor. Depois, o toque das mãos do príncipe em seu rosto tornava-se delicado e tranqüilizador.

— Olhe para elas — disse Potemkin, pondo as mãos na frente dos olhos dela. Ela olhou para as grandes palmas vermelhas, as veias se entrecruzando sob a pele.

— O que você vê?

— As mãos do meu mestre e senhor — respondeu Sofia.

---

* Paizinho, em russo. Nesse caso usado de forma sarcástica. (N. da E.)

A submissão da mulher o satisfez por um instante, mas, em seguida, ele balançou a cabeça. Não era isso o que ele queria ouvir.

— Beije-as — ordenou o príncipe, e ela apertou as mãos dele contra seus lábios, achando que ele deveria ser sangrado pois suas bochechas estavam vermelhas demais.

— Você acabou de beijar as mãos do homem que um dia usará a coroa da Polônia — disse ele. "Não há limites à realização do que realmente desejo. Ninguém pode me impedir de chegar lá. A imperatriz já deu a Polônia a um dos seus amantes. Agora ela dará o país a mim. Tudo o que tenho a fazer é pedir."

Ele apertou as mãos dela até as juntas estalarem, perscrutando-a com os olhos, mas ela nem piscou.

— Serei o seu rei. E você talvez seja rainha.

É a arrogância dele que a enfraquece, a concentração absoluta dele nas próprias necessidades. A certeza dele de que nada lhe será recusado, de que ele pode mudar o destino de homens e nações. Potemkin nunca se importa se a agradou ou não, e ela não sabe como se defender dele. Numa hora, ele a está machucando, em outra, está se ajoelhando a seus pés, implorando-lhe que perdoe a rudeza com que a trata.

E o que está acontecendo com ela? Houve um tempo em que ela preferia apostar no mais seguro quando se tratava de sobrevivência. Um dia ela jurou que nenhum homem a tapearia novamente.

Se ao menos Mana fosse viva. Sua mãe, uma sombra na sua lembrança, o toque das mãos maternas lhe enxugando o suor da fronte, o beijo delicado na testa da filha. Mas agora é tarde demais. Ela está morta e enterrada no cemitério de Istambul, ao lado de seu pai. *Rezo pela sua felicidade todo dia, e agradeço ao Senhor por Ele tê-la tomado aos cuidados Dele.*

— *Ma belle Phanariote*, você é realmente uma odalisca do sultão?

— Talvez.

— É verdade que o sultão é o único homem que existe na Porta Otomana que pode ver qualquer mulher sem véu?

— É.

— Você é a mulher mais surpreendente de todas. Uma petulante.

— Você sempre diz isso.

— Eu às vezes digo isso.

— O que há em mim de tão surpreendente?

— Esses belos olhos que podem ver o que se passa no meu coração.

— Aprendo rápido, meu príncipe, e sempre tive professores excelentes.

Então, ela se inclina sobre ele e lhe acaricia os cabelos, a nuca. Rindo, ele a toma nos braços e a puxa para o chão. Solta os seios dela do espartilho. O arrepio de desejo que percorre seu corpo lhe dá forças para estender a mão e estapeá-lo.

— O que você vê?

Uma criança mimada que nunca se contentará com o que tem, ela gostaria de dizer.

— Um homem que sempre consegue o que quer — diz ela.

— Mentirosa.

Os braços se retesam quando ele passa para cima dela. A raiva está irrompendo de novo, um ataque de paixão acionado irrefletidamente. Como uma avalanche que foi despertada por um grito.

O corpo dela amolece como o de um gato antes de uma queda. Ele já lhe bateu antes. Ele já lhe atingiu a boca, abalando um dente, já lhe tirou sangue.

— Dói? — pergunta o príncipe com um sorriso perverso, as mãos mergulhando dentro dela, arranhando-lhe as entranhas.

Ela grita.

— Você gosta, não é?

Ela balança a cabeça.

— Mentirosa — ele diz de novo. — É esse o seu segredo. Nunca disse uma palavra verdadeira na sua vida.

Ela assente com a cabeça. Assente com a cabeça muitas vezes.

— E agora? — pergunta o príncipe. Uma ameaça soturna naquela voz deixa-a arrepiada. Manda-a para algum lugar macio e escuro, como uma queda-d'água que a puxasse para as profundezas.

Ela grita de novo. Mas ele agora a está beijando, o urso russo dela. Mordendo-lhe os lábios, o pescoço, esmagando-lhe os seios.

Esse momento congelado no tempo afasta dela a complacência. Manda-a diretamente para a borda do precipício e a obriga a olhar para a escuridão lá embaixo, para o vazio. Faz com que ela encare a morte e não a tema.

No palácio Taurida, o seu príncipe dorme no tapete. Ele é tão pesado que Sergey tem de vir acompanhado de mais três lacaios para levá-lo para a cama. Quando os lacaios saem do quarto, ela tira um punhado de jóias de uma jarra que ele conserva sempre ao lado da cama dele, e as enfia num bolso entre as pregas do vestido. As anáguas estão em frangalhos, ela imagina, assim como as meias de seda. O amante está respirando com dificuldade, roncando e gemendo em seu sono. O nome que ele murmura não é o dela. Uma pele de urso foi arrancada dele, e ela a pega do chão e o cobre antes de sair.

No fim, é a morte que faz cessar a loucura dela. A morte que reivindica o corpo do seu amante. Em Jassy, aonde ela foi como acompanhante dele, naquele mesmo quartel-general em que ele comemorou a queda da fortaleza turca de Ismail.

— Vou morrer em breve — o príncipe de Taurida lhe diz. — Estou tão cansado.

O príncipe tem cinqüenta e cinco anos. Ele derrotou os turcos e nos bons dias ainda faz planos grandiosos. Acabaram de voltar de São Petersburgo onde Catarina, a imperatriz dele, o homenageia com festas e bailes. Onde, para lhe agradar, ela presenteia *madame* de Witt com um par de brincos de diamantes e um fardo de tecido para um novo guarda-roupa.

— Você não vai morrer — diz ela. Ontem mesmo, ele se negou a mandar chamá-la. Quando ela veio, afinal, e como a carruagem da condessa Branicka já estava ali no pátio, ela não entrou. Mas ela não falou disso. Hoje é outro dia. Melhor. Mais luminoso.

— Estou tão pesado — queixa-se ele. — A terra está me chamando.

Ele a beija nos lábios.

— Você vai ter que procurar o seu rei em outro lugar, *ma belle Phanariote.*

Ela olha para aquela cara inchada, as olheiras lívidas. E lhe beija a mão, encharcada de perfume. Ao entrar ali, ela ouviu os criados dando ordens para que se preparasse a refeição do príncipe: presunto, ganso e três galinhas salgadas, *kvas*, vinho e vodca, e mais perfume para disfarçar o suor.

Mil setecentos e noventa e um é o ano da mudança. Um tipo de mudança que ela não pode ignorar.

Catarina, o príncipe lhe conta, está observando os poloneses com irritação crescente. A partilha de 1772 resultou numa lição perdida. Mais uma vez, há sinais de que uma revolta está sendo gerada. Na nova constituição polonesa, o trono tornou-se hereditário para que a disputa pelo poder fosse eliminada; o *liberum veto* também foi abolido, nenhum nobre podia mais vetar um projeto de lei. O rei está agora mais forte, a Lei das Cidades concedeu direitos civis a muitos habitantes das cidades. Os camponeses talvez tenham continuado servos, mas estão agora sob a proteção do Estado, e a todos os imigrantes foi concedida inteira liberdade para regressar à Polônia, o que significa que qualquer camponês das regiões partilhadas pode, ao fugir para a Polônia, tornar-se um homem livre. Catarina da Rússia lhe escreveu: "Como ousam alterar a forma de governo de que sou fiadora?"

— Ouça, *ma belle Phanariote* — sussurra o príncipe de Taurida. — Esse é o começo do fim. Logo os seus belos olhos verão o fim da Polônia.

Sofia não compreende.

Ele lhe diz que a *Sejm* polonesa fez mudanças no sistema legislativo para limitar os poderes dos nobres e fortalecer as cidades. Tudo para abalar a aliança com a Rússia. Para estimular o mal francês, a febre revolucionária só terminará quando todos os monarcas tiverem sido decapitados. A Polônia está doente, ele continua falando, e precisa ficar de quarentena. Em benefício do futuro da Europa, o mal tem que ser extirpado. Erradicado. É o que ele continua a pedir à imperatriz que faça, mas ela não tem pressa.

Sofia ouviu dizer que se ergueram arcos do triunfo diante do castelo real de Varsóvia; que vêm se realizando bailes públicos para comemorar a nova constituição, que há esperança num futuro melhor — numa Polônia mais forte, capaz de defender suas fronteiras, uma Polônia livre da intervenção russa; que a multidão em Varsóvia aclama: "A nação com o rei, o rei com a nação."

Ela também soube que o mundo inteiro está assombrado com as reformas polonesas. Os poetas chamam o rei de *homme-roi*.* O estilo de vestir polonês, com calças listradas, tornou-se moda em Nova York. *Príncipe feliz*, escreveu Edmund Burke, *Povo feliz, se souber continuar como começou.*

* Homem-rei, em francês. (N. da E.)

O mundo todo, diz o príncipe Potemkin, está repleto de tolos iludidos que apagarão o nome Polônia de suas memórias assim que esta nação seja varrida do mapa da Europa. Ele lhe mostra a mensagem da czarina. Catarina da Rússia ordena que o seu general se prepare para a invasão.

O rosto dele está rubro.

Ele não morrerá, pensa Sofia. Não pode morrer. Ele não. Nada importa mais: a Polônia, a Rússia, as revoltas, as guerras. Por ele ela faria qualquer coisa. As juntas de seus dedos estão brancas de tanta pressão. Ela morde os dedos até que sangrem. Ela ri e chora e faz promessas de penitência e sacrifício. Ela passará a noite inteira deitada diante do ícone sagrado, venderá suas jóias e dará todo o dinheiro aos pobres.

— Você tem de optar, *ma belle* — diz ele, apertando-lhe a mão até doer. — Os países são como os homens. Larga-se um para ir embora com outro. De que lado você vai ficar? Vai nos apoiar ou apoiá-los? Escolhe os russos ou os poloneses?

Ela tem medo dos próprios pensamentos. Ainda não consegue chegar a uma conclusão.

É José que lhe dá a notícia trágica. O príncipe Potemkin, o querido e generoso amigo, não quis perturbá-la com o seu sofrimento. Por isso, não mandou buscá-la naquela última manhã de sua vida. Foi nobre até o fim.

O príncipe acordou muito cansado — a condessa Branicka contou a história da última manhã dele —, tonto demais para ficar de pé sem ajuda. Ela estava lá com ele, quando ele lhe pediu para ser levado ao campo e quando ele mandou a carruagem parar. Naquele momento, ele disse que sentia como se os seus intestinos estivessem carregando chumbo líquido.

Ele não queria a minha companhia, pensa Sofia. Escolheu-a, em vez de mim.

Ela quer dizer a José que pare de falar, que vá embora e a deixe sozinha, mas ela não pode *não* saber.

Lá no campo, o príncipe de Taurida pediu que sua maca fosse posta no chão. A condessa Branicka segurava as mãos dele. Ela sabia que o fim tinha chegado. Ninguém precisou lhe dizer nada. As lágrimas escorriam-lhe rosto abaixo, lágrimas que o príncipe procurava não ver. Ele tentou dizer algo, mas a morte foi mais rápida.

— Chega — Sofia grita.

— Sinto muito, minha querida — diz José. É por isso que ela passou a odiá-lo. Por causa desse ar amedrontado, do olhar evasivo, do tremor das pálpebras. Por causa das declarações que o tornavam alvo do ridículo. *O príncipe não é amante da minha mulher, mas apenas um amigo, porque, se ele fosse seu amante, eu cortaria terminantemente as minhas relações com ele.* Ela o odeia nesse momento pela esperança que José ainda tem de que ela volte para ele em busca de consolo. Pela esperança de que os estratagemas dele tenham funcionado. De que ele tenha vencido a paixão dela — José nunca chamaria aquele sentimento de amor —, a loucura dela. De que ele tenha resistido à tempestade e de que agora possa respirar aliviado.

Como ele estava enganado. Como era tolo. Ela já não agüenta mais esse casamento, essa comédia miserável. Ela já não agüenta mais. Basta.

A condessa Branicka está vestida de preto. Ela repete a história da morte do príncipe Potemkin sem parar. A condessa fez um relato por escrito para a imperatriz, com algumas firulas, evidentemente. Foi o nome de Catarina, o que o príncipe tentou dizer antes que a morte o interrompesse.

Não há mais lugar para a condessa de Witt nessa narrativa.

Em Jassy, os médicos que abriram o corpo do príncipe Potemkin encontraram as entranhas boiando num fluido bilioso. O fedor é tanto que nem o embalsamamento pode extingui-lo.

Sofia chora tanto que não lhe restam mais lágrimas.

A morte, pensa ela, pode ser uma libertação.

Quando uma porta se fecha, uma janela se abre em algum lugar.

Rosalia

— *Mademoiselle* Rosalia. Espero não estar me intrometendo.

O dr. Bolecki lhe assegurou não ter abandonado a sua paciente, apesar da confiança incondicional que ele tinha na perícia do dr. Lafleur. Enquanto as exigências da sua clientela lhe permitissem, ele continuaria a fazer suas visitas ao palácio do *graf* Von Haefen. Afinal de contas, ele também teria uma ou outra coisa a aprender com o seu estimado colega. Rosalia sentiu o cheiro de charuto e café, quando ele se sentou ao lado dela. E o viu ali, confortavelmente sentado, com as mãos bem-feitas no colo.

— Fico contente de vê-la descansando — disse ele.

— Só por um momento. A condessa ainda dorme.

O dr. Bolecki lhe trouxe um livro da biblioteca dele. Um livro de canções folclóricas polonesas simples como os que as compuseram, mas ainda assim belas. Era o livro predileto de sua filha. A filha que ele esperara tivesse se casado e lhe dado netos, mas que acabara escolhendo Deus. Talvez o livro animasse o coração de Rosalia também, lhe desse alguma trégua.

— Obrigada — disse ela.

— De nada, o prazer é meu — disse ele, inclinando-se ligeiramente.

Ele queria lhe contar algo que poderia distraí-la. Justamente na véspera, ele recebera uma visita muito curiosa. Um rapaz, poeta, tinha ido vê-lo. O rapaz chegara de Berlim, vindo de Göttingen havia mais de um ano, onde sofrera muito devido a um amor não correspondido. "Que surpresa terem me recomendado um médico polonês — dissera o rapaz. E quem o recomendara tinha sido o próprio *graf* Von Haefen.

O jovem era surpreendente. Os alemães, disse ele, tendem a olhar para os poloneses através dos seus próprios óculos e vê-los como inferiores, mas ele respeitava a nação polonesa por suas lutas.

— Foi por isso que o rapaz foi vê-lo? — Rosalia perguntou. E gostou de ver o dr. Bolecki sorrir.

— Ele veio me procurar para que eu o curasse de dores de cabeça. Tão fortes que a cabeça lhe dava a impressão de estar estourando.

A dor era tanta que parecia haver chumbo derretido escorrendo dentro dele. Ele também tinha infecções nos olhos, o que era particularmente prejudicial para um poeta e estudante de direito. Mas, seja como for, ele se perdera em digressões, o motivo para ele lhe contar essa história era outro. O rapaz passara a visita toda elogiando o encanto das polonesas. Ele as chamara de *altares da beleza, anjos da terra cujos olhos de gazela faziam da terra um céu.*

— Achei que ele estava sofrendo de um amor não correspondido em Göttingen — disse Rosalia com sarcasmo.

— E que outra maneira haveria de se curar um coração apaixonado?

Ela riu.

O médico riu também.

— Se a senhorita me permitir expressar o meu interesse no seu destino, *mademoiselle* — continuou o dr. Bolecki, após uma breve pausa. — Eu gostaria de lhe perguntar o que a senhorita vai fazer depois... — E fez então um gesto exagerado como se quisesse abranger a condessa, sua doença e sua posição nessa casa.

— Não me agrada pensar nisso — disse ela, pronunciando as palavras devagar. — Não é a primeira vez que minha vida viraria de cabeça para baixo.

— Perdoe-me — disse o médico, levantando-se e lhe beijando a mão. — Eu não devia ter perguntado. É muito cedo. Eu só quero ter certeza de que a senhorita não vai desaparecer da minha vida.

— Eu não sou uma aparição, doutor. Não me transformo em ar.

— Isso é uma promessa?

— É a verdade.

— Nesse caso eu deveria me sentir satisfeito. — A voz dele era solene, talvez solene demais, ela achou. Deixou-a constrangida, mas também a deixou lisonjeada e satisfeita. Como se a seriedade dele lhe provasse algo, tornasse as coisas puras de novo.

Ela baixou os olhos, olhando para o chão, vendo o desenho do mosaico na madeira, o tabuleiro de xadrez de luz e quadrados escuros. Então as borlas da cortina lhe chamaram a atenção, atraindo-a para brincar com elas como ela fazia quando era criança.

Ele então lhe disse que trabalhava duro porque achava a solidão da casa vazia difícil demais de suportar. Contou-lhe das visitas a Mietskaserne, os antigos alojamentos do norte de Berlim que estavam agora servindo de abrigo: duas mil e quinhentas pessoas moravam em quatrocentos cômodos, partilhando de alguns banheiros do lado de fora. Duas famílias para cada cômodo minúsculo nos quais as mulheres estendiam uma corda para dividi-los e nela penduravam a roupa lavada. Todos eles, até as crianças, trabalhavam em fábricas ou na forja. Os rostos marcados de varíola eram pálidos. A tuberculose e a escrófula eram freqüentes.

— Velhos sonhos, *mademoiselle*, de liberdade para todos os homens — suspirou. — Onde estão agora?

Ele é um bom homem. Um homem que não irá me desapontar.

Sofia

É o ano de 1791. Na capital moldava de Jassy, onde o exército russo está saboreando a vitória sobre a Turquia, e prestes a assinar um tratado com a Porta Otomana, o conflito fervilha.

Os magnatas poloneses chegam a pedir ajuda à Rússia. Como o príncipe de Sofia previra, enquanto a nova constituição talvez fosse saudada em Varsóvia como uma vitória do novo espírito polonês, uma manifestação da independência política da Polônia, nem todo mundo via as reformas com bons olhos. Os que se opõem a estas ressaltam que, com a Prússia e a Áustria a postos, separar a causa polonesa da política russa é uma loucura. E então perguntam: não seria melhor buscar ajuda entre os nossos irmãos eslavos? Esses poloneses consideravam o rei mal orientado e diziam que ele estava sendo enganado pelos radicais. Além disso, afirmavam que ele tinha abolido a *aurea libertas*, a liberdade dourada dos nobres poloneses, quintessência da *commonwealth* polonesa, ao dar poder aos burgueses e aos judeus. E perguntavam: como essa política poderia fortalecer a Polônia?

O conde Félix Potocki, o conde Seweryn Branicki e o conde Franciszek Rzewuski foram até Jassy para tentar obter a ajuda do príncipe Potemkin para acabar com a loucura dos poloneses. Em Varsóvia, chamam-nos de traidores da causa polonesa. Mas ali em Jassy eles são os realistas, os salvadores.

— Uma facção política — é como De Witt os chama. Desde a morte do príncipe, ela se refere a ele como De Witt em seus pensamentos: José de repente lhe parece íntimo demais. De Witt acha que os magnatas poloneses estão com a razão. Ele também se mostra profundamente indignado com a nova constituição, com as reformas e os sonhos de independência. O rei sempre foi um tolo, um inábil, um fabricante de ruínas.

Ele aprendeu uma frase nova — "legalizar a injustiça" — e a repete *ad nauseam*. A nova constituição está legalizando a injustiça. Tirar direitos dos nobres é, portanto, legalizar a injustiça — permitir que a influência perniciosa da Pilhagem e da Igualdade se espalhe.

Ela diz a De Witt que ele detesta o rei porque sente ciúme. E lhe diz que não o suporta perto dela; que apenas a presença do filho a impede de arrumar suas coisas e ir-se embora.

— Potocki veio ver o príncipe Potemkin — diz De Witt com um sorriso —, mas agora vai assistir ao funeral do príncipe. Se tivesse chegado um pouco mais cedo, Potocki imploraria que você o ajudasse. Então o nosso lacaio poderia ter lhe dito que não estávamos em casa.

Será que ele pensa realmente que ela quer ouvir essa lengalenga?

Os sonhos constantes em que ela procura consolo a desapontam. Quando acorda, ela só se lembra de fragmentos. A mão de alguém sobre sua boca, impedindo-a de gritar, o som de um balde caindo no fundo de um poço e o barulho da água.

— Vamos para casa — diz De Witt. — Não temos nada a fazer aqui.

Ele pode achar que os magnatas têm razão, mas não lhe agrada tomar partido. Nessas horas, é sempre melhor esperar um pouco, segurar as apostas. Ela teria concordado com ele em outras ocasiões, mas agora a simples presença dele lhe faz mal. A idéia de voltar a Kamieniec é suficiente para que ela dê com a porta na cara dele.

Nos salões de Jassy, todo mundo tem algo a dizer sobre a questão polonesa. Em Varsóvia, o que se fala é de fortalecer o exército, reconstruir a economia, enriquecer as cidades, retomar o poder perdido há muito, mas ali, em Jassy, o que ela ouve é que, segundo a nova constituição, qualquer burguês pode alegar ter direitos iguais aos nobres. Não será um prenúncio do mesmo movimento que agora exerce o seu controle mortal sobre a França? O rei da Franca foi impedido de continuar a viagem para Varenne e retornou a Paris, prisioneiro dos homens do povo. O que virá a seguir? Aristocratas sendo enforcados em público? Camponeses cortando a garganta dos que lhe eram superiores como fizeram em Uman?

Você tem de escolher, o príncipe lhe dissera. Está com os russos ou com os poloneses?

— Se ao menos fosse tão simples assim — diz o conde Potocki quando ela lhe faz a mesma pergunta. Todos os bailes foram cancelados devido ao luto pelo príncipe, mas os salões de Jassy estavam cheios.

O conde Bezrobodko substituiu Potemkin, e recebe todos os dias. E na residência dele, *madame* de Witt é uma convidada especial.

A propriedade do conde Félix Potocki se estende por um milhão e meio de hectares, mais da metade do território da Ucrânia polonesa, e possui cento e trinta mil servos. O lucro anual do conde gira em torno de três milhões de *zlotys* poloneses. Sofia não precisou fazer nada para lhe atrair a atenção. Os olhos do conde não se despregaram do rosto dela.

A pergunta dela seria simples, o conde Potocki lhe diz, caso as reformas tivessem a menor chance de conseguir realizar o que prometiam. Mas elas estão fadadas ao fracasso e levarão a Polônia a mergulhar num caos ainda maior. Não é melhor parar com tudo isso agora, antes que seja tarde demais, e salvar o que ainda pode ser salvo?

— Deixe-me formular a pergunta de maneira diferente — diz o conde. — A senhora prefere ficar do lado dos russos ou dos prussianos? Qual é a melhor opção para o futuro da Polônia?

— O senhor não tem nenhuma dúvida do fracasso das reformas?

— Não, nenhuma. Conheço os meus compatriotas. Conheço o meu rei.

Será que eu o quero?, pensa Sofia. Ela está com trinta e um anos de idade e, dizem, mais bela do que nunca. Se ela tem certeza disso, ninguém sabe. A beleza não está apenas na maciez da pele. Derrotado, embriagado de esperança, o conde Potocki não pensa mais em orgulho.

Ela se lembra do rosto dele naquele dia em que ele entrou na carruagem, no pátio do palácio Krystynopol. O palácio já fora vendido, o conde Potocki agora possui uma nova residência em Tulchin. E aí está ele, todo imponente, recebendo *madame* de Witt. Poderia ser o triunfo dela, se isso lhe importasse. Se isso tivesse alguma importância para ela.

— Minha esposa — diz ele, ruborizado — está ocupada cuidando dos assuntos dela. *Nunca* tivemos a mesma opinião sobre os assuntos que realmente importam.

Ela poderia lhe dizer que isso não tinha importância. Que ela já não se lembrava mais do que acontecera naquele dia em que os Potocki estavam mostrando a *madame* de Witt qual era o lugar dela neste mundo. Ela não diz.

O conde Potocki continua a acompanhá-la, mostrando-lhe a residência. Em cada fibra do seu corpo, ela sente o desejo dele. Para o conde, não há mais ninguém nessa sala, senão ela. Ele não ouve nada, não vê nada, não entende nada. A peruca empoada ilumina-lhe o rosto, dando-lhe um quê de inocência, mas ela percebe um certo ar constrangido à volta dele. O conde é paciente, e espera que ela se aproxime de novo. Sofia se afasta, rapidamente.

No dia 12 de outubro, o seu pequeno Jan vai fazer dez anos. Ela planejou uma comemoração em grande estilo, mas depois da morte do príncipe Potemkin, ela vai ter de se contentar com uma festinha particular; uns vinte convidados, não mais que isso; cadeiras de veludo e guardanapos vermelhos. E vai lhe fazer um brinde, dizer ao filho que ele é a sua única esperança e a sua felicidade. A sua única felicidade.

O que você mais deseja na vida, ela lhe perguntou. Ele disse: um irmão.

Ela o abraçou, apertando-o contra o seu coração, e mergulhou o rosto nos cabelos do filho, sentindo o cheiro de fumaça de lenha e de sabão de limpar sela, sinal de que ele tinha estado na estrebaria de novo. Ela também gostaria de mais um filho. Os filhos são os nossos maiores tesouros, diria Mana. Que Deus a abençoe com muitos.

A sala está quente demais. Um criado passa uma bandeja, e ela o chama com um gesto. Pega uma taça de champanhe. Está fria, com uma nuvem de gelo quase ultrapassando a borda da taça.

As cartas que chegam de Paris trazem presságios. *À la lanterne*,* a turba grita ao ver uma carruagem. Não é prudente sairmos à rua, vestirmo-nos bem, lembrar ao mundo a nossa existência. Diana de Polignac tem aludido ao seu desejo de ir à Polônia, com esperanças de encontrar um lar hospitaleiro onde possa esperar que os maus tempos passem. Talvez, minha querida amiga, você pudesse ajudar. A princesa de Lamballe, entretanto, não admite de modo algum sair do lado da rainha.

Ela vê o conde Potocki dar alguns passos na sua direção. Sofia olha bem para ele, e depois dá meia-volta e sai da sala, correndo, como se o que a apavorasse fosse a presença dele.

José ainda está de pé quando a carruagem a leva de volta para casa. Há um leve cheiro de vodca no hálito dele. Ela entra no quarto dela,

---

* "Para a lanterna." Palavra de ordem usada pelas multidões francesas durante a Revolução, incitando ao enforcamento dos aristocratas nos postes de iluminação. (N. da E.)

batendo a porta e borrifa perfume em toda parte. Nas cortinas, nos travesseiros, nas mãos, nos cabelos. Perfume de rosas.

O último presente do seu príncipe.

— Ah, *madame*! — diz sua criada francesa, Paulette, ao vê-la de manhã. — Que flores tão lindas! Mas vieram sem nenhum cartão. — Mas depois cochicha: — Sergey disse que viu os homens que as entregaram. Estavam usando a libré dos Potocki.

As flores encheram a sala e o *boudoir* de Sofia. Rosas, narcisos, lírios, orquídeas: rosas carmesim; lírios brancos, tulipas de uma beleza nunca vista. Ele deve ter mandado buscar em suas próprias estufas, em Tulchin.

Sofia tira uma rosa do buquê e a prende no cabelo. Uma rosa vermelha do mais belo buquê. Paulette lhe passa as gotas de Veneza. Uma gota faz aumentar a íris, e adiciona fogo e ternura aos seus olhos.

Mesmo que ela esteja usando a rosa dada por ele nos seus cabelos, ela continua a evitar o conde naquela noite. Assim que o vê dar um passo para se aproximar dela, Sofia se dirige a outra pessoa. Se ele está suficientemente próximo para poder ouvir o que ela está dizendo, ela muda de assunto, passa da política para as lembranças que guarda do príncipe.

— Ele era um pai para mim — diz ela, abanando-se. — Nunca me esquecerei dele. Nada mais importa, diante da morte. Nem sonhos. Nem desejos.

Depois do jantar, Sofia, após relutar, aceita o convite para cantar, e, para esse pequeno recital, escolhe uma canção grega, de amor. É uma canção que fala de uma bela mulher grega, explica aos convidados, que espera o seu amor há muito perdido, mas espera em vão, com o coração sangrando. Enquanto canta, ela põe a mão no coração.

A música lhe enche os olhos de lágrimas. Quando o público aplaude e pede bis, ela se desculpa e pede para ser levada para casa.

— O meu coração — diz ela, olhando bem nos olhos do conde Félix — não consegue esquecer essa perda assim tão facilmente.

Tomás

Quando decidiu prolongar sua estada em Berlim, Tomás tinha esperança de que ele e Inácio voltassem a se relacionar com a mesma intimidade despreocupada com que um dia haviam-se relacionado, mas agora seu coração insistia em lhe lembrar das limitações do amigo. Tanto as reais como as imaginárias, Tomás era honesto o suficiente para admitir. Se não, por que cargas-d'água ele deveria se irritar com a alegria do amigo? Ou com os assobios dele. Ou com o zelo repentino com que Inácio atava a gravata, ou com a quantidade de goma nos colarinhos dele, ou com a insistência do amigo em andar em vez de tomar a carruagem para que o sangue lhe corresse mais rápido nas veias?

Os dois se encontraram à entrada da Nicolaikirche,* e, depois de um rápido passeio pelas ruas estreitas, entraram numa pequena taberna de esquina, logo atrás da ponte do Castelo. Sobre a mesa de madeira pesada viam-se iniciais entalhadas. *H.P. para W.H.*, emolduradas por um coração trespassado por uma seta.

— Os soldados que são trazidos do campo de batalha, Tomás, tendem a enlouquecer. Vimos isso muitas vezes, não vimos? Mas os que ficam na batalha, perto da descarga dos canhões, por mais que tenham sido gravemente feridos, permanecem mentalmente sãos. Não me parece que isso seja uma coincidência. Enquanto temos esperança de reagir, sobreviveremos. Vou voltar para a Polônia. Para reagir.

— Então, brindemos a essa volta — disse Tomás, e fez um sinal para a garçonete na mesa vazia na frente deles.

— A Europa, Tomás, não é um monstro. Não somos todos loucos.

Inácio estava certo, castigando-o daquele jeito. Apesar de toda a sua precaução e toda aquela conversa sobre a razão, Tomás percebia que estava caindo na mesma velha armadilha de se rejeitar o que ficou para trás, a falácia de todos os nômades. Se o que estava para vir devia ser melhor, então o que deixamos para trás devia ser danoso ou inútil.

Uma garçonete gorda e de rosto corado, que trazia canecas de cerveja e as punha diante deles, piscou para Tomás, mostrando-lhe os dentes enegrecidos. Havia uma certa leveza em Inácio naquela noite, talvez até uma alegria, naquela sua recusa a provocar uma briga, e isso estava desfazendo o ressentimento de Tomás. Inácio lhe deu umas palmadinhas nas costas.

* Igreja de São Nicolau. (N. da E.)

— Lembra-se daquela canção que gostávamos de cantar?

Livrai-me da dura lida
De lhes ouvir os gemidos constantes
E livrai-me dos votos solenes
Das velhas damas em cólicas irritantes.

Em Paris, em seu tempo de estudantes, eles costumavam passear juntos à noite, de braços dados, cantando esse canção. Eles se denominavam filhos de Napoleão. Afinal de contas, se não fosse por Napoleão, argumentavam, nenhum deles teria se tornado estudante de medicina. Quando foi a última vez que tinham cantado juntos?

— Vamos lá, Tomás. Você já se esqueceu?

Não, ele não tinha esquecido. A voz era áspera e desafinada de início, mas logo estavam cantando em uníssono:

Como pacientes, oh, concedei-me
O alegre, o jovem, o sabichão
Quem quer que possa me interessar o coração.
E a piedade, oh, contida nessa oração!

A pequena taberna estava cheia de homens que gesticulavam alucinadamente, voluntários gregos, disse Inácio. Parecia uma febre que se espalhava num corpo delirante.

— Hoje é o aprendiz de padeiro, Tomás. Amanhã, o filho do sapateiro.

Tenentes se passavam por coronéis. Coronéis por generais. Havia comitês brotando em toda cidade alemã, ao que parecia, recolhendo dinheiro para os descendentes dos bravos e honrados gregos, pais da civilização européia.

— Ouça — disse Inácio.

Um dos homens, um sujeito baixo e cheio de espinhas, subira no banco.

— A natureza impôs limites às aspirações dos outros homens, mas não às dos gregos.

A voz do homem era tonitruante, o que surpreendia em alguém tão baixo.

— Os gregos não estavam, no passado, e nem estão hoje, sujeitos às leis da natureza.

Outro membro do grupo, com um topete de cabelo castanho encaracolado que parecia um gorro cossaco, erguia uma caneca grande de cerveja em forma de bota de montaria e entoava uma cantiga. Os companheiros, um a um, juntaram-se a ele. Em seguida, o sujeito tomou um bom gole e passou a bota para o vizinho. O feitio da caneca fazia com que, uma vez meio vazia, o restante da cerveja escorria com uma força imprevisível, respingando em barbas e rostos, e assim provocando risos e brincadeiras.

— Pequenos exércitos de homens viajam a duras penas para Marselha — disse Inácio —, onde esses comitês alugam navios para transportá-los para a Grécia.

— Ah! Mas isso é simplesmente uma loucura, Inácio. Aposto que a chegada deles vai causar um incômodo danado. Os gregos vão considerá-los loucos.

— Os seres humanos têm de sonhar, Tomás. Sem essa loucura todos nós permaneceríamos escravos.

O grupo de homens cai na gargalhada. A bota estava funcionando.

— Eu também opto pelo sonho, Tomás. Também tenho esperanças, no meu país, na minha vida. Esperanças que outros homens chamariam de loucura.

Algo na voz de Inácio avisou-lhe que não o interrompesse.

— Às vezes não parar de lutar — apesar da inutilidade do combate — é o que importa, Tomás — concluiu Inácio. — Nós somos médicos. Já vimos isso vezes demais.

Ficaram sentados em silêncio observando a alegria dos seus vizinhos de taberna, tomando golinhos de cerveja até as canecas se esvaziarem. Então, se levantaram e saíram. A tarde estava fria, mas o céu, claro. Se a luz da lua fosse suficiente esta noite, os lampiões da rua não seriam acesos.

— O que você acha, Tomás? — disse Inácio enquanto chegavam ao fim da rua. — Estou velho demais para me casar de novo? E ter um filho. Ou dois.

— Não está velho demais nem para um batalhão.

— Ou para um exército inteiro.

— É só você desejar.

— *Mademoiselle* Rosalia, Tomás. Tenho motivos para acreditar que meu pedido não será recusado.

Como Tomás não podia dizer que a declaração o tivesse surpreendido, ele concluiu que o que o aborrecia era a maneira abrupta de Inácio dizer aquelas palavras.

— Tão cedo?

— Não sou mais tão jovem, meu amigo — Inácio falou, rindo. — Não acho que deva esperar. Há tanto o que compartilhar. Uma luta comum. Um sonho comum. O pai dela deu a vida pela Polônia e ela não se esqueceu disso. Você me acha maluco?

— Não — disse Tomás. — Não acho você nada maluco.

Mas Inácio continuou como se não o tivesse ouvido. Havia a solidão, as noites vazias que ele ansiava poder encher com prazeres simples. Com uma boa mulher ao seu lado, ele ainda podia ser útil por muitos anos. Ainda podia haver filhos. Erros passados poderiam ser reparados. Mas, acima de tudo, eles partilhariam da luta dos poloneses.

Em silêncio, desejando intensamente que essa conversa chegasse ao fim, Tomás contava os passos que dava, de um a dez, e, depois, outra vez. Ainda estava contando os passos quando saíram da ponte do Castelo, e passaram por uma carruagem vazia, em cuja boléia o cocheiro dormia. Nesse momento, ele parou.

— Inácio, esse *herr* Sertünner, o farmacêutico de que você me falou. Ele não vem fazendo alguma coisa com morfina, por aqui?

Sobre esse assunto, Inácio se mostrava cético. Havia rumores, é claro. Sertünner não era muito respeitado na Alemanha. Ele tinha aborrecido muita gente ali, o homem gostava de posar como gênio mal compreendido. O que havia era que Sertünner tinha, ele próprio, tomado morfina. Uns setenta e cinco miligramas em quarenta e cinco minutos. Os resultados foram desastrosos. O aumento da vermelhidão no rosto e a aceleração das forças vitais foram logo acompanhados de náusea, cabeça vazia, dores de estômago muito fortes e muita palpitação. Ele teve de engolir muito vinagre forte para induzir o vômito.

— A morfina está mais próxima do veneno, se você quer saber.

— Mas é a mesma coisa que o sal de Derosne. Lembra-se daquela palestra que ele deu na Societé de Pharmacie? Ou quase o mesmo.

— Você não está pensando em dá-la à condessa, está, Tomás?

— Magendie obteve alguns bons resultados com ela, usando, porém, doses muito menores do que as de Sertünner. Um dos pacientes dele chamou-a de "bálsamo divino". Eu trouxe um pouco de Paris.

O som do canto de hinos que saía de trás das portas fechadas da Nicolaikirche os atingiu.

— Seja como for, meu amigo cauteloso — Tomás continuou a falar —, não acho que tenhamos muita opção. Eu ainda tenho ópio, mas só vai fazer efeito por mais alguns dias.

Inácio o olhou de relance, como se ainda estivesse avaliando a sensatez da decisão dele. Não se ouvia mais o canto dos hinos.

Tendo desejado uma boa tarde a Inácio, Tomás continuou a andar em direção ao palácio de Von Haefen, para examinar sua paciente antes do fim do dia. Ele talvez encontrasse Rosalia, um pensamento que lhe ocorreu antes que pudesse impedi-lo. Enquanto passava pela grade do palácio, Tomás ia tocando as hastes de ferro batido com a bengala até ouvi-las soar.

— Você é um tolo, Tomás Lafleur — ele falou para si, ao atravessar o pátio. — E vai morrer tolo.

Ele podia vê-la como noiva ao lado de Inácio. Suas mãos tratando dos doentes, consolando os rapazes nos leitos de hospital. A filha de um herói que os consolaria com a história de sua própria saída do desespero, de suas dúvidas resolvidas, de sua devoção recompensada. Porque Inácio evidentemente daria um bom marido. Havia ternura no seu amigo, isso era visível, ele vira muitas vezes. Ele era grato pelos momentos de afeição, pelo companheirismo numa causa comum. Havia uma força no amigo, que a ajudaria a atravessar todas as suas dificuldades.

Foi então que ele vislumbrou Pietka penteando a égua castanha. O animal estava imóvel, à espera da próxima escovadela.

— Está fazendo calor esta tarde — disse Tomás, parando. O cossaco deve tê-lo ouvido falar sozinho, pois estava reprimindo uma risada.

— Está, sim, *varm** — Pietka estava mascando fumo, as mandíbulas se mexendo.

* Calor, em alemão, com sotaque russo. (N. da E.)

— Ela gosta que toquem nela — o cavalariço riu, apontando para a égua cujas orelhas se mexiam, de nervoso. — Como uma mulher. *Nyet*?*

— Como eu saberia? — Tomás falou, sorrindo, sem querer.

— O senhor não sabe? Um médico? — Pietka riu de novo, mostrando os dentes escuros. — Ela gosta. Ela gosta disso. Não é verdade?

— É — Tomás teve de admitir. — É claro — acrescentou, enquanto a mão de Pietka fazia festa no lombo da égua.

Sofia

O bilhete que a aguarda naquela manhã diz: *Conheço a rosa que tocou seus cabelos, pois já a tive entre meus lábios.*

— Leia-me a sua lição de hoje — ela diz a Jan, e este lê, para a mãe, a história do rei Sobieski, que — em 1683 — derrotou os turcos no cerco de Viena. Um rei polonês que salvou a Europa do aniquilamento.

— O que é aniquilamento?

— É o que acontece quando querem que você e todos os seus filhos morram — que todo mundo que você conhece morra.

Ele fica matutando por um bom tempo.

— O seu pai também?

— É — ela responde. — O seu pai também.

— E isso é verdade?

— É. É verdade. Nunca minto para você.

É o dinheiro do príncipe Potemkin que vem pagando o preceptor, a governanta francesa, o pônei e o cavalo. De Witt dá de ombros sempre que ela fala de dinheiro.

— O que mais você quer? Nunca tive nem metade do que esse garoto tem na vida.

— E olhe para você agora — respondeu Sofia, arrependendo-se imediatamente do que disse. Se Jan os tivesse ouvido, teria franzido as sobrancelhas e lhe lançado um olhar sofrido.

— Você não gosta mesmo de papai — diz o menino. Ele freqüentemente faz isso, pensa Sofia. Diz algo que a faz achar que ele sabe mais do que deixa transparecer.

---

* Não, em russo. (N. da E.)

— Não — diz ela. Ela lhe diz a verdade.

— Mas por quê?

— Não sei lhe dizer.

— Por quê?

— Por que você não gosta de couve-flor?

— Porque não gosto do cheiro dela.

— E por que você não gosta do cheiro dela?

— Não sei. Não gosto, só isso.

— Está vendo? Você não sabe me dizer.

— Mas papai não cheira a couve-flor — diz o menino, e ela ri e lhe manda um beijo soprado.

Enquanto Jan se debruça sobre os seus deveres, copiando a história do rei Batory no caderno, fazendo cada letra tão igual à anterior, chega outro bilhete.

Essa rosa em seus cabelos conheceu uma felicidade maior do que a que ouso imaginar. A senhora deve me perdoar os erros do passado, pois eu mesmo não posso me perdoar.

Ela responde.

Aquela rosa tocou a tristeza do meu coração, mas me deu consolo pela sua beleza. Por isso sou grata.

— Venha, *madame*, por favor, olhe — diz Paulette.

Quando se debruça na janela, Sofia vê uma carruagem, com as armas dos Potocki, parada ali na rua, plantada como se fosse algum animal estranho, de tocaia.

— Vá até lá e pergunte a Sua Senhoria o que ele deseja.

Paulette volta sorridente, com outro buquê de rosas nas mãos. E uma bela sela inglesa para Jan, um presente de aniversário.

Apenas uma pequena lembrança que ouso depositar aos seus pés sem temer que possa rejeitá-la.

Olga

A chuva parara. Lá fora, o sol do fim da manhã iluminava as bordas das nuvens cinzentas. Por um instante, a filha mais moça da condessa ficou tentada a abrir as janelas de par em par, para poder sentir o ar frio penetrar-lhe bem no fundo dos pulmões, esfriando-os tanto que lhe causasse arrepios.

Quando menina, ela muitas vezes pediu, ao rezar, para ficar doente. A doença significava ter a presença de mamãe ao lado dela, na cama, contando-lhe histórias de uma pobre menina escrava que, tendo encontrado um velho lampião a óleo e o esfregado, libertara um gênio que lhe satisfaria os desejos. Sentir a mão de mamãe acariciando-lhe a testa. Ouvi-la mandar embora as visitas, dizendo-lhes que não receberia ninguém numa hora dessas, que não poderia ir a lugar algum. Acordar no meio da noite e ver a mãe dormindo na poltrona ao lado de sua cama, como se não houvesse ninguém além das duas, nenhum outro filho, nenhuma criada, capaz de substituí-la nessa vigília.

— Você não pode morrer — Olga sussurrou. — Não vou deixar isso acontecer.

A mãe abriu os olhos. Fechou-os e tornou a abri-los.

— Os franzidos — disse ela. — Ao redor do decote, Olga. Dão um ar vulgar. Prefiro muito mais a renda macia.

— Pois não, mamãe.

— E esse vestido, meu bem. Tem uma mancha no punho.

Sua irmã podia ser mais velha, mas era Olga que sempre sabia qual dos amigos da mãe era amante dela. Sabia-o com todo o seu corpo, sentia-o no cheiro da mãe, no novo tom crispado da voz dela, nos movimentos felinos mais rápidos que os habituais, que a graça refinava. Era como perceber uma nota errada numa peça que ela sabia de cor; não lhe exigia um grande esforço. Ela simplesmente sabia. Sempre soube, mesmo quando pequena demais para compreender o que um homem e uma mulher faziam quando estavam juntos e a sós.

Ela detestava sabê-lo. Queria socar a mãe com seus punhos fechados, mas tudo o que fazia era ocultar o tumulto dentro de si e esperar. Esperar pelos sinais inevitáveis da indiferença da mãe, os olhos fixos no teto, as desculpas impacientes.

Agafia Ivanovna, a cozinheira, pedira para ver Olga, e, enquanto falava, torcia as mãos. Havia coisas que a jovem senhora precisava saber. Muito poderia ser feito para minorar o sofrimento da condessa se *algumas* pessoas ali a escutassem. Se *algumas* pessoas não se achassem melhores do que realmente eram. Ela poderia dar de beber à senhora um pouco de urina de vaca bem misturada a uma colher de esterco de vaca, como um reforço.

Também se podia juntar morcego seco e pulverizado à bebida, o que ajudaria a fortalecer o sangue. Ela ouviu dizer que uma mulher se curara por ter tomado essa mistura, diariamente, de manhã e à meia-noite — ela era mãe de cinco filhos, e, depois, teve mais três.

Sebo de bode também era muito bom, quase tão bom quanto pôr uma pele de gato sobre a parte afetada, só que o gato tinha que ser esfolado vivo para de fato acabar com a dor.

— Chegue mais perto, Olga. Quero ver o seu rosto.

— Estou aqui, mamãe.

— Tem uma carta ali na bandeja, da sua irmã. Ela está a caminho.

A carta fora enviada há uma semana, por um mensageiro.

— Quando chegou?

— Ontem à noite, acho.

— Você não me contou, por quê?

— Rosalia disse que ela talvez chegue aqui amanhã. Ou depois de amanhã. Por causa da criança. Com uma criança, não se pode fazer uma viagem rápida.

Os olhos da mãe estavam fechados de novo, a respiração, fraca mas regular. Olga ouviu os passos de Rosalia no corredor, firmes, fortes. Logo, logo a porta vai se abrir, Olga pensou, e ela vai entrar. Essa judia, essa desgarrada, que foi entrando sorrateiramente no coração de sua mãe.

Olga se levantou e se dirigiu à cama, o corpo tenso, à espreita. Os passos foram rareando, e depois sumiram bruscamente. A mãe gemeu.

— Não quero me lembrar dela assim — pensou Olga.

Através das lágrimas, Olga viu o rosto da mãe, a pele grudada nos ossos. “É assim que ela vai estar quando a virmos no caixão”, pensou, e sentiu a garganta se contrair e se enrijecer, como se estivesse sufocando.

O conde Félix Potocki é um homem tímido.

Ele se aproximou dela no dia seguinte, as mãos trêmulas, os olhos enevoados. Há tanta insegurança nesses olhos, pensa ela. Curioso, num homem que tem tanto poder. Não é um homem bonito. Lábios carnudos demais, olhos esbugalhados. Ele não surpreende. Ela pode prever todas as opiniões de Potocki, completar todos os pensamentos dele. Ela não se vê com muito bons olhos nesses dias. Sente-se alheia, distante, como se o que estivesse mais perto dela não existisse. Ainda está ferida, ainda dói.

Você vai ter de procurar o seu rei em outro lugar, ma belle Phanariote.

Sofia agradece ao conde Potocki o presente tão atencioso. Seu filho ficara encantado, ela lhe assegura.

— Você sabe — diz ela — como chegar ao coração de uma criança.

— Eu tento — diz o conde. — Tento com afinco.

Em seguida há um silêncio, constrangedor e opressivo. Ele não sabe o que ela pensa dele. Às vezes, ele se enche de esperança, outras, de desespero. Ele ainda está à procura de palavras, sem saber sobre o que lhe perguntar ou o que lhe dizer. Se ele fosse uma fruta, ela o procuraria pela madureza. Essa imagem a faz sorrir.

— Será que sou assim tão engraçado? — pergunta o conde.

Ela balança a cabeça.

— Então por que o sorriso?

O que a fizera rir, Sofia explica, fora se lembrar do filho quando ele era ainda pequeno. Lembrar-se de ele pedir uma arca de madeira onde pudesse pôr todos os bichos dentro e salvá-los da inundação. Uma vez ela o pegou tentando casar um elefante com um leão. Ela alegou que eles não combinariam. Ah, mas *eles* acham uma boa idéia, o menino dissera.

— Um menino esperto. Seu único filho?

— É — responde ela com um suspiro. — O meu único.

Ele pára, como se o rumo tomado pela conversa o tivesse surpreendido. Surge um rubor nas suas faces, que logo desaparece.

— Nossos caminhos já se cruzaram — diz ele. — Isso é um sinal.

Ele lembra que estava em Varsóvia quando ela foi lá pela primeira vez, e que, ao serem apresentados, trocaram algumas palavras.

— Arriscando-se, mesmo naquela ocasião, a irritar sua esposa, suponho — diz ela, incapaz de abrir mão dessa pequena vitória.

— Sinto-me constrangido ao me lembrar do rancor dela, *madame*. A sua beleza é demasiada para quem tem o coração pequeno.

— Como está Sua Senhoria?

— Não quero falar dela. Por favor.

— Desculpe-me — diz ela. — Meu coração também não é imune ao rancor.

O conde Potocki não acredita em coincidências. Todas as vidas se interligam, ele lhe diz, todos os momentos em que duas almas se juntam guardam um profundo significado. Pode estar oculto na ocasião, podemos não nos dar conta, mas ele está lá. É a chance que temos de nos aproximar da essência da existência.

A voz titubeia um pouco quando ele fala de destino e de sina. Deus é o Grande Engenheiro do destino humano, mandando-nos para o tabuleiro de xadrez da vida com alguns instrumentos para nos ajudar nessa jornada. Quando os destinos se cruzam, quando as circunstâncias juntam duas almas, temos de nos curvar diante da influência do Grande Desígnio da Vida.

— Como você fala bonito — diz ela. — Nunca pensei na vida com essas palavras.

— Vida ou morte. Temos de escolher de que lado nós estamos — diz ele.

— Da vida — diz ela. — Escolho o lado da vida.

— Mas a morte não deve ser descartada. Ela liberta o espírito e o livra das obrigações terrenas. Há uma paz nessa libertação, além da oportunidade de se forjar novas travessias, de se fazer retornos nos caminhos da vida, de se entregar a um novo amor.

— Como eu saberia que é Deus, e não o Diabo, que manda essas tentações?

— O Príncipe das Trevas não sabe usar o amor para tentar. O seu campo é o da inveja, da esperteza, do cálculo frio, e não o da ternura do coração.

— Acredito nisso — diz ela, e põe sua mão quente na dele. — *Mon elpida.*

— *Elpida*?

— É grego — ela sorri. — Quer dizer esperança.

Ele lhe beija a mão delicadamente e a leva ao coração dele. Seus lábios tremem quando ele lhe pronuncia o nome. Os lábios pálidos e finos de um Potocki. Se ela jogar suas cartas bem, condessa Sofia Potocka lhe soa muito melhor que *madame* de Witt. Afinal de contas, com dinheiro e influência, não é impossível anular casamentos. Josefina e José podem muito bem acabar no mesmo barco: será mais um exemplo de coincidência divina?

O pensamento a faz rir. Lá em cima, em seu quarto, os baús estão cheios até a metade de vestidos e xales. A criada recebeu ordens de arrumar apenas os melhores.

— Você me faz tão feliz — ela responde ao olhar inquisidor de Félix. — Feliz como há muito tempo não me sentia.

— E se ele não se casar com você? — diz José, com uma ponta de tristeza na voz. Uma tristeza resignada, mas ainda suplicante. — E se a mulher dele não concordar com isso?

Ele sabe que a perdeu. Ela ouviu dizer que ele anda bebendo e jogando, mas, sempre que o vê, ele está sóbrio. Ela dá de ombros.

— Você não é minha mãe — diz Sofia.

José de Witt sabe que casamentos podem ser anulados. Um bom advogado e testemunhas bem pagas podem provar que Sofia Glavani foi obrigada a se casar contra a sua vontade. Ameaçada por uma arma, quando, uma moça virgem fazendo o trajeto de Istambul a Varsóvia, ingênua diante dos estratagemas desse mundo, aceitou a hospitalidade de De Witt que a acolheu na fortaleza de Kamieniec.

Ele fará o que ela quiser, José lhe assegura. Jurará o que ela quiser que ele jure. É com Josefina que ela deve se preocupar. Se Josefina não concordar, o que será dela?

— Deixe que eu me preocupo com isso — diz Sofia. Por um breve instante, ela quer segurar a mão dele. Quando ele concordou em lhe dar a liberdade, o ressentimento de Sofia se evaporou. A impaciência dela com ele, a raiva. Eles têm um filho. Um filho a quem ambos amam. Um filho que José promete deixá-la ver quando ela quiser. Um filho que ela pode sustentar melhor do que ele.

Ela não está segura da vitória, mas não deixará ninguém perceber o que sente. Ela lhe fala da generosidade de Félix com Jan e com ele. Só para começar, cem mil rublos e uma pequena propriedade na Ucrânia.

— Posso ser melhor amiga do que fui esposa — diz ela.

Ele assente com a cabeça e sorri, de certo modo aliviado. No passado, sempre que ela ameaçava deixá-lo, ele ficava arrasado e, entre lágrimas, implorava-lhe que ficasse. Agora, ele também descobriu que a expectativa da dor pode ser pior que a própria dor.

Não, ela não vai lhe confessar suas dúvidas. Não vai falar da sua carência, como a de um gato selvagem, indomado, movimentando-se de um lado para o outro na jaula em que o trancaram. Dando voltas famintas à procura de algo que possibilite a fuga. Não vai lhe dizer que o que ela quer nunca é o que já tem, que um sonho realizado não a alivia, que apenas o impossível tem o poder de instigar.

Tomás

— Conte-me algo divertido, doutor — a condessa pediu.

— Não sou bom em conversas da moda.

— O que o faz pensar que o que quero ouvir é uma conversa da moda?

Mais uma derrota, pensa ele, divertido.

Ele lhe conta que nos campos de batalha, mesmo não havendo instrumentos nem material suficiente para cuidar dos feridos, há mais pacientes que sobrevivem que nos hospitais. O corpo humano, por si só, freqüentemente se cura. Há uma força em todos os seres viventes, uma força poderosa. Por muito tempo, ele suspeitou que muitos tratamentos prescritos por ele e seus colegas eruditos não eram nada senão obstrução. A única maneira de se salvar o melhor da humanidade era lhe dar espaço e tempo para se desenvolver conforme a natureza.

— Mas essa força não poderá me ajudar — disse ela.

— Não mais. Mas sustentou a senhora até agora. Possibilitou a sua vida.

— O senhor está me dizendo que eu devo agradecer pela vida que tive.

— De certo modo, sim — ele admitiu. — Minha conversa não a entedia, *madame*?

— Ao contrário. O senhor torna as coisas mais fáceis. Conte-me mais.

Ele lhe conta de um mentor que teve uma vez, Corvisart, que assombrava os estudantes com seus diagnósticos. Um dia, à cabeceira da cama de um soldado ferido, Corvisart levantou o curativo, tocou as bordas do ferimento e cheirou-lhe o pus. — Olhem e observem — disse ele. Então, pôs a mão no peito do paciente para ouvir o pulsar do coração e pediu a todos os alunos residentes que lhe seguissem o exemplo. — O que percebem? — ele lhes perguntou, e os alunos, um por um, disseram ter ouvido um leve ronronar, como o de um gato. — A válvula mitral não se abrirá completamente, cavalheiros. O que vai matá-lo é o coração — disse Corvisart. — E não a ferida.

— O senhor percebeu a mesma coisa? — perguntou a condessa.

— Percebi, mas eu não sabia o que significava.

— E ele estava certo?

— Estava. Corvisart estava sempre com a razão — disse ele. Ele amava provar sua tese no anfiteatro das operações, fazer aquela velha mágica, abrir o coração e revelar sua válvula defeituosa.

— O que faz com que isso aconteça? O que faz mal ao coração?

— As emoções — disse Tomás. — As paixões, os acessos de raiva, o medo, o sofrimento nos momentos horríveis cujo quinhão nos coube.

O tom de voz subiu, e ele quase esqueceu de que não estava fazendo uma conferência diante dos seus alunos.

— Como um criminoso que morre ao ouvir a notícia inesperada do perdão que lhe concederam, ou um amante atingido pelo paroxismo da paixão.

Ela permanece imóvel, pesando as palavras dele.

— Então como se trata um coração doente?

— Eu deixaria que o tempo o curasse. Ao contrário de alguns dos meus mentores, não acho que nós, médicos, estejamos realmente fazendo tanto bem assim. Eu tento não fazer mal. Amputo um membro muito arrebentado para evitar a gangrena, se ainda posso. Tiro um tumor para impedi-lo de se espalhar. Deixo o resto para o poder de cura da natureza, *vis medicatrix natura*. Corvisart, evidentemente, não concordaria.

— Então o que o grande médico de Napoleão me diria?

— Que a natureza não cura. Que a vida gera o seu próprio fim e que a psique pode prejudicar o soma. Ele teria lhe contado os casos em que a nostalgia produz o enfraquecimento da força da vida. Teria lhe dito que a senhora usasse todos os meios ao seu dispor para obrigar a tristeza a sair do seu coração.

Ela riu.

— E o senhor não acha que ele poderia estar certo?

Sofia

Ela jogou e perdeu. Quando lhe ocorrem esses pensamentos, ela não sabe como se defender deles.

Já faz dois anos que ela é amante de Félix. Há três meses, em abril de 1793, Sofia teve um menino, Konstantin, a quem ela chama Kotula. Ao contrário de Jan, que chorava muito quando era bebê, esse seu filho presta atenção a tudo, em silêncio, com olhos inquiridores e calmos. Agora, está grávida de novo.

Ele a decepcionou, diz Félix. Ela deixou o marido por um homem que foi considerado uma desgraça para o país; cuja mulher ri quando ele requer a anulação do casamento, dizendo-lhe que *madame* de Witt pode ser a puta dele, se ela quiser, e lhe dar até mais bastardos, mas que ele só terá, ao seu lado, uma única condessa Potocka.

Na Polônia, ou no que sobrou do país, Félix Potocki é chamado de traidor e tolo. Logo depois daquela viagem a Jassy, em que ele se apaixonou por ela, a imperatriz russa chamou-o a São Petersburgo. Jogando-o contra o rei, de quem ele tinha raiva, ela o convenceu a liderar uma confederação contra as reformas e a nova constituição. A confederação de Targowica, nome de uma das cidades dominadas pelos Potocki, solicitaria então a Catarina da Rússia ajuda para restaurar a antiga Polônia, e talvez até a fazê-lo rei do país.

Catarina da Rússia foi mais esperta que ele.

Como Félix previu, as tropas polonesas não puderam competir com os milhares de soldados russos, mas a imperatriz não pretendia partilhar a sua vitória com ninguém. Todas as promessas foram esquecidas, todas as garantias, abandonadas. Em vez de se restaurar a antiga Polônia, fez-se uma nova partilha, e, com isso, não havia mais reis poloneses. Quando Félix chegou a São Petersburgo para protestar, a imperatriz bateu o pé e lembrou ao conde Potocki que as propriedades dele faziam agora parte da Rússia e que ele lhe devia lealdade.

O traidor e sua prostituta, era como os panfletos chamavam o conde Potocki e sua amante. *O casal abominável.*

Sofia e Félix passavam de um palácio alugado para outro. Ela já tinha morado em Cherson, Lvov, Grodno e Minsk. Eles não ousavam ir a Varsóvia, nem para uma breve estada, depois que um velho tentou invadir a carruagem deles nessa cidade.

— Saiam da Polônia, você e a sua puta — berrava o homem. O lacaio o impediu de avançar, mas só depois que o velho cuspiu na cara de Félix.

— Você ainda me ama? — pergunta Félix.

— Você é tudo o que tenho — diz ela.

É no meio da noite que Félix acorda, gritando. Ele não lhe conta seus sonhos mas ainda acredita no poder da confissão.

— Nunca pensei que acabasse assim — sussurra ele. Félix está falando da invasão russa, da partilha. — Tudo o que eu queria era deter o rei, defender a nossa liberdade.

Ele pergunta se ela acredita nele.

— Sim — responde Sofia. — Acredito em você.

— Serei punido?

Ela o abraça. No quarto das crianças, Kotula não demora a adormecer. Ele é uma criança quieta, meiga, um pequeno anjo. Por um instante, antes que o pensamento lhe escape, ela pensa num coelho na boca de um cão, o corpo mole do bichinho sendo levado com tanta delicadeza que os dentes não lhe ferem a pele. Ela deseja ter uma filha, pois agora poderia lhe ensinar a andar como um gato. Jan escreveu dizendo que os preceptores estão muito satisfeitos com ele. Conta que sua letra mudou, está mais firme. Para o irmãozinho, ele mandou um vidro do melhor mel de Kamieniec. Escuro e com cheiro de relva *para que a vida dele seja sempre doce.*

Félix lhe dá um beijo no rosto, como um menino pequeno, de gratidão e alívio. Momentos assim amolecem o coração de Sofia. E ele lhe diz: esse não é o fim dos Potocki. O conde continua a maquinar planos mirabolantes. Eles poderiam ir para a América. Comprar a maior propriedade que houver por lá e viver bem longe da inveja e do escárnio dos homens. Para isso, o dinheiro que têm nos bancos de Londres é suficiente. Eles poderiam viver felizes lá, somente os dois e os filhos. O que mais precisam? Apenas um do outro.

— Sinto sua falta até mesmo quando você dorme — sussurra Félix. — Sem você eu não teria forças para continuar vivendo.

As notícias que vêm da França não são boas. Em janeiro, os jacobinos executaram o rei da França. Maria Antonieta está na prisão, aguardando o seu destino. Diana de Polignac escreve contando que o rei mostrou uma coragem desconhecida de todos: ele, sozinho, tirou a própria veste e subiu a escada do cadafalso com passos firmes. *O mundo perdeu o sentido*, escreve Diana, *nada mais será como antes.* Ela agora está a salvo, na Suíça, onde conta com a hospitalidade de velhos amigos. *Obrigada, minha queridíssima Sofia, pela ajuda generosa do conde Potocki ao nos assegurar uma acolhida confortável*, continua a francesa, *mas, por favor, preciso ter certeza de que não estou sendo responsável por deixá-lo numa situação embaraçosa nem que estou causando problemas.*

Talvez a América não seja uma idéia tão absurda, pensa ela. Tempos difíceis não duram para sempre. Ultimamente, Sofia tem tido a impressão de que sua velha inquietação voltou, sua fome de mudança. Sente saudades do cheiro do mar, de sentir o balanço das ondas sob seus pés. E anseia esquecer a Polônia, a Rússia e a França — começar de novo, não cometer erros dessa vez.

— Vou para onde você quiser — diz ela.

Mas Félix rapidamente deixa de lado os planos que incluem a América. Hamburgo, afirma o conde, é um lugar suficientemente afastado dos distúrbios das ruas de Varsóvia. A voz com que ele lhe fala parece calma e confiante.

— Até que a sensatez prevaleça — diz ele. — Até que as pessoas daqui ouçam a voz da razão.

As notícias dos enforcamentos chegam quando ela está em Hamburgo, com Félix. A barriga ainda dói, por causa do parto, os seios pesam, e basta ela andar um pouco para que doam. O perfume das flores lhe dá enjôos. De manhã, a cabeça de Sofia roda e a criada precisa ajudá-la quando se lava. Estamos em julho de 1794, e Nicolai, o segundo filho do casal, está com dois meses de idade.

— Ele é lindo — diz Félix, sempre que ela lhe pede, com insistência, que olhe para a criança, mas ela já notou que o marido nunca sorri quando Nicolai arrota ou se contorce. Bebês não são muito interessantes, ele lhe diz. Ele prefere vê-los quando crescem, quando se pode conversar com eles.

Ele vive para receber notícias. A Polônia sublevou-se contra as nações que a partilharam. A insurreição liderada por Tadeusz Kościuszko obteve a sua primeira vitória contra os russos em Raclawice, mas é em Varsóvia que os ânimos estão exaltados, em que os acusados de vender a liberdade polonesa pagam com suas vidas.

Félix insiste em dizer que não é traidor. Ele é culpado, sim. Culpado de ter calculado mal, de ter confiado demais. Cometeu um erro político e está pagando por isso. Pagando com o próprio nome, com a própria vergonha. O que Félix não pode suportar é que ela também esteja pagando por isso. Essa não é a vida que ele queria para ela, não é a vida que ele queria para seus filhos.

Seus filhos. Ele também estava se referindo a Kotula e Nicolai?

A vida que ele queria para ela seria uma vida de tranqüilidade, paz e alegria. Uma vida em que ela teria orgulho do amor dele por ela.

Os poloneses de Hamburgo fingem não vê-los nas ruas. Seus cartões de visita são recusados ao chegarem à porta. Mas Hamburgo não é nenhum deserto, ela o adverte. Também se vêem muitos franceses afluindo a Hamburgo. Há um teatro e uma ópera franceses. Há restaurantes ingleses, que servem principalmente carne. Há bailes em Bosoltroff onde são sempre bem-vindos. Ela gostaria de freqüentá-los assim que se sentir melhor.

— Eu já não lhe disse que, em Jassy — diz Félix, batendo no jornal com a mão —, há um bando de jacobinos! Para essa gente, não foi o suficiente provocar a Rússia. Agora, eles querem matar todos nós.

Ele lembra a ela mais de uma vez da sina de sua vizinha em Tulchin, a princesa Lubomirska, que deixou o marido no palácio deles, em Chernobyl, e fugiu para Paris com o amante. Ela foi guilhotinada apesar de toda a pressão diplomática sobre os franceses. Félix repete a palavra *guilhotinada* com prazer. No dia da execução da princesa, sua própria mãe teve uma visão da filha, que, enrolada em musselinas, desaparecia atrás de uma longa fileira de portas fechadas na estufa de laranjeiras do palácio Chernobyl.

Kotula está no quarto ao lado. "Ring-a-ring o'roses, A pocket full of poises",* a governanta inglesa canta para ele. O menino aprendeu a bater palmas, com as mãozinhas rechonchudas e a fazer bolhas de cuspe. Ele ainda é muito pequeno para ficar sob os cuidados de uma governanta, mas eles não encontraram uma ama-de-leite inglesa, e Félix quer que os dois, ele e Nicolai, falem inglês. Não se refere mais à América, mas há uma ou outra insinuação sobre a compra de uma propriedade na Inglaterra.

Todo dia chegam cartas da Ucrânia. Josefina decidiu ignorar *madame* de Witt e seus bastardos. Em vez de tocar nesse assunto, ela conta que o preço do trigo subiu, que o mordomo de Uman precisa ser mandado embora, porque o palácio de verão está em péssimo estado. O que, há um ano, teria sido apenas um conserto no telhado, agora implica ter de substituir os caibros e refazer todo o segundo andar. Há notícias sobre os meninos Potocki, os cachorros e sobre o estado do jardim de Tulchin. E também há mexericos: em Chernobyl, o fantasma da princesa Lubomirska apareceu para os próprios camponeses dela ao voltarem dos campos, e todos ficaram apavorados. "Fujam", implorou a princesa. "Está se aproximando uma desgraça horrível. A terra ficará estéril e as colheitas, envenenadas. Vocês, os seus filhos e os filhos dos seus filhos perecerão aí. Fujam desse lugar maldito assim que puderem. Fujam porque nessas terras não há mais nenhuma esperança."

Félix lê o jornal para Sofia: uma prova de que ele estava com a razão esse tempo todo.

> *(...) Ao meio-dia, no dia 28 de junho de 1794, bem defronte ao velho parlamento, em Varsóvia, o cadafalso estava à espera. O ódio açulava a multidão. "Morte aos traidores", gritavam as mulheres, pondo os filhos nos ombros para que pudessem ver melhor. "Morte aos lacaios de Moscou."*

---

* Antiga canção de ninar inglesa, sem correspondente em português. (N. da E.)

Entre os que morreram, estavam: o príncipe Antoni Czetwiertyński, o bispo Inácio Massalski, o hetman Piotr Ożarowski, Jozef Ankwicz e Charles Boscamp.*

Durante anos, eles foram vendendo o país, pouco a pouco, alimentando-se do dinheiro russo e prussiano e afinal tiveram o que mereciam. Tremendo de medo, os traidores foram conduzidos ao patíbulo. O príncipe Czetwiertyński chorava e beijava as mãos dos seus carrascos, mas esse gesto covarde não impediu que fosse enforcado na frente de suas próprias janelas. O filho de Ożarowski, vendo as convulsões do pai, disse: "Esse homem deixou de ser meu pai quando traiu o meu país." Tendo lido num aviso posto sobre o cadafalso que esse era o castigo para os traidores, Ankwicz tentou se defender: "Todo mundo levou dinheiro" — disse ele. "Todo mundo assinou o decreto da partilha. Quando todo mundo peca", perguntou, "todos vão ser enforcados?" Boscamp deu ao carrasco alguns ducados e lhe pediu uma morte rápida e tranqüila. "São os mesmos ducados que você recebeu pela partilha da Polônia?", perguntou o carrasco, que segurou as partes íntimas do sujeito com as mãos, e as torceu com tanta força que a cara do traidor miserável escureceu. A turba dava vivas e dançava com alegria. Às três horas, soprou um vento trazendo nuvens negras e pesadas. Era como se o mundo fosse acabar. Choveu muito, uma chuvarada forte e violenta que transformou as ruas em riachos lamacentos. Foi a chuva que dispersou a multidão...

A voz dele estava tensa.

— A justiça da turba — diz ele. — Será que eles não vão parar até que rios de sangue corram nas ruas, como na França?

Sofia pensa: Charles Boscamp está morto.

* General comandante das forças armadas da Polônia e da Lituânia até o desmembramento da União, no século XVIII. (N. da E.)

— Quanto tempo falta para os camponeses poloneses começarem a cortar as nossas gargantas? — Félix continua a falar. — A estuprar nossas mulheres, como os *haidamaks* fizeram em Uman, quanto tempo?

A xícara treme na mão dele e gotas de café espirram na camisola dela. Sofia tira então a xícara da mão dele e a deposita na bandeja do café-da-manhã. Ele tenta limpar a mancha com um guardanapo.

— A *verdadeira* natureza da gente do povo agora se revela — Félix lhe diz. — O homem do povo é um assassino, uma besta violenta, um monstro.

Charles Boscamp está morto, pensa Sofia.

A vida é tão curta, Dodô, tão fugaz. Não devemos extrair o prazer de cada momento?

Será que Charles Boscamp morreu pensando nela, desejando vê-la uma vez mais?

Ela se lembra daquela festa em Istambul. Da cítara tocando na sala ao lado, do riso dos homens, da saleta abafada onde ele quer que ela troque de roupa e vista uma camisa de gaze e pantalonas. "Eu prometi que você dançaria para eles. Não me desaponte." Ela se lembra do gosto das lágrimas, do espasmo de medo diante da raiva dele. E se lembra de pensar: *Sua prostituta. Não sou senão sua prostituta.* Lembra-se dos olhos, delineados com *kohl*, cintilando.

De vez em quando, a vida é curiosa. Alguém disse isso, mas ela não consegue lembrar quem foi.

Um traidor e um espião russo? Ele também a traiu. Apesar de suas promessas, ele tentou vender as revelações dele, a verdadeira história da *belle Phanariote*, muitas vezes. Onde ela menos espera, até hoje, ainda surgem fragmentos dos manuscritos dele. E não vão parar de surgir com a morte dele. Sempre haverá alguém que se interesse por passá-los adiante.

Meias usadas, ela poderia ter-lhe dito. No mar de mentiras a respeito dela, uma história a mais não faz diferença. Ela não tem absolutamente nada em comum com aquela moça trêmula que ficava parada diante do seu senhor em Istambul, temendo que ele a devolvesse à mãe. Nada, a não ser um nome.

Félix procura nas *Nouvelles Extraordinaires de Divers Endroits** a confirmação do relato que acabou de ler. Ele não disse nada, mas ela sabe que, em Varsóvia, o retrato dele foi pendurado no cadafalso.

Os panfletos conseguem entrar na casa deles, na carruagem deles. Aparecem nos lugares mais inesperados. Outro dia, descobriu-se que a folha de papel com que Kotula estava brincando era, na realidade, um panfleto. E ela encontrou outro espetado na sua capa. No cadafalso, vêem-se desenhos grosseiros de Félix: *Chefe de Targowica, assassino da Polônia.* Há um no qual se vê Félix se escondendo atrás de uma mulher cujos seios saltam de dentro de um vestido curto: *Matei minha primeira mulher, meu país e a minha honra. Agora estou me escondendo atrás da minha puta.* Os criados gritam e juram que não compreendem como é possível aquilo. Félix já mandou embora cinco lacaios e duas criadas.

Se há como fazê-lo, ela própria queima os panfletos, antes que Félix os veja. Mas ela não pode queimar as cartas da esposa dele. A condessa Josefina implora a Félix que se arrependa, que volte para Tulchin, que abandone *madame* de Witt e seus bastardos. *Tenho informações seguras de alguém muito confiável de que o menor deles não é seu, Félix.*

Boscamp está morto. O que Cleópatra disse quando Hailes se desesperou: *Se o vires triste, diz-lhe que estou dançando.*

Rosalia

— Vou ficar aqui com a condessa — disse o dr. Lafleur. — Vá descansar um pouco.

Ela estava segurando uma vela, atenta à chama tremulante. A cera que se acumulava começou a escorrer vela abaixo.

Ele a estava mandando embora?

Esse era um daqueles momentos em que ela não sabia o que fazer. Palavras não ditas pareciam se estender entre eles, como um pântano. Ela tinha a sensação de que não o compreendera o tempo todo, de que as palavras dele induziram-na à ilusão. Havia também a idéia humilhante de que, ao contrário da vida dela, a dele tinha possibilidades infinitas

---

* Notícias Extraordinárias de Diversos Lugares, em francês. (N. da E.)

— cuja própria natureza lhe permitia esperar e ter esperança. O que ela poderia trazer de valor que se contrapusesse a tanta liberdade? Nada. Absolutamente nada.

Aquela lembrança ainda lhe ruborizava o rosto de vergonha.

No final das contas, tudo o que ela tinha a fazer era empurrar o pequeno móvel e a gaveta se abria com um estalo, revelando as folhas soltas de papel velino e algumas cartas. Havia também um maço de cartas amarrado com um pedaço de seda preta.

Uma mulher cujo nome não era senão um garrancho agradecia a sua mãe pela ajuda e pedia a Deus que a abençoasse, assim como a sua filha. *Quando todos se viraram contra mim e me condenaram pelo que eu havia feito, você, do fundo do seu coração, decidiu não me julgar. Que a Virgem Maria a proteja, com cuidados especiais.* Como a carta não significava muito para ela, rapidamente deixou-a de lado.

Rosalia não estava realmente procurando nada. Sua investigação era mais um desafio à mãe, pelo silêncio desta, por se sentir rejeitada.

> Antes de partir, Jakub ajoelhou-se e escondeu o rosto nas dobras do meu vestido, como se estivesse bebendo algo do meu ventre. Se ao menos eu não tivesse lhe dito que estava esperando um filho, era o que eu pensava, ele nos levaria junto com ele. Ele tentou de todas as maneiras desviar a minha atenção daquele navio afundado e da recusa de Fiszer de participar daquela missão desconhecida. "Não tem jeito" disse ele. "Você sabe bem que eu não lhe pediria para ficar se não achasse que era melhor."
>
> — Deixei a minha gente por você — eu disse — mas você não deixará a sua.
>
> Eu estava tão zangada com ele naquele momento que afastei a mão dele e não permiti que me tocasse. Disse-lhe que ele estava levando o único motivo que eu tinha para acreditar que fizera o que era certo. Que sem ele não havia lugar para mim, não havia família, não havia gente

que eu pudesse chamar de minha. Eu sei que ele não iria mudar de idéia, mas queria que ele soubesse como eu estava magoada. Também por isso, eu não me perdoaria nunca.

Quando ele saiu, fui com Rosalia ao porto. Ela começou a contar os navios e lhe pedi que parasse. Contar qualquer coisa dava azar, minha mãe e tia Hannah sempre diziam. Mais tarde, quando Rosalia estava soltando uma pipa que Jakub lhe dera, tentei matar a amargura no meu coração, mas não consegui. A Polônia, pensei, era como uma fera ávida de sangue que exigia o sacrifício de si própria a cada geração. Ela nunca se satisfaria, e sempre tomaria as vidas de seus melhores filhos. Sentei-me no banco do porto e fiquei lá muito tempo, mesmo depois que as velas desapareceram no horizonte, e senti como se a minha vida tivesse terminado, como se tudo o que eu fizera me tivesse levado a esse momento de completa solidão. O tempo, pensei, era um ladrão, que roubava da vida uma gota de cada vez.

— Voltarei logo — disse Jakub. — A vida não acabou, Miriam.

Ele me chamava Miriam. "Minha pequena e doce Miriam", sussurrou ele no meu ouvido pouco antes de subir a bordo.

Um medo me agarrou, um pensamento: e se ele não voltar nunca mais? "Uma hora má", chamava minha tia uma hora dessas. Uma hora em que os piores pensamentos se tornam realidade. Fiz tanto esforço para desfazer esse pensamento, para apagá-lo do meu coração. Na igreja, ajoelhei-me na frente da Virgem Maria, a quem, Jakub um dia me disse, o rei João Casemiro consagrara a Polônia fazendo Dela a nossa Rainha. Uma rainha judia da Polônia, eu não parava de pensar, vai me compreender. Eu já dei o suficiente, rezei. Abri mão do meu povo, meu Deus. Não chorei quando tive de criar minha filha no exílio, sem saber onde iríamos morar, a cada mês essa incerteza. Acompanhei meu marido fielmente, chegando até o porto de Livorno, fui aonde quer que o dever dele e o amor pela Polônia o chamassem. Procurei ser uma boa esposa e uma boa mãe, sem sobrecarregar ninguém com a minha dor. Ensinei minha filha a rezar pela Polônia e a chamar o pai de herói. Será que eu não deveria ser poupada?

Agora eu já sabia que era tarde demais. Agora eu sabia tanta coisa mais. "Uma judia sempre será uma judia", ouvi Antonia dizer a Klemens.

Havia duas cartas naquele saco marrom. A primeira tinha sido escrita um mês antes que a febre amarela o atacasse, tão esmaecida que eu quase não conseguia ler as palavras. "Por que estamos aqui, tão longe da Polônia", ele perguntava. "Disseram-nos que iríamos manter a ordem entre nossos conterrâneos, mas estamos mantendo a ordem dos franceses que a impõem a escravos." Ele contou que os negros os atacavam principalmente à noite. Primeiro, eles ouviram o canto, depois, vozes de mulheres e crianças, uma breve explosão de vozes cantando, e, então, silêncio. Depois, veio uma outra explosão de canto, de outra direção, depois mais um longo silêncio, e mais outra canção. Eles estavam armados, olhando ao redor, à espreita, esperando. Os negros emergiram da floresta, arremessaram-se sobre eles, e depois desapareceram na escuridão como se não passassem de fantasmas.

Os franceses lhes garantiram não ter nenhuma intenção de reinstituir a escravidão. Napoleão estava apenas impedindo que a rebelião destruísse o país. A luz da liberdade não pode ser extinta ao bel-prazer de alguém, disseram eles, negada a uns e concedida a outros. Ele escrevia como se fizesse força para acreditar neles.

A segunda carta era mais curta. Jakub estava escrevendo do hospital. Ele já estava sentido dores agudas nos olhos e sabia o que viria. Ele já vira muitos soldados dele morrer da febre. Ele disse na carta que ouvira rumores de que havia soldados poloneses cruzando a fronteira para se juntar aos negros em sua luta pela liberdade, quatrocentos deles. "Rezo ", escreveu, "para que esses rumores possam ser verdade." Então a letra das últimas linhas estava tão fraca que levei um bom tempo para ler todas as palavras: "Ah, Miriam, minha doce Miriam! Eu gostaria que tivéssemos morrido naquele dia em Uman: de mãos dadas, inocentes, juntos."

Ah, Jakub. Meu mais querido, meu amado. Uma vez você me disse que poderíamos mudar nosso destino e ainda assim encontrar felicidade. Quando acordo no meio da noite, me vem a idéia de que eu causei essa sua morte, que você tinha de morrer pelos meus pecados, morrer tão longe da Polônia, de tudo que você amava. Eu gostaria de ter tido forças suficientes para ter ficado em Uman e aceitado o meu destino, ser a mãe de filhos judeus que não teriam vergonha de mim, que prezariam os nomes dos meus pais e transportariam os sonhos deles para o futuro.

Abaixo, sob uma linha grossa, numa tinta diferente:

Minha filha nunca deveria ter nascido. Sei que vou perdê-la como perdi os outros, como perdi a que Jakub esperava poder nascer em Zierniki. E mesmo que sobreviva, ela também vai sofrer pelos meus pecados.

Rosalia deixou os velhos papéis caírem no chão. A injustiça contida nessas palavras era tão imensa. Seria a prova do que ela suspeitara esse tempo todo, de que sua mãe não a amava? O motivo pelo qual mamãe sempre lhe lembrava dos seus deveres e nunca dos seus prazeres?

Minha filha nunca deveria ter nascido.

Ela fechou os olhos e pensou no mar, naquele navio que afundara, naquele navio do qual seu pai não queria que elas soubessem. Ela pensou na pipa que ela não conseguiu manter no ar naquela tarde, pois a pipa caía sempre e nunca ocorreu o puxão de linha que ela sabia ser importante ter acontecido. No menino que a arrebentara, e, fugindo dela, fora para perto da família dele — do pai dele, que não fora embora como o dela.

— Você abriu a gaveta, Rosalia? Você leu meus papéis pessoais?

O rosto da mãe estava vermelho de raiva, feio, extremamente desagradável, e disforme pela dor.

— Não está vendo que essa é uma má ação? Uma coisa pavorosa, horrível!

Ela podia ouvir as vozes dos primos brigando no jardim. A criada lhes pediu que parassem naquele momento senão ela chamaria *madame* e eles iriam se arrepender.

— Por que você disse, por escrito, que eu nunca deveria ter nascido? — perguntou Rosalia. Sua mãe reagiu como se não a tivesse ouvido, como se a pergunta não existisse, como se nunca lhe tivessem perguntado sobre isso.

— Não sabe que é muito feio espionar as coisas dos outros?

— Sei, mamãe.

— Então quero que prometa nunca mais fazer isso.

— Prometo.

E mesmo que sobreviva, ela também vai sofrer pelos meus pecados.

Rosalia teria prometido qualquer coisa, qualquer coisa para apagar o fedor daquelas linhas que ela tentaria riscar da sua cabeça para sempre, para impedir que sua mãe a olhasse com tanta raiva e desagrado.

— Quero que vá para o seu quarto agora — ouviu ela. — Para pensar no que fez.

"Quando eu morrer, Rosalia", ela ouviu antes de mãe fechar a porta e sair, "Você vai poder ler tudo — quando eu morrer."

Sofia

Félix está falando com ela. Ele chegou a alguma conclusão.

— Pense no que aconteceu aos gregos. Eles não morreram sem deixar prole, por isso ainda há descendentes deles andando pela terra.

Alguns talvez tenham se tornado turcos, outros, italianos. Alguns talvez ainda sejam gregos, e o sangue deles corre nas suas veias.

Já faz dois anos que eles estão em Hamburgo. Kotula está no quarto ao lado, brincando com a governanta inglesa. Ele já começou a falar. — Pega — grita o menino. — Me pega. — Ele não tem permissão para chamar Félix de papai. — Meu senhor — diz Kotula, dando um beijo de boa-noite no retrato do pai, como ela lhe ensinou. "Beijo beijo amo amo". Nicolai ainda é bebê. Barulhento, exigindo atenção. Pronto para gritar de raïva quando qualquer coisa o contraria.

Ela pensa no mar de Istambul. Numa noite clara, ela se lembra, quando Mana estava dormindo, ela subiu no telhado da casa. O céu estava coalhado de estrelas, luminosas e tentadoras. Ela tentou olhar além delas, para o vazio negro de onde elas tinham surgido mas o nada não lhe prendeu a atenção por muito tempo. Em vez disso, ela contemplou a imensidão do mar, lembrando-se de como ficava parada na praia, admirando o movimento das ondas, e achando que a espuma branca era como uma renda belga nos punhos de uma dama rica. Do telhado, ela ouvia as ondas escuras, arrebentando e borrifando espuma nos pedregulhos da praia. Mais tarde, Mana a encontrou lá, de olhos perdidos na distância. — A esperança não constitui o curso da ação, Dodô — disse ela. — Você precisa de algo muito mais forte que esperança.

— Pense nisso — diz Félix.

Ela não sabe o que pensar. Em momentos assim, parece-lhe que ele está enlouquecendo, que o bombardeio de acusações, o disse-me-disse, os panfletos e as piadas acabaram levando-o à loucura. Félix não confia nela. Ele suspeita de qualquer homem que se aproxima dela: jovem ou velho, bonito ou feio. Ele quer saber o que Sofia acha deles, e fica aliviado se ela os considera tediosos ou pedantes ou tolos. Se ao menos ele pudesse se casar com ela, diz Félix. Agora. Nesse minuto. Ele confia mais no poder do nome Potocki do que em si próprio.

— Pense nisso — Félix repete.

Porque, quem é ele?, Félix pergunta a Sofia. Se o destino não lhe tivesse passado a perna, ele poderia ser o rei da Polônia. O seu sangue não era mais puro que o dos Poniatowski? Mas ele precisa ser sempre polonês? Tem que continuar polonês quando seus conterrâneos teriam-no obrigado a se afogar num copo d'água?

Já agüentou o suficiente. Tulchin agora fica na Rússia. Assim como Uman. Sua propriedade, suas terras ucranianas, agora fazem parte do império russo e, portanto, tornam-no súdito russo.

— Agora sou russo — declara Félix. É a crueldade polonesa, ele lhe diz, que o faz dizer essas palavras, palavras que ele teria considerado indignas e malévolas. — A Rússia é onde se encontra o meu lar. A Rússia é onde vamos viver.

Os países são como os homens, ma belle Phanariote. *Larga-se um quando outro melhor aparece.*

Sofia endureceu. Ela não é como Félix, pensa; ela não será julgada. As pessoas podem dizer o que quiserem que ela não se importa. Ela é o seu próprio juiz, a sua própria consciência.

Em seus sonhos, aparecem amantes. No escuro, ela não vê os rostos deles, mas seu corpo sente o aperto dos dedos desses amantes, a mordida dos dentes deles. São selvagens, violentos nos seus desejos, insaciáveis. Fortes, por terem uma vida de luta. Forjados como o ferro, experimentados e verdadeiros, sem nenhum fiapo de excesso sequer em seus corpos. Ela se entrega a esses amantes com gemidos que acordam Félix.

— Quem é Lisandro?

— Um primo meu, com quem eu costumava brincar, desde criança. Ele se afogou quando tinha doze anos. O pai dele atravessou o campo com Lisandro nos braços, o corpo mole, as mãos pendendo. Os olhos fechados. A única coisa em que eu pensava era: nunca mais verei seus olhos.

A facilidade com que as mentiras fluem não a espanta mais.

Em Lvov o seu processo de divórcio está correndo sem dificuldades, graças ao dinheiro de Félix. José não fez objeção ao que as testemunhas relataram. *Madame* Czerkies, de Kamieniec, jurou que a senhora Sofia Glavani, uma virgem de Istambul, fora tirada de casa pelo major de Witt, tendo sido levada à força, e, também à força, fora levada para a igreja de Zienkowice, onde na casaram com o seu captor. Dentro de algumas semanas, Sofia terá de ir a Lvov prestar o seu testemunho, confirmando a mesma história. Então, só resta esperar por uma mudança no coração de Josefina.

Por enquanto, ela se consola. Tem uma nova paixão: leques. Quando se enfeita um leque com penugem de gansos, ela se gruda nos lábios, como teia de aranha. E há também pele de cisne. Quando Sofia tocou naquele pergaminho fino pela primeira vez ela achou que era exatamente isso: pele de cisne. Mas então lhe contaram que esse pergaminho especial era feito de pele de um carneiro ainda por nascer, que, depois, era limada, raspada até ficar bem fina, e alisada com pedra-pomes e giz.

O luxo também tinha de ser aprendido. Primeiro tinha de ser provado, para então revelar todos os seus prazeres. Como o mel silvestre, as maçãs siberianas e esturjão defumado. Como o veludo de Utrecht e o couro marroquino.

— Vamos voltar para a Rússia. Já informei a minha esposa que quero viver em Tulchin com você. Tudo o que você quiser será seu — diz ele, prendendo-a, sufocando-a de tanta impaciência, transformando-a em alguém que ela não conhece. — Minha Sofia. *Zosiu, Zosieńko.**

Ela não está arrependida de ter saído de Hamburgo. Está viajando sozinha, uma vez que Félix foi chamado a São Petersburgo por Catarina da Rússia, e ela precisa ir a Lvov. Mas *sozinha* quer dizer com Kotula e Nicolai, as duas governantas inglesas e uma francesa de Kotula, a ama alemã de Nicolai, a governanta polonesa e as duas criadas francesas dela. *É uma verdadeira torre de Babel,* ela escreveu a Félix. *Brigas e disputas sem fim, que tenho de separar e solucionar. A senhora David me disse que preferia mil vezes comandar uma tropa de granadeiros que uma ama-de-leite! Só as governantas inglesas, com quem eu me preocupava mais, é que não me causam nenhum problema.*

Na Polônia, a última insurreição desesperada contra os russos terminou em derrota, exatamente como Félix profetizara. Em 1795, a última, e terceira partilha eliminou a Polônia do mapa da Europa. Kościuszko e centenas de seus oficiais e soldados estão em São Petersburgo, como prisioneiros; e os que conseguiram escapar da perseguição saíram do país, e formam uma onda de exilados que buscam meios de lutar pela Polônia, avaliam alianças, e procuram decidir que lado apoiar. Ela viu um desses grupos em Berlim, na sua volta de Hamburgo. Cinco homens

---

* Sinônimo e diminutivo de Sofia, em polonês. (N. da E.)

embrulhados na bandeira polonesa, numa esquina, distribuindo folhetos, à espreita, atentos à aproximação de guardas prussianos. Homens de olhos cansados, injetados, apelando para a consciência da Europa.

A esperança não constitui o curso da ação, ela quer lhes dizer.

Estanislau Augusto, o último rei da Polônia, foi obrigado a abdicar e tornou-se um *convidado* da corte russa. Catarina não quer que ele busque arregimentar simpatia pela Polônia nos palácios da Europa.

Sofia se nega a pensar nele desse modo. Para ela, Estanislau Augusto sempre será como lhe pareceu ser quando o viu pela última vez. No palácio Lazienki, beijando-lhe a mão, três vezes. Um homem de voz gutural, sedutora, e com um meio sorriso em seus lábios finos e estreitos. Ela pediu que Félix fizesse investigações na corte russa. Talvez houvesse algo a ser feito que pudesse melhorar a sina de Estanislau, ainda que fosse algo de pequenas proporções. Ela sempre acreditou no poder dos pequenos passos, das pequenas vitórias imperceptíveis, de volteios onde passos fossem impossíveis.

No trajeto de Hamburgo a Lvov Sofia fez algumas descobertas agradáveis.

Em Nieborow, a propriedade dos Radziwill, situada a algumas horas de carruagem de Varsóvia, *madame* de Witt é recebida de coração aberto. O conde Potocki não é traidor para todo mundo. Afinal de contas, ele ainda é um Potocki. Ainda tem lá os seus milhões apesar de tudo que aconteceu. A influência de Félix em São Petersburgo também não é assim tão desprezível, agora que muito da Polônia faz parte da Rússia. Mais do que nunca, precisa-se de bons amigos na corte russa.

Uma transformação, Sofia pensa. Longe dela, Félix melhorou, tornou-se mais atraente.

Aqui, em Nieborow, é importante que ele a ame. Tem importância o fato de Félix querer se casar com ela assim que Josefina der o seu consentimento. Tem muito mais importância do que ela gostaria que tivesse. Todos esses fardos, esses problemas passados, a incerteza, as humilhações, diz sua anfitriã, logo serão apenas lembranças.

— Só encontramos a verdade dentro de nós mesmos, na paz e na solidão, minha querida amiga — continua a falar a princesa Helena Raziwill. — Não devemos prolongar o passado nem guardar rancor daquilo que não podemos mudar.

A princesa envolve um xale de caxemira no seu vestido solto, de musselina, preso com uma faixa bordada.

— Serei a sua guia — diz ela, dando o braço a Sofia. O rosto está corado de orgulho. Arcádia, o jardim da princesa, é o seu tesouro adorado.

A parte mais bela de Arcádia, a princesa diz a Sofia, é o templo de Diana, que se ergue do lago. O templo recebe o sol nascente e o poente. Ao anoitecer, os últimos raios de sol refletem-se num espelho de cristal, guardado por dois leões de pedra. O espelho, envolto nas espirais de fumaça que saem dos turíbulos localizados na entrada do templo.

— Terra, Ar, Água e Fogo encontram-se aqui — diz a princesa.

Dove pace trovai d'ogni mia guerra, ela lê na inscrição em cima do portal.

— É de Petrarca. Aqui encontro minha paz depois de cada guerra.

Um belo jardim é um lugar de solidão e da amizade verdadeira. Ele só aceitará aqueles cujo espírito é puro.

— Ah, minha querida amiga! — diz a princesa. — Sem ele eu não teria sobrevivido aos embates da vida.

Arcádia não é grande, mas a guia de Sofia é inteligente. Os meandros do jardim podem levá-la aonde ela já esteve, mas cada vista é diferente, cada pedra, cada ruína tem uma história. De longe, ela ouve os filhos rindo. Os dois "gatinhos" encantam os filhos da princesa Helena, que não deixam seus convidados sozinhos.

E pensar, ela gostaria de dizer, que em Hamburgo ninguém queria nos cumprimentar. Mas ela não vai prolongar as dores do passado. Cada dia é um novo dia. A cada dia, uma nova oportunidade. Dentro de alguns meses, ela estará livre para se casar de novo. Assim que Josefina consentir, seus filhos serão Potocki, e não apenas "gatinhos" sem nome.

Naquela tarde, ela se senta à escrivaninha e escreve a Félix:

> Mon ami:
>
> *Chegamos aqui ontem, já tarde. Tomei um banho, do qual eu precisava muito. A princesa Radziwill, entre os de sua família, é algo que merece ser contemplado. Antes do jantar, as crianças tocaram um pouco de música. São todas muito*

talentosas. Estou anexando uma polonaise *composta por Krystyna. Peço que você a dance no primeiro baile que você der em Tulchin. Sei que você estará dando bailes, foi o que proclamou milhares de vezes. Você me disse também que assim que chegasse à Ucrânia gostaria de afastar a tristeza desse país, de extinguir a lembrança das chacinas e da derrota.*

Kotula está exatamente ao meu lado enquanto escrevo. A princesa e as filhas estão apaixonadas por ele. Tão adorável e engraçado. Todos falam inglês aqui, e, por isso, ele está agora se dando muito bem com todas as filhas da princesa.

Depois do jantar, fomos todos visitar os jardins de Arcádia. É impossível imaginar algo que seja tão belo e romântico. Você conhece Arcádia, mas você o viu dez anos trás. Você não imagina o tamanho a que árvores jovens podem chegar em dez anos e nem que esse lugar encantador pudesse ter ficado até mais belo com os investimentos feitos nele. A princesa Radziwill é uma mulher encantadora e estou aprendendo muita coisa neste lugar. Enquanto passeávamos, pensei em você e no seu amor pela vida no campo e pela tranqüilidade da vida doméstica. Tenho certeza de que uma mulher como ela o faria muito feliz.

Mas voltando a Arcádia. Estou apaixonada por esse jardim. Não pode haver flor ou planta alguma nesse mundo que não esteja aqui. Enquanto eu passeava pelo jardim, revivia a primavera, no meio do verão. As plantas estão muito bem cuidadas, e toda árvore parece estar dizendo: eu gosto daqui! Sabe que, com os seus recursos, alguém poderia ter uma Arcádia ou um lugar até mais bonito que esse em apenas dois anos? Que tal, mon ami? Podemos ter um jardim como esse na Ucrânia? E quando tivermos o nosso jardim você poderia providenciar órgãos para lá, iguais aos que a princesa Radziwill tem em Arcádia?

Há um minuto, a criada chegou aqui, trazendo-me sua carta. Caio de joelhos, mon ange, *por todas as coisas maravilhosas que você escreveu a meu respeito. Mesmo que eu não seja como você me vê, procurarei com todas as minhas forças me tornar assim. Tornar-me-ei semelhante ao belo retrato que você pintou, e ficarei ainda mais feliz se, depois de todos esses esforços para lhe agradar, eu conseguir fazê-lo feliz. E se um dia a minha ternura fizer você esquecer todas as dificuldades dolorosas com que lidou, fizer você provar a felicidade da existência doméstica, então você não olhará para ninguém mais nesse mundo senão para a sua Sofia. Faço parte do seu mundo, pois acredito que você realmente me ama.*

Nossos meninos são tão encantadores, mon bon ami*! Li para Kotula tudo o que você escreveu para ele em inglês. Ele ouviu com grande atenção e depois correu para o meu quarto, pegou a sua miniatura, deu aquele beijo dele, "beijo te amo te amo", dez vezes, e perguntou: "Onde está o meu querido senhor? Eu gostaria muito de vê-lo. Reze, mamãe, vá comigo ao senhor. Sou bom."*

Nossa separação me fez ver o quanto eu o amo. Trouxeme de volta todos os sentimentos que você me despertava antes. Em Hamburgo, às vezes, eu achava que o amava menos do que em Jassy, Cherson ou Grodno. Mas desde que nos separamos, percebi que era o contrário, pois eu o amo mais do que nunca. Antes eu o amava loucamente, mas ainda podia fazer alguns planos; agora, não posso mais. O meu único sonho é satisfazê-lo e amá-lo até o dia em que eu morrer. Você sabe muito bem, mon ami, que, antes, minha cabeça ficava engendrando planos e maquinando o tempo todo; agora, estou calma e minha alma está tranqüila. Se não fosse pelas preocupações com o processo do divórcio, se não fosse pela enorme ânsia de estar livre e poder dedicar essa liberdade a você, acho que eu talvez não estivesse pensando em nada. Eu confiaria toda a minha felicidade a você, mon bon ami. *Se você não a construir, não há ninguém nesse mundo que possa fazê-lo, portanto, aceite que você seja o senhor do meu destino e eu dedicarei o meu tempo a acariciar nossos anjinhos.*

Nicolai está tão belo quanto o amor que eu tenho por você. Não gosto de olhar para ele porque não quero que haja ninguém no mundo mais belo que Kotula, mas não posso me impedir de abraçá-lo e beijá-lo. Nunca pensei que os lábios grandes dele ficariam tão bem-feitos, ou os olhos, tão pretos e tão luminosos. Ele merece ser pintado. Esse menorzinho vai eclipsar Kotula. Em Tulchin, não devemos mostrá-lo a ninguém. Temos que nos certificar de que a reputação de Kotula esteja garantida antes que Nicolai seja apresentado à sociedade.

Adieu, mon bon ami.

Sofia

Tomás

— Como é a morte de quem está com febre amarela? — Rosalia lhe perguntou.

Os olhos estavam vermelhos, as bochechas marcadas pelas lágrimas, mas ela não deu nenhuma explicação. O rosto, Tomás observou, estava mais pálido que de costume. Essa longa espera da morte tinha o seu preço. Ela nunca se queixava, evidentemente, mas ele nunca esperou que o fizesse.

Ele não lhe perguntou por quê. Era uma morte dolorosa, ele lhe disse. Às vezes começava com uma sensação de doença, exaustão e depressão. A maioria das vezes, contudo, vinha de repente. Uma dor muito forte nas órbitas, nos pés, nos rins e no estômago. Depois, havia acessos rápidos de tremores, acompanhados de uma febre seca. O rosto do paciente ficava ruborizado, e lágrimas corriam dos olhos esgazeados. O peito queimava de febre, mas o resto do corpo permanecia frio.

Ele parou, perguntando-se se deveria continuar. Algo no rosto dela o preocupou, algo fluido, que ameaçava se derramar. Ela não era um dos seus alunos, ele se fez lembrar. Deveria Tomás realmente lhe falar do medo da sufocação; do rosto que ficava lívido, do fluido esbranquiçado e espesso que cobria a língua ressecada e depois se transformava em incrustações negras; das fezes escuras de sangue; das manchas no pescoço, no peito e nos ombros. Ou do momento final em que o paciente, completamente exausto, não conseguia levantar as pálpebras. Apenas o tremor dos músculos oculares anunciaria a morte iminente.

— Eu lhe suplico — disse ele. — Não faça mais perguntas.

Os lábios de Rosalia tremiam. Ele percebia que havia outras palavras na ponta da língua dela.

— Meu pai morreu de febre amarela em Santo Domingo — sussurrou a moça.

Ele se levantou e lhe serviu um pouco do conhaque da garrafa que estava no aparador de mármore. Não era a primeira vez que ele dava graças às habilidades domésticas de *frau* Kohl. Ela pegou o cálice e levou-o aos lábios. Um gole. Depois, outro. Ele queria lhe pedir que fosse mais devagar, mas, vendo a cor lhe voltar ao rosto, não disse nada. O que poderia dizer a essa mulher, tão jovem, e tão consumida pelo luto. Essa mulher que só tinha olhos para os mortos.

— Sinto muito — disse ele.

O que mais poderia lhe dizer? Que Napoleão não se preocupava a mínima com a liberdade dos poloneses, nem de quaisquer outros, e que era essa impiedade que o fazia ser quem ele era? Que se o pai dela vivesse ele poderia ter morrido nos campos da Rússia, surrado até a morte por camponeses que pagavam dois rublos de prata pelo privilégio? Ele deveria insistir, como Inácio teria feito, que deveríamos extrair um significado mais profundo da dor? Um significado que nunca perdia a força com o tempo, que passava de uma geração para outra, num revezamento de deveres, de obrigações? Tomás não poderia questionar esses sentimentos nobres, mas desejava que não fosse assim, desejava que ela fosse poupada.

O conhaque deixou-a com as faces rosadas. Foi um desses momentos em que ela se mostrou mais bonita, o rosto iluminado pelo sol tímido de novembro, os olhos castanho-claros, cálidos e úmidos.

Vis medicatrix natura, pensou ele. É isso que pode obrigar a tristeza a sair do seu coração.

Sofia

Ela pensa: entre Deus e o Diabo há um território inexplorado. Será tolice pensar que ela não vai se perder por lá?

Félix está tão orgulhoso quando a leva àquele lugar pela primeira vez. Àquela garganta ucraniana cheia de grandes pedras avermelhadas, a uma curta distância de seu palácio de verão Uman.

— Vai ser muito melhor do que em Arcádia — diz ele. — Você verá.

Eles desmontam e os criados seguram os cavalos. Ele a toma pela mão e a puxa para que cheguem ao lugar em que o rio corre encosta abaixo.

— O seu jardim — diz ele. — Olhe.

Com Félix, tudo é possível. As árvores virão da África e da Itália, gigantes arrancados da terra, com as raízes embrulhadas em aniagem úmida, atravessando o mar e, acorrentadas, sendo içadas dos navios, em Odessa: plátanos, pinheiros de Wejmut, carvalhos. O olmo, que de tão sólido e pesado afundaria na água. A aveleira turca, do Cáucaso, capaz de florescer em lugar sombrio. Ela as verá escoradas, em buracos enormes, onde serão regadas dia e noite até enraizarem no solo. Até darem a impressão de terem sempre crescido ali, até não serem mais estrangeiras. Os servos de Uman trabalharão sem parar, iluminando o caminho com tochas, mudando riachos de lugar, cavando um lago. Depois começarão a chegar os pássaros, carmesim, pretos com manchas cor de laranja, azuis e verdes. Ela perguntará ao jardineiro de onde vieram, achando que também devem ter sido trazidos da Itália ou da França, mas o homem apenas sorrirá. "Eles são daqui", ele dirá, "dos nossos bosques ucranianos". Ele os chama cardeais, papa-figos e *evas.*

— Seus desejos — Félix lhe beija a mão — são minhas ordens.

Ela então diz que quer pavões, e, assim, pavões passeiam empertigados pelos caminhos do seu jardim. Ela quer música, e então se convoca uma orquestra. E a orquestra fica escondida atrás das moitas para que a visão de nenhum homem possa estragar o humor dela. Ela quer que se construam pequenas cabanas, cheias de vida, e ele mandará seus servos morar ali, vestidos de eremitas e pastores.

Félix tem planos até mais grandiosos. Ele já pode ver um grande lago alimentado pela água cascateante. Um lago oculto, ao qual o visitante será levado por um túnel subterrâneo. Ele gosta muito da idéia de uma viagem subterrânea, um momento de reflexão entre a noite e o dia, entre a morte e a vida. Um momento em que, defrontando-se com a lembrança dos pecados do passado, a alma se liberte deles através da esperança no futuro.

— Eu gostaria muito — ela murmura.

Nesse lago haverá uma ilha de Circe, mas não como a que há na *Odisséia*, onde os marujos gregos foram transformados em porcos. Ali, os animais chegarão a ter forma humana, pois, nesse abençoado jardim, os pecados da carne serão dominados; as trevas, conquistadas; e as almas renascerão.

A condessa Josefina Potocka se recusa a falar do divórcio, e, por isso, o conde Félix está lhe prometendo outra Arcádia.

— Ainda mais bela — o conde jura. Com grutas em que os convidados possam se esconder do calor do verão; com lugares secretos em que possam pensar sobre os caprichos da sorte; com lugares de onde se descortinem vistas extraordinárias; com uma "floresta grega", batizada em sua homenagem; com enormes pedras que pareceriam ter sido espalhadas pela mão de um gigante; caminhos estreitos suspensos sobre o precipício; vastos campos, lugares sombrios, transformados em Campos Elíseos.

Les jardins de Sophie.

Sofievka.

Ele já tem um engenheiro em mente. Um especialista em hidráulica. Metzel, que foi seu ajudante-de-ordens, meticuloso ao extremo. Ele já viu os primeiros projetos.

— Beije-me, meu *Elpida* — diz ela. E se entrega, descuidada, esquece as precauções. Em seu ventre ela sente outro filho se movimentando. O seu amor, ela lhe assegura, é tão imenso que ela aceitará qualquer destino. — Serei sua escrava — diz ela. — Serei sua amante para sempre se não puder ser sua esposa. Nada que você fizer mudará essa minha decisão. Sem você não há vida para mim.

— Olhe — ela diz a Félix, sabendo que ele não vê nada senão o prazer dela. No olhar assombrado dele Sofia não vê perigo dessa paixão diminuir. Ele acredita nela como uma criança acreditaria.

Elpida. O doador da esperança.

Olga

Olga se viu como um pássaro numa gaiola. Sua irmã deveria estar com ela agora, assim como seus irmãos. Ela não deveria estar sozinha com a morte.

Não sou como mamãe, pensou Olga. Seu corpo era delicado, ossos à vista, frágil. A boca também era grande demais para o rosto, os olhos, apenas uma pálida cópia dos de sua mãe. Eram pretos, muito pequenos, brilhantes, mas sem a força que sua mãe podia reunir sem fazer maiores esforços. A força que fazia os homens ajustar suas gravatas, e segui-la com os olhos aonde quer que ela fosse.

Levantando-se da cama, Olga, num rodopio, fez da saia uma espiral de tafetá de seda. Os irmãos muitas vezes caçoavam dela, dizendo que poderiam lhe envolver a cintura com uma única mão. Ela ouviu o médico francês sair da biblioteca. Ele estava falando com alguém com uma voz tonitruante.

Rapidamente, Olga esfregou as faces para deixá-las vermelhas e soltou os cabelos. Sentou-se na cama e espalhou a saia à sua volta, procurando deixar os pés à mostra. Tirara os sapatos baixos e estava usando meias de seda branca. E começou a chorar.

A porta do seu quarto abriu e Olena entrou, mas Olga a afastou com um aceno.

— Minha cabeça — gemeu —, meu coração. Chame o médico. Rápido.

O médico francês não parecia ter se alarmado. Tomou-lhe o pulso. As mãos finas do médico eram quentes, avermelhadas. Ela se perguntou por que ele não conseguia acabar com essa vermelhidão. Afinal, ele era médico. Bastante bonito também, como homem, apesar de um pouquinho baixo. Ela reparou que os pêlos no polegar dele tinham se levantado um pouco.

— É uma dor no coração — disse ela, apontando para os seios. — Bem aqui.

Da sua maleta de couro, Tomás tirou um estetoscópio e o pôs no peito dela. Por um momento, auscultou-lhe a respiração. Havia um ligeiro cheiro de pó em torno dele. Ele disse que não ouvira nada diferente do habitual, só a agitação: sem dúvida, a causa era a situação em que ela se encontrava.

— Vou lhe dar umas gotas de láudano, *mademoiselle* — disse ele, e ela detestou a compaixão que percebeu na voz dele. — São tempos difíceis para você. Você não deveria se deixar assustar tanto por momentos como esse. Somos apenas humanos.

No casamento de sua irmã ela bebera champanhe demais, encantada com a leveza que a bebida lhe dava. Dançara sem parar, atordoada de felicidade. Antes que seu novo cunhado, Pavel, a tomasse pelo braço e a convidasse para um passeio pelo jardim, ela dançara uma valsa com o jovem conde Naryshkin. "Você é muito mais bonita que sua irmã", dissera ele. Sofia, a noiva, de rosto enrubescido, estava olhando para ela do outro lado da sala com um olhar de alerta. "É a sua *joie de vivre*", dissera o conde.

— Tente se acalmar — disse Tomás. — Respire fundo.

Ela o olhou fixamente quando ele se serviu de água da garrafa de cristal, adicionou um torrão de açúcar à água, mediu a dose do láudano, e passou a mexer tudo junto. Os olhos dele perceberam o vestido amarrotado, os babados da anágua, o formato dos pés pequenos dela. Ela se perguntou se ele também achava que poderia lhe abraçar a cintura com uma única mão. Talvez ela o deixasse vê-la fazendo a saia rodopiar. Vê-la numa pirueta, rodeada de tafetá. Ouvir o farfalhar do tecido.

Ela tomou o láudano devagar, fazendo careta. Apesar do açúcar, havia um travo amargo ali, sob a superfície. Quando ele se aproximou para pegar o copo, ela lhe agarrou a mão e apertou-a junto ao coração.

— Você pode senti-lo agora? — perguntou a moça. — Está batendo agora até mais forte que antes.

Ele tirou sua mão da dela, desgarrando, um a um, os seus dedos dos dela.

— Você não deve se agitar tanto. Por favor. Pedirei a *mademoiselle* Rosalia que lhe faça companhia.

Aquela judia, pensou Olga, observando o médico sair da sala apressadamente. Jeroslav estava certo. Ela deveria mandar fazer uma busca nas arcas. Era tudo tão injusto. Não era suficiente que ela tivesse que vigiar as mãos de Rosalia? Assegurar-se de que sua mãe não fosse roubada em seu leito de morte? Aquele abutre, já contando os ducados que conseguiria obter, maquinando ficar com os vestidos da mãe, com as jóias dela. Como se não bastasse que mamãe estivesse morrendo. Que esse palácio horrível, meio vazio, lhe causasse arrepios. Que ela estivesse sufocando ali.

A porta se abriu sem barulho. Ela não precisava olhar para saber que era Rosalia. Olga reconheceria os passos dela onde quer que fosse.

— Vá embora — disparou Olga. Escondendo o rosto no travesseiro, ela ainda sentia as mãos de Rosalia, ajeitando a manta em seus pés. O ódio repentino que a atingiu parecia um raio.

— Deixe-me só, sua judia intrometida.

A satisfação, o prazer há muito esquecido de ficar quites. Como o de gritar com os irmãos no quarto das crianças. Não importava por quê. A visão das faces rubras de Rosalia fez com que ela continuasse. Isso e a possibilidade de chamar o dr. Lafleur de novo, imediatamente, talvez para sangrá-la.

— Ah, corra atrás dele — gritou Olga. — Acha que não sei o que você realmente quer? Mas ele não a quer. E minha mãe não vai lhe ajudar.

Apenas quando o láudano começou a fazer efeito, a crispação aguda dessa raiva se dissipou. Com os olhos pesados, Olga se rendeu à doce calma que a envolvia.

Sofia

A caminho do palácio de Uman, o cocheiro toma o atalho errado ao chegarem a uma encruzilhada. É domingo, e a carruagem atravessa um vilarejo com seus telhados de colmo, garças, panelas penduradas para secar nas cercas feitas de varas. Ela afasta as cortinas para olhar de relance o labirinto de veredas que vão de uma casinhola caiada de branco com janelas emolduradas de vermelho a outra, os jardins atulhados de moitas de lilases e girassóis.

Há algo nesse vilarejo que a faz lembrar de Istambul. Talvez o cheiro de poeira e calor. A sensação da terra quente sob seus pés. A fome daquele mundo esquecido de outrora. Eu sou eu, ela se lembra de pensar, e ninguém é como eu. Há novas e pequeninas árvores brotando ao redor do velho carvalho. "Veja como elas têm esperanças", o internúncio uma vez comentou. "A seu ver, quantas vão chegar a crescer?"

Charles Boscamp. Mas ela não vai pensar nele. Ou no cadafalso de Varsóvia onde seu corpo torturado ficou pendurado horas e horas, açoitado pela chuva. Cada dia é um novo dia.

Há uma feira no vilarejo, e a marcha da carruagem dela tem logo que ser reduzida, pois o caminho fica obstruído pela multidão que vai aumentando. "Como uma nuvem de gafanhotos", Félix diria ao ver tantas carroças, tabuleiros, montes de frutas, cestas, sapatos de fibra grossa, pratos e tigelas pintados. Surda devido ao grunhir dos porcos, ao relinchar dos cavalos e ao cacarejar das galinhas. Há uma mulher vendendo bolinhos. Bem na frente dela, um pequeno fogão, e uma frigideira já a postos. A mulher guarda a massa debaixo da saia. Ela então lambe os dedos para que a massa não se grude neles, pega um pouquinho da massa de dentro de uma tigela, e a joga na frigideira.

Ela não conhece essa gente, diria Félix, ordenando ao cocheiro que os tirasse dali. Ele tentou amedrontá-la com histórias de servos fugidos, de desertores do exército, dos *haidamaks*, e lhe chamou a atenção para o poço de Uman um dia cheio de cadáveres de poloneses, para a sinagoga onde os judeus foram queimados vivos. As crianças órfãs de Uman ficaram meses no palácio de seu pai, antes que acordos fossem feitos; tantos órfãos, de olhos arregalados e vazios.

— Você nunca conheceu esse medo — disse ele.

Você só luta por aquilo que se engendrou em seus ossos, Félix. Você só vê aquilo que se mostra a você.

Ninguém consegue ver todas as árvores, Félix. Só Deus vê a floresta inteira.

* * *

Ao se aproximarem da hospedaria do vilarejo, ela ouve o ruído de saltos batendo no chão e os primeiros sons de uma dança cossaca. Do lado de fora da taberna, ela vê um rapaz com uma garrafa de vodca numa das mãos e uma pequena tigela na outra.

— *Pij* — ele arrulha, chamando os passantes. — Beba, irmão, é Matwij Szpon que está pagando!

Ela vê que há homens que param e bebem com ele, enxugando a tigela com a beira de suas camisas brancas. Se alguém recusa o convite, ele joga vodca no chão e cospe em cima, depois que o tolo passa.

Enquanto a carruagem segue o seu caminho, deixando a hospedaria para trás, ela vislumbra um convento. Uma pequena e modesta construção de madeira, mal digna do nome que lhe dão. É ali que ela vai, diz ao cocheiro. É ali que podem pedir ajuda. Já do lado de dentro dos portões do convento, ela vê um pequeno grupo de mulheres ucranianas com seus lenços coloridos, bebendo *kvas** e hidromel, que um monge careca vende.

Ela salta da carruagem, logo sentindo alívio nos músculos cansados, e manda a criada avisar às freiras da chegada inesperada da condessa Potocka. Em seguida, Sofia nota, com satisfação, que elas logo lhe trazem algo para beber e lhe oferecem um quarto. De manhã, tranqüilizam-na, uma das noviças levará o coche de volta à estrada principal e ela poderá prosseguir viagem.

— Ah, Alteza, foi a própria Virgem Maria que a trouxe aqui! — diz a prioresa, levantando as mãos para o céu. — Porque as nossas necessidades são de fato imensas.

Ela faz sinal para que a criada deixe cair um punhado de ducados na caixa das esmolas. Ouve-se o barulho deles ao bater no fundo.

A beleza é barata, minha Dodô. Ser útil, não.

Na cela onde as freiras lhe prepararam a cama, há uma pintura na parede, um esforço amadorístico de algum monge do lugar. Ao aproximar uma vela do quadro, ela vê que a obra representa o Juízo Final. Os anjos com trombetas estão acordando os mortos. As chamas do Inferno cobrem quase metade da tela. Entre essas chamas — interpretadas um tanto cruamente, como línguas gigantescas — vê-se Lúcifer, as pernas

* Refresco russo à base de centeio. (N. da E.)

grandes e contorcidas terminando em cascos. Nas mãos grandes e peludas, o príncipe das trevas segura as correntes do Inferno, onde muitos pecadores estão sendo torturados, cada um de um modo diferente. O pintor, ansioso para que a moral da sua pintura não passe despercebida, acrescentou nuvens brancas que saem dos lábios dos pecadores, cada uma delas enfeitada com uma legenda.

Sentindo-se melhor depois de uma refeição de queijo, pão preto e uma caneca de hidromel, ela se diverte observando os pecadores. Há um senhor cruel que está sendo açoitado, exatamente como ele fazia com os servos. Um avarento, sendo alimentado à força com moedas de ouro. Um judeu, metido em sua capa preta, a quem derramam vodca goela abaixo. Ao lado dele, vê-se uma mulher de pele clara que está sendo castigada por um pequeno demônio rijo que a tortura com tenazes e lhe derrama alcatrão líquido nas partes íntimas, com um entusiasmo que a faz rir. Há outro demônio defecando na mulher, enquanto mais outro derrama ouro líquido em seus seios nus. A legenda da boca da mulher diz: *Isso é o que acontecerá contigo por teus pecados.*

Kotula, Nicolai e a pequena Helena afastam-se dela, um após outro, em uma semana. Levados pela escarlatina, a mesma erupção no peito e no pescoço, a pele dos dedos, grossa e se descamando, as línguas vermelhas, da cor de morangos. A respiração deles sai com dificuldade da garganta ferida, as mãos se afastam das dela, lutando contra sombras aterrorizantes.

— Estou aqui — ela sussurra nos ouvidos quentes deles, mas os filhos não a escutam. A morte toma toda a atenção deles, toda a força.

Helena não crescerá, não se casará, não lhe dará netos. Kotula e Nicolai nunca mais a chamarão de mamãe. O desespero tem gosto de cinzas. Deixa-a insensível. Repudia toda esperança.

— Eu os quero enterrados aqui — diz ela a Félix. — Em Sofievka. No meu jardim.

Ela ainda é apenas amante dele. *Será que madame de Witt ou seja lá como ela se chame agora se considera uma Napoleão fêmea, agarrando o que não é dela,* Josefina escreve a Félix. *Se assim for, por favor, lembre-lhe o que já declarei muitas vezes. Só há uma única condessa Potocka ao seu lado.*

— Uma igreja em Uman — diz ele — seria melhor.

Ela pensa: não a igreja paroquial onde estão enterradas gerações de Potocki, mas a pequena igreja de Santo Antônio onde seus bastardos não chamariam a atenção.

Ela pensa: melhor do que o túmulo no campo em que o corpo de Gertrudes foi enterrado, com o filho não nascido ainda dentro dele.

Todas as fibras do seu corpo lhe pedem que o agrade. Que lhe diga que os desejos dele são ordens para ela, mas que o desejo de desafio que há nela não será saciado.

— Eles são crianças — grita ela. — Eles não querem ficar entre pedras.

Félix olha para ela, os olhos esbugalhados cheios de dor.

— Sofia — ele sussurra. — Minha querida. — Ele nunca quis magoá-la, diz ele. Nunca. Ela terá o que ela quiser.

Um padre consagrará o lugar escolhido em Sofievka. Lá, pelo menos, ela pode imaginar as almas dos filhos saindo dos túmulos para brincar de pique nos Campos Elíseos, e se esconder na gruta do Trovão, onde a água açoita como a chuva numa tempestade. Ou atravessar o túnel subterrâneo que vai dar no lago superior e brincar de esconde-esconde no pavilhão da ilha do Amor.

Ela se mete na cama e fica ali imóvel, por dias, recusando-se a ver quem quer que seja. Não consegue nem rezar. Depois de algum tempo, ela já não tem mais lágrimas, tem apenas soluços secos misturados à fúria. Se Deus a está castigando, ela pensa, Ele sabe o que está fazendo.

Todos os dias ela ouve Félix do lado de fora do quarto, os passos dele se aproximando, parando, e voltando para trás. Será que ele está desapontado pela força do sofrimento dela?

Quando, por fim, ela sai da cama, com o rosto pálido, encontra-o na sala de música, tocando piano. Uma valsa. As mangas do casaco estão arregaçadas e ela quase sufoca ao ver os pêlos pretos na pele flácida dele.

— O sofrimento demasiado — diz ele, vendo-a à entrada da sala, encostada ao portal para se apoiar — significa se recusar a confiar na misericórdia do Senhor.

Ela não vai embora. E não fecha os ouvidos à música.

Isso não é o fim, ela pensa.

A raiva a cegava, fazendo-a andar de um lado para o outro no quarto, puxar violentamente as cortinas para fechá-las, e depois abri-las de novo, e, com uma borla dourada recém-arrancada na mão, jogar-se na cama, e esconder o rosto no travesseiro.

Judia intrometida. A filha de sua mãe. *As mulheres deles. O sangue deles.* Foi por isso que seu pai deu a vida?

Você terá de sofrer pelos meus pecados, Rosalia. Por nenhum erro seu.

Ela se levantou, arrumou o vestido e se olhou no espelho. O cabelo tinha se despenteado. Havia um vinco na face direita, uma marca feita pelo travesseiro. Respirou fundo. Mais uma vez.

— Conte até dez — sua mãe diria. — Antes de fazer alguma bobagem, conte até dez.

Os olhos no espelho lhe pareceram opacos e sem vida, a pele, amarelada e flácida. Era um rosto que ela quase não reconhecia. *Ele também não a quer.*

Ninguém a viu quando ela passou sorrateiramente pela porta dos criados. Depois da chuva da manhã, o ar estava fresco, o calçamento ainda estava molhado. O sol espiava através dos espaços entre os prédios, o vento lhe tocava o rosto e o refrescava. Apenas por alguns minutos, pensou. Ninguém notará que saí.

Ela caminhou pela Unter den Linden. Perto da universidade, atravessou a rua para evitar a aglomeração de estudantes, falavam alto e gritavam. Um deles subiu numa caixa de manteiga e gesticulou muito em meio a acessos de riso e aplausos. As roupas dele fizeram-na lembrar de um palhaço: azul, vermelho, verde, amarelo, tudo misturado. No chapéu laranja havia uma pena e ele o acenava agora, como se estivesse regendo uma orquestra.

> Eu gostaria de ter tido forças suficientes para ter ficado em Uman, uma mãe de filhos judeus que não teriam vergonha de mim.

Ela andou rápido, os saltos batendo na calçada de pedra. Na frente dela, um homem alto e corpulento, usando cartola e calças-pião inclinou-se para uma mulher que agradeceu o cumprimento dele com um leve movimento de cabeça. Era uma mulher elegante, vestindo uma capa pesada, debruada de arminho. Então ele atravessou a rua e acabou desaparecendo.

O dr. Bolecki a viu, antes que ela o visse. Ele estava parado perto da loja de estampas, as mãos para trás, segurando a bengala.

— *Mademoiselle* Rosalia! — ele exclamou. — Aonde a senhorita está indo? Em que posso servi-la? A senhorita está bem?

— O senhor não deve se incomodar por minha causa — disse ela, admitindo que sua única intenção era caminhar um pouco. Ela sentira uma fraqueza momentânea, mas isso já passara.

— Mas eu preciso de uma caminhada tanto quanto a senhorita — o médico retrucou. Havia um ar de leveza nele, uma certa agitação que ela não vira antes.

Ocorreu-lhe que ele também poderia estar pretendendo ir para a América. Na loja de estampas, a ilustração que ele estava contemplando era a de um navio. Um veleiro de velas brancas, que o vento enfunava. Dois homens a bordo olhavam a praia.

Mas essa hipótese provocou uma gargalhada.

— Estou voltando para a Polônia — disse ele. — Ao contrário do meu bom amigo, não acredito que possa começar uma nova vida. Não acredito em fugas.

Ele lhe estendeu o braço e ela o tomou, reparando que, nessa rua de Berlim, o dr. Bolecki era uma figura popular. Ela logo parou de contar quantos homens tinham-no cumprimentado e parado para lhe perguntar sobre sua saúde, e quantas vezes ele tirou o chapéu para saudar alguém. A presença dela ao lado dele, Rosalia notou, provocava curiosidade, mas ele não permitiu que os perturbassem mais do que o necessário para uma breve troca de gentilezas.

Ele estava cansado, disse Bolecki, de Berlim. Aqui, ele estava se tornando um médico da moda e isso não se adequava ao seu caráter. Alguns pacientes gratos representavam uma bela recompensa por seus esforços, mas ele ainda era jovem o bastante para esperar mais da vida.

Um homem de sobrecasaca preta debruçou-se à janela de uma carruagem, e os cumprimentou. O dr. Bolecki inclinou-se de volta.

— Aquele é *herr* Trommer — ele sussurrou com um sorriso. — Eu o curei da gota e ele nunca pagou a conta. Na última vez que me viu, ele se esquivou tão rapidamente que achei que daria com a cabeça no chão.

Só que, pouco depois, o sujeito me mandou ostras. Um pequeno tonel cheio delas. *Mademoiselle* gosta muito de ostras?

— Não — ela riu. — Não muito.

— Ostras, é claro, não duram — disse o dr. Bolecki.

Andaram mais um pouco, até chegarem a uma pequena praça onde havia fileiras de árvores. Com um lenço branco que tirou do bolso do casaco, ele limpou um banco de madeira para ela e convidou-a a sentar.

— Você não deve se exaurir — disse ele. — Não há ninguém que não tenha limites.

Ela sorriu.

— Vejo grandes mudanças se aproximando — disse ele, sentando-se ao lado dela. Mudanças imensas que poderiam liberar energias humanas desconhecidas. Nesses momentos, caso as oportunidades fossem aproveitadas com sabedoria, tudo era possível. O segredo era saber como agir, como contribuir para a força que poderia transformar o mundo e usá-la em benefício de alguém. Pensamentos como esse eram o principal motivo para que o médico se sentisse tão animado. Ele era um homem de ação. E precisava de desafios reais.

Você está envelhecendo. Ela faria vinte e nove anos em breve. A fronteira do constrangimento, não a hora de sonhar. Ela viu o início de barba que começava a escurecer as faces do dr. Bolecki.

Do mesmo bolso onde tinha guardado o seu lenço, ele resgatou uma folha de papel dobrada. Era um poema, disse ele, que um velho amigo lhe mandara de Vilna. E leu os primeiros versos:

Bez serc bez ducha to szkieletów ludy
Mlodości podaj mi skrzydla... *

— Isso — disse ele olhando bem nos olhos dela, medindo o efeito de suas palavras — talvez seja a promessa tão esperada de um renascimento.

O poema fora escrito por um jovem poeta, Adam Mickiewicz, e tecia louvores aos sentimentos e anseios simples, libertos das algemas da razão fria. As notícias da Polônia lhe deram nova força. Os jovens, o

---

* Sem coração, sem alma, são multidões de esqueletos.
Juventude, dai-me asas. ("Ode à Juventude"). (N. da E.)

médico tinha certeza, reparariam os pecados da geração anterior. Os jovens mudariam o curso da história, apagariam a vergonha das partilhas, da terra natal dispersada. Eles eram generosos. Eles eram nobres. Eles se lembravam dos sacrifícios do passado, das mortes heróicas de homens como o pai dela. Aqui o dr. Bolecki lhe fez então uma mesura, levantando a cartola.

— Os poloneses não são os únicos. Os gregos também vão se revoltar e recuperar seu passado de glória — disse ele. — O mundo todo irá se renovar.

Ele era médico, teriam necessidade dele, pois os jovens não ficariam apenas nas palavras. Haveria outra insurreição, ele estava certo disso. Talvez não imediatamente, porque a base teria de estar assentada, mas em breve. O sacrifício, como sempre no caso das grandes lutas comuns, seria enorme, mas as chances eram até maiores. *Meça a sua força pela força dos seus desejos*, disse o jovem poeta. Como os jovens tinham razão! Heróis como o pai dela não morreram em vão. O sacrifício era uma tocha que se passava de mão em mão, em direção ao futuro.

Rosalia escutava enquanto ele se inclinava para ela, encarando-a com aqueles seus grandes olhos cinzentos.

— O passado só é importante quando possibilita o futuro — disse ele. Era dever dos vivos assegurar que seus heróis não morressem em vão. Ao lado dele, ela poderia ajudar inúmeros jovens cujas vidas ela poderia salvar. Ele sabia que tinha razão. Ela também sabia, disse ele. — *Mademoiselle* Rosalia. Pode parecer um tanto repentino, mas pensei muito. Estou lhe pedindo que seja minha esposa.

Um longo sorvo de ar. Mais um. Havia preocupação no rosto dele, esperança e a sombra da incerteza. A mão tremia, ela podia ver pelo rabo do olho. Com ele, pensou Rosalia, eu não desperdiçaria minha vida.

— Você não tem que me responder agora. Quero apenas que saiba das minhas intenções. Não estou pedindo nada senão esperança — disse ele.

Ela se via pondo a mão na dele, tranqüilizando o tremor. Ela o via ao seu lado, protegendo-a da dor. E esses eram bons pensamentos, preciosos.

— Posso lhe dar esperanças.

Ela não afastou a mão depois que ele a beijou e lhe disse que ela o fizera o mais feliz dos homens.

Sofia

Com Josefina residindo em São Petersburgo, Sofia era a verdadeira senhora do palácio de Tulchin, onde a inscrição na fachada, acima do portal, diz: *Possa esta casa ser sempre a morada da felicidade e da liberdade.* Sua cama estava coberta de brilhos perolados. No seu quarto, tudo é novo, intocado pelo passado. Os móveis são brancos, as paredes, de um cinza pálido. A cor se chama *cuisse de nymphe effrayée*, ou seja, cor da coxa de uma ninfa aterrorizada. Seus enteados estão proibidos de cruzar o umbral desse quarto.

A esperança não constitui o curso da ação.

Neste mundo, Dodô, ou você é esposa de alguém ou prostituta.

Félix me ama, Sofia resmunga.

Ele realmente a ama. Os olhos se incendeiam quando ele capta o olhar dela do outro lado de uma sala apinhada de gente.

— Não há nada tão bom quanto isso — ela sopra no ouvido dele, enterrando os cabelos de Félix nos seus. — Nada.

O palácio de verão de Uman fica a cem verstas de Tulchin, a dois longos dias de viagem de carruagem. Ela também encomendou uma nova mobília e novas cortinas e estofados para lá. Ela quer que o palácio se pareça com ela, pois é lá que ficarão quando forem visitar o seu jardim de Uman. Sofievka está se tornando mais belo a cada dia, uma testemunha do amor de Potocki.

Ela tem trinta e oito anos de idade.

Ela está grávida.

Em São Petersburgo, o mais velho dos filhos de Félix, Iuri, busca um aliado. A fúria de seu pai diante das notícias constantes de dívidas de jogo e de más companhias precisa ser atenuada, acalmada. Esta é a quarta carta de Iuri para ela:

> *Meu pai me acusa de ingratidão. A senhora deve perceber,* madame la Comtesse, *o quanto me entristecem essas pala-*

vras mordazes. A senhora, madame, *a quem meu pai ama e em cujo julgamento ele confia sem reservas, disponha-se, por favor, a me defender. Por favor, tente fazer meu pai perdoar minhas transgressões e me conceder outra chance de me redimir a seus olhos. De minha parte, prometo continuar as minhas tentativas no sentido de convencer minha querida mãe de que o curso da ação encetada por ela apenas nos maltratará, a todos. Espero que, em breve, eu possa ser o arauto de boas notícias.*

Na sala de estar, de manhã, Félix sorri ao vê-la. Os olhos dele estão vermelhos, nos cantos. Há cartas e outros despachos espalhados sobre a mesa. Os Lubomirski, seus vizinhos, mandaram-lhe um cesto de bulbos de tulipas para serem plantados em Sofievka.

— *Semper Augustus* — diz ele, erguendo o bulbo cor de carne para ser visto à luz. — Como são atenciosos.

Ela se senta ao lado dele. As manhãs não a favorecem. Sua cabeça acorda confusa, tonta de sono. Toda manhã, ela esfrega o rosto com pedaços de gelo, para dar cor e firmeza à pele. Félix a acorda de madrugada. Ele já deu um passeio a cavalo pelos campos. Seu cabelo cheira a vento, terra preta e folhas sendo queimadas.

É assim que ela gostaria que seus dias fossem. Os dois, juntos, trocando informações. O preço do trigo subiu. O preço da carne de carneiro baixou. O mordomo da propriedade de Uman está perguntando o que deve fazer com o rebanho de carneiros — vendê-los um a um ou o rebanho todo? Terão de ir a Uman logo, verificar o andamento dos trabalhos no jardim, mediar as disputas. O engenheiro-chefe, Metzel um sujeito estranho que não sorri para Sofia, está granjeando inimigos. A matemática é a chave para todos os conhecimentos, ele lhe disse uma vez. O boato mais bondoso que ouviram a respeito de Metzel foi a declaração deste de que as pessoas se dividiam em duas categorias: "matemáticos" ou "gado".

— E agora, o que você está lendo?

Os papéis e despachos trazem notícias preocupantes. Há uma semana, em 12 de fevereiro de 1798, o último rei da Polônia, Estanislau Augusto Poniatowski, morreu em São Petersburgo, e a causa da morte é motivo de muitas especulações. Ele tomou uma taça de *bouillon* de manhã, e, à noitinha, estava morto. A última pessoa que o visitou foi o czar. Na França, um jovem general, Napoleão Bonaparte, está enviando por mar o seu exército, de Toulon para algum lugar não revelado, o que é uma notícia especialmente preocupante para os ingleses, Félix comenta. Da Itália, chegam rumores de que legiões, formadas de exilados e prisioneiros de guerra poloneses, preparam-se para combater ao lado de Napoleão pela ressurreição da pátria perdida.

A voz de Félix se agita. Ele não gosta do novo czar, filho de Catarina. Ele o chama de louco iludido, indigno de sua mãe, e reclama que esse homem foi deixado no leme da mãe Rússia nessa hora de turbulência. Os presságios fascinam Félix cada vez mais: trajetórias de cometas, previsões de inundações e secas, nuvens de gafanhotos, a forma de ossos encontrados nas estepes. Todos esses sinais apontam para um período de confusão e derramamento de sangue. Haverá guerra, diz ele, haverá matanças. Ele se nega a ir a São Petersburgo. Ele se nega a ir a qualquer lugar. Quer apenas viver em paz, com ela e os filhos.

O rei morreu.

Ela fecha os olhos e o vê inclinando-se sobre ela, os beijos chegando ao fundo do seu ventre numa dança provocadora que nunca mais acontecerá. É a força do remorso que a surpreende. Durante anos ela mal pensou nele, mas agora ela não pensa em ninguém mais, em nada senão nos anseios de seu corpo, na dor surda do desejo.

Rapidamente ela murmura uma oração por ele, uma oração pelos mortos. E encomendará uma missa na capela de Tulchin por sua alma.

— Alguma notícia de Iuri?

Félix levanta os olhos da carta que estava lendo. Franze a testa, relutando em pensar no que o incomoda.

— Iuri está de novo metido em encrencas.

— Talvez você esteja sendo severo demais com ele.

— Uma dívida de dois milhões de *zlotys*. Dizem que ele não dorme, não come. A única coisa que faz é jogar.

— Ele deveria vir morar aqui conosco. Na casa do pai. Você mesmo disse que São Petersburgo não é lugar que sirva para um rapaz. Aqui, estaremos seguros de que ele não andará em más companhias.

Félix a olha espantado, mas a idéia foi plantada na cabeça dele. Ela vai fazer tudo para que essa idéia persista. Talvez ele não seja o melhor dos pais: indulgente demais, magnânimo demais ao deixar sua esposa mimar Iuri, ceder aos caprichos infantis dele.

— Josefina continua a mimá-lo — diz ele. Ela continua dando desculpas por todas as transgressões do filho; continua protegendo-o das conseqüências de suas loucuras; deixando que ele desperdice a própria vida, o próprio futuro.

Quando Félix está zangado, sua voz treme e a boca se contorce. Sem peruca, a cabeça dele parece muito menor.

— Um rapaz precisa de um bom exemplo — diz ela. Ele precisa de disciplina. Precisa andar a cavalo ao lado do pai toda manhã. Aprender a cuidar do que um dia será dele. — Pense nessa criança não nascida — diz ela, pondo a mão dele em sua barriga. — O nosso filhinho vai precisar de um irmão.

É Iuri quem informa ao pai que a condessa Josefina afinal concordou com o divórcio. No dia 18 de abril de 1798 (17 de abril, pelo calendário russo) foi realizado o casamento entre o conde Félix Potocki e *madame* de Witt, *née* Glavani Celice de Maurocordato, duas vezes; a primeira, uma cerimônia celebrada por um padre católico romano, a segunda, por um padre ortodoxo grego.

Não haverá mais bastardos.

Alguns jogos compensam, Sofia reflete.

A esperança, às vezes, é suficiente.

Sofia Kisielev

Quando eles chegaram a Berlim no final da tarde, o pátio do palácio de Von Haefen estava coberto de palha para abafar os ruídos das rodas. O cavalariço de sua mãe, Pietka, que segurou a porta para ela e estendeu o degrau, também estava calado. Em Uman, ele teria assoviado de alegria ao vê-la.

A notícia da chegada deles causara comoção. Viam-se luzes nas janelas, abriam-se e fechavam-se portas. Havia um grande tumulto de embrulhos, e cestas, e canastras sendo levados para o vestíbulo.

Essa deve ser Rosalia, pensou Sofia quando viu uma mulher jovem descer correndo a escada de mármore. O rosto cansado e abatido da moça estava iluminado por um sorriso agradável e bonito, apesar das olheiras escuras. — Rosalia Romanowicz — disse ela, com uma voz calma, resignada.

— *Madame la Comtesse* ficará muito feliz. Há dias que ela não fala de outra coisa.

— Como mamãe está?

— A dor está voltando. O dr. Lafleur... — Mas o choro de Volodia não a deixou terminar a frase. — Posso vê-lo? — Rosalia perguntou.

Sofia Kisielev estava prestes a dizer que a criança estava cansada, que estavam todos cansados, que ela queria ver a mãe imediatamente, mas então mudou de idéia. Mamãe tinha escrito dizendo que Rosalia tinha sido de grande ajuda nos últimos meses. Kátia estava amuada, mas não ousava reclamar. Rosalia inclinou-se sobre a criança que a olhava com interesse, os grandes olhos azuis fixos no rosto da moça.

— Posso pegá-lo no colo? — ela perguntou.

Notando a irritação cada vez maior de Kátia, *madame* Kisielev fez que sim com a cabeça. A criança, aninhada nos braços de Rosalia, não protestou.

A ama não admitiria uma derrota. Assim, ela começou a relacionar os presentes de batismo que Volodia recebera: um jogo de prata, que consistia de um copo grande, um prato, uma colher, uma faca e um garfo. Todos eles decorados com folhas de parreira. No garfo e na faca, via-se a seguinte inscrição: *Para Volodia Pavlowich Kisielev de sua Avó Sofia Potocka.*

Além disso, havia colheres com a figura de um apóstolo.

— Chega — interrompeu Sofia Kisielev, aborrecida consigo mesma por deixar Kátia se estender tanto. Então, Volodia bocejou, e seu corpo se enrijeceu nos braços de Rosalia.

— Ah! Ele está só fazendo o seu pipizinho, senhorita — riu-se Kátia, vendo o rosto assustado de Rosalia. — É melhor a senhorita me dar Volodia.

Dois criados alemães já estavam levando a bagagem para cima. Os quartos, Rosalia a tranqüilizou, já estão prontos. Claros e afastados o suficiente do salão nobre para não incomodar a inválida. Ela cuidou para que mantivessem o fogo aceso por dois dias. Não haveria correntes de ar.

Olga chegou esbaforida, tendo descido as escadas de mármore correndo, e se jogou nos braços de Sofia, chorando. Ela parecia mais alta e mais magra. Em seus olhos Sofia via medo. Mamãe, disse Olga, já soube de sua chegada e estava à espera.

— Ela pergunta por você todo dia — disse Olga.

— E como ela está?

Olga baixou os olhos e balançou a cabeça.

— Esse é seu filho? — foi o que ela perguntou com a voz crispada, estendendo as mãos para Volodia. Kátia deu um suspiro de satisfação quando Volodia começou a chorar assim que saiu de seus braços rechonchudos. — O que há com ele?

— Não há nada — Sofia respondeu com rispidez. — Ele está só cansado. Todos nós estamos.

PARTE QUATRO

Ouvi dizer que, em Kamieniec, um dos comerciantes armênios pintou um mural bem na frente da sua loja, representando um homem velho, nu, com os testículos engelhados e tortos caindo para um lado. Nos dois lados da figura havia uma inscrição, espertamente separada em dois: CURVA VITOVA. Disseram a uma pessoa, inteiramente ingênua e ignorante de latim, que a inscrição queria dizer "testículos tortos" e se referia aos instrumentos engelhados do velho, mas toda a Kamieniec se sacudiu de rir, repetindo "curva vitowa": madame de Witt é prostituta.

Uma história deliciosa, o meu leitor talvez diga, mas eu não sou nenhum dos galhofeiros, Sua Alteza Real, nenhum desses trovadores ou cantores conhecidos por denegrir a reputação das belas mulheres e assim atrair para si um castigo cruel, como Vidal de Toulouse, que, conta-nos Nostradamus, ficou sem a língua (que foi cortada ao meio) por ter ofendido uma bela jovem em suas canções. Também me lembro do que velhos teólogos atenienses sabiamente afirmavam: que se Deus Todo-Poderoso se enfurecesse com todas as transgressões humanas, então nenhuma criatura seria mais infeliz do que o Criador, pois Ele estaria dilacerado, incessantemente, pelas emoções causadas pelos pecados humanos. Não deveríamos nós pressupor que o nosso Senhor adquiriu uma pele de certo modo mais curtida e não deveríamos nós, talvez, seguir o exemplo divino Dele?

Assim, é melhor dizermos, Meu Soberano e Benfeitor Misericordioso, que, aqui, chegamos a um ponto da nossa história em que talvez seja necessário passarmos uma esponja sobre a vida escandalosa de Dodô e a respeitarmos em sua nova condição neste vale de lágrimas. O mais apropriado para ela seria o dito: Quantum mutatas ab illa*! Ah, como estás diferente da criatura que um dia foste! Ou mesmo:* Omnia homini, dum vivit, speranda sunt. *Enquanto se está vivo, tudo é possível.*

BERLIM, 1822

Morfina

Sofia

Um dedo cortado por um caco de vidro, o sangue que hesita por um instante antes de se derramar pelas bordas da pele aberta. Lanhos de açoite nas costas e nas nádegas. A chama de uma vela no dedo, fazendo a pele arder. Contusões causadas por punhos e pés, arranhões no rosto e nos braços, chumaços de cabelos arrancados. Uma bofetada na cara tão forte que ela sentiu um dente se abalar e um gosto de sangue na boca. A dor de um corpo caindo de um cavalo a galope, o baque surdo quando ela chega ao chão, a dor da queda que se irradia. A dor do parto, do ventre se abrindo para libertar a cabeça da criança, uma dor que a faz tremer, e faz os dentes bater.

Há um fio quente de saliva fluindo bochecha abaixo. Ao chegar ao pescoço, estará frio.

Félix está parado aos pés da cama dela, vestido de preto. Vivo mas como se fosse uma estátua de algum herói sombrio, as mãos cruzadas no peito. Os olhos, ela pensa, são como dois buracos vazios. Se ela o deixa fitá-la por muito tempo, ela sumirá. Como é possível que, ela lhe pergunta, o que foi um dia fervorosamente desejado tenha se tornado tão abominado? Onde, nesse corpo oprimido pela dor, se esconde a fonte do desafio? Por que uma pessoa cede ao desespero enquanto, para outra, a montanha mais alta não é senão mais uma provocação?

— Você está morto, Félix — ela murmura. — Você devia saber tudo agora. Conte-me.

Refúgio dos pecadores. Consoladora dos aflitos. Aqueles que rezam para a Virgem, que rezam com fé e constância, sempre saberão o poder de cura que há Nela. Será realmente verdade que, sendo sábado, o sol tem de brilhar porque é o dia da Virgem?

Meias escarlate são as mais atraentes. Um lampejo de vermelho saindo de debaixo do veludo negro. Suas mãos parecem de cera. Ela jamais gostou das próprias mãos. Eram grandes demais, canhestras demais. Também jamais gostou dos próprios pés. E estar deitada significa não poder sacudir os cabelos.

— Conte-me.

Como é possível uma alma se libertar? Como se pode iluminar um caminho para que os pensamentos que de certo modo estão muito lá no fundo possam ser tocados?

— Essa dor é o castigo de Deus pelos seus pecados.

Ela sente gotas d'água em seus lábios, é uma água fresca que recende a pétalas de rosa. Ela está sonhando tudo isso e no entanto o sonho parece tão real, como se ela estivesse vivendo em dois mundos, um sob o outro, transparente como um riacho da montanha. Como é típico de Félix achar que Deus estaria sempre do lado dele!

— Você me traiu com meu próprio filho.

A dor a invade, arrancando-lhe pedaços de carne crua do ventre. Ela quer gritar, mas o grito morre na garganta. Félix a impede de gritar. Ele não está mais parado, mas, agora, está ajoelhado no peito dela, apertando sua garganta.

— Você realmente acha que pode enganar Deus? — Félix grita. — Reparar o que você fez com algumas boas ações? Você, que só se preocupa consigo!

Ela quer protestar. Ele não a conhece. Nunca a conhecerá. Como ele pode ser seu juiz?

O ruído fraco dos cascos dos cavalos penetra pela janela fechada, os rangidos das rodas da carruagem. Ela passa a língua sobre os lábios ressecados. A dor não deixa espaço para que ela possa respirar, para nenhum movimento, para nenhum pensamento que possa chamar de seu.

* * *

Quem disse isso?

— Chama-se morfina.

O amargo deslizou garganta abaixo e caiu no estômago. O médico a estava observando. Ela se lembrou de um bando de pássaros em Istambul, não deviam ser maiores do que tordos. Ninguém jamais os vira pousar. Estavam sempre voando. Mana disse que eram as almas das mulheres que o sultão mandara afogar.

— É muito amarga? — Rosalia com aquele vestido cinzento, puxando o xale cinzento para lhe cobrir os ombros, os lábios torcidos como se ela também sentisse o amargo da droga. Ela era uma alma muito delicada. Uma criança amedrontada pelos próprios desejos. O que ela estava fazendo ali, com esse vestido que não lhe assenta bem, abotoado até o queixo?

O coração de uma órfã é sempre faminto.

Amarga.

Muito amarga.

— Devagar — disse o médico. — Só um golinho.

Um amargo que se espalha desde as profundezas dela. Uma profundeza sem fim, sem limites, cheia de palavras e tempestades que vinham subindo, que a invadiam.

Mea culpa. Mea culpa. Rogai por mim porque pequei.

— Sua filha está aqui.

Rosalia estava se equilibrando, se apoiando na beira da cama. No rosto, uma expressão fechada de decisão, uma sombra de resignação.

Você sabe o que é uma pessoa comer, sempre, com a boca de outra?

Movimentar-se conforme a vontade de outra pessoa?

Falar com a língua de outra?

Sentir com o coração de outra?

Qual é o pecado mais grave: a traição ou a resignação?

Do lado de fora do salão nobre o relógio bateu doze vezes. A meia-noite, ela pensou, tornara-se algo que tinha mais a ver com espaço que com tempo, um território cheio de sombras. Uma vasta extensão de terra de tranqüilidade perfeita onde o passado e o presente viviam um ao lado do outro.

Apesar dos temores do médico francês, mamãe estava plenamente consciente, sentada na cama estilo império, com as dobras do vestido, da cor das folhas da oliveira, arrumadas como se ela fosse uma boneca, um enfeite no salão resplandecente. Cobrindo a cama, havia uma colcha dourada.

Sofia correu para a mãe como se ela fosse ainda uma menina pequena e que mamãe tivesse acabado de voltar de uma de suas viagens a São Petersburgo ou a Kiev, os braços carregados de presentes, a voz, cheia de surpresas. Ela correu tão velozmente, prendendo o fôlego, que os músculos do pescoço se retesaram num espasmo que apenas a mãe poderia suavizar. Ela não tinha de falar com o médico francês ou com Olga. Ela não precisava dos olhares furtivos de Rosalia. Ela via a morte no rosto da mãe, na brancura da pele da mãe, naquela estranha exaltação que havia naqueles olhos — bem abertos, fixos em Sofia.

— Mamãe — disse Sofia entre soluços e se atirando aos pés da mãe. Os cheiros da viagem persistiam no seu vestido: dos cavalos, das hospedarias, da fumaça. O cheiro peculiar da carruagem, de couro e de estofados úmidos.

— Eu estava esperando — disse a mãe. Na voz, não havia nenhuma repreensão. — Eu sabia que você viria.

— Foi Pavel, mamãe — disse Sofia. — Ele não me deixava sair.

A frase soou infantil, Sofia pensou, parecia uma acusação, uma desculpa. Se ela tivesse insistido, algum tempo antes, ele não a teria impedido. Afinal, ele não a impediu de sair, não foi? Ainda soluçando, Sofia tomou a mão da mãe na dela. Pele e osso, ela pensou. Resta tão pouco de vida. Ela sentiu raiva de Pavel, de si mesma.

— Por que você não me contou mais cedo, mamãe? — Sua voz estava parecendo exatamente com a voz da sua infância, quando ela estava zangada, os olhos cheios de lágrimas. — Eu deveria ter percebido.

— Você não estava em condições de me ajudar — disse a mãe. — Eu gostaria de não ser tão chorona. Choro com tanta facilidade hoje em dia.

Ao contrário de Olga, Sofia não teve tempo para se acostumar com a imagem da mãe, a pele se dissolvendo no rosto, os músculos que desapareciam, as feridas na boca. Mesmo com as janelas o tempo todo fechadas, a luz era crua demais, reveladora demais. Mesmo no quarto escurecido, não se pode esconder um corpo moribundo.

— Meus filhos — disse a mãe de Sofia. — Eu tenho os meus filhos. Sempre amei os meus filhos.

Por que essa insistência na voz da mãe? Por que repetir que Jan lhe escrevia toda semana? Que a esposa dele sempre acrescentava pelo menos uma ou duas linhas por sua conta, por mais curto que fosse o bilhete. Que tinham plantado os bulbos de tulipa, vindos de Sofievka, perto do lago, e tinham encomendado a um pintor que pintasse as tulipas, quando florescessem.

— Ele não sabe, sabe? — Seu meio-irmão, o mais velho. Sempre poupado das más notícias, dos problemas. Presenteado demais. Vezes demais. Pavel não gostou nada dele, e pouco depois começou a chamá-lo de espião.

— Você toma conta dos menores. Bobiche e Olga precisam de você. Ainda são crianças. Prometa-me isso. Certifique-se que sua irmã se case bem. Alexandre vai ajudá-la. No meu testamento, peço que ele a ajude.

Alexandre, seu irmão mais velho. Se é que algum dia ela o chamou de mais velho, mamãe sempre protestava. Nunca se esqueça de Jan, ela insistia. Jan é o seu irmão mais velho.

— Prometo.

Sofia Kisielev enxugou as lágrimas do rosto, lentamente recuperando o fôlego. A mãe continuava a falar. As pérolas eram para ela (tinham que ser enfiadas novamente, em breve), assim como os móveis do palácio de Uman. Ela pedira que Rosalia fizesse uma lista de que coisas iriam para quem. O testamento estava pronto. Já estava pronto há algum tempo. Está sob a guarda de *monsieur* Rashkin, em São Petersburgo. As disposições testamentárias contemplam todos, com exceção de Mieczyslaw. Esse filho dela que não se importava com ninguém a não ser com ele próprio já levara mais do que lhe caberia.

— Posso morrer agora — disse a mãe. — Em paz. Sei que você fará tudo o que eu lhe pedir. Há doze mil rublos que se destinam aos criados.

— Você não vai morrer.

Mas mamãe não escuta. Os dedos dela tamborilam sobre a superfície lateral da cama. Como se o tempo estivesse passando devagar demais, como se ela precisasse estimulá-lo.

— Quero ver o meu neto.

Sofia Kisielev queria tanto contar à mãe dos seus medos, dizer-lhe de toda a sua dor, suas premonições, sua inquietude. "Você sabe fazer com que os homens lhe tenham amor", ela queria dizer. "Me ensine." Mas tudo o que ela pôde fazer foi soluçar como uma criança perdida, apavorada, até as portas se abrirem e Kátia entrar com Volodia no colo.

— Volodia se parece com Sua Alteza Pavel Dimitrievich. Como duas gotas d'água — Kátia conseguiu dizer antes que a mandassem sair. E ela saiu, com relutância, olhando-as fixamente enquanto se dirigia para a porta. Detrás da cortina, ouviram-se os sons suaves de uma flauta.

— Meu primeiro neto — disse mamãe, tomando Volodia em seus braços, que, de tão finos, deixavam ver seus ossos. — *Mon elpida.*

Sofia Kisielev estava agradecida por seu filhinho não chorar. Estava agradecida pelas lágrimas de alegria nos olhos da mãe, pela ternura neles. Se essas fossem as últimas lembranças dela, ela as aceitaria com satisfação.

O médico francês é realmente bom, mamãe?, perguntou Sofia. Podemos confiar nele? Ele disse que Volodia era uma criança saudável. Cansado, claro, ele estava cansado, meu pobre pombinho. É por isso que ele chorou a noite toda. E também porque Kátia gostava de carregá-lo no colo quando ele chorava, e o menino se acostumou com isso. Kátia também estava bem de saúde, embora o filho dela tenha morrido de varíola. Em Odessa, a temperatura era amena, mesmo no inverno. O palácio necessitava de reformas, mas lhes serviria bastante bem. Tulchin, afinal, era grande demais, não era, mamãe?

A mãe sorriu.

— Mamãe, Pavel disse que não gosta que eu chame Volodia de "meu pombinho".

Ela não sabia o que fazer para que o marido a amasse. Ela queria que a mãe lhe dissesse o que deveria fazer. Se ao menos ela pudesse esticar o tempo que ainda tinham, torná-lo mais longo. Uma hora, a cada dia. Ela batia palmas para que as mãos parassem de tremer. E tentava não chorar.

— Você alguma vez pensa em papai?

Sua mãe lhe lançou um olhar terno, indulgente.

— Penso — disse ela.

— Eu não me lembro muito dele, mamãe. Só que ele sempre usava aquela veste preta comprida que costumava me dar medo. Uma vez ele me levou a uma sala estranha onde havia maçãs e pêras em prateleiras. Ele descascou uma maçã para mim e perguntou se eu gostava dessa fruta. Eu respondi que sim, embora não gostasse.

— Você ainda não tinha feito quatro anos quando ele morreu. Não pode se lembrar de muita coisa a respeito dele. Ele a amava muito — sua mãe sussurrou.

— Você está bem, mamãe? Eu a estou cansando?

— Não, *ma chérie.*

Sofia notou uma crispação no rosto da mãe, um espasmo de dor.

— Vá, *ma chérie* — a mãe lhe disse com delicadeza. — Peça para o médico vir imediatamente. Diga-lhe que preciso de mais remédio.

Sofia

Seu tornozelo é bem torneado. Ela sempre gostou de laços de cetim enfeitando-lhe os sapatos. Dourado no preto. Brilhante. Um quadro: Félix levantando o sapato dela, levando-o ao nariz dele. Inspirando, expirando. O cheiro, os eflúvios dela.

— Você é tudo o que tenho — diz ele.

Se ao menos ele tivesse permanecido assim, ela teria se disposto a amá-lo até o fim. Mas aconteceu algo com ele. Algo sombrio, pegajoso e febril que se revela em seus sonhos e faz com que ele acorde gritando. Assustando-a, assustando as crianças.

Todo dia, antes do café-da-manhã, ele bebe um copo d'água na qual seu camareiro tentou dissolver uma colher de alcatrão. O alcatrão deixa a água marrom e oleosa. A substância nunca se dissolve completamente, apenas amolece, e por muito tempo fica grudada, como placas pretas, aos dentes dele.

— Eu sei o que estou fazendo — ele diz quando ela reclama. Esse remédio foi dado pelo seu médico e ele confia em seu médico mais do que confia nela.

Ele ainda dá jantares e bailes, proporciona espetáculos teatrais e festas. Ele tem de fazê-lo, sendo um Potocki. Ele é o senhor do palácio de Tulchin, o senhor das terras de Uman. Ele ainda possui cidades ucranianas, vilarejos e vastas extensões de terra nas estepes. Mas quando os convidados chegam, ele a deixa ser a anfitriã e recolhe-se aos aposentos dele. Às vezes, é possível ele surgir como uma aparição relutante quase ao fim da festa, um homem alto, de preto, vagando pelos cômodos, testemunha silenciosa da alegria deles. Ela poderia jurar que, com freqüência, os convidados não o reconhecem.

Em seus sonhos, ela será a filha do Diabo? A tentadora por quem ele pecou? A causa de todos os medos, de todas as transgressões dele?

Ela tenta ponderar com ele, tenta animá-lo a ir a São Petersburgo. Eles têm uma casa lá que precisa ser supervisionada. O novo czar, Alexandre, não se parece com o falecido pai, e está esperando a presença deles na corte. Qual é o problema? — ela continua a perguntar. Não há guerras, não há morticínio. Por que toda essa tristeza?

E por que agora — quando temos os nossos filhos, os nossos amigos; quando as velhas turbulências sossegaram; quando o passado já foi esquecido?

— Esquecido — ele repete mais uma vez para ela. Há escárnio na voz dele como se ela estivesse tentando lhe dizer que o sol é preto e as árvores crescem com as raízes voltadas para cima.

Mas às vezes ela consegue ser bem-sucedida. Às vezes ela consegue fazê-lo rir. Às vezes, ele deixa que ela lhe tome as mãos e o puxe para perto dela. Delicadamente, ela lhe beija os lábios, as pálpebras, e sente que o desperta, sente as mãos dele lhe tocando os seios. Como ela se tornou delicada, quão cuidadosa em não extinguir a paixão dele com um movimento livre demais, ousado demais. Ele gosta quando ela sussurra em seu ouvido: meu senhor, meu mestre, meu rei. Gosta quando ela o deixa levantar suas saias, quando ela permanece ali imóvel, deitada sob ele, e mole como uma boneca de trapo. Mas agora tais momentos são raros, e, quando eles passam, ela o vê na capela de Tulchin, prostrado por terra e rezando noite adentro.

Mea culpa, ele murmura. *Mea culpa. Mea maxima culpa.*

Há um sujeito que reside no palácio de Tulchin, e que é alguém que ela não suporta. O nome do sujeito é *monsieur* Grabianka, e ele não sai um instante sequer do lado de Félix. Esse homem se diz rei de uma Nova Israel, e afirma saber o segredo de prolongar a vida humana, o que lhe foi revelado por um *supérieur inconnu*, *possuir três lágrimas vertidas por São João Batista, e ser capaz de curar qualquer doença. Fala em ajudar o Homem a voltar à condição Dele antes do pecado original, a recuperar o poder que o pecado O fez perder. Se a sua missão não tiver êxito, *monsieur* Grabianka prevê grandes mudanças no mundo. Sofia talvez tenha pouca paciência com os discursos do sujeito, mas ela se lembra bem de que, nesse novo mundo, os criados tomarão todos os bens dos seus senhores e um anticristo, vindo da França, conquistará o mundo.

— Um vigarista — diz ela —, um charlatão. — Se ela pudesse, já teria mandado esse homem arrumar as malas há muito tempo.

— Um santo homem — diz Félix —, que veio para me mostrar o caminho da salvação.

O santo homem gosta muito de se postar na frente do espelho e ficar admirando os seus dentes brancos. Adora um conhaque caro e carne de caça assada. Fala em charadas dementes sobre as quais Félix fica matutando dias e dias. "O Verbo desceu do alto à terra, para ensinar os filhos de Jacó. Os filhos fecharam os lábios do pai e o Verbo perdeu seu poder." Que ela se negue a escutar o que diz esse santo homem é outro sinal da fraqueza dela. Sofia chega à conclusão de que deveria ficar agradecida pela palavra "fraqueza", sem dúvida sugerida pelo próprio *santo* homem. Ele não ousa chamá-la de "má". Ainda não. Ele sabe que talvez venha a precisar dela. Então, por enquanto, ela é apenas fraca, apenas uma mulher, um vaso** que precisa ser cheio.

— Por favor, me escute — ela implora a Félix nos raros dias em que ele ainda fica com ela. De manhã, o rosto dele se mostra intumescido, vermelho. Às vezes, ele fica com as pontas dos dedos roxas e a respiração ofegante. — Sua saúde está debilitada — ela lhe diz. — É por isso que lhe vêm todos esses pensamentos.

---

* Superior Desconhecido, em francês. (N. da E.)

** Referência bíblica à mulher como um "vaso mais fraco" [em 1 Pedro 2,3-7]. (N. da T.)

— Mas quando ela lhe sugere uma ida a Spa, ou uma consulta a um dos médicos de São Petersburgo, ele dispensa as palavras dela. Seus problemas, diz ele, não são do corpo.

— Será que você não vê? — Sofia pergunta a Félix, furiosa diante da cegueira dele, da teimosia silenciosa que ela sabe muito bem não ser capaz de mudar. — Tudo o que ele quer é o seu dinheiro.

— É o que as pessoas diziam sobre você — responde Félix. — Era verdade?

Nesse momento, ele tem resposta para tudo que ela diz. Ele se veste de preto porque precisa se lembrar dos pecados que cometeu. Despreza totalmente a vaidade. Não dança mais, porque a dança desperta o Demônio na alma humana. Não toma vinho nem qualquer outra bebida, pois apenas as almas mais fortes podem lidar com estímulos tão potentes.

A alma mais forte, Sofia supõe, é a de *monsieur* Grabianka.

— Este é um comentário que a desmerece, Sofia — Félix responde e se afasta dela. Ela sabe que ele fez um testamento novo. Ele deixará a maior parte do dinheiro para os filhos dele com Josefina — Iuri, o primogênito, ficará com a maior parcela. Os filhos dela também foram contemplados, embora tenham lhe dito que a parcela deles será modesta, e que ela poderá administrar os bens deles até atingirem a maioridade. A viúva de Potocki ficará sem um tostão.

Essa é a sua penitência, Félix? — ela gostaria de perguntar. Você quer que eu pague pelos seus próprios pecados? É isso que os meus enteados o convenceram de que seria a medida justa? É isso que vai lhe trazer paz numa outra vida?

A lei está do lado de Félix. Ela, por não ter levado nenhum dote para o casamento, não tem direito a nada.

— Chamo a isso injustiça — Iuri lhe diz, apertando a mão dela com a dele, que lhe sobe pelo braço. — Não permitirei uma coisa dessas, nunca, enquanto eu viver. Você terá a minha parte da fortuna, eu juro. Toda ela.

O amor do enteado por ela é uma espécie de doença. Um sentimento que se apossa dele como febres repentinas, acessos de um desejo enlouquecido. Ele não dorme, não come. E sofre desmaios e cai de joelhos. Quando ele a beija, ela sente os lábios do enteado quentes e secos.

General Kisielev

Pavel Dimitrievich Kisielev era um general de trinta e quatro anos do exército czarista. Sua carreira militar foi espetacular. Tomara parte na campanha de 1812 contra Napoleão, fora ajudante-de-ordens do próprio czar, e comandara o segundo exército, então estacionado em Tulchin, onde fizera a corte e conquistara a filha mais velha da condessa Potocka.

A carruagem do general Kisielev estava então se aproximando de Berlim. A permissão, muito aguardada, de Sua Majestade, o czar Alexandre, para ele gozar de uma licença curta, chegara no quarto dia depois da partida de sua esposa. Uma partida apressada, e, por que não lhe dar o nome merecido, histérica. Com a permissão, chegou o passaporte. Caso sua esposa tivesse concordado em esperar, como ele lhe pedira, poderiam ter viajado juntos e a um custo muito menor. A carruagem estava coberta de poeira, os cavalos, cansados. Na carruagem — repreendido, seu camareiro permanecera em silêncio — o general Kisielev teve muito tempo para pensar.

O general Kisielev considerava as reações da esposa excessivas e imprevisíveis. Sofia, porém, era mãe recente, e tinham lhe avisado que o caráter das mulheres mudava quando da chegada do primeiro filho. Ele já sentira essa mudança. A sua Sofia vinha se mostrando chorosa e impaciente o tempo todo, acusando-o de ser insensível. Naquela última semana, ela não falara de outra coisa senão da mamãe. O general Kisielev acostumara-se a pensar que, no que se referia a sogras, a dele não era das piores. De início, ela lhe parecera extremamente encantadora e até — caso tivesse que ser honesto — sedutora, mas, depois, ele mudou de opinião, mesmo antes que ecos de boatos malévolos começassem a chegar aos seus ouvidos.

Agora, ele podia ver com bastante clareza o que sua esposa, a filha predileta, não via: a constante manipulação de todo mundo ao redor dela, uma dúvida plantada aqui, um pouco de ciúme, ali. Jan de Witt, o filho do primeiro casamento de sua sogra, tão claramente beneficiado financeiramente, fazia, agora, parte do serviço secreto do czar. Um homem desprezível, sempre pronto a oferecer uma bebida a alguém, ou a se vangloriar de suas conquistas amorosas. Na realidade, sempre procurando fazer amizade com jovens oficiais, levá-los a falar o mais livremente possível. Alexandre, o primeiro dos filhos dos Potocki, nunca levantava nenhuma objeção ao que a mãe dizia, por isso estava sempre encarregado dos negócios dela. Apenas Mieczyslaw, o mais moço, um grosseirão miserável, ousara se contrapor a ela. Agarrou o que ele achava ser dele e botou mamãe porta afora de Tulchin. Mas isso, é claro, nunca foi mencionado.

Filha de um comerciante de gado e de uma prostituta. Sua esposa negou-se a ouvir. Ela não macularia os próprios lábios, dissera ela, com boatos malévolos.

— O sangue dela — dissera ela — corre nas veias do seu filho.

O general Kisielev abriu a cortina da janela da carruagem. As casas dos camponeses alemães eram tão mais sólidas, tão mais prósperas que as cabanas dos servos russos. Isso estava errado, pensou Kisielev, a pobreza gera insatisfação.

A possibilidade de organizar o mundo, de fazer a vida tomar um curso mais eficiente e previsível, fascinava o general Kisielev, principalmente depois da visita que ele fizera a Gruzino, propriedade do general Arakcheev. Sua Alteza Imperial também se impressionara. Eles trabalhavam dez horas por dia, menos aos domingos. As matas e as sebes ao redor da propriedade tinham sido devastadas para que servos preguiçosos não tivessem onde se esconder. A criação de porcos, os canteiros particulares, a vodca, tudo tinha sido banido. Todos os camponeses levavam consigo livros de punições, o tempo todo, onde as ofensas praticadas eram listadas e o castigo registrado. As mulheres que eram rés eram obrigadas a usar coleiras de ferro e a pedir perdão por seus pecados na frente de todos na igreja. Nas bibliotecas e nas escolas, as crianças camponesas, muito limpas e atentas, aprendiam a escrever e a ler. Por todo lado que iam, havia ordem e limpeza. O general Kisielev não se surpreendeu quando o czar ordenou a construção de quartéis militares semelhantes ao modelo de Gruzino. Se ao menos ele próprio tivesse tido essa idéia primeiro.

Enquanto a carruagem prosseguia, os pensamentos do general Kisielev voltaram-se para sua esposa e para a carta que ela mandara da primeira parada. *Meu coração está pesado de tanto medo, e temo, Pavel, nunca o perdoar caso eu chegue tarde demais para vê-la.* Então lhe pareceu claro que cada cara fechada dele devia ter pesado no coração dela. *O seu desligamento, a sua recusa em me escutar, me causam enorme sofrimento. Você é meu marido e eu o amo, mas não sou um dos seus soldados.*

Em outras circunstâncias, o general Kisielev não teria dedicado tanto tempo a pensar em mulheres. As mulheres complicavam demais as coisas, oscilavam muito e mudavam de opinião com freqüência. As dores do *boudoir*, como ele costumava dizer, seriam mais bem tratadas com láudano e com a visita de uma chapeleira. O que fazia com que todas as mulheres valessem a pena eram os poucos momentos de prazer que se conseguisse surrupiar de suas garras cobiçosas.

O nascimento do filho enchera o general Kisielev de orgulho. Ele teria um sucessor, um confidente, um soldado. Agora, a criança precisava da mãe, mas dali a pouco ele teria que vigiar mais de perto a educação do filho. As mulheres só encheriam o coração dele com suas histórias, suas bobagens sentimentais e o tornariam delicado demais.

— Mais rápido — ele bateu no teto da carruagem. Esta oscilou, como se hesitasse por um instante, e depois de um cambaleio forte, avançou.

> *Diga a seu marido que ele pode partir sem precisar esperar a chegada da permissão. Sua Majestade Imperial sempre foi um amigo afetuoso e digno e posso lhe garantir que ele não levantaria nenhuma objeção a um ato de obrigação filial.*

Pois é, a velha tinha uma confiança infinita nos encantos dela que feneciam.

Tolos! Os Potocki, como todos os poloneses, eram uns tolos. Uns desmiolados, tolos e imprudentes, que, um dia, se prostravam diante dos russos só para os apunhalarem pelas costas, no outro. Na hora de casar, ele devia ter procurado uma mulher russa: uma mulher que não torcesse o nariz para o pão preto e os picles, uma mulher cuja família não o envergonhasse.

Para se acalmar, o general Kisielev tornou a olhar pela janela. Novembro era um mês frio e úmido. O ar estava cheio de fumaça; os camponeses prussianos estavam queimando folhas e galhos secos nos campos. As camponesas, curvadas em direção ao solo, apresentavam suas nádegas amplas. Lembrou-se então da última ama-de-leite de Volodia que sua esposa contratara, uma garota russa rechonchuda e alegre, a quem ele gostava de surpreender no momento em que ela estivesse amamentando o seu filho. Os seios da moça eram brancos e fartos de tanto leite, o corpo grande e cor-de-rosa, o cabelo branco de tão claro, como campos de trigo. Nela, ele sentia o ímpeto da terra, o mundo dos prazeres simples. Das caçadas em que ele atravessava a terra coberta de neve, de cair no sono, sem ter tirado a roupa, de triturar o gelo, para, ainda com restos de relva grudados nele, derretê-lo no fogo e fazer o chá. De caminhar pesadamente na noite gelada para aliviar a bexiga bem ali no banco de neve, olhando o vapor se levantar do riacho da sua urina. O desejo por sua esposa não tinha nada a ver com tais imagens. Antes do nascimento de Volodia, Sofia se submetia aos seus avanços sem nenhuma objeção, mas sem paixão, e o corpo dela se mostrava fácil demais, maleável demais. Não que isso o incomodasse muito, principalmente quando ele considerava a reputação que a mamãe tinha. Afinal de contas, uma esposa e uma mãe tinham outras funções na vida e um homem podia encontrar seus prazeres em outros lugares.

Olga, entretanto, era completamente diferente. Pensar na sua "irmãzinha" lhe era agradável. Durante a festa do casamento, ela o arrastara para o jardim e o beijara muito nos lábios. "É o champanhe", ela sussurrava. "Por favor, esqueça." Ela fugiu, antes que ele tivesse tempo de se recuperar.

Sofia

Em Tulchin, Félix está morrendo. Estamos em janeiro de 1805. Um inverno tão frio que os pássaros caem, congelados, do céu.

A neve cobriu o jardim de Tulchin. A neve se derrete sob a mão dela. Derrete-se na ponta da língua, gela a carne. O *hammam* está vazio. O filho não nascido a impede de tomar banhos de vapor. A pele parece estar coagulada e áspera. Ela sente coceira nos cotovelos e joelhos. O médico é inflexível. A menos que você queira perdê-lo, disse ele. Ela está com quarenta e cinco anos. No quarto das crianças, toda manhã depois do café, ela gosta de ver os filhos brincando. As criadas os elogiam, são uns anjinhos. O jeito delicado da pequena Sofia. Os meninos já parecem homenzinhos, ficam vermelhos de raiva quando alguém não os deixa fazer o que querem. As brigas, as grandes lágrimas, os empurrões e os puxões. Mas ainda é fácil fazê-los esquecer, chamar-lhes a atenção para alguma outra coisa, talvez uma cotovia no céu, ou cócegas, na barriga deles. Vocês querem um irmãozinho ou uma irmãzinha, ela lhes pergunta.

— Um irmão — Mieczyslaw diz, com as mãos nas cadeiras. — Mas menor que eu. — Tão esperto para a sua idade. Sempre sabendo o que quer.

Não haverá banhos. Ela não quer perder o bebê.

O seu bastardo, disse Félix. Foi a palavra que ele lhe cuspiu, ladeado pelas duas filhas — as filhas de Josefina, as de sangue puro — Vitória e Ludovica, reintegradas no seu posto legítimo, ao lado dele. As verdadeiras Potocki. Uma prostituta grega, é assim que elas a chamam pelas costas. O reinado dela acabou, os olhos das duas lhe dizem. Sofia perdeu. Ela não é invencível.

Félix tem sonhos, sonhos que ele descreve com faces ruborizadas e olhos embaçados. Sonhos de rodas em fogo, de copos despedaçados cujo conteúdo se espalha pelo chão, de um raio de luz que penetra em seus olhos, cegando-o. Há noites em que ele soluça e reza, prostrado no chão da capela, implorando a misericórdia de Deus. Uma vez ele se aproximou dela dizendo ter visto um anjo passar pela porta do quarto dele, vestido com uma camisola luminosa, cheirando a incenso.

— Isso é sinal de que o perdão ainda é possível — Félix disse.

A imagem que ela tem é a de um matagal crescendo entre eles: galhos e espinhos lhes rasgando a carne. Um matagal repudiado, cercado de mentiras. Na presença dele, Sofia é uma mulher sempre alegre, generosa, e à vontade. É Félix que a persegue com aquele seu ar sombrio, que chama a atenção de todos para seus olhares de soslaio, que a despem, olhares maus, devassos, mortíferos.

Ainda há tempo? Ela ainda pode virar o jogo?

Ela não tem permissão para cruzar o umbral do quarto dele a menos que ele a mande buscar. Ela não tem permissão para tocar na comida dele. Por que eu quereria envenenar o meu próprio marido, ela perguntou um dia. Existe alguém nesse mundo que perderia mais com a morte dele? Neste país, uma viúva não tem direito a coisa nenhuma — a não ser que o marido tenha optado por sustentá-la.

Ele foi um covarde, Félix lhe diz. Ela foi o castigo dele nesse mundo. A sua geena. As suas Sodoma e Gomorra, para as quais nada existe depois da morte senão o Inferno. Toda vez que Félix a toca, ele se purifica com água benta e sal.

E ele aponta para o rosto dos filhos deles, perguntando, quais deles são de fato meus?

Lembra-se de Gertrudes, Félix? Lembra-se da criança que nem sequer teve permissão para nascer? Onde você estava naquele momento? O pai da criança.

— Arrependa-se enquanto é tempo. Caia de joelhos e peça ao Senhor que lhe perdoe os pecados.

Quando ele respira, as narinas se abrem mais e tremem. De vez em quando ela ouve uma respiração rouca, e ele pigarreia como se estivesse prestes a se asfixiar. O olho direito está mais saltado que o esquerdo, e estão, ambos, sempre injetados. Há um cheiro que o precede, de alcatrão, cânfora e carne que não foi lavada. Um cheiro nauseabundo que a faz lembrar as raízes podres do lago lamacento de Tulchin.

— Você me traiu com o meu próprio filho. Meus filhos tinham razão. Foi tolice minha não querer acreditar neles.

A vontade de Deus, o castigo de Deus. A graça de Deus, o perdão de Deus. Estes dois lhe estão reservados, naturalmente. Para ela, não resta nada senão a danação e o fogo do Inferno.

— Você não tem nem um pingo de vergonha — diz Jeroslav. Esse é o seu enteado que um dia lhe disse que deveria tê-la apunhalado pelas costas, logo depois do casamento. Antes do nascimento *deles*. Dos filhos *dela*. O sangue Potocki ficara rarefeito. O bálsamo se diluíra com o alcatrão.

Ela morde o lábio e sente o rubor lhe subir ao rosto.

— Você não prefere cortar a minha garganta? — ela lhe pergunta, desafiando-o a encará-la. Ele não pode. Apesar de todo o ódio que sente por ela, ele não consegue fitá-la.

Será que ele — como seu irmão mais velho — sonha tocar-lhe a pele? Para ele, ela também é tentadora? Ela deveria lhe lembrar de que dizem que ele foi gerado pelo lacaio de sua própria mãe?

A raiva está crescendo nela. Sofia quer lhe quebrar a presunção, a calma. Jeroslav está sentado na poltrona predileta do pai, com as pernas esticadas. A criada dela está contando que o viu entrar furtivamente na estrebaria. Será que ele se encantou por alguma das criadas ou algum dos criados leiteiros?

Ela sente a criança mexer dentro do seu ventre. E percebe que os pontapés estão fracos e furtivos como se o bebê não tivesse certeza de viver. Sua pele está coberta de pústulas e à noite ela acorda empapada de suor. Na noite passada, ela sonhou com Kotula, Nicolai e Helena. Três almas fazendo travessuras entre as nuvens, brincando de dançar com as estrelas. E acordou com o rosto molhado de lágrimas. E se ela morre junto com esse bebê? E se os seus filhinhos ficarem à mercê dos Potocki?

Sua velha amiga, Diana de Polignac, lhe escreve com freqüência. Longas cartas cheias de saudade do passado, de desalento diante do gosto com que os novos-ricos assumem as novas regalias. Em Santo Domingo, a irmã de Napoleão, Paulina Leclerc, ordena que seus escravos negros a carreguem de um lado para o outro da casa e lhe esquentem os pés com a barriga deles. *Os anos de exílio me ensinaram a esperar o inimaginável*, Diana escreve.

Não vou morrer, Sofia pensa. Não vou lhe dar esse prazer.

Ela respira fundo, sente o ar dentro de si. E mexe as mãos, os braços, os pés.

— A vergonha — ela chama a atenção do enteado — é um luxo que não posso me permitir. Ao contrário de você, eu não nasci com uma bandeja de prata ao lado da minha cama, nem com uma colher de prata na minha boca, nem com centenas de criados para limpar a minha bunda.

Ele estremece quando ouve a palavra *bunda*. Está bem, ela pensa. O bebê vai nascer dali a qualquer momento. Jeroslav se levanta e empurra a poltrona.

— Eu te odeio — diz ele, antes de sair. — Espero que esse aí te mate.

— A morfina está começando a fazer efeito — disse o médico francês.

Ela levantou as mãos para o ar, assombrada com a palidez translúcida delas.

— A dor foi embora? — perguntou Rosalia.

— Foi embora?

— Foi?

Ela quase podia acreditar que pudesse se levantar e dançar, voar pelo aposento, levada por uma onda de felicidade. A dor ainda estava ali, mas, estranhamente, era como se ela estivesse no corpo de outra pessoa. Como se ela e a mulher deitada nesse leito império, cujo ventre estava apodrecendo, não fossem uma única, e a mesma, pessoa.

— O que está sentindo? — o médico perguntou.

Ele era semelhante a todos os homens que ela conheceu, ansioso por tudo o que não podia compreender. Ele queria saber o que o corpo dela estava lhe dizendo, ele ansiava por registrar o ritmo do coração dela, por registrar cada onda da força da vida que fluía nela, por pesar e medir o avanço da morte. Quando ela desaparecesse, ele poderia anotar tudo, documentar o caso da condessa polonesa que estava morrendo de câncer e recebera uma dose de morfina.

— Agora o senhor está garantindo o seu sustento, *monsieur le Docteur* — ela lhe disse. — Agora o senhor vale o seu peso em ouro.

Tomás

Pedir a uma potência estrangeira que intervenha nos assuntos internos do seu próprio país não se constitui necessariamente numa traição. Os monarquistas da França que pediram uma intervenção estrangeira contra a Revolução não eram traidores, mas adversários políticos.

Tomás já ouvira esses argumentos antes, Inácio estava certo disso. Mas, em 1792, não havia nenhuma guerra civil na Polônia. A terceira constituição de maio unificara todo mundo. O rei Estanislau Augusto a apoiara. A nação a apoiara. Os líderes da facção de Targowica: Félix Potocki, Franciszek Rzewuski e Seweryn Branicki *eram* traidores.

— O melhor que se pode dizer deles — Inácio gostava de repetir — é que não sabiam o que estavam fazendo. Catarina II, a maior prostituta da Europa, Tomás, estava à morte. A morte já a estava esperando, no banheiro dela. Mas não chegou rápido o suficiente para a Polônia.

Havia um consenso no círculo de Inácio de que se não fosse por Targowica, os russos teriam engolido as reformas contidas na nova constituição. A guerra com a Rússia e a terceira e última partilha da Polônia poderiam ter sido evitadas. Porque antes de Targowica havia cartas políticas a se jogar. Alguém poderia ter contraposto os interesses russos aos da Prússia, ter soprado no ouvido do imperador que uma monarquia mais forte em Varsóvia enfraqueceria os sonhos jacobinos.

Toda tarde de domingo Inácio recebia convidados. Seu cozinheiro preparava pratos poloneses, *bigos*, *pierogi* com *kasha* e creme azedo espesso, *borsch*. Às vezes, atendendo a um pedido especial, ele fazia outros pratos, alguns constrangedoramente simples, como uma tigela de batatas cozidas com pedaços de porco.

— Por favor, venha — disse Inácio. — Nem só de pão...

Os temas da conversa no único salão da casa de Inácio não surpreenderam Tomás. Todo participante da reunião fora um dia soldado de Napoleão. Os capitães Przybylski e Grójecki tinham ido até Moscou, o coronel Sorek estava com o marechal Poniatowski quando ele se atirou nas correntes do Estera.

— Ele realmente disse, "Deus pôs a honra da Polônia em minhas mãos e apenas a Ele eu a entregarei"? — Tomás então perguntou. Inácio deu de ombros e disse que isso realmente não importava, que era o que os poloneses queriam guardar na lembrança.

O ar do salão estava pesado de cheiro de rapé, de conhaque e de fumaça de charuto. Depois do tempo passado à cabeceira da moribunda, reuniões como essa muitas vezes pareciam ligeiramente indecentes. Mas era precisamente essa vitalidade indecente que atraiu Tomás para a discussão que irrompia naquele aposento. Um por um, os convidados de Inácio se apresentavam a ele, ansiosos para explicar mais um aspecto da situação política. Afinal, ele era francês. Ele podia não ter entendido exatamente o que se discutia.

— Dados falsos, dr. Lafleur, dados viciados — o capitão Przybylski disse. — Eu peguei um sujeito, uma vez. Ele tinha feito furos nos dados dele, e, depois, os tinha enchido de mercúrio, para que a sorte beneficiasse os cinco e os seis. Tudo o que o salafrário precisava era de três pequenos veios de mercúrio, uma furadeira e algumas pequenas brocas para fazer o furo. Ele podia ficar com um par de dados que favorecesse os ases e os dois. Ou os cinco e os seis. "Homens altos", era como ele os chamava.

O capitão Przybylski era um homem forte com alguns fios avermelhados no cabelo. Tomás não levou muito tempo para perceber que a história do encontro dele com um trapaceiro não tinha sido contada em vão.

— Depois do Congresso de Viena, o czar da Rússia intitula-se rei da Polônia! O general Zajaczek, muito oportunamente, esqueceu a lealdade a Napoleão e tornou-se o braço direito do czar em Varsóvia. Constantino, o irmão meio maluco do czar, conduz o exército polonês. O arquiduque jura que vai eliminar os últimos vestígios da doença francesa de seus corpos. Os *grognons** de Napoleão estão agora sendo tratados segundo as regras da boa e velha disciplina russa. O número de suicídios quadruplicou. Os açoites voltaram. Os traidores venceram e, a nós, resta-nos pagar pelo que fizeram.

— Chamam isso de sorte — suspirou o capitão Przybylski. — Dados viciados, e homens altos. E então, o mundo rapidamente se esquece das vítimas.

Os poloneses, apesar de todos os seus erros, pensou Tomás, tinham a sua simpatia. Uma nação traída, dividida; uma nação cuja existência fora negada. Ele entendia por que o povo polonês se sentiria enganado. Inácio, porém, não acreditava em dados viciados. Ele preferia procurar alguns pecados míticos, exclusivamente poloneses, para explicar a sina de seu país, pecados esses que teriam que ser redimidos com mais sacrifício, com mais sangue. Como se os outros países fossem melhores, e tivessem mais valor. Tomás preferia a teoria dos dados viciados. Dados viciados, e homens altos, ele devia se lembrar disso.

A propriedade do capitão Grójecki fizera parte da Prússia desde a primeira partilha da Polônia. Agora, o filho mais moço do capitão Grójecki alistara-se no exército prussiano.

— Isso — declarou o capitão — é bom. — Ele gostava de pensar que seu filho estava aprendendo dos mestres, que um dia ele poderia usar o que aprendera contra seus próprios professores. — Quando chegar a hora H — disse ele com um sorriso cúmplice. O capitão Przybylski, que aguardava uma pausa na conversa, assentiu com a cabeça e torceu as

* Conscritos poloneses. (N. da E.)

mãos. Logo, logo, os dois homens se perderam numa discussão sobre os méritos da disciplina e da tática prussianas.

Tomás bebericava o seu café. Os poloneses costumavam fazer um ótimo café, e a casa de Inácio não constituía uma exceção. O que fazia a diferença eram os grãos recém-tostados.

— Mycielski! — a voz do capitão Grójecki mais uma vez chamou a atenção de Tomás. — Mundo pequeno, este nosso. Conheci o pai dele em Cracóvia. — Por algum tempo, a conversa passeou em torno dos feitos amorosos do capitão Mycielski em Berlim. Duelar talvez fosse considerado uma tolice por alguns, mas, obviamente, não por um exuberante capitão polonês da guarda prussiana que já fora desafiado inúmeras vezes por maridos ciumentos. Com pistolas, e não com sabres como algum mero estudante esquentado de Iena. Uma dama da sociedade muito conhecida adoecera por causa dele.

— Não foi a única — Tomás ouviu. Ele percebeu que, nessas vozes, havia uma admiração subjacente, o amor dos poloneses pela fanfarrice. Afinal, o consenso do grupo foi que com a cintura esbelta do capitão Mycielski, o seu peito largo, o seu cabelo, as suas panturrilhas de herói grego, quem poderia ser fiel a uma mulher?

— Uma tornaria todo o resto infeliz — riu o capitão Przybylski, alisando o cabelo avermelhado, com, deduziu Tomás, uma boa dose de desejo.

Uma criada aproximou-se de Inácio e fez uma reverência. A trança louro-pálido da moça, presa ao redor da cabeça, formava uma espécie de coroa. Inácio inclinou-se para ouvi-la, mas então balançou a cabeça e mandou-a de volta para a cozinha. Quando a moça fechou a porta ao passar, ele tocou a sineta de prata. Com alguma relutância, a sala silenciou.

— Senhores — disse Inácio. Reunimo-nos aqui, não só por sermos bons amigos e para nos lembrarmos das glórias passadas, mas para mantermos a esperança viva em nossas almas. Hoje, trago algo que desejo compartilhar com todos vocês. O testamento do general Dabrowski, do qual lerei apenas algumas linhas. *Mantende puro o espírito nacional, uni-vos nos princípios da moralidade e sede como um único homem, então, todo mal vos abandonará.*

O general Dabrowski, criador e comandante-chefe da Legião Polonesa do exército de Napoleão — a legião cruelmente dizimada em Santo

Domingo — morrera três anos antes em Winna Gora. Ele pedira para ser enterrado com o casaco e a capa da legião. Pedira também que se pusessem no caixão três balas, que deveriam ser extraídas do seu corpo, e que eram lembranças de momentos de perigo iminente pelos quais passara. Ao lado das balas, o general queria que fossem colocados três sabres, um da Insurreição de 1794, outro da Legião Polonesa, e outro da batalha de Berezina.

> *O vosso futuro é grande e ilustre, mas confiai em vós próprios e construí esse futuro com vossas próprias forças. Pois apenas a vossa força trará de volta o que as nações estrangeiras nos tomaram!*

— Essas foram exatamente as palavras dele — disse Inácio. — Ele desejava que todos nós as levássemos em nossos corações!

O que se seguiu foi uma grande confusão de vozes. Tomás não precisava saber polonês para entender por que esses homens idosos altercavam uns com os outros tão furiosamente. Perderam-se oportunidades, cometeram-se erros. Agora, havia pelo menos duas posições em discussão. Uma, era a dos que achavam que não se deveria jamais confiar na Rússia. Os que participaram de alianças com Alexandre eram traidores. Como foram traidores os que assinaram o compromisso em Targowica. A outra posição era a dos que afirmavam que as realidades políticas não podiam ser ignoradas. As alianças tinham de ser feitas conforme a necessidade. Se a Polônia tivesse de caminhar ao lado da Rússia por um certo tempo, então que isso acontecesse. Seria realmente tão diferente de caminhar ao lado de Napoleão? De perder tantos homens bons na Itália, na Espanha ou em Santo Domingo? Se os soldados poloneses tivessem de receber treinamento militar no exército prussiano, então era para lá que eles deveriam ir. Esses eram tempos de dissimulação e subterfúgios.

— Basta — disse Inácio a Tomás, derrotado pela cacofonia das vozes que ele esperara congregar. — Você está vendo, meu amigo? Somos uma nação condenada. Apenas um milagre pode nos salvar.

Tomás estendeu a mão para apertar o braço de Inácio, mas o amigo já estava de pé, fazendo sinais com as mãos.

— Amigos — Inácio gritou, com as faces ruborizadas. — Compatriotas! — A voz do anfitrião foi abafada pelos ruídos agitados das vozes envolvidas na discussão candente, até a criada reaparecer.

O som que se ouvia agora era o de um grande sino de bronze. Quando as badaladas pararam, Inácio anunciou que a comida estava esfriando e a cozinheira, Deus nos livre, talvez se aborreça. Tudo aquilo, *kasha, pierogi, borsch*! Pensar num tal desperdício foi suficiente para calar todas as dissensões.

— Que outra prova você quer? A comida une vocês. Os poloneses são pessoas muito sensatas — disse Tomás.

— Mas nunca por muito tempo — Inácio riu, pondo a mão no ombro de Tomás. — Nunca por muito tempo.

Mais tarde, depois que todos saíram, Tomás e Inácio se sentaram no salão e ficaram ali, vendo o fogo se extinguir. O sexo era uma necessidade do corpo, ele costumava dizer aos seus alunos. Ele tentava evocar Minou, o cabelo ruivo, a voz balbuciante, as rendas pretas e as meias escarlate. A imagem, quando lhe aparecia, não lhe agradava, nem mesmo o distraía. Algo lhe acontecera naquele palácio alemão soturno. Algo que ele levaria muito tempo para extrair de dentro de si. Algo que ele, há muito tempo, não mais esperava.

— Venha comigo para a Filadélfia — disse Tomás. Foi um impulso, uma proposta tola, mas ele se sentiu melhor depois de ter dito essas palavras.

Inácio balançou a cabeça.

— Não vai me servir, Tomás. E tampouco vai lhe servir.

O que Inácio queria era um caldeirão moral no qual ele fundiria um novo coração polonês. E afundaria todas essas vozes dissidentes, todas as dúvidas.

— Uma sublevação — disse ele em voz baixa, quase um sussurro. — Contra os russos. Ele já ouvira rumores de organizações clandestinas que vinham se formando entre os jovens. O destino agora outorgava poder a uma nova geração. Os jovens já estavam dizendo em sussurros que a força deveria ser medida pelo poder dos sonhos. Os jovens, disse ele a Tomás, deixaram para trás o cinismo de seus pais. Para eles, Napoleão era um símbolo da dignidade e da liberdade humanas. Na mazurca de Dabrowski, a canção que começava dizendo: *A Polônia ainda não está morta enquanto estivermos vivos*, havia um verso que dizia: *Bonaparte nos mostrou como vencer.* Era disso que os jovens queriam se lembrar.

Você vai fazê-la feliz?, era o que Tomás queria perguntar.

— Ele realmente lhes mostrou como vencer? — foi o que ele perguntou, em vez daquilo, quando Inácio o acompanhou até a porta.

Apenas um punhado de gente voltara de Santo Domingo, mas para quê? Para a campanha da Rússia? Durante o jantar, o capitão Przybylski lhes contara uma história horripilante. Nas sombrias florestas russas, entre Borissov e Studzianka, servos russos tinham desenterrado uma quantidade de peãs de vestuário de couro, tiras de feltro, restos de tecido e mantas de barretina da Grande Armée. Ao lado dessas coisas, havia ossos: de homens e de animais, caveiras, peças de lata, cintos de couro, bridões, restos de peles de urso da Guarda.

— Cadáveres cobertos de lama e areia, veículos inteiros enterrados ali — dissera o capitão —, formaram uma ilha. Ali é hoje o lugar onde a relva cresce. — Depois, inclinando-se para Tomás, acrescentou: — E crescem miosótis.

Sofia

O lacaio anuncia que o conde Iuri chegou.

— Peça-lhe que espere.

No espelho, ela inspeciona o vestido simples, branco como a neve, e uma fita vermelho-claro sob os seios, que, vistosa, chama a atenção para si, e não para a gravidez. O lacaio permanece impassível junto à porta, segurando um xale de caxemira, caso ela precise deste para lhe cobrir os braços. Ela se aproxima dele para pegar sua bolsa de trabalho.

Com os dedos empurrando a agulha de um lado e a recuperando do outro, ela pensa na criança. Ela gostaria de outra filha e lhe daria o nome de Maria, por causa de Mana.

Iuri, quando entra, está tremendo. O cabelo ondulado está opaco e oleoso. As roupas, postas de qualquer jeito, estão amarfanhadas, e testemunham muitas horas na companhia de uma garrafa e gente duvidosa. As calças bege estão manchadas de vinho, e a camisa, aberta no peito, está amarelada no colarinho.

No bolso dele, ela vê o contorno de um baralho de cartas. Ela ouviu dizer que naquela manhã ele perdera dez ducados para seu próprio lacaio numa aposta que consistia em nada além de adivinhar o tamanho de uma palha, meio escondida sob um guardanapo do jantar.

Ele se acerca de Sofia com passos nervosos e tenta beijar-lhe os lábios, mas ela se vira repentinamente e os lábios dele lhe roçam o rosto.

— Quanto você perdeu hoje? — pergunta ela.

Iuri tenta rir.

— Eu ganhei. Duzentos ducados.

— De quem?

— Karkowski.

— Ele não tem dinheiro algum.

— Mas eu ganhei, seja lá como for — ele diz e tenta lhe beijar a barriga. A idéia de que há uma criança dentro dela, uma criança que é da própria carne e do sangue dele o emociona. A morte não é mais assustadora, ele lhe diz. E, agora, ele pode pensar no futuro. Um futuro com ela e seu filho.

— Se você não perder tudo no jogo antes disso — diz ela asperamente. As paredes de seu *boudoir* mostram a sua cor predileta, cor de *cuisse de nymphe effrayée.* Foi a escolha certa, é o que ela sempre pensa quando olha para elas.

— Iuri, você quer comer alguma coisa?

— Não.

— Você deveria. Eu insisto.

— Então está bem — ele aceita. Uma coisinha de nada para lhe agradar. Ele está tão magro que ela poderia contar as costelas.

Ela aponta para a mesa incrustada de madrepérola onde as criadas puseram xícaras de chá chinesas, sem alças, e *zakuska*: pequenos canapés redondos com salmão defumado e esturjão, e fatias de ovo, redondas, polvilhadas de caviar vermelho.

Ela come avidamente. Ele experimenta o ovo, fazendo uma careta como se o tivessem forçado a engolir algo amargo.

A gravidez fez com que suas pernas inchassem, e ele se ajoelha ao lado dela e lentamente massageia seus tornozelos e pés. As mãos de Iuri podem ser gentis e fortes. Ela fecha os olhos e sente o bebê se mexer ali dentro. Um menino, ela conclui, seguindo em frente com chutes e cotoveladas. Tenho que pensar em outro nome.

— Como me lembro da primeira vez que a vi — diz Iuri.

Um guarda o trouxera de São Petersburgo numa carruagem preta. O primogênito de Félix, o filho pródigo que roubara a prataria da mãe e a empenhara para pagar suas dívidas de jogo. Ele tinha sido pego, bêbado, no palácio de Inverno, tão bêbado que se debruçava nas janelas e gritava: *Venham todos, para que eu possa vomitar em cima de todo mundo.* As aparências importavam, ela lhe dissera então. A antiga imperatriz sabia disso muito bem. Você não poderia tê-la pegado berrando o seu desdém da janela do palácio.

— Você estava usando um vestido azul — diz ele —, com um pequeno laço bem aqui — e toca os seios intumescidos. — Você estava me fazendo um sinal de advertência com o dedo. Era um dia tão claro, o ar estava tão puro, eu podia sentir o cheiro da relva aparada. E achei que nunca havia visto uma mulher tão bela na minha vida.

Ele se inclina para trás como se fosse para vê-la melhor. Ela vê o suor na testa dele. Ele devia tomar dois copos de leite toda manhã; evitar correntes de ar e umidade; e ir para a cama antes das dez horas, dissera o médico.

— Foi então que me apaixonei por você — ele acrescenta. — E você? Quando soube que me amava?

Antes que ela pudesse pensar numa resposta, o corpo dele se sacudiu num acesso de tosse que manchou o lenço de vermelho. É o sofrimento dele que a emociona. Ele é uma criança, apesar dos vinte e nove anos. Uma criança fraca, mimada, que nunca soube o que é querer de fato alguma coisa. Um homem-criança que entra nela como uma cobra sinuosa, e cujos olhos imploram um sinal — um grito sufocado, um gemido de prazer —, a esmola da amante.

— Eles não vão apunhalá-la pelas costas — diz ele, o protetor dela, quando recupera a voz. — Não vou deixar que isso aconteça.

Ele jura, se ela quiser, jura por Santo Iuri, seu santo protetor, que não deixará que seus irmãos e irmãs a destruam. Ele se assegurou de que, se ele morrer, ela e os filhos dela ficarão com a parte dele da fortuna dos Potocki.

— O que é meu agora também é seu — ele repete sem parar, beijando a barriga protuberante.

Ela quer lhe perguntar o que ele faria se essa criança lhe tirar a vida, mas não o faz. A esperança não constitui o curso da ação. Ela não deseja promessas vazias que possam ser esquecidas por ele ao primeiro vislumbre de um baralho.

Não são promessas, ele lhe garante, afirmando que vai se casar com ela e lhe dar tudo o que possui. Já fez seu testamento. Se ele morrer antes dela, tudo o que possui será dela.

— Você é um anjo — diz ele. — Sem você, eu teria feito uma bala atravessar minha cabeça centenas de vezes.

Ele tem razão, só que, como de hábito, dramatiza demais. Sem ela, ele teria bebido até morrer em algum bordel. Em São Petersburgo, um dia, ele ouviu de uma prostituta que ele não tinha mais serventia para uma mulher. Não lhe restava mais sangue nenhum, dissera a mulher, que o mandara embora com uma garrafa de vodca. Seja como for, ele lhe dera dez ducados. Podia ser que ele ainda conseguisse morrer de bebida, se os pulmões fracos não o reclamassem primeiro.

— Fuja comigo — ele implora. — Vamos sair deste lugar maldito. Eles detestam você aqui. Sinto isso. Estão rezando para que essa criança a mate. Ninguém jamais foi feliz aqui. Vamos para a Itália, ou para a Espanha. Onde faz calor e o nosso bebê possa crescer e ser forte.

— Você devia ir, meu querido — diz ela com voz branda. — Vá a Spa. Vá a Barèges. As águas lá são excelentes. Eu irei encontrá-lo quando as coisas aqui tiverem acalmado. Quando as pessoas pararem com o disse-me-disse. Elas sempre acabam parando. Sempre encontram algo diferente com que possam se divertir.

— Você sabe que eu não posso ficar sozinho.

Ela alisa o cabelo na cabeça dele com delicadeza. É um cabelo fino, exatamente como o de Félix, só que não é grisalho. A voz é tranqüilizadora, calma. O seu amor por ela já causou danos suficientes, já provocou muito escândalo. As aparências importam, Iuri, ela gostaria de lhe dizer. Não é hora de gestos malucos.

— Tenho outros quatro filhos, Iuri — diz ela —, além deste não nascido. Você quer que eu me esqueça deles?

Como são grandes as lágrimas que lhe correm faces encovadas abaixo, como estão brancos os lábios, como é triste o ar exaurido, imensa, a tristeza. A alma dele está nesses olhos. Tristes e suplicantes e ansiosos por algo que sempre lhe escapa. Ela promete que vai se juntar a ele assim que puder. Assim que a criança possa viajar com ela, assim que os assuntos mais prementes estejam resolvidos. Os seus motivos precisam ser considerados. O que ela precisa fazer é construir o futuro deles, as bases desse futuro. Os irmãos dele já ameaçaram levá-la aos tribunais. Ela precisa ir a São Petersburgo, para se assegurar de que o imperador compreenda a delicada situação em que ela se encontra, fazer alianças e solicitar a proteção dos amigos.

— Se você deixar que eles a toquem, eu mato você.

O rosto dela se transforma numa careta de nojo. Ciúme é algo que ela não suporta mais. Não mais.

— E também mato todos eles. Todos.

Ele cambaleia. Petulância não é afeto. Mau humor, tampouco. Ela anseia por um homem másculo, por braços com quem ela possa lutar, por uma certa dose de perigo, de sangue.

— Você é tão pouco prático, meu amor — diz ela. — Você gostaria que vivêssemos de brisa, mas eu não posso. Se é assim que você gosta, então cabe a mim ser sensata, fazer o que é certo.

Os argumentos dela o convencem por enquanto, ou talvez haja alguma outra coisa. A idéia de alguma aposta que ele possa fazer assim que sair do quarto dela. Está bem, ele concorda, ela precisa ficar em Tulchin por um certo tempo e depois ir para São Petersburgo, mas nesse caso ele irá com ela. Ela precisa da proteção dele mais do que nunca. Da palavra dele contra as mentiras dos irmãos. Eles jamais gostaram de Sofia. Sempre tomaram o partido da mãe, em oposição a ela, sempre maquinaram contra ela.

— Você está doente — ela lembra a ele. — O médico disse que você não chega ao fim de outro inverno russo. São Petersburgo lhe faz mal mesmo no verão. Você acha que vê-lo perder a saúde a cada dia vai me ajudar em alguma coisa? — Quero que você melhore — diz ela. — Quero que você me ame. Que faça amor comigo como fazia, toda noite.

Ele sorri quando ela faz a própria mão entrar sorrateiramente nas calças dele e o aperta, primeiro delicadamente, depois, com mais força. Ele ri e lhe beija os lábios.

Naquela noite, o lacaio a acorda, e a chama da vela na mão dele bruxuleia. No escuro, o rosto pálido do homem parece o de um fantasma.

Ele não precisa dizer nada. Sofia já sabe. Ela sente a morte no ar. Ela é viúva.

O sangue lhe sobe à cabeça, e a bolsa d'água se rompe. A criança decidiu que era hora de entrar no mundo.

Rosalia

Agora que *madame* Kisielev estava aqui, ela se via sem trabalho. Depois das tarefas da manhã, sua presença ao lado da condessa não era mais necessária. As filhas estavam ao lado da mãe, e insistiram para que ela tivesse a folga de que tanto necessitava.

O sangue — Rosalia pensou — era sempre mais espesso que a água.

— A morte sem dor — disse o dr. Lafleur. Ele a esperara do lado de fora do salão nobre. Ele a acompanharia ao seu quarto, disse ele. Ela se estenderia na cama. Poria os pés para cima, apoiados num travesseiro. Descansaria.

— Está bem — disse ela. — Eu vou. Ela estava tentando se lembrar de como ansiara por esses momentos há apenas alguns dias, quando os deveres de enfermeira tinham desdenhado o seu sono.

— O milagre da morfina.

O fim, Rosalia pensou. É assim que tudo vai terminar. A condessa vai morrer e ele vai partir para a América. Ela nunca poderá esquecer. Esquecer do que sua vida poderia ter sido.

O êxito do tratamento com a morfina deixara o dr. Lafleur imensamente otimista. Talvez, afinal, esse fosse o meio tão ansiado de se controlar a dor. Não só para alguns eleitos, mas para todos. Talvez até de se eliminar totalmente a dor, embora, sem dúvida, com efeitos adversos. Com o uso prolongado, a droga poderia parar de fazer efeito, é claro, mas mesmo assim, dada a gravidade das condições da paciente, essa não seria a maior preocupação. Sim, realmente, o que ambos estavam testemunhando era quase um milagre.

Tão cedo?, ela queria perguntar. Por que tão cedo?

Antes de partir para Santo Domingo, o pai lhe dera um presente.

— Vamos, Rosalia. Ouça — ele lhe disse, encostando um pedaço de âmbar no seu ouvido. Ele acabara de esfregá-lo com um pedaço de pele e ela ouviu um minúsculo estalido. Então, sentiu um pequeno choque.

— É para mim? — Rosalia perguntou, e então viu que dentro do âmbar havia um mosquito minúsculo num pedaço de folha.

— É — o pai lhe respondeu. — É para você. — Com o rabo do olho, Rosalia viu que ele estava segurando a mão de sua mãe.

— Agora vá dormir — disse a mãe, e a beijou. O pai também a beijou, e lhe cutucou as costelas como sempre fazia, provocando-lhe acessos de riso.

Ali, deitada na cama, com os olhos abertos, ouvindo os barulhos da casa, ela escutou a voz dos pais no quarto ao lado do dela.

— Não posso levá-las para o desconhecido. Não no seu estado — Rosalia ouviu. O choro da mãe só podia significar que o pai partiria em breve. Partiria sem elas.

Ela se lembrava de ter querido saber sobre o mosquito preso no âmbar. O âmbar, o pai lhe contara, era uma resina que de início era macia e pegajosa, mas que endurecera com o tempo. Ela se perguntou se o mosquito lutara ou morrera instantaneamente. Ela se perguntou como seria o mundo quando o mosquito ainda vivia.

Na véspera da partida do pai, eles viram, na rua, uma carroça cheia de carcaças de boi. Um enxame de grandes moscas verdes voava em círculos sobre as carcaças. De vez em quando, via-se uma grande gota de sangue cair nas pedras do calçamento.

O que pode ser mais doloroso, disse a mãe, que a lembrança da felicidade no momento da tristeza?

— O milagre da morfina, *mademoiselle* Rosalia — o dr. Lafleur comentou, recordando-se do êxtase no rosto da condessa. — Lembranças felizes, que assombraram e foram depois deixadas ao largo, flutuando.

Ele parou no meio do caminho enquanto estava lhe dizendo isso, e Rosalia achou que ele estava se alongando de propósito, que ele também queria prolongar aquele momento. Ele a observou enquanto ela afastava o cabelo do rosto.

Então o dr. Lafleur continuou: ele levaria morfina para a América. Apresentaria os resultados de Magendie e as suas próprias observações, faria conferências sobre os benefícios que se podia obter quando se conseguia afastar a dor. O verdadeiro presente do Velho Mundo para o Novo.

Ela o viu ofegar então como se algo importante lhe tivesse fugido da memória, e agora, nesse instante, tivesse que ser trazido à luz. Algo que tinha de ser dito.

Uma ilusão, naturalmente, mais um fantasma da imaginação dela. Vindos de detrás da porta fechada do salão nobre ela ouviu os soluços de *madame* Kisielev. Depois, ouviu a voz tranqüilizadora da condessa.

— Esse não é um presente valioso? — perguntou o dr. Lafleur.

Naquela tarde, sozinha em seu quarto, Rosalia teve um sonho breve no qual ela voava. Voava sobre a cidade, os telhados vermelhos, os jardins. Bastava pensar numa direção e o corpo aéreo a levava para lá sem nenhum esforço. Ela voou sobre campos de papoulas, adejou sobre árvores, espiou dentro de ninhos de pássaros onde os filhotes abriam tanto o bico que ela podia ver a língua batendo bem no fundo da garganta. Então, ela rumou para as nuvens fofas, e as envolveu em seu rosto como se fossem um xale de gaze.

Ela ainda guardava essa sensação de êxtase, presente do sonho, quando acordou. Então, pulou da cama. O chão estava tão frio que ela sentiu arrepios nas solas dos pés. Lembrou-se então de uma velha melodia e cantarolou a canção predileta de sua mãe:

Se eu fosse uma estrela a brilhar
Nos céus de Podolia
Eu me balançaria delicadamente,
À janela do meu amor, delicadamente,

Enquanto o vento se põe a soprar,
Para em seus olhos brilhar,
Para em seus olhos brilhar.

— O que você vai fazer quando eu não estiver mais por perto e você não tiver com o que se ocupar, Rosalia? — a condessa lhe perguntou. — O que você vai fazer quando não tiver mais ninguém em quem pensar senão em você mesma?

De que serve uma vida, Rosalia escreveu em seu diário, *em que os sonhos são mais importantes que qualquer coisa que aconteça durante o dia?*

Sofia

Seu filho nasceu no dia em que o marido morreu.

Iuri está carregando a criança no colo pela primeira vez, espantado com a sua pequenez, com a sua fragilidade. Ele beija o nariz e o rosto minúsculos antes de tornar a pôr o filho no berço de vime ao lado da cama dela. Vestido com o seu traje de luto, Iuri parece até mais pálido do que antes. Ele não viu Félix antes de sua morte. O filho pródigo não pediu perdão e não foi perdoado.

— Nosso menininho — diz Iuri — vai se chamar Boleslaw. — Os antigos reis da Polônia tinham esse nome. Ele significa *o mais afamado.*

— Bo-les-lav — ela tenta repetir, mas o nome sai de seus lábios confuso e partido. Seja como for, é um nome pesado demais para uma criança pequena. Ela vai chamá-lo Bobiche.

— Você sofreu muito? — Iuri pergunta, pondo a mão na barriga dela, agora estranhamente lisa. Ela ainda sente cheiro de toucinho, apesar do incenso queimado pela parteira. E da urina que lhe sai, exatamente como naquele dia, em Bursa, quando o açoite do pai lanhou suas nádegas. É isso que essas crianças fazem às mães, disse a parteira. Algumas mulheres só podem sair de casa com anáguas de couro para que não molhem os vestidos. Quando não sentir mais dor, ela deve puxar os músculos para dentro e mantê-los assim por algum tempo. Deve fazer esse movimento todo dia. Isso vai ajudar. A cama range quando Iuri se senta ao lado dela, alisando os babados de renda do travesseiro. O cheiro de toucinho frito que ela sente ao redor dele é um bom sinal. Ele tomou o café-da-manhã. Ela vê que as unhas dele estão pretas de sujeira. Suas unhas estão de luto? — ela costumava perguntar aos filhos.

— Não — diz ela. — E nem me lembro mais da dor.

Ela dá graças pelo fato de seu coração estar bombeando sangue. E até dá graças pela pele machucada. Pelos músculos se contraindo, pelo corpo agora tão minguado sob a colcha, tão vazio.

Há uma segurança em Iuri que ela nunca vira antes. A criada lhe disse que o conde Iuri não saiu do quarto ao lado quando *madame* estava em trabalho de parto, nem mesmo quando chegou a notícia da morte do pai dele. Ela tinha lhe dito que ele dormisse um pouco, ou comesse alguma coisa, mas ele se negava a atendê-la. Como se ele pudesse ajudar, disse a criada. Como se algum homem pudesse ajudar nessa hora. De manhã, a criada também disse, ele tinha estado na estrebaria antes do café, pedindo que lhe trouxessem a égua cinzenta. Ele a montaria todo dia, ele dissera aos cavalariços, de agora em diante.

Ele não está tentando deitar a cabeça em seus seios.

— Vou levá-la comigo — diz Iuri. — Não irei sozinho. Vamos nos casar em Roma. O papa pode nos casar, se você quiser. E teremos mais filhos, mais meninos.

A voz que ela ouvia era uma voz triunfante. Os olhos brilhavam com esse triunfo — ou talvez brilhassem de febre. A tosse tinha desaparecido, ele lhe diz, como se estivesse lendo os pensamentos dela. Há meses, ele não se sente tão bem.

— Staszewski diz que me pareço com meu avô — Iuri continua a falar. Staszewski é o velho lacaio que sempre lhe lançava um olhar desaprovador.

— Ele não havia notado essa semelhança antes? — Sofia pergunta e vira a cabeça para o outro lado. Como esse travesseiro é fresco, e bom para aliviar o calor de seu rosto.

— Ele disse que sempre me achou parecido com o avô, mas que só agora via isso claramente.

O rei está morto, viva o rei. Iuri é agora o patriarca, o primogênito do clã dos Potocki e ele gosta do seu novo papel, e se imagina numa nova fase. Pelo menos por enquanto, até a novidade se desgastar.

— Sim, meu querido — ela sussurra. Os lábios estão de novo ressecados, mas Iuri não vê isso. Ele também não repara que ela está pressionando a cabeça contra o travesseiro. Ela não consegue mexer a cabeça sem puxá-la. — Faremos como você quiser. Desde que estejamos todos bem. Mas agora me deixe dormir. Preciso recobrar minhas forças. O médico disse que perdi muito sangue.

Ele se inclina para lhe beijar a testa. É um beijo suave, paternal, um selo de aprovação.

A criada já arejou todos os vestidos e gorros pretos para o luto, todos de crepe negro e renda negra. O véu que ela usou depois que os filhos morreram. Em suas dobras ainda deve haver lágrimas ocultas. Manchas salgadas, invisíveis, menos para um coração de mãe. O corpo de Félix está na capela de Tulchin, à espera do enterro. Como se fizeram infelizes, um ao outro. Como se magoaram.

Você é água, eu sou fogo, ela lhe disse um dia. Foi em São Petersburgo, num baile no palácio de Inverno. Ela se lembra do salão enorme, iluminado por centenas de velas, a música o enchendo de ondas de excitação. O farfalhar das sedas, o tinir dos sabres, o brilho das medalhas e dragonas. Bigodes perfumados que lhe roçavam os dedos quando ela dava a mão para que a beijassem. Ela estava usando um vestido de tafetá com lantejoulas e o seu melhor colar de diamantes, aquele que Félix tinha lhe dado de presente de casamento.

— Minha querida amiga — o czar a cumprimentou. — Estávamos esperando pela senhora com grande impaciência.

Para Félix, era mais uma tarefa tediosa a cumprir, mas ela se sentia tão feliz, tão animada. Ela queria dançar, rir, sentir os olhos que se viravam para fitá-la quando ela passava. Ela era a condessa Potocka, ela era bela, a convidada mais ansiosamente esperada pelo czar.

— Sire, que idéia maravilhosa! — Sofia disse ao czar, mais tarde, naquela noite, ao interromper uma longa conversa sobre invenções que — os homens acreditavam — mudariam o curso da história humana. Era de inseminação que estavam tratando. — Que maravilha, Sire! — disse ela, com os olhos cintilando. — Agora, em vez de se passar por toda essa farsa dos casamentos reais, pode-se enviar um embaixador com uma seringa de bom tamanho!

Ela via os olhos de Sua Majestade apertarem-se de tanta alegria. Ele lhe estendeu o braço, e dançaram, acompanhados pelos murmúrios abafados e mais risos enquanto a história do humor perspicaz dela dava as voltas previsíveis pelo salão.

Félix, como ela observou, não estava rindo. Sofia o avistou perambulando pelo aposento, conversando com as pessoas que o procuravam. Ele não estava olhando na direção dela. Sofia pôde perceber o mau humor dele se acumulando, a irritação com o barulho, com os cheiros de suor, de perfume e da cera que derretia. Se isso fosse possível, Félix lhe disse muitas vezes, ele nunca sairia de Tulchin. Por que se incomodar com esse amontoado de sicofantas e intrigantes?

— Para que não se esqueçam de você — disse ela. Mas ele não se convenceu. Além disso, Félix continuou, ele queria estar com ela. A sós. Sem essas distrações constantes. Sem ter de abrir caminho, acotovelando-se, para passar pela multidão de seus admiradores.

Por que nada lhe bastava?

A música arrancou-a desses pensamentos. A música, o riso, os olhos que a seguiam. Os poemas para os seus olhos escritos em guardanapos do jantar, anéis com miniaturas suas, bilhetes enviados em buquês de flores. A caça é tudo o que quero, Sofia tentou lhe dizer. A excitação dessa caça, o sangue quente correndo nas veias. Como ela poderia dizer a Félix que isso era a própria vida? Que, sem tudo isso, ela sufocava?

Cansada de dançar, ela parou para tirar uma taça de champanhe da bandeja que o lacaio lhe ofereceu. Gotas de umidade juntavam-se na taça fria. Ela podia ver Félix aproximar-se dela, numa marcha solene e incansável que atravessava a multidão de dançarinos. Logo, logo ela sentiria a mão dele em seu ombro, ouviria a voz sussurrada de Félix.

— Estamos indo embora, Sofia — diria ele. — Estou muito cansado.

Ser sua viúva, pensa Sofia, vai ser muito mais simples do que ser sua esposa.

Ela agradece por essa criança dormindo tão tranqüilamente ao seu lado. Pela respiração regular do filho, os grandes olhos azuis que abrem por alguns instantes antes de tornar a mergulhar no sono. Pelos bocejos minúsculos, uma mãozinha fechada apertando-lhe o dedo. Pelo doce cheiro de bebê que lhe chega como perfume. Ela agradece pela vida.

Ao anoitecer, a condessa convocou todos ao salão nobre. Ela se vestira para o acontecimento. Via-se que as mangas de seu penhoar eram debruadas de pele branca. Ele reparou no gesto dela ao tocar nos punhos com os dedos como para se fazer lembrar dessa sensação. No gesto dela ao erguer a mão à luz e olhá-la por um segundo. Pela primeira vez em muitos dias, viam-se as janelas livres, sem cortinas.

Um dos melhores dias, pensou Tomás, um daqueles em que a morfina estava fazendo a sua magia. Um dia em que as boas lembranças vinham à tona, em que nenhum momento era desperdiçado com a dor. Com o rabo do olho, Tomás viu Rosalia tirar o pavio da vela e enrolá-lo, formando uma bola. A música que saía de trás da cortina lhe parecia desanimada, como se precisasse de um estimulante.

A condessa falava sem cessar. Lembrava-se de um vestido, bordado de flores e pérolas.

— Um monte de pérolas — disse a condessa, de olhos fixos na filha mais velha. — E agora nem sei onde ele está.

Houve um certo baile em São Petersburgo em que toda dama recebia um presente. O dela fora um feixe de aspargos que, ao ser desamarrado, revelava um rolo de poemas de amor atado com uma liga vermelha.

A vida estava cheia de charadas, disse a condessa, charadas curiosas que desafiavam a razão. Perto de Archangel, na Rússia, havia uma região em que, ao cair da tarde, quase todo mundo ficava cego. Velhos e moços. Homens e mulheres. Quando a noite se aproximava, todo mundo corria para casa, pois do contrário as pessoas não encontrariam o caminho.

— Como o senhor explicaria esse fenômeno, dr. Lafleur? — A condessa perguntou, mas não esperou a resposta.

Ela o vira com os próprios olhos. Estava viajando por essa região com o marido, de barco, e alguns barqueiros os estavam levando para a terra. Quando o sol se pôs, os homens disseram não poder continuar a viagem. Não se via nenhuma mudança na aparência dos olhos desses homens, mas eles juraram não poder enxergar nem a água nem a terra. "Tudo é o mesmo para nós" — disseram. Nas vozes deles, porém, não se percebia nenhuma inquietação. Eles tinham sido sempre assim.

— Imaginem uma coisa dessas! — comentou a condessa.

Tomás tentou imaginar um mundo em que, ao crepúsculo, todos os objetos se tornassem indistintos como se tudo fosse cinzento. Um mundo que mudava de cara toda noite, um mundo enevoado que passaria a ser novamente claro na manhã seguinte. Um mundo em que, toda noite, a vista fosse substituída pelo tato e pela audição.

Um mundo dividido para sempre, alterado para sempre pela própria sombra.

Ela tem dormido muito mais agora — sussurrou Rosalia no ouvido do médico. — Muito mais tranqüilamente que antes. A morfina afeta seus sonhos?

Ela se virou ao fazer a pergunta, como se um sopro de vento a tivesse apanhado. Um fiapo de cabelo enrolou-se na testa da moça, adoçando-lhe o rosto. Um lampejo castanho-avermelhado, uma promessa, mas não para ele. Inácio já estava falando em deixar a clínica de Berlim. Tomás por acaso saberia de um bom médico que quisesse substituí-lo?

— Sim — disse o dr. Lafleur, ciente de que essa resposta tão simples não lhe satisfaria. Ele não sabia bem o que dizer. A condessa, quando ele lhe perguntara sobre os sonhos, riu e disse que eram só dela. O senhor só terá de imaginá-los, disse ela, quando for relatar o meu caso aos seus colegas eruditos. Ou, se a sua imaginação não lhe acudir, meu caro doutor, invente os seus próprios.

Houve uma proposta de que fizessem um jogo chamado "secretária". Os cinco, a condessa, *madame* Kisielev, Olga, Rosalia e Tomás. Cada um deveria escrever uma pergunta num pedaço de papel e depois distribuir esses papéis ao acaso. Lida a pergunta, deveriam responder com a maior sinceridade, escrevendo a resposta debaixo da pergunta, e tornando a pôr o papel na pilha. Por fim, leriam alto todas as perguntas e respostas.

Jogos de salão, segundo a opinião de Tomás, não eram senão um divertimento para cabeças vazias. Um meio de passar o tempo se a pessoa tivesse tempo demais e nada de útil para fazer. Mas esse jogo era uma exceção. A própria brincadeira desse momento tinha um significado em si. Em suas anotações médicas ele lhe daria o nome de *manifestação da euforia*. Depois da segunda dose, ele registraria, a paciente experimentou uma ilusão de força e da infinitude do tempo; um longo período de vertigem; uma libertação temporária da morte.

— Rápido, dr. Lafleur — disse a condessa. — Estamos todos a sua espera. Claro que o senhor pode pensar numa pergunta que gostaria que uma de nós respondesse, não é mesmo?

Mas Tomás levou pelo menos mais um minuto para então pensar numa pergunta que não lhe parecesse excessivamente tola nem pretensiosa demais. De início, ele queria perguntar sobre a esperança. *Qual é a virtude e o defeito da esperança?* Talvez, o médico pensou. Mas então a pergunta lhe pareceu transparente demais. Decidiu não fazê-la. Em vez disso, ele perguntaria sobre mentiras. Dobrou o pedaço de papel, e o pôs no pote.

Ele via que Rosalia estava hesitando em escrever a dela. A testa franzida, lábios fazendo beicinho. Um longo momento de deliberação, como se a decisão fosse muito importante.

Foi Rosalia quem leu tudo para o grupo:

O que é que ilumina o seu futuro?
O que foi claro no meu passado.

O que torna o amor e o ódio parecidos?
Basta um olhar para reavivá-los.

O que faz a vida valer a pena?
Tornar a morte suportável.

Por que as mentiras são atraentes?
Porque a verdade fecha muitas portas.

Qual é a virtude e o defeito da esperança?
Poder decepcionar.

— Em Tulchin — disse a condessa, recostando-se de novo no travesseiro — costumávamos fazer esse jogo o tempo todo. Lembra-se, Olga? Também brincávamos de quadros vivos.

A conversa era prova de força, mas o que mas agradou a Tomás foi a maneira de falar da paciente. As frases eram mais compridas, pontuadas com gestos das mãos, com risos reprimidos e risadas francas. As recordações que lhe vinham à cabeça também eram alegres: no seu jardim, um convidado bêbado fora visto rezando diante do busto de Voltaire, a quem ele tomara por santo. Uma vizinha mandou pintar as janelas do seu salão de baile de preto para que os convidados não vissem quando o sol nascia e continuassem a dançar enquanto ela quisesse. Três princesas polonesas subornaram o mordomo do príncipe Poniatowski, e, ao entrarem no quarto dele à noite, vestidas como ninfas gregas, foram simplesmente enxotadas de lá, pois ele chegou, *enfer et damnation*,* com a atriz, sua amante.

— Sitanska. Ela costumava passear com ele de carruagem por toda Varsóvia. Nua — contou a condessa.

— O marechal Poniatowski? — Tomás perguntou. Era esse o mesmo homem que se jogara nas águas do Elstera falando da honra da Polônia? Ele precisava fazer essa pergunta a Inácio.

— Ele era extremamente exuberante — disse a condessa. — Suas panturrilhas eram extraordinárias. — À luz da vela, com a cabeça jogada para trás, ela parecia livre e radiante. — Exatamente como seu tio, o rei.

E havia mais. A condessa lhes contou do dia em que, em Varsóvia, na casa de *madame* Oginska, ela encenara *Cinco odaliscas num serralho.*

— Quatro ninfas inclinadas para mim — disse ela. — Eu estava deitada numa otomana vermelha, vestida de tule branco, tão transparente que deixava tudo à vista. Presumia-se que eu estivesse dormindo. Abanavam o meu rosto, os meus seios. As mais belas mulheres de Varsóvia. O rei ficou muito satisfeito.

Tomás ouvia o riso deles ecoando do outro lado das paredes, voltando e desaparecendo de novo. Uma recordação de outros tempos, pensou, mas depois se corrigiu. Não, não uma recordação. Só um pouco de alegria na hora da tristeza. Um momento a se guardar. De onde tirar forças.

Atrás da cortina, a soprano pálida estava pigarreando.

— Meus mamilos apareciam através do tule — disse a condessa, ainda rindo. — O rei disse que era como se o pássaro do amor os estivesse bicando. É verdade o que ouvi dizer? Que os jovens guardas de Berlim são especialmente belos?

---

* Em francês: inferno e maldição. (N. da T.)

Olga riu de novo.

Atrás da cortina, a soprano pálida cantava algo em italiano. A voz tremia com um fervor enraivecido. As únicas palavras da letra da música que Tomás compreendeu foram: *larve* e *ruine*.

Sofia

Apesar de ainda fraca por causa do parto, Sofia quer ver o corpo de Félix. Ela quer vê-lo sozinha, sem os enteados vigiando cada movimento seu. Enquanto estava fazendo força para pôr seu filho no mundo, Sofia podia sentir o ódio deles concentrado nela, os tentáculos do veneno grudando-se em sua pele.

O ódio assombra esse grande e extenso palácio de Tulchin, seus corredores compridos onde gerações de Potocki a olham com miradas desaprovadoras de seus retratos escurecidos. Homens vestidos com longas vestes carmim, e com cintos bordados ao redor da cintura. "O traje de um nobre polonês", Félix lhe disse quando a levou ali pela primeira vez, "o sal da terra. Os descendentes de Jafé". Eram três, os filhos de Noé. Quando o pai se embebedou, foi Cam que o menosprezou enquanto Jafé e Sem cobriram a nudez de Noé. "Seja ele escravo dos escravos, a respeito de seus irmãos" — disse Noé referindo-se a Cam. É por isso que Jafé tornou-se o patriarca de todos os nobres, Sem, de todos os judeus, e Cam, amaldiçoado pelo pecado cometido, de todos os camponeses.

Rindo, ela o puxou para si. Que todos esses descendentes de Jafé vejam o filho deles beijar-lhe os lábios, o pescoço. Que o vejam de joelhos levantando suas anáguas, impaciente para lhe acariciar a pele.

Você trouxe tanta alegria à minha vida, disse Félix então. Você me faz ter vontade de viver.

— Papai morreu amaldiçoando você — disse Ludovica no dia em que foi conhecer o seu novo meio-irmão. — E ele — ela acrescentou, apontando para o berço. Com o rosto vazio e severo.

Palavras assim, o melhor a fazer é ignorá-las. O medo só pode merecer aqueles que se deixam apavorar.

Ludovica era tão simples, tão sem graça: uma menina de lábios finos e pálidos. Uma vez, tirou um bife do prato, levou-o como uma flor para o salão e o meteu dentro do piano de cauda. Outra vez derramou um tinteiro na escrivaninha, enxugou a tinta com o seu xale de *caxemira* e depois cortou a mancha com a tesoura.

— Volte para o lugar de onde você veio — disse ela. — Volte para Istambul.

Uma pequena bênção foi *monsieur* Grabianka não ter sido visto por lá. A criada de Sofia, a quem se pediram investigações, teve notícias de que ele partira para São Petersburgo desapontado. Afinal, aquelas histórias de deserdar Iuri e pagar as dívidas do rei de Israel acabaram mesmo sendo só boatos. Ao que parecia, Félix não teria tido vontade de castigá-la tão duramente.

Com a ajuda da criada, Sofia vestiu o pesado vestido de crepe preto e as meias pretas do luto. Ainda parecia estranho tocar a barriga lisa, darse conta de que a criança não estava mais ali. A cabeça roda, e ela segura o braço da criada por um instante, para se equilibrar. Ela também terá que usar a sua capa de *mink*. O enorme corredor é muito frio, e a capela estará gelada.

— Não seria melhor a senhora esperar mais um pouco? — a criada pergunta. — Mais um dia?

Um dia antes de morrer, Félix chamou os filhos para perto dele, Alexandre, Mieczyslaw, Sofia e Olga. Ela, sua esposa, não foi nem sequer convidada a acompanhá-los. As portas permaneceram fechadas o tempo todo. Quando saíram do quarto, ela perguntou a Alexandre o que o pai lhe dissera.

— Papai disse que não estava se sentindo bem — ele falou com a seriedade habitual. — Que eu deveria me comportar como um bom menino e tomar conta do meu irmão e das minhas irmãs.

Félix não permitiu que os filhos o beijassem, mas lhes pediu que repetissem a oração que ele rezaria, e então rezou uma longa oração que eles não compreenderam.

— Papai está zangado conosco? — perguntou Alexandre. A voz do pai, baixa e severa, foi o que preocupou os filhos. E a longa prece da qual Alexandre só se lembrava de uma única frase, *absolver do pecado.*

Félix recusou o jantar naquela noite. Rezou e pediu para beijar o ícone de Santo Iuri. O que lhe daria forças para lutar contra o mal à sua volta, disse ele. As forças do pecado, que lhe envenenavam o sangue. Então ele adormeceu, tranqüilamente, e não acordou mais. Ludovica notou, antes de todos, de manhã. Ele também estava imóvel, disse ela. Tão tranqüilo. Agora, na capela de Tulchin, ele está na câmara-ardente, vestido com o uniforme de gala de general russo, o seu último posto público. E está sob a guarda dos cossacos dos Potocki. A cada dia, chegam mais pessoas para lhe prestar homenagens: vizinhos, criados, servos.

O que foi feito não pode ser desfeito.

A criada insiste em segurá-la pelo braço para que ela não escorregue nas frias lajotas de mármore. Dois lanços de escada, uma longa travessia da ala leste, depois, outro lanço de escada. A essa altura, uma das meias ameaça deslizar perna abaixo.

— Eu devia ter pedido ao lacaio que a levasse no colo, *madame* — diz a criada. — E se a senhora tiver outra hemorragia? O dr. MacFarland insistiu que a senhora não se levantasse senão daqui a uma semana.

— Deixe de exagero — diz Sofia, mas ela tem de parar algumas vezes para descansar. A criança lhe sugou totalmente as forças. O médico disse que deveria ser o seu último parto.

Assim que se aproximam da capela, ela percebe que há alguma coisa errada. Os guardas cossacos estão estendidos no chão, adormecidos, e os crânios raspados brilham de tanta gordura. Há garrafas vazias por todo lado, algumas com o conteúdo escorrendo pelo chão.

— Ah, meu Senhor! — diz a criada, resfolegando, apertando as mãos uma na outra. — Minha Santa Maria Mãe de Deus!

— Acordem, seus malucos desgraçados — grita a moça —, a condessa Potocka está aqui.

Os cossacos nem sequer abrem os olhos. Um deles está roncando, outro esboça um sorriso, meio acordado, os olhos se revirando, revelando o branco.

A porta da capela está fechada.

— E se ainda há alguém aí? — pergunta a criada, os lábios tremendo. Sua cabeça oca está cheia de bobagens. Os mortos levantam-se dos túmulos, bebem o sangue dos vivos.

Ela empurra a criada para o lado e abre a porta que dá na capela. No lusco-fusco, os olhos levam algum tempo para se acomodar e ela poder ver claramente. O caixão está vazio.

Passam-se alguns instantes antes que ela aviste o corpo encolhido do marido no chão. Um corpo engelhado, de um branco pálido, onde se vêem as suturas dos cortes feitos pelo cirurgião, e o pênis, uma dobra de pele aninhada entre pentelhos cinzentos. Foram-se o uniforme e os anéis dos dedos. A criada arranca o *zupan* amarelo de um cossaco bêbado para cobrir a nudez do conde.

— Não olhe, *madame* — a criada implora. — Não olhe.

Mas Sofia não pode deixar de olhar.

O corpo inerte de seu marido está ali como um saco disforme. Sem seus ornamentos, ele parece perdido, abandonado. Menor do que em vida. Frio.

Tomás

Em seu quarto, de repente zangado devido à própria exuberância de alguns minutos atrás, o médico olhou para as mãos vermelhas, para a cicatriz do ferimento causado pelo sabre acima do pulso. As palmas de suas mãos, quando as olhou com atenção, eram dois vastos territórios, em que os sulcos se cruzavam e atravessavam a fronteira da palma, alguns terminando em tributários de rios desconhecidos. Ele sempre considerou a leitura de mãos apenas uma manifestação de um desejo irracional, o de tornar o futuro maleável, de moldá-lo conforme os sonhos humanos. Então, por que Tomás olhava tão atento para as próprias mãos?

Sentir os pés sob o tapete lhe agradava. O ruído dos passos dos seus calcanhares. Ele assobiava enquanto se lavava, esfregando a pele vigorosamente com uma toalha, sentindo o sangue correr mais rápido e a pele formigar.

América. Sonhos de uma imensidão à espera dos que não queriam nada do velho mundo. O engenho de mentes livres, desembaraçadas de velhos sonhos. *Kein Koenig dort,** como os alemães repetiam com

* Sem nenhum rei, em alemão. (N. da E.)

assombro. Eles, de uma nação de milhares de príncipes, sabiam o que significava dizer que o Novo Mundo não tinha rei algum. O homem comum a quem era dado lutar contra o acaso. A ciência, a quem foi permitido penetrar nos recessos da natureza para a melhoria do homem. Talvez, como o marujo de Boston sobre quem ele lera na biblioteca de Von Haefen, ele seguiria ainda mais para o norte, assumiria o posto de médico em algum navio. Aprenderia com os nativos, observaria seus métodos de cura. Coletaria algumas amostras de seus remédios. Se o ópio foi um dia descoberto como fonte da morfina, que outras plantas desconhecidas ele poderia encontrar? Aos quarenta anos ele não estava assim tão velho para fazer suas próprias descobertas.

Sozinho.

Haveria desapontamentos, é claro, o que era inevitável. Inácio tinha razão em lhe lembrar de que a América não seria um lugar livre do pecado. Que lá haveria cobiça, ciúmes e ódio. Entretanto, tais pensamentos não diminuíam o prazer da expectativa dele com relação ao Novo Mundo. Ele era médico. Sabia que o corpo humano bem nutrido poderia fazer milagres. Com alimentação adequada ao espírito, os seres humanos poderiam alcançar novos níveis de experiência. Mesmo que essas experiências falhassem, essas seriam falhas muito diferentes.

Vindo de fora do seu quarto, do corredor, ele ouviu o ruído de passos curtos e apressados de uma mulher. O seu coração disparou quando os passos pareceram parar diante de sua porta e a mulher, quem quer que ela fosse, hesitar. Em seguida, a mulher prosseguiu seu caminho, com uma possível relutância. O que poderia muito bem ser ilusão.

Sofia

Eu talvez tenha inquilinos, ela escreve a Diana de Polignac, *mas não terei proprietários.*

Iuri está em Paris, a caminho dos Pirineus, onde o médico insiste em lhe dizer que as águas são o único tratamento eficaz para ele, e onde ele diz a todos que encontra que a sua Sofia está chegando ali para se casar com ele. Diana fica horrorizada ao vê-lo. Um esqueleto de olhos febris, as mãos quentes como areia do deserto. *Esse é o tipo de amor que você quer?*, ela perguntou.

Diana está escrevendo suas memórias. Ela quer preservar as lembranças dos assassinados, registrar o que disseram e como disseram. Ela tem visões de figuras enroladas em musselinas, de vestidos manchados de sangue. Nessas visões, ela às vezes reconhece a princesa de Lamballe, Maria Antonieta, a princesa Lubomirska, com fitas de veludo vermelho ao redor de seus pescoços. De um vermelho escarlate, e gotas de sangue destacando-se do tecido e lhes escorrendo seios abaixo. *Fomos poupadas*, ela escreve, *para registrar o que se perdeu.*

José também gosta de relembrar o passado. Em sua propriedade, a apenas quatro horas de carruagem de Tulchin, e que foi um dos presentes de Félix para lhe recompensar a perda, José entedia os convidados com histórias sobre sua amizade com reis e rainhas, histórias que aumentam de tamanho cada vez que ele as reconta. Ele lhe manda presentes de mel silvestre e *kasha* dos campos, afirmando que o solo daquele lugar lhes dá um gosto que ela não encontraria em nenhum outro canto desse mundo. Jan o visita freqüentemente, agora que a segunda *madame* de Witt está enterrada no cemitério do vilarejo, e lhe diz que o retrato dela está pendurado acima da lareira. Ela também lhe manda presentes: abacaxis e limões de Sofievka, garrafas com o tônico fortificante em que ele confia tão cegamente, listas de convidados dos bailes de São Petersburgo, e, embora não com tanta freqüência, lembranças dos que ainda se lembram dele.

Ela murmura para si o seu atordoamento. Por que olhar para trás? Por que envelhecer antes do tempo? Antes que a morte roube o que é possível?

Ela conta os seus anos de vida com relutância. Talvez tenha feito quarenta e oito anos, mas o tempo tratou-a bem. O tempo e sua própria habilidade de disfarçar. Nem tudo deveria ser revelado. Ela não iria tão longe quanto a princesa L, que manteve sua cabeleireira-escrava presa em seu palácio de São Petersburgo, mas ela tem lá os seus segredos.

Os três anos que se sucederam ao enterro de Félix não foram bons. Iuri permaneceu em Tulchin por algum tempo, senhor de suas terras ucranianas. Não era um papel que lhe conviesse. Se não fosse por ela, ele não saberia distinguir um choupo de uma cerejeira. Não teria a menor paciência de verificar as contas, rever os arrendamentos, responder às petições e pedidos. Nunca teria se perguntado por que o seu próprio camareiro conseguira dar a cada uma das duas filhas um milhão de *zlotys* de dote.

— Dois milhões — Sofia enfatizou — é o que você recebe de suas propriedades num ano!

Era tão fácil ela o levar às lágrimas! Ele se ajoelharia aos seus pés, imploraria perdão, juraria que nunca mais faria uma aposta sequer. Juraria pelos ícones sagrados, por seu amor por ela, pela própria alma, enquanto os jogadores continuavam a acorrer ao palácio de Tulchin como corvos a uma carcaça que apodrece nas estepes.

Por fim, ele também se sentiu aliviado quando o médico o mandou para o sul. Agora, ele pode falar do casamento iminente deles com os amigos dela, mas nas cartas para Sofia não se mostra tão corajoso. Roga-lhe que ela deixe tudo e vá para onde ele está, mas já não acredita mais que ela o atenda. E, principalmente, ele lhe agradece o favor de ter recuperado o que ele dissipara, uma vez que desde que partiu de Tulchin, sua renda dobrou. Com esse dinheiro, ela está pagando suas dívidas antigas e lhe mandando uma mesada todo mês, o que tem sido sempre suficiente para cobrir até mesmo as mais extravagantes despesas que o camareiro lhe apresenta. Ela não pergunta como é possível alguém precisar de dez dúzias de camisas novas, três meses seguidos.

De março até o fim de agosto, ela reside no palácio de Tulchin, mas isso não lhe agrada muito. O palácio é grande demais, uma residência ingovernável. Sempre que pode, ela leva filhos e convidados para o palácio de verão de Uman, de onde fazem visitas diárias a Sofievka. Para passar o inverno, todos se mudam para São Petersburgo, onde ela também tem casa.

Os enteados de Sofia não desistiram. Eles continuam a desencavar mentiras e boatos, esperando despojá-los, ela e os filhos, da magra fatia que lhes cabe da fortuna dos Potocki.

— Eles querem guerra — diz ela. — Terão guerra.

Uma viúva, ela também diz, sabe do preço da liberdade.

Lord Alexandre Hamilton Douglas gosta de lhe dizer que os antepassados dele governaram as Ilhas Britânicas, e que portanto isso o transforma no único herdeiro legal do trono escocês. Ele gosta de se postar ao lado dela e lhe torcer o colar de pérolas em volta do pescoço até Sofia ter a sensação de que as pérolas vão sufocá-la.

— Você vai me matar — ela murmura no ouvido dele. — Em São Petersburgo, *mon ami* — ela lhe diz —, só os tolos confiam na sorte.

Ele não mais anuncia sua presença, mas ocupa o seu assento predileto no salão dela, bem ao lado do samovar. Ele gosta de ouvir a água gorgolejar ali dentro, pois lhe faz lembrar o som do vento soprando numa charneca escocesa. Os criados, não precisando mais perguntar o que ele gostaria de tomar, já lhe levam uma dose de vodca numa bandeja de prata. Ele gosta de tomá-la acompanhada de uma fatia de pão preto, russo, e picles.

— Exatamente como os russos fazem — diz ele, limpando a boca. — Aprenda com os mestres. — As criadas dão risinhos toda vez que ele tenta recuperar o fôlego depois disso.

Uma vez ela lhe pediu que ele pusesse uma máscara e fossem caminhar pelas ruas, à noite. Ele lhe agarrou a mão, quando uma mulher os fez parar. Uma mulher coberta de andrajos, de faces rubras, por causa do frio, e cheirando a vodca.

— Meu senhor — a mulher resmungou e agarrou nas abas da casaca forrada de pele. Ele lhe deu um rublo.

O *monsieur* senador Novosilcov não gosta de *lord* Douglas.

— Frio como os ingleses — diz ele. — Tenho de concordar com Sua Majestade que o considera presunçoso demais.

Dos seus amigos de São Petersburgo, Nicolai Nicolaievich Novosilcov é o mais influente. Ele ligou seu destino ao do czar Alexandre quando Sua Majestade ainda era apenas grão-duque, e vivia apavorado com o pai demente. Agora ele está colhendo os louros — ele é senador, membro do conselho secreto do czar. Nada é difícil para ele, nada é impossível. Ele já fez de Jan, o filho mais velho dela, protegido dele e o admitiu no serviço do czar. O seu menino vai longe, ele lhe assegurou.

O caro senador também não gosta de Iuri, e ficou muito satisfeito quando o jovem conde Potocki partiu para países mais quentes. Os homens se aproveitam de você, Novosilcov explica. Aproveitam-se da sua afabilidade e bondade, do seu espírito generoso, e, no final, desperdiçam tudo.

— Se você consentir, esse tolo vai jogá-la fora — ele avisa. — Sua Majestade tem muito pouca paciência com ele.

O ciúme do senador a comove. É tão sólido que poderia ser entalhado, como pedra.

Hoje vou dizer a todos que estou indisposta, ela escreve a Novosilcov. *Recusarei todos os convites. Por favor, venha assim que os filhos estiverem dormindo. Os criados o encaminharão ao meu* boudoir.

— É assim que eu quero — ela lhe diz, pondo a mão trêmula dele em seus seios. Ela ri quando ele cora. Ri quando ele se ajoelha a seus pés e põe os lábios sobre sua mão.

São Nicolau, Sofia lhe diz, sempre foi o meu santo predileto.

Nicolai Nicolaievich gosta de instruir a condessa Potocka a respeito da vida mundana, de afastar sua deliciosa ingenuidade, e de lhe revelar a verdadeira natureza do poder. É preciso cautela para atravessar alguns corredores do poder. As aparências importam, mas o que importa mais são as alianças, as alianças adequadas, bem cultivadas. Nas cortes de São Petersburgo, a única coisa que realmente conta é a palavra do czar.

— Você tem razão a respeito de Iuri, *mon cher ami*. Sua alma é tão fraca. Tremo ao ver uma carta dele. E a respeito de *lord* Douglas.

— Ouvi dizer que ele está sendo de novo chamado pelo rei — diz Nicolai Nicolaievich com um sorriso condescendente. — A missão dele aqui não foi lá muito bem-sucedida, ao que parece. Eu me pergunto se Sua Majestade não deveria saber que ele deveria agradecer *a você* por isso.

A arte da interpretação, ele lhe diz, é a arte de perceber o que, do contrário, seria negligenciado. Qualquer mensageiro sabe disso. A condessa Potocka precisa se assegurar de que Sua Majestade Imperial tenha conhecimento da natureza malévola da conduta dos enteados dela. Da luta deles contra a boa reputação dela, dos esforços que fazem para que o casamento dela seja declarado *nulo*, para que os filhos dela sejam considerados bastardos. E para negar que ela tenha sofrido quando o marido morreu, um sofrimento de que Sua Majestade deveria ser lembrado.

Certificando-se de que o caro senador veja as lágrimas em seus olhos, Sofia lhe agradece o conselho. O senador tem razão em tudo o que diz. Nesse mundo cínico, às vezes uma alma desamparada encontra o seu anjo da guarda.

— Meus filhos o adoram, Nicolai Nicolaievich. Ontem mesmo, Alexandre disse que queria crescer para ser como você. Eu lhe perguntei por quê. Porque, meu filho disse, Nicolai Nicolaievich é homem de bom coração.

Estar enamorada, Sofia pensa, seria o suficiente? Saber o que um homem quer é o segredo de tudo. O que ele quer realmente, ela continua a pensar. O senador Nicolai Nicolaievich Novosilcov não é um homem rico. Para manter a sua posição, ele precisa de uma casa que tenha um certo nível.

Ela lhe escreveu:

> *Peço-lhe que aceite 6 mil ducados, para cobrir os custos de sua futura viagem com Sua Majestade e suas despesas aqui em São Petersburgo. Não aceitarei que você faça nenhuma objeção. Asseguro-lhe que esta pequena soma não representa muito para mim, mas posso lhe garantir, entretanto, que uma recusa sua me causaria imensa tristeza. Peço-lhe que não toque nesse assunto quando vier me ver, meu caro e amado amigo, uma vez que isso simplesmente me deixaria muito, mas muito zangada. Você já notou que posso ser uma verdadeira déspota e também já me confessou o quanto lhe dá prazer quando lhe digo "Isso é o que eu quero". Pois bem, posso lhe assegurar que o que quero agora é que você aceite este pequeno presente.*

Os músicos

A tarde não fazia prever que ocorresse nada de extraordinário. As vozes que soavam atrás da cortina se calaram, e os músicos começaram a tocar um *pot-pourri* para violino, de temas de Rossini. A condessa, *mademoiselle* Romanowicz lhes disse, gostara do que haviam tocado na véspera, principalmente da sarabanda. Ela também estava mais calma. Afora um ou outro gemido, eles não ouviram som algum.

Sempre podiam contar com Mozart. Ou *Komm Hoffnung*.*

Podiam sentir o cheiro da doença. O odor acre da enfermidade, o perfume de rosas, o cheiro abafado, carregado de poeira, de roupa de cama que não fora arejada. Dois colchões já tinham sido queimados por causa do sangue.

— Talvez devêssemos tentar Marais, afinal — disse o violinista, embora tivesse resistido a essa opção, anteriormente.

— Podemos experimentar — disse o pianista.

E tocaram uma das *pièces de viole*. Depois mais uma. Vinham tocando juntos há seis semanas, e a prática surtia o seu fascínio. A música que começara timidamente, agora tinha adquirido um som forte, cada vez mais generoso e vibrante.

A cantora estava atrasada. Sua ausência era um alívio, e os músicos trocaram olhares alegres toda vez que os olhos passeavam pela *chaise-longue* vazia onde *frau* Hellmann gostava de se reclinar, esperando sua vez.

— Garantindo-nos uma boa visão dos pés dela — riu o violinista, com um toque de malícia.

Ainda estavam absortos na música quando a porta se abriu. De início, eles esperavam a cantora, mas ela entraria bruscamente, sem hesitações, e quem quer que tivesse entrado simplesmente ficou parado ali.

O violinista se virou primeiro e viu que havia alguém empurrando um rapaz para a frente. O homem permanecia de pé à porta, ruborizado, sem saber o que fazer. Havia um lenço de seda preta cobrindo-lhe os olhos. Um homem espantosamente belo, o violonista sempre se lembraria disso, vestido com o uniforme da guarda de Berlim. Um homem de queixo clássico, nariz afilado, com uma onda de cabelo farto e louro sobre a testa, e um corpo de herói grego.

Os músicos pararam de tocar. O rapaz tirou a venda e a enfiou no casaco da farda, abrindo-a em cima. A luz das velas o fez piscar, mas ele estava sorrindo de alegria antecipada. Era óbvio que o guarda divino não desconhecia os doces mistérios ao seu redor.

— Venha cá — ordenou uma voz detrás da cortina.

O homem lançou um rápido olhar de vitória aos músicos e deu alguns passos à frente. A cortina se abriu, segura por uma mão invisível.

---

* Em alemão: Venha, Esperança, ária da ópera *Fidelio*, de Beethoven. (N. da T.)

Os músicos puderam ver o leito estilo império coberto por uma colcha dourada. A condessa estava deitada, amparada por muitos travesseiros. O rosto dela, na sua palidez mortal, parecia ser de outro mundo.

O rapaz virou a cabeça na direção dos músicos, como se quisesse verificar o que eles pensavam daquilo tudo. Os olhos azuis se apertaram, e ele sorriu, frustrado. Obviamente, ele estava esperando que alguém mais o cumprimentasse.

— Venha cá — disse a condessa, fazendo um gesto para que ele se aproximasse. O violinista poderia jurar, posteriormente, que a condessa moribunda estava devorando o rapaz com os olhos.

O rapaz deu alguns passos na direção dela, e, antes que a cortina se fechasse nas costas dele, o violinista viu que o homem estava paralisado com o que via, mais como uma estátua do que como um homem de carne e osso.

— *Merci*... — o violinista ouviu a condessa sussurrar, antes de começarem uma nova peça.

Mais tarde, quando ele contou essa história nas tabernas de Berlim, o violinista acrescentaria o que toda Berlim estava cochichando. Que o rapaz que ele vira era polonês. Capitão Mycielski, o mais belo dos guardas de Berlim. Tudo o que o médico francês lhe dissera era que alguém, uma bela dama, queria vê-lo. Uma dama que não queria ser reconhecida. Foi por isso que ele, numa carruagem fechada, fizera um percurso longo e misterioso através das ruas de Berlim. Ele estivera vendado o tempo todo, sem saber que doces surpresas poderiam aguardá-lo. E se perguntava qual das suas amantes engendrara aquele enredo delicioso que brincava com o desejo dele. Ela estaria se escondendo de um marido ciumento, talvez, pois ele fora chamado para um local de amor.

A carruagem parou, e ele foi levado escada acima. Ele ainda estava às cegas e não sabia onde estava até uma mão o empurrar para que passasse por uma porta entreaberta. Ele então viu que estava num salão magnífico, dividido por uma cortina cor de vinho com borlas douradas. Foi então que lhe disseram para entrar.

Uma bela condessa — era o que o que os mexericos repetiam, em Berlim, com arquejos de descrença, enviando a história com os seus rodeios até São Petersburgo — a alguns passos da eternidade, queria pôr os olhos num belo homem mais uma vez em sua vida.

Ela ouve a música, vinda do jardim. Os músicos estão espertamente escondidos nas moitas, atrás da mesa posta para o chá. A música, doce e tranqüilizadora, sobe e desce como ondas no mar.

A tarde em Sofievka está pontilhada de sol. Todos foram para lá do palácio de verão de Uman, para ver o seu jardim. O gramado foi recentemente cortado, e se ela se abaixar, poderá ver folhas partidas. E também sentir o aroma doce da grama e dos trevos secando. Ela ouve, ao longe, o ruído das foices sendo afiadas em pedras de amolar.

Estão todos ali, à espera dela: as crianças com suas governantas, o *abbé* Chalenton e os convidados. O conde Kapodistrias que insiste em lhe pedir que o ajude a obter um lugar na corte russa.

— A Rússia sempre estará em guerra com os turcos — ele lhe assegura com paixão, beijando-lhe a mão toda vez que ela promete fazer tudo o que puder, quem sabe sussurrar uma palavra no ouvido de Sua Majestade. Ele não está lhe mostrando Sua benevolência diante dos problemas dela? Ele não a está ajudando a defender a herança dela quando os enteados desafiaram o último testamento do conde Iuri? É claro que a influência que ela tem sobre Sua Majestade Imperial não pode ser depreciada. — Nós, os gregos, temos de nos lembrar das nossas esperanças, *madame.* A nossa terra natal precisa de nós.

— Você superestima minhas habilidades, meu querido amigo — ela lhe diz. — Eu apenas sirvo para divertir e fazer intrigas, e Sua Majestade Imperial gosta de ser adulada. Algumas palavras ditas contra mim podem afastá-lo inteiramente.

— Não acredito nisso.

— Você não quer acreditar. Quer ser enganado.

Que amante tedioso ele se tornou. Onde está aquela alegria que a cativou um dia, aquele tempo em que ele a divertia com os mexericos, em que ele a surpreendia, como naquela vez em que galgou a parede da janela do seu quarto? E as canções gregas que ele cantava para ela e para os filhos?

Chove, chove, Virgem querida,
Mande neve, mande água,

Para molhar nossas vinhas,
E molhar nossos jardins...

Agora ele fica amuado dias e dias quando ela ri do seu desejo de se casar com ela. Mas por que ela quereria outro marido? Por que ela quereria abrir mão da liberdade, das doces possibilidades da viuvez? Sofrer os ataques de ciúme de um marido, dos quais, ao contrário do que ocorre agora, não haveria como escapar? Perder o controle do destino de seus filhos? Há quatro anos ela perdeu o marido. Há algumas semanas chegou uma carta do camareiro de Iuri contando que o patrão dele tinha morrido em paz, deixando tudo o que possuía para ela e seus filhos, e — na última carta que ele escrevera — pedindo aos irmãos que respeitassem o último testamento dele. Eles não vão fazer isso, é claro. Iuri está enterrado num pequeno cemitério, em Barèges, e os enteados dela estão levando-a ao tribunal. *O último testamento de meu irmão foi escrito mediante coação, num estado de angústia mental*, escreveu Jeroslav ao czar.

Se não fosse por Nicolai Nicolaievich, ela talvez se preocupasse.

— Eu floresço em meio a traições — ela costuma soprar nos ouvidos de seus amantes. — Cuidado. Esse é um aviso claro.

Os copos de cristal cintilam ao sol. O conde Kapodistrias, que nunca será seu marido, está tentando lhe chamar a atenção batendo a faca no copo de vinho. Ela deveria lhe dizer que não use preto. Faz a pele dele parecer doente.

Ela pára e procura assimilar tudo o que há ali. Vê uma cena de imensa beleza. As filhas, Olga e Sofia, com seus vestidos de musselina branca, os meninos, Alexandre, Mieczyslaw e Bobiche, com seus conjuntos de veludo verde. O conde de Lagarde, com os olhos acompanhando todo movimento dela, ergue o copo, saudando-a. Um homem doce e tolo, de aparência ainda jovem, e que ainda tem esperanças de levá-la para a cama. Mas o lacaio dele tem olhos muito mais vivos que os dele — e panturrilhas muito melhores. Por ora, o pobre Lagarde está se empenhando em traduzir o poema sobre Sofievka, tentando impressioná-la com tolices poéticas. Toda a natureza é um jardim, afirma ele, e os pastores ucranianos dela são filósofos da natureza, que cuidam dos rebanhos de cervos que pastam nos campos Elíseos. E eles são os alunos solenes da natureza, com a qual todos deveriam aprender.

— Se eu deixasse a natureza governar, meu caro amigo — ela lhe diz —, os meus pastores cortariam a minha garganta. O que o faz pensar que eles sejam diferentes da turba parisiense? E quanto aos cervos? Os cervos comeriam as minhas mudas de árvores e destruiriam o meu gramado.

Ela se ofereceu para lhe mostrar a cerca e a vala que o arquiteto mandou construir para afastar os animais. Uma cerca metida na água, invisível de longe, mas que impede os cervos de ultrapassá-la.

— Meu tributo a vossa beleza, *madame la Comtesse!* — de Lagarde está de pé, pigarreando, e continua:

O! des filles d'Adam, Vous, la plus accomplie,
D'un mortel trop sensible, inestimable amie,
Tant que vous daignerez habiter parmi nous
D'un sexe vous pourrez, extirper le courroux,
Mais de l'autre plus juste, enlevant les suffrages,
*Vous obtiendrez l'amour, l'estime et les hommages.**

Ela bate palmas e diz que está lisonjeada.

— O vosso ouvido para a poesia, *madame* — ele sussurra, a perna dele procurando a dela debaixo da mesa. Ela ri e lhe toca o ombro com o leque. Ela poderia ir à Criméia com ele, afinal, apenas para se divertir. Ele a faz rir com as histórias dele sobre a Ucrânia. — Mas, minha querida condessa, as mulheres deste lugar! Vi um grupo delas, todas nuas, nadando no rio, brincando na água como antigas ninfas.

Isso é tudo o que ele vê. De Lagarde glorifica as extensões de trigo, os campos de melancias, a vastidão das estepes. Fala da cor e da textura. Uma vez ele se abaixou e pegou um torrão de terra entre os dedos. Era negra, quase roxa ao sol.

— Eu deveria ser pintor, *madame la Comtesse.* Mas então eu não pintaria nada mais a não ser a senhora.

A pequena Sofia acena para a mãe e levanta-se da mesa, as mãos estendidas. Um minuto depois, ela sente um braço fino abraçando-lhe a

* Ah! Das filhas de Adão, Tu, a mais completa/ Amiga inestimável de um mortal muito sensível/ Enquanto quiseres residir entre nós/ Poderias, de um sexo, extirpar a cólera/ Mas do outro, mais justo, conquistando os sufrágios,/ Obterias o amor, a estima e as homenagens. (N. da T.)

cintura, um rosto liso lhe pedindo um beijo. Sua filha mais amada ainda é uma criança, uma bela criança.

— Mamãe — diz a pequena Sofia —, *monsieur* Allen me deu isso aqui. — E, na mão dela, há um desenho do seu perfil. Um desenho bastante bom, a mãe reconhece, de linhas ousadas e esparsas, mas, mesmo assim, capazes de sugerir a maciez e a aparência cálida do rosto da criança. — Ele disse que serei tão bela quanto você.

— Claro que você será — ela sussurra. Ela acha tudo tão divertido. Esse dia de verão com o sol sumindo lentamente, o zumbido das moscas, o ir-e-vir das criadas seguindo silenciosamente um ritual familiar. O sangue fluindo em seu corpo, quente, abundante. O coração bate regularmente, a pele lhe parece macia como veludo. Não há passado nem futuro, apenas esse momento no tempo, e ela se encontra ali, à cabeceira da mesa comprida, ouvindo os filhos. Alexandre conseguiu que seu cavalo pulasse todos os obstáculos hoje. Mieczyslaw, com um vinco na testa, declara que poderia ensinar os sapos a lhe obedecer. Bobiche, nos braços de Olena, apenas sorri e lhe acena com a mão rechonchuda, embora, aos quatro anos de idade, ele seja grande demais para estar no colo de alguém. Olga quer saber que jogos irão jogar depois do jantar.

Monsieur Allen está pintando Sofievka. Ela se apegou a ele, um escocês com um bigode avermelhado e mãos que expõem o testemunho de suas experiências com uma mancha de queimadura na pele e uma unha partida ao meio. Pois *monsieur* Allen também é químico amador e um amante apaixonado das máquinas. Quando criança, Allen confidenciou, ele viu uma figura prateada de uma mulher que dançava, segurando um pássaro na mão. O pássaro abria o bico e batia as asas. Desde então, ele se esforça para criar sistemas intrincados de rodas e alavancas.

— O que elas fazem? — Sofia lhe perguntou um dia, mas ele apenas sorriu.

— Nada — disse ele. — Mas eu gosto delas assim.

Em Sofievka, ele pediu que lhe mostrassem o sistema hidráulico que bombeava a água do rio para as fontes. Ficou maravilhado com os desenhos, mas insistiu em dizer que o projeto poderia ser aperfeiçoado. Ela gosta dele.

A criada francesa tem esperanças de que ele a note. Ela se ajeita o tempo todo como uma galinha, e finge se interessar pelo arcabouço feito por ele. Ela é uma mulher tola, já que os olhos de *monsieur* Allen dirigem-se para os garotos das estrebarias e para os jovens lacaios. Ele é discreto, mas Sofia é muito sensível aos desejos humanos para não perceber. Hoje ele deve ter tido alguma satisfação, porque se vê uma mudança nele. A maioria das tardes ele se mostra calado, perdido em seus pensamentos, mas hoje ele está falando alto.

— Nem mais um minuto. Nem mais um minuto sequer — diz ele. — As crianças não podem esperar mais pelos jogos.

— Mímica — a pequena Sofia exclama. — Mamãe, vamos brincar de mímica.

O *abbé* Chalenton está explicando a Mieczyslaw que sapos não têm inteligência suficiente para que possam ser ensinados. Seus corpos não são nada além de simples mecanismos movidos por estímulo e resposta. Os olhos do filho de Sofia escurecem e a boca se fecha.

Sofia ri. Ela sabe que essa felicidade não vai durar, mas esses pensamentos nunca a perturbaram. Há uma leveza nela, uma vertigem que ela aprecia tanto quanto a música que acaricia seus ouvidos. Ela sente a mão de De Lagarde cobrindo a dela, e o ouve sussurrando o seu amor tolo.

Um instante depois, Mieczyslaw vai apontar na direção de Uman e perguntar, "o que é aquilo?", e eles verão o brilho do fogo. A música vai cessar, os criados se amontoarão e apontarão para o clarão e todos vão começar a sentir o cheiro das primeiras ondas de fumaça. Ela mais tarde ouvirá que uma única centelha descuidada foi suficiente para incendiar uma carroça cheia de feno e que o vento espalhou os molhos de feno em chamas por toda a cidade. E então, durante dias, depois que o incêndio se extinguir, ela espalhará bálsamo na pele queimada de crianças, distribuirá dinheiro e roupas para os que perderam suas casas. "Nossa mãezinha", os servos lhe chamarão e lhe beijarão a mão e prometerão que rezarão por ela até o dia em que morrerem.

Na cabeça dela, atenuada pela morfina, ela flutua para longe deles todos, vendo as figuras de seus filhos e convidados ficar diminutas, agora, meros bonecos. Mas o lugar para onde ela está flutuando ainda está oculto.

Em algum lugar, há uma soprano cantando:

Mesmo quando as nuvens o escondem,
O sol ainda brilha na morada do céu ...

Pavel Dimitrievich Kisielev

A carruagem estava diminuindo o seu ritmo, seguindo pela Unter den Linden, e entrando no pátio do palácio de Von Haefen. O general Kisielev observou o tapete de palha sobre as pedras, abafando os cascos dos cavalos, e as velas de sebo nas lanternas. O crepúsculo ensombreava os rostos dos criados e então, às vezes, eles lhe pareciam pouco mais do que apenas sombras.

Depois de se certificar de que seu camareiro tinha sido eficiente o bastante para cuidar da bagagem, ele permitiu que o conduzissem escada acima. Ele esperava que sua esposa estivesse lá, à espera, mas um homem o cumprimentou, apresentando-se como *graf* Von Haefen, seu anfitrião.

— Bem-vindo, general — disse Von Haefen, com a cara fechada. — Bem-vindo a Berlim. Ele devia ter tomado um conhaque há não muito tempo, porque o general Kisielev sentiu o cheiro da bebida em seu hálito. Ele também gostaria de um gole, mas não iria pedi-lo.

O *graf* estava andando de um lado para o outro do aposento, mancando ligeiramente ao andar. Se o general Kisielev tivesse alguma dúvida quanto à gravidade das condições de saúde de sua sogra, esta teria se dissipado agora.

Pequenos passos apressados se aproximaram. A porta rangeu, abrindo-se.

— Pavel, meu querido — a esposa se atirou nos braços dele. — Afinal você veio.

O rosto de Sofia estava vermelho de tanto chorar. Olga entrou, também, logo depois da irmã, observando-o através dos olhos semicerrados, o rosto macilento e pálido. Ele beijou o rosto manchado de lágrimas da esposa, e perguntou pelo filho.

— Ele deve estar sentindo a dor da mamãe, meu pombinho — ela soluçou. — Ele não dormiu a noite toda. A enfermeira o carregou no colo o tempo todo.

Ele proibira esses mimos exagerados, mas ele não era insensível. Não era hora de exercer o seu poder.

— Graças a Deus, você está aqui, Pavel Dimitrievich — disse Olga.

O general Kisielev observou que o rosto pálido dela ficava bem com a seda azul, e que ela lhe segurava o braço com força, com aqueles dedos ossudos. A cintura de Olga era tão fina que ele poderia tê-la abraçado com as mãos.

— Você deve estar muito cansado, Pavel Dimitrievich — disse Olga. — O nosso anfitrião nos perdoará, não é mesmo, querido *graf*?

— Mas, evidentemente — gaguejou o *graf*. Um menino de escola pego com a boca na botija, pensou o general Kisielev. O rosto dele estava vermelho demais. Será que não havia um médico ali que pudesse sangrá-lo?

— Deixe-me lhe mostrar o seu quarto, Pavel Dimitrievich — disse Olga. — E então você deveria ir até o quarto ver mamãe, sem demora. O médico francês disse que a confusão melhorou. Ele só não sabe dizer por quanto tempo.

Sofia

Há algo acontecendo com ela. Algo que ela não pode controlar.

Ela sente os lábios de um homem em seus mamilos, sugando-lhe todo o sangue. O cabelo dele sob a mão dela parece fino e ralo. Ela tenta afastá-lo, mas os braços dele parecem de algodão macio. Ela tenta gritar mas nenhum som lhe sai dos lábios. De todas as coisas deste mundo, a fraqueza é a que ela mais teme. O tipo de fraqueza cujo cheiro é sentido por cavalos e cachorros na pele humana.

Alguém entrou no quarto. Um homem, jovem, de pele firme e azeitonada, e o cabelo preto lhe caindo sobre a testa. Lisandro? Como era possível? Mas é ele, e a alegria pela presença dele a domina. Como ele fugiu do tempo? Para ela, a vida se tornou um ato de camuflagem: cabelo falso, ruge, pó-de-arroz, os remédios dos jardins. Primeiro, morangos amassados que seriam absorvidos pela pele; nos olhos, fatias de pepino, e mais, mel, pólen de abelha, e aveia embebida em soro de leite. Ele não precisava de nada disso. Sua pele é radiante e macia, como ela ainda se lembra.

O peito dela está arfando, as narinas se abrem. O que ela dirá quando alguém chegar? Dirá que o príncipe bey Zadi é um velho amigo da família, de muito tempo. De Istambul.

— Mas eu morri — o príncipe bey Zadi diz. — Um acidente com um barco no Bósforo — ele acrescenta com um sorriso maroto.

Ele não está mentindo.

— Você sempre me surpreende — ela lhe sopra no ouvido. Ela se admira com o calor das mãos dele. O hálito que sai de Sofia é quente e úmido. Lisandro, quando se vira para ela, a encara com olhos fixos. Olhos pretos, insondáveis.

Ela sente a maciez sedosa da língua de Lisandro em suas coxas.

— Os bastardos de *madame* de Witt não têm direito ao dinheiro de meu pai — diz Jeroslav. Ela não o vê, mas ouve a voz dele. Por que Rosalia o deixou entrar?

Quero acordar, ela pensa. Não tenho tempo para o ódio.

— Por que você não confia em mim? — Félix pergunta. — Por que essa luta contra mim o tempo todo? Quem você é sem mim?

Ele está se inclinando para ela, o rosto lívido. Está apontando para o próprio coração. Quando ele morreu, o médico que lhe abriu o corpo disse que os rins estavam podres devido a uma dose excessiva de cantaridina. Afinal, o que o preocupava era isso: fazer amor com ela?

Afinal de contas, ela se enganara a respeito dele?

Ela pensa. Ele me amaldiçoou. Ele amaldiçoou o filho que eu carregava comigo.

— Por que você não confia em mim, Sofia? Por que você nunca confiou no amor? Por que deixou o Diabo entrar na sua vida?

Como a dor agora está longe, como que embaçada. Uma presença que pode assombrá-la mas não pode atraí-la. O médico francês é o homem que pode eliminar a dor.

Então por que ela conversaria com um fantasma?

— Beba — diz uma voz.

Uma voz de homem, tentadora, apaziguadora.

— Mais um gole.

Ela sente o amargor habitual em sua língua, o avanço lento desse amargor em sua garganta. Há um outro tipo de conhecimento, doutor, ela deveria lhe dizer. O conhecimento do sangue, e das vísceras, e do crescimento irreprimido. O conhecimento do corpo: dos dentes, olhos, membros. O conhecimento que os caçadores têm quando tocam a pele manchada de sangue e sentem o formato do crânio.

Ela sempre teve sorte com os homens. Esse também fará o que ela quer. A única coisa que ela precisa fazer é pedir.

— Eu sou seu, de corpo e alma — o seu próprio filho lhe diz. — Como você, não tenho vergonha nem arrependimento.

Ela gostaria de fechar os olhos e fazê-lo desaparecer. Uma pilha de caixotes espera por ela no salão Tulchin. Seu mordomo tem uma lista detalhada das coisas. Nada foi omitido, nem uma fita ou um alfinete, diz Mieczyslaw. Como ele está calmo, tão seguro de si.

— Não tirei nada que pertença a mamãe. Nenhum vestido, nenhuma jóia, nenhum móvel.

Uma corrente de ar frio lhe abraça os ombros. Em um desses baús deve haver um xale em que ela possa se enrolar.

Tulchin me pertence, Mieczyslaw afirma à mãe. Os meios-irmãos dele, graças às maquinações espertas da mãe e à influência de seus amantes em São Petersburgo, não têm direito a nenhuma parte desse bem. Jan já recebeu muito mais do que merece. Afinal de contas, ele é De Witt, e não Potocki. Quanto aos seus irmãos, Alexandre é fraco demais para enfrentá-lo numa briga, além de não dar a mínima para Tulchin. Ele prefere morar em São Petersburgo ou em Varsóvia. E Bobiche?

Melhor não falarmos de Bobiche, mamãe.

Ela se lembra desse filho, de um dia hoje muito distante, as unhas dele ensangüentadas dos piolhos que esmagara.

— Vá lavar as mãos — ela dissera.

— Não — Bobiche dissera. — E você não pode me obrigar. — Mas ela o obrigou. Duas criadas o seguraram enquanto uma terceira lavou-lhe as mãos com sabão. Esfregou bem as unhas, certificando-se de que não havia mais nenhum sangue nelas. Quando as criadas o soltaram, ele cuspiu no rosto das mulheres e saiu correndo.

— Deixem-no chorar — ela dissera então. — É tudo o que ele pode fazer.

Ele a está observando com curiosidade, como se ela fosse um animal numa jaula. Uma girafa, talvez, com aquele pescoço extraordinário. Ele está à espera.

— Esta é a minha casa — ela lhe diz na voz mais calma que consegue apresentar. Que seu filho se volte contra ela é algo que Sofia não pode aceitar. Ainda não.

— De quantas casas mamãe precisa?

Este homem, ela fala consigo própria, é meu filho.

— Mamãe pode morar em Uman, se mamãe quiser. Mamãe estaria mais próxima do seu jardim.

O rosto dele, ao dizer isso, mostra-se quase alegre. Ele é o mais belo dos seus filhos, e o mais forte. Ela já viu Marusia sair do quarto dele com as faces ruborizadas, e mãos trêmulas.

O que a assusta é a voz dele. Perfeitamente uniforme, quase enfastiada. Não há nada a explicar. Ele é quem é, e não vê nenhum motivo para ter que se envergonhar disso. A presença dela em Tulchin o incomoda. Ele quer estar só. Ele se perturba até com as idas e vindas dela. Ele tem suas próprias aspirações e sua própria vida.

— Que vida? Que aspirações? Foder as criadas? Você acha que eu não vejo o que acontece?

— Então você vê. Eu estava começando a achar que não.

— Deus há de castigá-lo — diz ela. Ela se vê impotente contra ele.

— Eu não odeio você — Mieczyslaw lhe diz. — Eu só não quero vê-la mais, mamãe.

Sofia não tem mais nada a dizer que pudesse demovê-lo dessa idéia.

— Não busquemos a perfeição — ele recita um verso de algo que deve ter lido — que a própria natureza nunca produz.

Pavel Dimitrievich Kisielev

No salão nobre, ele podia ver a sombra da morte na carne devastada. E, no entanto, nos olhos dela, bem abertos, e intensos como sempre, não havia nenhum sinal de medo.

A coragem sempre inspirou respeito ao general Kisielev. Mesmo nessa mulher cuja intromissão estava causando uma fenda entre ele e sua esposa. Ela já lhe passara a perna uma vez. Por quatro anos ela o deixou esperando antes de marcar a data do casamento. Quatro longos anos de ansiedade que ele confundira com amor. Mas agora ele estava por cima.

— Então, enfim, você veio me ver, Pavel Dimitrievich. Ver se estou mesmo morrendo?

Curvando-se, ele tomou a mão da condessa na dele e roçou os lábios nela. Por um breve momento. Ela não recolheu sua mão, como ele esperara, e então ele próprio teve de pousar a mão dela no edredom de seda. Mão tão transparente, a dela, que ele poderia tê-la esmagado com os dedos.

Melhor acabar logo com isso. Ele também teria de falar com aquele alemão, Von Haefen, e tomar as providências. O corpo teria de ser levado para Uman. Mieczyslaw já deixara bem claro que eles não seriam bem recebidos em Tulchin.

— A senhora sabe que sempre fiquei muito contente de vê-la, condessa — disse ele, de pé, inclinando-se por cima dela, inalando ervas e perfume. Ali embaixo, ele podia dizer que havia outros cheiros, de sangue e carne apodrecendo.

— Quero falar sobre minha filha — disse a condessa. Ele não esperava por isso, mas deveria imaginar. Era típico de sua esposa procurar a mãe para se queixar, e, chorando, aumentar os pequenos desentendimentos entre eles.

— Você não a ama. Cometi um erro. Eu deveria tê-lo mandado embora.

Ela agora estava sussurrando, e ele teve de se inclinar para ouvir o que ela estava dizendo. Ele a desapontara. Ele não podia fazer Sofia feliz.

A raiva fazia a voz dele ficar mais estridente.

— Talvez a senhora devesse tê-la educado melhor — disse ele.

Ele não via razão para ficar quieto. Agora, de uma vez por todas, ele acabaria com aquele falso brilho, com aqueles suspiros afetados e insinuações sobre a valiosa amizade com o seu amado Imperador.

Os olhos dela o avaliaram em silêncio por muito tempo. Olhos frios, ele pensou. O que ela faria? Gritaria comigo, chamaria os lacaios? Protestaria, talvez, e me diria mais mentiras?

— Você não é mau, Pavel Dimitrievich — disse a condessa —, mas você nunca aprende o que é realmente importante, e isso é uma pena num homem tão brilhante.

— Filha de um comerciante de gado e de uma prostituta.

Mais tarde na vida, o general Kisielev muitas vezes se recordaria dessa cena, uma lembrança que ainda o intrigava. Ele esperara vergonha e contrição. Ou pelo menos negativas enfurecidas e uma demonstração de um poder decadente que ele poderia ridicularizar. Porque, no final das contas, ele pensou, tudo estava relacionado ao poder. Sempre relacionado ao poder.

— Então você acha que sabe quem eu sou e de onde eu venho. E acha que esse saber é o bastante. Você quer me ver punida pelas minhas transgressões. E gostaria de ser o meu juiz. Por que eu o deixaria agir como meu juiz, *mon général*? Por que o seu julgamento teria alguma importância para mim?

Ela olhava para ele como se ele fosse um mero garoto que precisasse de uma lição. Ela estava rindo dele.

— As suas revelações não me interessam, Pavel Dimitrievich. Você vai me perdoar mas o meu tempo é curto, e o pouco tempo que me resta é para o que realmente importa.

A voz da condessa soava fria como gelo. Ela sabia que nunca poderia fazê-lo amar a esposa, mas garantiu que sua filha estaria livre dele quando quisesse. Isso estava estipulado em cláusulas rígidas, ela podia afirmar. A parte de Sofia no dinheiro da herança estava assegurada, e fora do alcance dele. Mesmo que sua mulher morresse, esse dinheiro nunca seria dele; iria para Volodia e para quaisquer outros filhos, caso houvesse outros — legítimos ou não.

— Minha filha é livre e assim permanecerá. Você pode usar o que ela quiser partilhar com você se ela assim o desejar. Se ela optar por encontrar prazer em algum outro lugar, então, *mon général*, você terá de desistir de tudo.

Ela tocou a campainha que estava ao lado da cama com uma força que o surpreendeu.

— Não conheço ninguém em São Petersburgo sem algum segredo pecaminoso, *mon général*. Você conhece?

Ao sair, ele viu a judia a caminho do quarto dela. A moça lhe lançou um olhar preocupado como se soubesse o que se passara no salão nobre. E pensou: ela estaria escutando atrás da porta?

Sofia

As ondas de música a levavam para longe. As solas dos pés descalços sentiam o ritmo pulsante. Ela não vai mais escutar ninguém. Ela será a juíza de seus próprios pecados.

Isso não é uma lembrança. É o que ela deseja.

Seu corpo recende a óleo de jasmim. Ela cheira o próprio pulso e se lembra de ter, há muito, muito tempo, aspirado o cheiro de sua pele, e de ter se assombrado com o próprio corpo. O cabelo comprido e solto, roçando-lhe os ombros, e ela, dançando em meio à doce desordem do quarto. Em sua dança, ela se aproxima de um estranho cujo corpo parece o de um herói grego, um homem de olhos bem abertos, que a olha fixamente, enfeitiçado. A farda prussiana dele está jogada no chão, amarfanhada, e ela a pisa na sua dança.

Antes que ele tenha tempo de repreendê-la, ela cobre os olhos dele com as mãos e ri enquanto ele procura se esquivar do aperto delas. Ele então lhe toma a mão, os lábios quentes tocando nas pontas dos dedos dela. Com a mão livre, ela arrepia o cabelo na nuca dele. O corpo do homem está meio escondido na sombra, mas ela pode sentir cada pedacinho dele.

As chamas das velas dançam nas paredes, uma atrás da outra como crianças brincando. Uma sombra flutua sobre a teia de aranha. Seus seios estão cheios, e o corpo, mole, como se ela não soubesse mais ficar de pé. Ela poderia contar cada pêlo em seu corpo; a mão, quando toca a beira da mesa-de-cabeceira, acaricia a madeira.

O aroma da fumaça da vela entra em suas narinas. Ela aperta a vela e sente a maciez da cera entre o dedo indicador e o polegar. E delicadamente a enrola formando uma bolinha que deixa cair no chão. Não há motivo para se apressar, há? Ela ainda tem tempo.

Rosalia

Em seu quarto, Rosalia fechou a porta e virou a chave na fechadura. Bem devagar, tirou o vestido e as anáguas. O vestido caiu, como uma pele descartada. Desamarrou o espartilho e deixou-o cair no chão. Passou-lhe pela cabeça a idéia de que não deveria deixar as roupas no chão daquela maneira, mas lhe pareceu que, se se agachasse para pegá-las, seu corpo se partiria em dois.

Quando estava só com a camisa de baixo de cambraia, ela se sentou na beira da cama e tirou os grampos das tranças enroladas sobre suas orelhas. O cabelo demorou um pouco a abandonar a forma do trançado. Com uma escova dura, escovou o cabelo, massageando o couro cabeludo. Cinqüenta vezes numa direção, depois, mais cinqüenta escovadelas na direção oposta. Quando terminou, o cabelo estava cheio e maleável e havia pequenos cachos se formando ao redor do rosto. O cabelo, abundante e grosso, era castanho-avermelhado e com um certo brilho de cobre. Do seu quarto, ela ouvia o pequeno Volodia gritando de dor ou raiva. A criança chorava e se engasgava em suas lágrimas.

> Em você, como em mim, corre o sangue de seus antepassados, fugitivos do Egito e da Palestina, cujos corações abrigam as memórias mais antigas da raça humana. Tentei apagar esse conhecimento do meu coração, esquecer que para ficar com o seu pai traí o meu próprio povo e o meu Deus. Advertiram-me que tudo que nasce de tal traição nasce manchado. Advertiram-me de que meus filhos, ainda que por nenhuma falta deles, terão de pagar pelo meu pecado.
>
> Rezarei para que você, minha filha amada, tenha a coragem de seguir o caminho do dever.

Rosalia se levantou e foi até o espelho acima da cômoda. Circundado de cachos avermelhados, seu rosto parecia menor. Ela se olhou no espelho, espantada, como se visse ali algum animal estranho. Como se apenas um gesto descuidado a mandasse correndo para o matagal. Devagar, seus dedos percorreram o rosto, a boca, o pescoço. Ela abriu a camisa de baixo e deixou-a escorregar pelos ombros até o chão. Como a de sua mãe, a pele era de um branco leitoso.

Com as mãos em concha, cobriu os seios. Os mamilos se endureceram. Ela pensou na boca faminta, e sem dentes, de Volodia abocanhando os seios pejados de leite da ama.

A brancura do corpo de Rosalia parecia fantasmagórica. Mais alguns anos e seus lábios murchariam. Mesmo nesse momento, ela sabia que parte do encanto que ela via refletido era uma dádiva do brilho suave das brasas e da chama da vela. De manhã, o sol revelaria uma imagem mais crua.

Apenas na véspera, a condessa lhe deu uma caixa de *agate arborisée** engastada em ouro. Rosalia protestou, dizendo que o presente era valioso demais para que ela o aceitasse, mas a senhora insistiu. Era o seu *gage d'amitié*,** disse ela. Um dia ela tivera a intenção de que a caixa fosse enterrada com ela, mas mudara de idéia.

— A beleza não deve ser enterrada — disse ela. — Você não acha?

Rosalia sentou-se à escrivaninha e mergulhou a pena no tinteiro. *Caro Doutor Bolecki*, escreveu.

> O seu interesse na minha pessoa enche o meu coração de gratidão. O senhor não estava enganado ao acreditar que suas esperanças para o futuro do nosso amado país são as minhas esperanças também, e, por isso, é com imenso pesar que devo declinar a sua proposta.
>
> O motivo para a minha recusa é de tal ordem que coro ao apresentá-lo ao senhor. Não tenho nenhuma outra esperança relacionada à felicidade e nenhuma perspectiva definida para o futuro. Entretanto, tudo em meu âmago me diz que não mereço a confiança que o senhor depositou em mim e que o meu caráter é tal que seria apenas um grande empecilho para a sua missão.
>
> Por favor, não me julgue com muita severidade.

---

* Em francês: uma ágata arborizada, ou seja, com veios em forma de ramos. (N. da T.)

** Em francês: a prova da sua amizade. (N. da T.)

Desejando-lhe felicidades, permaneço sua amiga fiel,
Rosalia Romanowicz

Lá fora, no pátio, ela ouvia Pietka tocar a bandurra. Era uma velha canção que seu pai também costumava cantar.

Nesta terra de pecados
Até os corvos sobre minha cabeça
Querem saber como fiquei órfão.

Sofia

Os homens, os acasalamentos em sua vida, são como pedregulhos brilhantes num riacho. Tirados da água, todos se tornam opacos e comuns. Mas seus filhos são todos muito diferentes uns dos outros. Ainda se espanta ao pensar na independência deles em relação a ela. Um dia, todos eles foram como o seu neto. Pequenos embrulhos de prazer e medo, fome e contentamento, pequenos mistérios que um dia se revelariam. Mãos minúsculas, quentes, rostos rechonchudos, olhos que a olhavam com tanta confiança.

As coisas pequenas são importantes, meu bem, ela diria à filha: o brilho de dentes brancos cintilando; o brilho dos diamantes; a brancura de sua pele. O ninho da pega não está sempre cheio de objetos claros e brilhantes, uma colher de prata, um relógio, uma corrente de ouro? As palavras de submissão, as volúveis promessas de amor. "Minha esperança, meu anjo, meu salvador." O farfalhar da seda. Os babados do seu vestido sendo levantados, revelando a forma de um tornozelo. Os olhares dos outros homens, o tempero do ciúme.

Ela sabe de uma seqüência de truques velhos como o mundo, truques que suas filhas não precisam saber. Eu não deixei que o amor as enganasse, Sofia murmura. Há pessoas cujos corações acreditam na decência e na bondade, que carregam essa fé dentro de si a vida toda, que a cultivam e a passam adiante para outros. Abençoadas, mas delicadas, ela acha, como essa sua filha. Como a sua gentil Rosalia, temerosa de qualquer coisa que não fosse o seu dever, como se o prazer fosse um aviso de precaução, um padrão para se aferir a dor. Há belas almas que têm de ser protegidas de coisas que poderiam romper o seu equilíbrio interno.

A essas pessoas não se pode revelar muito.

Suas filhas têm liberdade para amar ou parar de amar quando quiserem. Elas não têm de agradar a ninguém. Isso é tudo o que Sofia quis para elas.

Napoleão não se coroou imperador? O que ela fez de tão diferente disso? Usou fossem quais fossem os dons que Deus lhe tenha dado e os usou bem.

A dor está começando a se manifestar de novo, acordando da sonolência, e seus dentes afiados lhe fazem incisões na carne. São pequenas invasões de dor, de desfalecimento, que se manifestam, crescem. Mas essa dor chega tarde demais. Ela já pode se ver deitada nessa cama enorme, uma mera forma ligeiramente mais elevada sob a colcha, um montículo, como o *kurkhany** nas estepes ucranianas. Seu corpo agora pouco lhe preocupa, ele é uma casca vazia, o campo de batalha dos humores, da bile e do sangue.

Você morrerá sem dor, de repente ela se lembra de ter ouvido.

Como todos eles lhe parecem engraçados, e cegos. Seus enteados ainda querendo envenenar as últimas gotas da sua vida. Kisielev tentando fazê-la se envergonhar de quem ela foi. O médico francês se protegendo do amor que poderia tê-lo salvado. Marusia acreditando que as visitas ao quarto de seu filho não foram descobertas.

Por que não conseguem ver que a vida vaza do corpo a cada momento? Todo corpo, não importa que seja jovem e forte. Toda respiração, todo movimento, estimula uma nuvem de energia que flutua e desaparece, perdendo-se. Ninguém lhe presta atenção, mas ela...? Não esperem, ela está lhes dizendo. Não percam tempo. A vida está fugindo suficientemente rápido.

Tomás

— Eu considero a França — disse o general Kisielev, tirando uma pitada de rapé de uma caixa de prata, mas não o oferecendo a Tomás — um

* Túmulo, em polonês. (N. da E.)

país habitado por gente frívola. — O que eu quero dizer — o general continuou, cheirando o rapé em seu lenço branco — é que os franceses expressaram da forma mais eloqüente a tendência humana em acreditar que valores podem ser arbitrários. E é isso que está errado no homem moderno.

Enfatizando as frases com gestos largos e complicados, o general Kisielev estava olhando Tomás cara a cara.

— Religião, moralidade, economia, política, tudo se tornou comum e acessível a todos. O novo homem acredita não na experiência, mas na inspiração. Em vez da fé, ele abraça a convicção individual. Ele se julga forte o suficiente para abarcar todas as perguntas e todos os fatos. Este homem não está sujeito às leis, uma vez que ele não contribuiu para formulá-las. O poder reside em si próprio. Por que ele se submeteria à autoridade de alguém? Nada que tenha sido concebido nas eras da fraqueza pode ser considerado adequado nessa era da razão e da perfeição individual. A nossa moralidade é algo *passé*, nossas leis são obsoletas. O que ele quer é ser o único juiz de suas ações e de sua própria fé.

Ele continuou essa tirada por mais alguns minutos. Tomás ficou aliviado ao ver Rosalia entrar. Ele estava prestes a se levantar para cumprimentá-la quando ela lhe implorou que se apressasse.

— Impeça-o de pôr flores em cima de mim — a condessa lhe ordenou firmemente quando ele se aproximou do leito. — Ainda não morri.

Ela estava agitando os braços magros como se estivesse se desviando de um dilúvio. Ele esperava que a morfina continuasse a fazer efeito.

— Quem?

— Félix — disse ela. — Félix, que nunca foi capaz de compreender nada.

Ela apontava para as sombras em sua coberta, para a cintilação dos fios de ouro. Ele puxou as cortinas para afastar as sombras.

— Eu lhe direi que não ponha.

— Não diga nada. Só o impeça.

— Ele não voltará.

— Então por que ele ainda está aqui?

Ele se sentou ao lado da condessa e limpou-lhe o suor da testa. O frio da esponja encharcada de água gelada reavivou-a.

— Quanto tempo vai durar? — a condessa perguntou. Ela estava lúcida, agora, respirando intensamente. E também estava pensando na morfina.

— Alguns dias mais, talvez. Não sei ao certo.

Ele preparou outra dose e lhe deu. Teve de levantá-la para que ela pudesse bebê-la. Ele esperava que ela não vomitasse tudo.

— Quero ser enterrada em Uman — disse ela. — Impeça-os de me deixarem ficar aqui.

— Ninguém vai deixá-la aqui — disse ele, segurando-lhe a mão.

— Respirar, doutor, é uma coisa tão tola — a condessa resmungou. — Não acha?

— Talvez.

— Resistir à morte. Tão completamente tolo.

— É, sim — ele concordou. — É.

— Tão tolo quanto resistir a uma mulher que está pronta para amá-lo? — Ela largou a mão do médico e fechou os olhos.

Ele não ousou acreditar no que ouvira.

— Deixe-me agora — disse ela. — Quero dormir.

— Não está mais doendo — ela diz a Félix quando ele entra de novo para acusá-la.

A morte é suave com a morfina, e se demora como se fosse amante da paciente. E lhe põe um travo metálico na boca, e lhe dá um peso ao corpo, que começou nas pernas. Como se estas fossem sendo apagadas aos poucos. Dedos, pés, tornozelos, joelhos, primeiro, ficavam mais grossos, mais pesados, e depois desapareciam todos juntos, deixando apenas uma lembrança nos corações dos que a amaram ou odiaram.

— Você me traiu com o meu próprio filho. O inferno a espera.

O novo remédio está fazendo o seu percurso divino dentro dela. Félix vai ficando cada vez mais esmaecido, vai desaparecendo.

De trás da cortina chega o canto da soprano pálida:

Caprichos são maus convidados ao meu lar
Sempre um coração leve
Atravessando a vida a dançar...

Ela pode vê-los, todos, reunidos ao redor de seu corpo. As filhas estão chorando, sem saber o que fazer. Olga está pondo duas moedas de ouro em suas pálpebras. Ela as guardou no bolso por muito tempo.

— Ninguém precisa saber que mamãe morreu — diz ela. — Podemos simplesmente dizer que a estamos levando de volta para casa.

Faz-se silêncio no salão nobre. Rosalia levanta a cabeça. Duas lágrimas desprendem-se de seus olhos e escorrem rosto abaixo. Elas deixam dois sulcos brilhantes em que as chamas das velas dançam. "Coragem, Rosalia", ela sussurra. No testamento, há dez mil ducados reservados para ela.

Sofia, sua bela filha, está soluçando.

— Podemos sentá-la na carruagem e partir de manhã — diz Olga. — O médico saberá como providenciar isso.

Pavel Dimitrievich Kisielev anda de um lado para o outro do cômodo, furioso. A burocracia prussiana só pode ser derrotada se alguém atear fogo a todos esses livros e registros alemães. A permissão especial para levar o corpo para Uman não será concedida antes do período prescrito de dez dias.

— Por certo, meu caro general — diz o *graf* Von Haefen com um sorriso afetado —, até na sua poderosa Rússia deve haver leis que não podem ser infringidas ao bel-prazer de ninguém, não é mesmo?

O corpo da condessa está estendido na mesa no pequeno cômodo que o médico francês descobriu atrás da estante, um segredo de que o *graf* Von Haefen finge não saber. O dr. Lafleur está inclinado sobre ela, imaginando que o piso de pedra possa ser lavado, e depois a sarjeta que circundava o cômodo levaria a água.

Ele já preparou o cômodo, cobriu as pinturas com mortalhas brancas, tirou a coleção de açoites e a otomana vermelha dali. Agora, o cômodo está nu, não fosse pela presença de uma banheira cheia do melhor conhaque de Von Haefen e duas mesas. A mesa comprida é para o corpo, a mais baixa, quadrada, para os instrumentos de que ele precisaria: seringa, bisturis, tubos, um gancho cego, crina e cálamo.

Ele já o fizera antes. Um cirurgião militar tinha necessariamente de aprender a embalsamar. Os mortos ilustres têm de ser preservados para o funeral pomposo, para a longa viagem de volta para casa. Todos o fizeram, Larrey, Corvisart. Aperfeiçoaram o procedimento, abreviaram o tempo exigido. O corpo dela está estendido diante dele, mas os pensamentos do médico francês vagueiam até chegar a Rosalia. Ele não pára de pensar no farfalhar do vestido da moça, no som dos seus saltos no chão.

Não há luz suficiente no cômodo. As janelas são estreitas demais e o céu de novembro é muito escuro. Para contrabalançar, ele ordenou que se pusessem velas que deveriam pender de uma tábua de madeira no teto. Agora, ele as acende, uma a uma, e o cômodo se enche do cheiro de cera se derretendo.

O sangue que, ao drenar, chegou à parte traseira do corpo, coloriu as costas e as canelas de roxo. A morte, pensa o bom médico, é o estado natural de toda criação. Resistir a ela é outra vitória da esperança contra a razão, pois essa resistência é a causa de toda dor.

Um presente por um presente, mon ami.

Ele está pegando a seringa de metal cujas partes reuniu poucos minutos atrás. Está verificando se o êmbolo, as válvulas, o tambor estão bem ajustados. Com a seringa e o tubo ele tira o líquido do estômago e do intestino grosso. Depois, ele os enche. Enquanto faz isso, lembra-se da crença antiga de que enquanto as veias levavam sangue, as artérias transportavam a força vital.

Confio que você saberá o que fazer com ele.

Somente naquele momento ele abre a barriga de Sofia para extrair o tumor. Cresceu dentro do útero, é uma massa de tecido duro, de um vermelho acastanhado. Estão entrelaçados, ou seja, não há limite entre o tumor indesejado e seu hospedeiro. Uma excrescência que se alimentou do que não se destinava a ela. O médico francês está achando que tinha razão em não ter querido tocar no tumor. E pensa no corpo se defendendo, lutando por sua sobrevivência. Não poderia haver nenhuma contemporização nessa luta, não poderia haver paz. Era um ou outro. E a justiça? Bem, ele está preparado para reconhecer que há alguma justiça nessa guerra da carne. O câncer, quando vence, mata o seu hospedeiro e também se destrói.

Por um instante, ele se vê tentado a fazer uma incisão no peito dela, a expor-lhe o coração, a ter um vislumbre do que ouvira seu professor

Corvisart se referir como "a prova das emoções da vida, a lousa em que a vida grava todos os nossos sentimentos".

Ele não faz a incisão.

Seus olhos não podem deixar de registrar a prova da doença dela. As mãos tão finas que ele podia ver os ligamentos através da pele. O corpo foi exaurido pela defesa, faminto. Lafleur limpa a cavidade que ele acabara de esvaziar da massa tumoral. Então ele a polvilha com oxicloreto de mercúrio e a enche de crina.

Não é assim que o senhor vai se lembrar de mim, doutor.

O corpo está tão leve que pode ser levantado sem nenhum esforço. Quando o imergem na banheira cheia de conhaque, Lafleur apaga as velas. Antes que ela seja vestida e maquiada, ele cobrirá o rosto e as mãos com um verniz ligeiramente colorido, para lhes dar uma certa cor. A boca receberá mais crina para poder encher as bochechas. Ela terá de ser amarrada com cordas ao assento da carruagem. Um chapéu lhe cobrirá os olhos, rapidamente colado.

As criadas prepararam roupas de viagem.

Olena está se persignando, sem parar. Os dedos da criada, ao tocarem o corpo, movimentam-se com tanto cuidado como se esse invólucro encolhido ainda cheirando a conhaque fosse feito de uma teia diáfana que qualquer toque descuidado poderia destruir. O vestido era um dos seus favoritos: o azul-escuro, com um debrum de pele negra. Sobre o vestido, Marusia joga a peliça predileta dela, forrada de zibelina. Vestida e já no assento da carruagem, Sofia está pronta para a sua última encenação.

Em Sofievka, o ar está gelado. O lago é como uma única planície de neve, e até as cascatas pararam de cair. Esse jardim em que as orquídeas se desenvolvem como se nunca tivessem sido tiradas da floresta, onde a primavera fará as petúnias florescer, filhas daquela primeira que ela trouxe da Inglaterra. Esse é um lugar belo, onde a dor, o desespero e a feiúra que se espalham, como um câncer, pelo mundo podem ser esquecidos.

Por um instante ela ainda pode sentir o prazer de saber que ela passeia pelos caminhos cobertos de neve sem deixar rastros. Atrás e na frente dela, a neve permanece branca e imperturbável.

* * *

O saguão do palácio de Alfred von Haefen está coalhado de canastras, pilhas de pratos, sacos de roupa de cama e roupas. Tomás está ali, tropeçando numa esteira de palha, mas se recuperando imediatamente.

Rosalia está sentada no salão nobre, com o seu leito agora vazio, fitando o fogo. O cabelo castanho-avermelhado brilha ao clarão do fogo.

— O que você fará agora? — pergunta o médico, ainda inseguro quanto ao que nesse momento espera ser possível. Ela levanta os olhos devagar.

— Ainda não sei — a moça responde.

Há apenas algumas semanas essa América para onde ele vai lhe parecia ser a montanha magnética das suas histórias de criança, atraindo os pregos dos navios, surrupiando âncoras das bordas dos barcos e facas dos bolsos dos marujos. Atraindo baldes, chaleiras e panelas das cozinhas dos navios, deixando os marujos que resistiam ao seu poder nos destroços de madeira que flutuavam. Agora, em vez disso, ela imagina as árvores gigantescas que fazem lembrar o começo do mundo e as pessoas que não abaixam a cabeça.

Para não deixar o fogo se extinguir, Tomás o alimenta com uma nova acha de madeira. A acha está úmida e a madeira começa a chiar quando as chamas a encontram.

Onde ele via desertos, agora vê jardins. As sementes incham e se abrem, as mudas irrompem da terra, e bebem luz e água. E crescem, encorpam, tornam-se luxuriantes e vibrantes. Mas então uma voz interior o previne de que tudo pode ser uma ilusão, um lampejo de desejo do qual ele deveria estar rindo. Uma miragem, uma aparição luminosa, evocada pelo cérebro faminto de um viajante sedento atravessando um deserto.

Mas a alegria dele não vai embora. Como um pássaro, ela pousa perto dele, alisa as penas com o bico, sem se importar com a voz da dúvida.

Ele estende as mãos na direção do fogo. E, com a mão quente, cobre a mão de Rosalia. Ele a sente vibrar. Em sua mente, surgem imagens que ele acalenta, com prazer, como possibilidades. A força dos braços de Rosalia abraçando-lhe o pescoço, a doce pressão dos lábios dela. Ele ainda se espanta com a persistência da esperança, com o poder de se fazer eclipsar os desapontamentos. A insensatez do coração humano, ele pensa, é, no final das contas, a sua maior força.

Ele pressiona os lábios na mão de Rosalia. Ela não a retira.

— Eu a amo — diz ele, e então espera.

Vêem-se três carruagens parar na fronteira prussiana, numa noite sem lua de novembro, gelada e úmida. Dois guardas saem da casa da guarda, carregando lanternas e um grande guarda-chuva preto, ligeiramente roto nas bordas. Nas abas de lata das lanternas, caem grandes gotas de chuva. Dentro da primeira carruagem, os guardas vêem um general russo, e, ao lado dele, uma ama-de-leite que nina um bebê em seus braços. Na segunda carruagem, vêem criados espremidos entre canastras, cestos e embrulhos informes. Mas é a terceira carruagem que, muito depois de terem todos os viajantes seguido o seu caminho, vai dar aos guardas o que falar. Uma dama, vestida com uma peliça pesada entremeada de pele, com o rosto encoberto pela aba do chapéu, e ladeada por duas mulheres jovens. A condessa Sofia Potocka e suas duas filhas indo para casa, para o seu palácio, em Uman.

A condessa Potocka, disseram aos guardas, sem maiores explicações, está indisposta. Ainda bem que ela acabou de adormecer e, por isso, não deve ser incomodada.

Os guardas assentem com a cabeça e, cuidadosamente, abrem os passaportes, assegurando-se de que o guarda-chuva preto proteja os papéis da chuva. Os passaportes, com a assinatura do czar Alexandre da Rússia, autoriza os viajantes a visitar a Prússia e a França. Os guardas fazem continência e acenam para que as carruagens prossigam.

É apenas quando eles vêem as rodas das últimas carruagens desaparecer na escuridão, que o guarda mais moço explode numa gargalhada.

— Aquele conhaque — diz ele com um toque nostálgico — devia estar muito bom.

NOTAS HISTÓRICAS

La belle Phanariote, a condessa Sofia Potocka, morreu em Berlim, em 12 de novembro de 1822. Deixou duas filhas e quatro filhos.

Os filhos de Sofia fizeram alianças em campos opostos, o que ilustra a complexidade do período e as opções políticas conflitantes de um país que havia sido dividido, subjugado, nos seus interesses, e abandonado a uma situação desesperadora.

Jan de Witt, primeiro filho de Sofia com José de Witt (casamento que foi posteriormente anulado), entrou para o serviço secreto do czar e ganhou notoriedade por seu papel dúbio na reação ao movimento decembrista e como espião, levando informações sobre combatentes da resistência polonesa aos russos. Em 1831, depois do fracasso do levante de 1830, em sua tentativa de libertar a Polônia do domínio russo, De Witt esteve à frente de um tribunal em Varsóvia que se ocupou da vingança do czar contra os patriotas poloneses. Denominada Levante de Novembro, esta foi a primeira de uma longa série de tentativas feitas pelos poloneses para retomar a independência perdida em 1795. Jan de Witt morreu em 1840.

Alexandre Potocki, o mais velho dos filhos de Sofia com Félix Potocki, herdou o amado jardim da mãe, Sofievka. Influenciado pelos sentimentos patrióticos de sua irmã Sofia, ele renunciou ao posto que ocupava no exército czarista apesar de suas excelentes perspectivas, e, em 1830, aderiu ao Levante de Novembro. Quando o levante foi sufocado, e começaram as repressões, Alexandre negou-se a pedir o perdão do czar e optou por viver no exílio, a maior parte do tempo em Roma. O jardim de Sofia foi confiscado pelo czar Nicolau I que o rebatizou de *Tsaritsin Sad*, o Pomar da Czarina. Alexandre, que nunca se casou, morreu, sem deixar filhos, em 1868.

Sofia Kisielev contribuiu para que seu irmão Alexandre se transformasse num patriota fervoroso da causa polonesa, embora ela própria levasse uma vida de privilégios e bastante mundana. Tendo deixado o marido russo, morou na França a maior parte da sua vida, ganhando muito dinheiro nos cassinos da Europa. Volodia morreu aos dois anos de idade. Depois, Sofia, que não tornou a se casar, teve um filho natural, St. Claire, que ela "adotou" oficialmente e educou.

Olga casou-se com o general Naryshkin e não partilhou da adesão de Alexandre e Sofia à causa polonesa. Alguns anos depois da morte da mãe, ela teve um caso amoroso com Pavel Kisielev, seu cunhado.

Mieczyslaw Potocki deixou um rastro de traições atrás de si. Sua primeira esposa, Delfina Potocka, *née* Komar, fugiu do palácio de Tulchin e pediu a separação, alegando, em seu pleito, a brutalidade e a depravação do marido. Mieczyslaw, que se casou de novo, foi acusado por sua segunda mulher de tentar matar o filho deles, e acabou preso por falsidade e perjúrio em São Petersburgo. Afinal, depois que suas irmãs se empenharam até conseguir soltá-lo, vendeu tudo o que tinha na Rússia e se mudou para a França.

Boleslav (chamado de Bobiche ou Bob), adotado pelo enteado de Sofia, Félix-Jorge (chamado Iuri), viveu uma vida longa e tranqüila em Niemirow, na Ucrânia, com sua esposa e filha.

No último testamento de Sofia Potocka, apareceu uma *mademoiselle* Romanowicz como uma das beneficiárias desconhecidas. Assim como Inácio Bolecki e Tomás Lafleur, ela é um personagem fictício.

AGRADECIMENTOS

O jardim de Vênus é uma obra de ficção. Entretanto, ao escrevê-la, vali-me de um bom número de fontes históricas, quer para fatos básicos da história, quer como inspiração para discordar de algumas interpretações destes.

Li uma grande quantidade de memórias, cartas e monografias dos séculos XVIII e XIX, o que me permitiu absorver detalhes e vozes da época. Por serem muitos, não há como relacioná-los aqui, mas eu gostaria de registrar o meu agradecimento a todas as citações diretas.

Devo os meus mais sinceros agradecimentos a dois livros: à fascinante biografia de Sofia Potocka (*née* Glavani) escrita por Jerzy Łojek, publicada em 1970, *Dzieje pięknej Bitynki* (A história de uma bela bitínia); e à tradução polonesa de Łojek do manuscrito de Charles Boscamp, *Mes amours intimes avec une jeune Bythinienne*, apresentado ao último rei polonês, Estanislau Augusto Poniatowski, em 1789.

A biografia de Jerzy Łojek propiciou-me os fatos básicos da história de Sofia e as suas cartas a Charles Boscamp, a Félix Potocki e à filha Sofia Kisielev. Os leitores familiarizados com o livro mencionado notarão que a minha interpretação do caráter e da personalidade de Sofia difere significativamente da de Jerzy Łojek.

O manuscrito de Charles Boscamp emprestou sua voz aos quatro trechos em itálico que abrem as quatro partes do romance.

O fragmento de *Liber Chamorum*, de Trepka, que Boscamp cita para Sofia, está em *God's Playground: A History of Poland*, de Norman Davis.

A conversa entre Sofia e o imperador José da Áustria baseia-se em *Secret Memoirs of Princess Lamballe.*

A canção que Tomás e Inácio cantam na taberna de Berlim está em *Harriette Wilson's Memoirs Written by Herself.*

Os versos do poema polonês que Inácio recita a Tomas estão em *Oda do młodości* (*Ode à juventude*), de Adam Mickiewicz.

A tradução da carta de Suvorov ao príncipe Potemkin está em *Prince of Princes: The Life of Potemkin,* de Simon Sebag Montefiore.

A última estrofe do poema que o conde de Lagarde recita para Sofia é tradução deste para o francês de *Sophievka,* poema de Stanislaw Trembecki.

Muitas pessoas ajudaram-me com grande generosidade a escrever este romance e eu gostaria de agradecer a todas. Minha pesquisa em história da medicina beneficiou-se enormemente da ajuda generosa e altruísta dos membros do Listserev Caduceus, em especial, Eric Luft, cujas respostas prontas a todas as minhas investigações e ajuda na pesquisa, assegurando a exatidão das referências médicas, foram inestimáveis. Quaisquer erros cometidos são de minha exclusiva responsabilidade.

Shaena Lambert, Barbara Lambert, Janice K. Keefer, Bethany Gibson, e minha maravilhosa agente, Helen Heller, leram este romance em seus diversos estágios, tendo contribuído com comentários perspicazes e estímulo inestimável. Sem elas e sem a assistência editorial da equipe da HarperCollins, Susan Watt e Iris Tupholme, este livro não seria o mesmo.

Eu também gostaria de agradecer a ajuda financeira do Canada Council para as necessárias viagens de pesquisas nos arquivos e bibliotecas poloneses.

E, como sempre, por me apoiar durante os anos em que trabalhei nesta obra, devo a Zbyszek e Szymek Stachniak agradecimentos que não cabem em palavras.

IMPRESSÃO E ACABAMENTO:
YANGRAF Fone/Fax: 6195.77.22
e-mail:yangraf.comercial@terra.com.br